Andreas Eschbach

NSA

Weitere Titel des Autors:

Die Abschaffung des Todes
Der schlauste Mann der Welt
Freiheitsgeld
Eines Menschen Flügel
Teufelsgold
Der Jesus-Deal
Das Jesus-Video
Todesengel
Herr aller Dinge
Ausgebrannt
Ein König für Deutschland
Exponentialdrift
Eine Billion Dollar
Der Letzte seiner Art
Der Nobelpreis
Eine unberührte Welt
Kelwitts Stern
Solarstation
Der Haarteppichknüpfer
Quest
Eine Trillion Euro

Zusammen mit Verena Themsen:
Perry Rhodan – Die falsche Welt

Über den Autor:

Andreas Eschbach, geboren 1959 in Ulm, verheiratet, schreibt seit seinem 12. Lebensjahr. Bekannt wurde er vor allem durch den Thriller DAS JESUS-VIDEO, gefolgt von Bestsellern wie EINE BILLION DOLLAR und AUSGEBRANNT. Sein Roman NSA – NATIONALES-SICHERHEITS-AMT befasst sich mit der brisanten Frage: Was wäre, wenn es im Dritten Reich bereits Computer und das Internet gegeben hätte – und deren totale Überwachung? In dem Kriminalroman FREIHEITSGELD zeigt er eine nicht allzu ferne Zukunft, in der Automatisierung, Klimawandel und die Einführung eines bedingungslosen Grundeinkommens das Leben der Menschen entscheidend verändert haben. Andreas Eschbach lebt seit 2003 als freier Schriftsteller in der Bretagne.

ANDREAS
ESCHBACH

NATIONALES SICHERHEITS-AMT

NSA

ROMAN

Lübbe

NACHHALTIG PRODUZIERT

Die Bastei Lübbe AG verfolgt eine nachhaltige Buchproduktion. Wir verwenden Papiere aus nachhaltiger Forstwirtschaft und verzichten darauf, Bücher einzeln in Folie zu verpacken. Wir stellen unsere Bücher in Deutschland und Europa (EU) her und arbeiten mit den Druckereien kontinuierlich an einer positiven Ökobilanz.

FSC www.fsc.org
MIX
Papier | Fördert gute Waldnutzung
FSC® C014496

Dieser Titel ist auch als Hörbuch und E-Book erschienen

Vollständige Taschenbuchausgabe
der bei Lübbe erschienenen Hardcoverausgabe

Dieses Werk wurde vermittelt durch die
Literarische Agentur Thomas Schlück GmbH, 30161 Hannover

Taschenbuchausgabe 2020 by Bastei Lübbe AG,
Schanzenstraße 6–20, 51063 Köln, Deutschland

Bei Fragen zur Produktsicherheit wenden Sie sich bitte an:
Produktsicherheit@bastei-luebbe.de

Lektorat: Stefan Bauer
Umschlaggestaltung: Johannes Wiebel | punchdesign, München,
unter Verwendung von Motiven von © Ozen Guney/shutterstock.com;
caesart/shutterstock.com; MaxyM/shutterstock.com;
Antonina Tsyganko/shutterstock.com
Satz: hanseatenSatz-bremen, Bremen
Gesetzt aus der Adobe Caslon Pro
Druck und Verarbeitung: GGP Media GmbH, Pößneck
Printed in Germany
ISBN 978-3-404-17900-8

6 5

Sie finden uns im Internet unter luebbe.de
Bitte beachten Sie auch: lesejury.de

Seit es Lord Charles Babbage im Jahre 1851 gelungen ist, seine – damals noch mit Dampf und Lochkarten betriebene – »Analytische Maschine« fertigzustellen, hat die maschinelle Verarbeitung von Informationen rasche Fortschritte gemacht, was wiederum die gesamte übrige technische Entwicklung wesentlich beschleunigt hat. Noch im Kaiserreich Wilhelms II. wird das Deutsche Netz eingerichtet, der Vorläufer des Weltnetzes, das auch im Weltkrieg 1914/17 eine bedeutende Rolle spielt, ohne jedoch dessen für Deutschland nachteiligen Ausgang verhindern zu können.

In der Weimarer Republik verbreitet sich das noch zu Kriegszeiten entwickelte tragbare Telephon rasch, ebenso die Nutzung der sogenannten Gemeinschaftsmedien, die auch eine wesentliche Rolle beim Aufstieg der NSDAP spielen. Als Adolf Hitler 1933 an die Macht kommt, übernimmt seine Regierung unter anderem auch das Nationale Sicherheits-Amt in Weimar, das seit der Kaiserzeit die Aktivitäten des Weltnetzes überwacht und Zugriff auf alle Daten hat, die Bürger des Deutschen Reichs je erzeugt haben, seien es Kontobewegungen, Termine, Elektrobriefe, Tagebucheinträge oder Meinungsäußerungen im Deutschen Forum …

1

Das schwarze Telephon klingelte zum achten Mal an diesem Morgen.

Die Männer, die rings um den Schreibtisch saßen und warteten, wechselten angespannte Blicke. Schließlich nickten sie dem zu, der direkt vor dem Apparat saß, dem Jüngsten in der Runde, der hellbraune Locken hatte und Sommersprossen.

Der nahm ab. »Nationales Sicherheit-Amt, Engelbrecht am Apparat. Sie wünschen?«

Gleich darauf lächelte er, schaute in die Runde, während er der Stimme am anderen Ende der Leitung lauschte, und schüttelte beruhigend den Kopf. *Entwarnung* hieß das. Die anderen atmeten wieder auf.

»Ja, kein Problem«, sagte er dann und griff nach einem Bleistift. »Wie buchstabiert man das? L … i … p … Mmh. Mmh.« Er machte sich konzentriert Notizen, bis ihm einer der anderen, ein älterer Mann, der in einem Rollstuhl saß, ein Zeichen gab, indem er vernehmlich auf seine Armbanduhr klopfte. »Gut. Kriegen Sie im Lauf des Tages. Spätestens morgen. Nein, schneller geht es nicht, tut mir leid. Ja. Heil Hitler.« Er legte auf.

»Und?«, fragte der Mann im Rollstuhl.

»Anruf aus der Ostmark.« Er riss das oberste Blatt des Notizblocks ab. »Die Polizeidirektion Graz braucht das Bewegungsprofil eines gewissen Ferenc Lipovics.«

»Ostmark?« Der Mann im Rollstuhl hob die Augenbrauen.

Der junge Mann lief rot an. »Ich meinte natürlich das Reichsgau Steiermark.«

»Der Rudi hat uns so über, dass er lieber ins Lager geht«, spottete ein anderer, ein stiernackiger Mann mit Glatze.

»Nein, ich –«

Der Mann im Rollstuhl unterbrach das Geplänkel. »Die Zinkeisen soll sich darum kümmern«, bestimmte er. »Gustav, übernimmst du das?«

Der Angesprochene, der Einzige in der Runde, der eine Brille trug, nickte und streckte die Hand nach dem Blatt aus. »Ich geb's ihr.«

Er verließ das Bureau. Die anderen sanken zurück in ihre Stühle und starrten wieder auf das Telephon, als wollten sie es hypnotisieren.

Zehn Minuten vergingen, ohne dass jemand ein Wort sagte. Der mit der Brille kam zurück, setzte sich wieder auf den Stuhl, auf dem er auch schon vorhin gesessen hatte, ein altes, dunkles Teil mit einem über die Jahre hart gewordenen Lederpolster, das beim Daraufsetzen seufzende Geräusche machte.

Dann klingelte das Telephon wieder.

»Neun«, sagte der mit der Glatze.

Der junge Mann legte die Hand auf den Hörer, atmete einmal durch, hob ab. »Nationales Sicherheits-Amt, Engelbrecht am –« Er hielt inne, lauschte. »Ja. Ja, verstehe. Danke. Ja. Heil Hitler.«

Er legte auf, sah in die Gesichter der anderen, schluckte. »Das war seine Sekretärin. Er ist unterwegs.«

Der Mann im Rollstuhl nickte ernst, setzte ein Stück zurück und wendete in Richtung der Tür. »Also«, sagte er. »Dann geht es los.«

* * *

Das Nationale Sicherheits-Amt war in einem trotz seiner beträchtlichen Größe unscheinbaren Gebäude im Zentrum Weimars untergebracht, nicht weit entfernt von jenem Hoftheater, in dem seinerzeit die verfassunggebende Deutsche Nationalversammlung getagt und eben den deutschen Staat aus der Taufe gehoben hatte, den man heute die Weimarer Republik nannte. Gegründet worden war das Amt jedoch lange davor, noch unter Wilhelm II., der, als die ersten Komputer zu einem Netzwerk zusammengeschaltet wurden, erkannt hatte, dass hieraus Gefahren für das Staatswesen erwachsen mochten und es demzufolge einer Einrichtung bedurfte, die hierüber die Aufsicht führte. So war das *Kaiserliche Komputer-Kontrollamt* entstanden, und dass dies in Weimar geschah, war in erster Linie dem Umstand geschuldet, dass Weimar so etwas wie den annähernd geographischen Mittelpunkt des Deutschen Reiches darstellte und folglich alle Leitungen hier am ökonomischsten zusammenlaufen konnten.

Als der Weltkrieg im Herbst 1917 mit der Niederlage Deutschlands zu Ende ging, war eine der vielen Sanktionen, welche die Siegermächte dem Reich auferlegten, die Aberkennung aller deutschen Patente, natürlich auch jener, die die Konstruktion von Komputern betrafen oder die während des Krieges entwickelte bewegliche Telephonie. Bis dahin hatte man im Rest der Welt Komputer als absonderliche Spielerei betrachtet, abgesehen von England natürlich, deren hochgezüchtete mechanische *Analytical Engines* bekanntlich die Vorreiter dieser Technologie waren: Die deutschen Rechenmaschinen entsprachen den englischen vom Prinzip her, nur wurden sie elektrisch betrieben. Doch nun hielt auch außerhalb Deutschlands die Komputertechnik Einzug, ohne dass Deutschland etwas dagegen hätte tun können oder einen Nutzen davon gehabt hätte, und dank der Tatsache, dass das Telephonnetz weltweit einheitlich funktionierte, wuchsen innerhalb kürzester Zeit die

Komputernetze der verschiedenen Länder zu einem Gebilde zusammen, das man das *Weltnetz* nannte.

Es war kein Geringerer als Philipp Scheidemann, der erste Regierungschef der Weimarer Republik, der die Befugnisse und Aufgaben des Amtes neu ordnete. Er verfügte, dass es hinfort *Nationales Sicherheits-Amt* heißen sollte und dass seine Aufgabe darin bestand, genau wie zu Kaisers Zeiten die Datenströme im Netz der Komputer dahingehend zu beobachten, ob sich darin irgendeine Gefahr für Deutschland abzeichnete, nur dass dieses Netz sich inzwischen über den gesamten zivilisierten Teil des Globus erstreckte und das Netz der beweglichen Telephonie zusätzlich hinzugekommen war.

Die Regierung Adolf Hitlers hatte das NSA, dessen Existenz den meisten Deutschen völlig unbekannt war, aus der Weimarer Republik übernommen und sich seiner auch von Anfang an bedient, es als Einrichtung aber weitgehend unangetastet gelassen. Der Leiter des NSA, August Adamek, führte diesen im Hinblick auf den sonstigen Umgestaltungswillen der Reichsregierung erstaunlichen Umstand auf, wie er es nannte, »die Magie der Buchstaben« zurück: Offenbar gingen jene, die von der Existenz des NSA wussten, ohne weiteres davon aus, die Buchstaben NS stünden für »national-sozialistisch«, sahen mithin hier keinen Handlungsbedarf.

So waren die Mitarbeiter des NSA unbehelligt geblieben von all den Stürmen der Erneuerung, die über Deutschland hinwegbrausten, und auch weitgehend von den Belastungen, die der Krieg mit sich brachte, abgesehen davon, dass sich ihre Reihen nach und nach durch Einberufungen gelichtet hatten. In aller Stille und Bescheidenheit hatten sie ihre Pflicht erfüllt und all jene Einrichtungen des Staates mit Daten, Listen und Auswertungen versorgt, die solcher Dienste bedurften. Sie wussten alles, was vor sich ging, doch keiner von ihnen hatte jemals außerhalb des Amtes darüber geredet.

Heute war der Tag, an dem sich all das ändern mochte.

Denn der Krieg im Osten war in eine kritische Phase getreten. Die Öffentlichkeit wusste davon noch nichts, abgesehen von Gerüchten, die es immer gab, aber wer im NSA arbeitete, hatte naturgemäß den Überblick über alles, was im Reich geschah, womöglich einen besseren als der Reichskanzler und Führer selbst. Die führenden Mitglieder der Reichsregierung waren in einer Zeit aufgewachsen, in der Komputer noch keinen selbstverständlichen Teil des Alltags dargestellt hatten. Es war nicht ihre Schuld, dass sie kein wirkliches Gefühl für die Möglichkeiten besaßen, welche die Komputer eröffneten.

Doch das hinderte sie nicht daran, Entscheidungen zu treffen. Es war Aufgabe des Amtes, dafür zu sorgen, dass es die richtigen sein würden.

Was sie hatten vorbereiten können, war vorbereitet. Nun kam es nur noch darauf an, dass alles so gelang, wie sie es sich ausgedacht hatten.

* * *

Man schrieb den 5. Oktober 1942. Der Himmel war an diesem Montagmorgen so grau, als habe jemand eine gewaltige Glocke aus Blei über das Land gestülpt, und die hohen, schmalen Fenster des NSA-Gebäudes wirkten in dem diffusen Licht wie die Schießscharten einer abwehrbereiten Festung. Kein Lüftchen rührte sich. Die Straßen der Stadt lagen weitgehend verwaist, abgesehen von ein paar Fahrradfahrern, die mit eingezogenen Köpfen eilig ihres Weges strampelten. Entlang der Häuserwände sah man aufgestapelte Sandsäcke vor Kellerfenstern: eine reine Vorsichtsmaßnahme. Bis jetzt hatte es erst ein einziger Bomber des Feindes bis nach Weimar geschafft, und der hatte es nicht vermocht, großen Schaden anzurichten.

Endlich bogen drei schimmernd schwarze Mercedes-Benz-Limousinen des Typs 320 in die Straße ein und rollten in geradezu maschinenhaft präziser Formation die Auffahrt empor, um vor dem Portal zu halten, über dem die Hakenkreuzfahne schlaff und feucht herabhing. SS-Männer in schwarzen Uniformen stiegen aus, sahen sich mit ausdruckslosen, herrischen Gesichtern und raubtierhaften Blicken nach allen Seiten um. Dann öffnete einer von ihnen zackig den Wagenschlag auf der Beifahrerseite des mittleren Wagens, und ein Mann stieg aus, den jedermann sofort erkannt hätte, und sei es nur anhand seiner unverkennbaren runden Brille: Reichsführer SS Heinrich Himmler, der nach Adolf Hitler mächtigste Mann des Reiches.

Himmler trug einen schwarzen Ledermantel und schwarze Handschuhe, die er nun mit ungeduldigen Bewegungen auszog, während er das Gebäude vor sich betrachtete und insbesondere den über dem Portal eingemeißelten alten lateinischen Wahlspruch *SCIENTIA POTENTIA EST*, dessen Anblick ihm ein missmutiges Stirnrunzeln entlockte. Die sonstige Umgebung war ihm keinen einzigen Blick wert.

In diesem Augenblick öffneten sich beide Flügel des Portals, mehr als vier Meter hohe Kassettentüren aus dunkler Eiche, und der stellvertretende Leiter des Amtes, Horst Dobrischowsky, trat ins Freie, um den hohen Gast zu begrüßen. Hinter ihm warteten alle Mitarbeiter, die nicht durch dringende Pflichten verhindert waren oder durch anderes, wie im Falle August Adameks, dessen Rollstuhl ins Foyer zu befördern mehr Umstände bereitet hätte, als sachdienlich gewesen wäre.

»Heil Hitler, Reichsführer«, rief Dobrischowsky, die Hand in vorbildlichster Weise zum deutschen Gruß erhoben. »Im Namen des gesamten Amtes darf ich Sie herzlich willkommen heißen.«

Himmlers Rechte zuckte nur kurz und nachlässig nach oben. »Schon gut«, meinte er unleidig, während er die drei Stufen der Treppe erklomm. »Ich habe wenig Zeit. Verschwenden wir sie nicht.«

* * *

Helene wischte zum bestimmt hundertsten Mal eine Staubfluse von einer der Bakelit-Kappen auf der Tastatur, die vor ihr auf dem Tisch stand. Sie liebte diese Tastatur, liebte das satte Geräusch, das beim Niederdrücken der Tasten entstand, liebte deren Leichtgängigkeit – und das solide Gefühl, das sie vermittelten. Wie sorgfältig jeder Buchstabe eingefräst war! Die weiße Farbe war trotz täglichen Gebrauchs noch kein bisschen abgenutzt, und dabei war die Tastatur bestimmt über zehn Jahre alt.

Solche Tastaturen wurden heutzutage gar nicht mehr hergestellt. Nicht nur wegen des Krieges, auch schon vorher nicht mehr.

Sie richtete sich auf, atmete durch, sah sich um. Ungewohnt, hier zu arbeiten, in dem Saal, in dem sonst Weihnachtsfeiern stattfanden oder Filmvorführungen oder wichtige Besprechungen, an denen nur die Männer teilnahmen. Es roch immer noch nach Jahrzehnte altem Zigarettenrauch, obwohl sie vergangene Woche jeden Tag gelüftet hatten, und nach Schweiß und Bier und verbranntem Staub. Der Tisch, auf dem ihr Komputer stand, war höher, als sie es gewohnt war, und auch der Stuhl war unpraktisch mit seinen Armlehnen.

Sie rutschte unbehaglich umher, zog ihr Kleid zurecht. Sie hatte ihr bestes Kleid angezogen, wie man es ihr gesagt hatte, und fühlte sich nun fehl am Platz, denn das trug sie sonst nur sonntags oder zu festlichen Anlässen. Aber sogar Herr Adamek, der Amtsleiter, der für gewöhnlich lediglich eine Strickweste über dem Hemd trug, hatte sich heute in einen Anzug gezwängt, also war es wirklich ernst.

Jemand öffnete die Tür. Helene fuhr herum, aber es war nur Engelbrecht, der hereingehumpelt kam.

Er nickte ihr zu. »Hallo, Fräulein Helene. Alles klar?«

Sie nickte beklommen. »Ich glaube schon.«

»Wird schon gut gehen«, meinte er unbekümmert, während er sich vergewisserte, dass der schwere Messingstecker fest in der Bildausgangsdose ihres Komputers saß.

Das dicke, stoffumwickelte Kabel lief einige Meter über den abgewetzten Linoleumboden und dann in den Projektor, der einsatzbereit auf einem anderen Tisch stand, direkt auf die Leinwand gerichtet. Der Lüfter surrte schon die ganze Zeit. Engelbrecht öffnete die seitliche Klappe, hinter der die Kohlen der Lichtbogenlampe in ihren Fassungen saßen.

»Ist er schon da?«, fragte Helene.

Engelbrecht nickte, überprüfte den festen Sitz der Kohlen und die Leichtgängigkeit der automatischen Nachführung. »Horst zeigt ihm gerade die Datenspeicher. Die übliche Tour, nur ein bisschen abgekürzt. Der Reichsführer hat nicht viel Zeit.«

»Gut«, sagte Helene. Dann würde es wenigstens bald ausgestanden sein. Sie hatte die vergangene Nacht kaum ein Auge zugetan vor Nervosität.

Wenn sie wenigstens Bescheid gewusst hätte, worum es überhaupt ging! Aber die Männer machten immer aus allem ein Geheimnis. Frauen sollten nicht mitdenken, sie sollten einfach nur programmieren, was man ihnen vorgab.

Engelbrecht schloss die Klappe zufrieden und ging wieder hinaus. Helene sank seufzend in sich zusammen. Wenn der Tag nur schon vorüber gewesen wäre!

Wieder ging die Tür. Im ersten Moment dachte sie, es sei

Engelbrecht, der etwas vergessen hatte, aber er war es nicht, sondern Frau Völkers, ihre Chefin.

Auch das noch.

Rosemarie Völkers war eine magere, kleine Frau von fast sechzig Jahren, die älteste Mitarbeiterin im ganzen Amt, und sie hatte die Angewohnheit, sich mit Tippelschritten zu bewegen, bei denen Helene immer an eine Spinne denken musste, die sich einem in ihrem Netz zappelnden Opfer nähert. Es hieß, sie sei schon seit den Anfängen der Bewegung Mitglied der NSDAP, mit einer nur fünfstelligen Mitgliedsnummer, und seit der Machtergreifung hatte sie noch nie jemand ohne das »Bonbon«, das NSDAP-Parteiabzeichen, am Revers gesehen.

»Fräulein Bodenkamp«, sagte sie, als sie heran war, und spitzlippig wie immer, »ich wollte Ihnen nur sagen, dass ich sehr hoffe, Ihre Programme rechtfertigen heute das Vertrauen, das Herr Adamek in Sie setzt.«

Helene starrte auf die Schreibmarke, das Einzige, was bis jetzt auf dem Bildschirm zu sehen war. Was konnte man auf eine solche Bemerkung schon erwidern?

»Ich habe alle Routinen getestet«, beteuerte sie. »Ich bin sicher, sie funktionieren alle korrekt.«

»Gut. Dass es ernste Konsequenzen für Sie hätte, wenn Ihre Routinen nichts finden, brauche ich Ihnen hoffentlich nicht zu erklären.«

Nein, dachte Helene. *Das weiß ich auch so, du alte Hexe.*

»Die Routinen«, sagte sie dann mit aller Ruhe, die sie aufbringen konnte, »können nur etwas finden, wenn auch etwas da ist.«

Die Völkers gab ein abfälliges Schnauben von sich. »Machen Sie sich nicht die Mühe, jetzt schon nach Ausreden zu suchen«, riet sie. »Ich werde keine akzeptieren.«

Damit drehte sie sich um, tippelte davon und verließ den

Saal wieder. Helene atmete tief durch, beugte sich nach vorn und strich einmal mehr nervös über die alten, schwarzen Bakelit-Tasten.

***

Horst Dobrischowsky übernahm es, dem Reichsführer die hinteren Hallen zu zeigen, das eigentliche »Herz« des NSA. Ob das sein müsse, hatte Himmler zu ihrer aller Bestürzung gefragt, worauf ihm der stellvertretende Amtsleiter geistesgegenwärtig versicherte, dass es natürlich nicht unbedingt sein *müsse*, zum Verständnis dessen, was sie ihm zu präsentieren gedachten, aber doch unbedingt von Vorteil sei. »Na gut«, hatte Himmler gesagt, und so hatten sie den Weg nach hinten eingeschlagen, Dobrischowsky, Himmler und einer seiner Adjutanten, ein Mann mit messerscharfen Gesichtszügen und wässrig-grauen Augen, die wie tot wirkten.

Wozu die erste, ursprüngliche Halle einmal gedient haben mochte, ehe das NSA das Gebäude bezogen hatte, wusste niemand mehr so genau; die Vermutungen gingen dahin, dass sie zu Kaisers Zeiten ein Tanzsaal gewesen war. Dafür sprachen auch die gezierten Torbögen und die Stuckdecke, die vor Jahrzehnten sicher weiß gewesen waren.

Im Lauf der Zeit hatte man mehrmals erweitert, wobei man den Anbauten natürlich keine Stuckdecken mehr spendiert, sondern nüchterne Zweckbauten errichtet hatte, in denen genau wie vorne zahllose schlanke, aufrecht positionierte Zylinder in Reih und Glied standen wie eine Armee kupferfarbener Soldaten. Normalerweise schimmerten sie nicht so wie heute – für das einwandfreie Funktionieren war es unerheblich, ob das Kupfer der Hülle angelaufen war oder nicht –, aber im Hinblick auf den seit langem angekündigten Besuch des Reichsführers hatten die Putzfrauen in den letzten Wochen viel Muskelkraft und viel Zigarrenasche darauf verwendet, die Geräte auf Hochglanz zu polieren.

»Die besten Datensilos der Welt«, erklärte Dobrischowsky über das unablässige, verhaltene Surren und Klackern hinweg, das die Hallen erfüllte und klang, als nähere sich ein Schwarm hungriger Heuschrecken. Er legte die Hand neben das Signet der Firma Siemens, das auf jedem der Zylinder prangte. »Siemens DS-100. Um den Faktor zehntausend schneller als die Geräte vor dem Weltkrieg und um den Faktor eintausend kompakter.«

Bei einer normalen Führung hätte Dobrischowsky an dieser Stelle einige launige Vergleiche gebracht, wie viele Milliarden Informationseinheiten in einem solchen Silo gespeichert werden konnten, wie viele Leitz-Ordner voll es ergäbe, würde man sämtliche in diesen Hallen gelagerten Daten ausdrucken, wie viele Regale man dafür bräuchte und wie viel Stellfläche wiederum für die Regale: Man hätte damit nämlich jedes einzelne Haus in Weimar füllen können und dann immer noch eine Menge Ordner übrig gehabt.

Aber so desinteressiert, wie der Reichsführer dreinschaute, hatte Dobrischowsky das deutliche Gefühl, dass er besser daran tat, diesen Part ausfallen zu lassen.

Also sagte er nur: »Sie sehen hier praktisch ganz Deutschland in Form von Daten erfasst und abgebildet. Zum Zwecke der Auswertung haben wir darüber hinaus unmittelbaren Zugriff auf die zentralen Dienst-Komputer des Weltnetzes, die bekanntlich nach wie vor am ...« Er hüstelte. Um ein Haar hätte er *am ehemaligen Kaiserlichen Institut für Informationsverarbeitung* gesagt. Macht der Gewohnheit. »Die in Berlin an der Universität stehen«, korrigierte er sich.

Himmler machte, die Hände hinter dem Rücken zusammengelegt, ein paar Schritte. »Nur Deutschland?«, fragte er.

Dobrischowsky räusperte sich. »Gemeint ist natürlich das

ganze Reich. In seinen gegenwärtigen Grenzen.« Er hob die Hand, wies nach links. »Kommen Sie, ich kann Ihnen zeigen, wie das konkret aussieht.«

Er dirigierte den hohen Gast und seinen Begleiter in einen Nebenraum, ihren jüngsten Anbau: Sie hatten eine Garage dafür geopfert, die sie infolge der Reduzierung des Personalbestands seit Kriegsbeginn ohnehin nicht mehr benötigten. Hier war nichts mehr zu ahnen von der kupferfarbenen, Reichsparteitag-haften Symmetrie der anderen Hallen; stattdessen standen mehrere graue Kolosse nebeneinander, die aussahen wie gußeiserne Öltanks und dröhnten wie unrund laufende Düsentriebwerke. Jede der Maschinen war auf eine Weise, die nicht nur kompliziert aussah, sondern es auch war, mit dem hausinternen Netz verbunden: ein Knäuel aus grauen, stoffumwickelten Kabeln, selbst gefertigten Anschlussstücken und provisorisch mit Lochblechen ummantelten Schaltkreisen, die sie ebenfalls selbst entwickelt hatten. Für einige davon hatten sie sich mit alten Röhren behelfen müssen, deren rötlicher Widerschein die Kästen geheimnisvoll erhellte.

»Das sind beispielsweise die Datensilos, die nach der Besetzung Polens hergeschafft wurden«, erklärte Dobrischowsky. »Sie enthalten sämtliche Daten des polnischen Telephonnetzes sowie alle Einträge des Polnischen Forums bis zu dessen Stilllegung.«

Tatsächlich stammten die Silos aus englischer Fertigung, und zwar noch aus der Zeit, als die Engländer gerade erst damit begonnen hatten, elektronische Komputer zu bauen anstatt noch mehr ihrer dampfbetriebenen *Analytical Engines*. Die elektronische Industrie Polens war bei Kriegsbeginn noch vollauf damit beschäftigt gewesen, das Land mit Radiogeräten und Fernsehapparaten zu versorgen; man hätte sich überdies schwergetan, mit den englischen Schleuderpreisen für Komputer zu konkurrieren.

»Sämtliche Daten …«, wiederholte Himmler, und auf einmal ging so etwas wie ein Leuchten über sein Gesicht. »Das heißt, Sie waren das? Sie haben uns diese Berichte geschickt, wo wir die Widerständler finden?«

»Ja«, sagte Dobrischowsky. »Den meisten Menschen ist nicht klar, dass man über ihre Telephone jederzeit ihren Aufenthaltsort ermitteln kann.«

Himmler grinste, sah seinen Adjutanten an. Der meinte mit einem abfälligen Lächeln: »Die Zecken vom polnischen Widerstand haben das irgendwann schon kapiert. Aber da war es halt zu spät.«

Sie lachten beide. Dobrischowsky beließ es bei einem Lächeln, ein Lächeln der Erleichterung. Dass sich die Laune des Reichsführers zu bessern schien, war hoffentlich ein gutes Zeichen. Auf jeden Fall schien er allmählich zu verstehen, was sie für das Vaterland zu tun imstande waren.

Zum ersten Mal an diesem Tag verspürte Dobrischowsky so etwas wie Zuversicht, dass ihr Plan Erfolg haben würde.

* * *

Eugen Lettke hatte die Toilette ganz für sich alleine, diesen viel zu großen, viel zu hohen, ungemütlich kalten, weiß gekachelten Raum, in dem es nach Desinfektionsmittel und Urin stank und in dem jedes Geräusch schrecklich laut widerhallte: Nicht nur die Wasserspülung, die klang, wie er sich die Niagarafälle vorstellte, nicht nur das Verriegeln der Klotür, das an zufallende Kerkergitter denken ließ, nein, auch jeder Schritt, den man tat, war überlaut zu hören, genau wie das Rascheln der Hose, die man herunterließ, selbst das bloße Aufknöpfen des Hosenschlitzes. Von den Geräuschen, die mit den eigentlichen »Geschäften« verbunden waren, ganz zu schweigen.

Es war schon gut, wenn man die Toilette für sich alleine hatte.

Im Moment quietschte nur der Wasserhahn, der noch aus einem anderen Jahrhundert stammte. Drei Waschbecken gab es, viel zu viele für die Anzahl der Männer, die noch im NSA arbeiteten. Der Wasserhahn am Becken ganz links tropfte unentwegt, und zwar schon, seit er hier arbeitete. Niemand fühlte sich dafür zuständig; er auch nicht.

Eugen Lettke hatte es nicht eilig. Er betrachtete sich im Spiegel, während er sorgsam einigen widerspenstigen Strähnen an seinem Kopf mit etwas kaltem Wasser Gehorsam beibrachte. Auch die Spitzen seines dünnen Oberlippenbärtchens konnten ruhig noch etwas spitzer werden.

Er studierte die Züge seines Gesichts – es war eine Gewohnheit, fast so etwas wie eine Obsession das zu tun, wann immer er sich in einem Spiegel gegenüberstand –, erinnerte sich daran, wie er ausgesehen hatte, als Kind und als Heranwachsender, und versuchte zu verstehen, was er an sich gehabt haben mochte, dass keines der Mädchen, in das er sich verliebt hatte, etwas mit ihm zu tun haben wollte. Das hatte er nie begriffen. Er war nicht hässlich, ganz gewiss nicht, und das war auch früher nicht anders gewesen. Andere hatten hässlicher ausgesehen und trotzdem Freundinnen gehabt, sogar dieser Kerl aus dem Nachbarhaus mit der Hasenscharte!

Früher hatte er darunter gelitten. Bis er dann eine größere, verzehrendere, seine eigentliche Leidenschaft entdeckt hatte. Seitdem war es nur noch Gewohnheit, darüber nachzudenken.

Außerdem war sein momentanes Problem nicht, wie sein Gesicht einmal ausgesehen hatte, sondern wie es heute aussah. Wenn er in den Spiegel blickte, sah er einen blonden, blauäugigen Mann vor sich, einen Arier, wie er im Schulbuch stand. Männer wie er hielten sich in diesen Tagen nicht im sicheren Heimatland auf, sondern kommandierten Panzerverbände an der Ostfront, dort, wo die Serie deutscher Siege ein Ende gefunden hatte. Männer wie er schossen oder wurden erschossen, und auf keins von beidem verspürte Eugen Lettke die geringste Lust. Dem deutschen Volk Lebensraum im Osten zu verschaffen war etwas, das ihn nicht die Bohne interessierte. Wenn andere dafür den Hals hinhalten wollten, so mochten sie das von ihm aus tun, solange sie ihn damit in Ruhe ließen.

Leider war ihm nur zu klar, dass sie ihn nicht in Ruhe lassen würden.

Bisher hatten ihn zwei Dinge vor der Einberufung geschützt: anfangs der Sachverhalt, dass er der einzige Sohn einer Kriegswitwe und sein Vater zudem ein hochdekorierter Kriegsheld gewesen war, danach, als es ernst wurde und vielen mit ähnlicher Biographie der UK-Status aberkannt wurde, die Regelung, dass jede geheimdienstliche Tätigkeit automatisch als kriegswichtig zu betrachten sei.

Doch inzwischen bot auch das keine Sicherheit mehr. Nicht in Zeiten, in denen selbst Arbeiter aus Rüstungsbetrieben an die Front geschickt und am Arbeitsplatz durch Frauen oder sogar Kriegsgefangene ersetzt wurden!

Die Sache war die, dass er die Elektropost des Chefs mitlas. Was selbstverständlich strengstens verboten war, aber, nun ja, sie waren schließlich in einem Geschäft tätig, das sich darum drehte, Geheimnisse auszuspähen, und zwar am liebsten streng verbotene, oder etwa nicht? Wie auch immer, er hatte Adamek jedenfalls so lange unauffällig auf die Finger geschaut, bis er dessen Parole herausgefunden hatte, und seither verfolgte er seine Korrespondenz. Deshalb wusste er, dass Himmler heute nicht hier war, um mal nachzuschauen, ob sie hinreichend hübsche Bureaus hatten, sondern um zu entscheiden, ob das, was sie darin taten, auch wirklich kriegswichtig war. Sollte der Reichsführer zu dem Schluss kommen, dass dem Reich besser damit gedient war, den NSA einzukassieren und dem Reichssicherheits-Hauptamt als Unterabteilung einer Unterabteilung zuzuschlagen, dann würde genau das geschehen. Die betrieben dort schließlich auch Aufklärung, nur eben auf die klassische Weise, aber es würde sich zweifellos ein organisatorisch geeignetes Plätzchen finden.

Man hatte Adamek ferner wissen lassen, dass in diesem Falle die Belegschaft ein weiteres Mal verringert werden würde, insbesondere was die Anzahl der männlichen Mitarbeiter anbelangte, denn jeder waffenfähige Mann werde in dieser schwierigen Zeit an der Front gebraucht, im Kampf für den Endsieg.

Man musste kein Prophet sein, um zu wissen, wen es treffen würde. Den Chef jedenfalls nicht, der saß im Rollstuhl. Den Junior vom Telephondienst, Rudi Engelbrecht mit dem Hinkebein, auch nicht. Was Winfried Kirst, diesen dürren Eigenbrötler, und Gustav Möller mit seiner dicken Brille anbelangte, gab es Argumente dafür und Argumente dagegen; einer der beiden würde wahrscheinlich davonkommen. Aber Dobrischowsky und er waren fällig. Wenn das NSA aufgelöst wurde, würden sie mit dem Gewehr in der Hand gegen den Russen marschieren, das war so sicher wie das »Hitler« nach dem »Heil«. Und im Unterschied zu allen anderen Soldaten an der Ostfront würden sie genau wissen, wie beschissen die Lage war.

Deswegen *musste* das heute klappen. Deswegen mussten sie das so durchziehen, dass Himmler die Augen aus dem Kopf fielen.

Eugen Lettke zwirbelte sich ein letztes Mal die Bartspitzen, dann drehte er den Wasserhahn wieder zu. Es quietschte so laut und misstönend, wie er es gewohnt war.

Und wie er es bleiben wollte. Er wollte nicht in den Krieg ziehen und niemanden totschießen – aber das hieß nicht, dass er nicht wusste, wie man kämpfte!

* * *

Der Saal war abgedunkelt. Der Projektor warf ein scharf abgegrenztes Abbild dessen auf die Leinwand, was der Bildschirm vor Helene Bodenkamp zeigte, der Lüfter surrte, die Bogenlampe verbreitete ihren unverkennbaren Geruch nach verbranntem Staub und heißer Kohle. Einige der Männer kämpften mit Zigarettenrauch dagegen an.

Keiner von den SS-Leuten allerdings. Die hielten sich im Hintergrund, reglos wie Statuen.

»Unsere Arbeit«, begann August Adamek mit sanfter, eindringlicher Stimme, »spielt sich auf zwei Ebenen ab. Die erste Ebene ist unmittelbar einsichtig, was ihre Funktionsweise anbelangt: Wir haben Zugriff auf alle Daten, die im Reich erzeugt werden, und können diesen Zugriff auf vielfältige Weise nutzen. Wir können jeden Text lesen, den irgendjemand verfasst, genau wie jeden Elektrobrief, der innerhalb des Reiches verschickt oder empfangen wird. Wir können jeden Kontostand abfragen, jedes Telephon orten, wir können ermitteln, wer welche Fernsehsendung oder Radiosendung gesehen beziehungsweise gehört hat, und unsere Schlüsse daraus ziehen. Selbstredend können wir auch jede Diskussion mitlesen, die im Deutschen Forum stattfindet, auch diejenigen mit geschlossenem Teilnehmerkreis, und auf diese Weise Personen identifizieren, die sich irgendwann einmal in einer Weise über den Führer, die Partei oder den Nationalsozialismus geäußert haben, die es ratsam macht, die Aufmerksamkeit der dafür zuständigen Stellen auf sie zu lenken.«

Allgemeines Nicken. Auch Himmler nickte.

»Hierbei stoßen wir auf zwei Hindernisse«, fuhr Adamek fort. »Das erste ist die schiere Masse an Daten. Wir können zwar *jedes* Dokument lesen, aber wir können nicht *alle* Dokumente lesen – das könnten wir nicht einmal dann, wenn wir tausendmal so viele Mitarbeiter hätten, wie wir haben.«

Ehe Himmler auf die Idee kommen konnte, Adamek verlange einfach nur mehr Mitarbeiter – ein Wunsch, der angesichts der Kriegssituation völlig unerfüllbar gewesen wäre –, fuhr er fort: »Unsere Waffe gegen dieses Hindernis sind unsere Komputer. Wir lassen sie die Datenbestände nach bestimmten verräterischen Stichwörtern durchforsten, setzen also Suchfunktionen ein, die wir zudem stetig verbessern, damit sie uns möglichst relevante Ergebnisse liefern.«

Himmler nickte noch einmal, schien sich allerdings schon wieder zu langweilen.

»Das zweite Hindernis ist, dass es sich inzwischen herumgesprochen hat, dass man im Deutschen Forum aufpassen muss, was man schreibt. Sprich, die Feinde unseres Volkes geben sich nicht mehr so unbefangen zu erkennen, wie sie es noch vor einigen Jahren getan haben oder gar vor der Machtergreifung. Tatsächlich sind die Forumseinträge vor 1933 in politischer Hinsicht die ergiebigsten. Doch seither ist eine neue Generation herangewachsen, und es stellt sich die Frage, wie man die schwarzen Schafe unter den Jungen finden kann.«

»Ah«, ließ sich Himmler vernehmen. »Jetzt kommt das Schwarze Forum ins Spiel, nehme ich an.«

»Exakt.« Adamek nickte, und es wirkte auf eine gefährliche Weise so, als hielte er sich für den Lehrer und den Reichsführer SS für einen zu lobenden Schüler. »Wir haben ein Forum eingerichtet, an dem man ohne Bürgernummer und Parole teilnehmen kann, also auf den ersten Blick anonym. Wir haben es mit einigen reichsfeindlichen Äußerungen gefüllt, für die wir uns beanstandete Einträge aus dem

Deutschen Forum zum Vorbild genommen haben, und dann einfach abgewartet.«

Er nickte Dobrischowsky zu, der eine Spur zu eifrig erläuterte: »Technisch bedingt gibt es im Weltnetz keine echte Anonymität. Man weiß von jedem einzelnen Buchstaben jederzeit genau, wann er von welchem Eingabegerät ins System gekommen ist. Bei dem Eingabegerät kann es sich um einen Komputer handeln; dieser ist identifizierbar und gehört in der Regel jemandem. Haben wir es mit einem öffentlichen Komputer zu tun – an einer Schule, in einer Bibliothek, auf einem Postamt oder dergleichen –, dann lässt sich der Eingabe meistens über eine Telephonortung eine Person zuordnen. Handelt es sich bei dem Eingabegerät um ein Telephon, ist eine Identifizierung ohnehin gegeben.«

»Und uns überlassen Sie es, uns einen plausiblen Grund auszudenken, wieso wir uns die Personen zur Brust nehmen, die Sie uns melden«, beschwerte sich Himmler.

Adamek neigte den Kopf. »Wenn auch nur das Gerücht aufkommen sollte, dass Äußerungen im Schwarzen Forum nicht wirklich anonym sind, würde die ganze Sache wirkungslos. Und ein zweites Mal ließe sich so etwas nicht aufbauen.«

»Ja, ja, verstehe ich«, meinte Himmler fast jovial. »Das ist die zweite Ebene Ihrer Arbeit, die Sie erwähnten, nehme ich an?«

Adamek sah ihn an und schüttelte mit leisem Lächeln den Kopf. »Nein«, sagte er sanft. »Zu der komme ich jetzt.«

Er gab seinem Rollstuhl einen Schubs, rollte bis direkt unter das helle Rechteck auf der Leinwand und hielt an.

»Alles, wovon wir bis jetzt gesprochen haben, kratzt nur an der Oberfläche«, erklärte er. »Die eigentliche Macht liegt in der Möglichkeit, für sich genommen scheinbar harmlose Daten mithilfe des Komputers auf eine Weise zu verknüpfen, die zu ungeahnten Einsichten führt. *Das* ist die zweite Ebene unserer Arbeit und diejenige, die wir besser als sonst irgendjemand auf der Welt beherrschen. Wir sind, was diese Art Auswertungen anbelangt, eine eingespielte Truppe, in der Konzepter und Strickerinnen Hand in Hand arbeiten. Einen der Ansätze, die wir entwickelt haben, wollen wir Ihnen heute präsentieren.«

Himmler lehnte sich in seinem Stuhl zurück und legte die Hände an den Fingerspitzen zusammen. »Schön«, sagte er. »Dann präsentieren Sie mal.«

Adamek ließ sich von der unüberhörbaren Skepsis in der Stimme des Reichsführers nicht im Mindesten irritieren. Das wunderte niemanden, der ihn kannte; sich irritieren zu lassen lag einfach nicht in seinem Wesen. Deswegen saß er schließlich auch im Rollstuhl. Es war ein Ski-Unfall gewesen. Jeder hatte ihn gewarnt, die Piste sei gefährlich, doch er hatte sich nicht irritieren lassen.

»Unser Ansatz verdankt seine Wirksamkeit einer Entscheidung des Führers, die aus unserer Sicht ein wahrer Geniestreich war«, begann Adamek. »Ich spreche von der Entscheidung, das Bargeld abzuschaffen. Seit der Einziehung aller Banknoten und Münzen zum 1. Juli 1933 ist im gesamten Reich nur noch mit Geldkarte gezahlt worden beziehungsweise seit der Verbreitung des Volkstelephons ab 1934 zunehmend auch direkt damit, der größeren Bequemlichkeit wegen.«

»Diese Maßnahme zielte in erster Linie darauf ab, uns aus der Zinsknechtschaft des jüdischen Großkapitals zu befreien«, korrigierte Himmler. »Und nebenbei Schwarzmarktgeschäften, der Korruption und ganz allgemein dem Verbrechen die Grundlage so weit wie irgend möglich zu entziehen.«

Adamek nickte höflich. »Das waren zweifellos die Beweggründe des Führers, aber um die geht es mir nicht, sondern um den *Effekt*, den seine Entscheidung hatte. Der Effekt ist nämlich der, dass wir dank dessen genau wissen, was jeder einzelne Mensch, der innerhalb der Grenzen des Deutschen Reichs lebt, in den vergangenen neun Jahren gekauft hat, und auch, *wann* er es gekauft hat, *wo* er es gekauft hat und wie viel er dafür bezahlt hat. Stimmen Sie mir bis dahin zu?«

Auf einen unmerklichen Wink von ihm hatte Helene Bodenkamp eine vorbereitete Tabelle aufgerufen, die nun auf der Leinwand erschien: mehrere Spalten, die jeweils mehrere lange Nummern enthielten, gefolgt von einem Tagesdatum, einer Uhrzeit, einer Mengenangabe und einem Betrag in Reichsmark.

»In der Praxis handelt es sich dabei um eine enorm große, aber sehr einfache Tabelle. Hier sehen wir einen Auszug daraus, und zwar alle Einkäufe, die ich selber getätigt habe. Die Nummer in der ersten Spalte, die, wie Sie sehen, überall die gleiche ist, ist meine Bürgernummer. Die zweite Spalte enthält die Bürgernummer der Person oder die Firmennummer der Firma, an die das Geld gegangen ist. Die dritte Spalte enthält im Falle eines simplen Einkaufs die Artikelnummer, die jedem handelbaren Gegenstand in Deutschland zugeordnet sein muss, oder eine Vertragsnummer, falls es sich um Zahlungen im Rahmen eines Vertrags handelt – ein Beispiel dafür sehen Sie in der zweiten Zeile; das ist die Zahlung der Monatsmiete meiner Wohnung –, oder eine Anlassnummer, wenn es sich um eine sonstige Zuwendung handelt. In der siebten Zeile steht hier die Kennziffer 101, die für Geldgeschenke unter Verwandten zu verwenden ist: Hier war es der Geburtstag meines Neffen Hermann, dem ich zwanzig Mark geschenkt habe. Die letzte Spalte vor dem Betrag enthält eventuelle Mengenangaben.«

Wieder ein Wink an die Programmstrickerin. Die Tabelle schrumpfte zusammen, füllte sich von unten her auf.

»Nun haben wir einen weiteren Filter über diese Liste gelegt, nämlich einen, der anhand der Artikelnummern nur meine Lebensmittelkäufe zeigt«, erläuterte Adamek.

Himmler furchte skeptisch die Stirn. »Woran erkennt man das?«, wollte er wissen. »Welcher Artikel ist ein Lebensmittel? Die Nummern sehen alle völlig unterschiedlich aus, abgesehen von der Artikel-Kennziffer am Anfang.«

»Das sieht man der Artikelnummer nicht an, die Nummern werden fortlaufend vergeben«, erwiderte Adamek. »Aber bei der Anlage jedes Artikels werden alle erforderlichen Angaben hinterlegt, und zwar in einer *anderen* Tabelle. Fräulein Bodenkamp, zeigen Sie doch mal den Eintrag der Artikeltabelle zu einer der Zeilen, sagen wir, die erste.«

Das Bild verschwand, machte einer Übersicht Platz. Man sah die Artikelnummer, darunter stand: *Gloria Kartoffeln*

Kategorie: *Lebensmittel*

Rationiert: *Nein*

Verweis in Materialtabelle: *1004007*

»Hier haben wir die Kategorie angezeigt. Es handelt sich um ein Lebensmittel, wir müssen also, wenn wir weitere Eigenschaften des Artikels abfragen wollen, in die Tabelle Lebensmittel gehen. Fräulein Bodenkamp?«

Sie tippte ein paar Befehle ein, dann erschien eine neue Übersicht:

Material-Nummer: *1004007*

Beschreibung: *Kartoffeln allgemein*

Nährwert: *77 Kalorien*

Einheit: *100 g*

Und so weiter, eine Liste von Einträgen zu Vitaminen und dergleichen, länger als der Bildschirm.

»Wir sehen also, die Kartoffeln, die ich am Samstag vor zwei Wochen gekauft habe, haben einen Nährwert von 77 Kalorien pro 100 g. Gekauft habe ich zwei Kilogramm ...«

»Darf ich fragen, wie Sie das machen?«, unterbrach ihn Himmler. »Im Rollstuhl?«

Adamek neigte den Kopf. »Nun, natürlich kaufe ich nicht selbst ein. Ich habe einen jungen Helfer, der das für mich erledigt. Ich gebe ihm eine Liste mit und meine Geldkarte und überlasse ihm alles Weitere.«

Himmler nickte knapp. »Verstehe. Fahren Sie fort.«

Adamek drehte sich mit seinem Rollstuhl herum und betrachtete das angezeigte Bild, bis er den Faden wieder gefunden hatte. »Wie gesagt, ich habe zwei Kilogramm Kartoffeln gekauft, also einen Nährwert von 1540 Kalorien erworben. Diese Umrechnung von Lebensmittelkäufen in Nährwert können wir nun durch ein Programm automatisch erledigen lassen.«

Wieder ein Nicken in Richtung der Strickerin, wieder wechselte das Bild. Die Tabelle der Lebensmitteleinkäufe erschien erneut, diesmal aber nur mit Bürgernummer, Datum und Anzahl der Kalorien.

»Und das Ganze«, fuhr Adamek fort, »können wir natürlich auch leicht monatsweise aufsummieren. Fräulein Bodenkamp, wenn ich bitten dürfte?«

Eine neue Liste erschien.

Die Überschrift lautete: **August Adamek, geboren 5.5.1889, wohnhaft Weimar, Junkerstraße 2**

Darunter war aufgelistet:

September 1942 – 73.500 Kalorien

August 1942 – 72.100 Kalorien

Juli 1942 – 68.400 Kalorien

Juni 1942 – 78.300 Kalorien

»Das sind die Nährwerte, die ich in den letzten Monaten gekauft und in der Folge auch verzehrt habe«, erklärte Adamek. »Ungefähr zweieinhalbtausend Kalorien pro Tag, das kommt hin.« Er rollte ein Stück zur Seite. »Nun fügen wir noch einen letzten Schritt hinzu, damit die Auswertung allgemein aussagekräftig wird, und zwar dergestalt, dass wir diese Tabelle mit den Daten des Standesamtes verknüpfen. Auf diese Weise erhalten wir die Kalorien pro Haushalt. Teilen wir diese Zahl noch durch die Anzahl der Mitglieder dieses Haushalts – Vater, Mutter, Kinder, Großeltern und so weiter –, dann landen wir schließlich bei einer Liste, die alle Haushalte aufführt und wie viele Kalorien die Mitglieder dieser Haushalte im Schnitt pro Monat verbrauchen.«

Die Augen des Reichsführers wirkten unnatürlich groß hinter seiner runden Brille. Er nickte, sehr, sehr langsam, aber er nickte. Schien zu begreifen, worauf das alles hinauslief.

»Im Fall meiner Person bleibt das Ergebnis dasselbe, da ich allein lebe«, fuhr Adamek fort. »In anderen Fällen wird das Ergebnis niedriger liegen als zweieinhalbtausend Kalorien, zum Beispiel, wenn Babys oder Kleinkinder zu einem Haushalt gehören, die natürlich weniger essen als Erwachsene. Aber wenn der Schnitt wesentlich höher liegt …« Er hielt inne, sah in die Runde, fixierte dann wieder den Reichsführer SS. »Wir müssen selbstverständlich eine gewisse Schwankungsbreite einkalkulieren. Männer, die schwer körperlich arbeiten, haben einen höheren Energiebedarf. Aber wenn der durchschnittliche Kalorienverbrauch eines Haushalts eine gewisse Obergrenze überschreitet … und das in diesen Zeiten, in denen manche Lebensmittel rationiert sind … ein solcher Ausreißer kann ein deutlicher Hinweis darauf sein, dass in dem betreffenden Haushalt mehr Menschen leben, als gemeldet sind. Zum Beispiel«, fügte er hinzu, »Menschen, die vor dem Gesetz versteckt werden.«

Himmler hatte die Hände gefaltet, rieb sie sich bedächtig. »Das klingt gut«, sagte er anerkennend. »Das klingt *sehr* gut.« Er kniff argwöhnisch die Augen zusammen. »Aber das würde ich doch gerne in der Praxis demonstriert sehen.«

Adamek lächelte. Seine Kollegen lächelten ebenfalls. Darauf waren sie natürlich vorbereitet.

»Nichts lieber als das«, meinte Adamek. »Nennen Sie eine Stadt, und wir erstellen eine Liste verdächtiger Haushalte. Hier. Jetzt. Vor Ihren Augen.«

»Irgendeine Stadt?«, fragte der Reichsführer.

»Irgendeine Stadt«, bestätigte Adamek.

Himmler überlegte kurz. Dann sagte er: »Amsterdam.«

Das Lächeln auf den Gesichtern der Männer erlosch schlagartig.

»Amsterdam?«, vergewisserte sich Adamek.

»Ist das ein Problem?«, fragte Himmler.

* * *

Helene saß wie gelähmt vor ihrer Tastatur. Das hatte sie alles nicht gewusst. Sie hatte die Programme geschrieben, nach Vorgaben, die sie von Herrn Adamek, von Herrn Lettke und von Herrn Dobrischowsky erhalten hatte, genau wie sonst auch. Und wie sonst auch hatte sie nicht gefragt, wozu die Auswertungen dienen sollten; derlei Fragen standen Programmstrickerinnen nicht zu.

Natürlich hatte sie sich ihre Gedanken gemacht. Aber es war schließlich nur um Lebensmittel gegangen, um Kalorienzahlen – was hätte sie da anderes vermuten sollen, als dass es um die Ernährungssituation des Volkes ging? Darum, die Versorgungslage zu untersuchen, herauszufinden, wo die Menschen genug zu essen hatten und wo nicht?

Aber das jetzt … Ihre Hände fühlten sich tonnenschwer an. In ihrem Bauch zitterte etwas ganz elendiglich. Ihr war danach, hinauszurennen und sich auf der Toilette zu verstecken, aber die Völkers würde ihr nachher den Kopf abreißen, wenn sie das wagte.

Vielleicht würde sie es schaffen, sich nicht zu übergeben.

Der Diskussion, die unter den Männern entbrannt war, folgte sie nur mit halbem Ohr. Wurde denn in Amsterdam schon bargeldlos bezahlt? Ja, lautete die Antwort, mehr oder weniger seit der Besetzung der Niederlande. Man hatte den Gulden abgeschafft, alles Bargeld eingezogen und die bargeldlose Reichsmark eingeführt, genau wie in Deutschland. Und standen denn auch alle benötigten Tabellen zur Verfügung?

»Fräulein Bodenkamp?« Die Stimme Adameks. »Helene?«

»Ja?« Sie schreckte hoch.

»Haben wir, Amsterdam betreffend, alle benötigten Tabellen?«

»Ja.« Da standen sie aufgelistet, vor ihr auf dem Schirm. Ihre Hände mussten das getan haben, ohne dass sie es mitbekommen hatte.

»Dann starten Sie die Auswertungen, bitte.«

»Ja«, hörte sich Helene Bodenkamp sagen, gehorsam, wie es einer deutschen Frau geziemte, und dann sah sie ihren Händen zu, wie sie die notwendigen Befehle eintippten.

Und schließlich die *Ausführen*-Taste drückten.

Warum musste sie gerade an Ruth denken, die Freundin aus Kindertagen? Ruth Melzer, die sich eines Tages im Klassenzimmer ganz nach hinten hatte setzen müssen und den deutschen Gruß nicht hatte machen dürfen, mit dem alle anderen den Lehrer empfingen. Ruth Melzer, die kurz darauf mit ihren Eltern nach Amerika gegangen war, für immer, und von der sie nie wieder etwas gehört hatte.

Während die Auswertung lief und die Prozentzahl auf dem Schirm langsam wuchs – ihr war, als könne sie hören, wie die Silos unten in den Hallen jetzt gerade ratterten und klackerten und wie die Lüfter der Komputer ansprangen, weil die Recheneinheit auf Hochtouren lief –, während also all das Unheimliche, Schreckliche seinen unaufhaltsamen Gang nahm, erläuterte Himmler, wieso ausgerechnet Amsterdam.

»Als die Wehrmacht die Niederlande eingenommen hatte und wir uns die Unterlagen ansehen konnten, haben wir festgestellt, dass die Stadtverwaltung von Amsterdam schon seit langem ein Verzeichnis führt, welcher Religion die in der Stadt wohnhaften Bürger angehören. Das Ganze hatte steuerliche Gründe, aber für uns war es natürlich ein Geschenk der Vorsehung. Anders als im Altreich, wo das Amt für Rassenkunde aufwendige genealogische Untersuchungen anstellen muss, um zu ermitteln, wer Jude ist, hatten wir, was Amsterdam betraf, auf einen Schlag eine komplette Liste zur Hand. Was die notwendigen Maßnahmen natürlich enorm vereinfacht hat.«

»Ja, das war ein echter Glücksfall«, pflichtete ihm Adamek bei.

»Wir haben im Frühsommer mit den Deportationen begonnen«, fuhr Himmler fort, »aber da wir diese Liste haben, wissen wir, dass wir nicht alle Juden erwischt haben. Von manchen heißt es, sie seien ins Ausland gegangen, aber bei einem Abgleich mit den Aufzeichnungen der Grenzbehörden stellten wir fest, dass das nicht stimmen kann. Das heißt, wenn sie nicht gerade über die Nordsee davongeschwommen sind, dann sind sie noch da, irgendwo in der Stadt untergetaucht in der Hoffnung, dass wir eines Tages wieder verschwinden.« Er ballte die Faust, eine Geste jäh aufflammender Wut. »Aber wir verschwinden nicht wieder. Wir sind gekommen, um tausend Jahre zu bleiben.«

Atemlose Stille herrschte nach diesem unvermittelten Ausbruch des Reichsführers. Niemand rührte sich, niemand sagte etwas. Alle starrten nur auf die Prozentzahl auf der Leinwand, die sich langsam der 100 näherte.

Dann verschwand sie, und eine Liste erschien.

Die ersten zwei Zeilen lauteten:

Gies – 6.710 Kalorien pro Tag und Person

van Wijk – 5.870 Kalorien pro Tag und Person

»Treffer«, sagte Lettke in die Stille hinein.

Himmler stand auf. »Was heißt das?«

»Diese Leute kaufen das fast Dreifache dessen an Lebensmitteln, was sie selber verzehren können«, erklärte Adamek. »Fräulein Bodenkamp, bitte die Einträge aus der Haushaltstabelle.«

Helene war es, als habe sich ein ungeheures, unsichtbares Gewicht auf sie gelegt, so schwer, dass sie kaum atmen konnte. Doch ihre Hände, diese Verräterinnen, arbeiteten weiter, tippten die notwendigen Befehle mit unverminderter Flinkheit ein, und die Anzeige auf der Leinwand erweiterte sich um Informationen über die Personen, die sich hinter diesen Familiennamen verbargen.

Die erste Zeile bezog sich auf ein kinderloses Ehepaar, Jan Gies und Miep Gies-Santrouschitz. Geburtsdaten, Geburtsorte – die Ehefrau kam aus Österreich –, Wohnort, Arbeitsstelle.

Hinter der zweiten Zeile verbarg sich ebenfalls ein Ehepaar, Cor van Wijk und Elisabeth van Wijk-Voskuijl. Ebenfalls keine Kinder.

»Vier Personen, die insgesamt auf einen Tagesschnitt von über 25.000 Kalorien kommen«, fasste Adamek zusammen, dessen Fähigkeit zum Kopfrechnen legendär war. »Das entspricht dem Nahrungsbedarf von zehn Personen oder mehr.«

»Die beiden Frauen arbeiten in derselben Firma«, stellte Dobrischowsky fest.

»Was ist das für eine Firma?«, fragte Adamek, an Helene gewandt.

Wieder tanzten die Finger. Die Firma hieß OPEKTA, hatte ihren Sitz in der Prinsengracht 263, betrieb Handel mit

Gewürzen und gehörte einem Johannes Kleiman und einem Victor Kugler.

»Sie hat erst im Dezember 41 den Besitzer gewechselt, also nach der Besetzung«, warf Lettke ein. »Das könnte auf ein Tarngeschäft hindeuten. Wer war der Vorbesitzer?«

Helenes Hände riefen die entsprechenden Daten auf.

»Otto Frank.« Dobrischowsky schüttelte den Kopf. »Ist das ein holländischer Name?«

Weiter, weiter, weiter. Ihre Hände tanzten über die Tasten, entrissen den Silos immer weitere Daten. Otto Frank, verrieten sie, war in der Tat kein Holländer, sondern ein deutscher Jude, der im Februar 1934 in die Niederlande ausgewandert war.

»Typisch Jude«, meinte Himmler. »Kommt als Niemand in ein fremdes Land, und ein paar Jahre später ist er reich und lässt Einheimische für sich arbeiten.«

Otto Frank, verrieten die Daten weiter, hatte mit seiner Familie im Merwedeplein 37 gelebt, war dort aber zuletzt am 5. Juli 1942 gesehen worden. Im Bericht des Deportationskommandos war vermerkt, die Familie sei Gerüchten zufolge in die Schweiz geflüchtet.

»Oder auch nicht«, meinte Himmler und zog sein Telephon aus der Tasche.

Helene zuckte unwillkürlich zusammen, als sie diese Bewegung sah. Etwas Unerhörtes haftete ihr an, war es doch strengstens verboten, tragbare Telephone mit in die Amtsräume zu nehmen.

Aber natürlich wäre es niemandem eingefallen, dem Reichsführer SS zuzumuten, sein Telephon am Eingang zu deponieren, wie es für sie alle Pflicht war.

»Schulz?«, rief Himmler schnarrend. »Wir haben hier gerade Hinweise auf versteckte Juden in Amsterdam gefunden. Schicken Sie ein Suchkommando in die Prinsengracht 263 und lassen Sie das Anwesen von oben bis unten durchsuchen.

Ja, 263. Außerdem Suchkommandos an folgende Adressen – schreiben Sie mit.« Er las dem Mann in Amsterdam die Adressen der Ehepaare Gies und van Wijk vor sowie die Adressen von Johannes Kleiman und Victor Kugler. »Ausführung sofort, so schnell wie möglich. Und erstatten Sie mir unverzüglich Bericht.«

Er nahm sein Telephon vom Ohr und sagte: »Jetzt heißt es warten.«

Sein Telephon, bemerkte Helene, schimmerte golden und ließ sich zusammenklappen, war also definitiv kein Volkstelephon. Vermutlich handelte es sich um eines der Luxusmodelle, die Siemens kurz vor Ausbruch des Krieges auf den Markt gebracht hatte.

Und so warteten sie. Saßen da, starrten ins Leere, ließen die Zeit verstreichen. Kirst zündete sich eine seiner unvermeidlichen Overstolz an. Adamek kaute auf dem Knöchel seines rechten Daumens herum. Lettke zwirbelte die Enden seines albernen Oberlippenbärtchens. Himmler zog sich mit seinem Adjutanten in den Hintergrund des Saals zurück und erteilte ihm leise ein paar Anweisungen; dann, während der maschinenhaft wirkende SS-Mann aus dem Saal schlüpfte, kehrte er zu seinem Stuhl zurück und ließ sich geräuschvoll wieder hineinfallen.

Endlich, nach hundert Jahren, wie es Helene vorkam, klingelte das Telephon des Reichsführers wieder. »Ja?«, bellte er ungeduldig, lauschte. Dann sagte er: »Fehlanzeige an der Adresse van Wijk.«

»Wie erklären sie ihre Lebensmittelkäufe?«, fragte Adamek.

Himmler starrte ihn finster an. »Haben Sie nicht aufgepasst? Davon habe ich meinen Leuten nichts gesagt, also, warum hätten sie danach fragen sollen?«

»Sie haben recht«, gab Adamek sofort zu. »Bitte entschuldigen Sie, Reichsführer.«

»Falls das hier funktioniert«, sagte Himmler, »werde ich den Teufel tun und irgendjemandem verraten, wie wir Untergetauchte finden.«

Adamek nickte. »Das ist zweifellos ratsam.«

Himmler sah grimmigen Blicks ins Leere. »Dass es überhaupt möglich ist, dass jemand in einem besetzten Gebiet so viele Lebensmittel kaufen kann! Vielleicht sollten wir *alles* rationieren. Dann könnte niemand heimlich irgendwelche Juden durchfüttern, ohne selber zu verhungern …«

Sein Telephon klingelte wieder. Diesmal ging es um die Suche im Haus Kuglers, die ebenfalls nichts erbracht hatte.

So ging es weiter, eine Adresse nach der anderen. Zuallerletzt meldete sich das Suchkommando aus der Prinsengracht.

»Sie haben das Gebäude von oben bis unten durchsucht«, berichtete Himmler, das Telephon gegen die Brust gedrückt.

»Und?«, fragte Adamek.

»Nichts«, sagte der Reichsführer SS grimmig. »Sie haben nichts gefunden. Nicht das Geringste.«

Helene sah, wie die Männer alle die Augen aufrissen vor Entsetzen. Bestimmt bemerkte niemand, dass sie dagegen erleichtert aufatmete.

* * *

»Moment«, sagte Lettke in die erschrockene Stille hinein. Es überraschte ihn selber, wie klar und entschieden seine Stimme klang. »Einen Moment, bitte.«

Dann wandte er sich an die Strickerin und sagte: »Ich gehe davon aus, dass wir auch die Grundbuchdaten von Amsterdam haben?«

Das Mädchen nickte mit großen Augen. »Ja. Selbstverständlich.«

»Zeigen Sie uns den Grundriss des Gebäudes.«

Er sah Adamek anerkennend nicken, hörte, wie er »Gute Idee« sagte. Er sah, wie Dobrischowsky an seinem Hemdkragen zerrte, sah Kirst nervös die nächste Zigarette aus seinem silbernen Etui fingern, sah Möller den Kopf einziehen.

Und er sah Himmlers Blick, kalt wie Eis. Wenn das jetzt in die Hose ging, dann rettete ihn nichts mehr.

Der Grundriss des Gebäudes erschien auf der Leinwand. Es war mehrgeschossig und, typisch für die Stadt Amsterdam, die Gebäude einst nach ihrer Fassadenbreite besteuert hatte, sehr schmal, dafür aber tief.

»Kann ich direkt mit Ihrem Sturmbannführer sprechen?«, fragte Lettke, selber erstaunt über seine Kühnheit.

Himmler wog sein Telephon unentschlossen in der Hand, schien nicht sonderlich geneigt.

»Ich kann es an die Lautsprecheranlage anschließen«, bot Dobrischowsky an. »Dann können wir alle mithören. Ist nur ein Handgriff.«

»Also gut«, sagte Himmler.

Dobrischowksy zog ein klobiges Kabel hervor und stöpselte es in den Verstärker ein. Während der alte Kasten knisternd in Gang kam, verband er das andere Ende mit dem Telephon des Reichsführers. »Können Sie uns hören, Sturmbannführer?«, rief er dann.

»Laut und deutlich«, kam es aus den in der Täfelung verborgenen Lautsprechern.

»Eugen Lettke hier«, rief Lettke. »Sturmbannführer, bitte beschreiben Sie uns die Räumlichkeiten, die Sie in der Prinsengracht 263 vorgefunden haben.«

Der Mann am anderen Ende der Verbindung räusperte sich, dann beschrieb er den Aufbau des Hauses in genau der Reihenfolge, in der sie es durchsucht hatten. Alles, was er über das Erdgeschoss sagte, stimmte mit dem Grundriss überein.

Jetzt wurde Lettke auch heiß, und er unterdrückte nur mit

Mühe den Impuls, ebenfalls den Kragen seines Hemdes zu lockern.

»Über die Treppe gelangen wir in den ersten Stock«, fuhr die schneidige Männerstimme fort. »Rechter Hand eine Tür, die in einen Lagerraum zur Straßenseite führt, schräg vor mir eine steile Treppe – fast eher eine Leiter – hinauf in den zweiten Stock, geradeaus ein schmaler Flur. Rechts eine weitere Tür in einen weiteren Lagerraum, am Ende des Flurs eine Tür, hinter der nur ein kleiner Raum liegt, der rechter Hand zwei Fenster in den Hof aufweist und offenbar als Bibliothek dient. Ich drehe um, um in den zweiten Stock –«

»Halt!« Lettke spürte sein Herz wie wild pochen. »Gehen Sie noch einmal zurück in den kleinen Raum. Was sehen Sie dort *genau*?«

»Ein großes Bücherregal. Dies und das. Eine Art Abstellraum.«

»Keine Tür, die weiter nach hinten führt?«

»Nein.«

Sie sahen es alle: Der Grundriss des ersten Stocks zeigte hinter dem kleinen Zimmer weitere Räumlichkeiten.

Es funktionierte. Unglaublich. Das Hochgefühl, das Lettke auf einmal durchströmte, nahm ihm fast den Atem.

»Sturmbannführer«, rief er, »beschreiben Sie, wo genau das Bücherregal steht.«

»An der Wand gegenüber der Tür.«

»Überprüfen Sie, ob es einen Zugang verbirgt.«

»Das haben wir schon. Es ist fest mit der Wand verschraubt.«

»Gehen Sie von der Annahme aus, dass es sich um ein Täuschungsmanöver handelt, und überprüfen Sie es noch einmal.«

»Hmm«, machte der SS-Mann. »Na gut.« Man hörte ihn ein paar Namen in den Hintergrund rufen und Befehle erteilen, dann wurde es still bis auf undefinierbare, weit entfernte Geräusche.

Endlich wurde das Telephon geräuschvoll wieder aufgenommen.

»Sie hatten recht«, sagte der SS-Mann mit hörbarer Verblüffung. »Das Regal ist schwenkbar und die Verriegelung ziemlich gut versteckt. Und dahinter geht es tatsächlich weiter.«

Im Hintergrund war Geschrei zu hören.

»Es halten sich mehrere Personen dahinter auf«, berichtete der SS-Mann.

»Alle verhaften«, befahl Himmler mit schnarrender Stimme. »Personalien feststellen.«

»Zu Befehl, Reichsführer.«

Eine Weile hörte man herrisches Gebrüll, das Schluchzen von Frauen, das Weinen von Kindern, alles weit fort, fast nur zu erahnen. Dann meldete sich der Sturmbannführer wieder. »Wir haben in den verborgenen Räumlichkeiten insgesamt acht Personen vorgefunden, alles Juden. Nach vorläufigen Erkenntnissen handelt es sich um Otto Frank, seine Ehefrau Edith Frank und die beiden Kinder Margot und Anne Frank, ferner um Herman van Pels seine Ehefrau Auguste van Pels und den Sohn Peter van Pels sowie einen Fritz Pfeffer.«

Acht Juden. Lettke gestattete sich ein triumphierendes Lächeln. Damit sollten sie die Nützlichkeit des NSA zur Genüge unter Beweis gestellt haben. Und er hatte wesentlich dazu beigetragen! Wenn das seinen UK-Status nicht verlängerte, dann gab es nichts, was das vermochte.

»Bei einem der Mädchen«, fuhr der SS-Mann fort, »haben wir ein Tagebuch sichergestellt. Sollen wir es zwecks Auswertung weiterleiten?«

Himmler verzog angewidert das Gesicht. »Nein. Vernichten Sie es. Nicht, dass es auf irgendwelchen Wegen unseren

Feinden in die Hände fällt und zur Propaganda gegen uns benutzt wird.«

»Zu Befehl, Reichsführer.« Man hörte, wie er nach hinten rief: »Schulze? Verbrennen Sie es. Ja, sofort.«

»Die gefassten Juden sind unverzüglich nach Auschwitz zu überstellen«, ordnete Himmler an. »Und alle, die an dem Komplott beteiligt waren, sie verborgen zu halten, sind zu verhaften.«

»Zu Befehl, Reichsführer.«

Himmler gab Dobrischowsky einen Wink, das Kabel betreffend. »Das genügt jetzt. Alles Weitere geht seinen Gang, auch ohne uns.«

Während Dobrischowsky sein Telephon wieder absteckte, ging Himmler unruhig auf und ab, offensichtlich noch ganz unter dem Eindruck dessen, was sie alle gerade miterlebt hatten. Keiner sagte ein Wort. Zweifellos war es nicht ratsam, die Gedankengänge des Reichsführers zu unterbrechen.

»Dass unser Vaterland«, begann Himmler schließlich, »jenen unglückseligen Krieg 14–17 am Ende so schmählich verloren hat, lag, wie wir heute wissen, nicht daran, dass die deutschen Soldaten versagt hätten, denn das haben sie nicht. Nein, der Krieg ging verloren, weil man der Wehrmacht in den Rücken gefallen ist – verräterische Elemente in der Heimat, angestachelt und geleitet vom Weltjudentum. Das deutsche Volk wäre von seiner Substanz her unbesiegbar gewesen, hätte es nicht den Fehler gemacht, allzu lange Zeit Schädlinge unter sich zu dulden, die ihm heimtückisch alle Kraft und alle Moral aussaugen: die Juden. Die Juden wissen genau, dass es eine natürliche Feindschaft zwischen ihnen und dem arischen Volk gibt, eine Feindschaft, die unweigerlich ausgetragen werden muss, in einem Kampf, den nur eines der beiden Völker überleben kann. Dieser Kampf, meine Herren, findet jetzt statt, in diesem Moment! Und der Arier darf ihn nicht verlieren, denn das wäre gleichbedeutend mit dem Verderben für die gesamte Menschheit, deren Kulturträger er ist.«

Er blieb vor dem Tisch stehen, auf dem sein Telephon lag, nahm es auf. »Wir sind im Osten in einer gefährlichen Situation, das wissen Sie. Unser Schicksal steht auf Messers Schneide. Doch es wäre ein Fehler, zu glauben, es würde sich nur durch die Zahl der Panzerdivisionen entscheiden, die uns zur Verfügung stehen. Das ist nur die äußerliche Seite unseres Kampfes. Dieser Krieg hat aber auch eine Front im Inneren, die genauso wichtig, genauso entscheidend ist wie die Front im Osten, und diese Front gilt unserer Befreiung von den Juden. Es muss uns gelingen, das deutsche Volk vollständig und restlos von den Juden und ihrem verderblichen, zersetzenden, blutsaugerischen Einfluss zu befreien. Nur wenn dies gelingt, werden wir am Ende auch siegen.«

Er steckte das Telephon ein, sah sie der Reihe nach an. »Ich gestehe, dass ich mit Vorbehalten hierhergekommen bin«, sagte er. »Ich habe erwartet, ein unnützes Überbleibsel jener elenden Republik vorzufinden, die den endgültigen Untergang des deutschen Volkes herbeigeführt hätte, wäre nicht der Führer im entscheidenden Moment auf den Plan getreten. Doch, meine Herren, es ist Ihnen gelungen, mich zu überzeugen. Ich sehe nun, dass auch Sie hier an einer Front kämpfen, die der auf dem Felde an Bedeutung nicht nachsteht. Ja, mir scheint, die Grausamkeit und Schärfe der Daten übertrifft die des Stahls noch bei weitem. Was ich heute hier bei Ihnen gesehen habe, gibt mir die Gewissheit, dass von nun an niemand mehr vor uns sicher sein wird, niemand und nirgends. Meine Herren, Sie tragen dazu bei, dass wir ein Reich errichten, in dem abweichende, schädliche Denkweisen einfach nicht mehr existieren. Unsere Macht wird absolut sein in einem nie zuvor gekannten Sinne.«

Die anderen wirkten schwer beeindruckt. Lettke hingegen betrachtete Himmler und fragte sich, was er sich schon gefragt hatte, als er dessen Gesicht zum ersten Mal im Fernsehen gesehen hatte, nämlich woher dieser bebrillte Gnom eigentlich die Dreistigkeit nahm, für das arische Volk zu sprechen. Wer in der Führung – abgesehen vielleicht von Heydrich, dem Chef des Reichssicherheits-Hauptamts – war denn ein Arier? Nicht einmal Hitler selbst.

Das war im Grunde alles völlig lächerlich.

Aber sie waren nun mal an der Macht, und man musste sehen, wie man zurechtkam.

Erstaunlich eigentlich, dass ein so kluger Kopf wie Adamek das Ganze nicht einmal zu hinterfragen schien. Stattdessen saß er da in seinem rostigen Rollstuhl und versprach dem Reichsführer, *unverzüglich* ein Dossier über alle weiteren verdächtigen Personen in Amsterdam zu erstellen und ihm per Elektropost zukommen zu lassen. »Oder ausgedruckt«, fügte er hinzu. »Wie Sie es wünschen.«

Himmler winkte ab. »Klären Sie das mit dem Deportationskommando«, meinte er. »Viel wichtiger ist, dass Sie unverzüglich darangehen, dieselbe Suche für alle deutschen Städte durchzuführen. Gerade jetzt, da das Schicksal des deutschen Volkes auf Messers Schneide steht, ist es von entscheidender Bedeutung, uns restlos vom Gift der jüdischen Zersetzung zu befreien.«

»Selbstverständlich, Reichsführer«, sagte Adamek.

Lettke ließ sich auf einen Stuhl sinken, auf einmal von abgrundtiefer Erschöpfung erfüllt. Davongekommen. Er war einmal mehr davongekommen.

* * *

Sie geleiteten den Reichsführer und seine Entourage wieder zu den Autos, alle bis auf Adamek, und sahen den schwarzen Wagen nach, wie sie gelassen wieder von dannen rollten. Kaum waren sie verschwunden, entlud sich die Anspannung, die sie erfüllt hatte, in Gelächter und Schulterklopfen. Sie hatten es geschafft, geschafft, geschafft! Ihr Plan hatte funktioniert! Das NSA würde bleiben, was es war!

Auch Helene bekam Lob ab: Wie gut sie das gemacht hatte und alles so schnell und prompt und ohne einen einzigen Fehler! Sogar die Völkers rang sich zu so etwas wie einem Wort der Anerkennung durch, doch auch das hörte Helene kaum. Sie nickte nur, spürte, wie ihr Gesicht das Lächeln produzierte, das alle zu sehen erwarteten, relativierte das Lob, wie es sich gehörte, denn: Hatten sie nicht alle Anteil daran?

All das tat sie ganz automatisch, musste gar nicht nachdenken, ihre gute Erziehung ließ sie genau wissen, was zu sagen und was zu tun war. Anders wäre es nicht gegangen, nicht, wenn sie hätte darüber nachdenken müssen, denn alles, was sie denken konnte, war, dass sie gerade dazu beigetragen hatte, den Mann, den sie liebte wie nichts anderes auf der Welt, dem sicheren Tod zu überantworten.

2

Wie alt war Helene gewesen, als sie zum ersten Mal einen Komputer gesehen hatte? Acht Jahre? Neun? Sie wusste es nicht mehr genau, nur, dass es bei Onkel Siegmund gewesen war. Natürlich bei Onkel Siegmund. Das würde ihr immer unvergessen bleiben.

Sie hatten ihn besucht, als er wieder einmal von einer seiner Reisen zurückgekommen war. Südamerika war es gewesen. Er hatte ihnen Bilder gezeigt von atemberaubenden Gebirgen, den Anden, von wolligen Lamas, die neugierig in die Kamera blickten, und von Peruanern mit komischen Hüten und in bunten Trachten. Er war im Dschungel gewesen und in einer uralten, verlassenen Stadt hoch auf den Bergen, die vor unglaublich langer Zeit erbaut worden war, aber niemand wusste, von wem oder auch nur, wie – wie hatten sie all die gewaltigen Steine in diese Höhe hinaufgeschafft? Und zum Schluss war er in Rio de Janeiro gewesen. Der Name hatte Helene fasziniert; das weiche »Sch«, mit dem das letzte Wort begann, klang so märchenhaft verheißungsvoll. Er hatte auch Photographien am Strand gemacht, von schönen Frauen in Badeanzügen, mit samtbrauner Haut und langen, schwarz gelockten Haaren und dunklen Augen unter langen Wimpern, die lockend und lachend in seine Kamera geblickt hatten, und von diesen Bildern zeigte er ziemlich viele, bis Mutter entrüstet gemeint hatte, nun sei es aber gut.

Auch über diese Reise würde er eine Reportage schreiben, wie immer. Er hatte auch erzählt, wo diese Reportage überall erscheinen würde, aber die Namen der Zeitschriften hatten Helene nichts gesagt.

Sie liebte es, Onkel Siegmund zu besuchen. Sie war gern in seinem muffigen kleinen Haus, das geheimnisvoll dunkel und düster war und nach Tabak und Orient roch. An allen Wänden hingen Erinnerungsstücke an die weite Welt, die der Onkel furchtlos bereiste – geschnitzte Masken aus schwarzem Holz, die grausige Gesichter zeigten und aus Afrika stammten, furchterregend lange Messer und Speere, die Onkel Siegmund von fernen Inseln mitgebracht hatte, fein bemaltes Porzellangeschirr aus Japan, prächtige rot-goldene Reisstroh-Fächer aus China oder Tierfelle, von denen ein fremdartiger Geruch ausging, ein Geruch nach Blut und Tod und Gefahr. Das ganze Haus war, nein, nicht ein Museum, vielmehr war es, als durchwandere man, wenn man durch die Zimmer ging, zugleich Onkel Siegmunds Erinnerungen an seine Reisen.

Ihr Bruder Armin war nicht mitgekommen. Er habe keine Lust, sich anzuhören, was *andere* Leute auf ihren Reisen erlebt hätten, hatte er gesagt; wenn, dann wolle er lieber einst selber in die Welt hinaus ziehen. Allerdings konnte Armin den Onkel ohnehin nicht leiden, Helene wusste nicht, warum.

Jedenfalls, an jenem bewussten Tag hatte Onkel Siegmund, nachdem er ihnen über Kaffee und Nusskuchen Photographien seiner Reise gezeigt und von seinen Abenteuern im fernen Südamerika erzählt hatte, hinzugefügt: »Außerdem gibt es noch etwas, das ich euch zeigen muss. Das wird vor allem dich interessieren, Johann.«

»Mich?«, hatte sich Helenes Vater gewundert. »Wieso das denn?«

Worauf Onkel Siegmund die Daumen in die winzigen Taschen seiner Weste gehakt und dröhnend gelacht hatte, wie es seine Art war. »Ich habe einen Teil meiner Honorare in die Zukunft investiert. Kommt und schaut es euch an!«

Also waren sie alle aufgestanden und ihm in sein Arbeitszimmer gefolgt, sein Allerheiligstes, das Zimmer mit dem

Erker im ersten Stock, von dem aus man die ganze Stadt überblickte. Und Vater war in der Tür stehen geblieben und hatte ausgerufen: »Ein Komputer! Du hast dir einen Komputer gekauft!«

»Genau«, hatte Onkel Siegmund gesagt. »Die alte Schreibmaschine hat endgültig ausgedient. An diesem Gerät kann ich meine Texte schreiben, sie so oft überarbeiten und ändern, wie es nötig ist, und erst, wenn sie druckreif sind, drucke ich sie auch aus. Und bei vielen Redakteuren ist nicht einmal mehr das nötig, denn viele Zeitungen und Zeitschriften haben längst auch schon Komputer und hängen am Weltnetz; denen schicke ich den Text einfach per Elektropost.«

Das »Gerät«, von dem die Rede war, war ein gewaltiges Möbel aus Eichenholz, das an einer Wand stand und aussah wie ein Sekretär, aber kein eleganter, schmalfüßiger Sekretär wie der, an dem Helenes Mutter ihre Korrespondenz zu erledigen pflegte, sondern ein klobiges, kantiges Teil, das aussah, als wöge es Tonnen. Onkel Siegmund öffnete zwei hölzerne Türflügel, hinter denen ein Bildschirm zum Vorschein kam, dann schob er einen Teil der Tischplatte nach hinten: Darunter war eine Tastatur, die fast genauso aussah wie die der Schreibmaschine ihres Vaters, auf der Helene ab und zu spielen durfte. Als der Onkel einen verborgenen Schalter umlegte, begann es hinter länglichen Lüftungsschlitzen an der Seite des Apparats mächtig zu surren und zu summen. Helene sah sich die Sache genauer an und entdeckte an der Seite zwei mit Schnitzereien verzierte Fächer: In dem einen lag ein Stapel weißen Papiers, in dem anderen ein einzelnes Blatt mit ein paar Zeilen Text.

»Die Druckvorrichtung«, erklärte Onkel Siegmund, an Helenes Vater gewandt. »Wobei ich mich, wenn ich's noch einmal zu tun hätte, für ein Modell mit separater Druckvorrichtung entscheiden würde. Zwar hat man dann ein Kabel herumliegen und braucht eine Steckdose mehr, aber an dem

Drucker ist ständig irgendwas, und dann muss ich das ganze Ding hier jedes Mal hervorziehen, damit ich an die Klappe hinten herankomme.«

»Typisch Männer«, meinte Mutter. »Müssen immer die neuesten Spielereien haben.«

»Im Gegenteil, liebe Schwester«, erwiderte Onkel Siegmund mit pausbäckigem Lächeln. »Das ist keine Spielerei, das ist die Zukunft. In ein paar Jahren werden Komputer absolut üblich sein, überall in der modernen Welt.«

»Ich wüsste nicht, wozu man als normaler Mensch so ein Gerät brauchen sollte.«

»Zum Beispiel, um seine Fremdsprachenkenntnisse zu üben und zu erweitern. Es gibt mittlerweile in fast jedem westlichen Land ein sogenanntes *Forum*, in dem man per Komputer mit anderen über alle möglichen Themen diskutieren kann. Auf diese Weise kommt man mit Menschen überall auf der Welt in Kontakt, und angesichts dessen, was wir hinter uns haben, kann das nur gut sein. Nur die Verständigung zwischen den Völkern, und zwar auf so vielen Ebenen wie möglich, kann uns den Frieden sichern und verhindern, dass es wieder zu einem so schrecklichen Krieg kommt.«

Mutter sah missbilligend zu, wie Vater sich auf die Knie niederließ und durch eine Klappe an der Seite des Geräts dessen Innereien inspizierte. »Schön und gut, aber ich glaube kaum, dass sich diese Geräte durchsetzen werden.«

»Oh, ich schon«, erwiderte Onkel Siegmund. »Denk nur daran, wie schnell sich die tragbaren Telephone durchgesetzt haben. Und das, obwohl die Technologie, die man dafür braucht, erst während des Kriegs entwickelt worden ist. Komputer gibt es schon seit Jahrzehnten, aber diese neue Technologie macht sie nun bald für jedermann erschwinglich.«

Mutter verzog das Gesicht. Helene mochte es nicht, wenn sie so dreinschaute, weil sie dann hässlich aussah.

»Erstens finde ich diese tragbaren Telephone grässlich«, erwiderte Mutter, »und zweitens verbreiten sie sich nur deshalb so schnell in aller Welt, weil die Siegermächte uns nach dem Krieg alle Patente gestohlen haben und jetzt jeder alles nachbauen darf, was deutsche Techniker erfunden haben.«

Onkel Siegmund hob gleichmütig die Schultern. »Mag sein, aber das war es eben auch, was sie so billig hat werden lassen. Das ist Marktwirtschaft. Lies mal Adam Smith.«

»Du nimmst die Amerikaner natürlich wieder in Schutz.«

»Nicht die Amerikaner. Den gesunden Menschenverstand.«

Vater erhob sich von seiner Inspektion, klopfte sich den Staub von den Knien und meinte: »Sehe ich das richtig? Du hast einen eigenen Datenspeicher in dem Gerät?«

»Ja. Den größten, den es gab.«

»Ist ein Anschluss an ein Datensilo nicht viel besser? Sicherer vor allem?«

Onkel Siegmund nestelte an seiner Fliege. »Ehrlich gesagt misstraue ich diesen Diensten. Ja, mag sein, dass sie mehr Sicherheit gegen Verlust bieten. Aber nur was ich bei mir zu Hause gespeichert habe, *gehört* mir auch – und vor allem kann niemand sonst hineinschauen. Weiß man ja nicht, wer in so einem Silo-Zentrum alles mitliest.«

»Ich wusste gar nicht, dass du zu Verfolgungswahn neigst«, erwiderte Vater. »Nach dem, was ich gelesen habe, ist der Vorteil eines Silo-Dienstes –«

»Johann!«, unterbrach ihn Mutter. »Du denkst doch hoffentlich nicht etwa daran, dir ebenfalls so eine grässliche Maschine zuzulegen! So ein Monstrum kommt mir nicht ins Haus, das sage ich dir gleich.«

Vater strich sich über die straff nach hinten frisierten Haare. »Nun, es stünde ja in meinem Bureau, nicht in der Wohnung …«

Weiter hatte Helene die Diskussion nicht verfolgt. Sie

hatte schon ab und zu auf der Schreibmaschine ihres Vaters spielen dürfen, hatte sogar schon Briefe an ihre Großmutter darauf getippt. Anfangs war es stundenlange Arbeit gewesen, immer auf der Suche nach der richtigen Taste, aber es hatte irgendwie Spaß gemacht.

Aber so ein Komputer – der sah *noch* toller aus. Jetzt, da sie Gelegenheit hatte, sich die Tastatur genauer anzuschauen, sah sie, dass sich eine Menge Tasten darauf befanden, von denen sie keine Ahnung hatte, wozu sie dienen mochten. Sie hatte große Lust, sie auszuprobieren, aber das wagte sie dann doch nicht, wo sich Onkel Siegmund das Gerät doch erst gekauft hatte und es womöglich leicht kaputt gehen konnte.

Leider setzte sich Mutter durch, und Vater schaffte sich keinen Komputer an, auch nicht einen für sein Bureau. Wozu auch, hatte Mutter gemeint, schließlich hatte er ja Frau Winterbach, seine Sekretärin, die seit Jahren alles erledigte, was im Bureau eines Chirurgen zu erledigen war.

* * *

Ihre ganze Kindheit über hörte Helene, es gehe allen so schlecht, aber sie verstand nie, was damit eigentlich gemeint war, denn soweit sie das beurteilen konnte, ging es ihnen doch gut? Sie lebten in einem schönen großen Haus mit einem prächtigen Garten drum herum, in dem viele Blumen blühten und Vögel sangen, und sie hatten einen Gärtner, Herrn Heinrich, der das alles pflegte und dabei Bier trank, immer dann, wenn er glaubte, dass niemand ihn beobachtete. Aber Helene sah ihn sehr wohl. Sie hatten eine Köchin, Johanna, die tagein, tagaus in der Küche werkelte, stets in ihrer blau geblümten Schürze, und bei der man immer etwas Gutes zu essen bekam, wenn man außerhalb der Mahlzeiten Hunger hatte. Und sie hatten ein Zimmermädchen, Berta, die breite

Schultern hatte und eine Knollennase und nie viel sagte, aber immer alles in Ordnung und aufgeräumt hielt. Bei ihr versagte Helenes scharfes Auge: Sie bekam nie mit, wann und wie Berta tat, was sie tat, denn eigentlich kam es Helene vor wie das reinste Wunder, dass die Wohnung stets ordentlich war, so langsam, wie Berta sich bewegte. Außerdem wusste man nie, wo man ihr begegnete; egal, wo man im Haus unterwegs war, es konnte jederzeit passieren, dass Berta urplötzlich aus dem Schatten trat und einen unergründlich anschaute, während sie mit bedächtigen Schritten ihres Weges ging.

Sie war Helene, kurz gesagt, unheimlich. Aber mehr gab es nicht, worüber sie sich hätte beklagen können.

Vater beklagte sich manchmal über seine Arbeit in der Klinik und über seinen Chef, der Professor Doktor Freudenberger hieß und Vaters Arbeit manchmal kritisierte. Einmal hörte Helene ihren Vater zu Mutter sagen: »Jetzt hat der Freudenberger mir doch den Landau vor die Nase gesetzt, obwohl ich an der Reihe gewesen wäre mit einer Beförderung. Wenn's um einen Vorteil geht, halten die Itzigs eben zusammen.«

Aber auch wenn er sich manchmal ärgerte und manchmal beklagte, schlecht ging es ihrem Vater deswegen doch nicht.

Wem es allerdings tatsächlich schlecht ging, das waren seine Patienten. Und zwar ging es ihnen nicht einfach nur deswegen schlecht, weil sie eben krank waren, sondern weil sie oft nicht für ihre Behandlung bezahlen konnten. Helene verstand nicht alle Einzelheiten, aber jedenfalls war es so, dass Vater oft Schwierigkeiten hatte, das Geld zu bekommen, das ihm für seine Arbeit zustand, und dann hörte sie ihn oft sagen, dass die Zeiten eben schlecht seien. Manchmal sagte er auch, dass es ziemlich ungerecht sei, dass Deutschland heute das Armenhaus der Welt war, nur weil es den großen Krieg verloren habe; schließlich trügen die anderen genauso Schuld daran, dass der Krieg überhaupt *ausgebrochen* war.

Mutter schimpfte oft, weil Vater die Kranken trotzdem behandelte, sich auf Ratenzahlungen, Tauschgeschäfte und anderes einließ oder manchmal ganz auf sein Honorar verzichtete. Es koste ihn ja nicht nur seine Arbeitszeit, sondern auch das für die Operationen notwendige Material, meinte Mutter, und die Kosten dafür blieben auf jeden Fall an ihnen hängen. Und sie könnten die Probleme Deutschlands nun mal nicht im Alleingang lösen.

Als Helene ihren Vater fragte, wieso er das mache – Kranke kostenlos behandeln –, erklärte er ihr den hippokratischen Eid, den jeder Arzt ablegen musste, ehe er praktizieren durfte, und dass es seine Pflicht war, Leid zu lindern, wenn es in seiner Macht stand, und das imponierte Helene mächtig.

Kurz darauf fand Helene einen Vogel mit gebrochenem Flügel im Garten, eine Drossel, und weil sie an den hippokratischen Eid denken musste, nahm sie den Vogel auf und trug ihn ins Haus, weil sie wusste, dass ihn andernfalls die nächste Katze gefressen hätte, die des Weges gekommen wäre. Es war an einem Sonntag, Vater war gerade zu Hause und half ihr, den gebrochenen Flügel so zu schienen, dass er wieder richtig zusammenwachsen konnte. Anschließend holten sie *Brehms Tierleben* aus dem Bücherschrank und schauten nach, womit das Tier zu füttern war, solange es sich in Helenes Obhut befand. Als sie beim Abendessen davon erzählten, meinte Vater: »Vielleicht wird unsere Helene ja mal Tierärztin, wer weiß?«, und es war ihm anzumerken, dass ihm diese Vorstellung nicht schlecht gefiel.

Mutter, die nachmittags zum Kaffee bei einer ihrer vielen Freundinnen gewesen war und die aufregenden Stunden folglich nicht miterlebt hatte, lächelte säuerlich, als Vater das sagte, und es war ihr deutlich anzumerken, dass ihr diese Vorstellung *nicht* gefiel.

Helene taufte den Vogel auf den Namen »Tschip«, weil

es ihr irgendwie richtiger vorkam, einen Namen zu wählen, den ein Vogel auch selber aussprechen konnte. Tschip erholte sich tatsächlich und konnte einige Wochen später wieder in die Freiheit entlassen werden. Er ergriff aber nicht die Flucht, sondern blieb eine ganze Weile in der Nähe, tauchte immer wieder vor Helenes Fenster auf und zwitscherte ihr etwas vor, und Helene war davon überzeugt, dass er ihr auf diese Weise seine Dankbarkeit bekunden wollte für das, was sie für ihn getan hatte. Im Lauf der Zeit aber wurden diese Besuche seltener, und irgendwann blieben sie ganz aus. Es war wohl, sagte sie sich, einfach Zeit geworden für Tschip, weiterzuziehen.

Einige Zeit später fand Helene wieder ein verletztes Tier im Garten, doch diesmal war es ein Kaninchen. Es hatte schlimme Bisswunden am Rücken und Teile des Fells verloren und machte nicht einmal Anstalten, zu fliehen, als Helene es vom Boden aufhob, um es ins Haus zu tragen.

Doch diesmal war Mutter zu Hause, und sie sagte entschieden: »Nein, das kommt nicht in Frage. Dies ist keine Tierklinik, und du wirst auch keine daraus machen. Bring es dahin zurück, wo du es gefunden hast.«

»Aber dann stirbt es!«, protestierte Helene.

»Das ist nun mal so in der Natur«, erwiderte Mutter ungerührt.

Helene trug das zitternde, blutige Bündel Fell wieder hinaus, aber sie trug es nicht zurück in den Garten, sondern schlich sich auf den Dachboden und versteckte es dort in einer Kiste voller alter Lumpen. Sie stellte dem Tier einen Verschlussdeckel voller Wasser so hin, dass es ohne große Mühe daraus trinken konnte, dann rannte sie los, und zwar zu Ruth, ihrer besten Freundin.

Ruth Melzer und sie waren seit dem ersten Schultag befreundet und außerdem Banknachbarn, obwohl die Lehrer es nicht so gern sahen, wenn Freundinnen nebeneinander saßen.

Ruth hatte natürlich auch Tschip kennengelernt, aber der Grund, warum Helene nun zu ihr rannte, war der, dass Ruths Vater die Hofapotheke in der Stadt gehörte, die Helenes einzige Hoffnung darstellte, an die für die Behandlung des Kaninchens notwendigen Desinfektionsmittel zu gelangen.

Ruth war sofort Feuer und Flamme, als Helene ihr von dem Kaninchen erzählte, seinem silbergrauen Fell und den großen, von Furcht erfüllten Augen, mit denen das Tier sie angesehen hatte. Gemeinsam gingen sie hinab in jene faszinierenden, nach Chemie riechenden Räume, in denen lauter Regale mit Glasflaschen voller geheimnisvoller Flüssigkeiten standen, und schwatzten Ruths Vater, einem mageren Mann mit schütterem Haar, ein kleines Fläschchen Desinfektionsmittel und ein paar Binden ab. »Bei denen war die Verpackung beschädigt, die kann ich ohnehin nicht mehr verkaufen«, meinte er. »Aber für ein Kaninchen sollten sie ihren Zweck erfüllen.«

Als sie mit ihrer Beute auf dem Dachboden ankamen, hatte das Kaninchen das ganze Wasser ausgetrunken, und es zitterte nicht mehr. Die Desinfektion der Wunde würde ihm allerdings sicher weh tun, deswegen war es ganz gut, dass Ruth dabei war und das Tier festhielt, während Helene das Blut abwischte, den an der Wunde haftenden Schmutz beseitigte, sie desinfizierte und schließlich verband. Danach war das Kaninchen so erschöpft, dass es einschlief.

»Wie willst du es nennen?«, fragte Ruth, während sie gemeinsam auf das schlafende, heftig atmende Tier hinabblickten.

»Ich weiß nicht«, sagte Helene. Darüber hatte sie sich noch keine Gedanken gemacht.

»Für mich sieht es aus wie Meister Lampe«, sagte Ruth. »So heißen Hasen in altdeutschen Gedichten. Bei Goethe auch.«

Das war typisch für sie. Ruth war klein und stämmig, trug ihre dunklen Haare in zwei dicken Zöpfen und sah auch sonst eher aus wie ein Bauernmädchen, tatsächlich aber hatte sie die Stadt noch nie verlassen und liebte Gedichte. Sie liebte sie nicht nur, sie konnte jede Menge davon auswendig aufsagen und wusste alles über die Dichter, die sie geschrieben hatten. Ihr Lieblingsdichter war Rilke, aber Goethe sei »auch ganz gut«, meinte sie. Außerdem hatte sie die schönste Handschrift der ganzen Klasse, und wann immer es etwas schön zu schreiben galt – ein Plakat zum Beispiel –, wurde Ruth damit beauftragt.

»Es ist aber eigentlich kein Hase«, gab Helene zu bedenken, »sondern ein Kaninchen.«

»Dann nenn es eben *Lämpchen*.«

Da man Goethe ja wohl kaum widersprechen durfte, es andererseits aber auch kein Hase war, hieß das Kaninchen von da an Lämpchen, und die beiden schlichen sich zu ihm, wann immer es sich einrichten ließ.

Helenes Bruder kam eines Tages dahinter, was sie trieben, und mokierte sich darüber. »Es wäre besser gewesen, ihr hättet es sterben lassen«, meinte er. »Das Schwache muss sterben, damit das Starke leben kann. Das ist das Gesetz der Natur. Nur Stärke gibt einem das Recht auf Leben.«

»Helene hat halt Mitleid gehabt«, meinte Ruth, wohl weil Helene zu erschrocken war, um gleich antworten zu können. Er würde Mutter alles verpetzen, das wusste Helene genau. Armin und sie waren seit frühester Kindheit wie Hund und Katze und stritten bei jeder Gelegenheit, was immer damit endete, dass Helene sich klein und dumm vorkam.

»Mitleid!«, wiederholte Armin verächtlich. »Mitleid ist auch Schwäche.«

Da hatte Helene den rettenden Einfall. »Wenn du Mutter von dem Kaninchen erzählst«, verkündete sie entschlossen, »dann verrate ich ihr, dass du heimlich rauchst.«

Armin erschrak. »Das tust du nicht!«, meinte er aufgebracht. Er wusste genau, dass Vater nicht wollte, dass seine Kinder rauchten, da er es für ungesund hielt. Vater konnte sehr anschaulich von all den schwarz verrußten Lungen erzählen, die er im Lauf seines Lebens schon zu sehen bekommen hatte.

Helene hielt dem wütenden Blick ihres Bruders stand. »Willst du wetten?«

»Sie wird dir nicht glauben.«

»Ich weiß, wo du deine Zigaretten versteckst.«

»Ich versteck sie einfach woanders.«

»Ich weiß auch, wo du sie kaufst«, erwiderte Helene. »Und Herr Pfeffer lügt bestimmt nicht für dich, wenn sie ihn fragt.«

Darauf sagte Armin erst einmal nichts. Dann, nachdem er eine Weile vor sich hin gebrütet hatte, erklärte er: »Mir ist euer blödes Kaninchen so was von egal. Macht, was ihr wollt.«

Damit verschwand er.

Er verriet sie nicht, aber Mutter kam trotzdem dahinter und war sehr verärgert, dass Helene sich ihren Anweisungen widersetzt hatte.

»Ich will doch nur etwas zum Liebhaben!«, protestierte Helene.

»Aber doch kein *Tier*!«, rief Mutter aus.

Schließlich ließ sich Mutter auf eine Abmachung ein: Helene durfte das Tier noch vier Wochen lang im Haus behalten und pflegen, danach aber würde es ohne jeden weiteren Aufschub in den Wald gebracht.

Doch dazu kam es nicht. Lämpchen starb noch vor Ende der zweiten Woche, und niemand wusste, wieso, hatte es doch so ausgesehen, als erhole es sich allmählich. Irgendwie war Helene überzeugt, dass es überlebt hätte, wenn es unentdeckt geblieben wäre, und sie haderte mit dem Schicksal, kein eigenes Haus zu besitzen, in dem sie tun und lassen konnte, was sie wollte.

* * *

Danach begann die spannende Zeit der Aufnahmeprüfungen fürs Gymnasium. Spannend war sie weniger wegen Helene, die in der Schule stets gute Noten geschrieben hatte, ohne sich anstrengen zu müssen, sodass niemand an ihrer Eignung fürs Gymnasium zweifelte, sondern vielmehr Ruths wegen, die sich bei all ihren anderen Begabungen mit dem Rechnen immer furchtbar schwertat. Doch sie schaffte die entsprechende Prüfung mit Ach und Krach, und so kam es, dass die beiden Mädchen im Mai 1931 zum ersten Mal gemeinsam die altehrwürdigen Treppen der Luisenschule emporstiegen, des einzigen Mädchengymnasiums in Weimar.

Doch *altehrwürdig* war nicht dasselbe wie *altmodisch*, merkte Helene, als sie im Sekretariat vorstellig wurden, um sich anzumelden, sah sie doch, dass dort ein Komputer im Einsatz war. Es war ein schlankeres und moderner aussehendes Gerät als das, das sie seinerzeit bei ihrem Onkel Siegmund gesehen hatte. Doch wie auch immer, es kannte ihre Namen und Familiendaten und spuckte auf Knopfdruck ihre Schülerausweise aus.

Wie nicht anders zu erwarten, avancierte Ruth binnen kürzester Zeit zum Liebling ihres Deutschlehrers, Herrn Professor Wolters, eines Mannes mit grauem Spitzbart und imposantem Spitzbauch, der immer ein wenig geistesabwesend wirkte, sich aber, wenn man ihm die richtigen Stichworte lieferte, im Rezitieren von Gedichten, ja, von ganzen Passagen aus Theaterstücken verlieren konnte. Er wirkte in solchen Momenten wie ein Schauspieler, der sich in der Bühne geirrt hatte, und dass alle Schülerinnen über ihn lachten, entging ihm.

Wobei – Ruth lachte nicht. Sie vergötterte Professor Wolters ebenso wie er sie und nahm ihn, zum allgemeinen Amüsement, vor dem Spott der Klasse in Schutz.

War sie damit auf eine Eins in Deutsch abonniert, so wurde das Fach Mathematik zu ihrem täglichen Schrecken, nun, da Rechnen allein nicht einmal mehr genügte, sondern man stets komplizierter werdende Zusammenhänge verstehen und durchdringen musste. Was Mathematik anbelangte, war Ruth voll und ganz auf Helenes Hilfe angewiesen, darauf, von ihr die Hausaufgaben abschreiben zu dürfen, das Notwendigste erklärt zu bekommen und dass Helene ihr im Notfall – also: in den Prüfungen – die richtigen Lösungen soufflierte. Trotz aller Bemühungen der Freundinnen blieben Ruths Noten in Mathematik eine Katastrophe. Ruths Vater schlug regelmäßig die Hände über dem Kopf zusammen: Wie sie denn einmal die Apotheke übernehmen wolle, wenn sie nicht einmal die Prozentrechnung beherrsche?

»Ich muss einmal einen Mathematiker heiraten«, vertraute Ruth, einziges Kind ihrer Eltern, Helene ihre einzige Idee an, wie das Dilemma zu lösen sein würde.

Vielleicht, meinte Helene, würde es besser, wenn sie im nächsten Schuljahr einen anderen Lehrer bekamen. Ihrer Auffassung nach lag nämlich viel an Ruths Misere daran, dass Professor Kaspersky, der mit russischem Akzent sprach und einen dabei mit stechendem Blick ansah, Dinge einfach nicht gut erklären konnte. Er wurde schnell ungeduldig, wenn jemand nachfragte, und schien völlig vergessen zu haben, wie es war, etwas *nicht* zu wissen.

So kam es auch. Ruth schaffte nach dem ersten Schuljahr mit Ach und Krach die Versetzung, in der zweiten Klasse bekamen sie in Mathematik eine Lehrerin, Frau Perlmann, die ruhig und anschaulich zu erklären verstand, und Ruths Noten wurden besser, was freilich noch lange nicht hieß, dass sie gut wurden.

In den Osterferien fand Helene wieder ein hilfsbedürftiges Tier, ein ausgesetztes Kätzchen, das nur wenige Tage alt sein konnte. Sie brachte es gleich zu Ruth, deren Mutter nichts dagegen hatte, dass sie versuchten, es gemeinsam zu pflegen. Diesmal gelang es: Das Kätzchen überlebte – und blieb im Haushalt der Melzers, ein schönes, anschmiegsames Tier mit elegantem weiß-grauen Tigermuster, das auf den Namen »Findling« hörte.

Helene hatte sich vor bissigen Bemerkungen ihres Bruders gefürchtet, ihren Wechsel ins Gymnasium betreffend. Er selber hatte die Prüfung nämlich nicht bestanden und nachher behauptet, er lege auch gar keinen Wert darauf, länger als unbedingt notwendig in die Schule zu gehen. Doch als sie die Zeugnisse nach Hause brachte, gratulierte er ihr zu ihrer Überraschung und sagte allen Ernstes, er sei stolz auf sie. »Vielleicht wirst du ja tatsächlich mal Tierärztin«, meinte er. »Papa wäre jedenfalls begeistert, glaube ich.«

Sein eigener Ehrgeiz richtete sich einzig auf den Sport. Er schwamm, war einer Handballmannschaft beigetreten, fuhr Rad und fing gerade mit Bogenschießen an. Mit seiner Handballmannschaft machte er bei einem Wettbewerb den zweiten Platz, brachte eine Silbermedaille nach Hause und redete davon, Berufssportler werden zu wollen, ein Vorhaben, dem beide Eltern heftigen Widerstand entgegenbrachten.

Für Helene und Ruth war das Gymnasium auch nach einem Jahr noch eine Welt, in der sie sich nicht wirklich auskannten. Die Älteren redeten über Dinge, die sie nicht verstanden, und mit jemandem, der nicht mindestens in der Tertia war, redeten sie sowieso nicht, jedenfalls nicht ernsthaft.

Eines Tages kam eine Durchsage des Rektors über die alte Lautsprecheranlage des Gymnasiums, die schlimmer quäkte und pfiff als die auf dem Bahnhof, wonach Schülerinnen des Gymnasiums »jegliche politische Äußerung bei Strafe der Relegation untersagt« sei.

Was das heißen solle, fragte Helene ihre Freundin.

»Das geht um die Rothemden gegen die Braunhemden«, erklärte Ruth.

»Und was heißt *das*?«, fragte Helene nach.

Das wusste Ruth aber genauso wenig wie sie, und sie fanden auch niemanden, der es ihnen erklärt hätte.

* * *

Eines Tages war Onkel Siegmund zu Besuch, als Helene von der Schule nach Hause kam, saß mit Vater und Mutter im Esszimmer.

»Was soll das sein, das Deutsche Forum?«, fragte Mutter gerade, als Helene zur Haustür hereinkam.

»Das ist ein Diskussionsforum im Weltnetz«, erklärte Vater. »Dort kann sich jeder beteiligen, der deutscher Staatsbürger ist. Man muss den Zugang per Post beantragen, erhält dann seine Bürgernummer und eine Parole für den Zugang, und schon kann man schreiben, was man will, und sich auch zu dem äußern, was andere geschrieben haben. Eine Diskussion, nur eben schriftlich. Man nennt das *Gemeinschaftsmedien*.«

»Wobei man es inzwischen auch elektronische Klowand nennen könnte«, lamentierte Onkel Siegmund. »Früher hat man noch einen Komputer gebraucht, um Zugang zu haben, und Komputer stehen nun mal an Universitäten oder in Bibliotheken oder kosten eine Menge Geld – das hat für eine gewisse Vorauswahl der Gesprächspartner gesorgt. Aber seit man von jedem Telephon aus ins Forum gelangt, kann jeder Idiot mitmachen und tut es auch. Die vielen Arbeitslosen scheinen nichts anderes zu tun zu haben, als jede laufende Diskussion binnen kürzester Zeit auf das Niveau halb trunkenen Stammtischgefasels zu senken oder noch tiefer.«

»Aber«, fragte Mutter mit einer Besorgnis, die Helene so an ihr kaum kannte, »wie können sie dir damit schaden?«

Helene legte leise ihre Schultasche ab und näherte sich der

Esszimmertür leise, unschlüssig, ob sie ihr Eintreffen bekannt machen sollte: Womöglich unterbrach sie damit ein wichtiges Gespräch der Erwachsenen?

»Da gibt es welche, die sich regelrecht zusammenrotten gegen jeden, dessen Ansichten ihnen nicht passen«, erklärte Onkel Siegmund. »KDEs nennt man die, *Krieger für die deutsche Ehre* – ist natürlich Spott; nichts ist diesen Typen so fremd wie Ehre. Aber sie sprechen sich ab, schreiben zu Hunderten meine Redakteure an und schwärzen mich mit den wildesten Beschuldigungen an, die man sich nur ausdenken kann. Ruft mich gestern etwa der Redakteur der *Berliner Illustrierten Zeitung* an und fragt mich doch allen Ernstes, ob ich eigentlich deswegen so oft nach Afrika reisen würde, weil ich dort Verhältnisse mit Negerinnen unterhielte!«

»Allerhand«, hörte Helene ihren Vater entrüstet sagen.

Vielleicht war es doch eher nicht der richtige Augenblick, ihren Onkel zu begrüßen.

Aber einfach weggehen konnte sie jetzt auch nicht mehr.

»Unerhört, dass er dich das auch nur *fragt*«, fand auch Mutter.

»*Audacter calumniare, semper aliquid haeret*, das wussten schon die alten Römer«, sagte Onkel Siegmund. Helene wusste, was das hieß: *Verleumde nur frech, es bleibt immer etwas hängen*. »Wo sind die Zeiten geblieben, in denen ein Voltaire gesagt hat, *ich verabscheue Ihre Meinung, aber ich werde mein Leben dafür geben, dass Sie sie äußern dürfen*? Heutzutage scheint man unter Meinungsfreiheit die Freiheit zu verstehen, jeden zu verfolgen, der anderer Meinung ist als man selbst. Es gibt eine Bezeichnung für diese Art Kampagnen: *Jemanden das Klo runterspülen*. Das versuchen sie gerade mit mir.«

»Aber warum denn?«, wollte Mutter wissen.

»Also – stell dir eine Diskussion vor, in der es um die Zukunft Deutschlands geht, eine niveauvolle, interessante, lebhafte Diskussion mit vielerlei verschiedenen Standpunkten. Und plötzlich taucht einer auf, der in primitivster Weise über die Juden herzieht, einfach nur kübelweise antisemitischen Müll in die Runde kippt, dass einem schlecht werden kann. Alles, was ich gemacht habe, war, eine seiner Behauptungen aufzugreifen, nämlich die, dass die Juden schuld daran seien, dass Deutschland den Krieg verloren hat. Ich habe ein paar Zahlen angebracht, wie viele deutsche Juden als Soldaten gekämpft haben, wie viele gefallen sind, wie viele mit Orden ausgezeichnet wurden und so weiter – kurzum, ich habe belegt, dass an solchen Behauptungen nicht ein einziger Funke Wahrheit ist. Tja – und dann sind sie über mich hergefallen. *Judenversteher* haben sie mich genannt, das muss man sich mal vorstellen! Damit war klar, woher der Wind weht: das war eine Weltnetz-Bande der Nazis. Von denen gibt es mehr, als SA-Schlägertrupps in Berlin unterwegs sind.«

Eine Pause entstand, in der niemand etwas sagte, in der sich aber irgendwie die Stimmung im Haus zu verändern schien.

Schließlich sagte Mutter mit gänzlich veränderter Stimme: »Findest du es nicht ziemlich undurchdacht, Hitler für das Verhalten jedes einzelnen Mitglieds seiner Bewegung verantwortlich zu machen?« So klang sie, wenn sie die Nase rümpfte über etwas, das ihr Missfallen erregte.

Helene hörte Onkel Siegmund seufzen, jenes abgrundtiefe Seufzen, bei dem man unwillkürlich fürchtete, sein ganzer beleibter Körper könne in sich zusammensacken wie ein Ballon, dem die Luft abgelassen wird.

»Nehmt ihn nur auch noch in Schutz«, meinte er, »diesen Gefreiten mit seinem Charlie-Chaplin-Bärtchen.«

»Vielleicht«, wandte Vater ein, »solltest du dich einmal fragen, inwiefern du selber dazu beiträgst, so viel Unwillen auf dich zu ziehen. Nichts gegen deine Meinung, die natürlich dein gutes Recht ist – aber du äußerst dich ziemlich respektlos über einen Politiker, der immerhin einen großen Teil der Bevölkerung vertritt und dabei nur das Wohl Deutschlands im Sinn hat.«

Ein polterndes Geräusch aus dem Esszimmer ließ Helene draußen auf dem Flur zusammenzucken. Was war das? Hatte jemand einen Stuhl umgeworfen? Auf jeden Fall hörte sie, wie Onkel Siegmund rief: »Ich kann es nicht fassen, dass ihr beide wirklich auf den hereinfallt! Adolf Hitler – wer ist denn das? Der Mann kommt aus dem Nichts! Der hat schon in Festungshaft gesessen, weil er einen Staatsstreich versucht hat – einen Putsch gegen genau den Staat, in dessen Regierung er jetzt will! Das ist doch hanebüchen!«

Jemand – vermutlich ihr Vater – brummelte etwas, das Helene nicht verstand. Darauf hörte sie den Onkel erwidern: »Das beruht einzig und allein darauf, dass Hitler der erste Politiker ist, der das Fernsehen für seine Propaganda zu nutzen versteht. Das heißt, eigentlich ist es dieser Goebbels. Der schreckt in dieser Hinsicht vor nichts zurück.«

»Das mag ja sein«, sagte Vater, »aber deswegen hat er doch in vielem, was er sagt, einfach recht. Ich meine, die Zustände im Reich sind ja tatsächlich eine Katastrophe. Allein die Arbeitslosigkeit … in Deutschland, das einmal eine Weltmacht war, führend in Wissenschaft und Technik! Und heute schaut die ganze Welt mitleidig auf uns herab. Das *kann* einfach nicht so weitergehen. Wie lange soll denn Deutschland noch vor dem Rest der Welt auf dem Bauch kriechen, nur weil es einen Krieg verloren hat, an dem andere genauso schuld waren? Deutschland *braucht* eine Erneuerung, das steht für mich zweifelsfrei fest, und wenn Hitler derjenige ist, der eine solche Erneuerung bewirkt, dann hat er meine Stimme.«

Onkel Siegmund schnaubte. Helene konnte ihn sich richtig vorstellen: das Gesicht rot angelaufen, die Augen blitzend, die Nasenlöcher schnaubende Nüstern. Man sah ihn nur ganz selten so, aber wenn, war es ein unvergessliches Erlebnis.

»Und du, Gertrude?«, fragte er dann.

»Ich denke genau wie Johann.«

»Meine eigene Schwester!« Erneut dieses Schnauben, aber schon wieder etwas gedämpfter. »Habt ihr denn sein Buch nicht gelesen? *Mein Kampf*? Darin sagt er ganz klar, was er will: Krieg. Eine entsetzlich fade Lektüre, aber er beschreibt in allen Einzelheiten, was er vorhat. Und nichts davon gefällt mir.«

»Politiker sagen vor einer Wahl immer das eine und machen hinterher etwas anderes«, meinte Vater. »Das ist der Lauf der Dinge in einer Demokratie. Anders als ein König müssen Regierende, die man wählt, dem gemeinen Volk gefallen.«

Es gab eine lange Pause, dann sagte Onkel Siegmund matt: »Ja. Vielleicht ist es das. Vielleicht bin ich einfach nicht gemein genug.«

»Also, Siegmund –«, begann Mutter.

»Aber den Mund lass ich mir trotzdem nicht verbieten«, rief der Onkel aus. »Auch nicht im Deutschen Forum. Und wenn mich die Weiber dort, die diesem Hitler nachlaufen, noch so sehr mit Scheiße bewerfen.«

»Willst du jetzt behaupten, dass ich –?«

»Nein, du nicht, Schwesterherz. Aber manche … ach, egal. Weißt du, was das Forum anbelangt, kann ich es mir einfach nicht leisten, dort *nicht* vorzukommen. Das ist nun mal der Marktplatz der Meinungen schlechthin und eine wichtige Werbung. Je mehr Leute meine Beiträge lesen und bewerten, desto besser, denn Zeitungsredakteure registrieren das natürlich. Den einen, der mich das mit Afrika gefragt hat, den schieß ich in den Wind. Für den find ich leicht zwei andere, die was von mir nehmen.«

Ein Geräusch ließ Helene herumfahren. Da stand Berta wie hingezaubert und starrte sie ausdruckslos an; wer mochte wissen, wie lange schon. Sie sagte nichts, und Helene sagte auch nichts, sondern ging einfach, ging auf ihr Zimmer und versuchte, sich auf das, was sie gehört hatte, einen Reim zu machen.

3

»Du bist der Sohn eines *Kriegshelden*«: Das war der Wortlaut des Rosenkranzes, den Eugen Lettkes Mutter während seiner Kindheit nicht müde wurde zu beten.

Es war ein Satz, der oft zusammen mit Aufforderungen fiel wie »das musst du dir nicht gefallen lassen« oder gar, »das *darfst* du dir nicht gefallen lassen«, ein Satz, der mal Sonderrechte heraufbeschwor, mal besondere Pflichten, insbesondere die Pflicht, dem unsichtbaren, übermenschlichen Vater gerecht zu werden, jenem Leutnant Heinz Lettke, der im Weltkrieg 32 französische Kampfflugzeuge vom Himmel geholte hatte, ehe ihn das Schicksal eines Helden ereilte, jenem Heinz Lettke, dessen Porträt zu Hause gerahmt an der Wand hing, neben all seinen Orden, ein Farbphoto zudem aus Zeiten, in denen Farbphotographien noch nicht üblich, sondern etwas Besonderes gewesen waren.

»Du bist der Sohn eines Kriegshelden« – dieser Satz war Anfeuerung und Schutzbeschwörung zugleich, ein Satz zudem, der ein fast ebenso häufiges Gegenstück hatte, nämlich die Feststellung: »Ich hab nur noch dich. Du bist jetzt der Mann im Haus.«

Mit diesen Lasten, die, wie er später einmal denken sollte, eigentlich zu schwer waren für die Schultern eines Kindes, das seinen Vater nie leibhaftig gesehen hatte, war er aufgewachsen. Sie hatten in Berlin-Charlottenburg gelebt, in einer kleinen Wohnung zwischen lauter großen, von richtigen Familien bewohnten, während bei ihnen zu Hause nur das Bild seines Vaters an der Wand hing. Er sah seine Mutter nie anders als in schwarzer Kleidung, denn sie unternahm niemals

Anstrengungen, ihre noch vom Kaiser bewilligte Kriegswitwenrente durch eine Neuverheiratung einzubüßen.

Eugen Lettkes früheste Erinnerungen waren die an einen Hinterhof, in dem zwei weitgehend kahle, aber gut bekletterbare Bäume standen. Alle Nachbarskinder spielten hier. Die Mädchen zelebrierten unermüdlich ihre seltsamen Hüpfspiele, bei denen es darum ging, komplizierte, mit Kreide auf den Asphalt gemalte Figuren zu durchhüpfen und dabei einen Stein vor sich herzuschubsen, immer von einem Feld ins nächste und meistens auf einem Bein. Die Jungs rauften oder spielten Fußball oder Fangen, und manchmal brachte einer Zinnsoldaten mit oder ein Holzschiff, dann spielten sie Krieg oder Piraten. Manche Kinder sprachen fremde Sprachen, Englisch vor allem, und man musste schnell von Kapee sein, um sich mit ihnen zu verständigen, aber dann war es kein Problem.

In diesem Umfeld geschah es, dass Eugen eines Tages einen Ring fand, einen billigen kleinen Ring, gerade groß genug für den Finger eines kleinen Mädchens, aber mit einem strahlend schönen türkisblauen Stein in Herzform, wobei er den Namen der Farbe erst viel später gelernt, aber immer mit jenem Stein verbunden hatte.

Diesen Ring trug er zehn Tage lang bei sich, denn es war ein sehr schöner Ring, ein regelrechter Schatzfund, wie er sich sagte. Der Grund, warum er ihn so lange bei sich trug, war nicht der, dass er etwa nicht gewusst hätte, was er damit machen sollte: Das wusste er im Gegenteil ganz genau.

Er traute sich nur nicht.

Nach zehn Tagen hatte er aber allen nötigen Mut beisammen und ging zu einem Mädchen hin, einem ganz bestimmten Mädchen, das, wie er wusste, Else hieß, lange blonde Zöpfe trug und ein Gesicht wie ein Engel hatte, das schönste Mädchen, dem er je begegnet war. Ihr hielt er den Ring hin, den er gefunden hatte, und sagte: »Den schenk ich dir.«

Von ihm aus gesehen war es ein Akt reinster Liebe. Else hatte ihn von dem Moment an fasziniert, in dem er sie zum allerersten Mal erblickte, und er hatte seither immer wieder zu ihr hinübergeschaut, natürlich nur dann, wenn er sicher war, dass ihn kein anderer Junge dabei ertappen konnte.

Jedenfalls, sie gefiel ihm, und das war alles. Weiter wollte er nichts von ihr, wusste er doch noch nicht einmal, was ein Junge von einem Mädchen wollen konnte. Er war nicht das, was man »aufgeklärt« nannte. Mädchen waren für ihn Angehörige einer rätselhaften fremden Spezies, die mit Jungs nichts gemeinsam hatten und auch nicht zu ihnen passten.

Dennoch wollte er, dass Else dieser wunderschöne Ring gehören sollte, einfach, weil er sich keine andere Verwendung dafür vorzustellen vermochte.

Aber Else scheute zurück. Sie betrachtete den Ring, dann ihn, dann sagte sie: »Lass mich in Ruhe.«

Für Eugen waren diese Worte wie eine Ohrfeige und ein Hieb in den Magen zugleich. Nicht im Traum hatte er mit einer derartigen Reaktion gerechnet, und während das Gesagte langsam in sein Bewusstsein tröpfelte und die Welt um ihn herum einstürzte, hielt er ihr den Ring trotzdem hin. Er begriff ihre Zurückweisung seiner Person, aber was hatte das mit dem Ring zu tun? Wie gesagt, er konnte sich keine andere Verwendung dafür denken, als ihn ihr zu geben, und dass sie den Ring ablehnte, machte ihn ratlos.

Doch sie nahm den Ring nicht. Sie drehte sich weg, ließ Eugen stehen und ging davon.

Eugen verließ den Hof schließlich und warf den Ring auf dem Weg nach Hause in eine Mülltonne. Er weinte nicht, und er ließ sich auch sonst nichts anmerken.

Er war schließlich der Sohn eines *Kriegshelden*.

Und der Sohn eines Kriegshelden brauchte sich das nicht gefallen zu lassen.

4

Kurz nach Neujahr 1933 herrschte allgemeine Aufregung. Die Erwachsenen redeten unablässig über Politik und darüber, dass die Reichsregierung mal wieder umgebildet werden sollte. Was daran so aufregend war, verstand Helene nicht, passierte das denn nicht ständig? Aber sie war erst zwölf und erwartete nicht, es zu verstehen, und so hörte sie nur mit halbem Ohr hin, wenn ihre Eltern diskutierten, ob von Schleicher nun zurücktreten müsse und was von Papen gesagt habe und wie sich Reichspräsident Hindenburg entscheiden würde.

Natürlich fiel auch immer wieder der Name Adolf Hitler. Den Mann fanden ihre Eltern irgendwie toll, auch daran hatte sich Helene inzwischen gewöhnt.

Dann geschah etwas Ärgerliches. Am 30. Januar, einem Montag, sollte abends der Spielfilm »Der Sieger« im Fernsehen kommen, mit Hans Albers, den wiederum *Helene* irgendwie toll fand. Sie hatte, da sie normalerweise abends nicht mehr fernsehen durfte, so lange gebettelt, bis ihre Mutter nachgegeben und gemeint hatte: »Also gut – aber nur ausnahmsweise!«

Doch ausgerechnet an dem Abend, auf den sich Helene wochenlang gefreut hatte, kam die Meldung, dass es nun geschehe: Hindenburg habe der Regierungsumbildung zugestimmt und werde Hitler zum neuen Reichskanzler ernennen. Der für das Abendprogramm vorgesehene Spielfilm, erklärte die Nachrichtensprecherin, entfalle zugunsten einer Sondersendung über die aktuelle Lage in Berlin.

»Ist das *gemein!*«, heulte Helene. »Dieser *blöde* Hitler!«

»Kind!«, mahnte Mutter streng. »Was ist denn das für ein Ton?«

»Jetzt sei mal still, du Heulsuse«, sagte ihr Bruder Armin grob. »Man versteht ja kein Wort.«

Beleidigt schmollend verkroch Helene sich in den äußersten Winkel des Sofas, während die anderen gespannt dem Bericht des Reporters lauschten, der von den Ereignissen rund um die Reichskanzlei berichtete. Zu sehen war nicht viel, im Wesentlichen nur eine Menschenmenge auf einer kümmerlich von Laternen beleuchteten Straße. Immer wieder wurde ein hohes Fenster gezeigt, hinter dem verschwommene Bewegungen zu erahnen waren, aber weiter geschah nichts.

Blöder Hitler! Was konnte an dem jetzt so wichtig sein, dass man dafür den Film absetzen musste, von dem in der Schule alle, die ihn schon im Kino gesehen hatten, in höchsten Tönen schwärmten?

Endlich öffnete sich das Fenster. Der kleine Mann mit dem Seitenscheitel und dem Schnurrbart unter der Nase schaute heraus, hob grüßend die Hand, und die Menge jubelte ihm begeistert zu.

»Nun ist also geschehen, was schon lange gefordert worden ist«, sagte der Reporter. »Die nationalen Parteien haben sich die Hände gereicht, um gemeinsam am Wiederaufbau des deutschen Vaterlandes zu wirken, und Adolf Hitler zum neuen Reichskanzler bestimmt.«

»Knorke«, meinte Armin. Das war sein neuestes Lieblingswort für alles, was ihm gefiel.

»Jetzt kommt hoffentlich endlich mal etwas in Bewegung«, sagte Vater. »Es war ein Fehler, eine so starke Bewegung einfach zu ignorieren. Kein Wunder, dass nichts vorwärtsgegangen ist.«

Nun begann in Berlin ein großer Fackelzug. Uniformierte Parteianhänger marschierten unter dem Fenster der Reichskanzlei vorbei, Fackeln in der einen Hand, die andere schräg nach oben gereckt. Sie marschierten alle im Gleichschritt, als wären sie eine Armee. Was sie ja vielleicht auch waren.

Der Reporter, der vor Ort berichtete, holte ab und zu andere Politiker vor die Kamera, wobei die Gespräche vor dem lärmenden Hintergrund und dem immer wieder aufs Neue losbrechenden Jubel schreiend geführt werden mussten. Ob es nicht ein Risiko sei, den Vorsitzenden einer radikalen Partei ins höchste Regierungsamt zu hieven, wollte er von einem bärtigen Mann wissen, den Helene nicht kannte.

»Immerhin«, meinte der Reporter, »hat Hitler vor zehn Jahren einen Putschversuch unternommen. Befürchten Sie nicht, er könnte nun von innen versuchen, was ihm damals von außen nicht geglückt ist?«

»Ich verstehe derartige Befürchtungen«, sagte der andere mit nachsichtigem Lächeln, »aber ich teile sie nicht. Sehen Sie – es gehören neben Hitler ja lediglich zwei weitere NSDAP-Leute der neuen Regierung an. Alle anderen Posten sind von bewährten Vertretern der politischen Mitte besetzt. Wir hegen Hitler und seine Partei sozusagen ein. Er kann und soll ja auch frischen Wind in die Politik bringen, aber dadurch, dass er von gemäßigten Kräften umrahmt ist, ist sichergestellt, dass die Dinge nicht außer Kontrolle geraten.«

»Vielen Dank für diese Einschätzung«, sagte der Reporter und fasste sich ans rechte Ohr, in dem er einen schmalen Ohrhörer stecken hatte. »Ich höre gerade, dass der neue Reichskanzler nun eine erste Erklärung abgeben will. Wir schalten um in den Presseraum der Reichskanzlei.«

Das Bild wechselte, zeigte einen Saal, in dem eine Menge Fahnen aufgestellt waren: schwarz-rot-goldene, die alten schwarz-weiß-roten Fahnen mit dem Reichsadler, aber auch eine einsame Hakenkreuzfahne. Adolf Hitler kam herein, umringt von anderen Männern, die so aussahen, als beobachteten sie jeden seiner Schritte ganz genau.

Reporter zückten ihre Kameras und knipsten, ein Blitzlichtgewitter, das über den frischgebackenen Kanzler hereinbrach. Hitler wirkte sichtlich nervös, drehte und wendete unaufhörlich das Blatt Papier, auf dem wohl das stand, was er gleich verlesen wollte. Er beachtete weder die Reporter mit den Photoapparaten noch die, die nur Notizblöcke und Stifte in Händen hielten; sein Blick war die ganze Zeit unverwandt auf die Fernsehkamera gerichtet.

Endlich trat er an das Pult, vor die Mikrofone, und sagte: »Über 14 Jahre sind vergangen seit dem unseligen Tage, da, von inneren und äußeren Versprechungen verblendet, das deutsche Volk der höchsten Güter unserer Vergangenheit, des Reiches, seiner Ehre und seiner Freiheit vergaß und dabei alles verlor. Seit diesen Tagen des Verrates hat der Allmächtige unserem Volk seinen Segen entzogen. Zwietracht und Hass hielten ihren Einzug.«

Es war eigenartig, ihn reden zu sehen. Helene hatte bis jetzt nur Photographien von ihm gesehen, ihn aber noch nie reden gehört. Er sprach seltsam schnarrend, und sie verstand fast nichts von dem, was er sagte – aber ihr war die ganze Zeit, als würde der starre Blick seiner Augen sie geradezu durchbohren, als spräche er zu ihr ganz persönlich, zu ihr allein, und es tat ihr fast leid, dass sie nichts verstand.

Aber nur ganz kurz. Hans Albers zu sehen wäre ihr auf jeden Fall entschieden lieber gewesen.

»Das ist gut für Deutschland«, meinte Vater hinterher. »Hitler steht dafür, dass das deutsche Volk wieder zu sich finden will. Es ist nur natürlich, dass sich ein Volk behaupten will, das ist der Ausdruck seines Lebenswillens. Jeder Arzt weiß, dass der Lebenswille das Wichtigste und Entscheidendste im Gesundungsprozess ist. Fehlt der Lebenswille, kann kein Arzt der Welt eine Heilung bewirken. Ist der Lebenswille aber da und ist er stark, ist es manchmal fast egal, was man als

Arzt macht, der Patient wird gesunden. Das deutsche Volk ist krank an seiner Seele und muss gesunden, darum geht es. Politik allein kann das nicht bewirken; es braucht mehr als das.«

Das fand Helene einleuchtend, auch wenn sie immer noch dem entgangenen Spielfilm nachtrauerte. Irgendwie war es typisch für Papa, alles in medizinischen Kategorien zu betrachten!

* * *

Einige Zeit später hatten sie in Deutsch eine Unterrichtseinheit über Zeitungen. Die Hausaufgabe bestand darin, aus den Tageszeitungen, die zu Hause gelesen wurden, die Schlagzeilen auszuschneiden, auf jeweils ein Blatt im Heft zu kleben und in eigenen Worten dazuzuschreiben, worum es in dem zugehörigen Artikel gegangen war. Diejenigen, deren Eltern Komputer besaßen, ans Weltnetz angeschlossen waren und Nachrichten per Elektropost zugeschickt bekamen, sollten einen Ausdruck davon machen und ansonsten genauso verfahren. Im Unterricht besprachen sie, was eine Schlagzeile war, wozu sie diente, was ein Bericht war und was ein Kommentar und wie diese beiden Textformen sich unterschieden.

Als hätte Professor Wolters es so bestellt, passierte in genau dieser Woche unerhört viel. Der Reichstag brannte, in Berlin herrschte helle Aufregung, und man nahm einen Mann fest, von dem man vermutete, er habe den Brand gelegt.

»Das Nationale Sicherheits-Amt«, hörte Helene einen Radiosprecher aufgeregt verkünden, »hat die Bewegungsdaten des Attentäters ermittelt, und danach steht zweifelsfrei fest, dass er sich zum entscheidenden Zeitpunkt im Reichstagsgebäude aufgehalten hat.«

Das war das erste Mal, dass Helene von der Existenz des Nationalen Sicherheits-Amts hörte. Nicht ahnend, dass es auch für lange Zeit das letzte Mal sein sollte, fragte sie ihren Vater, was denn das sei, das Nationale Sicherheits-Amt?

»Keine Ahnung, das hör ich auch zum ersten Mal«, gestand der nach kurzem Grübeln. »Dem Namen nach offenbar eine Stelle, die sich um unsere Sicherheit kümmert. Erfreulich zu hören, dass solch eine Stelle existiert.«

Da sie nun schon einmal angefangen hatte, Zeitung zu lesen, und sich gerade höchst dramatische Dinge ereigneten, hörte Helene auch nicht damit auf, als sich Professor Wolters anderen Themen zuwandte. In den Wochen nach dem Reichstagsbrand ließ Hitler jede Menge Kommunisten verhaften, darunter auch die, die im Reichstag saßen.

Vater fand das gut. »Das sind eh alles Staatsfeinde. Die würden lieber heute als morgen eine kommunistische Diktatur errichten. Diese Partei hätte man schon längst verbieten müssen.«

Auch das kurze Zeit später verabschiedete sogenannte »Ermächtigungsgesetz« fand seine Zustimmung: »Das ist so ähnlich, wie wenn ich ein aus zahllosen Wunden blutendes Unfallopfer auf den OP-Tisch bekomme. Dann ist keine Zeit für Diskussionen, sondern es gilt vor allem anderen die Blutungen zu stoppen. Sonst stirbt der Patient schlicht und einfach. Und so ist das auch hier. Unser Vaterland befindet sich in einer Krise, und in so einer Krise muss es einen – und *nur* einen – geben, der sagt, was zu tun ist. Und zwar, weil man in einer Krise nicht die Zeit hat, jeden einzelnen Schritt lange zu diskutieren. Das haben übrigens schon die alten Römer so gehandhabt, das werdet ihr in der Schule noch lernen.«

Helene sagte ihm nicht, dass sie die Geschichte Roms fast schon hinter sich hatten. Und das hatten sie tatsächlich so gelernt: Wenn Rom in einer gefährlichen Situation war, dann wählten die Römer einen aus, dem sie für ein halbes

Jahr die absolute Befehlsgewalt übertrugen, damit er sie aus der Krise hinausführte. Sie nannten einen solchen Mann einen *Diktator*.

* * *

Auch in der Schule änderten sich die Dinge: Über dem Eingang wehten nun Hakenkreuzfahnen, und in jedem Klassenzimmer wurde eine gerahmte Photographie des Führers und Reichskanzlers Adolf Hitler aufgehängt.

Kurz darauf bekamen sie in Deutsch eine neue Lehrerin, eine große, dralle, muskulöse Blondine, die Helene an eine Speerwerferin erinnerte, die kurz zuvor im Fernsehen zu sehen gewesen war, nur dass diese keine Brille getragen hatte. Ihr Name, erklärte sie, sei Emma Lindauer, und sie werde von nun an den Unterricht in Deutsch übernehmen. Professor Wolters sei nämlich in den Ruhestand verabschiedet worden.

»Außerdem gelten von heute an ein paar neue Regeln«, fuhr sie fort und holte eine Liste aus der Mappe, mit der sie das Klassenzimmer betreten hatte. »Auf Anweisung des Schulministeriums müssen jüdische Schülerinnen künftig im Klassenzimmer hinten sitzen, getrennt von den anderen. Ferner ist es von morgen an Pflicht, dem Lehrer beim Betreten des Klassenzimmers den deutschen Gruß zu entrichten; den jüdischen Schülerinnen hingegen ist es untersagt, diesen Gruß zu benützen.«

»Was ist der deutsche Gruß?«, fragte Brunhilde Müller, die immer alles als Letzte mitzukriegen pflegte.

Frau Lindauer sah sie mit hochgezogenen Augenbrauen an, nahm ihre Liste in die linke Hand, richtete den rechten Arm schräg nach oben, schlug die Hacken ihrer Schuhe zusammen und schnarrte: »Heil Hitler!« Dann nahm sie den

Arm wieder herab und fügte hinzu: »*Das* ist der deutsche Gruß.«

»Ach so«, sagte Brunhilde.

Frau Lindauer atmete tief durch, dann hob sie ihre Liste und sagte: »Ich werde nun die Namen derjenigen verlesen, für die das gilt, und wir werden die Sitzplätze entsprechend neu ordnen. Diese neue Sitzordnung ist dann auch in allen anderen Schulfächern ohne Ausnahme beizubehalten.«

Helene starrte die Frau an, erfüllt von einem Entsetzen, von dem sie nicht hätte sagen können, woher es kam. Die jüdischen Mädchen von den anderen trennen? Das klang wie ein böser Witz. Vater hatte immer gesagt, das müsse man nicht so ernst nehmen, wenn jemand aus der Regierung über die Juden herzog; das sei nur eine Art Wahlkampf. Es gebe nun mal gewisse antisemitische Strömungen in der Bevölkerung, und die versuchten viele Parteien auf die ein oder andere Art in Wahlstimmen umzumünzen.

»Esther Cohen«, las sie vor, und Esther, ein mageres kleines Mädchen mit einer Pracht aus engen schwarzen Locken, packte seufzend ihre Sachen zusammen und schlappte gehorsam an die hintere Wand.

»Lea Finkelstein«, ging es weiter. »Sarah Levi. Ruth Melzer …«

»Was?«, fuhr Ruth hoch. »Wieso ich?«

Frau Lindauer musterte sie über den Rand ihrer Brille hinweg. »Bist du das? Ruth Melzer?«

»Ja«, sagte Ruth. »Aber ich bin evangelisch!«

»Das«, sagte Frau Lindauer kühl, »spielt in diesem Fall keine Rolle. Du bist jüdischer *Abstammung* – das ist entscheidend. Also, ab mit dir nach hinten.«

Ruth gehorchte, begann, ihre Sachen zusammenzupacken, mit Bewegungen, die aussahen wie die einer Schlafwandlerin. Sie hatte Tränen in den Augen.

»Das kann nicht sein«, nahm Helene ihre Freundin in Schutz. »Da muss ein Irrtum vorliegen.«

»Das glaube ich eher nicht«, meinte Frau Lindauer. »Falls doch, soll ihr Vater aufs Rektorat kommen und die nötigen Unterlagen beibringen, damit der Irrtum korrigiert werden kann. Aber solange sie auf dieser Liste hier steht, muss sie hinten sitzen.«

»Lass nur«, sagte Ruth leise und schloss ihre Tasche. »Ich geh schon.«

Während des Unterrichts waren keine Gespräche mit den jüdischen Mädchen erlaubt, doch in der großen Pause konnte man reden, mit wem man wollte – noch jedenfalls.

»Aber du *bist* doch evangelisch!«, erklärte Helene, immer noch geschockt von dem, was heute morgen passiert war. »Wir sind beide für den Konfirmationsunterricht angemeldet, wir waren schon zusammen in der Kirche …«

»Ich versteh's auch nicht«, meinte Ruth. »Vielleicht ist es wegen meinem Vornamen. Ruth – das ist ein Vorname aus dem Alten Testament. Viele jüdische Frauen heißen so.«

»Aber das kann doch kein Grund sein!«

Ruth seufzte. »Ich sag's meinem Papa. Der wird schon wissen, was zu tun ist.«

Als sie sich am nächsten Morgen vor dem Schulhaus trafen wie immer, wirkte Ruth, als hinge ihr ein unsichtbares Gewicht um den Hals.

»Wir sind tatsächlich Juden«, eröffnete sie Helene leise. »Ich hab das bloß nicht gewusst. Aber wir sind assi … assilli … *assimilierte* Juden. Papa hat erzählt, dass sein Vater, also mein Großvater, beschlossen hat, dem Judentum zu entsagen und ein richtiger Deutscher zu werden.«

Helene fiel ein Stein vom Herzen. Na ja – zumindest ein *Steinchen*. »Das muss doch irgendwo aufgeschrieben sein«, meinte sie. »Ich meine, dein Vater war ja auch im Krieg.«

»Ja«, sagte Ruth. »Er will demnächst zum Rektor gehen und dafür sorgen, dass der Fehler korrigiert wird.«

»Und bis dahin musst du hinten sitzen.«

Ruth zuckte mit den Schultern. »Gibt Schlimmeres.«

Damit sollte sie recht behalten. Denn ihr Vater ging, nachdem er sich eingehend erkundigt hatte, erst gar nicht zum Rektor, sondern traf anderweitige Maßnahmen. »Wir ziehen weg«, vertraute Ruth ihrer Freundin an, die Augen rot umrandet von all den Tränen, die in den Tagen davor geflossen waren.

»Was?« Helene fiel aus allen Wolken. »Warum denn das?«

»Papa sagt, wenn es so anfängt, dann geht es auch weiter, und wenn es weiter geht, wird es immer nur schlimmer werden. Dann sind Juden hier auf Dauer ihres Lebens nicht mehr sicher. Und in dem Fall, sagt er, ist es besser zu gehen, und zwar so früh wie möglich.«

Helene spürte, wie ihr die Tränen kamen. »Aber … aber wohin wollt ihr denn gehen?«

»Nach Amerika«, sagte Ruth. »Wir haben Verwandte in New York, die uns erst mal aufnehmen. Und dann sieht man weiter, meint Papa.«

»Und eure Apotheke?«

»Die verkauft er.«

Ein würgendes Gefühl stieg in Helenes Kehle hoch. »Du kannst doch nicht einfach wegziehen! Was soll ich denn ohne dich machen?«

Ruth sah betreten zur Seite und sagte leise: »Es wird besser für dich sein, keine Jüdin zur Freundin zu haben.«

»Das ist mir doch sowas von egal –«

»Aber den anderen nicht«, sagte Ruth mit ihrer präzisen, eindringlichen Stimme. »Den anderen ist es nicht egal.«

Und da hatte Ruth leider recht: In den letzten Tagen hatte man Helene in der Tat bisweilen scheel angeschaut, hatte sie gefragt, wieso sie sich denn mit »so einer« abgebe. »Die Juden sind die Feinde unseres Volkes«, hatte ein Mädchen aus der Obersekunda zu ihr gesagt, als sie nach der großen Pause die Treppe hochgegangen war wie immer.

Helene war stehen geblieben und hatte die andere angefaucht: »Das ist meine *Freundin!*«

Doch die hatte nur gemeint: »Pass lieber auf dich auf.« Dann war sie ungerührt weitergegangen.

Der Abschied kam schneller als gedacht, denn schon am nächsten Tag erschien Ruth nicht mehr zum Unterricht. Ruth würde doch nicht abreisen, ohne sich zu verabschieden, oder? Bestimmt war sie einfach nur krank. Helene rief nachmittags bei Melzers an, aber es ging niemand an den Apparat. Kurzerhand schwang sich Helene aufs Rad und fuhr hinab in die Stadt, doch als sie vor der Apotheke ankam, hing ein Schild in der Tür: *»Bis auf Weiteres geschlossen. Wenden Sie sich bitte an die Löwen-Apotheke am Karlsplatz.«* Und in den Fenstern der Wohnung darüber hingen keine Vorhänge mehr.

Helene stand da, über den Lenker ihres Rads gebeugt, und konnte nicht fassen, was sie sah. Weg. Sie waren weg.

Eine Katze kam um die Ecke gestrichen und blieb stehen, als sie Helene erblickte. Sie hatte schwarz-graues Fell mit einer schönen Tigerung.

»Findling!«, rief Helene und war sich einen verrückten Moment lang sicher, dass die Katze ihr verraten würde, was geschehen war.

Doch Findling, der noch in der Woche zuvor vertrauensvoll auf ihren Schoß gekrochen war, als sie Ruth zu Hause besucht hatte, betrachtete sie nur unergründlich, ja, geradezu vorwurfsvoll. So kam es Helene jedenfalls vor.

»Was hätte ich denn machen sollen?«, fragte sie hilflos.

Findling schien über diese Frage nachzudenken, aber natürlich kam er auch auf keine Antwort, sondern wandte sich ab und verschwand.

Helene blieb eine ganze Weile stehen, starrte das leere Haus an und versuchte zu begreifen, was geschehen war.

Etwas Schlimmes auf jeden Fall.

Und es war noch nicht zu Ende.

5

Dank einigermaßen guter Noten und eines Bonus für Einzelsöhne von Kriegswitwen wurde Eugen zum Gymnasium zugelassen, und damit hatte er ohnehin keine Zeit mehr, hinten im Hof zu spielen. In der Schule kam er neben einem Jungen zu sitzen, der Felix hieß und aus dem verrufensten Teil von Spandau kam.

Sie freundeten sich rasch an, und Felix nahm Eugen mit in die Gegend, die er sein »Revier« nannte. Er kannte dort jede Menge Schleichwege und Verstecke, was sehr nützlich war, wenn man, wie Felix, ab und zu einem Mann den Geldbeutel stahl oder einer Frau die Handtasche und damit rasch von der Bildfläche verschwinden musste. Er kannte auch Leute, bei denen man erbeutete Dinge zu Geld machen konnte, Schmuck etwa oder Uhren oder lederne Brieftaschen. Mit Geld in der Tasche wiederum wurde einem auch als Schüler so manches Interessante zugänglich, zum Beispiel, Zigaretten zu rauchen, Alkohol zu trinken oder in Kinos Filme zu sehen, für die man noch bei weitem zu jung war.

Eugen war ein gelehriger Schüler. Er lernte von Felix, wie man bettelte (die beste Methode war, Passanten um ein paar Groschen für die Straßenbahn zu bitten, weil man sein Geld verloren habe und nicht mehr nach Hause käme; wenn man hinreichend verzweifelt wirkte, gaben einem viele Leute den ganzen Fahrpreis), wie man jemanden zu zweit »abzog« (der eine musste den Mann anrempeln, der andere ihm in genau demselben Moment die Brieftasche aus der Hose ziehen) und wie man an Zigaretten kam, ohne dass jemand nach dem

Alter fragte (aus Automaten nämlich, wie sie in den Untergeschossen guter Hotels aufgestellt waren).

Das Stehlen von Brieftaschen war Eugen allerdings zu nervenaufreibend und schien ihm auch, gemessen am Gewinn, den Aufwand und das Risiko nicht wert. Von Alkohol wurde ihm schlecht, von Zigaretten dagegen nicht, obwohl Felix behauptete, davon werde jedem zuerst einmal schlecht, bis man sich daran gewöhnt habe. Und das Betteln ... zugegeben, es konnte einträglich sein, und man lernte eine Menge über Leute und wie man sie dazu brachte, das zu tun, was man wollte. Aber dennoch war es, nun ja, *würdelos*. Nichts, was dem Sohn eines Kriegshelden gut zu Gesicht stand.

Nach und nach lernte Eugen auch die Clique kennen, zu der sich Felix zählte. Die anderen Jungs verrieten ihm nicht, wie sie wirklich hießen, sondern hörten auf Namen wie *Hotte*, *Specht* oder *Klops*, aber sie nahmen ihn schließlich mit, als es darum ging, eine Wohnung, von der sie wussten, dass sie tagsüber verlassen war, unauffällig auszuräumen.

Das fand Eugen nun höchst faszinierend, wobei es nicht die Beute selbst war, die ihn interessierte, sondern das Erlebnis, in eine fremde Wohnung und damit in das Leben eines anderen Menschen einzudringen, all seine Besitztümer zu durchstöbern und dabei all die kleinen Geheimnisse des Betreffenden aufzudecken: welche Art Unterhosen er trug, wem er Briefe schrieb und worüber, wie viel Geld er auf dem Konto hatte und so weiter. Es war dieser Akt des Eindringens selbst, der Eugen aufs Höchste erregte, und darüber hinaus das Wissen, dass die betreffende Person keine Ahnung davon hatte, dass er jetzt gerade in ihren intimsten Besitztümern wühlte. Während Felix und die anderen nach Geld suchten, Silberbesteck in Lumpen wickelten und in ihren Jacken verstauten oder Schmuck zusammenrafften, studierte Eugen die

Medikamente im Bad, den Inhalt der Nachttischschublade und Photos in einem hölzernen Kästchen.

Es ging alles viel zu schnell. Mit den Worten: »Wenn du nichts trägst, kriegst du keinen Anteil an der Beute« drückte ihm Felix zwei schwere Bündel in die Hand, die Eugen gehorsam in seinen Jackentaschen vergrub, dann machten sie sich wieder davon. Keine Stunde später kamen sie aus dem Laden des Hehlers, und jeder von ihnen hatte dreißig Reichsmark in der Tasche!

Das war nicht schlecht, und schließlich konnte er das Geld gut brauchen, war er doch der einzige Mann im Haus. Er musste sich nur eine gute Geschichte ausdenken, woher er das Geld hatte, aber das fiel ihm nicht schwer. (»Ein Mann in einem Pelzmantel ist von einem Tisch im Straßencafé aufgestanden und hat seine Aktenmappe auf dem Stuhl neben sich vergessen. Ich hab sie ihm nachgetragen, da hat er mir dreißig Mark gegeben, als Belohnung, weil in der Mappe sehr wichtige Dokumente gewesen sind.«)

Er konnte es kaum erwarten, die Sache zu wiederholen. Die anderen auch, erfuhr er, aber das Problem war, Wohnungen ausfindig zu machen, bei denen man sich sicher sein konnte, nicht gestört zu werden.

Eugen begriff nicht, was daran das Problem sein sollte. Also begann er, selber die Augen aufzuhalten – und entwickelte sich innerhalb kürzester Zeit zum Experten. Wer achtete schon auf einen schmutzigen blonden Bengel in billigen Klamotten, der am Straßenrand herumlungerte? Eugen streifte umher, belauschte Gespräche, folgte Leuten, um zu sehen, wo sie arbeiteten oder was ihre Gewohnheiten waren, und bald hatte er von jedem Häuserblock ein genaues Bild im Kopf, wusste, wer wo wohnte, das Haus wann verließ, um wohin zu gehen, und um welche Uhrzeit er zurückzukehren pflegte. Erwachsene, fand er heraus, lebten erstaunlich oft ein Leben von solcher Regelmäßigkeit, dass man seine Uhr danach hätte stellen können. Sie gingen nicht nur zu festen Zeiten zur Arbeit, sondern auch, um in preiswerten Restaurants zu Mittag zu essen oder sich mit anderen zum Kaffee zu treffen. Sie hatten regelmäßige Arzttermine, gingen an stets gleichen Abenden der Woche aus oder pflegten Spaziergänge zu festen Tageszeiten.

Als die auf Eugens Erkenntnissen aufbauenden Raubzüge es zur Schlagzeile in der Tageszeitung brachten, die seine Mutter vom Nachbarn nebenan bekam, sobald dieser sie ausgelesen hatte (»Einbruchsserie in Charlottenburg – Polizei verdächtigt Zigeuner«), hielt Eugen es für ratsam, aus der Sache auszusteigen. Inzwischen hatte er sich von Hotte abgeschaut, wie man die meisten der üblichen Schlösser aufbrach, ohne dass Spuren zurückblieben, und war nicht mehr auf Felix' Clique angewiesen. Er verlagerte seine Spionagetätigkeit in andere, bessere Stadtviertel, denn Wohnungen, die lange genug verlassen waren, dass man sich in Ruhe darin umsehen konnte, gab es überall.

Hotte war sauer, dass Eugen keine Adressen mehr herausrückte, fand sich aber schließlich grummelnd damit ab. Die anderen waren der Meinung, dass es vielleicht auch besser war, zumindest eine Weile in Deckung zu gehen.

Eugen stahl nichts mehr, oder wenn, dann nur noch Kleinigkeiten, deren Fehlen den Besitzern vermutlich oft gar nicht auffiel. Ihm genügte es, einfach nur einzudringen in die Wohnung, in das Leben eines fremden Mannes oder einer fremden Frau und dort in Schubladen zu wühlen, in Briefschaften und Kontoauszügen zu kramen, Schränke und Regale und Abstellräume zu inspizieren. Manche Leute, merkte er, taten arm und waren insgeheim reich, andere taten reich, hatten in Wirklichkeit aber nur Schulden über Schulden. Manche Frauen besaßen eine ungeheure Menge an Unterwäsche, hauchdünne Gebilde mit Spitzen und mitunter Öffnungen an seltsamen Stellen. Viele Männer bewahrten in ihren Nachttischschubladen abgegriffene Heftchen auf, die voller Photographien waren, auf denen nackte Frauen eigenartige Dinge mit nackten Männern taten, Photographien, deren Anblick Eugen ebenso seltsam wie aufregend fand und die er jeweils äußerst eingehend studierte. Mitzunehmen wagte er sie nicht, denn was, wenn seine Mutter sie bei ihm gefunden hätte?

In der Wohnung eines Mannes, der als Kellner im Café Kranzler arbeitete, fand Eugen eine beeindruckende Sammlung schwerer Kaffeekännchen aus reinem Silber. Als er sich das Café einmal aus der Nähe anschaute, sah er, dass hier genau die gleichen Kännchen Verwendung fanden, wenn jemand auf der Terrasse Kaffee bestellte.

Eugen passte den Mann an einer dunklen Stelle ab, als dieser auf dem Nachhauseweg war, und sagte: »Ich hab gesehen, wie Sie im Café Silberkännchen gestohlen haben. Mehr als einmal.«

Der Mann, ein schwindsüchtig wirkender Kerl mit fadem Haar, fuhr zusammen. »Was?«, stieß er hervor. »Woher weißt du –?« Dann begriff er, dass er sich damit schon selber verraten hatte, und fragte: »Was willst du?«

»Hundert Mark«, sagte Eugen kühn. »Sonst sag ich's Ihrem Chef.« In Wirklichkeit würde er sich das nicht trauen, denn der würde ja sicher die Polizei rufen, und die würde genau wissen wollen, woher er das wusste und wann und wo er den Mann beim Stehlen beobachtet hatte, und das war alles viel zu riskant. Aber das wusste der Mann ja nicht.

»Hundert Mark?«, wiederholte der Mann. »So viel hab ich nicht.« Er fingerte durch seine Taschen, förderte Scheine zutage. »Hier. Fünfzig kann ich dir geben.«

»Na gut«, sagte Eugen und schnappte sich das Geld. Dann

riet er dem Unglücklichen: »Gehen Sie doch mal zu Seligmann am Bahnhof Spandau mit so einem Kännchen. Der zahlt gut.«

»Was?«

Der Mann sah ihn verdutzt an, und weil Eugen nicht wollte, dass er ihn allzu genau sah, ließ er es gut sein, drehte sich um und rannte davon.

Fünfzig Reichsmark! Wissen, erkannte er, war Macht.

* * *

Irgendwann erzählte ihm Felix, dass die Clique sich neuerdings ab und zu mit einer Gruppe gleichaltriger Mädchen zum »Strip-Poker« traf, wie Felix es nannte: Sie spielten Karten, und wer eine Runde verlor, musste ein Kleidungsstück ausziehen. »So ein Spiel ist spannender, wenn es auch um was geht«, erklärte er dazu. »Und mit Mädchen um Geld zu spielen wär ja blöd.«

»Und bei so was machen Mädchen mit?«, fragte Eugen skeptisch.

»Und wie«, meinte Felix. »Die sind ganz wild drauf.«

Ob er da nicht auch mal mitspielen könne, wollte Eugen wissen, dem die Aussicht gefiel, einmal echte Mädchen mehr oder weniger entkleidet zu sehen.

Felix verzog das Gesicht. »Hmm«, machte er gewichtig. »Da muss ich erst die anderen fragen.«

Er ließ Eugen ein paar Wochen lang zappeln, dann nahm er ihn schließlich mit. Nahm ihm heilige Eide ab, den Treffpunkt geheim zu halten, und schärfte ihm mehrmals ein, dass es nicht erlaubt war, zu gehen, ehe das Spiel zu Ende war.

»Und wann ist es zu Ende?«, fragte Eugen.

»Ist doch klar: Wenn jemand nichts mehr hat, das er ausziehen kann«, erklärte Felix und grinste.

Der Treffpunkt war ein mit einer Menge alter Teppiche

ausgelegter Dachboden in einem sechsstöckigen Mietshaus. Durch ein Fenster im Dach fiel grelles Sonnenlicht herein, in dem Staubflocken tanzten, und rings um diesen Lichtfleck saßen sie dann im Kreis, fünf Jungs mit ihm und vier Mädchen. Specht fing an mit dem Kartengeben, und Eugen verlor gleich die erste Runde. Er zog seine Jacke aus und schob es darauf, dass er ziemlich schlechte Karten gehabt hatte.

Nun war es an einem der Mädchen zu geben. Auch diese Runde verlor Eugen. Er opferte einen Schuh.

Und so ging es weiter. Der andere Schuh. Ein Socken. Noch ein Socken. Endlich verlor mal eines der Mädchen und musste sich unter johlendem Beifall aus seinem Jäckchen schälen, aber dann verlor wieder Eugen: Nun musste der Pullover dran glauben.

»Ich hab dauernd miese Karten«, beschwerte er sich.

»Das kommt vor«, meinte Felix und gab.

Schon wieder war er es, der verlor. Er musste das Hemd ausziehen. Ein Unterhemd trug er nicht. Die Mädchen grinsten und kicherten.

»Ein blödes Spiel«, maulte Eugen. Felix sah ihn nur mahnend an, und er nickte zum Zeichen, sich der Regel bewusst zu sein, dass man nicht vor dem Ende aussteigen durfte.

Außerdem *musste* seine Pechsträhne doch irgendwann ein Ende haben! Ihm genau gegenüber saß ein dralles Mädchen mit wilden Locken und einer eindrucksvollen Oberweite: Die hätte er schon gern genauso leicht bekleidet gesehen, wie er jetzt dasaß.

Nächste Runde. Wieder Pech. Nun war es schon seine Hose, die auf den Stapel wanderte.

»Verdammtes Pech, hmm?«, meinte Hotte grinsend.

»Aber echt«, pflichtete ihm Klops bei.

»Gib schon«, sagte Eugen grimmig. Ein Glück, dass es hier oben gut warm wurde von der Sonne, die aufs Dach knallte.

Die Karten wurden verteilt. Eugen holte noch einmal tief Luft, ehe er sein Blatt aufnahm. Sah gar nicht so schlecht aus – aber irgendwie kam er nie zum Stich, wurde wieder Letzter.

»Die Unterhose, wenn wir bitten dürfen«, sagte Felix. Die anderen grölten vor Lachen.

Eugen spürte, wie er knallrot anlief, während er sich im Sitzen umständlich seiner Unterhose entledigte und sie schließlich auf den Stapel warf. »Und jetzt?«, fragte er, kniff die Schenkel zusammen und legte die Hände dazwischen, um sich nicht ganz so nackt zu fühlen.

»Jetzt«, erklärte Felix, »spielen wir noch eine letzte Runde, und der Gewinner darf sich was von dir wünschen dafür, dass du deine Klamotten wiederkriegst.« Er grinste. »Du spielst natürlich nicht mehr mit. Kannst du ja auch nicht, so, wie du dasitzt.«

Auch das noch? Eugen blieb reglos sitzen, sah zu und fragte sich, was man wohl von ihm verlangen würde. Bestimmt etwas noch Entwürdigenderes. Von dieser Regel hatte Felix ihm aber nichts gesagt.

Seltsam, auf einmal waren andere Karten im Spiel? Vorhin waren es Karten mit blauem Rückenmuster gewesen, jetzt waren es welche mit rotem. Als der Sieger feststand – es war Hotte –, fragte Eugen nach, und daraufhin kugelten sich alle endgültig vor Lachen.

»Das machen wir immer so, wenn jemand neu dazukommt«, erzählte Felix, als er wieder Luft bekam, nahm die anderen Karten zur Hand und gestand: »Die hier sind gezinkt.«

»Gezinkt?«, wiederholte Eugen und hatte das Gefühl, nur schlecht zu träumen. Nackt auf einem Teppich unterm Dach zu sitzen und beim Kartenspielen zu verlieren: Das *konnte* nur ein schlechter Traum sein!

»Ja. Wir haben dich ausgetrickst. Warte, ich zeig's dir.«

Er zeigte Eugen die Markierungen auf der Rückseite der Karten, anhand derer man erkennen konnte, was jemand auf der Hand hatte, und erklärte ihm, wie man dadurch das Spiel so lenken konnte, wie man wollte. Es war bestürzend einfach, wenn man wusste, worauf man achten musste, und das fand Eugen das Beschämendste an der ganzen Sache: dass er das nicht eher bemerkt hatte.

»Aber«, schloss Felix, »verloren ist verloren, und Hotte darf jetzt bestimmen, was du tun musst, um deine Kleider zurückzukriegen.«

»Er soll uns was vortanzen!«, rief eines der Mädchen kichernd, das dicke.

»Nein, er soll uns vormachen, wie er ... du weißt schon ...«, rief ein anderes, das mit dem Bubikopf, und machte eine Auf- und Abbewegung mit der Hand dazu. Eugen hatte keine Ahnung, was sie meinte.

Der Rotschopf kreischte, eine alte Bürste schwenkend: »Er soll sich den Stiel in den Hintern stecken, damit herumlaufen und bellen wie ein Hund!«

Sie schrie es so entschieden, dass Eugen es richtig mit der Angst bekam. Das konnten sie unmöglich im Ernst von ihm verlangen, oder? So etwas *ging* doch gar nicht!

Und das vierte Mädchen, das kleinste und langweiligste von allen, rief: »Wir werfen seine Kleider aus dem Fenster auf die Straße, und er soll nackt die Treppe runtergehen, wenn er sie wiederhaben will!«

Eugen saß da wie gelähmt, die Schenkel fest zusammengepresst und die Hand schützend vor seinem Pimmel, und war sich sicher, dass er nun vor Scham sterben würde.

Hotte brachte die Mädchen mit einer entschiedenen Handbewegung zum Schweigen. »*Ich* hab gewonnen«, sagte er. »Also bestimme *ich* auch, was er zu tun hat.«

Eugen merkte, wie er zu zittern begann. Besser gesagt, fing

sein Körper ganz von alleine an zu zittern, ohne dass er etwas dagegen hätte tun können.

»Ich verlange«, fuhr Hotte mit gefurchter Stirn fort, »eine Adresse von dir. Ich glaub dir nicht, dass du keine Adresse mehr weißt. Ich glaub, du hast Schiss gekriegt, als wir in der Zeitung gekommen sind.«

Damit hatte er natürlich recht, aber das würde Eugen nicht zugeben. Die Hände vor seinem Gemächt, von dem er das Gefühl hatte, dass es sich gerade auf mikroskopische Größe zusammenzog, um demnächst in seinem Unterleib zu verschwinden, starrte er Hotte an und dachte nach.

»Eine Adresse hab ich noch«, sagte er schließlich. »Pestalozzistraße 86, 3. Stock rechts. Ein Professor Altgassen. Der ist im Ruhestand und viel zu Hause, aber jeden Mittwoch geht er um zwei Uhr zu einem Treffen mit Freunden, und er kommt nie vor fünf Uhr zurück.«

»Knorke«, sagte Hotte und warf ihm die Klamotten hinüber. »Dann nächsten Mittwoch um zwei Uhr. Ich brauch dringend Geld.«

Eugen sagte nichts, sondern zog sich an, so rasch er konnte. Jemand schlug eine zweite Runde vor, mit den richtigen Karten diesmal, aber Specht meinte, er müsse nach Hause, und zwei der Mädchen meinten, sie auch.

Am Mittwoch darauf versammelte sich die Clique kurz vor zwei Uhr in der Nähe des Hauses, in dem der Professor wohnte; nur Eugen tauchte nicht auf. »Der ist krank, glaube ich«, berichtete Felix, »dem war schon heute Morgen in der Schule schlecht.«

»Bleibt schon mehr für uns«, meinte Hotte geringschätzig.

Nach einer Weile ging die Haustür auf, und der Professor trat heraus, ein alter Mann mit Zylinder, Monokel und Spazierstock, der sich nur einmal flüchtig umsah und dann zielstrebig von dannen schritt, nicht ahnend, dass vier jugendliche

Augenpaare jeden seiner Schritte beobachteten, bis er um die Ecke verschwunden war. Die vier warteten noch eine Weile, dann überquerten sie die Straße und schlüpften ins Haus.

In Wirklichkeit war Eugen nicht krank, er hatte am Morgen nur so getan, als ob ihm schlecht sei. Und er war auch gekommen, sogar geraume Zeit vor den anderen, und hatte hinter einer Häuserecke in einiger Entfernung versteckt alles beobachtet. Als die Clique, die ihn reingelegt hatte, im Haus verschwand, wartete er noch eine Weile, war in Gedanken bei ihnen, sah zu, wie sie die Treppen hinaufschlichen, wie Hotte das Schloss knackte und wie sie die Wohnung betraten. Er hatte das alles oft genug miterlebt, um einschätzen zu können, wie lange es dauerte.

Dann ging er rasch zu einer Telephonzelle in der Nähe, rief die Polizei an und berichtete mit möglichst tiefer Stimme, dass im 3. Stock der Adresse Pestalozzistraße 86, Charlottenburg allem Anschein nach gerade eingebrochen werde.

Die Polizei war erstaunlich flugs da; offenbar hatte man die Einbruchserie noch nicht vergessen. Eugen war kaum zurück auf seinem Beobachtungsposten, als schon eine grüne Minna vor dem Haus hielt und Polizisten mit erhobenen Schlagstöcken heraussprangen. Kurz darauf führte man die vier Jungs heraus, die Hände auf den Rücken gebunden.

Eugen sah gelassen zu, bis die Polizei wieder abfuhr und alles vorbei war.

Er war der Sohn eines Kriegshelden. Er durfte sich nicht alles gefallen lassen.

* * *

Am nächsten Morgen kam der Rektor in die Klasse und berichtete äußerst pikiert, der Schüler Felix Dallmann sei bedauerlicherweise in schlechte Gesellschaft geraten, in sehr schlechte Gesellschaft sogar, und säße deswegen jetzt in Haft, und wie die Dinge stünden, würde er dort wohl auch die kommenden Jahre verbringen, zusammen mit eben jener schlechten Gesellschaft, in die er sich begeben habe. Seine gymnasiale Laufbahn sei damit jedenfalls vorüber, schloss der Rektor und fügte hinzu: »Lassen Sie sich das alle eine Mahnung sein.«

Da man wusste, dass Eugen mit Felix befreundet gewesen war, wurde er von der Polizei befragt, stritt aber ab, auch nur das Geringste gewusst oder an irgendwelchen unsauberen Dingen beteiligt gewesen zu sein; Felix und er hätten immer nur gemeinsam auf die Klausuren gelernt. Das nahm man zu Protokoll, und danach war die Sache für Eugen erledigt; er hörte nichts mehr von dem Fall und wurde auch nicht vor Gericht geladen. Dass »die vier Einbrecherkönige von Berlin« zu langjähriger Jugendhaft verurteilt wurden, erfuhr er später aus der Zeitung.

Danach machte er sich auf die Suche nach den Mädchen. Das war nicht so einfach, da er von keiner den Namen wusste. Er streifte lange und oft durch das Revier, in der Hoffnung, einer von ihnen zu begegnen, doch vergebens. Endlich kam ihm die Idee, einfach vor Schulen Ausschau zu halten, die Mädchen dieses Alters besuchten: Auf irgendeine Schule *mussten* sie schließlich gehen.

Das war nicht einfach, weil er eine gute Ausrede brauchte, warum er morgens so oft zu spät in seine eigene Schule kam, aber bei der fünften Schule – dem Luisenstädtischen Gymnasium am Prenzlauer Berg – wurde er fündig: Dorthin ging die Dralle, die ihm genau gegenübergesessen und verlangt hatte, dass er nackt tanzen solle.

Er passte sie mittags ab, folgte ihr unauffällig und fand nach und nach allerhand über sie heraus, unter anderem, dass sie Dörte hieß. Und dass eine ihrer bevorzugten Freizeitbeschäftigungen war, mit der Tram in die Stadt zu fahren und durch die dortigen Kaufhäuser zu streifen, am liebsten durch das KaDeWe.

Als er genug herausgefunden und sich seinen Plan zurechtgelegt hatte, stellte er sie eines Mittags, als sie aus dem Haus kam und sich gerade auf den Weg zur Straßenbahnhaltestelle machen wollte. Er vertrat ihr den Weg und sagte: »Hallo, Dörte.«

Das schockte sie schon mal, denn natürlich erkannte sie ihn wieder. »Oh«, machte sie. »Hallo, ähm … Eugen, nicht wahr?«

Er nickte und bohrte seinen Blick in den ihren, was ihr sichtlich unbehaglich war. »So sieht man sich wieder«, sagte er, und wahrscheinlich klang es ziemlich bedrohlich, wie er das sagte. Gut so.

»Woher weißt du, wie ich heiße?«, fragte sie nervös.

»Oh«, meinte Eugen, »ich weiß eine Menge über dich. Nicht nur, wie du heißt. Ich weiß auch, in welche Schule du gehst. Und was du nachmittags so machst.«

»Was denn?«, erwiderte sie patzig. »Was mach ich denn?«

»Du fährst gern nach Schöneberg, um durchs KaDeWe zu schlendern«, sagte Eugen. »Vorgestern hast du dort einen Lippenstift geklaut und gestern ein Kleid. Du hast es in der Umkleide unter das angezogen, das du anhattest.«

»Na und?«, erwiderte sie und zog einen Schmollmund.

»Dein Vater ist im Kirchenbeirat«, fuhr Eugen fort. »Er wäre bestimmt nicht begeistert, wenn das bekannt würde. Und es war ein teures Kleid. *Richtig* teuer.«

Es entging ihm nicht, dass sie zusammenzuckte, als er das sagte, und auch nicht, dass ihre Stimme auf einmal sehr jämmerlich klang, als sie erwiderte: »Das kannst du nicht beweisen.«

»Doch«, sagte Eugen und holte eine Minox hervor, die er

bei einem seiner eigenen Einbrüche gestohlen hatte. »Ich hab Photos gemacht. Ich muss nur den Film entwickeln lassen.«

Das war gelogen. Er hatte keine Ahnung, was auf dem Film war. Aber das wusste sie ja nicht. Und dank der Werbung wusste jeder, was eine Minox war: die kleinste Kamera der Welt und ein beliebtes Werkzeug von Spionen.

»Was willst du?«, flüsterte sie.

»Ich habe einen ganz fairen Vorschlag«, sagte Eugen. »Wir machen eine Partie Strip-Poker. Nur du und ich. Gewinnst du, kannst du dir was wünschen. Zum Beispiel, dass ich den unentwickelten Film aus der Kamera ziehe und die Bilder damit vernichte.«

»Und wenn du gewinnst?«

»Dann darf *ich* mir was wünschen«, sagte Eugen. »Du kennst doch die Regeln.«

Sie sah sich hilflos nach allen Seiten um, vergebens natürlich, denn weder gab es jemanden, der ihr zu Hilfe eilen konnte, noch würde es sie retten, wenn sie die Flucht ergriff. »Hör mal«, sagte sie schließlich, zwischen den Sätzen nervös auf ihrer Unterlippe kauend, »das mit dem Strip-Poker, das hat Hotte eingefädelt. Er hat mir und den andern Geld versprochen, wenn wir mitmachen. Weil, also, normalerweise gebe ich mich mit solchen Kerlen nicht ab, weißt du?«

»Mhm«, machte Eugen, mehr aber nicht.

Wenn jemand nervös war und am reden, schwieg man am besten, denn dann konnten die meisten nicht anders, als weiter zu reden. Dörte erging es genauso. »Er hat uns versprochen, dass keine von uns sich wirklich ausziehen muss, außer vielleicht ein Teil, damit es echter aussieht. Er hat uns erklärt, wie er die Karten gibt und wie wir spielen müssen, damit du verlierst. Ehrlich – ich wollte nicht, dass er es so weit treibt.«

Eugen hob die Brauen. »Ach? Wolltest du nicht?«

»Erst nicht.« Sie wand sich vor Verlegenheit. »Aber als es

dann so gelaufen ist, hab ich mich halt anstecken lassen und mitgemacht …«

»Genau«, sagte Eugen und winkte mit der Minox. »Und jetzt wirst du einfach noch mal mitmachen.«

Sie gab sich geschlagen. »Also gut«, sagte sie seufzend. »Wann und wo?«

»Jetzt gleich?«, schlug Eugen vor. »Wir haben noch den ganzen Nachmittag Zeit. Und ich weiß einen Platz, wo wir ungestört sind.«

Sie ging mit, was blieb ihr auch anderes übrig? Er führte sie auf einen Dachboden, der dem glich, auf dem sie ihn reingelegt und über ihn gelacht hatten – sie am lautesten von allen. Das Dach war etwas niedriger, der Raum etwas kleiner, aber er hatte ebenfalls alte Teppiche beschafft und ausgebreitet, und den Schlüssel zu dem Vorhängeschloss, das er angebracht hatte, trug er ständig bei sich.

Sie setzten sich schweigend, und er begann, die Karten auszugeben.

Natürlich verwendete er gezinkte Karten, nur anders gezinkt, als sie es kannte. Er ließ es aussehen wie ein echtes Spiel, ließ sie immer wieder mal gewinnen, tat, als ärgere er sich, als er scheinbar eine Pechsträhne hatte, doch natürlich war es am Ende sie, die nackt dasaß und verloren hatte, während er noch seine Unterhose anhatte. Was ja nichts machte, im Gegenteil.

»Na gut«, meinte sie ahnungsvoll, »was muss ich tun?«

Er erklärte es ihr.

Sie sah ihn mit blankem Entsetzen an. »Das … das mach ich nicht! So eine bin ich nicht!«

Eugen hob die Minox. »Es gibt nur zwei Möglichkeiten. Die eine ist: Du machst es und kriegst danach den Film. Die andere ist: Du machst es nicht, ich lasse den Film entwickeln, und dein Vater kriegt die Bilder. Und das KaDeWe auch. Mitsamt deiner Adresse.«

Ihr Unterkiefer begann zu zittern. »Du hast geschummelt. Die Karten waren irgendwie gezinkt.«

»Verloren ist verloren«, sagte Eugen ungerührt.

Es endete damit, dass er mit dem Rücken gegen den Balken gelehnt stand und sie vor ihm kniete und mit seinem Pimmel genau das machte, was er von ihr verlangt hatte, und das Ganze war so aufregend und fühlte sich so unglaublich viel besser an, als er es sich in seinen kühnsten Träumen vorgestellt hatte, dass es keine Rolle spielte, dass sie dabei heulte. Im Gegenteil, das machte es nur noch aufregender.

Die drei anderen Mädchen, schwor er sich, würde er auch noch kriegen.

6

Helene wartete lange auf ein Lebenszeichen von Ruth. Die Freundin würde doch nicht verschwinden, ohne ihr wenigstens einen Abschiedsbrief zu schreiben? Ihr eine Adresse zu schicken, unter der sie sie erreichen konnte? Doch nichts dergleichen kam. Ruth war aus ihrem Leben verschwunden und blieb es.

In der Schule riefen sie nun zu Beginn jeder Stunde »Heil Hitler!«, und die Klassen wurden immer kleiner, weil auch die übrigen jüdischen Schülerinnen nach und nach wegblieben. Auf allgemeine Begeisterung stieß der ministerielle Erlass der neuen Regierung, die Osterferien bis zum 30. April zu verlängern; dass am 20. April der Geburtstag des neuen Reichskanzlers mit einem Fackelzug gefeiert wurde, bei dem Anwesenheitspflicht für sämtliche Schulkinder der Stadt herrschte, nahm man als geringen Preis dafür gern in Kauf, zumal es ein richtiges Fest wurde, an dem auch die Feuerwehr, die Sportvereine und der Kriegerverein teilnahmen.

Als im Mai das neue Schuljahr begann, wurden die bisherigen drei Klassen der Quarta zu zweien zusammengelegt, und Helene bekam eine neue Banknachbarin, ein Mädchen namens Veronika, eine geradezu ätherische Schönheit mit einem schon beeindruckenden Busen, den sie beim Umziehen vor den Turnstunden stolz präsentierte. Helene kam sie vor wie eine Märchenprinzessin, die geradewegs einem Grimmschen Märchen entsprungen war, und sie wusste nichts mit ihr zu reden, sosehr sie sich auch bemühte.

Am 24. Juni wurde schon wieder groß gefeiert, diesmal

die Sonnenwende am Mittwoch davor. Wieder musste man in einem langen Festzug mitmarschieren, der auf einem großen Platz endete, wo ein mächtiger Holzstoß entzündet wurde. Während das Feuer gen Himmel loderte, sang Helene mit den anderen das Lied »Flamme empor«. Danach sprach der Rektor des Jungengymnasiums über die Bedeutung der Sonnwendfeiern in alter Zeit und in der neuen Zeit, die nun angebrochen sei, aber Helene hörte nur mit halben Ohr zu. Jedenfalls schloss er mit einem lauten »Hoch! Hoch! Hoch auf unseren Reichskanzler Adolf Hitler! Hoch auf unseren Reichspräsidenten von Hindenburg!«, dann sang man das Deutschlandlied und das Horst-Wessel-Lied, und dann durfte man nach Hause gehen.

Die große Aufregung dieser Zeit war die bevorstehende Abschaffung des Bargelds. Über nichts wurde so viel diskutiert wie darüber, und den meisten war der Gedanke ziemlich unheimlich, bald keine Geldscheine und Münzen mehr zu besitzen, sondern nur noch eine Art Ausweis. Im Fernsehen schienen seit Wochen nur noch Sendungen zu diesem Thema zu kommen. Die Maßnahme käme viel zu früh und überhastet, das System sei noch nicht ausgereift und werde in der Praxis zu großen Problemen führen, warnten die Kritiker. Das gaben die Vertreter der Regierung sogar meistens zu: Ja, mit anfänglichen Problemen sei zu rechnen, man werde tun, was man könne, um sie zu beheben – aber es müsse nun mal sein, denn nur auf diese Weise sei der Korruption und dem organisierten Verbrechen wirksam jede Grundlage zu entziehen, und vor allem sei es der einzige Weg, wie sich Deutschland aus den verhängnisvollen Verstrickungen des internationalen Großkapitals befreien und die jüdische Zinsknechtschaft brechen könne. »Die jüdischen Großbankiers, die hinter den Kulissen die Weltpolitik steuern, versuchen natürlich alles in ihrer Macht Stehende, um zu verhindern, dass wir uns ihren gierigen Klauen entwinden«, sagte ein Assistent des Finanzministers in einer hochkarätig besetzten Diskussionsrunde. »Der größte Teil der gegen die Bargeldabschaffung gerichteten Propaganda stammt aus diesen Kreisen, und ein aufrechter Deutscher sollte diesen Argumenten keinen Glauben schenken, sondern sich nicht beirren lassen und tatkräftig dazu beitragen, das neue System zu einem Erfolg werden zu lassen. Auf lange Sicht wird es sich als richtiger Schritt erweisen und zudem als einer, der das Leben wesentlich angenehmer machen wird. Keine Pfennige mehr, die sich im Geldbeutel ansammeln, kein Hantieren mit Rückgeld mehr – Sie werden künftig all Ihr Geld stets bei sich haben, ohne dass es Ihnen gestohlen werden könnte!«

So kam es auch. Bis zum 1. Juli musste alles Bargeld bei der Bank abgegeben werden, wo es dann dem eigenen Konto gutgeschrieben wurde – und wer noch keine Konto hatte, bekam jetzt eines, sogar Kinder. Als Helene ihr Sparschwein schlachtete, das sie seit Jahren mit Münzen und hin und wieder einem Geldschein gefüttert hatte, waren sage und schreibe 217 Reichsmark darin! Zu gern hätte sie von jeder Münze zumindest eine behalten, zur Erinnerung, aber Vater mahnte, dass das streng verboten sei: Es werde ab Juli Kontrollen geben, und bei wem noch Münzen oder gar Scheine gefunden würden, der müsse mit strengen Strafen rechnen, womöglich sogar mit Gefängnis.

Ins Gefängnis wollte Helene selbstverständlich nicht, also trug sie ihren Schatz gehorsam zur Bank. Dort wurde alles noch einmal gezählt, dann bekam sie eine Karte aus lackiertem Karton, auf die ihr Passbild gedruckt war und ihr Name: FRÄULEIN HELENE BODENKAMP. *Geboren am 2. Februar 1921* stand darunter, und darunter schließlich eine ellenlange Nummer: die ihres eigenen, ganz privaten Kontos! Nun kam sie sich doch auf einmal fast erwachsen vor. Und ihr

Taschengeld würde sie künftig per Überweisung bekommen, genau so, wie auch Gehälter und Löhne ausbezahlt wurden!

Inzwischen verfügten auch alle Geschäfte über die notwendigen Geräte, um mithilfe dieser Karte bezahlen zu können; man konnte daran auch jederzeit den Stand seines Kontos erfragen. Helene ging gleich am 1. Juli, einem Samstag, in die Bäckerei und kaufte sich eine Hefeschnecke, um zu sehen, wie das funktionierte. Fünf Pfennige kostete das Gebäckstück, und tatsächlich, Helene brauchte nur ihre Karte in den Schlitz des Lesegeräts zu stecken, ihre Geheimzahl einzutippen und auf *Bestätigen* zu drücken, und schon hatte sie bezahlt! Das war wirklich sehr praktisch. Auch die anderen Leute fanden das, nur eine alte, gebückt gehende Frau tat sich schwer damit: Immer wieder tippte sie die falsche Geheimzahl ein, bis nach dem dritten Mal die Karte gesperrt war und die Bäckersfrau die Bank anrufen musste, damit die sie wieder freigab.

»Dummes Zeug, das alles«, schimpfte die Alte. »Und wenn man einem Bettler was geben will, wie soll man das dann machen? Hat der dann auch so eine Maschine bei sich?«

»Im neuen Deutschland«, belehrte sie ein Mann aus der Schlange hinter ihr, »gibt es keine Bettler mehr.«

Und eine Frau, das hörte Helene mit, raunte ihrer Begleiterin zu: »Als ob die schon *jemals* einem Bettler was gegeben hätte!«

Helenes Eltern legten sich jeder eines von diesen tragbaren Telephonen zu, die immer billiger wurden; demnächst, hieß es, werde sogar ein für jedermann erschwingliches Telephon auf den Markt kommen, das sogenannte Volkstelephon. Mit so einem Telephon konnte man ebenfalls bezahlen, sogar noch einfacher als mit der Karte, und Vater meinte irgendwann: »Das ist tatsächlich ziemlich praktisch. Inzwischen frage ich mich, wie ich ohne das Ding überhaupt je zurechtgekommen bin.«

In der Tat hatte Vater mehr zu tun als bisher, denn ein neues Gesetz bestimmte, dass jüdische Ärzte nur noch Juden behandeln durften, und da es ziemlich viele jüdische Ärzte in Weimar gab, kam auf die übrigen Ärzte entsprechend mehr Arbeit zu. Außerdem wurde Vater in der Klinik aus demselben Grund befördert: Sein Vorgesetzter, Doktor Landau, war Jude, und die Klinik hatte ihn deswegen entlassen, genau wie Doktor Freudenberger, den Chefarzt.

Eines Tages wandte sich Veronika ohne ersichtlichen Grund an Helene und sagte: »Du wirst übrigens mal keinen Mann kriegen.«

»Was?«, meinte Helene, verdutzt nicht nur über diese Behauptung, sondern vor allem darüber, dass ihre Banknachbarin überhaupt mit ihr sprach. »Wieso nicht?«

»Weil du nicht schön genug bist.«

Helene fuhr es bei diesen Worten wie ein Messer in den Rücken, aber sie ließ sich nichts anmerken, sondern erwiderte: »Das ist nicht das Einzige, worauf es ankommt.«

»Doch«, widersprach Veronika lakonisch. »Mein Vater hat gesagt, es wird bald Krieg geben. Es geht nicht anders, wir brauchen Lebensraum. Im Krieg werden aber viele Männer sterben, und hinterher wird es mehr Frauen als Männer geben. Also werden die Männer die Auswahl haben. Und wenn Männer die Auswahl haben, dann nehmen sie schöne Frauen.«

* * *

Dann passierte das mit Onkel Siegmund.

Es war ein strahlend schöner Sommertag Anfang August. Flirrende Hitze lag über der Landschaft, der Himmel erstrahlte in makellosem Blau, und Helene hatte beschlossen, nach dem Mittagessen ins Freibad zu gehen. Sie war nicht mehr dort gewesen, seit vor den Kassenhäuschen ein Schild mit der Aufschrift »Juden haben keinen Zutritt« hing, bei dessen Anblick es sie gruselte. Aber solche Schilder sah man jetzt immer öfter, am Kino, an Parkbänken, vor Geschäften; sie würde sich wohl daran gewöhnen müssen.

Sie waren gerade beim Mittagessen – es gab gekochte Rinderbrust mit Meerrettichtunke, Brühkartoffeln und Rote Bete –, als Mutters Telephon klingelte.

Vater, der ausnahmsweise aus der Klinik hochgekommen war, weil es zu heiß war, um zu operieren, sah unwillig auf. »Wer ruft denn um so eine Zeit an?«

»Lass es einfach klingeln«, meinte Armin. »Wenn es wichtig ist, wird er wieder anrufen.« Er tat ganz gleichgültig, aber Helene wusste, dass er sich nichts mehr wünschte als ein eigenes Telephon.

Mutter stand trotzdem auf und ging hinaus in den Flur, wo ihr Telephon am Ladegerät hing. »Siegmund? Was –?«, hörten sie sie ausrufen, dann war erst mal Pause. Das Telephon immer noch am Ohr, erschien Mutter in der Tür zum Esszimmer und sagte: »Das ist doch nicht möglich!«

Inzwischen aß niemand mehr. Helene, Armin und Vater saßen da, das Besteck in den Händen, und beobachteten, wie sich Mutters Gesicht zunehmend verdunkelte.

»Was ist los?«, fragte Vater schließlich barsch.

Mutter nahm das Telephon vom Ohr und sagte: »Siegmund hat eine Klage wegen Hassrede am Hals.«

»Hassrede?«, wiederholte Vater. »Was für eine Hassrede?«

»Irgendwelche kritischen Äußerungen zum Führer, die er mal im Deutschen Forum geschrieben hat. Aber schon vor Jahren, sagt er.« Mutter schüttelte den Kopf. »Das verstehe ich nicht.«

Vater ließ Messer und Gabel sinken und seufzte. »Was gibt's da nicht zu verstehen? Alles, was je im Forum geschrieben wurde, ist ja noch da. Das ist irgendwo gespeichert. Und jetzt drehen sie ihm halt einen Strick daraus.«

»Was sagt denn dein Anwalt dazu?«, rief Mutter ins Telephon. Immer, wenn sie aufgeregt war, sprach sie am Telephon lauter, als wolle sie der Technik helfen, die Entfernung zu überbrücken. Sie lauschte. »Ach so. Verstehe. Ja, klar, komm, wann du willst. Fünf Uhr ist in Ordnung. Ich weiß nicht, ob Johann dann schon zurück ist, aber ich bin auf jeden Fall –«

»Ich auch«, rief Vater. »Heute Nachmittag kann ich's kurz machen.«

»Also, Johann ist auch da. Ja. Bis dann.« Sie beendete die Verbindung und sagte: »Sein bisheriger Anwalt ist Jude und hat keine Zulassung mehr.«

»Doktor Wagner?«, wunderte sich Vater. »Das ist doch kein jüdischer Name.«

»Die Mutter ist Jüdin, sagt Siegmund. Das gilt auch schon. Damit ist er Halbjude.« Mutter legte das Telephon beiseite. »Jedenfalls kommt Siegmund um fünf.«

Vater zog die Stirn kraus. »*Halbjude*? Ich weiß nicht. Ist das nicht etwas übertrieben?«

»Vielleicht kannst du Doktor Kröger bitten, dass er Siegmunds Fall übernimmt?« Doktor Kröger war der Anwalt der Familie, wusste Helene.

»Ja, mal sehen. Ich ruf ihn nachher an.« Vater griff wieder nach Messer und Gabel. »Jetzt lass uns essen. Ich muss um zwei wieder in der Klinik sein.«

Das klang alles ziemlich beunruhigend. Helene ging trotzdem schwimmen, weil die Hitze anders nicht auszuhalten war. Sie versuchte, um fünf Uhr wieder zu Hause zu sein, aber sie musste ja bergauf radeln und war ziemlich erledigt, deswegen wurde es doch ein bisschen später, und so traf sie erst ein, als Onkel Siegmund schon dabei war, sich wieder zu verabschieden.

»… dass eben jemand auf mein Haus aufpasst«, sagte er gerade zu Mutter, als Helene vom Rad stieg. »Im schlimmsten Fall. Wie sonst auch, wenn ich auf Reisen bin. Bloß dass es diesmal eben eine Reise wäre, die ich lieber nicht machen würde.«

Mutter musterte ihren älteren Bruder beunruhigt. »Ach, du machst dir bestimmt zu viele Sorgen. Es wird schon alles gut ausgehen.«

»Hoffen wir es«, sagte Onkel Siegmund niedergeschlagen. »Wenn ich dran denke, dass dieses Gesetz unter einem SPD-Kanzler erlassen worden ist, um genau solche Extremisten zu bekämpfen, wie sie jetzt –«

Er hielt inne, als er Helene bemerkte, seufzte schwer und meinte noch einmal: »Hoffen wir es.« Dann tätschelte er Helenes Wange, stieg mit einem geistesabwesenden Lächeln in sein Auto und fuhr davon.

Es ging nicht gut aus. Siegmund Gräf wurde vom Gericht wegen Hassrede in mehreren Fällen und staatsfeindlicher Einstellung zu Umerziehungslager verurteilt, und Helene sah ihn lange Zeit nicht wieder.

7

Die Braunhemden wurden immer zahlreicher, und immer öfter kam Eugen mit einem von ihnen ins Gespräch. Sie erzählten ihm vom Nationalsozialismus und von ihrem Führer Adolf Hitler und davon, dass sie Deutschland wieder groß machen wollten, es wieder zu dem machen wollten, was es vor dem Weltkrieg gewesen war, nämlich eine Weltmacht.

Die Größe Deutschlands war Eugen Lettke herzlich egal, und gegen Juden hatte er auch nichts. Klar, manche von denen waren unverschämt reich, aber es gab ja auch Leute, die unverschämt reich und *keine* Juden waren. Der Antisemitismus, dem die Braunen anhingen, kam ihm vor wie der Neid der Minderbemittelten, denn seiner Beobachtung nach waren die Juden einfach im Durchschnitt intelligenter als andere, was seiner Meinung nach der wahre Grund war, dass man sie nicht leiden konnte, so wenig wie Streber in der Schule. Die Idee einer jüdischen Weltverschwörung kam ihm lächerlich vor: Wenn es die gab, wieso ging es dann den meisten Juden so schlecht? Vermutlich, sagte er sich, bediente die Partei den allgemein verbreiteten Antisemitismus nur, um auf diese Weise Stimmen zu sammeln – alles andere, was sie so veranstalteten, die Fackelumzüge und Marschgesänge und die Art, wie ihre Führer redeten, war ja schließlich genauso primitiv.

Trotzdem faszinierten ihn die Braunen irgendwie, denn in ihrer Gesamtheit strahlte diese Bewegung etwas von dem aus, das er empfunden hatte, als er das Mädchen dazu gezwungen hatte, ihm zu Willen zu sein. Die Idee, dass der Wille das Wichtigste war, gefiel ihm. Das einzige Gesetz, dem man sich unterwerfen durfte, war das Gesetz der Natur, die eine grausame Göttin war, denn sie kannte ein Lebensrecht nur für den Starken, nicht aber für den Schwachen. Stärke war sein eigener Beweis und seine eigene Rechtfertigung, denn stark war der, der sich nehmen konnte, was er begehrte, und es schaffte, der Welt seinen Willen aufzuzwingen: Das war von erhabener Grausamkeit und zugleich so einfach, dass man darüber im Grunde gar nicht zu diskutieren brauchte. Diskussionen waren nur Ablenkungsmanöver der Schwachen, die nicht wollten, dass die Starken die Wahrheit erkannten, nämlich dass die Natur wollte, dass der Starke überlebte und der Schwache starb – mit anderen Worten, dass die Welt den Starken gehörte.

So trat Eugen Lettke, allen Vorbehalten zum Trotz, im Februar des Jahres 1930 der Nationalsozialistischen Deutschen Arbeiterpartei bei.

Er war kein sonderlich folgsames Parteimitglied. Er hatte keine Lust auf die üblichen kameradschaftlichen Besäufnisse, so wenig wie darauf, in volltrunkenem Zustand dämliche Kampflieder zu singen. Er trug das gleiche braune Hemd wie die anderen, dieselbe Koppel, dieselbe Kniebundhose und dieselbe rote Kampfbinde mit dem Hakenkreuz, doch er strahlte trotzdem irgendetwas aus, das die meisten Kameraden nicht einmal erwarten ließ, er würde sich an irgendetwas beteiligen, zu dem er keine Lust hatte.

Gemeinsam zu marschieren, das hatte schon eher etwas. Zu sehen, wie Passanten den Kopf einzogen oder zusammenzuckten, weil sie die Macht spürten, von der ihr Gleichschritt kündete. Mit Fackeln in der Hand durch die Nacht zu ziehen und die archaische Angst zu spüren, die sie damit auslösten.

Aber letztlich war auch das nicht das Wahre, und so tat er, was sich seit jeher bewährt hatte: Er ging wieder seine eigenen Wege.

* * *

Dann kam die Machtergreifung. Nun galt es, aufzuräumen, mit anderen Worten, all die Kommunisten und Sozialisten zu jagen, die seiner Partei noch im Weg standen. Sie hatten, was das betraf, mehr oder weniger freie Hand. Initiative war gefragt und gern gesehen.

So sagte Eugen Lettke eines Tages: »Ich habe einen Plan.«

Er sagte dies zu vier Kameraden, von denen er wusste, dass sie ihm zutrauten, jemand zu sein, der einen Plan haben konnte.

»Es ist Zeitverschwendung, die Kerle einfach nur zusammenzuschlagen«, fuhr Lettke fort. »Danach stehen sie ja doch wieder auf und machen weiter.«

»Was heißt das?«, fragte einer von ihnen, Ludwig, ein stiernackiger Kerl mit einem schiefen Gesicht. »Sollen wir sie gleich umbringen?«

»Ich weiß was Besseres«, behauptete Lettke. »Kommt mit.«

Sie machten sich auf den Weg. Es dunkelte schon, und bis sie ihr Ziel erreicht hatten, eine heruntergekommene Gasse im Osten Berlins, war es schon Nacht. Sie bezogen Stellung gegenüber einer Kneipe, die als Treffpunkt der Roten bekannt war. Heute fand dort ein Vortrag statt, über irgendeinen Blödsinn, den Friedrich Engels mal über die unterdrückten Massen und ihre Befreiung abgesondert hatte.

Sie trugen Jacken über ihren Braunhemden und versteckten sich gut, denn das Letzte, was sie gebrauchen konnten, war, erkannt und dann von einer Horde kommunistischer Schläger gejagt zu werden.

Endlich war der Vortrag zu Ende, und sie kamen alle wieder heraus, alles mehr oder weniger junge Männer, die laut durcheinanderredeten und die nächtliche Gasse mit ihrer aufgeputschten Stimmung fluteten. Sie klopften einander auf die Schultern, küssten sich mitunter auf die Wangen, hoben dann die Faust zum Gruß der Kommunisten und zerstreuten sich endlich in alle Richtungen.

»Der da«, flüsterte Lettke und deutete auf einen mageren Burschen mit wild aufgetürmten krausen Haaren. Er trug einen abgeschabten Mantel, den Kragen hochgeschlagen gegen die Kälte.

Sie folgten ihm leise und unauffällig bis nach Hause. Er wohnte in einem großen, alten, heruntergekommenen Mietshaus, und als er die Haustür aufschloss, eintrat und wieder hinter sich abschließen wollte, schlugen sie zu. Fuß in die Tür, und einen Atemzug später hatten sie ihn schon überwältigt.

»Wo wohnst du?«, herrschte Ludwig den Kerl an.

»Wer seid ihr?«, kreischte der. »Was wollt … oh.« Er hatte wohl das Hakenkreuz auf Ludwigs Hemdkragen ausgemacht. »Von mir erfahrt ihr nichts.«

Lettke hatte ihm flugs den Schlüsselbund abgenommen. »Wir probieren deine Schlüssel einfach an allen Türen aus«, meinte er, dann sagte er, an seine Kameraden gewandt: »Wir beginnen ganz oben. Das ist am sichersten.«

Keiner erhob einen Einwand, obwohl man durchaus einen hätte erheben können, denn: Wieso sollte es sicherer sein, oben zu beginnen? In Wirklichkeit hatte Lettke das gesagt, weil er genau wusste, dass der Kerl oben links wohnte. Übrigens hieß er Justus Herrmann, arbeitete als Lagerist in einer Firma für Strickwaren, war Mitglied der KPD und im Deutschen Forum äußerst aktiv. Allein aus seinen Beiträgen zu politischen Themen hätte man ein dickes Buch machen können.

Lettke versuchte es oben rechts, wo der Schlüssel nicht passte, dann links, tat dann überrascht: »Na, wer sagt's denn? Das ging doch schnell.«

Hinter der Tür lag ein Loch von einer Wohnung: eine Art Wohn-Arbeits-Küche mit uralten Möbeln, angemacktem Geschirr und zerbeulten Töpfen, das Ganze unter einer Dachschräge voller Wasserflecken. Aber … in einer Ecke stand ein Komputer, komplett mit Drucker, eines der modernsten Geräte, die es gab, selbst unter Brüdern mindestens achttausend Reichsmark wert. An der Wand darüber hingen Entwürfe für Flugblätter, auf denen dick und fett die üblichen Parolen prangten: *Proletarier aller Länder, vereinigt euch!* und *Nieder mit Hitler und seinem braunen Geschmeiß!* Und daneben stand ein Regal, prallvoll mit Büchern von Marx, Engels, Lenin und so weiter.

»Knorke«, sagte Lettke. »Das ist ja die reinste Volksverhetzungsmaschine.«

Sie warfen erst mal das Regal um und rissen die Bücher in Fetzen, die sie zu einem Berg aufhäuften, um darauf zu pissen. Dann fingen sie an, den Komputer zu zerschlagen, was schon richtig Arbeit war; und zwei von ihnen mussten den Kerl ja immer festhalten.

Sie hatten das dicke Holzgehäuse gerade geknackt und die Innereien der Maschine vor sich liegen, als sich der Vorhang in einem Durchgang teilte, den sie bislang überhaupt nicht beachtet hatten. Ein Mädchen kam herein, verschlafen, das Gesicht ganz verquollen, und fragte: »Was ist denn hier los? Justus? Was –?«

Dann begriff sie wohl, dass hier keine Nachbesprechung des Vortrags stattfand, und wickelte sich erschrocken fester in den zerschlissenen grünen Morgenmantel, den sie trug.

Die Kameraden waren über ihr Auftauchen mindestens genauso erschrocken wie sie selbst, und einen Moment lang rührte sich niemand. Dann sagte Lettke: »Ludwig – halt sie fest!«

Ludwig gehorchte, ließ von dem Komputer ab und packte sie am Arm.

Lettke war der Einzige, der nicht erschrocken war, im Gegenteil. Er hatte gewusst, dass Justus Herrmann mit einer Freundin zusammenlebte, und auch, dass sie immer Frühschicht in einer großen Metzgerei hatte und frisch geschlachtetes Fleisch verpacken musste. Er hatte damit gerechnet, sie hier schlafend vorzufinden. Womit er nicht gerechnet hatte, war, dass seine dummen Kameraden nicht einmal auf die Idee kommen würden, nachzuschauen, was hinter dem Vorhang lag: das Schlafzimmer nämlich.

Nun, umso besser. Es erregte ihn, zu erleben, wie gut sein Plan funktionierte.

»Schau ihn dir noch einmal an, deinen hübschen Freund«, sagte Lettke höhnisch. »Wenn wir mit dem Komputer fertig sind, werden wir uns nämlich mit ihm befassen, und danach wird er bestimmt nicht mehr so hübsch sein.«

Die Kameraden lachten dreckig.

»Nein!«, schrie sie auf. Sie hatte lange braune Haare und dunkle Augen mit langen Wimpern. »Bitte nicht.«

»Dein Justus vergiftet das deutsche Volk mit seinen kommunistischen Parolen. Sag mir einen guten Grund, warum wir ihn nicht bestrafen sollten.«

»Bitte«, flehte sie. »Ich tu alles, was ihr wollt, aber verschont ihn …«

Lettke trat auf sie zu, bedeutete Ludwig, sie loszulassen, packte sie selber am Arm und fragte: »So? Tust du das?«

Ihre Augen weiteten sich vor Entsetzen, als ihr aufging, was dieses »alles« umfassen mochte.

»Justus ist … nicht ganz gesund«, wisperte sie, während ihr Blick forschend über Lettkes Gesicht ging. »Und ich … ich liebe ihn. Ich will nicht, dass ihm was passiert. Ich will nicht, dass er vielleicht stirbt.«

»Geraldine!«, schrie Justus. »Nein …!«

»Das muss wahre Liebe sein«, meinte Lettke und grinste, weil er auf genau diese Wendung gehofft hatte. »Also gut. Abgemacht.« Seinen Kameraden befahl er: »Haltet den Kerl gut fest!«

Dann fegte er mit der freien Hand den Küchentisch frei, Geschirr, Besteck, alles, was darauf lag, flog zu Boden. Anschließend packte er das Mädchen, hob sie auf den Tisch, riss ihr den Morgenmantel auf, drückte ihr die Schenkel auseinander und trat dazwischen.

In dem Moment, in dem er seine Hose aufknöpfte, erkannte sie ihn. »Eugen?«

Sie war das Mädchen, das sehen wollte, wie er sich als Preis für seine Kleider vor ihnen einen herunterholte. Damals, als er noch zu jung gewesen war, um überhaupt zu wissen, wovon die Rede war.

»So sieht man sich wieder«, sagte Lettke und nahm sie.

Justus schrie auf wie ein angestochener Stier, brüllte, wand sich, dass die vier Kameraden sich anstrengen mussten, ihn zu halten. Sie stopften ihm ein Geschirrtuch in den Mund, so fest, dass ihm die Augen aus dem Kopf quollen, während Lettke es seiner Freundin besorgte. Er nahm sie hart, brachte sie zum Schreien, und es war ihm egal, ob sie vor Schmerz schrie oder vor Lust. Das hörte sich ohnehin beides gleich an.

Als er mit ihr fertig war, ließ er von ihr ab, ließ sie da auf dem Küchentisch liegen, ein heulendes, zitterndes Bündel Mensch, knöpfte seine Hose wieder zu und sagte: »Also – wer will als Nächster?«

Aber sie trauten sich alle nicht, schauten ihn nur betreten an.

»Na, dann nicht«, meinte Lettke leichthin. »Dann gehen wir.«

»Aber –«

»Nichts aber. Wir haben der Dame versprochen, dass wir ihren Geliebten verschonen, wenn sie alles tut, was wir wollen. Und ein Deutscher hält sein Wort, oder etwa nicht?« Er nickte in Richtung des Kommunisten, der, den Mund voller

Geschirrtuch, stier vor sich hin starrte. »Lasst ihn los. Und dann Abmarsch.«

* * *

Als sie aus dem Mietshaus ins Freie traten, war es Eugen Lettke, als hätte sich die Welt verwandelt, als sei hinter all dem Stein und Stahl, dem Asphalt und dem leeren schwarzen Nachthimmel eine zweite Wirklichkeit sichtbar geworden, eine fiebrige, pulsierende, rauschhafte Wirklichkeit, die wahre Natur des Seins. Er schritt mit federnden Schritten dahin, getrieben, fast schwebend, und die anderen hatten Mühe, mit ihm mitzuhalten.

»Du Saukerl«, keuchte Ludwig voller Bewunderung. »Was du mit der gemacht hast … wie du's der besorgt hast …!«

»Du hättest sie auch haben können«, erwiderte Eugen und lachte, ein Laut, der sich bis zu dem heißen schwarzen Himmel über ihnen emporschraubte und einen Stern tötete.

Ludwig murmelte irgendetwas von wegen, dass einer das auch erst bringen müsse, und so sei nicht jeder gebaut und so weiter. Worte wie Blubberblasen, wie Schaum, der sich in einem schmutzigen Rinnstein sammelte.

»Weißt du, was passiert ist?«, fragte Eugen.

Nein. Was denn?

»Ich bin jetzt für die Ehe restlos verdorben.«

8

Seit Ruths Verschwinden hatte sich Helene einsam gefühlt, und manchmal hatte sie die Schulpausen lieber auf dem Klo verbracht als auf dem Hof, um es sich zu ersparen, nur alleine herumzustehen. Doch das fand nun ein Ende, denn sie trat dem *Bund Deutscher Mädel* bei, auf Drängen ihrer Eltern, die meinten, dort würde sie wieder Anschluss finden, und besseren noch dazu. Abgesehen davon werde es über kurz oder lang ohnehin Pflicht für alle Jugendlichen, dabei zu sein; der Führer wolle das so.

Für den Kauf der Uniform, die man bei allen Aktivitäten im *BDM* tragen musste, klapperten sie die ganze Stadt ab, weil ihrer Mutter nichts gut genug war. Die weiße Bluse, die vorgeschrieben war, sollte ja nicht nur gut aussehen und aus gutem Stoff sein, sie musste auch Knöpfe in der Taille haben, an denen man den ebenfalls vorgeschriebenen dunkelblauen Rock festknöpfen konnte, damit er nicht verrutschte, beim Marschieren zum Beispiel. Denn marschieren werde sie viel, meinte Mutter, marschieren und fröhliche Lieder singen. Beides werde ihr guttun, sie werde schon sehen.

Wenigstens das schwarze Dreieckstuch, das man um den Hals tragen musste, war schnell gefunden; das gab es nur in einer Ausführung, komplett mit dem Lederknoten, durch den die vorderen Enden gezogen wurden. Auch für alles andere gab es Vorschriften, ein ganzes Merkblatt voll: keine hochhackigen Schuhe, keine Seidenstrümpfe, als Schmuck nur Fingerringe und Armbanduhr, aber keine Halsketten, keine Ohrringe, keine Broschen und so weiter. Immerhin, die Kniestrümpfe und die Schuhe durfte man sich selbst aussuchen. Doch Helene entschied sich für weiße Strümpfe, wie die meisten sie trugen, weil das einfach am besten aussah.

Sie marschierten dann tatsächlich viel. Im Gleichschritt durch die Stadt, hinter der Stange mit dem Wimpel her, die zu tragen eine besondere Ehre war, eine, der Helene noch nicht würdig war, aber auch mit dem Rucksack durch die freie Natur, eher eine Wanderung, die oft mit einem Lagerfeuer abschloss und gemeinsamem Kochen. Kochen, das war ganz wichtig; eine deutsche Frau musste imstande sein, ihrem Mann ein gemütliches Heim zu schaffen, das diesem die Kraft gab, ein Held zu sein für sein Vaterland. So oder so ähnlich stand es in der Zeitschrift »Das deutsche Mädel«, die Helene nun regelmäßig zugestellt bekam.

Und sie sangen auch tatsächlich viel. Helene musste eine Menge Lieder lernen, Lieder wie »Im deutschen Land marschieren wir«, »Treue Liebe bis zum Grabe« oder »Wildgänse rauschen durch die Nacht«. Es gab ein ganzes Büchlein voll davon, das so gebunden war, dass es einem Kirchengesangbuch zum Verwechseln ähnlich sah. Es gab rhythmische Gymnastik im Freien, angeleitet von einer klobigen Gymnastiklehrerin namens Lämmle, die immer rief: »Harmonie! Anmut! Ruht in eurem Körper!« Im Winter wurden Bastel- und Handarbeitsabende veranstaltet, zu Helenes Unbehagen, die bei allem, was geschickte Finger erforderte, rasch die Geduld verlor. »Und das will die Tochter eines Chirurgen sein?«, hörte sie mehr als einmal.

So idyllisch, wie es anfangs geklungen hatte, war das alles sowieso nicht. Ja, sie war nun viel mit anderen Mädchen zusammen, und ja, auch mehr an der frischen Luft als bisher, aber viele Gruppentreffen waren doch die reinste Zeitverschwendung, vor allem, wenn es draußen regnete. Man saß dann in irgendeinem kahlen Raum beisammen, beschäftigte sich endlos mit dem Einkassieren der Mitgliedsbeiträge oder mit dem Ausfüllen irgendwelcher Listen, anschließend las eine aus dem Buch des Führers vor, und bei der Diskussion, die hinterher folgen sollte, wusste niemand etwas zu sagen. Aber die Teilnahme an den Treffen war Pflicht; wer fehlte, musste eine schriftliche Entschuldigung bringen, und allzu oft krank sein durfte man auch nicht, denn der Führer brauchte gesunde, kräftige, anmutige Frauen!

Ja, sie war nun viel mit anderen zusammen – so viel, dass Helene sich längst wieder nach einsamen Stunden sehnte!

Ihr Körper begann sich zu verändern. »Du wirst nun zur Frau«, sagte ihre Mutter, und Vater erklärte ihr mit medizinischer Genauigkeit, was sich in ihrem Körper abspielte und wozu das alles gut war. »Dein Körper«, war sein Fazit, »bereitet sich darauf vor, dass du Mutter wirst.«

Mutter? Sie? Helene betrachtete sich nun öfters nach dem Duschen kritisch im Spiegel. Obwohl sie sich bemühte, unvoreingenommen zu urteilen, kam sie doch immer wieder zu dem Schluss, dass ihre blöde Nebensitzerin Veronika recht hatte: Sie war nicht schön, und sie würde es auch nie werden. Sie war eine graue Maus mit einem langweiligen, nichtssagenden Gesicht, faden Haaren und einem mageren, bestürzend unweiblichen Körper.

Sie erlebte es ja auch in der Schule. Die meisten der anderen Mädchen hatten schon irgendwelche Verehrer, die am Schultor auf sie warteten, oder konnten davon berichten, wie ihnen Straßenarbeiter oder Marktleute nachgepfiffen hatten. Ihr, Helene, pfiff niemand nach, und sie war sich sicher, dass das auch nie geschehen würde.

Zu ihrem vierzehnten Geburtstag dann die Überraschung: Sie bekam ihr eigenes Telephon! Nur ein einfaches Volkstelephon zwar, ein Votel, wie man es nannte und wie Armin schon länger eines hatte – aber ihr eigenes! Wie es schimmerte, als sie es behutsam aus dem Seidenpapier wickelte!

Die Vorderseite und die Tasten bestanden aus Aluminium und würden, das kannte sie vom Gerät ihres Bruders, bald zerkratzt sein – aber noch glänzte alles makellos. Die Rückseite bestand aus weißem Bakelit, der innen eingebauten Antenne wegen, wie ihr Armin erklärt hatte; in der Mitte war ein Hakenkreuz eingeprägt. Sie verbrachte selige Stunden über der Bedienungsanleitung, um herauszukriegen, was all die Tasten bedeuteten und die Symbole auf dem kleinen, schwarz-weißen Bildschirm, wie man Texte schrieb, den Kalender benutzte, Alarme einstellte und so weiter. Sie konnte jetzt jederzeit ihren Kontostand abfragen! Und natürlich auch mit dem Votel bezahlen.

Das probierte sie am nächsten Tag sofort aus. Sie marschierte in den Kolonialwarenladen bei der Bushaltestelle, in dem ein riesiges Schild mahnte: *Trittst als Deutscher du hier ein, soll Dein Gruß Heil Hitler sein*, kaufte einen Milka-Riegel, und tatsächlich, als sie stolz ihr Votel an den Kassierapparat hielt und den angezeigten Betrag bestätigte, war alles schon bezahlt.

Kurz darauf kam dann auch der Brief von der Post, adressiert an *Frl. Helene Bodenkamp, Weimar, Sven-Hedin-Straße 19*, mit ihrer Bürgernummer und, versiegelt, ihrer Parole für den Zugang zum Deutschen Forum. Die Parole war eine sinnlos wirkende Folge von Buchstaben und Zahlen, beginnend mit *3F2D-45C0* und so weiter, die sie sich *nie* würde merken können! Doch als sie sie das erste Mal mühsam eingetippt hatte, musste sie sie ohnehin in eine Parole eigener Wahl ändern. Sie probierte es mit *eines-Tages-große-Liebe*, und es kam sofort die Meldung: »Parole akzeptiert.« Irgendwie gefiel ihr das.

Allerdings würde sie die Parole ohnehin nur brauchen, wenn sie einmal von einem Komputer aus ins Weltnetz ging; von ihrem Telephon aus hatte sie jederzeit Zugriff auf das

Deutsche Forum. Dort hatte ihre Schule, wie sie wusste, einen eigenen Bereich und ihre Klasse ebenfalls, ebenso der BDM und ihre Ortsgruppe, sodass sie auf diese Weise mit allen in Kontakt bleiben konnte und immer erfuhr, was gerade los war.

Es war nicht dasselbe, wie eine beste Freundin zu haben, aber immer noch besser, als ganz allein zu sein.

Wobei – so unwohl fühlte sie sich im BDM gar nicht mehr, mal abgesehen von den schrecklich vielen Treuebekundungen zum Führer, die es bei jeder Gelegenheit abzugeben galt. Sie gingen nun oft in Theateraufführungen oder ins Marionettentheater, übten alte Volkstänze ein, spielten Flöte und vieles mehr, und im Sommer wanderten sie bei Vollmond und übernachteten in Heuschobern. Und sie gingen gemeinsam in eine Vorführung des Films »Gold« mit Hans Albers in der Hauptrolle, als das Kino eine Sondervorführung nur für den BDM veranstaltete. War das ein Erlebnis! Helene liefen Schauer über den Rücken, als es dem Professor Achenbach und seinem Mitarbeiter, dem von Hans Albers dargestellten Ingenieur Holk, gelang, mittels Atomzertrümmerung aus Blei Gold zu machen. Wie das krachte und blitzte! Aber natürlich traten sogleich Schurken auf den Plan, die diese sensationelle Erfindung an sich brachten, um sie für ihre eigenen bösen Zwecke zu nutzen. Doch der blonde Ingenieur schaffte es nach vielem hochdramatischen Hin und Her, ihnen das Handwerk zu legen, und nicht nur das, er widerstand sogar den Versuchungen der mondänen Florence und kehrte treu in die Arme seiner Verlobten Margit zurück, die nicht so schön und nicht so mondän war, aber ein gutes Herz hatte und ihn aufrichtig liebte. Helene war selig, als sie aus dem Kino kam.

Ihre Eltern machten in dieser Zeit eine »Kraft durch Freude«-Reise nach Madeira, auf dem Schiff »Der Deutsche«, und Vater schwärmte hinterher von der Volksgemeinschaft, die an Bord geherrscht habe. »So ein Kreuzfahrtschiff ist ja wirklich fast eine schwimmende Stadt«, meinte er. »Eine Stadt, die Menschen aus allen Gegenden und allen Schichten vereint hat, Bayern neben Westfalen, Berliner neben Württembergern, Arbeiter neben Akademikern – aber an Bord waren alle einfach nur Deutsche!«

Im Fernsehen kam sogar ein Bericht über diese Reise. Man sah das Schiff schäumend die Wellen durchpflügen, sah Menschen, die an Bord spielten oder an Land gingen, sah immer wieder die vielen Fahnen mit dem Hakenkreuz, und zweimal entdeckte Helene die Gesichter ihrer Eltern im Hintergrund, lachend und ungewöhnlich gelöst. »Was andere versprachen und nicht hielten, der Nationalsozialismus hat es wahr gemacht«, erklärte Dr. Ley, der Reichsleiter der Deutschen Arbeitsfront, der die »Kraft durch Freude«-Organisation im Auftrag des Führers aufgebaut hatte, vor der Kamera. »Nicht die sogenannten oberen Zehntausend, sondern die deutschen Arbeiter sind heute die Repräsentanten der Nation. Das Gesicht des neuen Deutschland ist das strahlende, glückliche Gesicht des deutschen Arbeiters!«

Worauf Vater hüstelte und meinte: »Also, unter uns gesagt waren nicht *wirklich* viele Arbeiter an Bord. Dazu war die Reise bei allen Vergünstigungen dann doch zu teuer.«

Im Jahr darauf fanden in Berlin die Olympischen Spiele statt, und Vater gelang es, Eintrittskarten zu bekommen, sodass sie zumindest einen Tag lang hinfahren konnten. War das herrlich! Die große Stadt! Die vielen Menschen aus aller Welt, die durch die breiten Straßen flanierten und in allen möglichen Sprachen redeten! Das gewaltige Stadion, all die Fahnen, die stolz im Wind flatterten! Die Wettkämpfe ... die Siegerehrungen ... die laute Musik und die dramatisch klingenden Ansagen ... alles unter einem herrlich blauen Himmel, als habe der Führer das Wetter selbst unter seinen Willen gezwungen, um der Welt die großartigsten Olympischen Spiele zu präsentieren, die es je gegeben hatte. Ihr Bruder Armin war natürlich auch hellauf begeistert, obwohl er schon seit einiger Zeit nicht mehr Sportler werden wollte, sondern Soldat.

»Das war ein wunderbares Erlebnis«, meinte Mutter auf der Heimfahrt. »Mit diesen Spielen hat der Führer der Welt gezeigt, wie Deutschland wirklich ist – friedliebend und weltoffen.«

Sie stimmten ihr alle zu, aber Helene fiel auf einmal ein, dass Onkel Siegmund ja immer noch in Dachau im Lager war. Ab und zu bekam Mutter einen Elektrobrief von ihm, aber die Briefe wurden immer kürzer, immer nichtssagender und immer seltener. Es tat fast weh, sich das einzugestehen, aber im Grunde hatte sie ihn fast vergessen. Die ganze Zeit, die sie in Berlin verbracht hatten, hatte sie kein einziges Mal an ihn gedacht.

9

Auch für Eugen Lettke begann schließlich die Wehrausbildung. Er marschierte kilometerweit mit schwerem Gepäck durch brütende Hitze, und es gefiel ihm nicht. Er stand stundenlang stramm, und es gefiel ihm nicht. Er robbte durch Schlamm und Dreck, und es gefiel ihm nicht. Er sprang mitten in der Nacht aus dem Bett, weil Alarm war, und es gefiel ihm nicht.

Krieg, schloss er daraus, war nichts für ihn.

Immerhin: Er lernte, einen Panzer zu fahren, und er lernte zu schießen. Letzteres kam ihm nützlich vor, im Prinzip jedenfalls. Nur, was ließ sich mit dieser Fähigkeit anfangen, ohne mit dem Gesetz in Konflikt und in der Folge ins Gefängnis zu kommen? Nichts. Schießen zu können war nur nützlich, wenn man in den Krieg zog und im Auftrag des Staates mordete, und Krieg war nichts für ihn.

Anders als die anderen, die sich mit von Vorgängern übernommenen Spickzetteln durch die Prüfungen retteten, las Eugen Lettke Hitlers »Mein Kampf« wirklich, von der ersten bis zur letzten Seite. Das rechnete er sich angesichts der grauenhaften Ödnis und Langeweile, die von diesem Text ausging, als beachtliche Leistung an, kaum weniger zehrend als ein Dreißig-Kilometer-Marsch mit anschließender Nachtwache, aber ungleich gewinnbringender.

Danach wusste er, dass Krieg zwar nichts für ihn war, aber nichtsdestotrotz kommen würde. All jene, die glaubten, Hitler suche den Frieden, hatten schlicht und einfach sein Buch nicht gelesen.

Seine nächsten Lektüreanstrengungen galten den verschiedenen militärischen Vorschriften, von denen es nicht wenige gab. Nach allem, was sich ihm daraus erschloss, war seine Situation eindeutig: Als Sohn eines Weltkriegshelden und als einziger Sohn von dessen Witwe, die zudem hilfsbedürftig war oder sich zumindest leicht als hilfsbedürftig ausgeben ließ, hatte er ein Anrecht auf den Status »UK«, die Abkürzung für »unabkömmlich«. Mit anderen Worten, wenn der Krieg kam, musste er ohne ihn stattfinden.

Allerdings war die Frage, wie verlässlich dieser Status war. Er hatte in den ersten Monaten des neuen Deutschland mitbekommen, dass die neuen Machthaber mit leichter Hand Regelungen, die man bis dahin für ehern und unantastbar gehalten hatte, änderten, außer Kraft setzten oder schlicht und einfach übertraten, um sie im Nachhinein ihren eigenen Taten anzupassen. Wer vorhatte, Krieg gegen den Rest der Welt zu führen, würde irgendwann jeden Soldaten brauchen, den er kriegen konnte, und sich im Zweifelsfall einen Teufel um irgendwelche Regeln, Bescheinigungen oder Rechtsansprüche scheren.

Mit anderen Worten, sein UK-Status würde ihn nicht ewig schützen.

Also begann er, nach Alternativen zu suchen. Er musste, sagte er sich, eine Möglichkeit finden, an einer anderen Stelle als in einem Schützengraben oder einem Panzer kriegswichtig für das Reich zu werden, und zwar kriegswichtiger, als er es als normaler Soldat hätte sein können.

Und bei dieser Stelle sollte es sich idealerweise um eine Tätigkeit an einem bequemen Schreibtisch handeln.

Als er im Rahmen dieser Suche schließlich auf die Geheimdienste stieß, wusste er sofort, dass er die Lösung gefunden hatte, prinzipiell zumindest. Erstens sagte ihm die Tätigkeit, fremde Leute auszuspionieren, im Grundsatz zu, sehr sogar. Zweitens durfte er angesichts seiner persönlichen

Geschichte wohl davon ausgehen, ein gewisses natürliches Talent dafür mitzubringen.

Und drittens mochte ihm eine solche Tätigkeit die Möglichkeit bieten, seine bislang erfolglose Suche nach den letzten beiden Mädchen zum Erfolg zu bringen.

Es gab zwei Geheimdienste: Die Geheime Staatspolizei, die Gestapo, und den SD, den Sicherheitsdienst des Reichsführers SS. Beide Organisationen hatten denselben Nachteil: Sie unterstanden Reinhard Heydrich, und man musste Mitglied der SS sein, um etwas darin werden zu können.

Während er noch mit sich rang, ob eine solche Mitgliedschaft die Sache wert war oder ob er damit nur vom Regen in die Traufe geraten würde, stieß er irgendwie auf den Geheimdienst der alten Republik und auf die erstaunliche Tatsache, dass dieser immer noch existierte. Das NSA, das Nationale Sicherheits-Amt, war nach wie vor eine zivile Behörde und schien sich mit einigem Geschick abseits der Dinge zu halten: ideal. Selbst wenn Heydrich sich eines Tages auch das NSA unter den Nagel riss, würde er, Eugen Lettke, wenn er bis dahin schon eine einigermaßen wichtige Stellung innehatte, diese behalten oder eine gleichwertige bekommen.

So ging er daran, die Spione des NSA seinerseits auszuspionieren. Als kurz darauf eine Stellenausschreibung erschien, in der jemand mit guten Englischkenntnissen gesucht wurde – damit konnte er dienen –, zögerte er keinen Augenblick. Er bewarb sich, erhielt die Stelle und zog sofort nach Weimar. Seine Mutter, der diese Wendung der Dinge gar nicht gefiel, nahm er mit.

10

In der Schule wurden die Anforderungen zusehends höher geschraubt, denn nach dem Willen des Führers sollten nicht mehr so viele Frauen studieren. Nur die besten Mädchen sollten die Matura machen, die übrigen sollten der naturgegebenen Bestimmung der Frau folgen und gesunde deutsche Kinder großziehen.

Das hieß, sich noch mehr anzustrengen, wenn man keine Chance auf einen Mann sah.

Das hieß auch, aufzupassen, was man von sich gab. Einmal tauchten urplötzlich Leute von der Staatspolizei im Klassenzimmer auf und holten eine Schülerin aus dem Unterricht, Irmgard Rehbein, die gar nicht wusste, wie ihr geschah. Am nächsten Tag sagte ihnen die Klassenlehrerin, dass Irmgard im Deutschen Forum Witze über den Führer gemacht habe und deswegen von der Schule verwiesen worden sei. Sie sahen sie nie wieder.

Und das hieß schließlich auch, dass immer mehr Mädchenschulen geschlossen wurden. Als Helene in die Untersekunda kam, kamen die Schülerinnen eines aufgelösten katholischen Mädchengymnasiums an die Luisenschule. Dadurch bekam Helene eine neue Banknachbarin, ein stämmiges Mädchen mit immer etwas zerzaust wirkenden dunkelblonden Locken. Sie hieß Marie Scholz und war die Tochter eines Bauern, der ein gutes Stück außerhalb Weimars seinen Hof betrieb. Helene und sie befreundeten sich auf Anhieb.

Marie musste jeden Morgen sehr früh aufstehen und einen Bus nach Weimar nehmen, der endlos weite Umwege fuhr, um alle Dörfer abzuklappern, aber sie meinte, das mache ihr nichts aus, als Bäuerin müsse man sich ans frühe Aufstehen gewöhnen. Außerdem habe sie ja immer einen Sitzplatz und könne so noch ein wenig Schlaf nachholen. Marie war, zu Helenes Verblüffung, auch *nicht* im BDM – sie sei nun mal katholisch, meinte sie, und ein katholisches Mädchen könne nicht solche Lieder singen, wie sie im BDM Pflicht waren.

Sie war tatsächlich *sehr* katholisch: Sie trug eine Halskette mit einem unübersehbaren Kreuz, betete vor dem Essen und ging jeden Sonntag in die Kirche.

Und morgens, fiel Helene nach einer Weile auf, sagte Marie etwas anderes als »Heil Hitler«, wenn der Lehrer oder die Lehrerin das Klassenzimmer betraten.

»Ich sag einfach ›Drei Liter‹«, gestand ihr Marie leise.

»Und warum?«, wunderte sich Helene.

»Weil es Heil nur bei einem gibt«, sagte Marie ernst, »nämlich beim Heiland.«

Das fand Helene arg fromm, aber der Spruch an sich gefiel ihr, und so sagte sie von da an auch jeden Morgen »Drei Liter!« und grinste sich eins. Wenn man es undeutlich genug sagte, merkte niemand den Unterschied.

Vater war sehr angetan von Marie, als Helene sie das erste Mal mit nach Hause brachte. »Ein richtiges deutsches Mädel«, meinte er hinterher und hatte ganz leuchtende Augen dabei. »Man merkt richtiggehend, wie fest sie in der deutschen Scholle verwurzelt ist.«

Mutter nickte dazu, aber Helene merkte genau, wie wenig ihr gefiel, dass ihre Tochter Umgang mit einem gewöhnlichen Bauernmädchen hatte. Warum denn »so jemand« überhaupt aufs Gymnasium gehe, fragte sie später; sie habe doch nicht etwa vor zu studieren?

Das hatte Marie tatsächlich nicht vor. Sie hatte zwei ältere Brüder, von denen der Ältere gerade Landwirtschaft an einer Fachschule studierte, weil er den Hof übernehmen würde. Der andere machte eine Schlosserlehre. Außerdem hatte sie noch einen jüngeren Bruder namens Fritz, einen ziemlichen Tunichtgut, der erst zehn war und ständig Streiche ausheckte.

»Ich will einfach so viel lernen, wie ich kann«, meinte Marie, als Helene sie einmal nach ihren Plänen fragte. »Aber wenn ich 18 bin, heiraten Otto und ich, und dann ziehe ich zu ihm auf den Hof und setze Kinder in die Welt.«

Otto war ihr Freund, und zwar schon seit Kindertagen. Helene lernte ihn auch bald kennen. Otto Aschenbrenner war groß, hatte breite Schultern und ein kantiges Kinn und wirkte ziemlich unerschrocken. Er war zwei Jahre älter als Marie und hatte die Schule so früh wie möglich verlassen, weil er praktisch schon den Hof seines Vaters führen musste, der es seit einem Schlaganfall nicht mehr konnte. Marie und Otto waren auf den ersten Blick ein eigenartiges Paar, aber nach einer Weile merkte man, dass sie sich gut verstanden, beinahe blind. Oft fing Otto einen Satz an, und Marie beendete ihn, oder umgekehrt.

In solchen Momenten war Helene neidisch auf ihre Freundin, durchaus. Zumindest hatte Marie jemanden. Und eine klare Vorstellung davon, wie ihr Leben aussehen sollte.

Helene hatte nicht einmal das. Natürlich wollte sie die Matura machen, aber dann? Das wusste sie nicht. Auf jeden Fall nicht Medizin, obwohl ihr Vater das am liebsten gesehen hätte.

Nun, bis zur Reifeprüfung war es noch eine Weile. Sicher würde sie bis dahin noch herausfinden, was sie wollte.

Und erst einmal galt es ja, die Prüfung überhaupt zu bestehen.

* * *

Seit einiger Zeit galt die Regel, dass BDM-Mädel aus der Stadt, die noch zur Schule gingen, mindestens einmal in den Sommerferien einen sogenannten Landdienst ableisten mussten. Das hieß, sechs Wochen lang auf einem Bauernhof mithelfen und das Landleben kennenlernen.

»Komm doch einfach zu uns«, schlug Marie vor. »Das wäre großartig! Du wärst sechs Wochen bei uns. Und so arg viel gibt's in der Zeit eh nicht zu tun. Den meisten Bauern ist der Landdienst in Wirklichkeit lästig, sie sagen's bloß nicht.«

Sechs Wochen von zu Hause weg! Die Vorstellung war erschreckend und verlockend zugleich. Und natürlich wollte Helene diese Zeit lieber bei ihrer Freundin verbringen als auf *irgendeinem* Bauernhof, bei Leuten, die sie nie zuvor gesehen hatte. Da hatte sie schon ziemlich grässliche Geschichten gehört, und im Deutschen Forum wurde auch ganz schön gelästert.

Vater bot sich an, ihr dabei zu helfen, aber Helene wollte erst einmal selber versuchen, es hinzubekommen, und siehe da, so schwer war es gar nicht. Sie rief bei der zuständigen Stelle an, und einen Tag später hatte sie die Zusage für den Scholz-Hof auf ihrem Telephon.

So hieß es zu packen, kaum dass die Ferien begonnen hatten. Vater bot an, sie hinzufahren, aber Helene bestand darauf, den Bus zu nehmen: Wenn schon selbstständig, dann richtig.

»Meine Tochter wird flügge«, war Vaters Kommentar. »Das muss heißen, dass ich alt werde.«

Im Hospital gehörte ihr Vater inzwischen zur obersten Leitung, arbeitete mit dem berühmten Rassenforscher Dr. Astel zusammen. Das sei sehr interessant, sagte Vater, allerdings gebe es auch noch viele offene Fragen und viel Forschungsbedarf. Ganz so einfach, wie das die Herren von der hohen Politik darstellten, sei das alles nicht, aber das sei man ja gewöhnt von Politikern, dass sie gern alles über die Maßen zu simplifizieren suchten.

Als Helene im Haus der Scholzens eintraf, saß dort in der Küche ein dicker Mann mit Kinnbart am Tisch und sagte gerade: »… nu, sag ich, wenn de zu unbetamt bist zum Zäune bauen, kannste eben keine Schafe halten. Dann halt Kühe, die antlofen dir nich'. Oder Ziegen. Ziegen sind klug. Die geh'n unter'm Zaun durch, nu, aber die kommen auch wieder zurück, weil – wo soll'n se denn hin?«

Alle lachten. Helene wusste nicht worüber, sie stand nur wie versteinert und starrte den Mann an, der ein Käppchen auf dem Kopf trug, wie es die Juden taten, und überhaupt fast so aussah wie die Karikaturen im *Stürmer*, und begriff, dass das wirklich und wahrhaftig ein echter Jude sein musste! Unwillkürlich wurde ihr beklommen zumute, denn: Waren die nicht das Unglück der Deutschen? Wie konnten die Eltern ihrer Freundin mit so einem am Tisch sitzen? Das tat man doch nicht. *Deutsche wehrt euch! Kauft nicht bei den Juden!* Wie oft hatte sie dieses Plakat gesehen?

»Grüß dich, Helene«, sagte der andere Mann am Tisch, Maries Vater, eine kräftige, kantige Gestalt mit wasserklaren Augen. Er stand auf, reichte ihr die Hand. »Marie ist gerade bei den Kühen; wir haben eine, die trächtig ist, und man muss regelmäßig nach ihr sehen.« Er deutete auf den Gast am Tisch und sagte: »Das ist übrigens Herr Stern, unser früherer Viehhändler.«

»Avraham Stern«, sagte der dicke Mann und lächelte. Eigentlich sah er doch nicht aus wie die Karikaturen im *Stürmer*. »Hermann und ich kennen uns schon eine Ewigkeit. In Massel und Schlamassel, könnte man sagen.«

»Guten Tag«, sagte Helene verlegen.

Herr Stern machte keine Anstalten, ihr die Hand zu reichen, sondern zog sein Telephon aus der Tasche und sah auf die Zeitanzeige. »Wird Zeit für mich«, meinte er. Er trank den letzten Schluck aus der Kaffeetasse vor sich, dann ging er daran, seine mächtige Gestalt von der Sitzbank zu wuchten.

»Besuchen Sie uns bald wieder«, meinte Maries Mutter, die fast dieselben Haare hatte wie ihre Tochter. »Wenn es sich einrichten lässt.«

»Nu«, meinte der Mann, »das ist eben die Frage. Müssen wir sehen.«

»Du weißt jedenfalls Bescheid«, sagte Herr Scholz.

»Ja, ja«, sagte der unwirsch.

Helene verstand nicht, wovon die Rede war, hatte aber das deutliche Gefühl, dass sie das auch gar nicht verstehen *sollte.* Und was ging es sie auch an? Die Scholzens konnten schließlich bei sich empfangen, wen sie wollten.

Herr Scholz brachte seinen Gast zur Tür, und kaum hatten die beiden die Küche verlassen, kam Marie vom Hof her herein. Sie war verschwitzt, hatte alte, schmutzige Kleider an und sagte schnaufend: »Hallo, Helene!« Dann wandte sie sich sofort an ihre Mutter: »Ich glaube, es geht los. Und ich glaube auch, du solltest den Tierarzt gleich anrufen.«

Die Mutter furchte die Stirn und meinte, während sie ihr Telephon aus der blauen Schürze zog: »Schon wieder. Dieses Tier wird uns am Ende mehr kosten, als es uns bringt.«

Herr Stern, erklärte Marie Helene nachher, sei früher als Viehhändler in der Gegend tätig und bei den Bauern beliebter gewesen als die staatliche Genossenschaft des Reichsnährstands, an die man jetzt alles, was man produzierte, zu fest vorgegebenen Preisen verkaufen musste – mit anderen Worten: für weniger Geld.

So ging Helenes Landdienst gleich aufregend los. Es wurde eine schwierige Geburt, die sich bis in die frühen Morgenstunden hinzog, aber schließlich endete sie doch glücklich:

Das Kalb, ein allerliebstes kleines Ding, versuchte schon eine Stunde nach der Geburt die ersten ungeschickten Schritte.

Helene lernte in diesen Wochen, wie man eine Kuh molk, wie man Hühnereier unbeschadet einsammelte, was es in einem Gemüsegarten alles zu tun gab und vieles mehr. Aber alles in allem war es trotzdem mehr Ferien als Arbeit. Marie und sie streunten oft umher, lagen in Wiesen, schauten zu den Wolken empor und redeten, redeten, redeten, über ihre Träume, ihre Wünsche, ihre Hoffnungen. Sie badeten im See, lachten über alberne Witze und mussten sich der Streiche von Maries kleinem Bruder Fritz erwehren.

Es war eine herrliche Zeit, die viel zu schnell vorüberging. Helene wurde das Herz schwer, als sie sich vom Scholz-Hof verabschieden und zurück zu ihren Eltern fahren musste, aber es half ja nichts, schließlich fing die Schule demnächst wieder an.

Just an dem Tag, an dem sie heimkehrte, kehrte auch Onkel Siegmund zurück! Es hatte keine Ankündigung gegeben, keinen Anruf, keinen Elektrobrief – er saß einfach, als sie ankam, im Esszimmer, in demselben grauen Anzug mit der Weste, den er angehabt hatte, als sie ihn das letzte Mal gesehen hatte.

Nur dass die Knöpfe seiner Weste nicht mehr spannten. Im Gegenteil, der Stoff schlackerte regelrecht um seine dünn gewordene Gestalt. Er war blass und bleich, wie jemand, der lange Zeit zu wenig Sonne und frische Luft abbekommen hatte, und in sein Gesicht hatten sich tiefe Linien gegraben.

Befragt nach den Hintergründen seines Erscheinens, meinte er nur matt: »Da gibt es nichts zu erzählen. Sie haben mich eingesperrt, und irgendwann haben sie mich wieder freigelassen. Das ist alles.«

Allen weitergehenden Fragen wich er aus. »Lass uns über was anderes reden«, bat er dann.

Aber er interessierte sich sehr für das, was in der Zwischenzeit geschehen war, und so erzählten sie ihm alles, was er in den vergangenen Jahren versäumt hatte.

»Groß bist du geworden, Helene«, meinte er – eine Bemerkung, die wohl unvermeidlich war.

»Und dir, Gertrude«, sagte er, als er sich verabschiedete, ein gebückter, krank aussehender Mann, ein Schatten seiner selbst, »danke ich für die Briefe und die Photos, die du mir geschickt hast. Du ahnst nicht, was für Lichtblicke das immer waren.«

Nachdem er gegangen war, herrschte den ganzen Abend über eine gedrückte Atmosphäre. »Sie haben ihn nicht gut behandelt«, meinte Mutter ein ums andere Mal. »Ich kann mir nicht vorstellen, dass das im Sinne des Führers ist. Der Führer will doch nur unser Bestes!«

11

Im NSA bekam er auf Anhieb seinen Traumjob.

Der erste Tag verblüffte ihn ziemlich. Dafür, dass das Nationale Sicherheits-Amt so unbekannt war, war es ganz schön groß. Untergebracht war es in einem gewaltigen klassizistischen Gebäude mit endlosen, kahlen Gängen, in denen man sich mangels Hinweisschildern verlaufen konnte: Selbst Abteilungsbezeichnungen und die Flurbeschilderung schienen der Geheimhaltung zu unterliegen. Vielleicht, dachte Eugen Lettke irgendwann im Verlauf dieses Tages, war es sogar eine Art Qualitätsmerkmal, wenn ein Geheimdienst es fertigbrachte, so groß zu sein und trotzdem quasi nicht zu existieren.

Der oberste Chef des Ganzen war ein magerer Mann in einem Rollstuhl, dessen Namen ebenfalls geheim war: Man nannte ihn einfach nur »A«. Dieser ließ es sich nicht nehmen, den Neuling zunächst höchstpersönlich in Augenschein zu nehmen und ihm mit ein paar Fragen, deren Sinn sich Lettke nicht erschloss, auf den Zahn zu fühlen. Einen Teil der etwa zwanzigminütigen Konversation führten sie in Englisch, das A mindestens genauso gut beherrschte wie Lettke. Er schien den Test aber zu bestehen, denn schließlich wünschte ihm A viel Erfolg an seinem neuen Arbeitsplatz und schickte ihn wieder fort.

Als Lettke besagten neuen Arbeitsplatz nach einer Odyssee durch namenlose Flure endlich gefunden hatte, erklärte ihm ein vierschrötiger, altgedienter Mitarbeiter namens Müller, worum es ging: Und zwar hatte das NSA schon vor vielen Jahren, noch zu Zeiten der Republik, über eine Scheinfirma in England ein Programm in Umlauf gebracht, das sich mittlerweile, da es in allen wichtigen Sprachen verfügbar war, überall in der zivilisierten Welt großer Beliebtheit erfreute. Das Programm hieß schlicht und einfach »Tagebuch«, lief auf allen gebräuchlichen Komputertypen ebenso wie auf den meisten tragbaren Telephonen und diente einem einzigen, schlichten Zweck: Nämlich dem, Tagebuch zu führen. Man musste eine Parole eingeben, ehe man die Einträge darin lesen oder welche hinzufügen konnte, um dem Benutzer ein Gefühl des Geschütztseins zu vermitteln, und tatsächlich konnte er auf diese Weise verhindern, dass etwa neugierige Eltern oder sonstige Familienmitglieder in seinem Tagebuch lasen. Ansonsten war dieser Schutz aber reine Augenwischerei: Die Texte selber wurden alle im Klartext gespeichert, und zwar in einem Datensilo, das hier in Weimar im Keller stand.

Diese Tatsache war den einschlägigen Experten in anderen Ländern inzwischen durchaus bekannt, und diese warnten auch immer wieder davor, das Programm zu benutzen, doch diese Warnungen hatten bisher keine merkliche Wirkung erzielt. Dazu war das Programm viel zu beliebt, mit seiner gefälligen Aufmachung, der Möglichkeit, lustige kleine Symbole in den Tagebuchtext einzufügen und so weiter. Und überdies: Das Programm aufzugeben hätte geheißen, seinem bis dahin geführten Tagebuch Lebewohl zu sagen, denn eine Möglichkeit, die Texte wieder aus dem Programm herauszubekommen, hatte man wohlweislich nicht vorgesehen.

Eugen Lettkes Aufgabe würde sein, in den Aufzeichnungen der Söhne, Töchter, Ehefrauen und Geliebten bekannter und wichtiger englischer und amerikanischer Politiker oder Militärs – entsprechende Listen lagen natürlich vor – nach Hinweisen zu suchen, die für Deutschland militärisch, wirtschaftlich oder politisch relevant sein mochten.

Das Traumhafte an dieser Aufgabe war, dass er nicht nur

Zugriff auf die englischsprachigen Tagebücher hatte, sondern auf *alle*.

Fast zu schön, um wahr zu sein.

Ihm liefen regelrechte Schauer des Entzückens über den Rücken, aber er mahnte sich trotzdem zur Vorsicht. Das konnte ein Versehen sein. Er würde erst einmal abwarten und schauen, ob sich an dieser Berechtigung etwas änderte.

Tat es nicht. An den folgenden Tagen konnte er es morgens kaum erwarten, ins Bureau zu kommen, und es blieb so.

Die nächste zu klärende Frage war, ob er möglicherweise seinerseits überwacht wurde. Ob jemand verfolgte, was er las.

Das ließ sich nur herausfinden, indem er etwas las, das ihn eigentlich nichts anging, und die Reaktionen abwartete. Und er fing am besten gleich damit an, solange er sich gegebenenfalls noch mit der Unerfahrenheit des Anfängers herausreden konnte.

Also las er ein paar deutschsprachige Tagebücher. Er las Schilderungen von Träumen, wütende Auslassungen über Vorgesetzte, Nachbarn und Ehegatten, Schwärmereien verliebter Backfische. Insbesondere die brachten ihn zum Staunen: Was für ellenlange Texte manche Mädchen schrieben, und alles auf diesen winzigen Tasten eines Telephons? Die Gören mussten eindeutig zu viel Zeit haben.

Er las von Sexproblemen. Er las Berichte über Gebrechen und Befindlichkeiten, über Stuhlgang, Harnverhalt, Hustenattacken und Knieschmerzen. Und – er stieß auf ein paar, nun, reichlich unangemessene Äußerungen über den Führer und Reichskanzler aller Deutschen, Adolf Hitler.

Das kam ihm grade recht. Er stellte einen kleinen Bericht zusammen und reichte ihn weiter, mit der unübersehbaren Anmerkung, dass er sich darüber klar sei, dass dies nicht zu seinem Aufgabengebiet gehöre, aber er arbeite sich eben noch ein, und da er zufällig auf die beigefügten drei Bemerkungen gestoßen sei, habe er sich bemüßigt gefühlt, Meldung zu machen.

Es waren mehr als drei gewesen, aber drei genügten für seinen Zweck. Jetzt *musste* jemand die Sachlage klären.

Die Klärung kam in Form einer Vorladung zu einem Gespräch mit A. Es war ein Gespräch unter vier Augen, in dem A ihm erklärte, Gesinnung untersuchten sie nur auf ausdrückliche Anweisung der Staatspolizei. Wo eine solche Anweisung nicht vorläge, seien Zeit und Energie der Mitarbeiter auf andere, wichtigere Tätigkeiten zu verwenden.

Damit steckte A Lettkes Bericht in die Häckselmaschine und schickte ihn zurück an die Arbeit.

Eugen Lettke war sehr zufrieden mit diesem Ausgang. Niemand hatte ihm gesagt, er dürfe die deutschen Tagebücher nicht *lesen*: Das war alles, was er hatte wissen wollen.

Von nun an, beschloss er, würde er Überstunden machen. Viele, viele Überstunden, die er auf die Suche nach den letzten beiden Mädchen von seiner Liste verwenden würde.

12

In der Obersekunda hatten sie eine neue Lehrerin in Hauswirtschaft, die nicht mehr, wie die vorige, über Helenes Ungeschicklichkeit hinwegsah. Helenes Noten wurden immer schlechter, und Rettung war nicht in Sicht, denn die Ansprüche stiegen ja! Wenn es so weiterging, würde sie wegen Hauswirtschaft sitzenbleiben, und das würde bedeuten, dass sie sich keine Gedanken mehr über ihre Pläne nach der Matura zu machen brauchte, denn die würde sie dann nicht mehr ablegen.

Die einzige Möglichkeit, die sie hatte, war, im zweiten Halbjahr statt Hauswirtschaft eines der anderen Mädchenfächer zu belegen, entweder Krankenpflege oder Programmieren.

Keines von beidem reizte Helene.

»Krankenpflege müsste dir doch liegen«, meinte ihre Klassenlehrerin, die Helene mit ihren ansonsten guten Noten nicht so leicht aufgeben mochte. »Schließlich kommst du doch aus einer Medizinerfamilie.«

Das war es ja gerade. Die Vorstellung, blutige Verbände zu wechseln und Bettpfannen zu leeren, widerstrebte Helene mindestens genauso wie die Vorstellung, Leute aufzuschneiden.

Und Programmieren …? Sie durfte ab und zu an den Komputer, den sich Vater schließlich doch noch angeschafft hatte, weil es anders inzwischen nicht mehr ging, und kam einigermaßen zurecht. In Maschineschreiben war sie auch nicht schlecht.

Aber solche Programme, wie sie sie auf dem Komputer

benutzt hatte, *selber* zu machen? Sie hatte nicht den Hauch einer Vorstellung, wie das ging. Was, wenn sie sich fürs Programmieren einschrieb und dort dann kläglich scheiterte? In Krankenpflege würde sie zumindest nicht scheitern. Sie würde sich ekeln, ja, aber sie würde alles hinkriegen, was verlangt wurde.

Vor allem war ihr nicht entgangen, dass Programmieren zwar als Frauenarbeit galt, aber vor allem eine für Frauen, die keinen Mann abkriegten. Sich dafür einzuschreiben kam ihr vor, als würde sie damit alle Hoffnungen auf ein besseres Schicksal endgültig aufgeben.

Schließlich, als nur noch ein Wochenende zwischen ihr und der endgültigen Entscheidung lag, ging sie Onkel Siegmund besuchen, um ihn um Rat zu fragen.

Er war über alle Maßen erfreut über ihren Besuch, und als sie ihm erklärte, welcher Anlass sie herführte, schien er regelrecht geschmeichelt.

»Warte«, sagte er. »Ich mache uns einen Kaffee, dann setzen wir uns ins Wohnzimmer und reden darüber. Oder willst du lieber einen Tee? Trinkst du überhaupt schon Kaffee?«

»Ja«, gab Helene verlegen zu. »Also, Getreidekaffee halt.«

»Na, anderen gibt's ja sowieso kaum.« Kaffee war wegen irgendwelcher politischer Streitigkeiten seit Jahren schwer zu bekommen und sehr teuer.

Sie sah ihm zu, wie er in der Küche herumwerkelte, Wasser aufsetzte, den Kaffee, Tassen und Untertassen auf ein Tablett stellte, Zucker und Milch holte. Er roch an der Milch, schüttete sie weg. »Leider sauer geworden. Ich trink kaum welche.«

»Macht nichts.«

Eine Viertelstunde später saßen sie in seinem Wohnzimmer, an dem runden Tisch am Fenster, an den sie sich von früher erinnerte. Alles schien kleiner geworden zu sein, kleiner und staubiger. Onkel Siegmund schenkte ihnen ein, dann nahm er in seinem angestammten Korbsessel Platz, ein Mitbringsel von irgendeiner Reise, rührte zwei Stück Zucker in seinen Kaffee, nahm den ersten Schluck, verzog das Gesicht und sagte: »Also – was liegt dir auf dem Herzen?«

Helene erklärte es ihm. Und ihre Optionen. Dass sie für die höhere Hauswirtschaft zu ungelenk war. Dass sie sich vor Krankenpflege ekelte. Und dass ihr das Programmieren unheimlich war. »Und deshalb weiß ich einfach nicht, was ich jetzt tun soll!«

Onkel Siegmund schmunzelte. »Schön, dass du damit zu mir kommst. Ich nehme an, du weißt, was deine Eltern dir raten würden?«

Helene nippte an ihrem Kaffee. Der war schrecklich stark geraten, stark und bitter, so bitter wie ihre Lage. »Papa würde sagen: ›Natürlich Krankenpflege, schließlich bist du meine Tochter!‹ Mama würde sagen: ›Natürlich machst du weiter Hauswirtschaft, das ist für ein junges Mädchen das Wichtigste. Streng dich einfach mehr an.‹«

Ihr Onkel lachte, wohl, weil sie unwillkürlich den Tonfall ihrer Eltern nachgeahmt hatte. »Und da dir beide Antworten nicht gefallen, bist du zu mir gekommen. Mit anderen Worten, du willst, dass ich dir zur altehrwürdigen Kunst des Programmstrickens rate, nicht wahr?«

»Ich *kann* aber nicht stricken!«, rief Helene aus. »Das ist doch das Problem.«

»Das meint man ja auch eher im übertragenen Sinn. Dass man fürs Programmieren keine geschickten Hände braucht, weißt du, nehme ich an. Es reicht, wenn du die Tasten triffst, und davon gehe ich mal aus, wenn du es an einem Mädchengymnasium bis in die Tertia geschafft hast. Geschicktes Denken, *das* ist es, was du brauchst. Aber du bist gut in Mathematik, daran sollte es also nicht scheitern. Ansonsten braucht man Sorgfalt, Hingabe und eine klare Sprache … alles ausgesprochen weibliche Eigenschaften, nicht wahr? Also, warum denkst du, du könntest Probleme damit haben?«

Weil ich mich nicht weiblich genug fühle, hätte Helene am liebsten ausgerufen. *Weil ich nicht mal weiblich genug bin, um die Aufmerksamkeit pickliger Jungs zu erregen!*

Aber das behielt sie für sich. Sie hob nur die Schultern und meinte: »Ich hab halt ein ungutes Gefühl.«

»Ein ungutes Gefühl. Hmm, hmm.« Ihr Onkel nahm die Tasse in die Hände, lehnte sich zurück, sah sie an und dachte nach. Dann fragte er: »Was weißt du über die Geschichte des Komputers?«

Helene zuckte erneut mit den Schultern. »Na, das Übliche. Ein Engländer hat ihn erfunden, vor hundert Jahren oder so. Die ersten Geräte waren dampfbetrieben.«

»Weißt du auch, wie er hieß?«

Sie dachte nach, wollte schon den Kopf schütteln, als es ihr einfiel. »Babbage. Sir Charles Babbage.«

»Genau. Aber er hat nicht den Komputer gebaut, wie er heute üblich ist – das hätte er nicht können, weil man die Elektrizität damals noch nicht gut genug beherrscht hat –, sondern ein mechanisches Gerät, das er die *Analytische Maschine* nannte. Es war eine ungeheuer komplizierte Mechanik, ein wahres Wunderwerk. Eine Maschine, die rechnen konnte! Das war damals eine Sensation. Dabei haben die meisten seiner Zeitgenossen gar nicht begriffen, was die wirkliche Sensation daran war. Nämlich, dass man diese Maschine *programmieren* konnte. Sie wurde mit Lochkarten gesteuert, wie sie damals zur Steuerung automatischer Webstühle benutzt wurden. Die Maschine selber war universell angelegt, sie konnte jede Berechnung durchführen, konnte deren Ergebnisse speichern und in weiteren Berechnungen verwenden. Die Lochkarten waren es, die bestimmten, was die Maschine *tatsächlich* tat.«

Sein Blick wanderte zum Fenster, verlor sich in einer Ferne, die nichts mit dem Anblick der Stadt jenseits der Scheiben zu tun hatte. »Ich habe die originale Analytische Maschine einmal gesehen. Sie ist im *British Museum* in London ausgestellt, und sie funktioniert noch immer. Damals jedenfalls. Zweimal täglich wurde sie unter Dampf gesetzt, die Lochkarten wurden eingelegt, und dann hat sie gerechnet. War das ein Auf und Ab der Stifte, die aus Messing sind, aber glänzen wie Gold! Und wie die zahllosen Zahnräder surrten und klickten, eine wahre Symphonie maschineller Geräusche! Ein großartiges Gerät. Ein Höhepunkt der mechanischen Kunst. Zwanzig Jahre lang hat Babbage daran gebaut, hat die besten Feinmechaniker und Uhrmacher der Welt engagiert, und seine Investoren und Mäzene wären über dem Projekt beinahe pleitegegangen. Aber eines Tages war sie fertig. Und sie blieb nicht die einzige. Wissenschaftler wollten sie, Astronomen vor allem. Dann Banken und Versicherungen. Das britische Weltreich wäre nicht geworden, was es war, hätte es die Analytische Maschine nicht gegeben.«

Helene musterte den ausgestopften Antilopenkopf, der an der Wand über ihrem Onkel hing, eingestaubt und mit Spinnweben zwischen den Ohren, und gestand leise: »Jetzt hab ich noch mehr Bammel als vorher.«

Onkel Siegmund lächelte. Es war nicht mehr ganz das fröhliche Lächeln, an das sie sich erinnerte, aber fast. Er war alt geworden in der Haft, alt und schmal und grau.

»Dann wird es Zeit, dass ich dir von dem erzähle, was man die klassische Arbeitsteilung in der Informationsverarbeitung nennt. Denn Charles Babbage hat dieses gewaltige Projekt nicht alleine unternommen, sondern er hatte eine Partnerin.«

»Lady Ada.« Helene nickte. So viel wusste sie auch.

»Genau. Lady Ada Augusta Countess of Lovelace. Sie war die Tochter des berühmten Dichters Lord Byron und hatte sich schon einen Namen als Mathematikerin gemacht, als sie mit Babbage in Kontakt kam. Und während er an der Mechanik der Analytischen Maschine tüftelte, machte sich Lady Ada Gedanken darüber, wie man die Maschine, wenn sie denn einst fertig sein sollte, eigentlich steuern würde, um brauchbare Ergebnisse zu erhalten. Sie war es, die das Wort *programmieren* dafür geprägt hat, in Anlehnung an die Programme von Konzerten, die ja den Ablauf des Konzertes dadurch steuern, dass sie die Reihenfolge der aufzuführenden Musikstücke festlegen.« Onkel Siegmund nahm einen weiteren Schluck Kaffee, verzog wieder das Gesicht. »Damit hat sich damals von selber ergeben, was man seither als die optimale Arbeitsteilung ansieht: Der Mann baut die Maschine, schafft also die technischen Grundlagen, und die Frau bestimmt, wie diese Maschine am besten zu steuern ist, schafft also erst den eigentlichen Nutzen. Keiner der beiden Bereiche würde ohne den anderen Sinn ergeben, keiner ist wichtiger als der andere.« Er stellte seine Tasse weg. »Lady Ada hat die Fertigstellung der Analytischen Maschine nicht mehr erlebt, sie starb in jungen Jahren, lange bevor die Apparatur vollendet war. Aber die Programme, die sie erstellt hatte, funktionierten alle auf Anhieb. Sie hat sämtliche grundlegenden Techniken des Programmierens entwickelt, im Alleingang und ohne die Möglichkeit, ihre Programme auch zu testen. Das ist eine enorme Leistung. Kein Wunder, dass sie heute so etwas wie die Schutzheilige aller Programmstrickerinnen ist.«

»Und Männer können wirklich nicht programmieren?«, wunderte sich Helene.

Onkel Siegmund wiegte das Haupt. »Nun … doch. Es gibt ein paar, die es tun. Aber man sagt … oder Leute, die etwas davon verstehen, sagen, dass man es einem Programm anmerkt, wenn ein Mann es geschrieben hat. Dass man darin immer eine Art Imponiergehabe spüre, weil sich Männer nicht weit genug zurücknehmen können. Die Unterordnung unter die Aufgabe, die fällt ihnen schwer.«

»Aber Männer sind doch Soldaten«, wandte Helene ein. »Müssen sich Soldaten nicht auch unterordnen?«

»Hmm.« Ihr Onkel dachte eine Weile über dieses Argument nach, dann hob er die Hände. »Ach, weißt du, wahrscheinlich ist das einfach eine Frage der Vorurteile. Männer können im Prinzip ja auch Geschirr spülen und kochen und Kinder wickeln, aber sie tun es nicht. Warum? Weil sie fürchten, ihre Männlichkeit einzubüßen, wenn sie etwas tun, das als typisch weiblich gilt. Wahrscheinlich ist das der wahre Grund. Warte, da fällt mir etwas ein …«

Er erhob sich, auffallend mühsam, schlurfte ins Nebenzimmer und kam kurz darauf mit einem dicken Buch zurück, das er Helene überreichte. *Einführung ins Programmieren* lautete der Titel, darunter stand: *Mit besonderer Berücksichtigung der Strukturierten Abfrage-Sprache.* Der Umschlag war in Rosa gehalten und mit Blumenornamenten im Jugendstil verziert, verfasst war es von einer *Prof. Dr. Elena Kroll.*

»Das Buch ist schon etwas älter, aber ich glaube, es gilt immer noch als Standardwerk«, erklärte Onkel Siegmund. »Ich hab es mir damals gekauft, kurz nachdem ich mir den Komputer zugelegt habe, bin aber dann doch nicht dazu gekommen, mich einzuarbeiten. Erst hatte ich zu viel zu tun, und dann … Nun, das weißt du ja. Ich glaube, ich hab es überhaupt nur ein einziges Mal aufgeschlagen. Nimm es mit, lies es. Ich hoffe, es hilft dir bei deiner Entscheidung und vielleicht auch danach.«

»Danke«, sagte Helene scheu und drückte das Buch an sich.

»Das ist die Richtung, in die sich die Welt entwickelt«, sagte Onkel Siegmund versonnen. »Diejenigen, die mit

Komputern umgehen können, bestimmen letzten Endes, was geschieht. Weil bei ihnen alle Informationen zusammenlaufen. Das gibt ihnen Einfluss, ja, Macht. Und Macht, die braucht man. Oder sagen wir, es ist besser, man hat sie selber, als dass jemand anders sie hat.« Er seufzte. »Das habe ich unterschätzt.«

Helene sah ihn an, kam sich auf einmal so selbstsüchtig vor. »Was wirst du denn eigentlich jetzt machen? Reisen darfst du doch bestimmt nicht mehr, oder?«

Onkel Siegmund schüttelte den Kopf, den Blick aus dem Fenster gerichtet. »Ich weiß es noch nicht. Reisen? Nein, natürlich nicht. Ich hab auch weiterhin Publikationsverbot. Mal sehen, vielleicht kann ich Übersetzungen machen. Immerhin komme ich mit ein paar Sprachen zurecht, die nicht so viele beherrschen. Oder Korrektur lesen, das wäre auch eine Möglichkeit. Mal sehen.«

Er wandte sich ihr wieder zu und sagte leise: »Früher, da hatte man als Erwachsener freien Zugang zu den Foren anderer Länder, wusstest du das? Das amerikanische Forum, das französische, das russische ... Alles vorbei. Sie haben an jedem Punkt, an dem ein Kabel die Grenze überquert, einen Komputer gesetzt, der alles überwacht, alles ausfiltert, was der Regierung nicht genehm ist, und so den Zugang ins Ausland aufs Genaueste regelt.« Er wurde noch leiser, flüsterte nur noch: »Ich bin nicht der Einzige, der eingesperrt war. Wir sind es alle. Wir sind alle eingesperrt. Auch du.«

13

Das Bureau, in dem Eugen Lettke arbeitete, war dadurch, dass man nachträglich eine Trennwand eingezogen hatte, schmaler als hoch. Einzig ein Bild des Führers schmückte die kahlen Wände, die Möbel stammten definitiv noch aus der Kaiserzeit, und das einzig einigermaßen Moderne waren die Komputer. Aber selbst das waren klobige Nachkriegsmodelle, mit Tastaturen, die einen Höllenlärm verursachten.

Dieses Bureau teilte er sich mit einem muffigen Wilhelmshavener namens Piet Hansen, der nicht sonderlich gesprächig war und überdies bisweilen ins Platt verfiel, was es Lettke schwer machte, zu verstehen, was er wollte. Allerdings wollte er meistens ohnehin nichts, sondern saß nur brütend vor seinem Schirm, starrte auf irgendwelche Listen und streichelte dabei nachdenklich sein Parteiabzeichen, das er am Pullover trug.

Die tägliche Routine sah vor, dass sie morgens um zehn Uhr eine Besprechung mit den für sie zuständigen Programmiererinnen hatten. Das waren auch zwei: eine ältliche Berlinerin, die einen bei jeder Gelegenheit wissen ließ, dass *sie* bei Frau Professor Kroll höchstpersönlich gelernt habe. Sie hieß Frau Stein, war unverheiratet und auch über das Alter hinaus, in dem sich daran noch etwas hätte ändern lassen. Sie trug ihre grauen Haare zu einem Dutt hochgesteckt und meistens eine dazu farblich passende, ebenfalls graue Reithose, die sie auch ganz gut ausfüllte. Ihren walzenden Schritt hörte man schon von weitem.

Die andere hieß Fräulein Brunhilde und war ein verhuschtes Mädchen aus Franken mit einer Bubikopf-Frisur und einer Brille mit dickem, schwarzem Gestell. Sie hatte Ohren, die aussahen wie aus Seidenpapier gefaltet, und eine verhängnisvolle Neigung zu düsteren Hängerkleidern.

Diesen beiden Frauen erklärten sie also morgens, welche Auswertungen sie benötigten, und in der Regel erhielten sie diese dann irgendwann im Lauf des Tages per hausinterner, abgesicherter Elektropost. Meistens waren es mehr oder weniger lange Listen, die sie am Bildschirm zu lesen hatten. Man konnte sie zwar auch ausdrucken, aber das wurde nicht gerne gesehen. Man solle Papier als rationiert betrachten, lautete eine der Weisungen, die A ausgegeben hatte; denn auch wenn dem noch nicht so sei, werde es doch unweigerlich eines nicht allzu fernen Tages der Fall sein.

Das also waren die Mittel, die ihm zu Gebote standen, wenn er, nachdem er den ganzen Tag die Tagebücher amerikanischer und englischer Jugendlicher und Ehefrauen gelesen hatte, abends auf die Pirsch nach seinen eigenen Zielen ging.

Von den beiden Mädchen, die es noch zu bestrafen galt, wusste er nur, dass sie mit Vornamen Cäcilia und Vera hießen: Das hatte ihm Dörte noch verraten, im Tausch gegen den völlig wertlosen Minox-Film. Mehr hatte sie nicht gewusst, und so bibbernd, wie sie das beteuert hatte, splitternackt und voller Angst, er könnte noch mehr von ihr verlangen, war er schließlich zu dem Schluss gekommen, dass sie die Wahrheit sagte.

Aber wie suchte man nach einem Mädchen, von dem man nur den Vornamen kannte?

Selbst wenn er den Familiennamen gekannt hätte, wäre es schwierig gewesen. Die beiden Mädchen waren inzwischen ebenfalls erwachsen, hatten womöglich geheiratet und damit den Namen gewechselt, waren also so gut wie verschwunden.

Sosehr er auch überlegte, er wusste nicht, wo er anfangen sollte.

Eines Tages, als Piet sich krankgemeldet und er das Bureau folglich für sich alleine hatte, beschloss er, etwas zu wagen. Er rief in der Programmierabteilung an und sagte, da er heute alleine sei, brauche er nur Fräulein Brunhilde. Die kam auch gehorsam alleine angetrippelt, und als sie mit ihrem Notizblock am Besprechungstisch saß, erklärte er ihr, er brauche eine Liste aller Frauen, die zwischen den Jahren 1913 und 1917 in Berlin geboren seien und mit Vornamen Cäcilia hießen.

»Ist das alles?«, fragte Fräulein Brunhilde.

»Ja«, sagte er. »Wieso?«

»Das kann ich gleich hier machen, wenn Sie wollen. Das ist ein einfacher Abfragebefehl.«

»Wenn das so ist«, sagte Lettke, »dann machen Sie.«

Neugierig räumte er seinen Stuhl und überließ ihr seinen Komputer. Er blieb aber hinter ihr stehen, weil er sehen wollte, wie sie so etwas machte.

Sie rief ein Programm auf, das SAS hieß. Dann tippte sie Befehle:

```
SELEKTIERE AUS Einwohner
ALLE ( Vorname, Name, Straße, Ort,
GebDat )
FÜR (
GebDat:Jahr >= 1913
UND
GebDat:Jahr <= 1917
UND
GebOrt = »Berlin«
UND
Vorname = »Cäcilia« )
```

Dann drückte sie eine Taste, und der Text verschwand wieder. Auf dem Schirm erschien die Nachricht: *SAS – Ausführung läuft.*

»Was heißt SAS?«, fragte Lettke mit dem unguten Gefühl, an Dinge zu rühren, die ihn nichts angingen.

»Das ist die Abkürzung für ›Strukturierte Abfrage-Sprache‹«, sagte sie und sah ihn dabei an, als ob er das hätte wissen müssen. »Bei Abfragen, die man nur einmal braucht, kommt man damit schneller zum Ergebnis.«

»Verstehe«, sagte Lettke, obwohl er es nicht verstand. Was hatte es mit der Geschwindigkeit eines Komputers zu tun, wie oft man ein Ergebnis benötigte? Sowieso hatte ihm der Anblick ihrer Befehlszeilen einen Knoten ins Hirn gemacht. Er hatte nur so viel verstanden, dass es dabei um eine Abfrage aus der Tabelle der Einwohner ging, aber alles danach war ihm zu kompliziert gewesen. Weiberkram eben. Für einen Mann so undurchschaubar wie der Inhalt einer Damenhandtasche.

Er starrte auf den Bildschirm, auf dem immer noch nur diese Nachricht stand.

»Wie lange wird das dauern?«, fragte er.

Fräulein Brunhilde erhob sich scheu und sagte: »Das ist schwer zu sagen. Die Einwohnertabelle ist sehr groß … vielleicht eine Stunde. Aber das Ergebnis kommt dann direkt auf Ihr Gerät.«

»Danke«, sagte Lettke verdutzt. Und dann, als sie sich wieder zu ihrem Notizblock setzen wollte, fügte er hinzu: »Das wäre alles für heute.«

»In Ordnung.« Sie schnappte rasch ihre Sachen, flüsterte noch ein »Heil Hitler« und huschte aus seinem Bureau.

Danach saß er vor dem Gerät und konnte nichts tun, weil diese Nachricht alles blockierte. Oder konnte er parallel dazu ein anderes Programm nutzen, bis das Ergebnis eintraf? Ihm war, als müsse es eine solche Möglichkeit geben, er wusste nur nicht, wie es ging. Er zog das Instruktionsbuch hervor, das, abgegriffen, vergilbt und in wilhelminischer Frakturschrift gedruckt auf dem Regal vor sich hin staubte, vermutlich schon seit zehn Jahren. Konnte ja nicht schaden, die Zwangspause zu nutzen, sich ein wenig weiterzubilden, was die Benutzung des Komputers anging.

Noch während er durch die einleitenden Kapitel blätterte und herauszufinden versuchte, welches eigentlich die *SYSTEM*-Taste war, verschwand die Nachricht, und eine Liste erschien auf dem Schirm. Lauter Cäcilias, 27 an der Zahl, mit Nachnamen, Anschriften und Geburtsdatum.

Seine Hände wurden feucht vor Aufregung. Eine davon musste diejenige sein, die er suchte!

Konnte er es riskieren, die Liste auszudrucken? Lieber nicht. Jemand konnte sie im Druckerraum in die Hand bekommen, ehe er dort eintraf? Abspeichern wollte er sie erst recht nicht.

Schließlich nahm er ein Blatt Papier und einen Stift zur Hand und schrieb die Liste einfach ab. War ja rasch erledigt. Immerhin, siebenundzwanzig Cäcilias innerhalb von fünf Jahren, das waren mehr, als er erwartet hatte.

Als er fertig war, löschte er die Ergebnisliste, dann betrachtete er seinen Aufschrieb. Welche davon war nun die, die er suchte? Eine von denen, die noch in Berlin lebten? Das war nicht gesagt, und selbst wenn: Welche von *denen* war es dann?

War die Cäcilia, die er suchte, überhaupt dabei? Was, wenn er sich beim Alter der Mädchen verschätzt hatte? Was, wenn Dörte den Namen falsch verstanden hatte? Sie habe das Mädchen nicht gekannt, hatte sie beteuert. Oder was, wenn er anders geschrieben wurde, französisch vielleicht – *Cecile*?

Er rief das Programm TI auf – *Tagebuch-Inspektion* – und verglich seine Liste mit dem Teilnehmerverzeichnis. Immerhin, sechs der Cäcilias auf seiner Liste benutzten das Tagebuchprogramm. Vielleicht wurde er darin fündig.

Obwohl er wusste, dass er in enorme Schwierigkeiten geraten würde, wenn jemand entdeckte, dass er sich nicht den Aufgaben widmete, für die man ihn eingestellt hatte, konnte Eugen Lettke nicht anders, als den Rest des Tages in den Tagebuchaufzeichnungen dieser sechs Frauen zu lesen, auf der Suche nach einem Hinweis.

Natürlich ergebnislos. Eine notierte nur ihre erotischen Träume, von denen sich jeder dritte um Adolf Hitler drehte. Eine andere schrieb hauptsächlich über ihr Baby, protokollierte dessen Gewicht, wie viel es getrunken und wie lange es geschlafen hatte. Eine dritte hatte Affären mit Frauen und hielt all ihre Gedanken fest, während sie auf deren jeweilige Anrufe wartete; Gedanken, die sich endlos wieder und wieder im Kreis drehten.

Das hatte er im Grunde gleich gewusst. Die Mädchen, die damals dabei gewesen waren, die dabei mitgemacht hatten, ihn hereinzulegen und bloßzustellen im wahrsten Sinne des Wortes, dachten bestimmt längst nicht mehr daran. Geschweige denn, dass es sie in ihre Träume verfolgte.

Ein paar Tage lang ging er nicht mehr so gern ins Bureau. Ein paar Tage lang tat er wirklich nur das, was seine eigentliche Aufgabe war: Er wühlte sich durch die Tagebücher von Ausländern. Vor dem Hintergrund der demnächst beginnenden Olympischen Spiele lautete die aktuelle Fragestellung, wie das Deutsche Reich im Ausland gesehen wurde, vor allem in Amerika und vor allem in Hinblick auf seine Judenpolitik. Also gab er Begriffe wie *germany* und *jews* in die Suchfunktion ein, die zum Glück ohne komplizierte Befehlseingabe zu benutzen war, und las von den Fundstellen aus weiter. Ab und zu musste er englische Begriffe nachschlagen, weil sein Englisch eben doch nicht so gut war, wie er getan hatte, aber er kam zurecht.

Und dann stieß er auf einen Eintrag, in dem es hieß: *Heute ist wieder ein guter, altmodischer Brief von meiner alten Freundin Alice Frischmuth aus Weimar eingetroffen. Wie immer schimpft sie mächtig auf Hitler.*

Alice Frischmuth aus Weimar? Das war ja mal interessant. Lettke wechselte in das Silo mit den deutschsprachigen Tagebüchern und suchte nach diesem Namen. Und wurde fündig. Eine Alice Frischmuth hatte das Programm benutzt, auf einem Komputer der Post, wo sie nach ihren eigenen Angaben damals gearbeitet hatte. Allerdings hatte sie sich kurz nach der Machtübernahme abgemeldet; der letzte Tagebucheintrag stammte vom 1. Februar 1933 und lautete nur: *Es ist passiert.*

Interessant, interessant.

Er ging die Einträge rückwärts durch. Der größte Teil ihres Tagebuchs handelte davon, ob und wann ihr ein gewisser Winfried endlich den ersehnten Heiratsantrag machen würde, aber dann stieß er auf diesen Eintrag vom Oktober 1930: *Hitler wieder in Weimar. Rings ums Hotel Elephant führen sich die Leute auf wie ein Horde betrunkener Affen, jubeln diesem Mann zu, dessen Kopf aussieht wie ein mit Exkrementen gefüllter Sack. Ich wünschte nur, jemand erschösse ihn, besser heute als morgen.*

Damit, sagte sich Eugen Lettke, ließ sich was anfangen.

***

Es war streng verboten, die Daten, auf die man als Mitarbeiter des Nationalen Sicherheits-Amtes Zugriff hatte, für private Ermittlungen und Nachforschungen zu verwenden: Das stand nicht nur in seinem Anstellungsvertrag, er hatte zudem eine separate entsprechende Erklärung unterschreiben müssen.

Mit anderen Worten: Bei dem, was er vorhatte, durfte er sich auf keinen Fall erwischen lassen.

Und Fräulein Brunhildes Hilfe durfte er dafür natürlich erst recht nicht in Anspruch nehmen.

Die spannende Frage war also, wie weit er aus eigener Kraft kommen würde.

Mit wachsender Erregung machte sich Eugen Lettke an die Arbeit. Dass es um eine bestimmte Person ging, erleichterte die Sache wesentlich. Er hatte Zugriff auf fast alle Datensilos, er hatte die Suchfunktion – damit war es eine Angelegenheit von Minuten, Alice Frischmuth zu finden. Sie war im August 1912 geboren, also zwei Jahre älter als er. Das klang schon mal vielversprechend.

Er wechselte in andere Datensilos. Laut Meldeamtdaten lebte sie immer noch in Weimar, hatte aber im Oktober 1933 geheiratet, einen gewissen Winfried Kaempf, der als Lastkraftfahrer im Fernverkehr arbeitete, und zwar bei der Spedition Höflinger. Das Ehepaar wohnte im Süden Weimars zur Miete, hatte keine Kinder, und Alice Kaempf arbeitete immer noch in der Hauptpost.

Vor diesen Angaben saß Lettke eine ganze Weile, blies durch die vor dem Mund gefalteten Hände und dachte nach. Dann suchte er weiter und fand heraus, dass die Spedition Höflinger, wie die meisten Firmen, ihre Daten einem Silo-Dienst anvertraute, vermutlich, weil das die einfachste Lösung war, um von mehreren Bureaus aus darauf zugreifen zu können.

Das NSA hatte auf diese Daten natürlich ebenfalls Zugriff. Und unter anderem fand sich darunter die komplette Personalakte von Winfried Kaempf: seine Zeugnisse, medizinische Gutachten, die Daten seines Führerscheins, sein aktueller Einsatzplan und seine Gehaltsliste.

Großartig. Lettke war es, als liefe elektrischer Strom durch seinen ganzen Körper, als er sich die Angaben notierte, die er brauchen würde. Dann löschte er den Schirm und auch das Protokoll.

Inzwischen war es spät am Abend. Im Gebäude war es ruhig geworden, das Türenschlagen hatte aufgehört und auch das Quietschen von Schuhsohlen auf dem Linoleumboden des Flurs. Eugen Lettke rief die bewusste Tagebuchnotiz noch einmal auf und löste den Druckbefehl aus.

Danach sprang er sofort auf und raste den Flur entlang bis zum Druckerraum, unnötigerweise, denn dort war um diese Zeit wirklich niemand. Die Maschine arbeitete, klackerte und ratterte und verbreitete ihren scharfen chemischen Geruch, der den ganzen Raum erfüllte und einem Kopfschmerzen machte, und spuckte schließlich das bedruckte Blatt aus.

* * *

Am nächsten Tag machte er nachmittags früher Schluss und ging ins Hauptpostamt. Fast alle Schalter waren besetzt, die meisten mit Frauen, darunter auch viele junge Frauen, aber er sah nirgendwo Namensschilder. Was nun?

Er tat, als fülle er ein Einschreibeformular aus, während er nachdachte und den Geschäftsverkehr in der Posthalle beobachtete. Dann half ihm der Zufall weiter: Ein Schalterbeamter, der schon eine ganze Weile mit einem dicken Mann diskutierte, der ein großes Paket aufgeben wollte, rief nach hinten: »Frau Kaempf? Können Sie bitte mal kommen?«

Gleich darauf tauchte aus dem Bureaubereich eine junge, auffallend schick gekleidete Frau auf, die sich mit energischer Selbstsicherheit bewegte und deren wilde, golden schimmernde, prachtvolle Locken nur mühsam durch eine Haarklammer gebändigt wurden. Lettke verfolgte, wie sie sich das Problem anhörte, das die beiden Männer hatten, dann kurz und knackig eine Entscheidung traf, die den Mann vor dem Schalter zufrieden nicken und den Mann hinter dem Schalter ergeben mit den Schultern zucken ließ, dann entschwand sie wieder nach hinten.

So jung und schon Abteilungsleiterin? Das wurde ja immer besser.

Er verließ die Post und wartete in einem Café gegenüber, bis er sie herauskommen sah. Dann folgte er ihr in weitem Abstand, stieg in denselben Bus, stieg an derselben Haltestelle aus wie sie. Sorgen, sie aus den Augen zu verlieren, machte er sich keine; schließlich wusste er ja, wo sie wohnte.

Als sie sich ihrer Haustür näherte – die Kaempfs wohnten im obersten Stock eines dreistöckigen grauen Mietshauses –, sprach er sie an. »Frau Kaempf?«

Sie drehte sich überrascht um. »Ja?«

»Kann ich Sie einen Moment sprechen?«

Sie trat einen Schritt zurück, musterte ihn von oben bis unten. »In welcher Angelegenheit?«

»In dieser«, sagte Eugen Lettke und reichte ihr den Ausdruck.

Sie las den Text. Ihre Augen begannen wütend zu funkeln. »Woher haben Sie das?«

»Ich habe es«, sagte er einfach. »Das genügt.« Er deutete auf die Tür. »Ich würde es vorziehen, alles Weitere in Ihrer Wohnung zu besprechen.«

»Sind Sie von der Polizei?«, wollte sie wissen.

»Nein«, sagte er. »Ich will Ihnen helfen.«

Sie sah ihn an mit einem Blick, in dem sich Misstrauen und wachsende Panik mischten. Schließlich kam sie zu dem einzig möglichen Schluss, nämlich dem, dass sie keine andere Wahl hatte, und sagte: »Na gut. Kommen Sie.«

Sie schloss auf, ließ ihn eintreten, ging vor ihm her die Treppen hoch. Lettke beobachtete ihren Hintern, der sich deutlich unter dem dünnen Mantel abzeichnete, und erlaubte sich etwas Vorfreude. Bis jetzt lief alles nach Plan.

Sie zögerte noch einmal, ehe sie auch die Wohnungstür aufschloss. Sie öffnete sie, rief: »Winfried? Bist du schon da?«, und meinte, als alles still blieb: »Mein Mann muss jeden Augenblick nach Hause kommen.«

»Mmh«, machte Lettke nur, wartete, bis sie den Weg freigab, und trat dann ein.

Es war eine kleine Wohnung: eine Küche, ein Schlafzimmer, die gute Stube und eine Toilette. Das Bad, hatte er gesehen, befand sich im Zwischengeschoss, und sie mussten es sich mit drei anderen Parteien teilen.

»Damals hat es geheißen, alle Einträge im Tagebuch seien durch meine Parole geschützt, und niemand anders könne sie lesen«, sagte sie, während sie sich ihres Mantels entledigte. Sie war noch ein wenig außer Puste vom Treppensteigen.

»Niemand außer den Sicherheitsbehörden«, sagte Lettke.

Sie gab einen ächzenden Laut von sich. »Das ist … *gemein.*« Sie überflog den Text noch einmal. »Außerdem ist es Jahre her, dass ich das geschrieben habe!«

»Damals war das auch unproblematisch«, sagte er bedächtig. Es gefiel ihm, sie nach und nach in die Enge zu treiben. »Aber inzwischen eben nicht mehr. Inzwischen ist der Mann, dessen Kopf aussieht wie ein mit Exkrementen gefüllter Sack, der Reichskanzler und Führer des deutschen Volkes und derartigen Äußerungen gegenüber äußerst empfindlich.«

»Nach so etwas wird gesucht?« In ihren Augen war nackte Angst zu lesen.

»Nach so etwas wird gesucht, allerdings. Und es sind schon Leute wegen harmloserer Schmähungen ins Lager gekommen.«

Sie lehnte sich gegen den Rahmen der Tür, die in die Stube führte. »Aber was soll ich denn jetzt machen? Ich bin davon ausgegangen, wenn ich mich abmelde, wird automatisch alles gelöscht. Und wenn ich mich jetzt wieder anmelde, das nützt auch nichts, oder? Ich kriege doch keinen Zugang mehr zu meinen alten Einträgen. Jedenfalls stand das da, als ich mich abgemeldet habe.«

»Selbst wenn, könnten Sie den Eintrag nicht löschen oder ändern«, erklärte er. »Tagebucheinträge sind nur an dem Tag änderbar, an dem Sie sie anlegen, das ist ja der Witz an diesem Programm. Danach kann man sie nur noch lesen.« Er legte die Hand auf die Brust und deutete eine Verneigung an. »Das heißt, *ich* kann sie ändern. Oder auch löschen.«

Hoffnung glomm in ihrem Gesicht auf. »Oh«, rief sie. »Würden Sie das tun?«

»Deswegen bin ich hier. Um Ihnen das anzubieten.«

»Oh, das ist ja ... das ist sehr freundlich von Ihnen«, stammelte sie. Sie fuhr auf, schüttelte sich. »Was bin ich nur für eine Gastgeberin! Kommen Sie herein, setzen Sie sich. Kann ich Ihnen etwas anbieten?«

»Ja, gern«, sagte Lettke und folgte ihrer einladenden Geste in die Stube.

»Einen Kaffee? Einen Tee?«

»Nein, danke. Ich hätte lieber ... eine Gegenleistung.«

Sie hielt inne. »Wie bitte?«

»Ich soll etwas für Sie tun, nicht wahr?«, erklärte Lettke. »Etwas, das ich eigentlich nicht tun *darf*. Finden Sie nicht, dass das eine Gegenleistung wert ist?«

»Doch, schon, ich meine ... Aber wenn Sie Geld wollen, ich fürchte, da können wir Ihnen nicht viel bieten ...«

»Geld interessiert mich nicht«, sagte Lettke, zog einen der Stühle unter dem Tisch hervor und setzte sich. »Aber Sie sind eine Frau. Und ich bin ein Mann. Ich würde lieber etwas auf dieser Grundlage finden.«

Die Veränderungen auf ihrem Gesicht zu verfolgen war

allein schon die ganze Sache wert. Wie alle Hoffnung und Dankbarkeit daraus schwand und einer schäumenden Wut wich! Wie sie sich aufplusterte, als sei sie bereit, sich mit Nägeln und Krallen auf ihn zu stürzen!

»Also so einer sind Sie!«, fauchte sie. »Na, dann warten Sie mal, bis mein Mann nach Hause kommt –!«

»Ihr Mann«, erwiderte Lettke seelenruhig, »fährt heute die Strecke nach Wien. Er dürfte im Moment kurz vor Salzburg sein und kommt frühestens übermorgen zurück.« Er lächelte genießerisch. »Wir haben also viel Zeit.«

Ihre Wut verpuffte, wich blanker Verzweiflung. Sie sank in sich zusammen.

»Nein«, flüsterte sie. »Sie können mich zu nichts zwingen.«

»Wer redet von zwingen? Ich tue Ihnen einen Gefallen, und Sie tun mir einen Gefallen, nichts weiter. Das ist mein Vorschlag. Sie können ihn annehmen, oder Sie können ihn ablehnen.« Lettke lockerte seinen Krawattenknoten. Zeit, es sich ein bisschen gemütlich zu machen. »Aber die Sache ist die: Wenn ich auf so etwas stoße – auf eine Beleidigung des Führers –, dann muss ich das melden. So will es das Gesetz gegen Hassrede. Wenn Sie mich also fortschicken, geht alles seinen Gang. Um das zu verhindern, muss ich gegen Gesetze verstoßen. Risiken eingehen. Meine Stellung aufs Spiel setzen …«

»Ich habe in Wirklichkeit keine Wahl, nicht wahr?«, stellte sie erbittert fest.

Lettke nickte. »So sehe ich das auch.«

Sie hasste es. Großartig. Sie hasste es, aber sie würde ihm trotzdem gehorchen müssen.

Alice Kaempf sagte nichts. Stand nur da, stierte ihn an, atmete schwer.

»Ich schlage vor«, meinte Lettke, »wir beginnen damit, dass Sie sich ausziehen. Und zwar schön langsam, wenn ich bitten darf. Nicht, dass ich die Lust verliere und von mir aus gehe.«

14

Helene nahm das Buch, das ihr Onkel Siegmund gegeben hatte, mit nach Hause und verbrachte den Rest des Wochenendes damit, es durchzulesen.

Was Programmieren sei, erklärte die Autorin anhand eines simplen Rezeptes:

```
Siebe 250 Gramm Mehl in eine Schüssel.
Drücke eine Grube in das Mehl.
Streue 1 Prise Salz in diese Grube.
Miss 1/2 Liter kalte Milch ab.
Gib etwas von der Milch in die Grube und
verrühre sie mit dem Mehl.
Schlage 2-3 Eier am Schüsselrand auf und
gib ihren Inhalt dazu.
Gib unter ständigem Rühren langsam die
restliche Milch dazu.
Rühre so lange, bis ein glatter Teig
entstanden ist, der dünn vom Löffel
fließt.
Stelle eine Stielpfanne auf den Herd und
erhitze sie.
Stelle einen Teller im Backofen warm.
Wiederhole die folgenden Schritte so oft,
bis der Teig aufgebraucht ist:
- Erhitze 10 Gramm Butterschmalz in der
Pfanne.
- Gib einen Schöpflöffel Teig in die
Pfanne.
```

```
- Neige die Pfanne nach allen Seiten,
damit sich der Teig gleichmäßig dünn
verteilt.
- Wenn der Teig angebacken ist: Löse die
Teigplatte und wende sie.
- Backe auch die zweite Seite.
- Lege den fertigen Pfannkuchen auf den
warm gestellten Teller.
```

Ein Rezept, schrieb sie, sei eine Auflistung von einfachen Anweisungen, die, wenn man sie in genau dieser Reihenfolge ausführte, ein präzise vorhersagbares Resultat hervorbrachten: in diesem Fall 10–12 Pfannkuchen. Und nichts anderes sei ein Komputerprogramm auch.

Hierin können wir auch den Grund erahnen, warum das Programmieren eine spezifisch weibliche Tätigkeit ist, schrieb sie weiter. *Die Frau, deren naturgegebene Aufgabe die Sorge für die Familie ist, muss hierzu eine Vielzahl von sich immer wiederholenden Arbeiten verrichten, und je besser es ihr gelingt, diese in zweckdienlicher Weise zu organisieren, desto mehr erleichtert sie sich den Alltag. Daher ist jede Hausfrau und Familienmutter von Natur aus eine Programmiererin, sie weiß es meist nur nicht, denn es ist nicht ein Komputer, den sie programmiert, vielmehr programmiert sie sich selbst.*

Anders der Mann, der naturgegeben ein Jäger ist oder ein Konstrukteur: Dies sind Tätigkeiten, die sich nicht in Form immer wiederholender Abläufe organisieren lassen, vielmehr kommt es dabei auf jederzeitige Wachsamkeit an, darauf, Gefahren und Möglichkeiten vorauszuahnen, um den Gefahren geschickt zu entgehen und die Möglichkeiten ebenso geschickt zu nutzen. Ein Denken in Programmen wäre hierbei eher hinderlich, ja, könnte sogar gefährlich werden, und so ist es kein Wunder, dass dieses Denken dem Manne schwerfällt und im Grunde auch immer fremd bleibt.

Das leuchtete Helene ein. Sie unterstrich diese Sätze mit Rotstift und trug sich am darauffolgenden Montag fürs Programmieren ein.

In der Folge zeigte sich, dass all ihre Befürchtungen gegenstandslos waren. Ihr fiel dieses Fach so leicht wie kein anderes. Sie begriff alles auf Anhieb, stellte Fragen, die ihre Lehrerin in Verlegenheit brachten, und galt schon nach kurzer Zeit als die Beste.

In dieser Zeit erfolgte der Anschluss Österreichs, die erste Aktion, an der ihr Bruder Armin als frischgebackener Soldat teilnahm und von der er als strahlender Held zurückkehrte, glühend vor Begeisterung, denn er hatte den Führer aus nächster Nähe gesehen. »*So* dicht vor mir«, erzählte er immer wieder und deutete einen Abstand von etwa zwei Metern an. »Und er hat mich angesehen, hat mir direkt in die Augen geschaut!«

Helene nahm an einem Programmierwettbewerb für alle deutschen Gymnasien teil und landete auf dem zweiten Platz. Zusammen mit den elf anderen Gewinnerinnen fuhr sie nach Berlin, wo sie unter anderem die Hauptkomputer des Weltnetzes besichtigen durften, die immer noch in abgesicherten Kellerräumen der Universität standen, von SS-Leuten bewacht. Außerdem trafen sie Elena Kroll höchstpersönlich, die ihnen erzählte, woran sie gerade arbeitete – eine neuartige Methode, Daten auszuwerten, die sich an der Art und Weise orientierte, wie die Nervenzellen im Gehirn miteinander verschaltet waren –, aber Helene hatte den Eindruck, dass die anderen sich dabei alle ziemlich langweilten. Sie selber verstand höchstens die Hälfte, fand den Gedanken jedoch höchst faszinierend.

Da sie nun so etwas wie der Star der Luisenschule war, durfte sie nachmittags an den Leistungskursen der Oberprimanerinnen teilnehmen. Eines Tages – es war Anfang Dezember, und ein früher Winter hatte das Land schon seit einigen Wochen mit Schnee und Eis fest im Griff – knobelte sie gerade an einem verzwickten Sortierprogramm, als ihr Telephon mit einem leisen Piepsen den Eingang einer Nachricht anzeigte. Eigentlich musste man die Telephone im Kurs natürlich ausschalten, aber das machte niemand.

Helene legte den Stift beiseite und zog ihr Telephon heraus. Sie hatte sich an diesem Abend, an dem sie glücklicherweise zu keiner BDM-Gruppe musste, mit Marie verabredet, die noch durchgeben wollte, mit welchem Bus sie in Weimar ankam, damit Helene sie abholen konnte.

Die Nachricht war tatsächlich von Marie, aber sie lautete:

```
(Marie) Kann nicht kommen. Erklärung
später.
```

Helene runzelte die Stirn. Das klang gar nicht gut. Hastig tippte sie:

```
(Helene) Ist was passiert?
```

Sie wartete. Hatte Marie ihr Telephon schon ausgeschaltet? Helene legte das Gerät neben ihren Block, versuchte, sich auf das Programm zu konzentrieren.

Dann piepste es wieder.

```
(Marie) Fritz ist beim Eislaufen
eingebrochen, fast ertrunken. Bringen ihn
ins Krankenhaus.
```

* * *

Der Weg ins Krankenhaus war Helene vertraut; sie war oft dort gewesen, um ihrem Vater etwas zu bringen oder ihn abzuholen. Doch heute kam ihr die Straße dorthin düster und bedrückend vor. Lag es daran, dass alles unter Schnee und Eis begraben lag und das Land in einer fahlgelben Dämmerung verschwand? Auch als sie endlich das Portal passierte und ins Warme trat, in die gewaltige Eingangshalle mit den zwei Statuen von Josef Thorak rechts und links, die groß und unverhüllt und in allen anatomischen Einzelheiten einen gesunden Mann und eine gesunde Frau darstellten, waren ihr die kühle Größe und der chemische Geruch nach Desinfektionsmittel eine Last auf der Seele. War es schon immer so gewesen, dass jeder ihrer Schritte ein Echo in diesen Räumen machte? Und dass es, wenn man sprach, war, als verschlucke der hallende Raum jedes Wort?

Die Frau am Empfang kannte Helene, verriet ihr, wo sie die Familie Scholz finden würde: auf der Intensivstation, wie sie es sich schon gedacht hatte.

Marie war da, kam ihr entgegen, verweint. Helene nahm sie in die Arme und kam sich ungeschickt dabei vor, ungeübt, weil in ihrer eigenen Familie nicht viel Körperkontakt üblich war. Fritz, erfuhr sie, hatte hohes Fieber, sehr hohes Fieber, eine Lungenentzündung stand zu befürchten.

Helene erschrak. Eine Lungenentzündung, das war fast immer ein Todesurteil, so viel wusste sie. Jeder wusste das, auch die Scholzens, die Helene ungewöhnlich gefasst vorkamen.

»Sein Leben ist in Gottes Hand«, sagte Herr Scholz. »Wie es das Leben von jedem ist, aber bei ihm zeigt es sich nun eben besonders offenkundig.«

Maries Mutter nahm es entschieden weniger fatalistisch. »Was auch geschieht, wir lassen diesen See zuschütten«, meinte sie. »Das hätten deine Eltern schon damals machen sollen, als deine Schwester darin ertrunken ist.«

»Sie haben den See gebraucht«, sagte Maries Vater. »Sie haben Karpfen darin gezüchtet.«

»Ja, aber wir züchten schon lange keine mehr.«

So warteten sie gemeinsam, und wann immer die schwere Mattglastür aufging und jemand in einem weißen Kittel herauskam, hoben sie die Köpfe, im Grunde in Erwartung der Nachricht von Fritzens Tod.

Zu Helenes Überraschung war es irgendwann ihr eigener Vater, der durch diese Tür kam. Wieso das? Er war doch Chirurg, was hatte er mit einem solchen Fall zu tun?

Vater schüttelte allen anteilnehmend die Hand, dann sagte er, an Herrn Scholz gewandt: »Ich kann Ihnen keine großen Hoffnungen machen. Nach unseren Erfahrungen wäre es ein Wunder, wenn Ihr Sohn diese Nacht aus eigener Kraft überlebt. Aber es gibt etwas, das wir versuchen könnten und meiner Meinung nach auch versuchen sollten, wenn Sie einverstanden sind. Und zwar handelt es sich um ein gänzlich neuartiges Medikament, das Bakterien mit einer bislang nie gekannten Wirksamkeit abzutöten imstande ist. Es heißt Penicillin. Ein britischer Wissenschaftler hat es entdeckt, ein Mann namens Fleming. In England selbst ist das Mittel noch in der Erprobungsphase und wird auch streng geheim gehalten, aber einer unserer Geheimdienste hat die Rezeptur ermittelt, und der Firma I. G. Farben ist es gelungen, das Penicillin herzustellen. Es Fritz zu geben ist natürlich mit einem Risiko verbunden, das muss Ihnen klar sein. Trotzdem bin ich überzeugt, dass wir in diesem Fall nichts zu verlieren, aber alles zu gewinnen haben.«

Einen schrecklichen Augenblick lang, während Helene zusah, wie Herr und Frau Scholz lange Blicke miteinander tauschten, fürchtete sie, sie könnten sich weigern, weil sie doch so fromm waren und der Überzeugung, dass ohnehin alles in Gottes Hand liege. Doch dann sagte Herr Scholz: »Versuchen Sie es. Wenn es Gottes Wille ist, dann kommt dieses Penicillin vielleicht gerade im richtigen Moment.«

Also bekam Fritz wenige Minuten darauf die erste Injektion des Mittels und nach einigen weiteren Stunden eine zweite.

Es wurde ein langer Abend. Helene blieb natürlich auch, nickte irgendwann auf der harten, unbequemen Holzbank ein. Tief in der Nacht kam ein Arzt, den sie noch nie gesehen hatte, und sagte leise: »Das Fieber sinkt. Ihr Sohn ist nach menschlichem Ermessen außer Gefahr. Sie können nach Hause gehen, wir halten Sie telephonisch auf dem Laufenden.«

Als sie am nächsten Nachmittag ins Krankenhaus kamen, war Fritz schon wieder bei Bewusstsein, wenn auch noch sehr müde und verschlafen. Am Tag darauf war er schon wieder fast so frech wie immer. Er hustete viel, viel Schleim auch, den er ausspucken musste, und meinte: »Ich spucke nach und nach mein Gehirn raus. Das war's jetzt mit der Schule.«

Zwei Wochen später, gerade rechtzeitig zu Weihnachten, kam er wieder nach Hause, und seine Hoffnung, dass es das mit der Schule gewesen sein könnte, erfüllte sich nicht. *Natürlich* könne er wieder in den Unterricht gehen, sobald dieser wieder anfange, meinte der Arzt.

Um Weihnachten herum bekam Helene von ihrem Vater eine dünne Mappe in die Hand gedrückt. »Ich dachte, vielleicht interessiert dich das«, meinte er. »Es geht um das Medikament, das den Bruder deiner Freundin gerettet hat.«

Helene schlug die Mappe auf. Eingeheftet war ein Bericht von etwa zehn Seiten Umfang, dicht gedruckt. *Ermittlungsfall Penicillin (bakterienabtötender Wirkstoff)* stand auf dem ersten Blatt.

»Bekommt ihr viele solcher Berichte?«, fragte sie und blätterte weiter.

»Ab und zu«, sagte er. »Die sind natürlich streng vertraulich. Erzähl niemandem davon. Auch nicht deiner Freundin.«

Helene nickte. Dass der Bericht vertraulich war, stand auf jedem Blatt, in der obersten Zeile und in der untersten noch einmal. Außerdem stand auf jeder Seite: *Nationales Sicherheits-Amt, Abt. Wirtschaftsaufklärung/Medizin.* Helene erinnerte sich dunkel, schon einmal von diesem Amt gehört zu haben, wusste aber nicht mehr, wo und wann, und es kam ihr auch nicht wichtig vor.

15

Seit seinem ersten Abenteuer, mit dieser Alice … wie hatte sie noch einmal mit Nachnamen geheißen? Es fiel ihm nicht mehr ein. Egal, jedenfalls, seit damals hatte Eugen Lettke es sich angewöhnt, am Morgen danach auszuschlafen. Den Wecker auszulassen, von selber aufzuwachen, liegen zu bleiben und in diesem köstlichen Halbschlaf zwischen Wachen und Träumen dem Erlebnis des Abends davor noch einmal nachzuspüren, alles noch einmal zu durchleben, in Ruhe, ohne die Anspannung, ob alles wie geplant gehen würde. Noch einmal die Erregung wachzurufen, die er empfunden hatte, das herrliche Gefühl der Macht – der Macht, die ihm das Wissen verlieh, genau, wie es über dem Eingangsportal des Amtes geschrieben stand! Weil er *wusste*, konnte er die Frauen zwingen, konnte alles von ihnen verlangen, mussten sie ihm gehorchen, obwohl sie es nicht wollten!

Ha, gestern! Er wälzte sich mit wohligem Lächeln herum. Mittendrin hatte ihr Telephon geklingelt. Ihr Ehemann, ein Handelsreisender, der gerade in Aachen war. Lettke hatte ihr befohlen, den Anruf anzunehmen und mit ihrem Mann zu reden, während er sie von hinten nahm. Wehe, sie verriet ihn mit einem Wort, hatte er ihr eingeschärft. Dann wäre sie schon im Lager, ehe ihr Mann zurückkam! Und so hatte sie sich anstrengen müssen, nicht zu verraten, was vor sich ging, nicht zu keuchen oder dergleichen, und um es noch spannender zu machen, hatte er es richtig klatschen lassen, so laut, dass ihr Mann es gehört und gefragt hatte, was denn los sei? Und ihr war tatsächlich eine Ausrede eingefallen, nämlich dass sie gerade ein Tischtuch auswaschen müsse, und das schnell, ehe der Fleck, den sie gemacht hatte, sich festsetze.

Was für ein Spaß!

Er räkelte sich, genoss die Schwere, die seinen Körper erfüllte. Die Wievielte war das nun gewesen? Er wusste es nicht. Er hätte nachzählen können, denn er verwahrte jeden Ausdruck mit dem jeweiligen belastenden Text in einer Mappe, die er hinten im Kleiderschrank versteckte. Nur als Erinnerung. Manche der Frauen machten sich Sorgen, er könnte wiederkommen und noch mehr verlangen, aber das tat er natürlich nicht. Er war schließlich ein Ehrenmann, auf seine Weise eben. Er löschte hinterher die Textstellen tatsächlich, die den Frauen gefährlich werden konnten, genau wie versprochen und abgemacht.

Gut, dadurch, dass er sie in gedruckter Form aufbewahrte, hätte er sie theoretisch auch jederzeit wieder einfügen können. Wenn er kein Ehrenmann gewesen wäre.

Ach, im Grunde spielte es keine Rolle, die Wievielte es gewesen war. Die Frauen würden ihm so schnell nicht ausgehen. Jeder Mensch hatte irgendwelche Leichen im Keller, jeder hatte irgendetwas zu verbergen.

Viel schwieriger war, die richtigen Frauen auszuwählen. Diejenigen zu finden, die sich auch dafür eigneten, seine Leidenschaft zu befriedigen. Vor drei Wochen zum Beispiel hatte er eine gehabt, die ausgesehen hatte wie eine brave Nonne, grau in grau gekleidet, hochgeschlossen, ungeschminkt … aber sie hatte ihm praktisch keinen Widerstand entgegengesetzt, abgesehen von einem minimalen Zögern am Anfang. Danach hatte sie beinahe begeistert mitgemacht, hatte ihn zwischendurch sogar gefragt, ob sie sich nicht öfter treffen könnten! Das hatte ihn so angeekelt, dass er mittendrin aufgehört hatte und gegangen war. Ihren Tagebucheintrag hatte er natürlich gelassen, wie er war.

Zeit, aufzustehen. Er schlug das Federbett zurück, schlurfte im Schlafanzug in die Küche. Seine Mutter stand am Herd, wie immer, eine kleine, verhutzelte Frau, ganz in Schwarz gekleidet. Ewig dieses Schwarz, wie ein großer Käfer sah sie aus. Er hatte sie noch nie anders gesehen, sein ganzes Leben nicht, würde sie vermutlich nicht mal erkennen, wenn sie einmal etwas anderes trüge.

»Bist du auf«, sagte sie mit unüberhörbarer Missbilligung. Sie sagte nicht *endlich*, aber man konnte deutlich heraushören, dass sie es *meinte*. Wenn er lange schlief, dann war sie überzeugt, dass ihr Sohn seine Pflicht vernachlässigte, und das war für sie schier unerträglich. Das tat der Sohn eines Kriegshelden nicht!

»Ist gestern spät geworden«, erwiderte Eugen Lettke gelassen, und dabei kam ihm das Bild wieder in den Sinn, wie er die Frau zurückgelassen hatte. Wie sie nackt auf dem zerwühlten Ehebett gelegen hatte, das Gesicht abgewandt, ihr Atem ein erschöpftes Schluchzen, und wie sie, als er gesagt hatte, dass er jetzt ginge, gemurmelt hatte: *Ich hoffe, du brichst dir den Hals.*

Und nun stand er wohlbehalten hier und kratzte sich unter dem Schlafanzug die behaarte Brust. Großartig.

»Ich mach dir Frühstück«, sagte seine Mutter. Er hatte ihr beigebracht, ihn an einem solchen Morgen in Ruhe zu lassen, anstatt ihn panisch zu wecken wie früher zu Schulzeiten. Das war gar nicht so schwer gewesen, er hatte nur damit drohen müssen, andernfalls auszuziehen. Was er natürlich nicht vorhatte – er wäre ja schön blöd gewesen. Was sollte er seine Zeit mit lästigen Haushaltsdingen verplempern, wenn es nicht sein musste?

Er ging ins Bad, stieg in die Wanne, zog den Vorhang vor und duschte. Das Wasser war erst nur lauwarm und wurde dann rasch kalt, aber das durfte einem deutschen Mann nichts ausmachen.

Als er wieder in die Küche kam, gewaschen, rasiert und frisch eingekleidet, stand das Frühstück auf dem Tisch: Getreidekaffee, Brot, Marmelade – und Butter dazu. Sehr gut. Da hatte es eine Weile Engpässe in der Versorgung gegeben. Erst neulich hatte er an einer Besprechung teilgenommen, in der Alois Frankenberger, der Leiter der Abteilung Wirtschaftsstatistik, die gegenwärtige Situation aufgeschlüsselt hatte: Deutschland war inzwischen die zweitstärkste Industrienation der Welt, dicht hinter den Vereinigten Staaten, aber mit nur einem Drittel von deren Bevölkerung und einem Bruchteil von deren Ressourcen – im Grunde fast ein Wunder und nur durch den durchdachten Einsatz von Komputern erklärlich, die eine straffere, rationellere Produktion und eine detailliertere Planung ermöglichten. Ohne Komputer, hatte Frankenberger klipp und klar gesagt, wäre die Versorgungslage wesentlich angespannter, und wahrscheinlich hätte man längst zum Mittel der Rationierung greifen müssen.

Während Lettke sich dick Butter aufs Brot strich, musste er grinsen. Ohne Komputer, dachte er, wäre es auch um die Versorgungslage für ihn und seine Leidenschaft schlecht bestellt gewesen!

Während er frühstückte, kam seine Mutter mal wieder mit ihrem Telephon an. Sie hielt es immer noch in Händen wie einen Fremdkörper, betätigte die Tasten so zögerlich, als stünde zu befürchten, dass ihr das Gerät in der Hand explodierte, wenn sie die falsche Taste drückte. »Eugen, du musst mir noch mal zeigen, wie ich damit einen Termin beim Doktor ausmache.«

Also zeigte er es ihr noch einmal. Oder besser gesagt, er ließ sie machen und gab ihr nur Anweisungen; so würde sie es vielleicht irgendwann mal kapieren. Es war nur ein *Votel*, das er ihr schon vor über einem Jahr gekauft hatte, aber sie hatte sich lange geweigert, es überhaupt zu benutzen. Mittlerweile nahm sie es zumindest ab und zu mit, wenn sie das Haus verließ, aber meistens zahlte sie trotzdem immer noch mit der Karte.

»Und jetzt ist der Termin ausgemacht?«, vergewisserte sie sich, als die entsprechende Meldung kam. Sie schaute auf den Bildschirm hinab wie auf einen Feind.

»Ja«, sagte er. »Montagnachmittag um drei.«

Sie rümpfte die Nase, ließ den Bildschirm nicht aus den Augen. »Ich verstehe nicht, wieso ich nicht einfach dort anrufen kann. So wie früher.«

»Weil«, erklärte Eugen Lettke, »dein Doktor Mohl keine Sprechstundenhilfe mehr hat. Und nicht selber ans Telephon gehen kann, wenn er gerade einen Patienten behandelt. Was er ja praktisch andauernd tut.«

»Aber warum hat er keine Sprechstundenhilfe mehr?«

»Weil das Reich ihre Arbeitskraft anderswo dringender braucht, nehme ich an.«

Seine Mutter seufzte. »Das war so eine Nette, die Rosi. So eifrig auch. Hat immer an alles gedacht.«

Er hob die Schultern. »Siehst du? Solche Leute kann man überall brauchen.«

»Na gut«, meinte seine Mutter seufzend. »Das ist eben die neue Zeit.« Sie wandte sich ab, zog die große Küchenschublade auf, in der sie allen möglichen Krimskrams aufbewahrte und die seit Menschengedenken quietschte, legte das Telephon hinein und holte etwas anderes heraus, das er nicht identifizieren konnte.

»Du musst mir auch sagen, was ich damit machen soll«, meinte sie und legte es vor ihn auf den Tisch.

Als er sah, was es war, verschluckte sich Eugen Lettke, musste husten und rasch Kaffee nachschütten, um nicht an Brotkrumen zu ersticken.

»Mutter!«, rief er dann aus. »Bist du wahnsinnig?«

Das, was da vor ihm lag, war ein Haufen Bargeld, bestimmt über tausend Reichsmark!

* * *

»Wie redest du denn mit deiner Mutter?«, empörte sie sich.

Lettke schob Kaffeetasse und Teller beiseite, nahm das Geld, zählte nach. »Eintausenddreihundertsiebzig Reichsmark. Mutter – das liegt über jedem Betrag, bei dem die Behörden noch einmal ein Auge zudrücken! Wenn jetzt ein Polizist durch die Tür käme, müsste er dich sofort mitnehmen, und du kämst für mindestens zwei Jahre ins Gefängnis.«

»Ich zeig es doch nur dir«, meinte sie unbeeindruckt.

»Wieso hast du das Geld nicht damals zur Bank gebracht, wie es vorgeschrieben war?«

Sie warf die mageren Hände in die Höhe. »Ja, du meine Güte! Ich hab es halt vergessen! Das war ein Notgroschen, der bei den Sachen deines Vaters versteckt war. Ich hab es gestern wiedergefunden.«

In dem alten Kram, den sie aufbewahrte, als seien es Heiligtümer. »Scheiße!«, sagte Lettke, griff nach dem Kaffeepott, stellte ihn aber wieder weg. Ihm war der Appetit vergangen. »Pferdescheiße!«

»Da ist doch jetzt überall diese Werbung, dass man Kleidung spenden soll, für die Winterhilfe, für die Volkswohlfahrt …«, erzählte seine Mutter, als habe er gar nichts gesagt.

»Wer will denn das uralte Zeug?«, knurrte er.

Das mit dem Bargeld war ein echtes Problem. Überhaupt, die Abschaffung des Bargelds. Das hatte damals so gut geklungen – Bekämpfung des organisierten Verbrechens, der Schwarzarbeit, der Korruption und so weiter. Aber das hatte alles nicht funktioniert. Die Verbrecher waren einfach auf andere Zahlungsmittel ausgewichen, auf Dollars, Pfund oder gleich auf Gold, und was Korruption und Schwarzarbeit anbelangte, war es nun so, dass jemand, der Bargeld annahm, damit ja praktisch nichts anderes anfangen konnte, als seinerseits jemanden zu bestechen oder für Schwarzarbeit zu bezahlen. Die staatlichen Maßnahmen hatten also nur einen besonders gut funktionierenden Schwarzmarkt geschaffen, in dem nach den Unterlagen der Reichsbank immer noch über eine Milliarde Reichsmark unterwegs waren.

Nur dass man für Geldeinlagen auf der Bank keine jüdischen Zinsen mehr bekam, sondern noch Aufbewahrungsgebühr bezahlen musste: *Das* funktionierte.

»Am besten wäre es, du würdest das Geld im Ofen verbrennen«, meinte er, aber als seine Mutter daraufhin nach Luft schnappte, raffte er die Scheine zusammen, steckte sie ein und sagte: »Also gut. Ich schau mal, was ich erreiche.«

* * *

Bei allen Vorteilen, die ihm seine Stellung beim NSA bot, hatte sie doch auch Nachteile, die ihm aber erst jetzt zu Bewusstsein kamen, als er in der Bank vorstellig wurde und den Direktor zu sprechen verlangte: *Niemand kannte dieses Amt!* Wäre er von der Geheimen Staatspolizei gekommen, alle Türen hätten sich ihm geöffnet – seinen NSA-Ausweis vorzulegen dagegen trug ihm nur skeptische Blicke ein. In welcher Angelegenheit er den Herrn Direktor denn zu sprechen wünsche? Das könne er nicht sagen, es handle sich um eine vertrauliche Sache. Hmm, ja, in dem Fall müsse er sich am besten per Elektropost oder Telephon an das Sekretariat des Herrn Direktor wenden und um einen Termin bitten, anders ginge es nicht, das müsse er verstehen. Der Herr Direktor sei *sehr* beschäftigt.

Immerhin gelangte er schließlich in das Bureau eines Abteilungsleiters, der sich bemühte, ihn spüren zu lassen, was für eine außergewöhnliche Gnade es darstellte, dass er ihm einige Minuten seiner Zeit zu widmen bereit war.

»Mein Name ist Eugen Lettke, NSA«, eröffnete Lettke das Gespräch, zog die Geldscheine heraus und legte sie vor den Mann auf den Schreibtisch. »Und ich bin hier in einem Fall vergessenen Bargelds, das unvermutet aufgetaucht ist.«

Der Mann auf der anderen Seite rückte mit seinem Sessel ein Stück zurück, als wolle er so viel Distanz wie möglich zwischen sich und die alten Reichsmark-Scheine bringen. Man mochte kaum glauben, dass seine Laufbahn einst zweifellos damit begonnen haben musste, mit derartigen Scheinen zu hantieren.

»Das ist ein Problem«, sagte er.

»Deswegen bin ich hier«, sagte Lettke. »Um es zu lösen.«

Der Mann, der ziemlich mager war und ein eingefallenes Gesicht hatte, rezitierte die Regelungen, die für einen solchen Fall galten und die im Wesentlichen darauf hinausliefen, dass nach dem Stichtag vorgelegtes Bargeld ersatzlos einzuziehen und der Vorlegende der Polizei zu melden war.

»Ein Mann in Ihrer Position hat doch aber zweifellos einen gewissen Ermessensspielraum«, sagte Lettke, als der andere seinen Sermon abgespult hatte. »Wenn Sie entscheiden sollten, das Geld, das die Witwe eines Kriegshelden in dessen Hinterlassenschaft gefunden hat, ihrem Konto gutzuschreiben – wer wollte Sie daran hindern?«

Der Mann bekam große Augen. »Also, hören Sie … so einfach, wie Sie sich das vorstellen, ist das auch wieder nicht …«

»Da haben Sie zweifellos recht«, erwiderte Lettke, zückte sein Notizbuch und einen Stift. »Aber ist es nicht so, dass wir alle, die wir in höheren Positionen tätig sind, unsere Ermessensspielräume haben? Das Nationale Sicherheits-Amt zum Beispiel, für das ich arbeite, überwacht sämtliche Datenbestände des Reiches – natürlich auch die Zahlungsdaten. In meinem Ermessen steht etwa, anzuordnen, dass sämtliche Zahlungen, die eine beliebige Person getätigt oder erhalten hat, nach Unregelmäßigkeiten durchsucht werden. Das erledigt ein Komputer, das heißt, es geht sehr schnell, und sollten irgendwelche Geldbewegungen dabei sein, von denen, sagen wir, die Ehefrau nichts wissen soll oder die Firma des Betreffenden oder die Behörden, dann tauchen die dabei zuverlässig auf …« Er beugte sich vor, inspizierte das Namensschild aus Messing, das vor ihm auf dem Schreibtisch stand, und schrieb den eingravierten Namen in sein Notizbuch. »E. Schneider – wofür steht das E, wenn ich fragen darf?«

»Ernst«, sagte sein Gegenüber und schluckte.

»Ernst Schneider«, wiederholte Lettke und notierte weiter: »Kreditabteilung.«

Sie arrangierten sich. Es bedurfte einiger Formulare, die Eugen Lettke unterschreiben musste, und eines Dutzends Datenmasken, die es auszufüllen galt, dann war das gefundene Geld dem Konto von Frau Eusebia Lettke gutgeschrieben, und die Geldscheine konnten ihrer fachgerechten Vernichtung zugeführt werden.

Als Lettke die Bank wieder verließ, tat er es gleichzeitig mit einer überaus eleganten, vornehm gekleideten Dame, die ihn keines Blickes würdigte, auch nicht, als er ihr die Tür aufhielt. Ihr Telephon am Ohr, stolzierte sie an ihm vorbei, schritt die Treppen hinab, um unten nach einer Taxe zu winken. Sie hatte leuchtend fuchsrotes Haar und vornehm blasse Haut, trug teuren Schmuck, und was sie von ihren langen Beinen sehen ließ, war unbedingt sehenswert. Ihre ganze herablassende Art, wie sie mit dem Taxifahrer sprach und wartete, bis er ihr die Tür geöffnet hatte, ließ sie wie eine Adlige wirken.

Lettke war am Straßenrand stehen geblieben und sah dem davonfahrenden Automobil nach. So ein Weib mal zu knacken! So eine mal als stöhnendes, schwitzendes Bündel vor sich, unter sich zu haben! Die bloße Vorstellung erregte ihn. Er sah an sich herab. Gut, dass er einen Mantel trug.

»Und warum eigentlich nicht?«, murmelte er. Die Idee belebte ihn. Es tat gut, sich die Ziele höherzustecken!

Er durchdachte seine Möglichkeiten. Der erste Schritt war natürlich, unauffällig herauszufinden, um wen es sich bei der Frau gehandelt hatte. Das wiederum, sagte er sich, war leicht: Sie war um eine bestimmte Uhrzeit aus der Bank gekommen – er sah rasch nach: die Uhr zeigte 11 Uhr 26 – und hatte dabei telephoniert. Das hieß, ihr Telephon musste eingeschaltet und bei dem der Bank nächstgelegenen Funkturm angemeldet gewesen sein, ferner musste zu dieser Zeit eine Gesprächsverbindung mit irgendjemandem bestanden haben. Dann war sie in eine Taxe gestiegen: Das würde einen Geldfluss nach sich ziehen, der ebenfalls erfasst wurde.

Mit anderen Worten: Die Frau war eindeutig identifizierbar.

Auf einmal hatte er es eilig, ins Bureau zu kommen.

Als er dort eintraf, fand er es von einer seltsamen Unruhe erfüllt vor. »Was ist denn los?«, fragte er Hansen. »Ist jemand gestorben?«

Piet Hansen schüttelte den Kopf. »Nee. Aber du sollst zum Chef kommen.«

»Zum Chef?« Ein leiser Schreck durchfuhr Lettke, aber er ließ es sich nicht anmerken. »Zu A?«

»Nee. Nich' zum großen Chef. Zu *unserm* Chef.«

»Zu Könitzer?«

»Jo.«

Lettke hängte seinen Mantel an den Haken. »Sag das doch gleich.«

Willi Könitzer war der Leiter ihrer Abteilung, ein drahtiger Enddreißiger, den man für einen kantigen, durchsetzungsstarken Kerl hielt, bis er das erste Mal den Mund aufmachte und mit seiner säuselnden Stimme den markigen Eindruck wieder zunichtemachte. Lettke hatte bisher wenig mit ihm zu tun gehabt; die meiste Zeit verkroch Könitzer sich in seinem Bureau und ließ seine Leute nach eigenem Gutdünken schalten und walten.

Was Lettke nur recht war.

»Sie verschlafen arg oft in letzter Zeit«, säuselte Könitzer, als er ihm gegenübersaß.

Das war schlechterdings nicht zu leugnen. Könitzer hatte seine, Lettkes, An- und Abmeldezeiten auf dem Schirm.

»Ja, das ist mir langsam auch peinlich«, räumte Lettke ein und bemühte sich, zerknirscht zu wirken. »Ich muss mir wohl dringend einen neuen Wecker kaufen. Heute kam hinzu, dass meine Mutter ein dringendes Problem hatte und ich deswegen zur Bank musste.«

»Was für ein Problem, wenn ich fragen darf?«

»Sie hat in den Sachen meines verstorbenen Vaters einen größeren Betrag in bar gefunden.« Ab und zu war es nötig, die Wahrheit zu sagen, für den Fall, dass ihn ebenfalls jemand überwachte. Die Gutschrift auf dem Konto seiner Mutter mochte auffallen und Fragen nach sich ziehen, denen er besser zuvorkam. Also erzählte er kurz, worum es gegangen war.

»Ah«, machte Könitzer und nickte gewichtig mit dem Kopf. »Schwierige Sache. Gut, dass Sie sie lösen konnten.« Er faltete die Hände, sammelte sich. »Da ist noch eine schwierige Sache. Deswegen habe ich Sic herbestellt. Damit Sie die auch lösen.«

»Ich bin ganz Ohr«, sagte Lettke, erleichtert, dass es offenbar nicht um eine Standpauke ging.

»Das SD-Hauptamt hat bekanntlich Agenten in den

USA«, begann Könitzer. »Diesen Agenten ist es heute Nacht geglückt, ein wichtiges Datensilo in Washington anzuzapfen, über das offenbar ein großer Teil des Elektropostverkehrs an der Ostküste läuft. Wir sind in diese Aktion insofern involviert, als wir den Auftrag aus Berlin haben, die hierdurch zugänglich gewordenen Daten und Dokumente so schnell wie möglich und so unauffällig wie möglich herüberzukopieren. Außerdem sollen wir neu entstehende Daten nachholen, solange der Zugang erhalten bleibt, und den Elektropostverkehr überwachen und auswerten.«

»Puh«, sagte Lettke. Das war eine gewaltige Sache!

»Teichmann und die Völkers sitzen schon zusammen, um abzuklären, wie vorzugehen ist. Da Sie am besten Englisch sprechen, will ich, dass Sie an der Sache mitarbeiten.« Könitzer räusperte sich. »Dass alles von höchster Dringlichkeit ist, brauche ich wohl nicht eigens zu betonen.«

»Nein, das ist klar«, sagte Lettke. Das war eine Aufgabe, bei der sie besser nicht versagten, wenn sie nicht den Unwillen von Heydrich höchstpersönlich auf sich ziehen wollten – und das wollte niemand.

Es dauerte bis spät in die Nacht, bis sie endlich so weit waren, mit dem Kopieren der Daten zu beginnen, und während sie gebannt auf die Bildschirme starrten und hofften, dass der Datenverkehr über die transatlantischen Leitungen tatsächlich unbemerkt blieb, fragte sich Lettke, ob er an diesem Tag überhaupt irgendetwas gegessen hatte. Er konnte sich nicht erinnern. Andererseits standen etliche leere Teller herum, die genau so aussahen wie die, auf denen die Kantine belegte Brote servierte.

War ja auch egal.

»Es funktioniert«, stellte Rosemarie Völkers mit rauer Stimme fest.

»Ja«, meinte auch Paul Teichmann, der Spezialist für Verbindungstechnik. »Jetzt können wir nur noch warten und die Daumen drücken, dass es so bleibt.«

»Wir?« Die Chefin der Programmierabteilung stand auf. »Das ist Ihre Aufgabe. Meine ist getan, die Programme laufen. Gute Nacht.« Sprach's und trippelte davon.

Lettke schrieb seine Telephonnummer auf ein Stück Papier und schob es Teichmann hin. »Rufen Sie mich an, falls was sein sollte. Ich lass mein Telephon über Nacht an.«

Aber er ging noch nicht gleich, sondern kehrte erst noch einmal in sein Bureau zurück, schaltete den Komputer noch einmal ein. Die vornehme Rothaarige wollte ihm nicht aus dem Kopf gehen, und er war gerade so schön in Übung. Er rief die Telephondaten auf, dann die Bankdaten, blätterte hin und her, spielte mit den Suchoptionen herum …

Doch schließlich musste er kapitulieren. Egal, wie er die Daten eingrenzte, es blieben immer viel zu viele übrig, als dass er die Frau hätte in Handarbeit identifizieren können. Um herauszufinden, wem er da heute begegnet war, hätte es einer Abfrage benötigt, die die Besitzer aller heute um 11 Uhr 26 herum im Umkreis der Bank eingewählten Telephone mit allen in einem gewissen Zeitraum danach getätigten Zahlungen an Weimarer Taxiunternehmen abglich. Und eine solche Abfrage konnte nur eine Programmstrickerin erstellen.

Eine, die keine Fragen stellte. Eine wie Fräulein Brunhilde. Bloß war die nicht mehr im Amt. Sie hatte vor einiger Zeit nach Köln geheiratet und arbeitete jetzt für eine dort ansässige Versicherung.

Einer der anderen Programmiererinnen würde er eine glaubwürdige Geschichte erzählen müssen, warum er diese Frau finden musste. Und ihm wollte keine solche Geschichte einfallen.

Seufzend schaltete er den Komputer aus, vergrub das Gesicht in den Händen und blieb erst mal so sitzen. Ließ noch einmal vor seinem inneren Auge ablaufen, wie diese Frau an ihm vorbeischwebte, das feuerrote Haar hell aufleuchtend in einem Sonnenstrahl, der durch eines der Fenster über dem Portal in die Halle drang … ihre eleganten Beine in kostbar schimmernden Strümpfen und hochhackigen Schuhen …

Und wenn er es *lernte*? Er richtete sich auf, sah den dunklen Bildschirm vor sich an und war auf einmal von wilder Entschlossenheit erfüllt. Wieso, dachte er trotzig, sollte es so sein, dass nur Frauen richtig programmieren konnten? Das war doch bestimmt nur so ein blödes Vorurteil!

Andersherum gab es das doch auch: Frauen, die sich in Bereichen bewährten, die als Männerdomänen galten. Erst neulich hatte er einen Artikel über Fliegerinnen gelesen, über Hanna Reitsch, die erste Flugkapitänin, und Melitta Schenk Gräfin von Stauffenberg, die als Flugingenieurin arbeitete. Oder Leni Riefenstahl, die sich nicht nur in der ansonsten von Männern bevölkerten Filmwelt behauptete, sondern als die bedeutendste Fernsehproduzentin überhaupt galt. Also – warum sollte umgekehrt ihm die Kunst des Programmierens verschlossen bleiben, nur weil er ein Mann war?

Er musste sich nur überlegen, wie er es anstellen konnte, ohne dass jemand etwas davon mitbekam.

Erstens, weil die Frage aufkommen würde, wozu er das können wollte.

Und zweitens … nun, es musste ja nicht sein, dass die Kollegen anfingen, insgeheim an seiner Männlichkeit zu zweifeln.

16

Das Maifest ließen sich Helene und Marie nie entgehen, wobei die Initiative für gemeinsame Unternehmungen immer von Marie ausging, die ab und zu ganz gern durch die Gegend zog. Helene dagegen hatte das Gefühl, immer ungeselliger zu werden. Wieso kriegte sie nie mit, wenn irgendwo ein Fest veranstaltet wurde? Nachher fiel ihr immer ein, dass sie davon in ihrem Nachrichtenfluss gelesen hatte, aber irgendwie schien sie dazu zu neigen, solche Dinge zu *über*lesen.

Dabei ging sie gern mit, wenn Marie etwas vorschlug, denn das wurde fast immer amüsant.

Auch an diesem Maisonntag war es so. Blasmusik schepperte über die Festwiese, der Himmel war strahlend blau, und Hunderte stolzer Fahnen flatterten in einem warmen, stetigen Wind. Es roch nach Bratwürsten, Erbsensuppe und gebackenen Mandeln – und natürlich nach Bier. Um zu feiern, dass der Führer Böhmen und Mähren heim ins Reich geholt hatte, und Pilsen, die Urstadt der Braukunst, nun deutsch war, gab es das Bier heute zum Sonderpreis.

Und die vielen Leute! Ein Gewühle, Gewimmel, Geschiebe zwischen den langen Tischen, von denen die Hälfte unter luftigen Zelten stand. Das Bier leuchtete herrlich in den gläsernen Krügen, und die Stimmung war von Begeisterung geprägt: Endlich ging es aufwärts mit Deutschland! Der Führer hatte bewiesen, dass er wahre Wunder zu vollbringen imstande war. Hatte er nicht die vermeintlichen Großmächte am Nasenring herumgeführt wie einen Tanzbären in der Manege?

Anders als Helene fiel es Marie leicht, mit wildfremden Leuten Gespräche anzufangen, und so kam auch Helene ab und zu dazu, mit jemandem zu reden, den sie noch nicht kannte. Freilich nicht so wie Marie, die manchmal regelrecht zu flirten schien – ein Eindruck, der täuschte, denn natürlich dachte sie keine Sekunde daran, ihrem Otto etwa untreu zu werden. Die beiden waren inzwischen verlobt, und die Hochzeitspläne standen auch schon fest: Eine Woche nach Maries achtzehntem Geburtstag würden sie vor den Traualtar treten.

Übrigens wollte Otto später noch hinzukommen, spätestens, wenn der Tanz begann. Er hatte nur noch auf dem Hof zu tun, und Marie hatte ihm, als er deswegen angerufen hatte, gesagt, das sei ihr ganz recht, dann hätten sie eben noch einen Mädelsnachmittag.

Der begann damit, dass sie sich endlich jede ein Damenglas Bier besorgten – hier fragte niemand nach ihrem Alter, und ihren Eltern würde Helene hier auch nicht begegnen – und dann damit nach einem freien Platz suchten.

Helene erspähte einen ganz freien Tisch, von dem gerade eine Gruppe aufgestanden war.

»Quatsch«, meinte Marie. »Da sitzen wir ja ganz alleine.«

Sprach's und steuerte einen Tisch an, an dem eine Gruppe fideler junger Männer in Studentenkluft saß. Ob sie noch Platz für zwei Damen hätten, fragte sie, worauf die Männer bereitwillig beiseiterückten, sodass sie sich noch dazuquetschen konnten. Die Studenten lachten, aber sie sahen dabei nur Marie an, die heute strahlend schön war und in Helenes Augen aussah wie die Erdmutter selbst.

Was sie denn studierten, wollte Marie wissen. Geschichte, sagten die Studenten, in Jena. Sie waren nicht alle im selben Semester, aber sie hatten alle ihre Einberufung erhalten und feierten ihre »letzten Tage als Zivilisten«, wie einer es ausdrückte.

Ein blonder Bursche mit Kinnbart widersprach: »Die letzten Tage vor unserem Übergang ins Heldendasein!«

»Mir hätten sie ruhig noch drei Monate geben können«, meinte ein dritter, ein schlaksiger junger Mann mit leuchtend lavendelblauen Augen, der seine glänzend schwarzen Haare mit einem Gummi zu einem winzigen Pferdeschwanz gebunden trug: Der war nicht länger als ein kleiner Finger, verwandelte ihn aber in eine außergewöhnliche Erscheinung.

»Wieso?«, hakte Marie nach. »Was hättest du in den drei Monaten gemacht?«

»Meine Abschlussarbeit vollendet«, erwiderte er, hob sein Bierglas und prostete ihnen beiden zu. »Auf eine Perle der Erkenntnis, die nun halb fertig auf meinem Komputer verharrt und, sollte ich, Arthur Freyh, den Heldentod finden, unvollendet und damit der Menschheit vorenthalten bleiben wird.«

Seine Kameraden prosteten mit, stießen im Chor ein traurig-schauriges Geheul aus und tranken – offenbar ein Ritual, von dem Helene noch nie gehört hatte. Sie und Marie hoben ihrer Gläser ebenfalls, tranken einen Schluck, dann fragte Marie: »Und worum geht's in dieser Arbeit?«

Helene staunte immer, wie sie das machte. Fragte einfach und fragte, ohne jede Scheu, aber niemand schien sich dadurch ausgefragt zu fühlen. Im Gegenteil, die meisten schienen gern von sich zu erzählen und Marie ihre privatesten Dinge anzuvertrauen.

Es waren immer so einfache, so naheliegende Fragen. Und trotzdem wären sie Helene im Leben nicht eingefallen.

»Meine Arbeit«, erklärte Arthur mit dem stutzerhaften Pferdeschwänzchen, »ist etwas, das man ›spekulative Geschichte‹ nennt. Die Grundidee dieser Art von Arbeit ist, dass man die Bedeutung eines bestimmten historischen Ereignisses erst dadurch richtig einschätzen kann, wenn man herausarbeitet, was passiert wäre, wenn es nie stattgefunden hätte. Eine unter Akademikern nicht ganz unumstrittene

Methode, aber wenn du mich fragst, sind die meisten Akademiker ohnehin verknöcherte Beamte ohne einen einzigen Funken Phantasie.«

Marie furchte die Stirn, wie sie es immer tat, wenn sie nachdachte. »Heißt das, du überlegst dir, was wäre, wenn zum Beispiel Kolumbus Amerika nicht entdeckt hätte?«

Arthur winkte ab. »Ja, bloß ist das jetzt ein Thema, über das erstens schon viele geschrieben haben und das zweitens unergiebig ist. Ich meine, Amerika war ja da – wäre Kolumbus im Hafen geblieben, hätte es eben irgendjemand anders entdeckt. Das gibt nicht so viel her. Interessant wird's erst bei Ereignissen, die von den meisten in ihrer Bedeutung unterschätzt werden.«

»Und so eins hast du gefunden?«

»Genau«, sagte er und nahm einen tiefen Schluck.

Marie sah Helene an und fragte mit gespieltem Ernst: »Wollen wir eigentlich wissen, was für ein Ereignis das ist?«

Diese Art Spiel spielten sie nicht das erste Mal. Helene blies die Backen auf, zuckte mit den Schultern und meinte: »Ich weiß nicht …«

»Nicht wahr?« Sie beugte sich zu ihm und erklärte: »Du musst uns nicht erzählen, was es ist. Ich glaube, das interessiert uns gar nicht.«

Arthur grinste. Seine Kameraden ebenso. »Ich hab das noch niemandem erspart, der danach gefragt hat, also müsstet ihr jetzt schon aufstehen und die Flucht ergreifen, um zu verhindern, dass ich es euch sage.«

»Hach«, machte Marie und seufzte. »Wenn es nicht so schwer wäre, einen anderen Platz zu finden … Also gut. Sag's uns. Wir werden es tapfer ertragen.«

»Gut, also«, begann Arthur und schob das Bierglas ein Stück von sich weg, um genug Platz zu haben, seine Hände professorenhaft verschränken zu können. »Die Frage, die ich mir gestellt habe, ist folgende: Was wäre, wenn Sir Charles Babbage seine Analytische Maschine *nicht* gebaut hätte? Wie sähe die Welt dann heute aus?«

Marie hob die Brauen. »Und? Wie sähe sie aus?«

Helene wunderte sich. Marie schaltete sonst immer schnell ab, wenn Helene vom Programmieren erzählte oder von Komputern.

»Ja, wie sähe sie aus?«, hob Arthur an. »Den meisten Leuten ist nicht klar, dass das Vorhandensein der Analytischen Maschine ganz viele andere Entwicklungen angestoßen hat – nicht nur wissenschaftliche, sondern auch technische und sogar politische. Hätte sich das Britische Empire zu einer Weltmacht entwickeln können ohne all die Rechenmaschinen in britischen Banken und Versicherungen? Schwer zu sagen. Immerhin hatten sie die Vormacht auf den Weltmeeren. Vermutlich wäre das Empire trotzdem entstanden, aber wesentlich stärker militärisch geprägt gewesen. Hätten wir heute schon Komputer? Sicher nicht. Wahrscheinlich hätten wir noch nicht einmal Fernsehen.«

»Aber warum hätte er sie nicht bauen sollen?«, warf Helene ein.

Arthur sah sie an, schien erst jetzt ihre Anwesenheit überhaupt zur Kenntnis zu nehmen. »Wie meinst du das?«

»Na, Babbage war zu seiner Zeit ein bedeutender Wissenschaftler«, zählte Helene auf. »Und er hatte diese Idee. Warum hätte er sie nicht verwirklichen sollen?«

»Oh, es hätte zum Beispiel am Geld scheitern können«, meinte Arthur. »Ich bin auf einen Bericht gestoßen, wonach das Projekt im Jahre 1842 auf der Kippe stand. Den Vorläufer der Analytischen Maschine, die Differenzmaschine, hat Babbage zwischen 1820 und 1822 auf eigene Kosten gebaut, aber nur, um von der Regierung die Finanzierung einer größeren Differenzmaschine bewilligt zu bekommen.«

»Was ja auch gelang«, sagte Helene.

»Ja. Aber 1837 hatte er die Idee zu einer viel allgemeineren Maschine, eben der Analytischen Maschine, und hat das Projekt Differenzmaschine vernachlässigt. Es kam zum Streit mit der Regierung, die schon eine Menge Geld investiert hatte – Millionen Mark nach heutigen Maßstäben –, ohne irgendein Ergebnis zu sehen. Und so kam es 1842 zu einer Abstimmung, ob man die Finanzierung einstellen sollte. Sie ging zugunsten Babbages aus – aber nur knapp. Was, so frage ich, wenn sie anders ausgegangen wäre?«

»Dann hätte sie jemand anders gebaut. So, wie jemand anders Amerika entdeckt hätte, wenn Kolumbus es nicht getan hätte.«

»Eine Maschine, die aus fünfundfünfzigtausend hochpräzisen Teilen bestand, drei Meter hoch und neunzehn Meter lang war?«

»Es haben ja auch andere Leute Differenzmaschinen gebaut aufgrund der Konzepte von Babbage.« Ein Teil von Helene wunderte sich, wie stark sie auf einmal aus sich herausging, aber er war nicht stark genug, um sie zu stoppen. »Es lag in der Luft, behaupte ich. Das sieht man doch schon daran, dass Lady Ada die grundlegenden Programmierprinzipien entwickelt hat, sobald sie mit Babbage in Kontakt gekommen ist und er ihr das Konstruktionsprinzip erklärt hat. Sie hat nicht einmal eine funktionierende Maschine gebraucht, und ihr Programm zur Berechnung der Bernoulli-Zahlen hat später trotzdem auf Anhieb funktioniert.« Sie schüttelte heftig den Kopf. »Es war zwangsläufig. Das Zeitalter des Komputers *musste* damals beginnen.«

»Das bestreite ich«, hielt ihr Arthur entgegen.

»Und auch alles andere musste so kommen«, fügte Helene hinzu. »Wie schon Babbage in seiner Autobiographie geschrieben hat: ›Sobald die *Analytical Engine* existierte, musste sie notwendigerweise der Wissenschaft die zukünftige Richtung weisen.‹ Weil das Konzept da war. Das hat schon genügt, damit zum Beispiel jeder, der irgendwie an der Entwicklung der Elektrizität beteiligt war, sich sofort die Frage gestellt hat, wie sich daraus eine verbesserte Analytische Maschine entwickeln ließe. Mit anderen Worten, ein Komputer.«

Sie hatte alles um sich herum vergessen – das Fest, Marie, die anderen Studenten, den Sonnenschein, alles. Es gab nur noch sie und diesen Arthur mit seinen Behauptungen, die sie so einfach nicht stehen lassen konnte.

»Du hast ja recht«, räumte er ein. »Aber eben darum ist die Frage wichtig, was gewesen wäre, wenn. Wenn Babbage gescheitert wäre, egal aus welchem Grund. Ich denke, dass erst mal alles in Vergessenheit geraten wäre –«

»Wissenschaftliche Arbeiten geraten doch nicht einfach so in Vergessenheit!«

»Damals schon. Und wie gesagt, Akademiker verknöchern ziemlich schnell. Die hätten die Idee der *Analytical Engine* einfach als undurchführbar abgeheftet, gleich neben das Perpetuum Mobile, und sich nie wieder Gedanken darüber gemacht.«

Jemand rüttelte Helene an der Schulter. Es war Marie, und Otto war auf einmal auch da, und Musik spielte. Marie meinte: »Wir gehen mal tanzen, ja?«

»Ja, klar«, erwiderte Helene geistesabwesend. »Geht nur.«

»Nur ein Beispiel«, sagte Arthur, als sie weg waren. »Den größten Entwicklungsschub hat der Komputer bekanntlich während des Weltkriegs erlebt. Vorher waren die meisten Geräte nur Spielereien, den mechanischen *Analytical Engines* hoffnungslos unterlegen, und das Weltnetz nur ein Laborversuch einiger besonders verrückter Universitäten. Dann kam der Krieg, der Vater aller Dinge, man hat Komputer eingesetzt für Waffensteuerungen, für verschlüsselte Kommunikation, zur Optimierung der Waffenproduktion und so weiter, und als der Krieg vorbei war, waren die Komputer im Wesentlichen schon die hochleistungsfähigen Geräte, die sie heute sind. Man konnte sie Arbeiten erledigen lassen, die vor dem Krieg nur Menschen hätten machen können. Das Ergebnis? Eine gewaltige Arbeitslosigkeit, daraus resultierende Verelendung und Unzufriedenheit und so weiter und so weiter.« Er beugte sich zu ihr über den Tisch und flüsterte ihr ins Ohr: »Hätte es keine Komputer gegeben, wäre Hitler vielleicht niemals an die Macht gekommen. Was sagst du zu dieser These?«

Helene sah ihn an, völlig überrascht von dem männlich-herben Duft, der von ihm ausgegangen war. »Was?«, machte sie.

Er setzte sich wieder hin, zuckte mit den Achseln. Seine blauen Augen leuchteten wie magisch. »Eine ziemlich kühne These, das ist mir klar. Und auch keine, die man aufschreiben sollte. Aber sie hat etwas, finde ich. Charles Babbage als Wegbereiter.«

»Die Arbeitslosigkeit in der Republik hatte doch ganz andere Ursachen«, sagte Helene. »Die war eine Folge der Weltwirtschaftskrise.«

»An der die Börsenkomputer natürlich *völlig* unschuldig waren.«

Helene stutzte. Darüber hatte sie noch nie nachgedacht. Und sie hatte die jüngere Geschichte nicht detailliert genug präsent, um dagegen argumentieren zu können.

In diesem Moment kamen Arthurs Kameraden von der Tanzfläche zurück, fielen lachend und lärmend am Tisch ein und erzählten von einem Mann, der so betrunken war, dass er es nicht mehr schaffte, seine Geldkarte aufzuheben, die ihm zu Boden gefallen war. Dann mahnten sie zum Aufbruch, wegen irgendeiner Verabredung, die sie noch hätten, worauf

Arthur »Ach so, ja« sagte, seinen Bierkrug vollends leerte und aufstand.

Vorbei. Helene sank in sich zusammen, wurde wieder unsichtbar, die unwesentliche Nebenfigur, als die sie sich seit jeher fühlte.

Doch plötzlich – die Studenten waren schon dabei, das Zelt zu verlassen – machte Arthur noch einmal kehrt, kam zu ihr zurück und sagte, sich vor ihr auf die Tischplatte stützend: »Ich habe gar nicht gefragt – ich würde gern wissen, mit wem ich das Vergnügen hatte, so eloquent zu diskutieren?«

»Helene«, erwiderte sie ganz verdattert. »Helene Bodenkamp.«

»Bodenkamp? Bist du verwandt mit dem berühmten Chirurgen?«

»Mein Vater.«

»Ah.« Er lächelte, richtete sich auf, deutete eine Art affigen Hofknicks an und sagte: »Freyh. Arthur Freyh. War mir eine Freude.«

Mir auch, wollte Helene sagen, aber da hatte er sich schon wieder abgewandt und eilte seinen Kommilitonen hinterher.

Sie starrte auf die Stelle, an der er verschwunden war, unfähig, sich zu rühren. Als würde etwas Schlimmes passieren, wenn sie den Blick abwandte. Als würde sich dann alles als Traum herausstellen. Oder die Erinnerung daran verschwinden.

Schließlich kamen Marie und Otto zurück, und sie konnte nicht länger an dieselbe Stelle schauen. Otto begrüßte sie kurz, ging dann gleich weiter, um anderen Bekannten die Hand zu schütteln. Marie dagegen setzte sich ihr gegenüber, sah sie an und fragte: »Was ist mit dir?«

»Ich begreife nicht, wie das Leben funktioniert«, bekannte Helene. »Jetzt habe ich so lange und so heftig mit diesem Studenten gestritten … dabei werde ich ihn nie wiedersehen. Was für einen Sinn hatte es dann, dass ich ihn getroffen habe?«

Marie furchte die Augenbrauen, beugte sich ein bisschen vor und sah Helene eindringlich an. »Kann es sein, dass du dich gerade verliebt hast?«

»Ach, Quatsch!«, verwahrte sich Helene heftig, aber im tiefsten Inneren wusste sie genau, dass Marie recht hatte.

So also fühlte sich das an.

Schrecklich.

17

Ihr Eindringen in das amerikanische Datensilo blieb tatsächlich unbemerkt, und sie kopierten derartige Mengen an Material, dass dessen Auswertung zum Problem wurde. Sie hätten Hunderte von Leuten mit guten Englischkenntnissen gebraucht, um sich auch nur eine erste Übersicht zu verschaffen und wenigstens grob die Spreu vom Weizen zu trennen – doch leider standen ihnen ganz im Gegenteil immer weniger Leute zur Verfügung, denn in dem Maße, wie sich die politische Krise mit Polen zuspitzte, sank der Personalbestand des Amtes durch Einberufungen zur Wehrmacht immer weiter.

Zu beobachten, wie die Flure des Amtes nach und nach verwaisten, Türschilder verschwanden und der Speisesaal mittags immer leerer wurde, beunruhigte Lettke. Das hatte er sich ganz anders vorgestellt. Tatsächlich jedoch galt eine Arbeit für das NSA *nicht* automatisch als kriegswichtig, aus dem schlichten Grund, dass sie nicht als militärische, sondern nur als zivile Behörde eingestuft waren.

Er musste also beweisen, dass er hier für das Reich und den Führer nützlicher war als an der Front.

Und das würde nicht einfach werden.

Er las sich in den folgenden Wochen unermüdlich durch Tausende von Elektrobriefen und anderen Dokumenten, stellte Listen zusammen, verfasste Memoranden und so viele Aktennotizen wie nur möglich, kam morgens früher und blieb abends länger und vernachlässigte sogar seine Leidenschaft. Nun, größtenteils zumindest. Nur ein einziges Mal, als er es nicht mehr aushielt, zog er einen bislang ungenutzten Ausdruck aus seiner geheimen Mappe und fuhr rüber nach

Erfurt, wo die betreffende Frau wohnte. Aber am nächsten Morgen saß er pünktlich wieder am Schreibtisch!

Doch all diesen Anstrengungen zum Trotz lag eines Tages eine Vorladung auf seinem Tisch. Zum großen Chef persönlich.

Dringend zudem. Er hatte gerade noch Zeit, vorher auf die Toilette zu gehen, was auf einmal dringend nötig war, sich noch einmal vor dem Spiegel die Haare glatt zu streichen und den Sitz der Krawatte zu überprüfen, dann galt es. Er brachte kein Wort heraus, als ihn die Sekretärin durchwinkte, und seine Hand bebte, als er die Klinke der massiven Bureautür drückte. Er war darauf gefasst, nun gleich Worte zu hören wie: »Leider sehen wir uns gezwungen …«, war sich aber nicht sicher, ob er sie auch mit Fassung tragen würde. Hoffentlich.

Doch als er die Tür öffnete, sah er, dass er nicht der Einzige war, den A vorgeladen hatte. Um den runden Besprechungstisch saßen schon drei Männer, die er vom Sehen her kannte und die ihn mit ebenso angespannten Mienen anschauten wie er wohl gerade sie.

Man stellte sich vor. »Dobrischowsky.« »Möller.« »Kirst.«

»Lettke«, sagte er, die kalten, feuchten Hände der anderen schüttelnd. »Eugen Lettke.«

Und nein, keiner der anderen wusste, worum es gehen sollte.

Kaum saß Lettke auf dem letzten Sessel, der noch frei gewesen war, öffnete sich die andere Tür, und der Chef kam in seinem Rollstuhl hereingeschossen, den er so vollkommen beherrschte wie ein Radfahrer sein Rad.

»Meine Herren«, sagte er und bedachte jeden von ihnen mit einem kurzen, aber intensiven Blick aus seinen blaugrünen Augen. »Es wird Ihnen nicht entgangen sein – unser Amt blutet aus. Ganze Flure leeren sich, gerade jetzt, wo unsere Arbeit für das Reich wichtiger wird als je zuvor.«

Alle nickten. Lettke auch, von vorsichtiger Hoffnung erfüllt. Das klang nicht so richtig wie der Beginn einer Entlassung.

»In dieser Situation«, fuhr der magere Mann im Rollstuhl fort, »ist es Zeit, die bisherige Geheimniskrämerei zu beenden. Sie kennen mich nur als ›A‹ – also: Mein eigentlicher Name ist August Adamek. Ich bin 1889 geboren, habe im Weltkrieg in der Komputerdivision 1 gedient und war am Aufbau des Funknetzes für bewegliche Telephonie beteiligt, vor allem an dem Teil, den die Polen nach dem Krieg für ihr eigenes Telephonnetz verwendet haben. Und was das Ding hier anbelangt, um das sich so viele wilde Gerüchte ranken« – er klopfte gegen den Rollstuhl – »ist die wahre Geschichte höchst banal: Ein Skiunfall im Januar 1928. Man hatte mich gewarnt, ich habe nicht auf die Warnungen gehört. Auf diese Weise habe ich den Wert fundierter Warnungen zu schätzen gelernt.«

Sie sahen ihn alle an, teils peinlich berührt ob der vielen persönlichen Details, die ihr bislang so geheimnisumwitterter Chef offenbarte, teils verunsichert: Was *sollte* das alles?

»Nun zu Ihnen. Dieser Kreis hier – Sie, ich, wie wir hier sitzen – besteht aus erfahrenen Leuten, die dem NSA aller Voraussicht nach erhalten bleiben werden. Leute, denen ich zutraue, andere zu führen. Deswegen werden Sie von nun an der innere Kreis sein, um den herum ich das, was von unserem Amt bestehen bleibt, organisieren will.« Er seufzte. »Wer uns ansonsten bleiben wird, gilt es abzuwarten. Sicher werden wir unseren guten Engelbrecht behalten, für den Telephondienst und als Faktotum wie bisher. Den Technischen Dienst werde ich mit Zähnen und Klauen verteidigen, solange es geht, aber auf Dauer sicher sind uns wohl nur die drei Ältesten, denn gerade Komputertechniker werden im Feld gebraucht. Desgleichen, was die Pforte und die Sicherheit betrifft. In der Küche die Frauen … Nun ja. Natürlich wird sich auch die Zahl der Programmstrickerinnen reduzieren, wenn nicht mehr genug

Analysten da sind, um sie auszulasten. Es wird leer werden, schrecklich leer. Wir werden unseren Dienst am Vaterland als Geisterhaus vollbringen müssen.«

Er faltete die Hände im Schoß, sah konzentriert vor sich hin. »Nun, da wir schon dabei sind, uns schonungslos über unsere Situation klar zu werden, betrachten wir auch gleich die Situation, in der sich das Reich befindet. Es wird innerhalb der nächsten Wochen zum Krieg kommen. Der Führer ist entschlossen, den Konflikt mit Polen gewaltsam zu lösen. Seine auf Verhandlungslösungen abzielenden Äußerungen der letzten Wochen und Monate sind als politisches Taktieren zu verstehen, um seine Absichten zu verschleiern und den Zeitpunkt der Offensive selbst bestimmen zu können. Tatsächlich verfolgt der Führer seit jeher die Absicht, den größten Teil des polnischen Territoriums dem deutschen Staatsgebiet hinzuzufügen und die polnische Bevölkerung daraus zu vertreiben, um dem deutschen Volk den dringend benötigten Lebensraum zu verschaffen. Mit anderen Worten, er will Polen nicht einfach besiegen, er will es vernichten.«

Adamek hob den Blick, musterte sie der Reihe nach. »All dies sind selbstverständlich höchst vertraulich zu behandelnde Informationen. Ich nehme an, das versteht sich von selbst?«

Sie nickten. Einer, Dobrischowsky, sagte mit belegter Stimme: »Selbstverständlich.«

Lettke wäre nicht imstande gewesen, auch nur ein Wort herauszubringen. Das hier, begriff er, war keine Entlassung, sondern eine *Beförderung!*

»England«, fuhr Adamek fort, »wird uns den Krieg erklären, sowie wir Polen angreifen. Das ist zumindest der Fall, auf den ich mich vorzubereiten gedenke. Falls Hitler recht behalten sollte und die Westmächte eine militärische Intervention einmal mehr tolerieren, umso besser. Aber nach allen Informationen, die uns vorliegen – selbstverständlich habe ich eine entsprechende Auswertung an die Reichskanzlei geschickt –, wird der Bogen mit der Invasion Polens überspannt sein.«

Er drehte sich auf der Stelle herum, rollte zur Längswand seines Bureaus und zog an einer Schnur, worauf hinter ihm eine Weltkarte herabglitt. »Polen hat den deutschen Streitkräften nichts Gleichwertiges entgegenzusetzen und weist wenig geographische Hindernisse auf. Der Krieg dürfte also ziemlich rasch vorüber sein, ich vermute lange vor Weihnachten. Mit der Sowjetunion besteht ein Nichtangriffspakt mit einer geheimen Zusatzklausel, das polnische Territorium zwischen den beiden Mächten aufzuteilen. Damit wäre die Lage im Osten zunächst bereinigt, sodass alle Kräfte frei sein werden, sich der Westfront zuzuwenden. Hier müssen wir davon ausgehen, dass England und Frankreich bis dahin bereits Gegenmaßnahmen eingeleitet haben werden.«

Er griff nach einem langen Zeigestock. »Frankreich hat sich auf Verteidigung konzentriert, in Bezug auf Deutschland vor allem auf den Ausbau der Maginot-Linie, weist aber eklatante Schwächen in der Offensivbewaffnung auf. Bei einem angenommenen Kriegszustand mit den Westmächten wird Frankreich also der logisch nächste Gegner sein, der ebenfalls möglichst schnell niedergeworfen werden muss.«

Der Zeigestock wanderte über den Ärmelkanal nach oben. »England ist ein anderer, ein schwierigerer Fall. Es ist durch seine Insellage einerseits geschützt, andererseits aber auch isoliert. Eine zentrale Maßnahme wird deswegen eine Blockade aller englischen Handelswege durch unsere U-Boot-Flotte sein. Die jeweiligen Fahrtrouten sind schon seit längerem durch die Auslandsaufklärung des SD-Hauptamts ermittelt worden. Was wir ergänzend hierzu beitragen können, sind Auswertungen von Telephonaten, Nachrichten, Elektrobriefen und dergleichen, die wir weltweit abzugreifen suchen.« Adamek sah den kräftigen, fast kahlschädligen

Mann an, der neben Lettke saß. »Das wird Ihr Aufgabengebiet sein, Dobrischowsky.«

Dobrischowsky nickte.

»Entscheidende Bedeutung«, ergänzte Adamek, »kommt dabei natürlich dem Schutz unserer Verschlüsselungstechniken zu sowie dem Knacken fremder Schlüssel. Das ist bereits jetzt Ihre Aufgabe, Kirst, und wird es bleiben.«

Der Angesprochene war ein magerer Mann, dessen Finger schon die ganze Zeit immer wieder in Richtung seiner Brusttasche gewandert waren, wo er eine Schachtel Zigaretten stecken hatte. Auch er nickte.

»Ein weiteres wichtiges Ziel ist, den Eintritt der Vereinigten Staaten von Amerika in den Krieg so lange wie möglich hinauszuschieben.« Adamek schob den Zeigestock über den Atlantik. »Der Finanzminister des Reichs, Graf von Krosigk, hat schon vor einem Jahr gewarnt, dass die amerikanische Wirtschaft in einer Krise steckt, aus der sie auch die Maßnahmen Roosevelts nicht herausführen, sodass viele eine Lösung nur in einem großen europäischen Krieg erblicken. Die amerikanische Industrie ist derzeit nur zu einem Viertel ihrer Kapazität beschäftigt; würden die USA in einen neuen großen Krieg eintreten, würde aus den ungenutzten Reserven eine Kriegsindustrie von beispielloser Leistungsfähigkeit entstehen.«

Er klopfte mahnend auf die Karte. »Um das zu verhindern, gilt es zunächst, all jene Stimmen in der amerikanischen Öffentlichkeit zu unterstützen, die gegen eine Kriegsbeteiligung sind. Der Amerikaner an sich neigt ohnehin zum Isolationismus, hinzu kommt, dass viele amerikanische Familien Männer und Söhne im Weltkrieg verloren haben und sich natürlich fragen, wofür. Das Argument, dass nicht schon wieder amerikanisches Blut für europäische Kriege vergossen werden sollte, dürfte auf starke Resonanz treffen.«

Der Zeigestock klopfte gegen die Karte. »Das wird Ihr Aufgabengebiet, Lettke. Über eine Tarnfirma in New York haben wir einen Zugang in den amerikanischen Teil des Weltnetzes, sodass unsere Zugriffe in die amerikanischen Foren nicht nach Deutschland zurückverfolgt werden können. Da es in den USA kein Meldewesen gibt, ist es grundsätzlich einfach, sich als Benutzer anzumelden; die Identität wird nicht überprüft. Sie können also so viele Identitäten erzeugen, wie Sie brauchen, um in Diskussionen mit entsprechendem Übergewicht aufzutreten.«

Adameks Blick richtete sich auf den letzten Mann ohne Aufgabe, Möller, ein schweigsamer Mittdreißiger, der eine Brille mit flaschenbodendicken Gläsern trug. »Wir müssen aber auch für den Fall Vorsorge treffen, dass die USA trotzdem in den Krieg eintreten. Aus dem Weltkrieg 14–17 wissen wir, dass nicht in erster Linie die amerikanischen Soldaten die Gefahr darstellen, sondern die amerikanischen Fabriken. Hier gilt es anzusetzen. Auch amerikanische Fabriken werden von Komputern gesteuert. Stören wir diese, stören wir auch die Produktion. Das wird Ihr Projekt, Möller. Es wird unter dem Codenamen ›Treibsand‹ laufen, und wenn es um Verschlüsselungsfragen geht, wird Ihnen Kirst helfen.«

Er sah in die Runde. »Noch Fragen?«

Lettke hob zögernd die Hand. »Sie sprachen von amerikanischen *Foren* – heißt das, es gibt mehrere?«

Adamek nickte. »Wir wissen von drei großen, die dem Deutschen Forum vergleichbar sind, und zahlreichen kleinen. Ich lasse Ihnen die entsprechende Liste zukommen.«

»Er wird Leute brauchen, die gut Englisch können«, meinte Dobrischowsky. »Die sind Mangelware.«

»Ja, leider«, räumte Adamek ein und sah Lettke an. »Sie bekommen alle, die wir haben. Auch einige der Programmiererinnen verfügen über gute Englischkenntnisse, weil viele grundlegende Werke der Komputertechnik noch in Englisch verfasst wurden, nicht zuletzt die Originalschriften von Lord Babbage und Lady Lovelace. Diese Frauen sollen Ihnen auch zuarbeiten. Wichtig ist, dass Sie die Beiträge überwachen; nicht alle sind erfahren in politischen Forumsdiskussionen. Ich will außerdem noch jemanden engagieren, der Sie dabei unterstützt, die Stimmungen in der amerikanischen Öffentlichkeit zu analysieren und die richtigen Argumente zu finden.«

»Alles klar«, sagte Lettke. Nicht entlassen, befördert! Einer von denen, die einstweilen im NSA in Sicherheit waren! Die Erleichterung war so überwältigend, dass er beinahe zitterte.

»Das Ziel des Führers«, sagte Adamek abschließend, »ist einfach und klar: Es gilt, England schnellstmöglich zu bezwingen und die Macht auf dem Kontinent zu festigen. Spanien und Italien sind unsere Verbündeten, der Rest wird unter deutscher Kontrolle stehen. Sobald das erreicht ist, wird es zu spät sein für die USA, uns noch den Krieg zu erklären, denn dann wird Europa, wird das Großdeutsche Reich ein unbezwingbarer Gigant sein, sowohl was die Waffengewalt als auch die industrielle Potenz anbelangt.« Er machte eine Handbewegung in Richtung der abgedunkelten Fenster. »Millionen von Männern werden dort draußen kämpfen, um das zu erreichen. Aber die moderne Welt hat eine Innenseite, die aus Komputern und dem Weltnetz besteht, und das ist *unser* Schlachtfeld. Die Inschrift über unserem Portal will uns jeden Tag daran erinnern: *SCIENTIA POTENTIA EST* – Wissen ist Macht. Gut möglich, dass das, was einer von uns vollbringt oder nicht vollbringt, mehr wiegen wird als das Blut einer Million Soldaten da draußen. Seien wir uns dieser Verantwortung stets bewusst.«

18

Im Mai 1939 kam Helene in die Oberprima – aber ohne Marie, denn die war nach der Unterprima vom Gymnasium abgegangen, um im Juni, eine Woche nach ihrem 18. Geburtstag, ihren Otto zu heiraten.

Helene war ihre Trauzeugin, und als der Standesbeamte zu ihr sagte: »Wenn nun bitte Sie unterschreiben würden, Fräulein Bodenkamp«, wurde ihr zum ersten Mal so richtig bewusst, dass sie jetzt wirklich erwachsen war und das Leben vor ihr lag. Ein Leben, von dem sie immer noch nicht wusste, was sie damit anfangen sollte.

Von der Ansprache des Standesbeamten bekam sie so gut wie nichts mit, nur, wie er dem Brautpaar ein Exemplar von Hitlers Buch *Mein Kampf* überreichte, das er *die Bibel des Nationalsozialismus* nannte. Helene sah, dass Marie Mühe hatte, bei diesen Worten nicht das Gesicht zu verziehen.

In der Kirche wurde es dann sehr feierlich, ganz anders als bei den Proben davor. Das Kirchenschiff war voller Leute. Das gesamte Dorf schien gekommen zu sein, zudem hatten sowohl Marie als auch Otto eine ziemlich weitläufige Verwandtschaft, und so war der Glückwünsche kein Ende. Viele Männer kamen in Uniform; sie bildeten ein Spalier und grüßten mit erhobener Hand, als Marie und Otto frisch vermählt aus dem Kirchenportal traten.

Hinterher, beim Hochzeitsessen, fühlte sich Helene einsam und verloren. Sie kannte ja niemanden, und Marie war zu beschäftigt, als dass sie mehr als ein paar Worte miteinander hätten wechseln können. So machte sie ein bisschen Konversation mit dem anderen Trauzeugen, einem Freund Ottos, der Frieder hieß und lustig abstehende Ohren hatte. Mit ihm zu reden war allerdings alles andere als lustig; er war ziemlich maulfaul und wohl auch etwas verklemmt.

Das Essen selber war überraschend üppig; es fehlte an nichts – das sei der Vorteil, wenn zwei Bauernhöfe an einem Fest beteiligt seien, hatte ihr Otto mit verschwörerischem Grinsen zugeraunt. In den Läden waren ja etliche Lebensmittel nur noch schwer zu bekommen, seit einige Länder ein Embargo gegen Deutschland verhängt hatten, weil sie es Hitler übel nahmen, dass er im März das Memelland zum Reich geholt hatte und anschließend die Tschechei. Dabei, so hatte ihr Vater gemeint, habe der Führer damit nur historisch korrekte Grenzen wiederhergestellt, denn selbstverständlich gehörten Böhmen und Mähren zu Deutschland, und im Übrigen werde es den Menschen dort bald besser gehen als je zuvor, und dann werde alle Kritik verstummen.

Helene konnte nicht beurteilen, ob das so war. Ihr wurde dieser ständig aggressiver werdende Ton in den Abendnachrichten mehr und mehr unheimlich.

Und zu all dem war sie nun in der Schule wieder alleine.

Theoretisch hätte sie sich so ja völlig aufs Lernen konzentrieren können, was ihren Noten bestimmt gutgetan hätte. Richtig gute Noten hatte sie nämlich nur im Programmieren, in allen anderen Fächern hatte sie nachgelassen. Vor allem in Rassenkunde und Genetik war sie schwach, weil sie einen inneren Widerstand gegen dieses Fach hatte. Erstens war ihr der Stoff, die Mendel'schen Regeln und all das, viel zu nah an der Medizin, und Medizin würde sie auf gar keinen Fall studieren. Und zweitens wollte sie all das, was die Rassenkunde lehrte, gar nicht wahrhaben, weil es ihr wie Verrat an ihrer Freundin Ruth vorkam.

Andererseits – hatte Ruth sie nicht auch irgendwie verraten? Gut, sie konnte Helenes Elektropostadresse nicht kennen, und vielleicht gab es in den Staaten keine Möglichkeit, die herauszufinden – aber normale Briefe, die gab es ja immer noch, auch in Amerika! Doch Ruth hatte ihr kein einziges Mal geschrieben, in all den Jahren nicht.

Helene tat in diesem Abschlussjahr, was sie schon die Jahre vorher getan hatte: Sie vergrub sich völlig ins Programmieren. Der Komputer kam ihr mehr denn je wie ein Ort der Zuflucht vor, wie eine feste Burg gegen alles, was sie beunruhigte. Den Komputer, den hatte sie unter Kontrolle. Ihr Leben dagegen nicht. Das machte, was es wollte.

* * *

Zum Beispiel starb Onkel Siegmund, ganz plötzlich. Noch zwei Tage davor war er bei ihnen zum Kaffee gewesen, hatte Johannas Apfelkuchen gelobt und von einer Kur erzählt, die er machen wollte. Doch dann hatte ihn die Zugehfrau, die regelmäßig kam, um ihm den Haushalt zu machen, tot in seinem Lieblingssessel gefunden, ein Album mit Photographien von seinen Reisen auf dem Schoß und ein Glas Rotwein neben sich auf dem Tisch. Ganz friedlich habe er ausgesehen, erzählte sie aufgeregt, ganz friedlich.

Es wurde eine kleine, traurige Beerdigung, zu der fast niemand kam. Am traurigsten war es, zusehen zu müssen, wie Onkel Siegmunds geliebte Sammlung aufgelöst wurde und all die Andenken, die er aus fernen Ländern mitgebracht hatte, aus dem Haus getragen wurden, größtenteils, um auf dem Müll zu landen. Aber es half nichts, das Haus musste verkauft werden, und Mutter sah nicht ein, wieso sie »hässliche, stinkende Dinge«, wie sie es nannte, aufbewahren sollte, zu denen sie keinerlei Beziehung hatte.

In seinem Testament hatte Onkel Siegmund Helene zu ihrer freudigen Überraschung seinen Komputer vermacht, doch leider wurde aus diesem Vermächtnis nichts: Kurz zuvor war ein Gesetz erlassen worden, das den Privatbesitz von Datenspeichern verbot, soweit sie eine bestimmte Größe überschritten – Komputerbesitzer mussten von nun an ihre Daten bei Silodiensten speichern, aus Sicherheitsgründen –, und da der in Onkel Siegmunds Komputer fest eingebaute Speicher weit über dem zulässigen Wert lag und nicht ausgebaut werden konnte, musste das ganze Gerät abgegeben werden. Da es technisch auch nicht mehr auf dem neuesten Stand gewesen war, erhielt Helene nur eine Entschädigung von hundert Reichsmark: ein trauriges Erbe.

* * *

Nach einer Weile hatte sich Helene daran gewöhnt, dass ihre Freundin sich mit »Aschenbrenner« meldete, wenn sie anrief. Immerhin war der Weg zum Aschenbrenner-Hof nicht mehr so weit wie der zum Scholz-Hof; mit dem Fahrrad war sie in einer guten halben Stunde dort, und wenn Marie ein bisschen Zeit hatte, war das auch wie ein Refugium in einer Zeit, in der die Welt aus den Fugen zu geraten schien. Wenn sie und Marie gemeinsam etwas backten, war die große Politik vergessen und alles in Ordnung.

Außer, wenn Helene versuchte, die Eier selber aufzuschlagen.

»Du bist nicht geschickter geworden«, lachte Marie dann, und dann fischten sie die Eierschalenstücke, die Helene ins Mehl gefallen waren, gemeinsam wieder heraus.

Zu Hause und in der Schule aber nahmen politische Diskussionen über den Sommer hinweg einen immer größeren Raum ein. Im Fernsehen kam fast nichts anderes mehr.

Um diese Zeit herum begannen auch Pflichtkurse zum Luftschutz. Alle Hausbesitzer wurden angehalten, in ihren

Häusern Luftschutzkeller einzurichten, Schutzmasken und anderes Gerät anzuschaffen und einen Notvorrat anzulegen. An der Schule fanden alle paar Wochen Alarmübungen statt; man musste alles stehen und liegen lassen, sobald die Sirene losging, und sich so schnell wie möglich – aber trotzdem »gesittet und und ruhig« – in die Schutzräume begeben, die ganz neu ausgestattet worden waren und noch nach Farbe rochen.

Ob das heiße, dass es bald Krieg gäbe, fragte Helene ihren Vater.

»Der Führer will sicherlich den Frieden«, meinte der, »aber zum Frieden braucht es zwei, zum Krieg dagegen nur einen. Und das Großdeutsche Reich hat nun mal mächtige Feinde – England vor allem. Man weiß nie, was die vorhaben.«

»England will Deutschland den Krieg aufzwingen«, meinte Armin, wenn er, ein stolzer deutscher Mann mittlerweile, in seiner strammen Uniform mit dem Abzeichen der 14. Panzerdivision zu Besuch kam. »Der Führer macht ihnen ein Friedensangebot nach dem anderen, aber sie lehnen sie alle ab. Und rüsten unentwegt auf. Ist ja klar, was das heißt.«

»Chamberlain will den Frieden, aber viele andere in seiner Regierung und im englischen Parlament eben nicht«, war Vaters Meinung. »Deshalb torpedieren sie alle Anstrengungen, den Streit mit Polen um den Korridor nach Danzig beizulegen.«

»Deutschland wird ihnen zu gefährlich«, sagte Armin. »Wir sind jetzt ein Konkurrent um die Macht auf dem Kontinent. England würde uns lieber wieder auf den Knien sehen, wie wir es nach 1917 waren.« Er ballte die Faust. »Aber die werden sich noch wundern!«

Im August wurde in Berlin die »Wehrmachtsauskunftsstelle für Kriegsverluste und Kriegsgefangene« gegründet und ein Rationierungssystem für bestimmte Lebensmittel eingeführt. Besitzer eines Volkstelephons hatten damit keine zusätzliche Arbeit; man bekam ein Kontingent an Bezugspunkten auf das Familienkonto gutgeschrieben, von dem beim Einkauf automatisch abgebucht wurde, und hinterher erhielt man eine Übersicht, wie viele Punkte einem bis Monatsende noch zur Verfügung standen. Wer kein Telephon besaß, musste Bezugsscheine beantragen und Punktmarken kleben; wenn man hinter so jemandem an der Kasse stand, konnte es dauern.

Am 23. August kam eine Nachricht von Armin:

```
(Armin) Schwesterherz, ich komme dieses
Wochenende wohl nicht nach Hause. Wir
haben Bereitschaft angeordnet bekommen.
```

Helene hatte gerade Mittagspause, und der Erbseneintopf schmeckte ihr auf einmal nicht mehr. Nervös schrieb sie zurück:

```
(Helene) Schade, ich hatte mich so
gefreut, dich mal wieder zu sehen. Ich
hoffe, das bedeutet nichts Schlimmes???
```

Sie legte das Telephon neben ihren Teller, musste es beim Essen unentwegt im Blick behalten. Endlich kam die Antwort.

```
(Armin) Ich glaube, das ist nur eine
Vorsichtsmaßnahme. Drüben in Polen rumort
es, und wir müssen eben Stärke zeigen,
damit sie bei Sinnen bleiben. - MA,
MMSWM.
```

MA, MMSWM hieß *muss aufhören, melde mich so bald wie möglich.* Armin liebte diese Art Abkürzungen, seit er bei der Wehrmacht war.

Am Tag darauf kam:

```
(Armin) Vielleicht klappt es doch am
Wochenende. Mal sehen.
```

Am Freitag dann:

```
(Armin) Klappt leider doch nicht. Niemand
darf nach Hause. Iss für mich mit und
denk an mich, während ich das Reich
schütze!
```

Sie schrieb zurück:

```
(Helene) Willst du, dass ich dick werde?
(Armin) Ein bisschen runder dürftest du
schon noch werden, Schwesterlein. MA,
MMSWM.
```

Diese Bemerkung gab Helene einen Stich, obwohl sie wusste, dass ihr Bruder es nicht ernst gemeint hatte. Aber fehlte es ihr nicht tatsächlich immer noch an Rundungen an den entscheidenden Stellen? Sie war achtzehn Jahre alt und trug seit drei Jahren einen Büstenhalter, aber sie fragte sich ernsthaft, wozu eigentlich.

Die Fernsehnachrichten in diesen Tagen waren ein einziges Hin und Her, ein schrecklich aufgeregtes Gesumme, dem sich Helene nach Möglichkeit entzog. Dann, am Donnerstag der darauffolgenden Woche, ließ ihr Bruder endlich mal wieder von sich hören.

(Armin) Schwesterherz, ich glaube, der Pole will es wissen. Jeden Moment werden uns die Telephone vollends gesperrt.

Helene hatte plötzlich einen Knoten im Bauch. Telephonieren konnte man mit Soldaten schon eine ganze Weile nicht mehr, und wenn man ihnen Nachrichten schrieb, die keine Antworten waren, kam immer eine Meldung, wonach deren Zustellung nicht zugesichert werden könne.

Rasch antwortete sie:

(Helene) Pass auf dich auf! Ich hab nur 1 Bruder.
(Armin) Mach dir keine Sorgen. Die Stimmung ist gut, die Kameradschaft bestens. Unser Wille ist unbeugsam, und das ist letztlich entscheidend. MA.

Helene schrieb noch:

(Helene) Ich liebe dich, Bruderherz, und bin stolz auf dich.

Aber es kam sofort: *Nachricht konnte wegen militärisch bedingter Nachrichtensperre nicht zugestellt werden und wird gelöscht.*

Am nächsten Morgen, am 1. September, war dann die Meldung überall – im Fernsehen, im Radio, im Nachrichtenfluss des Telephons: *Der Führer: Seit 5 Uhr 45 wird zurückgeschossen. – Deutsche Wehrmacht beantwortet polnische Aggression mit aller gebotenen Härte.*

Das war der Krieg. Und ihr Bruder Armin war dabei.

* * *

Um zehn Uhr morgens hielt Adolf Hitler eine Ansprache im Reichstag, die vom Fernsehen live übertragen und im Lauf des Tages mehrmals wiederholt wurde. Ausschnitte daraus liefen immer wieder durch den Nachrichtenfluss, und heute hielt sich in der Schule niemand mehr an die Vorschrift, die Telephone während des Unterrichts ausgeschaltet zu lassen.

```
1.9.1939 10:22 - Der Führer: Ich habe
mich entschlossen, mit Polen in der
gleichen Sprache zu reden, die Polen seit
Monaten uns gegenüber anwendet.
1.9.1939 10:38 - Der Führer: Seit 5 Uhr 45
wird zurückgeschossen! Von jetzt ab wird
Bombe mit Bombe vergolten!
```

Als Helene mittags von der Schule nach Hause kam, saß ihre Mutter vor dem Fernseher anstatt am Mittagstisch.

»Sie kennen die Vorschläge, die ich über die Notwendigkeit der Wiederherstellung der deutschen Souveränität über die deutschen Reichsgebiete machte, die endlosen Versuche, die ich zu einer friedlichen Verständigung über das Problem Österreich unternahm und später über das Problem Sudetenland, Böhmen und Mähren«, sagte Hitler gerade. »Es war alles vergeblich. Eines aber ist unmöglich zu verlangen: dass ein unerträglicher Zustand auf dem Weg friedlicher Revision bereinigt wird und die friedliche Revision konsequent zu verweigern.«

Applaus brandete auf. Mutter kaute auf dem Knöchel ihres Daumens. »Es ist unfassbar, wie sie uns behandeln«, murmelte sie, Helenes Ankunft kaum wahrnehmend.

»Ich habe nun dieser Entwicklung vier Monate lang ruhig zugesehen, allerdings nicht, ohne immer wieder zu warnen«, beteuerte Hitler. Ein Schnitt, dann: »Ich bin mit meiner Regierung zwei volle Tage gesessen und habe gewartet, ob es der polnischen Regierung passt, endlich einen Bevollmächtigten zu schicken oder nicht.«

»Pfui!«, hörte man jemanden rufen, und: »Unerhört!«

»Sie hat uns bis gestern Abend keinen Bevollmächtigten geschickt, sondern durch ihren Botschafter mitteilen lassen, dass sie zur Zeit erwäge, ob und inwieweit sie in der Lage sei, auf die englischen Vorschläge einzugehen; sie würde dies England mitteilen.« Der Führer redete sich zusehends in Rage. »Meine Friedensliebe und meine endlose Langmut soll man nicht mit Schwäche oder gar mit Feigheit verwechseln!«

»Genau«, murmelte Mutter. Das Fernsehbild zeigte Abgeordnete, die laut »Bravo!« riefen.

»Ich habe daher gestern Abend der britischen Regierung mitgeteilt, dass ich unter diesen Umständen auf Seiten der polnischen Regierung keine Geneigtheit mehr finden kann, mit uns in ein wirklich ernstes Gespräch einzutreten«, fügte der Führer hinzu. »Damit sind diese Vermittlungsvorschläge gescheitert.«

Helene stand wie erstarrt. So also war es, wenn etwas ungeheuer Großes geschah, wenn etwas ungeheuer Bedeutsames sich vollzog. Man erhob sich aus seinem Bett wie an jedem gewöhnlichen Tag seines bisherigen Lebens, und auf einmal änderte sich alles, und man wusste, man würde in einer gänzlich veränderten Welt wieder zu Bett gehen.

»Mein ganzes Leben gehört von jetzt ab erst recht meinem Volk!«, rief Hitler erregt. »Ich will jetzt nichts anderes sein als der erste Soldat des Deutschen Reiches.«

Man sah, wie sich die Abgeordneten erhoben und in stürmische Heilrufe ausbrachen.

»Ich habe damit wieder jenen Rock angezogen, der mir selbst der heiligste und teuerste war«, schrie der Führer darüber hinweg, »und ich werde ihn nur ausziehen nach dem Sieg.«

Ein regelrechter Tumult brach los. Arme wurden zum

deutschen Gruß gereckt, vor lauter »Heil! Heil! Heil!«-Rufen verstand man kein Wort mehr. Der Bericht schnitt auf Hitlers letzte Worte der Ansprache, die lauteten: »Deutschland – Sieg Heil!«

Danach kannte der Jubel keine Grenzen mehr.

Mutter schaltete den Apparat ab, sah Helene an und sagte: »Es hat wohl sein müssen.«

In den folgenden Tagen, ja Stunden brachten das Fernsehen, die Radiosender und die Nachrichtenströme fast ausschließlich Siegesmeldungen. Die deutschen Streitkräfte, den polnischen sowohl technisch als auch zahlenmäßig weit überlegen, brachen ohne nennenswerten Widerstand durch. Schon in den ersten Stunden machten gezielte Schläge gegen die Komputerzentren der polnischen Armee deren Führung praktisch blind und stumm und verhinderten, dass die Luftabwehr korrekt funktionierte. Innerhalb der zwei folgenden Tage vernichteten über fünfzehnhundert moderne deutsche Kampfflugzeuge die veraltete polnische Luftwaffe praktisch vollständig. Sechsundfünfzig Divisionen, darunter sechs Panzerdivisionen, schnitten den polnischen Korridor ab, rieben die hoffnungslos unterlegene polnische Kavallerie auf und kesselten die polnischen Streitkräfte um Warschau ein. Nach nur zwei Wochen hatte die polnischen Armee praktisch aufgehört zu existieren, und am 27. September endete der Krieg mit der Kapitulation Polens.

»Allmählich könnte sich Armin mal wieder melden«, meinte Mutter immer öfter, worauf ihr Vater einen Vortrag hielt, warum es aus Gründen der Sicherheit notwendig war, die private Kommunikation von im Einsatz befindlichen Soldaten zu beschränken.

»Ja, gut«, sagte Mutter schließlich, als die Meldung vom deutschen Sieg über Polen kam, »aber ich würde einfach gern erfahren, wie's ihm geht.«

Am 30. September erfuhren sie es, und zwar in Form eines Elektrobriefs an Vater:

Von: *Hauptmann:Ewald:Alezzer::Wehrmacht*
An: *Dr:Johann:Bodenkamp::Weimar*
Betreff: *Gefr. Armin Bodenkamp, 14. PD*

Sehr geehrter Herr Doktor Bodenkamp,
sehr geehrte Frau Bodenkamp,
ich habe heute die traurige Pflicht, Sie davon in Kenntnis zu setzen, dass Ihr Sohn, der Gefreite Armin Bodenkamp, am 5.9.1939 gegen 14 Uhr in der Nähe von Piotrków gefallen ist. Er gab sein Leben in heldenhaftem Kampf für das deutsche Vaterland.
Mit dem Ausdruck meines tiefsten Mitgefühls
Alezzer,
Hauptmann u. Kompaniechef

19

Damit begann eine Zeit, in der Lettke zu gar nichts mehr kam, nicht einmal mehr dazu, an Sex auch nur zu *denken*, erst recht nicht, nachdem der Krieg tatsächlich begonnen hatte. Wenn er in den frühen Morgenstunden nach Hause kam, fiel er einfach nur ins Bett, um ein paar Stunden Schlaf zu finden, ehe es wieder weiterging.

Er zog mit der Gruppe der Leute, die ihm zugeteilt waren, in eines der großen Bureaus um, wo sie alle beisammensitzen und auf Zuruf handeln konnten. Da sie zu der Zeit aktiv sein mussten, wenn die Leute in Amerika aktiv waren, begann ihr Tag kurz nach Mittag, wenn die Menschen an der amerikanischen Ostküste aufstanden, und endete selten vor sieben, acht Uhr morgens, wenn die Bewohner der Westküste endlich ins Bett fanden.

Die amerikanischen Foren waren tatsächlich ein einziges großes Durcheinander. Es gab drei große Foren: das ursprüngliche Amerikanische Forum, außerdem das Republikanische Forum und das Demokratische Forum, lose an den beiden größten Parteien des Landes orientiert. Aber es gab in den USA auch Elektrozeitungen – eine sinnvolle Einrichtung in einem derart großen Land, in dem Leute mitunter viele Kilometer voneinander entfernt lebten und es zwar Telephonleitungen nach überallhin gab, nicht aber unbedingt tägliche Post- oder Lieferdienste –, und jede dieser Zeitungen unterhielt ein eigenes Forum.

Es war tatsächlich einfach, sich an diesen Foren zu beteiligen. Es gab keinerlei Zentralstelle, bei der man seine Identität nachweisen musste; man meldete sich einfach mit einem beliebigen Namen direkt bei dem jeweiligen Forum an, und schon war man dabei. Lettke erzeugte Hunderte von Pseudonymen, die er »Bauchrednerpuppen« nannte, so viele, dass es nach einer Weile schwierig wurde, sie alle auseinanderzuhalten und in Diskussionen mit eigenen Stimmen sprechen zu lassen. Er legte eine große Liste an mit den Namen, den zugehörigen Parolen, den wichtigsten Angaben zu den erfundenen Hintergründen und dergleichen und hängte sie für alle sichtbar an die Wand; jeder, der eine der »Puppen« in einer Diskussion vertrat, markierte das mit farbigen Fähnchen.

Zu Beginn ihrer Aktion kam ein Jakob Jarrendorf vom Deutschen Fichte-Bund, um sie über die Auslandspropaganda zu unterrichten, die sie im Auftrag des Reichsministeriums für Volksaufklärung und Propaganda in Bezug auf Amerika betrieben.

»Zunächst ist festzustellen, dass in den Vereinigten Staaten sehr viele Juden leben«, begann der magere, über zwei Meter große Mann seinen Vortrag. »Wie überall, wo das der Fall ist, können die Juden nicht anders, als den Rest der Bevölkerung gegen sich aufzubringen, was zur Folge hat, dass in Amerika eine weitverbreitete Judenfeindlichkeit gegeben ist, auf der unsere Maßnahmen aufbauen können. Ferner existiert in der amerikanischen Bevölkerung eine starke pazifistisch-isolationistische Bewegung, die wir natürlich ebenfalls unterstützen. Zahlreiche führende Mitglieder dieser Bewegung haben in Deutschland studiert, viele davon stehen dem Nationalsozialismus positiv gegenüber, zumindest dergestalt, dass sie ihn als den für Deutschland richtigen Weg anerkennen. Was für uns kein Problem ist; Sie wissen ja, was der Führer gesagt hat: Der Nationalsozialismus ist kein Exportartikel.«

Er hatte einen Dia-Projektor mitgebracht, warf ein Bild auf die Leinwand, das zahlreiche Namen und Signets zeigte. »Vom Tag der Machtergreifung an haben wir die Strategie verfolgt, amerikanische Journalisten auf unsere Seite zu ziehen. Hierfür wurden zahlreiche Organisationen, Institute, Gremien und andere Einrichtungen gegründet, wie zum Beispiel die *Atlantikachse*, das *Matterhorn Institut*, das *Deutsche Institut für Amerikastudien* oder die *Deutsche Moltke-Stiftung*, in deren Rahmen wir hochrangige amerikanische Journalisten, die großen Einfluss auf die öffentliche Meinung ausüben, im Rahmen von Gesprächsrunden, Weiterbildungen, Vorträgen und dergleichen auf unsere Seite zu ziehen versuchen. Wir unterstützen auch andere, schon bestehende Organisationen, die ebenfalls diesem Ziel dienen, wie etwa die *Internationale Eugenische Gesellschaft* oder die *Boston Peace Conference*, die alljährlich in Boston stattfindende Friedenskonferenz.«

Das nächste Bild zeigte zwei Titelseiten derselben amerikanischen Zeitung: Die erste Titelseite wurde von einer Karikatur dominiert, die einen deutschen Soldaten als blutrünstigen Hunnen zeigte. Die zweite Titelseite brachte eine große, relativ ansprechende Photographie von Adolf Hitler unter einer Hakenkreuzfahne.

»Die Psychologie ist im Grunde einfach«, erklärte Jarrendorf, der eine irritierende Art hatte, bei jedem zweiten Satz die Nase zu rümpfen. »Wenn wir, sagen wir, einen einflussreichen amerikanischen Journalisten einladen, um vor einem kleinen, ausgewählten Kreis einen Vortrag zu halten, und ihm dafür ein Honorar bezahlen, das er in dieser Höhe nirgendwo sonst bekommen würde, dann ist er uns, selbst wenn er uns ganz widerliche liberale und demokratische Parolen serviert hat, hinterher unweigerlich gewogen, insbesondere wenn es uns gelingt, ihm in der Diskussion unseren Standpunkt so darzulegen, dass er ihn wirklich verstanden hat. Meistens endet es damit, dass er sagt, *we agree to disagree*, was natürlich lächerlich ist, aber wir belassen es dabei und beobachten, dass er sich anschließend zumindest jener billigen, effekthaschenden Propaganda enthält, die auf die Massen tatsächlich am stärksten wirkt. Und das ist das Ziel. Wenn in kleinen, akademischen Kreisen differenzierter diskutiert wird, so interessiert uns das nicht, weil es ohne Belang für die öffentliche Meinung ist.«

Nächstes Bild: eine Karte von Amerika, voller kleiner Hakenkreuzfähnchen.

»Auf diese Weise also haben wir die amerikanischen Medien mit Leuten durchsetzt, die von sich glauben, dass sie dem Frieden dienen, indem sie in unserem Sinne handeln«, fuhr Jarrendorf fort. »Was tun sie konkret? Die meisten Menschen sind es ja nicht gewöhnt, sich wirklich selber ein Urteil zu bilden; es reicht ihnen vollkommen, wenn sie das von sich glauben können, während sie in Wirklichkeit Gedanken nachplappern, die sie irgendwo aufgeschnappt haben. Es ist folglich von entscheidender Bedeutung, dafür zu sorgen, dass sie die uns genehmen Gedanken aufschnappen. Bezogen auf die Weltnetz-Medien, also vor allem die Foren, filtern unsere Freunde alle Kommentare rigoros aus, die einem amerikanischen Kriegseintritt das Wort reden, und lassen weitgehend nur pazifistische Kommentare stehen. Höchstens ab und zu kann man eine davon abweichende Meinung stehen lassen, aber dann möglichst eine, die sich durch eine gewisse Abstrusität selbst desavouiert. Dasselbe geschieht in den Leserbriefspalten der Zeitungen, und natürlich werden auch viele Zeitungsartikel in unserem Sinne formuliert. Auf diese Weise erreichen wir eine Art pazifistische Dauerbeschallung der amerikanischen Öffentlichkeit und verhindern, dass Argumente der Kriegsbefürworter Verbreitung finden.«

Er schaltete den Dia-Projektor wieder aus.

»Eins ist noch wichtig in den Foren«, fügte er an. »Und zwar müssen auch alle Kommentare gelöscht werden, die sich darüber beschweren, *dass* gelöscht wird. Es soll ja eben der Eindruck vermieden werden, dass zensiert wird, vielmehr soll es so wirken, als bilde sich in der Gesamtheit der Kommentare die öffentliche Meinung ab. Der Amerikaner orientiert sich in noch viel stärkerem Maße als der Europäer an dem, was die Masse denkt und will; er möchte dasselbe denken und wollen wie alle anderen. Wenn er glaubt, niemand in Amerika will den Krieg, dann will er ihn auch nicht.«

»Das klingt doch alles schon ziemlich gut«, sagte Lettke. »Was bleibt da für uns noch zu tun?«

Jarrendorf schaute mit umwölktem Blick auf ihn herab. »Das Problem ist, dass es nicht stimmt, dass niemand in Amerika den Krieg will. Viele wollen ihn, und sei es nur, weil sie sich geschäftliche Vorteile davon versprechen. Unsere, sagen wir, *Freunde* können missliebige Kommentare löschen, aber sie können nicht argumentierend in Diskussionen eingreifen – nicht, weil es technisch nicht ginge, sondern weil sich das nicht mit ihrem beruflichen Selbstverständnis vertrüge. Sie sehen sich als Schiedsrichter, und ein Schiedsrichter beteiligt sich nicht selber am Wettkampf. Hier kommen Sie ins Spiel. Sie haben, hat man mir gesagt, die technischen Möglichkeiten, sich im amerikanischen Teil des Weltnetzes als amerikanische Teilnehmer auszugeben. Das eröffnet interessante Möglichkeiten. Ich bin hier, um gemeinsam mit Ihnen Strategien auszuarbeiten, die öffentliche Diskussion in den Staaten in unserem Sinne zu beeinflussen.«

Und das taten sie in den darauffolgenden Tagen.

Eine der Strategien war, mit mehreren »Puppen« zugleich in eine Diskussion einzusteigen. Eine der »Puppen« lieferte die Hauptargumente, sofort gefolgt von Bekundungen der Zustimmung der anderen »Puppen«: Es war deutlich zu spüren, dass Amerikaner noch mehr als Europäer Wert darauf legten, zur Mehrheit zu gehören, denn dieses Manöver bewirkte regelmäßig, dass viele echte Teilnehmer ebenfalls ihre Meinungen anpassten.

Eine andere Strategie war, zwei »Puppen« miteinander streiten zu lassen, wobei sich die »Puppe«, die sich anfangs zum Schein für eine Teilnahme der USA am Krieg aussprach, nach und nach »überzeugen ließ« und schließlich zugab, die andere Seite habe recht. Auch das verfing recht gut.

Nach einer Weile setzten sie Komputer ein, um die Beiträge in den Foren nach bestimmten Stichworten zu durchsuchen und diejenigen Diskussionen herauszufiltern, bei denen es nötig war, einzugreifen. Auf diese Weise konnten sie noch gezielter tätig werden.

Jede Woche fand außerdem eine Besprechung mit zwei Wissenschaftlern statt. Der eine war ein Amerikanologe, der auch längere Zeit in den Vereinigten Staaten gelebt hatte und die amerikanische Psyche gut kannte, der andere war ein Propagandaspezialist aus dem Stab von Goebbels höchstpersönlich. Gemeinsam gingen sie die Argumente der Kriegsbefürworter durch, die Lettkes Gruppe im Lauf der vorangegangenen Woche gesammelt hatte, und suchten nach Wegen, sie zu widerlegen, beziehungsweise nach Strategien, sie zu entkräften.

»Der Amerikaner lebt in dem Gefühl, dass er den Rest der Welt nicht braucht«, erklärte der Amerikanologe ein ums andere Mal. »Amerika, das weiß er, ist zu groß, um jemals erobert zu werden, also hat er nichts zu befürchten, wenn er sich aus allem heraushält. Das ist der Punkt, an dem Sie einhaken müssen.«

»Ist denn Amerika tatsächlich zu groß, um erobert zu werden?«, fragte Lettke verwundert.

»Unsinn«, meinte der Propagandaspezialist mit geringschätzigem Grinsen. »Schauen Sie sich die Geschichte an. Die Eroberungen Dschingis Khans zum Beispiel. Das waren wesentlich größere, wesentlich leerere Territorien. *Jedes* Land kann erobert werden.«

»Amerikaner wissen das nicht«, fügte sein Kollege hinzu.

»Für die hat die Geschichte erst vor hundertfünfzig Jahren begonnen.«

Das kam Lettke tatsächlich so vor. Sie hatten über besagte Tarnfirma auch einige der amerikanischen Elektrozeitungen abonniert, um auf dem Laufenden zu sein, was der normale Amerikaner an Nachrichten erfuhr, und waren immer wieder verblüfft, welch geringen Raum die Berichterstattung über Ereignisse einnahm, die außerhalb Amerikas stattfanden. Der Polenfeldzug war vorüber, ehe die amerikanische Öffentlichkeit ihn überhaupt wahrnahm, und auch die Okkupationen Dänemarks und Norwegens im März und April 1940 ließen die meisten Amerikaner gleichgültig. Erst mit Beginn des Westfeldzugs im Mai änderte sich die Stimmung, vor allem, als nach Belgien und den Niederlanden auch Frankreich fiel.

Frankreich war erobert! Paris eingenommen! Das feierten sie mit Champagner, den irgendjemand aus der Gruppe auf dunklen Wegen aufgetrieben hatte. Die Stimmung war gut an jenem Tag, überschäumend wie das Getränk in den Gläsern. Obwohl auch Frauen anwesend waren, kam das Gespräch irgendwie auf die geheimnisumwitterten Lebensborn-Heime: Einer der Männer erzählte von einem Freund, der behauptete, dort gewesen zu sein, um seine arische Fortpflanzungspflicht zu erfüllen.

Das seien doch nur so wilde Geschichten, erwiderte eine der Frauen. Die Lebensborn-Heime seien lediglich dazu gedacht, ledigen Müttern arischen Blutes das Austragen ihrer Kinder zu ermöglichen und zu erleichtern.

»Das hab ich anders gehört«, widersprach der Erzähler mit schwerer Zunge. »Ist doch klar, der Führer braucht erbgesunden Nachwuchs, je mehr, desto besser. Deswegen kann sich ein Mann dort melden, und wenn er den Arier-Test bestanden hat, darf er ran. Dann wird ihm eine Maid zugewiesen und – BUMM!«

»Bei unserem Herrn Lettke würden sie auf den Arier-Test sogar verzichten«, gluckste ein anderer. »Da würde es heißen: Kam, sah und … kam.« Brüllendes Gelächter, sogar die Frauen lachten lauthals mit.

Lettke wurde ganz heiß, aber ehe er etwas erwidern konnte, klingelte das Telephon auf seinem Schreibtisch. Ausgerechnet jetzt!

Er nahm ab. Es war seine Mutter, die mit wie immer leidender Stimme sagte: »Ich glaube, das Päckchen ist da, auf das du gewartet hast.«

»Was?« Er brauchte einen Moment, ehe ihm wieder einfiel, worum es ging. »Ah, gut. Danke.«

»Du wolltest, dass ich dir gleich Bescheid gebe«, quengelte sie weiter.

»Ja«, sagte er, während er mit halbem Ohr mit anhören musste, wie die Runde wilde Mutmaßungen über seine Zeugungskraft anstellte.

»Soll ich es denn schon mal aufmachen?«

»Nein!«

»Es ist aber an mich adressiert«, beharrte seine Mutter. »Von einer Verlagsbuchhandlung Knuth und Ritsche. In Berlin.«

»Das ist das, was ich bestellt habe«, sagte Lettke. »Leg es mir einfach hin.«

»Da ist ein Buch darin, oder?«

»Hab ich dir doch gesagt.« Das Gespräch um ihn herum wandte sich vom Thema Lebensborn ab und dem geheimen Liebesleben katholischer Nonnen zu. »Aber keins, das dich interessieren würde.«

»Sag mal, wie redest du mit deiner Mutter? Ob mich etwas interessiert, entscheide ich immer noch selber.«

Das war wieder einer dieser Momente, in denen Eugen Lettke den schier übermächtigen Impuls verspürte, einfach aufzulegen, aufzustehen und zu gehen, einfach zu gehen. Die Stadt zu verlassen, in eine andere, möglichst weit entfernte Stadt zu fahren, unter einem anderen Namen ganz neu anzufangen und nie mehr zurückzukehren, sich niemals wieder zu melden, genauso zu verschwinden, wie sein Vater damals verschwunden war – und frei zu sein, endlich frei.

Eine berauschende Vorstellung, die ihn zugleich erschauern ließ. Wenn er das dachte, war ihm immer, als stünde er am Rande eines gewaltigen Wasserfalls und blicke in die von der Gischt verhüllte Tiefe. Er wusste, dass er es nie über sich bringen würde zu springen.

»Von mir aus kannst du es auch aufmachen«, sagte er matt.

»Ich wollte dir nur Bescheid sagen«, kam zurück. »Weil du gesagt hast, dass ich das tun soll.«

»Ja. Gut. Danke. Aber jetzt muss ich wieder arbeiten.«

»Kommst du wieder erst morgen früh?«

Lettke verdrehte die Augen. »Wahrscheinlich.« Er kam seit *fast einem halben Jahr* immer erst morgens!

Sie grummelte irgendetwas, das er nicht verstand, dann legte sie auf. Lettke hielt den Hörer noch einen Moment in der Hand, versuchte zu ergründen, was ihr jetzt wieder nicht gepasst haben mochte. Er hasste diese Art Gespräche. Jetzt würde er wieder den ganzen restlichen Tag darüber nachdenken müssen, was er in den Augen seiner Mutter falsch gemacht hatte, und er würde wieder nicht dahinterkommen. Er war noch nie dahintergekommen.

Als er aufgelegt hatte, ging es immerhin inzwischen nicht mehr um den Lebensborn, sondern um französische Frauen und darum, ob sie einen besonderen Charme hätten – ein Thema, das die anwesenden deutschen Frauen merklich fuchsig werden ließ.

Doch irgendwann war der Champagner endlich ausgetrunken, und sie machten sich wieder an die Arbeit. Oder versuchten es zumindest. So richtig effizient würden sie an diesem Tag – und in dieser Nacht – nicht mehr werden.

Deswegen und weil ihm der Gedanke an das auf ihn wartende Päckchen keine Ruhe ließ, klinkte sich Lettke früher aus als gewöhnlich, übertrug die Verantwortung auf seinen Stellvertreter und ging nach Hause, wie immer mit der Taschenlampe seinen Weg durch die abgedunkelten Straßen Weimars suchend. Zwar hatte es bis jetzt kein englischer Bomber so weit ins Landesinnere geschafft, aber das konnte ja noch kommen.

Seine Mutter war noch auf, wunderte sich, dass er kam, sagte aber nichts. Sie hatte ihm etwas zu essen hingestellt, wie immer, und ließ es sich nicht nehmen, es ihm selber wieder warm zu machen. »Wenn du schon mal so früh da bist«, brummelte sie.

Sie blieb auch am Tisch sitzen und sah ihm zu, wie er aß. Er schmeckte es kaum, hatte im Grunde keinen Hunger, aß nur, um seine Ruhe zu haben. Vielleicht schadete es ja auch nicht, dem Körper Nährstoffe zuzuführen.

Dann, als der Teller leer war, erhob sich seine Mutter, brummelte etwas und ging zu Bett, alles voll stummen Vorwurfs. Und er war endlich allein mit dem Päckchen. Sie hatte es doch noch nicht geöffnet.

Er nahm es zur Hand, betrachtete es von allen Seiten. Adressiert war es an Frau Eusebia Lettke, denn er hatte es in ihrem Namen bestellt, von ihrem Telephon aus. Sie hatte es auch bezahlt – das konnte sie ruhig tun, da blieben immer noch eintausenddreihundert Reichsmark, die er ihr gerettet hatte! Die Hauptsache war, dass in den Daten keine Spur auf ihn weisen würde.

Er riss die Verpackung auf, holte das Buch heraus. *Prof. Dr. Elena Kroll, Einführung ins Programmieren. 7. überarbeitete Ausgabe.*

Der Umschlag war grauenhaft: knallrosa, mit Blümchenmuster in Schwarz-Weiß. Und es wurde nicht besser, als er es aufschlug. Jedes Kapitel war mit Blümchen dekoriert, als handle es sich um ein Buch mit Schminktipps oder dergleichen. Unwillkürlich bemühte er sich, die Seiten nur mit spitzen Fingern anzufassen.

Er las die Einleitung. Erst einmal wurde die altbekannte Geschichte um Lord Babbage und Lady Lovelace wiederholt, im Grunde das, was man schon in der Schule gehört hatte, nur mit ein paar Bildern mehr. Dann ging es lang und breit darum, warum Programmieren Frauensache war …

Das wollte er jetzt gar nicht so genau wissen. Er blätterte verärgert weiter, suchte nach dem Kapitel, in dem es endlich zur Sache ging. Programmieren, las er, war wie Kuchen backen. Wie bitte? Wieso nannte man das dann immer *ein Programm stricken?* Stand da nicht. Überhaupt war das Buch in einer schrecklich unanschaulichen Weise geschrieben, alles wurde mit Beispielen aus dem Haushalt erklärt, mit Blumenbeeten, Vorratshaltung, Einkäufen, Kleidung, Kochrezepten …

Er blätterte ungeduldig weiter. Das Einzige, was er auf Anhieb verstand, war, dass die Abkürzung DPS für *Deutsche Programmier-Sprache* stand und dass diese vom Prinzip her identisch war mit der UPL, der *Universal Programming Language*, deren Grundzüge noch von Lady Ada Lovelace stammten. Nur dass die DPS eben deutsche Begriffe verwendete. Ein Programm sah beispielsweise so aus:

```
WENN ( Jahr MOD 4 = 0 UND Jahr MOD 100 <>
0 ) ODER Jahr MOD 400 = 0
DANN Schaltjahr <- JA
SONST Schaltjahr <- NEIN
```

Lettke starrte diese Zeilen an, versuchte zu verstehen, was damit gemeint war, wie das, was er da las, zusammenhing, aber es gelang ihm nicht. MOD, fand er heraus, meinte die Modulo-Teilung, also die Rechenoperation, bei der eine Zahl durch eine andere geteilt wurde, aber nur der verbleibende Rest interessierte. Aber wieso die Klammern? Und wieso *so*? Sein Gehirn fühlte sich an wie blockiert, verstopft von lauter Blumenerde, Make-up oder Handcreme.

Wesentliche Konzepte des Programmierens waren: erstens die Verzweigung, illustriert mit einem Bild, das einen Ast mit Blättern und Blüten daran zeigte, und zweitens die Schleife, illustriert mit der Skizze eines apart verpackten Geschenks. Es folgten Begriffe wie *Knoten*, *Stämme* und *Ableger*, womit irgendwie *eingeschachtelte Abläufe* gemeint waren …

Hä?

Nun war auch endlich die Rede vom *Stricken*, von den *Strickmustern*, denen man beim Programmieren folgen konnte, und zwar sowohl *von oben nach unten* wie auch *von unten nach oben*, es käme jeweils auf die Problemstellung an. Weiter hinten, in dem Bereich, der mit *Fortgeschrittene Programmierung* betitelt war, ging es fortwährend um Begriffe wie *Fortpflanzung*, *Vererbung*, *Kind-Eltern-Beziehungen* …

Das war der Moment, in dem Eugen Lettke das unter solchen Mühen erworbene Buch ruckartig zuklappte und von sich wegschob, mit dem Gefühl, aus einem schrecklich süßlichen Traum zu erwachen.

Gerade noch gerettet. Das war das Gefühl, das ihn erfüllte: Dass er, wenn er auch nur noch eine Seite weitergelesen hätte, rettungslos in einem Sumpf untergegangen wäre. In einem fein parfümierten Sumpf, aber nichtsdestotrotz in einem Sumpf.

Er verspürte den Drang, sich zu betasten, ob ihm womöglich durch die Lektüre schon Brüste gewachsen waren.

Er schüttelte sich, schob das Buch mit spitzen Fingern noch weiter von sich weg. Nein, das war nichts für ihn. Er war sowieso noch nie der Typ gewesen, der gut aus Büchern hatte lernen können. Und dieses Buch würde ihm ganz bestimmt nicht helfen, die Sache mit dem Programmieren zu kapieren.

Ganz kurz musste er noch einmal an die kapriziöse Rothaarige denken und wie sie seinen Blicken entschwunden war. Aber die Erinnerung an ihr verlockendes Hinterteil war bereits verblasst.

Für manches war der Preis einfach zu hoch.

Er nahm das Buch und schob es nach ganz hinten in seinem Kleiderschrank, dann zerriss er den Versandkarton und die Rechnung in winzige Fetzen. Es tat gut, sich daran abzureagieren.

20

Etwa einen Monat nach Armins Beerdigung sagte Helenes Mutter zu ihr: »Wir haben am Samstagabend einen Gast. Ich hätte gerne, dass du am Abendessen teilnimmst und dich ein bisschen hübsch machst dafür.«

Helene, die davon ausging, dass es sich bei dem Gast um einen wichtigen Kollegen oder gar Vorgesetzten ihres Vaters handelte, ließ sich gehorsam beraten, zum Friseur schleppen und kurz vor dem Ereignis sogar schminken. »Lippenstifte sind inzwischen sagenhaft schwer zu kriegen«, sagte ihre Mutter, als sie ihr einen reichte.

Der Krieg, natürlich. Das sagte sie nicht dazu. Man sprach nicht mehr so gern vom Krieg im Hause Bodenkamp.

Helene zuckte nur mit den Schultern. Sie verwendete keinen Lippenstift, also waren ihr diesbezügliche Versorgungsprobleme völlig entgangen. Sie bemühte sich ohnehin, so wenig wie möglich davon zu gebrauchen, kam sich aber auch mit den paar dünnen Strichen schrecklich verkleidet vor. Aber ihre Mutter war zufrieden, also fügte Helene sich.

Der Gast entpuppte sich jedoch als ganz junger Arzt, nur wenig älter als sie selbst. Er brachte Blumen mit, die er zu Helenes Überraschung nicht ihrer Mutter überreichte, sondern ihr, zusammen mit einem steifen Kompliment – und Mutter schien das völlig in Ordnung zu finden!

Das war der Moment, in dem sie zu ahnen begann, was hier vor sich ging.

Dann begab man sich zu Tisch. Es war seltsam, plötzlich wieder jemanden auf dem Platz sitzen zu sehen, auf dem sonst immer ihr Bruder gesessen hatte, jemanden zumal, der sogar in dessen Alter war. Doch dieser junge Mann, der Ralf Kaufmann hieß und, wie Helene herauszuhören meinte, mit jemandem weit oben in der Partei verwandt war, war, anders als Armin, äußerst gesprächig.

Beim Aperitif drehte sich das Gespräch noch um die Politik. Vater und er machten sich über die unentschlossenen Aktionen der Franzosen lustig, die sich vor dem Westwall versammelt hatten, um … *nichts* zu unternehmen. Man nannte den Konflikt inzwischen den »Sitzkrieg«, und wenn im Fernsehen darüber berichtet wurde, hatte man den Eindruck, immer die gleichen Bilder zu sehen. Sie sprachen über die Kriegserklärung Englands, deren Luftangriffe und die Angriffe deutscher U-Boote auf die englische Flotte, doch kaum waren die Gläser ausgetrunken, verlagerte sich das Gespräch auf medizinische Themen.

Und wurde zunehmend unappetitlich. Bei der Vorspeise, einer klaren Hühnerbrühe, dozierte ihr Gast über die verschiedenen Arten von Hustenauswurf, beim Hauptgang, zu dem es Braten mit Klößen gab, erläuterte er den Verlauf der Eiterbildung, und beim abschließenden Eis schilderte er seine Erfahrungen mit Nekrosen. Wäre sie als Angehörige eines Chirurgen nicht allerhand gewöhnt gewesen, es hätte Helene ganz schön den Appetit verderben können. Mutter unternahm immer wieder zaghafte Versuche, das Gespräch in eine Richtung zu lenken, die auch sie und Helene einbezog, aber der junge Mann schien es eher auf einen Job an Vaters Institut abgesehen zu haben denn auf dessen Tochter, jedenfalls ging er nicht darauf ein.

Helene atmete auf, als es endlich vorbei und er zur Tür hinaus war.

»Und?«, fragte sie ihren Vater. »Stellst du ihn ein?«

Vater verzog das Gesicht. »Das war eigentlich nicht die Frage …«

»Also wollt ihr mich tatsächlich verkuppeln«, stellte Helene fest, die nicht wusste, ob sie lachen, weinen oder sich übergeben sollte.

Mutter gab einen ihrer theatralischen Seufzer von sich, wie sie es immer tat, wenn sie sich sträflichst missverstanden sah. »Wir wollen dir nur helfen, ein wenig mehr gesellschaftlichen Umgang zu bekommen.«

»Mit Doktor Frankenstein? Na, ich danke auch schön.«

»Helene«, sagte Vater ernst, »die Sache ist nun mal die, dass du nach dem Opfer, das Armin gebracht hat, die Einzige bist, die noch unsere Erbanlagen weitergeben kann. Das stellt eine Verantwortung gegenüber unserem Volk und Vaterland dar, der wir uns bewusst sein müssen.«

Helene sah ihren Vater entgeistert an. »Mit anderen Worten«, meinte sie schließlich, »die Antwort lautet: Ja. Ja, ihr wollt mich verkuppeln.«

»Du triffst dich ja mit niemandem«, hielt ihre Mutter ihr vor. »Wenn du nicht in der Schule sitzt, unter lauter Mädchen, dann sitzt du zu Hause und vergräbst dich in deinem Schulstoff!«

»Ja, und?«, brauste Helene auf. »Zufällig soll ich demnächst Matura machen! Und stell dir vor, die kriegt man weniger geschenkt denn je!«

Das tat sie inzwischen tatsächlich: sich in ihren Schulstoff vergraben, sogar in den Fächern, die sie nicht mochte. Es kam ihr so unwirklich vor, dass Krieg herrschte und man im Fernsehen von Bombenangriffen auf Städte wie Cuxhaven und Wilhelmshaven erfuhr, während der Unterricht weiterging, als habe sich nichts verändert. Ihre Klassenkameradinnen zählten inzwischen die Wochen, die sie »noch hatten«, bis die Maturitätsprüfungen begannen, und alles andere war zweitrangig.

Dessen ungeachtet arrangierten ihre Eltern weitere Kuppelversuche, und Helene schaffte es einfach nicht, sich zu verweigern. Nicht zuletzt, weil sie sich ja tatsächlich danach sehnte, einen Mann zu finden, der sie liebte.

So erduldete sie einen Abend mit einem hochrangigen SS-Mann, der wirklich gut aussah und auch überaus höflich war. Doch sich mit ihm zu unterhalten war schrecklich mühsam. Es sprang irgendwie so gar nichts über, und sie spürte auch keinerlei wirkliches Interesse von seiner Seite. Wieso war er überhaupt gekommen? Sie hatte das Gefühl, sie hätte sich vor ihm nackt ausziehen können, und er hätte einfach nur weiter höflich genickt und einsilbige Sätze von sich gegeben. Stimmte es womöglich, was ihr jemand einmal erzählt hatte, nämlich dass bei der SS viele Männer nur Männer liebten, keine Frauen? Sie hatte keinerlei Vorstellung davon, wie das vor sich gehen mochte, sagte sich jedoch, dass sie es wohl mit so jemandem zu tun haben müsse.

Zumindest war diese Erklärung besser als die, dass sie einfach keinerlei erotische Anziehungskraft ausübte.

Hinterher floh sie zu Marie, die immer Zeit für sie fand, auch wenn sie jetzt, da die Knechte zur Wehrmacht eingezogen worden waren, mehr zu tun hatte denn je. »Lass dich zu nichts zwingen«, sagte sie, nachdem sich Helene bei ihr ausgeweint hatte. »Du wirst jemanden finden, der zu dir passt und dich liebt. Ganz bestimmt. Wenn die Zeit gekommen ist, wird es passieren.«

»Marie – es ist Krieg!«, schluchzte Helene. »Die Männer sterben weg. Bald wird es nicht mehr für jede Frau einen geben!«

Darauf wusste Marie nichts mehr zu sagen. Sie hielt sie nur fest, und so blieben sie sitzen, bis der Schmerz abgeklungen war.

Kurz darauf war es ein deutlich älterer Mann, der zu Besuch kam, ein Wehrmachtsoffizier namens Bodo van Hoften, der ein seltsam öliges Grinsen an den Tag legte. Was dem

SS-Mann an erotischem Interesse gefehlt hatte, besaß dieser Freiherr im Übermaß. Während des Tischgesprächs maß er sie unentwegt mit so gierigen, lüsternen Blicken, dass Helene nicht anders konnte, als immer wieder nach den Verschlüssen ihres Kleides zu tasten, weil sie den Verdacht nicht los wurde, dass ihr Gegenüber die Fähigkeit besaß, Frauen mit Blicken zu entkleiden.

Und dann hatte er auch noch dicke, krallenartige Finger! Die Vorstellung, sich davon berühren zu lassen, war Helene schlichtweg ein Grauen.

Aber wen er alles kannte! Gott, die Welt und den Führer höchstpersönlich. Und wie weit verzweigt und einflussreich seine Familie war! Helene sah, dass ihre Mutter ganz leuchtende Augen bekam bei dem, was der Mann von sich gab.

»Der war doch ganz reizend, oder?«, meinte Mutter hinterher.

Helene musste husten. »Der reizt mich höchstens zum Erbrechen.«

Ihre Mutter sah sie entrüstet an. »Du könntest ein *bisschen* dankbarer sein.«

»Und du könntest mich ein *bisschen* mehr in Ruhe lassen«, erwiderte Helene und rauschte davon, um sich in ihrem Zimmer zu verkriechen.

Im April kam es erstmals zu Luftangriffen durch die Royal Air Force auf Weimar, aber es passierte nichts Schlimmes. Ein paar Spreng- und Brandbomben gingen in der Nähe der Stadt nieder, ohne größeren Schaden anzurichten.

Kurz darauf war es so weit: Die Maturitätsprüfungen begannen, aufregende Tage, wie ausgestanzt aus Zeit und Raum und Tagespolitik. Man fieberte vor verschlossenen Türen, schwitzte über Aufgaben, während Uhren tickten und Aufsicht führende Lehrer durch die Tischreihen streiften, verglich hinterher Lösungen, ärgerte sich, war erleichtert, war verzweifelt, war ratlos. Man stand vor gestrengen Gremien Rede und Antwort, hatte Totalausfall im Gehirn oder eine unerwartete Glückssträhne.

Und bekam endlich die Zeugnisse ausgehändigt, erfuhr seine Noten.

Helene nahm das Blatt, überflog es, spürte Enttäuschung einsetzen, studierte es genauer, und die Enttäuschung verfestigte sich. Die Noten waren nicht schlecht – aber gut eben auch nicht. Nicht gut genug, um nennenswerte Chancen zu haben, an einer Universität zugelassen zu werden. Nicht als Frau, denn höchstens zehn Prozent der Studienplätze durften an Frauen gehen.

Was jetzt? Wie betäubt packte Helene ein, sah sich noch einmal um – dies war ja zugleich der Abschied von den Mauern ihrer »Penne«, fiel ihr ein! Aber zu mehr als einem kurzen Abschiedsblick reichte die Kraft nicht mehr. Sie verabschiedete sich wortkarg von den anderen und ging, fuhr nach Hause, mit demselben Bus wie immer, zum letzten Mal, und wusste nicht, was nun werden sollte.

Doch dann, gerade als sie vor dem Haus ihrer Eltern stand, signalisierte ihr Telephon in der Tasche den Eingang eines als *WICHTIG* eingestuften Elektrobriefs.

Sie zog das Gerät heraus und las:

Von: *Rosemarie:Völkers::nsa*
An: *Helene:Bodenkamp::weimar*
Betreff: *Stellenangebot*

Sehr geehrtes Fräulein Bodenkamp,
mit Interesse haben wir Ihren Werdegang verfolgt,
seit Sie im Programmierwettbewerb der deutschen
Gymnasiastinnen 1938 den 2. Platz errungen haben. Nun
halten Sie unseres Wissen Ihr Maturazeugnis in Händen.

Sollten Sie noch keine anderweitigen Pläne haben, würden wir uns freuen, wenn Sie eine Beschäftigung in unserem Amt in Erwägung ziehen würden.
Bei Interesse antworten Sie einfach auf diesen Elektrobrief.
Gern stehe ich Ihnen auch für ein unverbindliches Gespräch zur Verfügung.
Heil Hitler!
Rosemarie Völkers,
Leiterin der Programmierabteilung,
Nationales Sicherheits-Amt

* * *

»Aber Kind, du *musst* doch nicht arbeiten!«, rief ihre Mutter, als sie von diesem Schreiben erfuhr und davon, dass Helene schon geantwortet und einen Termin ausgemacht hatte.

»Ich *will* aber«, erwiderte Helene, ging anderntags hin, schaute sich alles an, fand nichts dagegen einzuwenden und unterschrieb Anstellungsvertrag nebst Geheimhaltungsverpflichtung gleich an Ort und Stelle.

21

So begann Helenes Arbeit im Nationalen Sicherheits-Amt.

Das Amt residierte in einem gewaltigen Gebäude aus der Kaiserzeit, dessen wahre Ausmaße man von außen gar nicht ahnte, das aber weitgehend verlassen wirkte. Ganze Flure waren ohne Licht, viele Türschilder leer, und die Hälfte des Speisesaals war ein leerer Bereich ohne Tische, mit einem Band abgesperrt.

Frau Völkers, die oberste Chefin, kümmerte sich persönlich um sie. Sie führte sie herum, stellte sie ihren künftigen Kolleginnen vor und zeigte ihr das Bureau, das von nun an ihres sein würde. Frau Völkers war mager, trug ihre weißen Haare zu einem strengen Dutt geflochten und erzählte mit angestrengter Fröhlichkeit von ihren eigenen Anfängen als Programmstrickerin: Um 1900 war das gewesen, als auf der Weltausstellung in Paris elektronische Komputer noch als sensationelle Neuheit ausgestellt wurden. »An unserer Schule hatten wir nur eine Analytische Maschine, zwar elektrisch angetrieben, aber natürlich noch mechanisch rechnend. Wegen der Geräusche, die sie machte, nannten wir sie ›Nähmaschine‹.«

Zum Eingewöhnen gab sie Helene eine einfache Aufgabe: Sie sollte eine Liste von Stichwörtern gegen die Einträge im Deutschen Forum laufen lassen – vor allem gegen die alten Einträge *vor* der Machtübernahme – und daraus Listen von Leuten erstellen, die eines oder mehrere dieser Stichwörter benutzt hatten. Die Stichwortliste enthielt hauptsächlich eine enorme Anzahl von Schimpfwörtern (wie »Verräter«, »Diktator«, »Idiot«, »Verrückter«, »Besessener« usw.) und aggressiven Verben (wie »umbringen«, »erschießen«, »kaltmachen«, »beseitigen«, »ausrotten« usw.), und gültig sollte ein Treffer nur dann sein, wenn entweder der Name »Hitler« oder die Wendung »der Führer« im selben Satz wie eines dieser Stichwörter auftauchte.

Damit, das entsprechende Suchprogramm zu erstellen, war Helene erst einmal beschäftigt. Jeder Eintrag musste ja zunächst in einzelne Sätze zerlegt werden, erst diese konnte sie dann durchsuchen lassen. Sätze, die weder den Namen »Hitler« noch die Wendung »der Führer« enthielten, brauchte sie dabei logischerweise erst gar nicht zu berücksichtigen.

Es kam Helene unglaubhaft vor, dass ein solches Suchprogramm nicht schon existieren sollte. Viel wahrscheinlicher erschien ihr, dass es sich bei dieser Aufgabe um einen Test handelte, also gab sie sich entsprechend Mühe, das Programm so sauber und übersichtlich zu gestalten, wie sie es gelernt hatte.

Der Speisesaal war, obwohl er selbst zur Mittagszeit nie voll wurde, so etwas wie der allgemeine Treffpunkt. Hier lernte sie auch ihre Kolleginnen allmählich näher kennen: Die derbe, dröhnend laute Hedwig, die nach dem Essen immer vor die Tür musste, eine rauchen, und die es schade fand, dass die Strickerinnen nicht mehr zu dritt in einem Bureau saßen wie früher. Die melancholische Friedlinde, die Älteste in der Runde, die gern von ihrer Jugend im Berlin der wilden Zwanzigerjahre erzählte, vor allem von dem Abend, an dem sie in einer Bar neben Josephine Baker gesessen hatte. Und die etwas verhuschte Ulla, die immer stark geschminkt kam, weil sie Hautprobleme damit zudeckte, und von der man munkelte, sie habe eine unglückliche Affäre mit einem verheirateten Mann.

Früher hätte das Amt mehr Mitarbeiter gehabt, erzählten ihr die Frauen, wesentlich mehr. Vor dem Krieg. Aber seither seien fast alle der Männer zur Wehrmacht einberufen worden, und von den Programmiererinnen seien viele nach Berlin ins Reichssicherheits-Hauptamt gegangen, andere hätten Kinder bekommen und den Beruf aufgegeben.

Helenes Aufgabe umfasste noch einen zweiten, wesentlich aufwendigeren Teil: Und zwar sollte sie für jeden Namen auf ihrer Liste herausfinden, mit wem die betreffende Person engeren Kontakt pflegte. Mit wem wohnte sie zusammen oder war sie benachbart? Mit wem tauschte sie viele Nachrichten oder Elektrobriefe aus oder telephonierte sie viel? Mit wem arbeitete sie an ihrem Arbeitsplatz zusammen? Wer gehörte alles zu ihrer weiteren Familie?

All dies ließ sich aus den vorliegenden Daten herauslesen. Sie hatte Zugriff auf das Melderegister, konnte also zu einem Namen die zugehörige Adresse finden und auch die Personen, die unter derselben Adresse oder aber in der unmittelbaren Nachbarschaft gemeldet waren. Sie konnte auf alle gespeicherten Nachrichten und Elektrobriefe zugreifen sowie auf ein Verzeichnis aller Telephonate: Zu erfahren, dass alle Nachrichten und alle Elektrobriefe, die man jemals geschrieben oder empfangen hatte, noch in irgendeinem Silo gespeichert waren, sogar die, die man bei sich auf dem Gerät gelöscht hatte, schockierte Helene nicht wenig. Genauso, dass jedes Telephonat mit Datum, Uhrzeit, Dauer und den Nummern der Gesprächspartner registriert war: erschreckend!

Sie erfuhr in diesen ersten Wochen noch viele weitere Dinge, die sie nie erahnt hätte. Zum Beispiel, dass jedes tragbare Telephon genau zu orten war. Das war an sich zunächst keine Überwachungsmaßnahme, sondern eine simple technische Notwendigkeit, denn um einen bestimmten Gesprächspartner erreichen zu können, musste das System ja wissen, wo sich dieser aufhielt. Deswegen meldete sich jedes Telephon, sobald man es einschaltete, bei dem von ihm aus am besten zu erreichenden Funkturm an. Wenn man die Nummer von jemandem wählte, dann sah der Komputer, dessen Aufgabe es war, die Verbindung herzustellen, in dem entsprechenden Verzeichnis nach, über welchen Funkturm der Betreffende erreichbar war, und leitete den Anruf dann an diesen weiter. Erst der Komputer des Funkturms funkte dann das Gerät direkt an und ließ es klingeln.

Eine Überwachungsmaßnahme war es freilich, all diese Daten in den riesigen Datensilos des NSA aufzubewahren, um jederzeit von jedem Besitzer eines Telephons – und das war inzwischen praktisch jedermann – nachvollziehen zu können, wo dieser sich wann aufgehalten hatte.

Helene lernte auch, dass die Telephone allesamt jederzeit abhörbar waren. Es gab eine eigene Abteilung im NSA, die derlei im Auftrag der Polizei oder der Geheimpolizei unternahm. Der Besitzer des Telephons bekam nichts davon mit, ja, man konnte ihn vom NSA aus sogar dann belauschen, wenn er glaubte, sein Telephon ausgeschaltet zu haben! War jemand verdächtig, wurden alle seine Telephongespräche mitgeschnitten, und auch diese Aufnahmen wurden nie wieder gelöscht, sondern alle abrufbereit aufbewahrt. Es gab sogar ein Projekt, Telephongespräche von speziell konstruierten Komputern belauschen und auf bestimmte Stichworte hin prüfen zu lassen, aber wie weit dieses Projekt schon gediehen war, war nicht zu erfahren.

All diese Möglichkeiten erlaubten es, zu jedem Namen rasch ein Netz von Bezugspersonen zusammenzustellen, aber nachdem Helene das Prinzip erst einmal verstanden hatte, wurde ihr diese Arbeit rasch langweilig. War es wirklich nötig, das alles von Hand zu machen? Sie dachte eine Weile nach, dann ging sie daran, ein weiteres Programm zu schreiben, das diesen Vorgang automatisierte. Sie benutzte die Liste derer, die den Führer irgendwann geschmäht hatten (streng genommen waren nicht die Namen der Betreffenden das Entscheidende, sondern ihre Bürgernummern, da diese sie reichsweit eindeutig identifizierten; keine Bürgernummer wurde jemals doppelt vergeben), als Eingabe für ein Programm, das automatisch nach Querverbindungen suchte und, wenn sie schon dabei war, auch deren Äußerungen im Deutschen Forum überprüfte. Sie unterzog die Häufigkeiten der von diesen Personen benutzten Wörter einem Vergleich mit deren allgemeinen Häufigkeiten und extrahierte auf diese Weise eine Liste weiterer Suchbegriffe, die im Umfeld von Querulanten signifikant häufiger Verwendung fanden als sonst und die daher geeignet sein mochten, problematische Personen ausfindig zu machen, die zu vorsichtig waren, um sich im Forum explizit abfällig über den Führer zu äußern.

Es war also ein dicker Stapel Papier, den Helene ihrer Chefin drei Wochen später vorlegte.

»Ich habe Ihnen doch gesagt, dass wir Papier als rationiert betrachten«, murrte Frau Völkers sogleich. »Es war unnötig, die Namenslisten auszudrucken; es reicht, wenn wir sie im Komputer haben.«

»Das sind keine Namenslisten«, erwiderte Helene. »Das ist nur das Verzeichnis der Namenslisten, die ich erstellt habe. Und ein Vorschlag zur Verfeinerung der Liste der Suchbegriffe.«

»Nur ein *Verzeichnis* der Namenslisten ...?« Frau Völkers bekam große Augen, während sie die Seiten durchblätterte. Tatsächlich war die ganze Art ihrer Reaktion derart heftig und unerwartet für Helene, dass diese es mit der Angst zu tun bekam: War es ein Fehler gewesen, der eigentlichen Aufgabe auszuweichen, indem sie ein Programm dafür geschrieben hatte?

Oder ... witterte die Frau in ihr eine Rivalin?

An diese Möglichkeit hatte Helene bisher keine Sekunde

lang gedacht, aber nun, da sie die instinktive Furcht in der Reaktion ihrer obersten Vorgesetzten förmlich riechen konnte, befiel sie ihrerseits die heftige Sorge, es übertrieben zu haben mit dem Programmieren.

Inzwischen war Frau Völkers bei der Lektüre des Programms angekommen, mit dem Helene die zusätzlichen Stichworte herausgefiltert hatte. Ihre Augen wurden noch größer, und ihr Atem … nun, sie *schnaubte* regelrecht.

»Wir … wir haben in der Oberprima mal ein ganz ähnliches Problem diskutiert«, sagte Helene hastig. »Das hat mich auf die Idee gebracht, es so anzugehen.«

»Ah ja?«, machte Frau Völkers, ohne den Blick vom Programmtext zu heben. »Was war das für ein Problem?«

»Ähm …« Ihr fiel keines ein. Weil das, was sie gerade behauptet hatte, ja nicht stimmte. Sie war ganz von alleine auf die Idee gekommen, es so anzugehen.

Zum Glück bestand ihre Chefin nicht auf einer Antwort. Stattdessen ließ sie den Programmausdruck vor sich auf den Schreibtisch fallen und sagte: »Nun, ganz passabel. Nur schade um das Papier. Wir drucken hier keine Programme aus, merken Sie sich das.«

Dann räusperte sie sich, zog den Kragen ihrer Bluse zurecht und fuhr fort: »Das Ganze war natürlich ein Test. Ich nehme an, das ist Ihnen inzwischen von selber klar geworden. Es ging darum, herauszufinden, ob Sie eine von denen sind, die einfach nur stumpfsinnig Anweisungen folgen, oder eine von denen, die mitdenken. Wie es aussieht, haben Sie diesen Test bestanden.«

»Danke«, sagte Helene. In der Schule war es tatsächlich üblich gewesen, ein fertiges Programm auszudrucken, damit die Lehrerin ihre Bemerkungen dazuschreiben konnte und vor allem natürlich die Note, die sie dafür gab. »Ich bemühe mich nur, dem Reich zu dienen.«

»Eine löbliche Einstellung«, sagte ihre Vorgesetzte und genehmigte sich für einen Sekundenbruchteil so etwas wie ein Lächeln. Dann legte sie die Hand auf den Papierstapel und fuhr fort: »Das hier leite ich weiter. Sie können dem Reich nun dienen, indem Sie sich mit der Struktur der Tabellen vertraut machen, in denen die Protokolle der politischen Polizei abgelegt sind. Gleichen Sie ab, wer von Ihren Listen bereits einmal darin auffällig geworden ist, und sei es nur in einer Kleinigkeit.«

»Ja«, sagte Helene folgsam.

Die Tabellen der politischen Protokolle zu studieren war ihre Beschäftigung der folgenden Wochen – und was für eine! Es musste entweder eine Sadistin gewesen sein, die sich diese Tabellenstruktur ausgedacht hatte, oder eine Verrückte. Das Ganze war ein unglaublich kompliziertes Konstrukt voller ineinander verschachtelter Beziehungen, voller Verweise auf Verweise auf Verweise, und die Bezeichner waren einander zudem verwirrend ähnlich. Als sie sich die Programme ansah, die auf diese Struktur zugriffen, stellte sie fest, dass diese seit zehn Jahren niemand mehr verändert hatte: Kein Wunder, denn selbst die kleinste Ergänzung hätte Änderungen an Dutzenden anderen Stellen erfordert. Keine, die bei Sinnen war, hätte sich das ohne Not angetan.

Immerhin musste sie das auch nicht tun. Sie konnte die Aufgabe lösen, indem sie ein ganz neues Programm schrieb, das von den bestehenden völlig unabhängig war. Und das war schon schwierig genug. Sie skizzierte, kritzelte, entwarf, riss Blatt um Blatt von ihrem Notizblock ab, um alles ausgebreitet vor sich zu sehen, ehe sie die erste Zeile in die Maschine tippte, und mehr als einmal begann sie an sich zu zweifeln. War sie vielleicht doch keine so gute Programmiererin, wie alle immer behauptet hatten?

Oft vergaß sie Zeit und Raum um sich herum, kam erst

wieder zu sich, wenn es draußen schon längst dunkel war. In der ersten Zeit tastete sie dann immer nach ihrem Telephon, in der Erwartung, besorgte Nachrichten ihrer Mutter darauf vorzufinden, aber ihr Telephon lag natürlich beim Pförtner, wie es Vorschrift war.

Ab und zu fiel ihr an solchen Abenden auf, dass ein Lastwagen vor dem Seiteneingang stand, aus dem Männer in Overalls neue Komputer ausluden und ins Gebäude schafften, große Maschinen, die größten und leistungsfähigsten, die Siemens herstellte. Die Art und Weise, wie diese Anlieferung geschah, hatte etwas merkwürdig Geheimniskrämerisches an sich; dabei zuzusehen war fast, als beobachte man einen Handel mit Diebesgut. Der Lastwagen rangierte mit ausgeschalteten Lichtern rückwärts an die Rampe, die Männer in den Overalls bewegten sich geduckt und hastig, und wenn alles ausgeladen war, beeilten sie sich, wieder wegzufahren. Und immer schaltete der Lastwagen die Scheinwerfer erst ein, wenn er in die Straße einbog.

Einmal sah sie während einer solchen Anlieferung einen Mann hinzukommen, der ihr merkwürdig bekannt vorkam. Er war schlank, hatte eine wallende weiße Mähne, wie sie verrückte Dirigenten in Filmen hatten, und als er, von der dunklen Straße kommend, die Treppe auf das hell erleuchtete Viereck der Rampe erklomm, sah sie, dass er ein kariertes Hemd unter einem Jackett trug sowie eine abgewetzte Lederaktentasche unter dem Arm.

Helene stand reglos am Fenster und sah zu, wie er sich mit den Männern unterhielt. Ihren Reaktionen zufolge kannten sie ihn, und was immer da vor sich ging, er schien dazuzugehören, denn danach verschwand er mit größter Selbstverständlichkeit im Inneren des Gebäudes.

Auch sie kannte diesen Mann, hatte ihn schon einmal gesehen – nur wo?

Dann fiel es ihr ein, was die ganze Sache aber eher noch merkwürdiger machte: Sein Name war Dr. Berthold Danzer. Sie hatte ihn mehrmals in der Klinik gesehen, in der ihr Vater arbeitete, war ihm vor vielen Jahren auch einmal vorgestellt worden.

Doch Dr. Danzer war Mediziner, genauer gesagt Hirnforscher. Mit Komputertechnik hatte er nicht das Geringste zu tun.

Was also machte er hier?

22

Sie war mit ihrem Programm erst halb fertig, als sie die Anweisung erhielt, bei Herrn Adamek persönlich vorstellig zu werden, dem Chef des NSA, über den sie bisher nur Gerüchte gehört, aber den sie noch nie in Person gesehen hatte.

Entsprechend nervös war sie, als sie die Tür zu seinem Bureau öffnete. Es war ein dunkles Bureau, das nach Zigaretten roch und nach abgestandener Luft. Gelüftet wurde hier wohl nicht oft, im Gegenteil, vor den hoch gelegenen Fenstern hingen dichte graue Gardinen, die zuletzt vor fünfzehn Jahren weiß gewesen sein mochten. An der Wand waren auf einer riesigen Europakarte die aktuellen Frontverläufe mit farbigen Klebstreifen markiert.

Herr Adamek saß hinter einem massiven, altehrwürdigen und nahezu leeren Schreibtisch, und zwar tatsächlich in einem Rollstuhl, genau wie man es erzählte.

»Guten Tag«, sagte sie. »Helene Bodenkamp. Man hat mir gesagt, ich soll mich bei Ihnen melden.«

»Willkommen«, erwiderte er freundlich. »Verzeihen Sie, wenn ich nicht aufstehe.«

Helene wusste nicht, was sie sagen sollte. »Selbstverständlich.«

»Nehmen Sie doch Platz.« Er deutete auf den Stuhl vor seinem Schreibtisch und beobachtete sie, während sie seiner Einladung Folge leistete. Dann fragte er: »Bodenkamp … Kann es sein, dass Ihr Vater jener Rassenforscher ist, der den Arier-Test entwickelt hat?«

»Ähm … ich glaube schon«, sagte Helene. Ihr Vater sprach zu Hause selten über seine Arbeit; sie hatte nur einmal am Rande eine entsprechende Bemerkung mitbekommen.

»Jedenfalls sind Sie offenbar genauso erfindungsreich wie er.« Er holte einen Stapel Papier aus einer Schublade, in dem sie ihr Verzeichnis der Namenslisten wiedererkannte. »Haben Sie sich das selber ausgedacht? Ein Programm, das Gesinnungsgruppen identifizieren kann?«

»Ähm … ja.« Sie sagte zu oft *Ähm.* Und sie tat wohl besser daran, sich gegenüber Vorgesetzten nicht aufzuspielen. »Das heißt, ich habe mich, was den Ablauf anbelangt, von einem Strickmuster inspirieren lassen, das Edith-Kampfmüller-Methode genannt wird. Sie hat 1929 damit Verteilungswege in einer Fabrik in Leverkusen optimiert.«

»Edith Kampfmüller«, wiederholte Adamek und hob die Brauen.

Helene zog verlegen den Kopf ein. »Ist wohl eher eine Heldin unter Programmiererinnen. Ich glaube kaum, dass der Name Ihnen etwas sagt.«

Adamek lächelte. »Oh doch, das tut er.« Er drehte seinen Rollstuhl zur Seite, wo auf einem Beistelltisch sein Komputer stand, schaltete das Gerät ein und rief ein Programm auf den Schirm.

Ihr Programm. Helene erkannte es sofort.

»Sie wundern sich, dass ich Programme lese?«, fragte Adamek.

»Ja«, gab sie zu.

»Ich lese sie wirklich nur. Aber bisweilen muss ich das. Während des Weltkriegs, als wir das erste Netz für bewegliche Telephone aufgebaut haben, musste ich sehr eng mit den Programmiererinnen zusammenarbeiten. Die benötigten Programme mussten sich präzise an den Schaltungen orientieren, deswegen war es wichtig, genau zu verstehen, wie die Programmiererinnen meine Vorgaben aufgefasst haben. Und der beste Weg war, zu lernen, Programme zu lesen.«

»Ah«, entfuhr es Helene. Vor ihrem inneren Auge erschienen Bilder von Maschinenteilen, ölig und massiv, von Antennen, Stromleitungen, Sicherungen, Keramikisolatoren und Kabelbündeln und von Schalteinheiten, die von Programmen aus betrachtet einfach ansprechbare, handhabbare Symbole waren. Sie hatte solche Anlagen nur ein einziges Mal gesehen, damals, als sie mit den anderen Gewinnerinnen des Programmierpreises in Berlin gewesen war, aber es hatte sie damals fasziniert und faszinierte sie noch immer, dass die massive, gewaltige Technik der Männer einfach gesteuert werden konnte durch Worte, die eine Frau hinschrieb.

Adamek blätterte durch das Programm, und mit jeder Seite, die er las, furchte sich seine Stirn mehr. »Ich sehe nicht, was Sie da aus dem Kampfmüller-Strickmuster übernommen haben.«

Helene räusperte sich. »Das war nur die Inspiration. Ich habe mich an dem Grundgedanken orientiert, wie sie Verbindungen aufbaut und anschließend bewertet. Das tue ich auch. Wenn Sie auf die sechste Seite schauen, da, wo die Schleife beginnt.«

Er warf ihr einen Seitenblick zu. »So etwas wissen Sie auswendig?«

Helene stutzte. »Natürlich.« Das war sicher auch wieder so ein Test. Wie wollte man denn ein funktionierendes Programm schreiben, wenn man das Grundgerüst nicht im Kopf hatte?

Er las weiter. Seine Lippen bewegten sich dabei, als rede er unhörbar mit sich selbst. Helene beobachtete ihn. Er war sehr mager, wie jemand, dem alles andere wichtiger war als das Essen. Sich zu rasieren schien ihm ebenfalls nicht sonderlich wichtig zu sein; entlang seines Kinns hatte er mehrere Stellen schattenhaften Bartwuchses übersehen. Er trug auch keinen

Anzug, wie es ansonsten bei den männlichen Angestellten des NSA üblich war, sondern nur ein Hemd mit offenem Kragen, ein gemustertes Halstuch und eine Strickweste, die schon bessere Tage gesehen hatte, und zwar vor langer Zeit.

»Ich bin beeindruckt«, sagte er plötzlich und wandte sich ihr wieder zu, mit einer Plötzlichkeit, die Helene zusammenzucken ließ. Er schürzte die Lippen, überlegte einen Moment, dann fügte er hinzu: »Es ist vielleicht ein Fehler, das zu sagen, aber mich deucht, Sie sind eine der begabtesten Programmiererinnen, die ich je getroffen habe.«

»Danke«, flüsterte Helene. »Aber Sie übertreiben bestimmt.« Er meinte es bestimmt als Kompliment, aber es war eines von der Sorte, das sich wie ein Gewicht auf einen legte, weil damit Erwartungen geweckt wurden, die sie bestimmt nicht erfüllen würde, Erwartungen auf regelrechte Wunder. Sie hatte Angst davor, so betrachtet zu werden.

Adamek schüttelte den Kopf. »Wenn Sie erst einmal die Programme der anderen gesehen haben, dann werden Sie wissen, dass ich recht habe.«

Helene schwieg. Sie *hatte* die Programme der anderen schon gesehen. Und sie hatte insgeheim dasselbe gedacht wie er.

»Wie auch immer«, fuhr Adamek fort, »Sie sind auf jeden Fall gut genug, dass wir die übliche Einarbeitungszeit überspringen können. Wir haben Krieg und können uns keinerlei Verschwendung von Ressourcen leisten. Ich habe Sie rufen lassen, weil ich Sie ab sofort in einem Projekt von allerhöchster Wichtigkeit einsetzen will. Über dieses Projekt dürfen Sie außer mit mir und den unmittelbar Beteiligten mit niemandem sprechen, Sie dürfen noch nicht einmal den Namen des Projektes gegenüber Außenstehenden erwähnen.«

»Das darf ich doch sowieso nicht«, meinte Helene. »Dafür habe ich ja die Geheimhaltungsverpflichtung unterschrieben.«

»Bei diesem Projekt geht die Verpflichtung zur Geheimhaltung noch weiter. Sie gilt nicht nur für Außenstehende, sondern auch anderen Mitarbeitern des NSA gegenüber.«

Helene nickte zögernd. »Ich verstehe.«

»Ich bin sicher, dass Sie das tun«, sagte er. »Also – ab jetzt ist alles streng geheim. Klar?«

»Ja.«

»Der Codename des Projektes lautet ›Flugsand‹. Was für Vorstellungen löst dieser Begriff bei Ihnen aus?«

Helene hob die Schultern. »Flugsand ...?« Sie überlegte. »Wüste«, sagte sie dann zögernd. »Sand im Getriebe. Liegen gebliebene Autos, die im Sand versinken.« Das hatte sie auf Photographien gesehen, fiel ihr ein, die Onkel Siegmund einmal gezeigt hatte.

»Genau.« Adamek schien höchst zufrieden. »Sand im Getriebe – genau darum geht es. Wir befinden uns im Krieg mit England, einem schwierigen Gegner. Um zu gewinnen, müssen wir verhindern, dass die Engländer im Hinblick auf das ihnen zur Verfügung stehende Kriegsgerät gleichziehen. Im Augenblick kommen zum Beispiel etwa vier deutsche Kampfflugzeuge auf ein englisches, und es ist in unserem vitalen Interesse, diese Überlegenheit beizubehalten. Das Problem ist, dass die Briten produktionsstarke Verbündete haben, allen voran die Vereinigten Staaten, die nach unserem Wissen bereits angefangen haben, Flugzeuge, Waffen und Munition nach England zu liefern – heimlich und am Kongress vorbei, denn die geltenden Gesetze verbieten es Roosevelt an und für sich, das zu tun.«

»Ich verstehe«, sagte Helene, obwohl sie nicht wirklich verstand, worauf das alles hinauslaufen sollte.

»Natürlich wird sich der amerikanische Präsident davon nicht behindern lassen; er ist schon dabei, die betreffenden Gesetze einfach zu ändern. Womöglich wird er auch einen

Weg finden, die amerikanische Bevölkerung zu überzeugen, dass die USA in den Krieg eingreifen müssen. Doch selbst wenn er England nur mit Waffen versorgt, ist Amerika mit seiner enormen Produktionskapazität ein Problem für uns. An genau dieser Stelle soll das Projekt ›Flugsand‹ ansetzen. Wir wollen dafür sorgen, dass in den amerikanischen Fabriken die Räder stillstehen. Oder dass sie Ausschuss produzieren. Dass die Waffen, die sie herstellen, nicht schießen. Dass die Flugzeuge, die sie bauen, nicht fliegen, ihre Schiffe nicht schwimmen und ihre Bomben nicht –«

»Indem wir die Komputer manipulieren, die ihre Anlagen steuern!«, platzte Helene heraus, als ihr der Sinn des Ganzen endlich klar wurde.

Adamek lächelte. »Genau. Und zwar ohne dass sie Verdacht schöpfen.«

»Das ist schwierig.« Ihre Gedanken begannen zu rasen. »Man müsste dazu die Programme genau kennen, die sie benutzen, um nach Möglichkeiten suchen zu können, sich darin einzufädeln …«

»Wir kennen diese Programme. Die meisten amerikanischen Firmen verwenden Anlagen deutscher Firmen oder Anlagen, die deutschen Vorbildern nachgebaut wurden. Unsere Patente gelten ja nicht mehr.«

Helene nickte. »Dann müsste es gehen. Bloß – wie bekommen wir die geänderten Programme in die Anlagen dort hinein?«

»Das werden Agenten vor Ort erledigen. Damit haben wir nichts zu tun.«

»Gut.«

Der Mann in dem Rollstuhl beugte sich vor. »Das klingt, als würde Sie diese Aufgabe interessieren. Oder täusche ich mich? Würden Sie lieber weiter Denunziantendienst schieben? Die Berichte der Blockwarte aufbereiten?«

Helene schüttelte heftig den Kopf. »Nein, nein. Das Projekt interessiert mich sehr.«

»Das dachte ich mir.« Er nahm den Hörer des Bureautelephons ab, wählte eine Nummer. »Herr Möller? Ich schicke Ihnen gleich eine wertvolle Verstärkung für Ihre Arbeitsgruppe …«

* * *

In der Nacht auf Samstag, den 17. August 1940 bombardierten englische Flugzeuge trotz heftiger Flak-Abwehr die Stadtmitte von Weimar. Tags darauf hüpfte die Nachricht von Telephon zu Telephon, dass dabei unter anderem das Gartenhaus beschädigt worden war, das einst dem Dichterfürsten Johann Wolfgang von Goethe gehört hatte, und auch Helene gehörte zu jenen, die daraufhin hinab an die Ilm pilgerten, um den Schaden zu besichtigen.

Viel war nicht zu sehen. Die neugierige Menge drängte sich entlang eines Zauns, mit dem die Polizei die Umgebung des historischen Gebäudes weiträumig abgeriegelt hatte, und alles, was man sah, war, dass schon Reparaturarbeiten begonnen hatten.

»Das Dach«, hörte Helene jemanden sagen. »Das Dach ist beschädigt. Deswegen haben sie eine Plane darübergezogen.«

Als sie einen Blick auf ihr Telephon warf, sah sie, dass sie sich den Weg hätte sparen können, denn es liefen schon Aufnahmen von der Baustelle durch den Nachrichtenstrom. Jemand von der Staatlichen Hochschule für Baukunst in Weimar beklagte, damit sei »das Urbild des deutschen Wohnhauses an sich« getroffen worden, was ihm sogleich Dutzende wütender Antworten einbrachte, ob er vielleicht auch mal an die Menschen denken könne, die in dem ebenfalls von den Bomben getroffenen Hilfslazarett gelegen hätten?

Wie sie so mit dem Blick auf ihr Telephon dahinstolperte, lief sie beinahe in einen Mann hinein, der das Gleiche tat, und dieser Mann war niemand anders als Doktor Danzer.

»Hallo, Herr Doktor«, sagte Helene und hielt ihm die Hand zum Gruß hin.

Er sah sie verwirrt an. »Entschuldigen Sie, ich hätte Sie beinahe … ach, sind Sie nicht die Tochter von Doktor Bodenkamp? Helene, nicht wahr?«

»Ja«, sagte sie.

Er strahlte. »Ach, mein Gott, ist das lange her, dass ich Sie das letzte Mal gesehen habe. Damals waren Sie noch *so* klein …« Er hielt die Hand ungefähr in Hüfthöhe: *So* klein war sie damals ganz bestimmt nicht gewesen! »Wie geht es Ihnen? Was machen Sie denn so?«

»Gut«, sagte Helene. »Ich arbeite jetzt auch im NSA. Genau wie Sie.«

All seine Leutseligkeit verschwand wie ausgeknipst. »Ich? Ich weiß nicht, wovon Sie reden.«

»Das Nationale Sicherheits-Amt«, wiederholte Helene. »Ich hab Sie vor einiger Zeit gesehen, wie Sie über die Laderampe ins Gebäude gekommen sind.«

»Da müssen Sie mich mit jemandem verwechselt haben«, erwiderte er abweisend. Er sah sich nervös um, sagte dann: »Tut mir leid, aber ich muss weiter. Dringende Geschäfte, Sie verstehen?«

Damit wandte er sich ab und ging straffen Schrittes davon.

Helene sah ihm verdutzt nach. Seine weiße Mähne schien hinter ihm zu flattern wie eine Fahne im Wind. Was hatte denn *das* nun zu bedeuten? Doktor Danzer war eine so auffällige Erscheinung, dass es schier ausgeschlossen war, ihn mit jemand anders zu verwechseln.

Zu Hause erzählte sie beim Mittagessen von ihrer Begegnung in der Hoffnung auf eine Erklärung für das seltsame Verhalten des Hirnforschers, doch ihr Vater meinte nur schmallippig: »Es ist vielleicht besser, wenn du in dieser Angelegenheit nicht allzu neugierig bist.«

* * *

Helene kam gar nicht dazu, sonderlich neugierig zu sein, denn ihre Arbeit verlangte von ihr, sich in die Tiefen gewaltiger Steuerprogramme zu versenken, die Architektur der aufeinander aufbauenden Abläufe zu durchwandern und das Wechselspiel und die Logik der Zugriffe zu durchdringen, und in alldem ging sie derart auf, dass sie kaum mitbekam, wie die Wochen und Monate vergingen.

Die deutsche Luftwaffe hatte England angegriffen, scheiterte aber mit dem Vorhaben, die *Royal Air Force* auszuschalten, sodass die geplante Invasion der britischen Inseln nicht stattfinden konnte. Trotz größter Not, isoliert und ausgehungert, weigerten sich die Engländer zu kapitulieren.

Helene nahm all das nur am Rande wahr. Sie verbrachte die Tage über riesige Skizzen und Schaubilder gebeugt, immer auf der Suche nach Stellen, an denen man Manipulationen verstecken konnte, ohne dass andere Programmiererinnen sie bemerken würden.

Die ersten ›Flugsand-Programme‹ waren bereits im Einsatz. Adamek zeigte ihr einen Bericht der *New York Times*, wonach sich viele RAF-Piloten inzwischen weigerten, in Flugzeuge aus amerikanischer Produktion zu steigen, der vielen Funktionsausfälle dieser Maschinen wegen.

Doch ihre Arbeit war damit nicht beendet, ganz im Gegenteil. Nach und nach bekam man drüben mit, was gespielt wurde, und das Projekt ›Flugsand‹ entwickelte sich zu einem eigenen, geheimen, unerklärten Krieg zwischen ihr und den amerikanischen Programmiererinnen. Ständig lieferten die deutschen

Agenten neue Programmversionen, die es aufs Neue zu analysieren und zu korrumpieren galt – ein Wettlauf mit der Zeit.

Bald erwies sich der Einsatz von Agenten, um Programme zu entwenden beziehungsweise veränderte Programme heimlich einzuschleusen, als hinderlich und schließlich als unmöglich, weil die amerikanische Spionageabwehr dahinterkam, wie das lief. Doch Kirst und die Leute vom Technischen Dienst fanden auch dafür eine Lösung: In einem abgeschirmten Kellerraum wurde eigens hierfür ein vom amtsinternen Netz völlig isolierter Komputer installiert, der über eine sogenannte *verdeckte Anschlussverbindung* mit dem Weltnetz verbunden war und von nun an Helenes Arbeitsplatz sein würde.

Was das zu bedeuten habe, wollte Helene wissen, und Kirst gab sich redlich Mühe, es ihr zu erklären, aber alles, was er sagte, klang so nach Männertechnik, dass sie bald aufgab und einfach nur nickte, bis er fertig war. Jedenfalls war es über dieses Gerät möglich, sich über das Weltnetz direkt mit einem Komputer in Amerika zu verbinden, und zwar so, als käme man eben *nicht* aus dem Weltnetz an, sondern als sei man direkt dort eingestöpselt.

»Deswegen nennt man es ›verdeckt‹«, erklärte Kirst. »Weil wir die Verbindung über eine ganze Kette von miteinander verbundenen Komputern weiterleiten, und zwar ohne dass es jemand merkt.«

»Und wieso kann ich das nicht von dem Komputer in meinem Bureau aus machen?«, wollte Helene wissen.

Worauf Kirst seine Zigarette ausdrückte und, während er nach der nächsten angelte, meinte: »Weil grundsätzlich die Gefahr besteht, dass es in Amerika eben *doch* jemand merkt. Und womöglich versucht, über dieselbe Verbindung bei *uns* einzudringen. Wenn ihm das auf einem Komputer gelingen sollte, der mit unserem Netz verbunden ist, hätte er Zugriff auf all unsere Daten.«

Das leuchtete Helene ein. Sie verzichtete auf weitere Erklärungen und arbeitete fortan unten im Keller. Zunächst mit Kirsts Unterstützung, bald aber auch ohne ihn, machte sie wichtige Komputer in Amerika ausfindig, verschaffte sich Zugang zu ihnen, kopierte die entscheidenden Programme herüber, veränderte sie in zweckdienlicher Weise und schleuste die veränderten Versionen zurück. Eine Kollegin, Friedlinde Jersch, sammelte derweil Zeitungsberichte, Leserbriefe und Forumsbeiträge, in denen von amerikanischen Produktionsausfällen, versagenden Maschinen, Häufungen von Pannen und dergleichen berichtet wurde, und erstellte daraus einen täglichen Report, den auch Helene bekam, damit sie sah, dass ihre Arbeit etwas bewirkte.

Inzwischen hatte Hitler den Überfall auf die Sowjetunion befohlen, und deutsche Panzerverbände rollten durch die endlosen Weiten der russischen Steppe. Helenes Vater war über diesen Schritt besorgt, Adamek ebenfalls: In der sowjetischen Produktion regierte noch weitgehend Handarbeit; Komputer kamen so gut wie keine zum Einsatz, wodurch sich dem NSA auch keinerlei Möglichkeit bot einzugreifen. »Wenn Stalin seine Rüstungsbetriebe an den Ural verlegt, kann auch unsere Luftwaffe sie nicht erreichen«, erklärte Adamek. »Unsere einzige Hoffnung liegt darin, dass sowjetische Arbeiter für alle möglichen Dinge bekannt sind, aber nicht dafür, effektiv zu arbeiten.«

Die Eroberung Moskaus scheiterte, wie die Eroberung Londons gescheitert war, und dann war auf einmal im Amt ständig von einer Stadt namens Stalingrad die Rede, meist nur im Flüsterton. Helene kümmerte sich auch darum nicht, denn ihre Gedanken kreisten mit erbarmungsloser Ausschließlichkeit darum, wie sich die neuen Programme unbemerkt manipulieren ließen.

23

Eines Morgens kam Helene wie üblich zur Arbeit, gab ihr Telephon am Eingang ab und stieg dann in den düsteren Keller hinab, wo die Techniker bei ihrem Eintreten nicht einmal aufschauten – doch als sie die Tür zu dem Raum aufschließen wollte, in dem der isolierte Komputer stand, war diese bereits offen, und als sie sie verwundert aufdrückte, stand da ein Mann in einem grauen Overall und war damit beschäftigt einen Schaltkasten an die Wand zu montieren, direkt neben der Leitung, die ins Weltnetz ging. Aus der zugehörigen Wandöffnung hingen plötzlich ein halbes Dutzend weitere Kabel, dick ummantelt und staubig.

»Was machen Sie da?«, fragte Helene mit einer Empörung, deren Heftigkeit sie selber überraschte. »Und wer *sind* Sie überhaupt?«

Der Mann drehte sich um. Er hatte hellgraue, raspelkurz geschnittene Haare und ebenso hellgraue, ja, beinahe weiße Augen, was gruselig aussah, fast so, als habe er Augen aus Eis. Helene hatte ihn noch nie gesehen, dessen war sie sich absolut sicher: Das war keine Erscheinung, die man so leicht übersehen oder gar vergessen konnte.

»Das hat alles seine Richtigkeit«, erklärte er mit spöttischem Lächeln und einer leicht heiser klingenden Stimme. »Sie können Frau Völkers fragen.«

Helene sah ihn skeptisch an. »Ändern Sie irgendwas an meiner Amerika-Leitung?«

»Was?« Die Frage schien ihn zu verblüffen. Er musterte die Kabel. »Nein. Die Leitung hier geht nach Berlin.«

»Wieso Berlin?«

»An die Universität, um genau zu sein. Ein wissenschaftliches Experiment.« Er überlegte kurz. »Stellen Sie sich ein Programm vor, das etwas über uns Menschen lernen soll. Was braucht so ein Programm dafür? Daten natürlich.«

Helene musste an ihren Berlin-Besuch mit all den anderen Preisträgerinnen denken. »Hat das etwas mit Frau Professor Kroll zu tun?«

Seine Augenbrauen wanderten nach oben. »Sie wissen davon?«

»Sie hat uns vor Jahren davon erzählt. Sie hat an einem Strickmuster gearbeitet, das so ähnlich arbeiten soll, wie die Nervenzellen im Gehirn miteinander verschaltet sind.«

»Ja, genau«, sagte der Mann mit den Augen aus Eis. »Man will versuchen, dem Programm das Lesen beizubringen. Deswegen soll es direkten Zugriff auf die Beiträge im Deutschen Forum kriegen.« Er nahm den schwarz lackierten Metalldeckel vom Boden auf, stülpte ihn über den Schaltkasten und schraubte ihn rasch fest. »So. Schon fertig. Dann will ich Sie mal nicht weiter stören.«

Damit ging er. Pfiff sich eins, wie er da, seinen Werkzeugkoffer in der Hand, durch den Kellergang davonschlenderte. Helene hörte ihn noch ein paar Worte mit den Technikern wechseln, Gebrummel, durchsetzt mit »Ja, in Ordnung« und kurzem Gelächter, dann ging die schwere Panzertür vorne, und Stille kehrte zurück.

Sicherheitshalber rief Helene Frau Völkers an, ehe sie den Komputer einschaltete. Ja, ja, meinte die, der Techniker aus Berlin, das ginge in Ordnung. »Ich hab Ihnen doch aber einen Zettel auf den Schreibtisch gelegt deswegen?«, fügte sie vorwurfsvoll hinzu.

»Ich war gestern Abend nicht mehr in meinem Bureau«, sagte Helene.

»Wäre aber vielleicht gut, wenn Sie das täten«, meinte die

Völkers spitz, und das war der Moment, in dem Helene bedauerte, überhaupt gefragt zu haben.

Es tat ihr nun leid, den Mann mit den eisgrauen Augen so abgefertigt zu haben. Immerhin war das einmal jemand gewesen, der mit ihr geredet, der sie *wahrgenommen* hatte.

Normalerweise kam sie sich nämlich vor wie unsichtbar. Bei der Analyse der Steuerprogramme arbeitete Helene mit mehreren Technikern zusammen, von denen viele älter, einige aber noch recht jung waren und durchaus attraktiv. Doch selbst diejenigen unter ihnen, die nicht verheiratet waren, nahmen keinerlei Notiz von ihr als Frau. Im Gegenteil, einmal hörte sie zufällig mit, wie einer, den sie sogar heimlich in den Datensilos des NSA ausgespäht hatte, um herauszufinden, ob er verheiratet war – er war es nicht –, wie ausgerechnet dieser junge Mann also zu einem anderen sagte: »Es ist schon so, wie man immer sagt – Programmiererinnen sind seltsam.«

Helene ließ sich nicht anmerken, dass sie das mitbekommen hatte, konzentrierte sich von da an aber noch ausschließlicher auf ihre Arbeit. Nichts im Leben, stellte sie fest, verschaffte ihr so verlässlich ein Gefühl der Befriedigung wie die Arbeit an einem anspruchsvollen Programm. Ihrem Seelenleben war zweifellos am besten damit gedient, diese Erkenntnis zu beherzigen und sich nicht nach dem Unmöglichen zu sehnen.

Ihre Mutter indes hatte ihre diesbezüglichen Ambitionen noch nicht aufgegeben. Immer wieder kritisierte sie, wie sich Helene anzog oder schminkte – oder, besser gesagt, dass sie sich *nicht* schminkte, ehe sie zur Arbeit ging –, und ihre ständige Aufforderung war: »Mach doch ein bisschen was aus dir!«

Doch das wollte Helene nicht. Denn wenn sie es getan hätte, dann hätte sie sich auch Hoffnungen gemacht, Hoffnungen, die über kurz oder lang bitter enttäuscht worden wären, und sie hatte so genug von Enttäuschungen.

Mutter hörte auch nicht auf, immer mal wieder Heiratskandidaten zum Abendessen einzuladen, doch diese Abende ließ Helene nur über sich ergehen. Sie blieb wortkarg und merkte sich nicht einmal die Namen der mehr oder weniger jungen Männer, die ihr allesamt widerwärtig waren.

* * *

Dann brach ein schrecklich kalter Winter an. Die Kohle wurde rationiert, und sie konnten zu Hause nicht mehr alle Zimmer heizen, die sie sonst winters warm gehalten hatten. Inzwischen hörte man den Namen ›Stalingrad‹ auch außerhalb des Amtes, aber niemand wusste etwas Genaueres. Die Telephone der Soldaten waren ja blockiert, wenn es dort, wo sie waren, überhaupt ein Funknetz dafür gab. Nur manchmal kam eine Nachricht durch, aus welchen Gründen und auf welchen Wegen auch immer, und wurde gerüchteweise weitergetragen: Es stünde schlecht um Stalingrad, der deutsche Vormarsch sei vom Russen gestoppt worden, die Lage sei bedenklich.

Aus irgendeinem Grund fiel Helene irgendwann in diesen Tagen eine Zeitungsmeldung des Inhalts auf, dass es im Jahr 1941 in Weimar bislang 33 Fliegeralarme gegeben habe, aber keinen einzigen Angriff. Aus diesem Grund, führte der Artikel weiter aus, würden die vor Weimar stationierten Flugabwehrstellungen an andere, gefährdetere Orte verlagert. Generell habe es aber den Anschein, dass die Kraft der englischen Luftwaffe allmählich erlahme.

Helene dachte darüber nach, inwieweit das, was sie tat, dabei eine Rolle spielte. Wenn ein englischer Pilot bei einer Notlandung mit einer Maschine, deren Motor mitten im Flug ausgefallen war, verunglückte – war sie dann daran mitschuldig?

Ja, sagte sie sich. Es war ein seltsamer Gedanke, dass sie von ihrem Schreibtisch aus vielleicht mehr feindliche Soldaten getötet hatte als ihr Bruder Armin von seinem Panzer aus.

Gut, dass sie es nicht so genau wusste und nie erfahren würde.

* * *

»Ich nehme an, Sie haben es alle schon gehört«, begann Adamek die Besprechung mit dem inneren Kreis am Morgen des 9. Dezember 1941, einem kalten Dienstag, der Eisblumen an die Fenster zauberte.

»Pearl Harbour«, sagte Lettke fast automatisch. Er war seit Sonntagabend im Amt und hatte alle Nachrichten verfolgt, die über die verschiedenen Kanäle gekommen waren.

Alle nickten, bis auf Kirst, der mit triefender Nase, roten Augen und einem Taschentuch in der Hand am entferntesten Ende des Tisches saß. Er hatte die letzten Tage krank im Bett verbracht. »Pearl Harbour? Tut mir leid, ich bin noch nicht auf dem Laufenden.«

»Die japanische Luftwaffe hat am Sonntagmorgen ohne jede Vorwarnung den amerikanischen Flottenstützpunkt auf Hawaii angegriffen und dabei einen beträchtlichen Teil der amerikanischen Flotte versenkt«, erklärte Lettke auf ein Nicken Adameks hin. »Das war um sieben Uhr morgens Ortszeit, bei uns abends achtzehn Uhr. Weniger als eine Stunde später haben japanische Streitkräfte Britisch-Malaysia angegriffen und noch am selben Tag eine Invasion in Thailand, Singapur, Guam, Hongkong und Wake begonnen. Auf Luzon – das ist die größte Insel der Philippinen, seit 1898 amerikanische Kolonie – haben sie mit einem Schlag über einhundert Kampfflugzeuge der *US Air Force* zerstört.«

»Und gestern«, ergänzte Adamek, »hat der amerikanische

Präsident vor dem Kongress gesprochen und gefordert, Japan den Krieg zu erklären. Und der Kongress ist dieser Forderung mit nur einer Gegenstimme gefolgt. Damit haben wir es endgültig mit einem zweiten Weltkrieg zu tun.«

Kirst schniefte, ließ sich das durch den Kopf gehen. »Eine einzige Gegenstimme?«

»Eine Frau«, sagte Lettke. »Eine Pazifistin namens Jeannette Rankin.«

»Eine Frau«, wiederholte Kirst, schnäuzte sich. »Sieh an.«

»Was wird der Führer jetzt tun?«, wollte Dobrischowsky wissen.

Adamek hob die Schultern. »Aus dem Auswärtigen Amt ist zu hören, dass Hitler schon seit letzter Woche, als die Sowjets ihre Gegenoffensive begonnen haben, nicht mehr daran geglaubt hat, den Krieg mit Amerika vermeiden zu können. Und er scheint Wert darauf zu legen, dass *wir* den USA den Krieg erklären, nicht umgekehrt. Jedenfalls ist für übermorgen eine Sitzung des Reichstags angesetzt, auf der er reden wird. Ich gehe davon aus, dass das die Kriegserklärung wird.«

Einen schrecklich langen Augenblick war es so still in der Runde, dass man einen Engel hätte durchs Zimmer laufen hören können.

»Tja«, sagte Gustav Möller schließlich, nahm die dicke Brille und begann, sie mithilfe seiner Krawatte zu putzen. »Wir haben getan, was wir konnten, aber ich fürchte, die Amerikaner können trotz des Projekts ›Flugsand‹ immer noch eine verdammt große Menge Waffen produzieren.«

»Soll ich überhaupt weitermachen?«, fragte Lettke. »Die nächsten Wahlen in den USA sind erst wieder 1944. Bis dahin bleibt Roosevelt im Amt, egal, ob ich die Leute gegen ihn aufbringen kann oder nicht.«

»Wir machen alle weiter«, bestimmte Adamek. »Wir tun alle das, was jetzt jeder Deutsche tun muss: unsere Pflicht.«

Alle nickten ernst, auch Eugen Lettke, aber bei sich dachte er, dass der Chef so resigniert wirkte wie noch nie zuvor. Mit anderen Worten: dass er den Krieg für verloren hielt.

Darüber dachte er eine Weile nach, auch als am nächsten Tag tatsächlich die Nachricht kam, dass Deutschland nun im offenen Krieg mit Amerika stand. Abends sah er sich Hitlers Rede im Fernsehen an – dankenswerterweise beschränkte man sich darauf, nur die relevanten Ausschnitte der über anderthalbstündigen Rede zu senden – und beschloss danach, seine Suche nach der rothaarigen »Gräfin« wieder aufzunehmen und sie zu finden, ehe alles endgültig vor die Hunde ging.

24

Der Winter 41/42 wollte kein Ende nehmen, zog sich schmutzig-grau dahin in Bereiche des Kalenders, die von Rechts wegen dem Frühling hätten gehören sollen. Es war, als beteilige sich auch das Wetter am Krieg, und zwar auf Seiten der Feinde.

In der Kantine des NSA gab es jetzt montags und donnerstags nur das sogenannte »Feldküchengericht«, meistens einen Eintopf oder ein Tellergericht einfachster Art. Alle Gaststätten im Reich waren verpflichtet, es ebenso zu halten. Auf diese Weise sollte die Heimat gewissermaßen aus dem gleichen Topf essen wie der Soldat an der Front. Außerdem wurden seit Ende Oktober zehn Prozent des Lohnes einbehalten, gemäß der Verordnung zum »Eisernen Sparen«, und seit Januar mussten die Arbeiter in der Rüstungsindustrie und im Kohlebergbau noch mehr Sonderschichten arbeiten als bisher.

Die ›Landwacht‹ wurde aufgestellt, bestehend aus Angehörigen der SA, der SS und anderer Organisationen sowie Veteranen des Weltkriegs, der inzwischen immer öfter »der erste Weltkrieg« genannt wurde. Die Engländer bombardierten Hamburg, Lübeck, Frankfurt und sogar Berlin. Es war inzwischen bei Strafe verboten, ausländische Rundfunk- oder Fernsehsender zu empfangen oder sich über das Weltnetz mit Komputern zu verbinden, die im Ausland standen: Insbesondere Letzteres ließ sich leicht überwachen, und es waren seit Erlass des Verbotes schon mehrere spektakuläre Todesurteile vollstreckt worden, auch an Minderjährigen.

Juden mussten inzwischen den sogenannten *Judenstern*

tragen. Sie hatten ihre Telephone und Fahrräder abgeben müssen, durften keine Haustiere mehr halten, keine Zeitschriften mehr abonnieren, keine nichtjüdischen Friseure mehr aufsuchen und kein Fleisch und keine Milch mehr kaufen. Und – sie durften das Deutsche Reich nicht mehr verlassen.

Trotzdem *verschwanden* sie nach und nach.

***

Gegen Ende April erreichte Helenes Vater die Nachricht, dass sein früherer Mentor, Professor Wegner, in hohem Alter gestorben war. »Da müssen wir selbstverständlich hin«, erklärte er, daher fuhren Helenes Eltern am 24. April, einem windigen, kalten Freitag, nach Linz, wo der Wissenschaftler seinen Lebensabend verbracht hatte.

Und so war Helene, als sie an diesem Abend aus dem Amt zurückkehrte, zum ersten Mal in ihrem Leben *allein* im Haus. Berta, das Zimmermädchen, war vor zwei Wochen nach Frankfurt gegangen, weil sie sich um ihre im Sterben liegende Mutter kümmern wollte; die Köchin hatte ihren freien Abend und würde ihn mit ihrem neuesten Verehrer verbringen, einem älteren Reichspolizisten, der in die Ukraine abkommandiert war, also sicher nicht vor morgen früh zurückkehren, und den Gärtner hatten sie schon vor über einem halben Jahr entlassen müssen, weil das Geld dafür nicht mehr reichte. Der Krieg fordere von allen Opfer, hatte Vater gemeint.

Allein zu Haus! Wie seltsam sich das anfühlte! Alle Räume dunkel und kalt, nirgends ein Laut, nichts zu hören außer dem Surren des Kühlschranks in der Küche. Wie kahl die große Treppe wirkte, wenn das Licht anging und man wusste, dass sonst niemand zu Hause war! Selbst das vertraute Knarren dieser oder jener Bohle des Holzfußbodens klang seltsam fremd, und was klapperte da? Der kalte Wind wohl, der draußen wehte und sich in den Fensterläden fing – aber wie unheimlich das Geräusch, das er machte!

Helene ging, wie immer, zuerst in ihr Zimmer, um sich etwas Gemütlicheres anzuziehen und ihr Telephon ans Ladegerät zu stecken. Dann ging sie in die Küche. Johanna hatte versprochen, ihr ein Abendessen vorzubereiten, das sie sich nur würde warm machen müssen. Das hatte sie natürlich auch getan; der Topf stand im Kühlschrank, zusammen mit einem Zettel, auf dem so genau beschrieben stand, was zu tun war, als habe Helene noch nie im Leben einen Herd gesehen. Sie schmunzelte. Für Johanna würde sie zeitlebens das kleine Mädchen bleiben, für das sie immer eine Leckerei zur Hand haben wollte, wenn es in ihre Küche kam.

Aber das konnte warten, sie hatte noch keinen Hunger. Außerdem wollte sie erst einmal einheizen, das Haus war ja regelrecht ausgekühlt! Als sie in den Heizungskeller kam, stand da auch schon die Kohle, die sie in den Ofen werfen sollte, genau abgezählt. Im Haus waren immer noch die meisten Heizkörper abgedreht; außer der Küche und einem der Bäder wurde nur das Wohnzimmer beheizt, in das sie auch den Esstisch gestellt hatten.

Als das Feuer brannte, hatte Helene Lust, erst einmal alle Räume des Hauses zu durchwandern, in aller Ruhe und Heimlichkeit.

Immer noch war alles viel zu ruhig, geradezu unheimlich ruhig, auch wenn jetzt die Heizungsrohre leise blubberten. Überhaupt war das Haus riesig, viel zu groß für eine einzelne Familie. Ihr Vater hatte es von seinem Vater geerbt, die Bodenkamps wohnten hier schon seit drei Generationen – aber noch ihre Großeltern hatten wesentlich mehr Kinder gehabt und auch mehr Dienstboten. Vater hatte drei ältere Brüder gehabt, alle drei ebenfalls Ärzte, wie es der Familienbrauch verlangte. Sie waren alle drei früh gestorben, zwei im Krieg und einer an einer Sepsis, die er sich zugezogen hatte.

So riesig alles. So leer. So einsam. Genauso einsam, wie sie sich fühlte: Dieser Gedanke kam ihr, als sie in Armins altem Zimmer stand, das seit dessen Tod unberührt geblieben war. Das Bett hatte er noch selber frisch bezogen, ehe er aufgebrochen war zu neuen Heldentaten. Um dann nicht mehr zurückzukehren.

Sie ging weiter. Überall lag Staub. Man merkte, dass Berta nicht da war.

Sie stieg die schmale Treppe zu den Räumen hoch, die unter dem Dach lagen. Wann war sie das letzte Mal hier oben gewesen? Sie wusste es nicht mehr. Kam überhaupt noch jemand hier hoch? Es war ein Teil des Hauses, der aus dem Bewusstsein verschwunden war. In einigen Räumen lagerten irgendwelche Sachen, abgedeckte Möbel, Kartons voller Dinge und dergleichen, aber die meisten Zimmer waren einfach leer. Früher hatte man die Dienstboten hier oben untergebracht, aber heute wohnten Berta und Johanna im Anbau, der auch viel schöner war, moderner fast als das Haupthaus.

Doch da sie es sich nun einmal vorgenommen hatte, durchwanderte Helene auch diese Räume alle. Es roch staubig und seltsam, aber es waren Gerüche, die sie mit ihrer Kindheit verband. In einer Ecke fand sie ein paar Streifen uralten, vertrockneten Heus, Überreste des Lagers, das sie dem Kaninchen damals bereitet hatte. *Lämpchen.* Sie zerrieb das Heu zwischen den Fingern, musste an die großen, dunklen Augen des Tiers denken und merkte, wie ihre Augen feucht wurden bei der Erinnerung daran.

Sie spähte aus dem schmalen Fenster unter der Schräge, dachte daran, wie oft sie hier gesessen, den Garten beobachtet und vor sich hin geträumt hatte. Jetzt gerade brach die Dämmerung an, legte sich feenhaftes Zwielicht über das Land, hingen Wolken wie zerrupfte Watte an einem rosafarbenen Himmel. Magisch. Der ganze Abend war irgendwie magisch.

Und gerade, als sie das dachte, sah sie jemanden vor dem Zufahrtstor stehen, einen Soldaten in Uniform, der seltsam unschlüssig dastand, so, als traue er sich nicht näher heran. Irgendwie kam er Helene bekannt vor, und wie ein jäher Schmerz durchzuckte sie die Hoffnung, es könne Armin sein, Armin, der nur irrtümlich für tot erklärt worden war, aufgrund einer Verwechslung, der vielleicht all die Zeit nur in Gefangenschaft gewesen war, der sich befreit und sich bis hierher durchgeschlagen hatte, nach Hause!

Und obwohl sie sich sagte, dass das unmöglich sein konnte, machte sie auf der Stelle kehrt und rannte die Treppen hinunter bis zur Haustür und hinaus, die Zufahrt hinab bis zum Tor, und als sie dort angekommen war, erkannte sie den Mann, der da stand und die Uniform der Wehrmacht trug: Es war Arthur.

25

»Oh«, entfuhr es Helene. »Hallo, Arthur.«

»Hallo«, erwiderte der Soldat scheu. »Helene, nicht wahr?«

»Ja«, sagte sie, beglückt, dass er sich erinnerte, und bestürzt, dass er sich seiner Sache nicht sicher war.

Aber sie hätte ihn auch fast nicht wiedererkannt. Er trug die schwarzen Haare militärisch kurz, wie alle Soldaten. Nur seine Augen waren immer noch so blau, blau wie blühender Lavendel.

»Bodenkamp«, meinte er fahrig. »Daran habe ich mich erinnert. Die Adresse habe ich dann im Telephonbuch gefunden. Am Bahnhof haben sie noch eins, von 1934. Ich glaube, seither werden keine mehr gedruckt, oder?«

»Ich glaube, ja«, sagte Helene und schlang die Arme um sich. Der Wind war schneidend kalt geworden, jetzt, da die Sonne am Horizont verschwand und Arthurs Augen dunkel werden ließ.

»Schön.« Sein Blick ging an ihr vorbei über den im Winter braun gewordenen Rasen voller vermodernder Blätter. »Schön habt ihr es. Wenn erst der Frühling kommt …«

»Der sich schrecklich Zeit lässt dieses Jahr«, meinte Helene, rieb sich die Oberarme. Ach, so kalt war es gar nicht. Auszuhalten. »Bist du für länger in Weimar?«

Er lächelte flüchtig. »Ich hab es zumindest vor …« Er nickte in Richtung des Messingschilds neben dem Tor. »Arzt. Das ist ein edler Beruf. Dein Vater, meine ich. Von ihm ist oft die Rede. Er hat das Penicillin eingeführt. Wie vielen das schon das Leben gerettet hat … Muss ein gutes Gefühl sein zu wissen, dass man Menschen hilft.«

Helene fröstelte. »Sag mal, frierst du eigentlich nicht, bloß in deiner dünnen Uniform? Also, ich find's schrecklich kalt hier draußen. Hast du vielleicht Lust, reinzukommen auf einen heißen Tee oder so etwas?«

Er sah sinnend ins Leere. »Ach, weißt du … ich habe so viel gefroren an der Front, innen wie außen …«

»War nur ein Vorschlag«, sagte Helene hastig. »Ich meine, klar, wenn du weitermusst –«

Er sah sie fast erschrocken an. »Nein, nein, entschuldige. Ich war nur in Gedanken. Ein heißer Tee wäre tatsächlich großartig.«

»Also. Dann komm.«

Sie öffnete ihm, ließ ihn ein, verriegelte das Tor sorgfältig wieder und ging ihm dann voraus, stumm, und hörte seine Schritte auf dem feuchten Asphalt hinter sich. Würde er bemerken, dass sie allein im Haus war? Sie sah rasch hoch, sah die vielen Lichter brennen, die sie angelassen hatte.

Ach, es würde schon gut gehen.

An der Haustür trat er sorgfältig die Schuhe ab, ehe er hereinkam. Helene führte ihn gleich in die Küche, sagte wie beiläufig: »Unsere Köchin hat heute Abend frei. Sie kommt erst später.« Dann setzte sie Teewasser auf.

Arthur sagte nichts, stellte sich nur gleich an den Heizkörper. Also war ihm doch kalt gewesen!

Ihre Hände fühlten sich seltsam an, griffen daneben, klapperten mit dem Teegeschirr, als sie es auf den Tisch stellte. Die Zuckerdose fiel ihr fast herunter. War sie nervös? Ja, sie war nervös. Doch er würde ihr nichts tun, oder? Würde die Situation nicht ausnützen und zudringlich werden? Und selbst wenn …

Ein eigenartiges Ziehen in ihrem Bauch begleitete ihre überraschende Erkenntnis, dass sie gar nichts dagegen gehabt hätte, wenn er zudringlich geworden wäre.

»Meine Eltern sind nicht da«, sagte sie rasch, damit es gesagt war, ehe sie der Mut verließ. »Die sind auf einer Beerdigung.«

»Ah«, machte er und nickte ernst. »Bei so einem Wetter. Das macht es noch trostloser, das Sterben.«

Helene hatte die Hand auf dem Griff des Teekessels. Die Wärme, die vom Ofen ausging, tat gut. »Sie sind in Linz. Obwohl, da wird dasselbe Wetter sein wie hier, oder?«

»Wahrscheinlich. Mehr oder weniger.«

»Sie kommen jedenfalls erst Sonntag zurück.«

»Und so lange bist du allein?«

»Macht mir nichts aus.«

Es tat gut, das zu sagen. Der Kessel begann zu pfeifen. Sie nahm die Dampfpfeife ab, goss den Tee auf. Es war kein guter Tee, eine Mischung aus irgendwelchen Wildkräutern. Was man eben noch so bekam seit dem Embargo der Alliierten. *Deutsche Heimat* stand auf der Packung.

Irgendwie fand sie es auf einmal anstrengend, ein Gespräch mit ihm zu führen. Er stand da am Heizkörper, sah ihr zu und sagte nichts von sich aus.

»Du warst also an der Front«, sagte Helene.

Ein Nicken. »Heeresgruppe Mitte. Wjasma.«

»Man hört wenig vom Krieg im Osten in letzter Zeit.«

»Kann ich mir vorstellen.«

»Und bei dem meisten, was man hört, kann man sich nicht sicher sein, ob es stimmt. Irgendwie behauptet jeder was anderes.«

Er hustete. »Ja, schon seltsam. Je mehr Informationsquellen wir haben, desto weniger wissen wir.«

Vielleicht war es einfach die Kälte. Vielleicht war er gerade im Begriff aufzutauen.

»Jedenfalls«, meinte Helene, »hast du Heimaturlaub gekriegt.«

Arthur holte geräuschvoll Luft, reckte sich, dehnte die Schultern. »Ich wollte zu meiner Schwester. Aber die ist gar nicht da.«

»Das ist ja blöd. Und deine Eltern?«

»Die sind letztes Jahr nach Freiburg gezogen. Mein Vater hat eine andere Stelle angenommen.«

»Freiburg. Das ist eine Ecke weg.«

»Mmh.«

Helene spürte, wie sie ungeduldig wurde, nicht länger warten wollte, dass der Tee gezogen hatte. Sie nahm das Teesieb heraus, legte es in die Spüle. Besser ein zu dünner Tee, als nichts zu sagen zu wissen.

Sie goss die Tassen ein, setzte sich an den Tisch, fragte: »Willst du Zucker?«

Er schüttelte den Kopf, setzte sich ihr gegenüber, schloss die Hände um die heiße Tasse, blies darüber, versuchte einen Schluck. Dann sagte er: »Ach, doch.«

Helene schob ihm die Zuckerdose hin. »Der schmeckt schlimm, oder?«

»Bei der Armee schmeckt der Tee wie aufgebrühtes Heu.« Er hob die Schultern. »Ist wahrscheinlich tatsächlich welches. Da ist das hier eine Wohltat dagegen.«

Er nahm ein Stück Zucker, rührte es in seinen Tee, und das Gespräch fühlte sich schon wieder an, als sei es zu Ende.

»Wenn deine Schwester nicht da ist«, fiel Helene ein, »was machst du denn dann? Wo gehst du dann hin, meine ich?«

»Das ist die Frage«, gab er zu. Er nahm einen tiefen Schluck, schien das Gebräu wirklich zu genießen. Dann sah er sie forschend an und fragte: »Kann ich dir etwas anvertrauen?«

»Was denn?«, erwiderte Helene verwundert.

Arthur stellte die Tasse beiseite, holte einen Zettel aus der Brusttasche, faltete ihn sorgfältig auseinander und schob ihn über den Tisch. »Das ist eine Urlaubsbescheinigung. Das braucht man, um als Soldat reisen zu dürfen.«

Helene beugte sich über das Papier, las. Das Formular bescheinigte, dass ein Christian Hacker die Erlaubnis hatte, bis zum 28. April Heimaturlaub in München zu machen.

Sie sah verwundert auf. »Ich dachte, du heißt Arthur?«

»Tu ich auch.« Er deutete auf das Papier. »Das hab ich einem Kameraden gestohlen. Er hätte nur noch zwei Stunden Wache gehabt, als ihn der Russe erwischt hat. Ein Scharfschütze. Er hatte keine Chance.«

Helene nahm erschrocken die Hand von dem Blatt vor ihr.

»Ich habe geholfen, seinen Leichnam zu bergen«, erzählte Arthur tonlos weiter. »Und als wir ihn zu den anderen Toten gelegt haben und ich einen Moment allein mit ihm war, hab ich gedacht, er braucht seine Papier eh nicht mehr.« Er holte tief Luft. »Wir waren in derselben Stube. Er hatte eine Verlobte in München.«

Helene ließ sich die Geschichte durch den Kopf gehen, das, was geschehen war, und das, was es datenmäßig bedeutete. »Das kann dich in Schwierigkeiten bringen«, stellte sie schließlich fest.

Arthur lachte auf. »Das kann man wohl sagen. Was ich gemacht habe, ist Fahnenflucht. Darauf steht die Todesstrafe.« Er nahm noch einen Schluck Tee. »Aber ich hab den ganzen Wahnsinn einfach nicht mehr ausgehalten. Ich wollte bei meiner Schwester unterkriechen, mich bei ihr verstecken, bis der verdammte Krieg endlich vorüber ist. Aber wenn ich jetzt so drüber nachdenke, war das eine ziemlich blöde Idee. Dort suchen sie mich bestimmt zuerst.«

Helene beugte sich wieder über die Urlaubsbescheinigung, legte den Finger auf die fünfzehnstellige Dokumentnummer. »Wenn unterwegs irgendjemand diese Nummer in einen Komputer eingegeben hätte, hätten sie dich gleich gehabt.«

»Ja. Hat aber keiner gemacht. So gut ist die Etappe nicht mehr ausgestattet.« Er zog noch ein abgegriffenes Stück Karton aus der Tasche. »Urlaubsbescheinigung und Ausweis, mehr hat niemand sehen wollen. Christian und ich sind oft verwechselt worden. Das war natürlich nützlich.«

Helene sah ihn an, versuchte zu verstehen, was das alles zu bedeuten hatte, und wusste nichts mehr zu sagen. Er sagte auch nichts mehr. Stille breitete sich aus, und ihr war, als laste auf einmal das ganze Haus auf ihnen, das große, leere Haus voller Schweigen, voller unausgesprochener Dinge.

»Und jetzt?«, brachte sie schließlich mühsam heraus.

»Ich weiß es nicht.« Er starrte die Tischplatte an. »Zurück kann ich nicht. Und weiter auch nicht.«

Helene griff nach ihrer Tasse wie nach einem Rettungsring, trank einen tiefen Schluck Tee, und dann, ein atemberaubender Moment, hörte sie sich reden, konnte es nicht glauben, dass sie es war, die das sagte: »Ich kann dich bis morgen hier behalten. Aber dann kommt die Köchin wieder. Und das Zimmermädchen.«

Das damals das Versteck des Hasen entdeckt und an Mutter verraten hatte.

»Und meine Eltern. Wir müssen vorher eine andere Lösung finden.«

* * *

Sie würde, beschloss Helene, ihn in Armins Zimmer einquartieren. Das war am einfachsten. Das Bett war bereits gemacht, sie würde es einfach morgen früh neu beziehen.

»Hast du Hunger?«, fragte sie.

Arthur zögerte, wiegte den Kopf. »Schon ein wenig.«

Also machte sie das Essen warm, das Johanna für sie vorbereitet hatte, einen Gemüseeintopf mit Speck, eine große Portion zudem, weil die Köchin der Meinung war, Helene wäre zu dünn. Sie setzte es Arthur vor, der alles heißhungrig verschlang, als habe er seit Tagen nichts Richtiges mehr bekommen.

So war es auch. »Ich konnte ja nichts kaufen, auf der ganzen Zugfahrt nicht«, erzählte er verlegen. »Wenn ich irgendwo meine Bezahlkarte benutzt hätte, hätten sie ja sofort gewusst, wo ich bin.«

Helene nickte. Das stimmte. Und die Bezahlkarte seines toten Freundes mitzunehmen hätte ihm genauso wenig genützt, denn erstens wäre die ziemlich bald gesperrt worden, spätestens nach der Todesmeldung ans Standesamt, und zweitens: Selbst wenn sich das verzögert hätte – was ja durchaus möglich war in einem Kriegsgebiet –, die Daten blieben auf jeden Fall gespeichert, und man hätte irgendwann anhand *dieser* Karte herausgefunden, wohin Arthur verschwunden war.

Aber offenbar schien niemand auf den Gedanken gekommen zu sein, dass er mit der Urlaubsgenehmigung des Toten reisen könnte. Sonst hätte es ja genügt, dessen Namen zur Fahndung auszuschreiben.

»Und dein Telephon?«

Er schüttelte den Kopf. »Hab ich dort gelassen.«

»Gut.«

Sie versuchte, sich das vorzustellen. Wjasma lag rund zweihundert Kilometer vor Moskau. »Die Zugfahrt muss doch mehrere *Tage* gedauert haben. Und du hast die ganze Zeit nichts gegessen?«

Arthur hob die Schultern. »An einem Bahnhof hat mir eine fliegende Händlerin zwei Äpfel geschenkt. Und Wasser zum Trinken gab's umsonst.«

»Bist du überhaupt satt? Wir haben noch Brot und Käse, und –«

»Danke«, unterbrach er sie. »Aber es geht. Wenn ich noch mehr esse, wird mir sicher nur schlecht.«

Helene stand auf. In Gedanken listete sie bereits Dinge auf, an die sie jetzt denken musste, erstellte gewissermaßen einen Ablauf, so ähnlich wie beim Programmieren, wo man auch an tausend Dinge denken musste und alles davon abhing, dass man genau wusste, was man erreichen und was man vermeiden wollte. »Ich zeig dir, wo die Dusche ist«, sagte sie, überlegte, ob die Heizung schon lange genug lief, dass heißes Wasser zur Verfügung stand. Ja.

Er folgte ihr. Sie gab ihm ein Handtuch, zeigte ihm das Bad, dann Armins Zimmer, zog die Schubladen mit der Unterwäsche auf. »Davon kannst du dir nehmen, was dir passt.«

»Wem gehören die Sachen?«

»Meinem Bruder. Aber der ist in Polen gefallen, gleich beim Einmarsch.«

»Oh. Tut mir leid.«

Sie schob die Schublade wieder zu. Sie würde aufpassen müssen, dass nichts von Arthur gefunden wurde. Auch keine Haare im Abfluss der Dusche. Sie musste das Handtuch in der Wäsche verschwinden lassen, genauso wie die Bettwäsche. Tausend Dinge. Programmieren war einfacher. Im Leben ging immer alles durcheinander.

»Ich muss wahrscheinlich noch einmal fort«, sagte sie.

»Wieso das?«

»Eine andere Lösung finden.«

In seinem Blick las sie jähen Argwohn. Und Angst. Genau so hatte sie auch das Kaninchen angeschaut, damals, als sie es gefunden hatte, draußen am Zaun, unter ein paar überhängenden Zweigen verborgen.

»Es reicht schon, wenn ich heute Nacht hierbleiben kann«, sagte er. »Du musst dich meinetwegen nicht in Gefahr bringen. Wenn ich mich einfach nur aufwärmen kann, zieh ich morgen weiter.«

»Und wohin?«

Er zögerte, wollte offenbar lieber nicht darüber nachdenken, im Moment jedenfalls. »Bis München kann ich noch kommen, hast du ja gesehen. Und München ist groß. Da find ich schon ein Versteck.«

»Und für wie lange?«

»Bis der Krieg endgültig verloren ist.«

Helene musterte ihn, wie er da stand, ausgezehrt und unsagbar erschöpft, sah in seine Augen, in denen hinter Angst und Verzweiflung noch etwas von dem Grauen schimmerte, das sie gesehen haben mussten.

»Ruh dich einfach aus«, sagte sie. »Ich schau, was ich erreichen kann.«

Er zögerte, nickte schließlich ergeben. »Dann geh ich mal duschen. Und … danke für alles. Das ist alles schon mehr, als ich hätte erhoffen können.«

Helene wartete, bis er im Bad verschwunden war und sie Wasser laufen hörte. Dann ging sie in ihr Zimmer, nahm ihr Telephon vom Ladegerät, rief Marie an und fragte, ob sie heute Abend noch vorbeikommen könne, nur kurz.

»Du klingst seltsam«, sagte ihre Freundin verwundert.

»Ich brauche Zuspruch und Rat«, sagte Helene. »Wo soll ich das kriegen, wenn nicht bei dir?«

Marie lachte. »Na, dann komm. Ich bin bestimmt noch lange auf. Mein Kind spielt gerade Fußball in meinem Bauch; ich werd keinen Schlaf finden, ehe nicht das Endergebnis feststeht, fürchte ich.« Marie war im siebten Monat schwanger, und es zeichnete sich schon seit einiger Zeit ab, dass es ein lebhaftes Kind sein würde.

»Danke«, sagte Helene. »Ich schwing mich gleich aufs Rad.« Dann beendete sie die Verbindung und stöpselte das Telephon wieder ein. Sie würde es natürlich nicht mitnehmen.

Ehe sie aufbrach, kramte sie ein Blatt Papier und ihren Füllhalter hervor, um die notwendigen Vorbereitungen zu treffen. Dann zog sie sich warm an, schlüpfte in ihre fellgefütterten Stiefel und verließ das Haus.

Keine halbe Stunde später war sie auf dem Aschenbrenner-Hof, halb verschwitzt unter dem Mantel und mit eiskalten Ohren, stellte ihr Rad unter, klopfte. Marie öffnete ihr, war noch dicker geworden, seit sie sich das letzte Mal gesehen hatten, und noch schöner. »Das ging ja flugs«, meinte sie. »Komm rein.«

Helene folgte ihr ins Haus, in die butterwarme Gemütlichkeit, mit der ein Holzfeuer von einem gußeisernen Ofen aus die kleinen, niedrigen Räume der Wohnung füllte. Das tat gut. Im Wohnzimmer hörte sie den Fernseher laufen. Den pathetischen Stimmen nach kam gerade ein Spielfilm.

»Ich halte dich von nichts ab, hoffe ich«, sagte sie, während sie den Mantel auszog und an einem der Haken im Flur verstaute.

»Nur davon.« Marie nahm das Strickzeug wieder an sich, das sie auf der Flurkommode abgelegt hatte, um aufzumachen: ein angefangener Strampler aus grauer Wolle. »Also, raus mit der Sprache. Klingt alles nach großem Drama, hmm?«

»Kann man so sagen«, meinte Helene ausweichend, legte dann den Finger warnend vor die Lippen und hielt Marie den Zettel hin, den sie vorher rasch geschrieben hatte. Darauf stand: *Wir werden über Telephone und Fernseher abgehört. Bitte sag laut, dass du dein Telephon aufladen musst, und lass uns dann irgendwo hingehen, wo wir weit weg davon sind.*

Marie machte große Augen. »Ach, Helene«, sagte sie dann. »Das ist bestimmt alles halb so wild.« Dann zog sie ihr Telephon aus der Kitteltasche. »Warte, ich darf nicht vergessen, das Ding an die Dose zu hängen.« Sie schloss es an das Ladegerät an, das sie wie die meisten auf der Flurkommode aufbewahrte. »So. Komm, wir gehen in die Küche. Dort ist es am wärmsten. Für Gespräche über Liebeskummer kann es nie warm genug sein.«

Kaum hatte sie die dicke Küchentür hinter ihnen zugezogen, da fragte sie auch schon aufgeregt: »Ist das wahr? Sie hören die Telephone ab?«

»Ja«, sagte Helene. »Das sind quasi Abhörgeräte, die wir selber bezahlt haben und freiwillig mit uns herumtragen. Über ein Telephon können sie uns sogar abhören, wenn wir denken, wir haben es ausgeschaltet.« Sie knüllte den Zettel mit der Warnung zusammen, machte die Ofenklappe auf, warf ihn in das Herdfeuer und wartete, bis sie es brennen sah, ehe sie die Klappe wieder schloss.

»Und was«, wollte Marie wissen, »ist es, das niemand außer mir hören soll?«

Helene holte tief Luft. »Erinnerst du dich an Arthur?«

»Der vom Maifest? Der mit dem witzigen Pferdeschwänzchen?«

»Er stand heute Abend plötzlich vor dem Haus.«

»Und?«

»Und ich hab ihn hereingelassen. Mit ihm Tee getrunken.«

Marie furchte die Stirn. »Hieß es damals nicht, er müsse zur Wehrmacht?«

»Eben«, sagte Helene.

Jetzt begriff ihre Freundin. »Oh je.«

Helene erzählte ihr rasch alles, und als sie bei dem Wort »Fahnenflucht« angekommen war, flüsterte sie nur noch. »Und jetzt weiß ich nicht, was ich tun soll. Ich kann ihn doch nicht im Stich lassen! Aber spätestens morgen kommt unsere Köchin wieder, meine Eltern übermorgen ... Und du kennst sie. *Nie* würden die einen Deserteur verstecken!« Sie hielt inne, fuhr sich mit beiden Händen über das Gesicht und fügte seufzend hinzu: »Ich weiß nicht einmal, ob *ich* das tun will. Marie – ich arbeite beim Nationalen Sicherheits-Amt!

Wenn rauskommt, dass ich einem Fahnenflüchtigen geholfen habe, komme ich selber vor ein Kriegsgericht!«

»Warte«, sagte Marie ernst. »Da muss ich Otto dazuholen.«

»Ja.« Helene nickte und sagte rasch: »Er soll den Fernseher anlassen. Wegen der Geräuschkulisse.«

Während sie allein in der Küche saß, rasten ihre Gedanken, wogen Chancen und Gefahren gegeneinander ab, umkreisten die moralischen Aspekte und schließlich, viel wichtiger, die praktischen: *Wohin* konnte Arthur denn verschwinden? Vage schwebte ihr vor, ihn irgendwie zu tarnen, ihn älter wirken zu lassen, als er war, vielleicht sogar behindert, unbrauchbar fürs Militär, und ihn irgendwo als Knecht unterzubringen. Vielleicht kannte Otto jemanden, der noch eine Arbeitskraft brauchte und nicht viele Fragen stellte.

Andererseits – das war viel verlangt. *Zu* viel eigentlich. Sie musste eher darauf hoffen, dass Otto und Marie bessere Ideen hatten als sie.

Die Tür zum Flur ging auf. Otto schien nicht allzu erfreut, dass Marie ihn von seinem Film weggeholt hatte. »Seit wann bin *ich* jemand, den man bei Liebeskummer um Rat fragt?«, maulte er.

Marie zog ihn herein, drückte die Tür ins Schloss und sagte: »Um Liebeskummer geht es gar nicht. Das hab ich nur so gesagt.«

Dann erklärte sie ihm die Sache mit dem Abhören. Es war fast lustig, was für große Augen Otto dabei bekam.

»Sie können über den *Fernseher* mithören, was wir reden?«, hakte er nach und sah Helene so empört an, als sei sie dafür verantwortlich. »Wie denn das?«

»Wie beim Telephon«, erklärte Helene. »Per Funk. Irgendwo ist ein winziges Mikrofon eingebaut, nicht größer als ein Nadelkopf, und die Sendeeinheit ist ein Teil der gesamten

Schaltung. Die technischen Einzelheiten weiß ich nicht, ich weiß nur, dass wir allein bei uns im Amt über zwei Millionen Stunden aufgenommene Gespräche gespeichert haben.«

»Allerhand«, meinte Otto. Er runzelte die Stirn. »Aber wieso …?

»… wieso denkst du, sie hören uns ab?«, griff Marie die Frage auf. »Was haben wir denn gemacht, dass wir verdächtig sind?«

Helene schüttelte den Kopf. »Nichts. Man muss nicht verdächtig sein. Das wird alles von Komputern gesteuert. Die verbinden sich willkürlich mit Telephonen und prüfen, ob sie etwas hören. Wenn ja, zeichnen sie es auf.«

»Aber zwei Millionen Stunden …?« Über die Zahl kam Otto nicht weg. »Wer hört sich das denn jemals alles an?«

»Niemand. Es gibt Komputer, die nach Stichworten suchen. Aber das Wichtigste ist, dass die Aufzeichnungen *da* sind. Wenn irgendjemand irgendwann wegen irgendetwas verdächtigt wird, kann man nachschauen, ob man etwas von ihm hat. Und sei es Jahre her.«

Große Augen. Entsetzen. Helene erinnerte sich an den Moment, in dem sie selber davon erfahren hatte. Sie war genauso entsetzt gewesen.

»Aber hier kann uns jetzt niemand belauschen, oder?«, vergewisserte sich Marie.

»Deswegen das mit dem Zettel«, sagte Helene und wusste nicht, wie sie Otto die ganze Sache erklären sollte.

Marie nahm ihr das ab. »Es ist so«, begann sie. »Helene hat einen Soldaten bei sich zu Hause, den wir beide von früher kennen. Er war an der Ostfront, ist aber desertiert.«

»Au weia«, sagte Otto.

»Ihre Eltern sind gerade nicht da, die Hausangestellten auch nicht, aber das gilt nur für heute. Spätestens morgen früh muss er verschwunden sein.«

»Verstehe«, sagte Otto.

»Und ich hab dich vom Fernseher weggeholt, weil ich wissen wollte, was du dazu meinst«, schloss Marie.

Otto sah seine Frau forschend an, dann Helene, dann wieder Marie. »Ein Soldat.«

»Ja«, sagte Marie mit einem Schulterzucken.

Helene hatte auf einmal das Gefühl, nicht mehr zu verstehen, was gerade vor sich ging. Es war, als hörte sie einem Gespräch mit doppeltem Boden zu – als würden die beiden über sie und ihr Problem sprechen und gleichzeitig noch über etwas anderes, von dem sie nicht einmal ahnte, was es war.

Vielleicht war es ein Fehler gewesen, herzukommen. Falsch von ihr, die beiden mit in die Sache hineinzuziehen.

Sie wusste nur nicht, an wen sie sich sonst hätte wenden können.

»Helene«, sagte Otto ernst, »ich glaube, es ist besser, du gehst jetzt wieder nach Hause. Wir müssen über diese Sache erst nachdenken.«

»Wir finden eine Lösung«, versprach Marie.

»Wir melden uns«, sagte Otto. »Spätestens morgen früh.«

* * *

Helene verabschiedete sich hastig und ging, fuhr, so schnell sie konnte. Nur weg. Hätte sie nur nichts gesagt! Sie musste selber eine Lösung finden. Endlich erwachsen werden.

Sie radelte durch die Dunkelheit der anbrechenden Nacht. Kälte umschloss sie, ein scharfer Wind, der ihr entgegenkam und ins Gesicht biss. Niemand sonst war unterwegs. Es war, als sei die ganze Stadt ausgestorben und das Umland mit dazu. Nirgends ein Licht, denn es herrschte ja Verdunkelungspflicht, nur der schwache Lichtkegel ihres Scheinwerfers vor ihr auf dem Weg, über ihr zerrissene Wolken, ein halber Mond und ein paar Sterne. Und alles, was sie hörte, war ihr eigener, keuchender Atem, das Knirschen der Reifen auf Erde und Kies und das Knarren der Kette.

Eine Lösung finden. Ihre Gedanken drehten sich wie ein Mühlrad im Kreis. Sie musste eine Lösung finden. Immer wieder durchwanderte sie im Geist ihr Elternhaus: So ein riesiges Haus, aber keine Möglichkeit, jemanden darin zu verstecken! Jedenfalls nicht, ohne dass alle anderen Bescheid wussten und einverstanden waren, und darauf durfte sie nicht hoffen.

Das alte Gärtnerhaus, das leer stand, seit Herr Heinrich nicht mehr für ihre Eltern arbeitete? Nein. Zwar stand es abseits, aber wie hätte man es heizen sollen, ohne dass Rauch aus dem Schornstein kam?

Vielleicht doch eines der Zimmer unterm Dach? In einigen davon waren auch Heizkörper installiert. Aber sie würde etwas zu essen hinaufschmuggeln müssen, Tag für Tag, über Jahre hinweg, und Arthur würde sich ganz still verhalten müssen, und konnte jemand das aushalten?

Es begann zu nieseln. Feuchte bedeckte ihre Wangen, sodass sie selber nicht hätte sagen können, ob sie weinte oder nicht. Sie musste eine Lösung finden, sie musste! Wenn nur ihr Herz nicht so panisch geschlagen, ihre Gedanken sich nicht immerfort so wild gedreht hätten wie ein Tornado! Sie hätte jetzt die Ruhe gebraucht, die ihr im Bureau immer half, eine Lösung zu finden, die Ruhe und die Zeit …

Zeit. Ja. Das war doch im Moment die wichtigste Frage: Wieviel *Zeit* ihr zur Verfügung stand. Sie würde keine Lösung finden, solange sie von der Angst getrieben wurde, dass jeden Moment jemand zurückkommen konnte.

Und diese Frage ließ sich klären. Kurz entschlossen bog Helene nicht an der üblichen Stelle ins Wohngebiet ab, sondern radelte geradeaus weiter in Richtung Stadtmitte.

Wenig später kam sie vor dem NSA an. Dunkel und kolossal ragte das Gebäude über ihr auf, während sie ihr Rad in dem Wellblechschuppen unterstellte wie sonst des Morgens. Sie war noch nie um diese Zeit hergekommen, höchstens weggefahren, aber sie fand sich blind zurecht, stieg die breite Treppe hoch, zog das Portal auf und trat in die matte Wärme, die im Inneren des Gebäudes herrschte.

Der Pförtner vom Nachtdienst kam nach vorn, Herr Behrmann, ein gebückt gehender Mann Anfang sechzig, der so üppiges weißes Haar hatte, dass Helene immer an die Bilder des alten Beethoven denken musste.

»Fräulein Bodenkamp?«, meinte er verwundert. »Sie hier, so spät noch?«

»Ich hab was vergessen zu erledigen«, sagte Helene hastig. »Etwas Dringendes.«

Er lächelte verstehend. »Ah ja. Ein Komma vergessen. Na, das passiert jeder irgendwann.« Er streckte die Hand aus, wie immer.

Helene schüttelte den Kopf. »Das Telephon liegt daheim.«

»Na, dann gutes Gelingen.« Er drückte den Knopf, der den Weg durch den Metalldetektor freigab.

Noch nie hatte sie die Stufen des riesigen Treppenhauses so spät erklommen, das um diese Zeit im Dunkeln lag, nur notdürftig erhellt von ein paar winzigen Nachtlampen. Unheimlich auch, das ferne Summen der Datensilos in der Stille zu hören: Zum ersten Mal kam ihr der Gedanke, dass es so klingen musste, wenn sich feindliche Bomber einer Stadt näherten.

In ihrem Bureau angekommen, knipste sie nur das Licht über ihrem Schreibtisch an, schaltete den Komputer ein, überprüfte den Verdunkelungsvorhang. Alles war, wie es sein sollte. Sie setzte sich vor die Tastatur, atmete tief durch.

Was sie jetzt vorhatte, war streng verboten. Die Daten des

NSA für private Zwecke zu verwenden – das stand fett gedruckt in ihrem Anstellungsvertrag – konnte nicht nur zur fristlosen Entlassung, sondern darüber hinaus auch zu Strafverfolgung führen. Und wenn herauskam, dass sie dieses Verbot übertreten hatte, um einem Deserteur zu helfen – einem Verbrecher! –, dann blühten ihr Gefängnis oder gar Straflager.

Das war der eine Aspekt der Sache. Der andere war Arthur. Arthur, dem sie dabei zugesehen hatte, wie er den Eintopf hungrig hinuntergeschlungen hatte. Arthur, der mager geworden war, nur noch ein Schatten jenes jungen Mannes, mit dem sie sich damals auf dem Maifest eine herrliche Stunde lang gestritten hatte. Arthur, der nun bei ihr zu Hause saß, hilflos, verfolgt, ohne einen Platz, an den er sich retten konnte.

Das war die Situation. Wie konnte angesichts dessen ihre Entscheidung ausfallen?

Sie legte die Finger auf die Tasten und tippte:

```
VERBINDE TABELLE REICHSBAHN:BUCHUNGEN
```

Dreißig Sekunden später wusste sie, dass ihre Eltern die Rückfahrt tatsächlich für Sonntagmorgen gebucht hatten.

```
VERBINDE TABELLE
REICHSBANK:GELDBEWEGUNGEN
```

Das dauerte ein bisschen länger. Ihr Vater hatte ein Mittagessen im Zugrestaurant bezahlt und ein Taxi in Linz, ihre Mutter eine Flasche Wasser im Zug gekauft. Das war alles. Kein Abendessen.

Helene sah auf die Uhr. Nun, sie würden wahrscheinlich ohnehin im Hotel essen und um diese Zeit noch zu Tisch sein.

```
ÖFFNE SILODIENST
SUCHE Hotel Weinzinger
```

Wie sie es sich gedacht hatte: Das Hotel nutzte den Silodienst, also hatte sie Zugriff auf all seine Daten. Für das Ehepaar Bodenkamp, Suite 1, war ein Tisch im Speisesaal reserviert, für 19 Uhr 30, außerdem lag ein Auftrag an den Concierge vor, Theaterkarten für Samstagabend zu besorgen, und dieser Auftrag war schon als *erledigt* gekennzeichnet.

Gut. Das Theater würden sich ihre Eltern nicht entgehen lassen, darauf war Verlass. Also würden sie die Rückfahrt auch sicher nicht umbuchen. Sie würden Sonntagnachmittag zurückkommen, nicht eher.

Blieben Berta und Johanna.

Bertas Ausgaben waren überschaubar, und sie hatte sich, seit sie nach Frankfurt gefahren war, noch keine Rückfahrkarte gekauft. Also würde es noch dauern, bis sie zurückkam. Sehr gut. Berta war die größte Gefahr für Verstecke im Haus.

Und Johanna … Wie hieß ihr Verehrer? Moritz, genau. Moritz Troll.

```
VERBINDE TABELLE REICHSBÜRGER
```

Hmm. Es gab mehrere Moritz Troll und auch mehrere, die vom Alter her jener stämmige Mann mit dem Schnäuzer sein konnten, der Johanna seit einiger Zeit seine Aufwartung machte.

Helene verwarf diesen Ansatz. Es gab einen viel einfacheren Weg, herauszufinden, wo sich Johanna aufhielt.

```
ÖFFNE TELEPHONDIENSTE
STARTE AUFENTHALTSBESTIMMUNG
```

Sie gab Johannas Telephonnummer ein und wählte als Ausgabeform: *Anzeige auf Karte.*

Oha. Johanna befand sich in Erfurt, und nicht nur das, sogar im Hotel Erfurter Hof! Ganz schön spendabel, dieser Herr Troll.

Doch was wusste sie damit über Johannas voraussichtliche Rückkehr? Helene zögerte. Sie zögerte, weil ihr eine andere Idee gekommen war, eine Idee von der Sorte, *wenn ich schon mal dabei bin*, die aber ungehörig war. Höchst ungehörig. Geradezu unanständig.

Und zugleich unwiderstehlich.

Helene hob den Hörer ihres Telephonapparates ab, hielt ihn ans Ohr und tippte:

```
ZUHÖREN
```

Vor ihrem inneren Auge sah sie, wie dieser Befehl durch Telephonleitungen bis zu einem Funkturm in Erfurt raste, wie er von dort über unsichtbare Funkwellen zu Johannas Telephon gelangte und darin bewirkte, dass sich das Mikrofon einschaltete.

Dann hörte sie heftiges Rascheln und jemanden, der laut keuchte.

Helene versuchte, sich vorzustellen, was das bedeutete. Vielleicht trug Johanna das Telephon in der Tasche und war gerade dabei, eine hohe Treppe zu ersteigen. Jedenfalls redete niemand.

Doch. Jetzt hörte sie eine Stimme: »Ja. Ja. Oh ja. Oh … oh … oh …«

Nun kam eine zweite Stimme hinzu, eine tiefe Männerstimme, die aber nur unartikuliertes Stöhnen von sich gab. Ein heftiges Quietschen setzte ein, die helle Stimme stieß einen spitzen Schrei aus, dann wurde es ruhig.

Dann sagte eine Stimme, eindeutig die von Johanna: »Als ich vorhin gesagt habe, ich sei hungrig, da hab ich eigentlich wirklich an Essen gedacht.«

»Da gehen wir jetzt auch hin«, erwiderte die Männerstimme, in der tiefe Zufriedenheit mitschwang. »Und danach kommen wir wieder zurück und machen es noch einmal.«

Johanna kicherte. »Aber erst muss ich mich wieder anziehen.«

»Ja«, sagte der Mann. »Das ist leider nötig.«

Helene tippte rasch

ENDE ZUHÖREN

und legte hastig auf. Dann schlug sie die Hand vor den Mund, war sich sicher, einen knallroten Kopf zu haben. Du meine Güte! Sie würde Johanna ja nie wieder in die Augen sehen können.

Und das Peinlichste war, wie lange sie gebraucht hatte, um zu begreifen, was sie da eigentlich hörte!

Sie löschte hastig den Bildschirm, aber dann musste sie erst mal eine ganze Weile sitzen bleiben und sich beruhigen, warten, bis sich das wirbelnde Chaos ihrer Gedanken gelegt hatte.

Immerhin wusste sie jetzt, was sie wissen wollte. Johanna würde bestimmt nicht vor morgen früh zurückkommen, wahrscheinlich sogar erst kurz vor Mittag.

Schließlich stand sie auf und ging zur Toilette, wusch sich das Gesicht mit kaltem Wasser ab und begutachtete sich anschließend im Spiegel. Nein, sie war nicht mehr rot. Nur noch innerlich. In ihrem Inneren hörte sie Johannas verzückte Schreie immer noch, wieder und wieder, wie ein Echo, das nicht verklingen wollte.

Sie zuckte zusammen, als plötzlich die Tür zur Toilette

aufging und eine andere Frau hereinkam, Hedwig Schafmeister von der Gruppe 7.

»Oh«, machte sie. »Hallo, Helene. So spät noch da?«

»Ich hab ein Komma vergessen«, sagte Helene, weil ihr nichts anderes einfiel.

Hedwig lachte. Sie hatte ein sommersprossiges Gesicht und hellbraune Locken, eine richtige Mähne. »Das kenn ich. Man sitzt zu Hause, und es lässt einem keine Ruhe. Man denkt die ganze Zeit, was, wenn ich morgen früh vergessen habe, was ich ändern muss? Dabei wird man es garantiert nicht vergessen. Aber schlafen kann man eben auch nicht.«

»Ja«, sagte Helene vorsichtig. »So ungefähr. Und du?«

»Ach, das Übliche.« Hedwig ging ans Fenster, zog den Verdunkelungsvorhang beiseite, öffnete das Milchglasfenster und zündete sich eine Zigarette an. »Eine Auswertung, die Stunden dauert, weil sie so ungefähr alle Daten des ganzen Reichs betrifft, und natürlich ungeheuer dringend.« Sie stieß die erste Rauchwolke aus, aber die dachte nicht daran, durch das offene Fenster zu entweichen. »Noch eine halbe Stunde, schätze ich.«

Helene nickte, suchte nach einem Weg, das Gespräch zu beenden. »Ich glaube, ich schau mal besser nach meiner.«

Hedwig hob die Hand mit der Zigarette. »Gasangriff. Zwingt den Feind zum Rückzug.« Dann lachte sie lauthals.

Helene zwang sich zu einem Lächeln und ging. Tatsächlich schauderte es sie. Onkel Siegmund hatte ihr von den Gasangriffen im Weltkrieg erzählt. Das war nichts, worüber man Witze machen sollte.

Sie eilte zurück in ihr Bureau, vergewisserte sich, beseitigte alle Spuren ihrer Abfragen, dann schaltete sie den Komputer und das Licht aus und ging.

»Das ging ja schnell«, meinte der Nachtpförtner.

»Es war wirklich nur ein Komma«, sagte Helene.

Er lächelte. »Gewusst wo. Darauf kommt's eben an.«

»Genau.«

Auf dem Heimweg durch die nachtschwarze Stadt, durch leere Straßen, vorbei an all den Sandsäcken, die seit Jahren vor den Tiefparterre-Fenstern lagen, fühlte Helene, wie etwas von der Anspannung von ihr abfiel. Diese Nacht blieb ihr also, um zumindest eine Übergangslösung zu finden. Ein Versteck einzurichten, in dem Arthur für eine Weile sicher war – ein paar Tage, einige Wochen. So lange, bis sie ein besseres Versteck für ihn gefunden hatte und einen Weg, ihn dort hinzubringen.

So war Helene einigermaßen beruhigt, als sie in die Sven-Hedin-Straße einbog – um im nächsten Moment abrupt zu bremsen.

Vor dem Haus ihrer Eltern stand ein Auto, das sie noch nie gesehen hatte.

26

Helene hielt erschrocken an. Was hatte das zu bedeuten? Das Auto stand direkt vor der Zufahrt, vor dem geschlossenen Tor, parkte also nicht einfach nur, sondern wartete. Auf wen?

Oder war das der Wagen, mit dem Johannas Freund sie abgeholt hatte? Der sie jetzt zurückbrachte? Aber das konnte doch nicht sein. Es war doch noch keine Viertelstunde her, dass sie die beiden … nun ja, belauscht hatte. In der Zeit kam man doch nicht von Erfurt nach Weimar!

Jetzt öffnete sich die Tür. Wie gelähmt verfolgte Helene, wie jemand ausstieg. Ein Mann, ein Schattenriss vor der dunklen Szenerie. Helenes Herz pochte wild, sie spürte es bis in die Hände, die die Lenkstange umklammerten.

Was, wenn es schon die Militärfahndung war, auf Arthurs Spuren? Oder gar … die Gestapo?

»Helene?«, rief der Mann. »Bist du das?«

Es war Otto!

»Ja«, krächzte sie rasch. Otto? Was machte der denn hier? Sie löste die Bremse, ließ sich mit dem Fahrrad langsam auf ihn zurollen.

»Jetzt bin ich aber erleichtert«, meinte Otto. »Wo warst du denn? Ich hab mir Sorgen gemacht. Es ist doch schon über eine Stunde her, dass du bei uns losgefahren bist. Ich hab versucht, dich anzurufen, aber –«

»Ich musste noch mal ins Amt«, stieß Helene hervor, immer noch außer Atem von dem Schreck.

»Ins Amt?«, wunderte sich Otto. »Wieso das denn?«

Sie wollte schon ganz automatisch den Spruch mit dem Komma anbringen, aber dann sagte sie einfach nur: »Unwichtig. Sag mir lieber, was *du* hier machst. Und was ist das für ein Auto?«

»Das gehört Doktor Lauser, dem Arzt, der bei uns in der Nähe wohnt. Ich muss es schnellstmöglich zurückbringen, falls er zu einem Notfall gerufen wird.« Otto machte eine ungeduldige Bewegung. »Komm, hol deinen Gast!«

»Meinen Gast?« Helene begriff überhaupt nichts mehr. »Wozu denn?«

Otto beugte sich vor, flüsterte: »Na, damit wir ihn in ein Versteck bringen, natürlich.« Er richtete sich wieder auf, packte ihr Rad am Lenker. »Erklär ich dir alles nachher. Geh ihn holen. Ich lade solange dein Fahrrad ein.«

»Ja, gut …«

»Ich weiß nicht, ob ich dich nachher zurückbringen kann«, fügte Otto hinzu. »Deshalb.«

Helene löste sich mit aller Kraft aus der Starre, die sie befallen hatte. Ein Versteck? Sie hatte keine Ahnung, wovon Otto sprach. Andererseits war das auch egal, denn sie hatte ja keinen besseren Plan. Also überließ sie Otto das Fahrrad, trat durch das Tor und eilte hinauf zum Haus, diesem ungeheuren dunklen Klotz, an dem nicht ein einziges Licht zu sehen war.

Sie schloss hastig auf, trat ein und zog die Tür sorgsam hinter sich zu, ehe sie rief: »Hallo? Ich bin's!«

Stille. So still, als sei Arthur nicht mehr da. Mehr noch: Als sei er nie dagewesen.

Helene erschrak. War er womöglich einfach gegangen? Hatte er gedacht, er müsse das tun, um ihr Ärger und Mühen zu ersparen? Oder hatte er es mit der Angst zu tun bekommen, weil sie so lange Zeit nicht zurückgekommen war, und hatte die Flucht ergriffen?

Sie ging bis in die Mitte der Eingangshalle und rief dann noch einmal, so laut sie konnte: »Hallo? Jemand da?«

Alles, was sie hörte, war, wie ihr Ruf von den Tiefen des Hauses verschluckt wurde.

»Arthur!«

Nichts. Das Haus wirkte vollkommen verlassen.

Verzweifelt rannte sie los, die Treppen hoch. Vielleicht schlief er einfach nur, schlief tief und fest, erschöpft von all den Strapazen, die hinter ihm lagen! Sie würde ihn finden. Sie *musste* ihn finden!

Armins Zimmer. Leer. Das Bett unberührt.

»Arthur!«, schrie sie. »Wo bist du?« Der ganze Aufwand, die ganzen Ängste und Aufregungen – für nichts? Das war ein flüchtiger Gedanke, der kurz aufblitzte und dann in einer Art Schmerz ertrank, einem Gefühl von Unglück, von Trauer um eine verpasste Chance, das sie weitertrieb.

Das Bad. Auch leer, aber immerhin, ein nasses Handtuch hing noch da. Ein Beweis, dass sie das alles nicht nur geträumt hatte. Und es herrschte eine Art männliche Unordnung, dieselbe Art Unordnung, wie sie ihr Bruder oft hinterlassen hatte.

Womöglich, fiel Helene ein, hatte sich Arthur selber ein Versteck gesucht, irgendwo im Haus? Sie kehrte zurück in den Flur, sah sich um, überlegte, wo sie anfangen sollte zu suchen.

In diesem Moment hörte sie ein leises, hölzernes Knarren von irgendwoher, ein Laut, der ihr bekannt vorkam.

»Arthur?«

Dann sah sie ihn. Er kam aus Richtung der Treppe, die zum Dach führte. Genau. Einige der Stufen dort knarrten, wenn man darauf trat.

»Hallo«, sagte er mit seltsam verwirrter Stimme. »Ich … Es hat plötzlich geklingelt. Und dann hab ich dieses Auto vor dem Haus gesehen und gedacht, besser, ich verstecke mich mal.« Er deutete zur Decke. »Ich war irgendwo da oben. Und dann bin ich eingeschlafen, glaube ich.« Er sah sie an, blinzelte. »Du hast vorhin gerufen, oder?«

»Ja, hab ich«, sagte Helene erleichtert. Wenn nur nicht die Zeit so gedrängt hätte! »Ähm … es ist so, dass wir dich jetzt in ein Versteck bringen. Wenn du deine Sachen gepackt hast, fahren wir los.«

Arthur sah sie an, blass und immer noch nicht ganz wach. »Ich hab keine Sachen. Nur das, was ich anhabe. Aber … was ist das für ein Versteck?«

»Das weiß ich auch noch nicht«, bekannte Helene hastig. »Aber das sind Freunde. Die besten Freunde, die ich habe. Auf die ist Verlass.«

Sie rannte noch einmal in Armins Zimmer, packte ein paar Sachen ein, Unterwäsche, Socken, zwei Hosen, zwei Hemden, zwei Pullover, nicht zu viel, damit es nicht auffiel – obwohl, wer würde nachzählen? Wer wusste überhaupt, wie viele Unterhosen Armin besessen hatte? Das Zimmer war seit zwei Jahren unberührt –, stopfte alles in eine abgeschabte Stofftasche von Armins altem Handballverein und drückte es Arthur in die Hand. »Komm!«, drängte sie.

Als sie das Haus verließen, wartete das Auto schon direkt davor. Otto hatte das Tor geöffnet und war zum Eingang hochgefahren. »Muss ja niemand zusehen«, raunte er Helene zu. Dann gab er Arthur die Hand. »Otto.«

»Arthur.«

»Steigen Sie ein. Du auch, Helene.«

Helene sah über das Dach des Wagens auf die Zufahrt hinab, auf all die Bäume und Büsche, die die umliegenden Häuser verbargen. Dieser Teil der Sven-Hedin-Straße war ihr schon immer unheimlich gewesen, weil hier fast alles passieren konnte, ohne dass es jemand mitbekam.

Sie drehte sich noch einmal zum Haus um, diesem dunklen Klotz vor dem unruhigen Nachthimmel. Hatte sie abgeschlossen? Ja. Gut. Sie stieg ein, übernahm es, das Zufahrtstor hinter ihnen wieder zu schließen, dann gab Otto Gas.

Zuerst herrschte Schweigen. Helene fiel auf, dass Otto Umwege fuhr, aber sie sagte nichts. Es beruhigte sie, dass er daran dachte, aber es überraschte sie nicht. Otto war ein schlauer Fuchs. Sonst hätte ihn Marie nicht geheiratet.

Als ob er ihre Gedanken mitgehört hätte, sagte Otto in genau diesem Augenblick: »Marie sagt, du kennst Herrn Stern?«

»Herrn Stern?« Der Name sagte ihr nichts.

»Der frühere Viehhändler. Mit dem ihr Vater befreundet ist.«

»Ach so. Ja.« Jetzt fiel es ihr wieder ein. Sie erinnerte sich an einen ziemlich beleibten Mann mit Kinnbart und Käppchen, aber wiedererkannt hätte sie ihn bestimmt nicht. »Wobei – was heißt ›kennen‹? Ich hab ihn einmal gesehen.«

»Egal«, meinte Otto. »Jedenfalls, die Sache ist die, dass Maries Vater uns gebeten hat, ein Versteck für Herrn Stern und seine Frau vorzubereiten. Für alle Fälle. Die Sterns wollten erst nicht gehen, und als sie sich dann doch entschlossen haben, konnten sie die Reichsfluchtsteuer nicht zusammenkriegen. Und da hat Hermann gemeint … also, Maries Vater … er hat gemeint, besser, man sorgt vor, für alle Fälle. Falls es zu schlimm wird mit den Verfolgungen.«

Helene begann zu begreifen. »Ihr *habt* schon ein Versteck. Und da ist noch Platz für Arthur?«

Otto wiegte den Kopf. »Ja, die Sache ist die – die Sterns sind nicht gekommen. Wir wissen nicht, warum. Es war für Dezember ausgemacht, und kurz bevor alle Juden ihre Telephone abgeben mussten, haben Hermann und Avraham auch noch einmal telephoniert, haben die vereinbarten Parolen ausgetauscht … aber dann sind sie nicht aufgetaucht. Vielleicht haben sie doch noch einen Weg gefunden, das Land zu verlassen.«

»Oder sie sind deportiert worden«, sagte Arthur vom Rücksitz.

Helene drehte sich um. »Deportiert? Was heißt das?«

»Im Osten«, erklärte Arthur mit teilnahmsloser Stimme, »werden Lager eingerichtet, in die man die Juden aus ganz Europa bringen will. Um sie von den übrigen Völkern zu separieren, heißt es. Aber es muss dort ziemlich schrecklich sein.«

Eine Weile sagte niemand etwas, starrten sie alle nur hinaus in die Nacht, auf die zwei blassen Lichtfinger aus den Scheinwerfern des Wagens.

»Ich hab solche Gerüchte gehört«, bekannte Otto schließlich. »Aber ich hab immer gedacht, das ist halt wieder englische Gräuelpropaganda. So wie im Weltkrieg.«

Helene wusste, was er meinte. 1915 hatten die Engländer behauptet, deutsche Soldaten würden belgische Frauen vergewaltigen und ihren Kindern die Hände abhacken oder sie auf Bajonette spießen, und obwohl alle Vorfälle frei erfunden waren, hatten sie es die ganze Welt glauben gemacht. Ihr Vater hatte immer gesagt, dass Deutschland deswegen nach der Niederlage so gedemütigt worden sei, denn die Wahrheit war erst Jahre später ans Licht gekommen.

Arthur räusperte sich. »Ich hab mit Männern gesprochen, die beim Bau der Lager dabei waren. Sie haben gesagt, die Lager sind viel zu klein für die vielen Leute. Sie sind schlecht untergebracht, es gibt zu wenig zu essen, und die hygienischen Verhältnisse sind katastrophal. Fast alle werden krank, viele sterben.« Er zögerte, fügte dann hinzu: »Außerdem werden alle Lager von der SS beaufsichtigt. Das *kann* nichts Gutes sein.«

»Schrecklich«, sagte Otto. Nach einer Weile meinte er mit belegter Stimme: »Erzählen Sie bloß Marie nichts davon. Oder ihren Eltern.« Er seufzte. »Jedenfalls ist das der Grund, warum wir ein verstecktes Zimmer haben. Wir mussten nur erst Maries Vater fragen, ob wir es weiterhin frei halten sollen. Ob er Hoffnung hat, dass die Sterns doch noch auftauchen. Denn für drei wäre es zu eng, fürchte ich.«

»Und was hat er gesagt?«, fragte Helene.

»Er hat gesagt, nein, wir sollen es benutzen.« Otto suchte im Rückspiegel Arthurs Blick. »Er denkt dasselbe wie Marie und ich: So, wie das Ganze gelaufen ist – dass Sie gerade an einem Tag auftauchen, an dem Helene alleine zu Hause ist, was äußerst selten vorkommt –«

»Noch nie«, entfuhr es Helene. »Das war das allererste Mal!«

»Jedenfalls«, fuhr Otto fort, »für uns sieht es so aus, als sei das alles Gottes Wille. Und deswegen sollen Sie das Zimmer bekommen und bleiben, bis der Krieg vorüber ist.«

»Danke«, sagte Arthur mit unüberhörbarer Erleichterung. Dann seufzte er und meinte: »Ich wollte, ich könnte das noch. An Gott glauben.«

Helene hielt erschrocken die Luft an. Oh nein! Wie konnte Arthur nur eine solche Bemerkung machen? Otto war sehr fromm, genau wie Marie; womöglich würde er –

Doch Otto lachte nur unbekümmert. »Tja, darauf scheint's nicht anzukommen. Wie's aussieht, glaubt Gott an *Sie*.«

* * *

So rollte Helene zum zweiten Mal an diesem Abend auf den Aschenbrenner-Hof zu.

»Was hast du dem Doktor eigentlich erzählt, wozu du sein Auto brauchst?«, fragte sie. Ihre Gedanken drehten sich fiebrig im Kreis in dem Versuch, alle Eventualitäten auszuloten, Gefahren abzuschätzen, Risiken zu erkennen. Sie dachte in Abläufen, Randbedingungen und Sicherheitsmaßnahmen, als könne man auch das Leben programmieren.

»Nichts«, erwiderte Otto leichthin. »Das will er nicht wissen.«

Es klang, als habe Otto das schon oft gemacht. Na gut. Helene fragte nicht weiter.

Marie erwartete sie schon. Sie stand in der matt erleuchteten Haustür, ein dickbäuchiger Schattenriss, sah zu, wie sie auf den Hof rollten und direkt vor der Tür zum Stehen kamen.

Otto kurbelte das Fenster herunter. »Hat sich Doktor Lauser gemeldet?«

»Nein«, sagte Marie.

»Gut.« Er nickte ihnen zu. »Dann rein mit uns.«

»Aber –«, begann Helene.

»Die Telephone sind alle im Schlafzimmer«, sagte Marie. »Und die Tür zum Wohnzimmer ist zu. Ich hab außerdem eine Bettdecke über den Fernseher gehängt.«

Gut. Helene stieg aus. Sie gingen ins Haus, in die Wärme. Ein Moment der Verlegenheit. Arthur stellte sich vor, Marie meinte, man kenne sich ja, damals, von dem Maifest. Ach ja, richtig, räumte Arthur ein, man kenne sich. Aber nur flüchtig.

»Das ist auch gut so«, sagte Otto. »Denn bei Ihren Bekannten wird ja demnächst überall die Gestapo vorstellig werden.«

»Ach so.« Arthur nickte bedrückt. »Stimmt.«

Helene schnappte nach Luft. Es stimmte ja! Das hier war kein Spiel. Sie riskierten gerade alle ihr Leben, zumindest ihre Freiheit. Vor allem Otto und Marie. Und sie würde die Schuld tragen, wenn den beiden etwas passierte, denn sie war es, die sie in diese Sache verwickelt hatte!

Das Entsetzen war wie eine Faust, die sich um ihre Eingeweide krallte: Sie sah es förmlich vor sich, hatte die Schaubilder aus den medizinischen Büchern ihres Vaters vor dem inneren Auge, in denen sie als Kind so oft geblättert hatte.

Andererseits: Die zwei waren auch bereit gewesen, ein jüdisches Ehepaar zu verstecken. Also hatten sie die Entscheidung, gegen das Gesetz zu verstoßen, im Grunde schon gefällt gehabt.

Die Faust ließ ein bisschen locker.

»Ich schlage vor«, meinte Otto, »wir beginnen gleich mit der Schlossbesichtigung.« Er hatte es spürbar eilig, dachte wohl an das Auto, das er zurückbringen musste.

Sie folgten ihm den Flur entlang nach hinten, wo rechts die Treppe zum oberen Stockwerk hinaufging und linker Hand eine Tür in die Scheune führte. Marie blieb zurück, übernahm es, die Tür hinter ihnen wieder fest in den Rahmen zu drücken.

Kälte umfing sie und ein intensiver Duft nach Heu, vermischt mit Benzin- und Dunggerüchen. Otto schaltete das Licht ein, zwei Glühbirnen, die schrecklich hoch über ihnen angingen und sich redlich Mühe gaben, die riesige Scheune zu erhellen, diese Halle aus Holz und Dachziegeln und ein wenig altem Mauerwerk, aber ihr Licht versickerte in vielen dunklen Ecken. Der Traktor stand hier, der Heuwagen, der kleine Anhänger, der Pflug. Die Egge hing in einem Gestell unter dem Lattenboden, der mehr als die Hälfte der Scheune überspannte und auf dem Heu lagerte, jede Menge davon. Über dem Heu befand sich ein weiterer, noch fragiler aussehender Lattenboden und darauf noch mehr Heu. Helene kannte all das von früheren Besuchen, aber noch nie war sie des Nachts hier gewesen. Die Dunkelheit ließ das alles ungewohnt aussehen und unheimlich wirken.

Otto führte sie am Traktor vorbei in einen freien Bereich an der Wand, eine Art Werkstatt mit einer Werkbank, auf der ein Kanister mit Schmieröl stand. Uralte Schraubenschlüssel hingen in Reih und Glied an der Wand, die Fensterscheiben darüber waren mit dickem, geschwärztem Papier zugeklebt, wie man es für die Verdunkelung kaufen konnte.

»Ich nehme an, das ist es«, meinte Arthur und zeigte auf die Rückwand der Werkstatt, wo man hinter mehreren aufgestellten Lattenrosten eine Tür erahnen konnte.

Otto schmunzelte. »Sieht so aus, nicht wahr? Ist aber nur Ablenkung. Es stimmt, dahinter ist ein Raum, der auch groß genug wäre, aber dort lagern wir nur altes Zeug. Ein halbes Dutzend Sensen, ein Butterfass, Blechgeschirr, ein Pferdejoch – auf jedem Bauernhof findet man eine Tonne solcher Dinge, die man eigentlich nicht mehr braucht, von denen man sich aber auch nicht trennen kann. Erstens, weil sie schon den Eltern und Großeltern gehört haben, also irgendwie Erbstücke sind, und zweitens, weil man ja nie weiß. Womöglich müssen wir irgendwann ja doch wieder Butter von Hand machen. Oder mit Pferden pflügen.« Er schüttelte sich. »Hoffentlich nicht.«

»Verstehe«, sagte Arthur. »Raffiniert. Und das eigentliche Versteck …?«

»Ist tatsächlich nur noch ein paar Schritte entfernt«, erklärte Otto und verfolgte zufrieden, wie sich die beiden daraufhin verwundert umschauten. Ein Versteck? Hier? Helene sah nur den Traktor und die anderen landwirtschaftlichen Maschinen und das Heu über ihren Köpfen, das dick zwischen den Latten herabhing. Und der Boden, das war doch einfach nur festgetretene Erde …?

»Scheint ein ganz gutes Versteck zu sein«, meinte Otto schließlich und holte aus einem Spalt zwischen der Werkbank und der Wand eine Stange hervor, die einen Haken am Ende hatte. Er hob sie hoch, tippte damit gegen ein auffallendes Astloch in einer der Latten und zählte von da aus in Richtung Rückwand weiter: »Eins, zwei, drei, vier, fünf, sechs, sieben, acht.«

Zwischen der achten und der neunten Latte schob er den Haken hinauf ins Heu. Etwas klickte. Er zog, und zu Helenes

Verblüffung klappte ein rechteckiger Teil des Lattenrostes herab: Das Heu, das durch die Spalte herunterhing, war in Wirklichkeit sorgfältig festgebunden und so zurechtgezupft worden, dass es aussah, als habe man es einfach daraufgehäuft.

Über dem Rost mit dem Heu darauf kam eine weitere, solide Holzklappe herab, und an dieser wiederum war eine zusammenschiebbare Dachbodenleiter befestigt, deren Ende Otto nun mit dem Haken herabzog. Rasselnd und gut geschmiert glitt sie bis auf den Boden herab, eine solide Leiter, die in ein dunkles Viereck über ihnen hinaufführte.

Helene verstand endlich: Das Versteck befand sich mitten im Heu! Der Lattenrost ließ es so aussehen, als lagere darüber nur Heu, tatsächlich gab es aber – vermutlich auf von unten nicht sichtbaren Abstandhaltern – einen geheimen Raum darüber, den das Heu verbarg.

»Bitte sehr«, sagte Otto mit einer einladenden Handbewegung.

Arthur war der Unterkiefer heruntergeklappt. »Sehr raffiniert«, stieß er nun hervor. »Kompliment.«

Otto stellte den Haken weg. »Ich geh einfach mal voraus.«

Er kletterte hoch. Arthur schulterte die Tasche mit den Sachen, die Helene ihm eingepackt hatte, und folgte ihm. Helene wartete lieber, bis beide oben waren, ehe sie auch noch auf die Leiter stieg.

»Der Lichtschalter ist gleich hier«, hörte sie Otto erklären. »Muss ja sein. Fenster gibt's leider keine.«

»Alles klar«, sagte Arthur.

Es wurde hell über ihr. Als Helene oben ankam, war Otto schon dabei, Arthur alles zu zeigen: ein großes Bett, ein Tisch und zwei Stühle, sogar ein Waschbecken. »Das Wasser zweige ich von der Leitung ab, die in den Kuhstall führt, das ist unverdächtig. Ist natürlich kaltes Wasser, aber hier unten – sehen Sie? Der weiße Kasten – das ist ein elektrisches Heizgerät, wenn Sie Warmwasser brauchen. Einfach den Schalter hier umlegen.«

»Sehr komfortabel«, lobte Arthur.

Helene kletterte vollends hoch, sah sich um. Der Grundriss des Verstecks sah aus wie ein liegendes T. Den senkrechten Strich füllte die Klappe mit dem Leitermechanismus aus; von dort ging es in den eigentlichen Wohnraum, der dicke Querbalken des T sozusagen. Ringsum saubere Holzwände, die Decke weiß gestrichen, es gab Lampen und Bücherregale, die noch leer waren, und Kleiderhaken an der Wand. Die Überdecke auf dem Bett war selbst genäht, verriet eindeutig Maries Handschrift.

»Der Raum ist ringsum von Heu umgeben, also an sich gut isoliert, sowohl gegen Hitze wie gegen Kälte«, erklärte Otto gerade. »Trotzdem gibt's natürlich eine elektrische Heizung. Das ist dieser Kasten hier. Hiermit regeln Sie, wie warm es werden soll. Das da oben, diese Schlitze, das ist die Luftzufuhr. Das sind zwei Schläuche, die unter der Dachkante bis nach draußen führen. Sieht man von draußen nicht. Und sollte es mal stickig werden: Dieser Schalter hier setzt einen fast lautlosen Lüfter in Gang.«

»Da haben Sie sich aber viel Mühe gegeben«, meinte Arthur.

»Na sicher«, sagte Otto. »Sie müssen es ja schließlich lange hier drin aushalten.«

Die T-Form erklärte sich durch zwei Türen rechts und links des kurzen Gangs mit der Bodenklappe. Die Tür auf der einen Seite führte in einen kleinen, etwas kühleren Vorratsraum, in dem schon ein Korb mit Lebensmitteln stand. »Den Korb kann man an einem Seil auf den Boden hinablassen und wieder heraufziehen«, erklärte Otto.

Die Tür auf der anderen Seite verbarg die Toilette. »Sozusagen das Gegenstück«, scherzte Otto. »Die Tür ist dicht, der

Raum dahinter hat seine eigene Lüftung, damit's im Zimmer nicht stinkt.« Er hob den Toilettendeckel. »Ein Kompostklo. Hinterher immer aus diesem Behälter hier« – er zeigte auf einen blauen Eimer mit Deckel – »eine Schaufel Streu drauf. Natürlich muss man das Ding von Zeit zu Zeit leeren; dafür kann man es verschließen, der Haken hier dient dazu, es ebenfalls am Seil runterzulassen. Vermeidet stinkende Katastrophen, hab ich mir überlegt.«

»Und ausgeleert wird es …?«

»Auf unseren Komposthaufen«, sagte Otto.

»Toll.« Arthur sah sich um, schüttelte sichtlich fassungslos den Kopf. »Das ist wie ein Traum. Sie haben wirklich an alles gedacht.«

Otto hob die Schultern. »Ich hoffe es wenigstens. Jedenfalls hab ich mir Mühe gegeben.«

»Ich weiß nicht, wie ich Ihnen das jemals werde danken können.«

»Wir tun nur unsere Christenpflicht.«

Dieser Satz schien Arthur wieder verlegen zu machen. Er zögerte, sagte: »Also, wenn Sie mich fragen, ist es mehr als das. Das ist hier ja das reinste Schloss.«

»Wie man's nimmt«, meinte Otto und wiegte den Kopf. »Es ist so komfortabel, wie ich es hingekriegt habe – aber tatsächlich ist es ein Gefängnis.«

»Wieso? Ach so!« Arthurs Blick ging zur Luke mit der Leiter. »Weil ich nicht raus kann, es sei denn, jemand kommt und –«

»Nein, das nicht«, unterbrach ihn Otto. »Man kann den Mechanismus ohne weiteres von oben bedienen. Zeige ich Ihnen gleich. Nein, was ich meine, ist: Wir – also meine Frau und ich – tun für Ihre Sicherheit alles, was wir können. Aber ich muss natürlich von Ihnen verlangen, dass Sie auch für *unsere* Sicherheit alles tun, was *Sie* können.«

Er legte sich die Hand auf die Brust. »Es hätte für uns schwerwiegende Folgen, wenn man Sie fände. Deswegen kann ich Ihnen leider nicht erlauben, dass Sie sich nach Belieben auf dem Hof bewegen. Auf einem Bauernhof herrscht ein ständiges Kommen und Gehen; es könnte jederzeit jemand auftauchen und Sie sehen.«

Arthur nickte ernst. »Ich verstehe. Ja, sicher. Sie haben mein Wort.«

»Gut.« Otto sah Helene an. »Ich nehme an, Helene wird ab und zu kommen und Ihnen Gesellschaft leisten. Oder?«

Helene hatte das Gefühl, dass ihr Herz einen Schlag lang aussetzte. Sie nickte hastig.

»Das wäre schön«, sagte Arthur.

»Ich kann auch was zu lesen mitbringen«, brachte Helene mühsam hervor.

Otto nickte zufrieden. »Dann wären wir uns ja einig. Jetzt zeige ich Ihnen noch, wie man die Leiter hochzieht, dann überlassen wir Sie erst einmal sich selbst.«

27

Als Helene am nächsten Morgen aufwachte, hätte sie einen Moment lang nicht beschwören können, dass das alles nicht nur ein Traum gewesen war. Otto hatte sie noch nach Hause gefahren. Sie hatte die Spuren im Bad beseitigt und war dann völlig erschöpft ins Bett gefallen … oder?

Sie setzte sich auf. Heller Tag. Schon zehn Uhr vorbei. In den Heizungsrohren gluckerte es, und von ganz weit weg hörte sie Geschirr klappern: Das hieß, Johanna war schon zurück!

Helene blieb noch eine ganze Weile im Bett sitzen, ehe sie genügend Mut gesammelt hatte, um aufzustehen, in ihren Morgenmantel zu schlüpfen, hinunterzugehen, Johanna zu begrüßen und das Frühstück einzunehmen, in der Küche, wie sie es so oft getan hatte.

»Guten Morgen«, rief die Köchin, emsig damit beschäftigt, Kartoffeln zu schälen. »Na, heute hast du aber lange geschlafen.«

Helene versuchte, den Kloß in ihrem Hals hinunterzuschlucken. »Ich musste gestern Abend noch mal ins Amt.«

»Ah, und dann ist es spät geworden. Verstehe. Dann wäre jetzt ein richtiger Kaffee gut, was? Aber dafür müssen wir erst den Krieg gewinnen, fürchte ich …«

Der Kaffee war Helene egal, sie war den Geschmack des Getreidekaffees gewöhnt. Sie nippte daran, beobachtete Johanna verstohlen über den Tassenrand hinweg. Die Köchin hantierte gekonnt mit dem Sparschäler und strahlte dabei auf eine verwirrende Weise zugleich Traurigkeit und Zufriedenheit aus: Traurigkeit, weil ihr Galan heute in den Krieg ziehen musste, und Zufriedenheit, weil –

Helene nahm hastig noch einen Schluck der bitteren schwarzen Brühe, versuchte sich ganz auf den herben Geschmack zu konzentrieren. Es kam ihr so unglaublich vor, dass diese Frau, die sich gerade mit schrumpeligen Kartoffeln und krummen Möhren beschäftigte, dieselbe Frau sein sollte, die sie gestern belauscht hatte, wie sie mit einem Mann …

Sie spürte, wie ihr das Blut in die Wangen stieg, und zwang ihre Gedanken in eine andere Richtung.

»Ich, ähm, besuche heute meine Freundin«, sagte sie rasch. »Marie. Kann sein, dass ich zu Mittag gar nicht da bin.«

»Ah!« Johanna ließ die Arme sinken, wirkte erleichtert. »Gut, dass du mir das sagst. Dann kann ich mir ja Zeit lassen. Wir essen einfach heute Abend. Sehr gut.«

Helene, der gerade nichts weniger wichtig hätte sein können als der Termin der nächsten Mahlzeit, stimmte ihr zu, und damit war das abgemacht. Sie trank rasch ihren Kaffee aus, packte ein paar Bücher ein und radelte los.

* * *

Auch in den Tagen und Wochen, die folgten, war es kein Problem, viel Zeit auf dem Aschenbrenner-Hof zu verbringen. Maries Schwangerschaft war in der Familie allgemein bekannt, und als Helene behauptete, ihre Freundin bräuchte nun jemanden, der ihr ein bisschen im Haushalt zur Hand ging, stieß das auf allgemeines Verständnis. Ihr Vater stimmte ein Loblied auf die deutsche Mutter im Allgemeinen an, ihre Mutter gab ihr ein Öl mit, mit dem sich Marie den Bauch massieren solle, um Schwangerschaftsstreifen vorzubeugen.

Und so radelte Helene fast jeden Abend, den Arbeit und Partei ihr ließen, zum Aschenbrenner-Hof hinaus, wo Marie voller Elan und Lebensfreude zugange war und alles Mögliche gebraucht hätte, aber keine Hilfe im Haushalt. Bald spielte sich ein fester Ablauf für diese Besuche ein: Helene stellte ihr Rad unter, betrat das Haus und wechselte ein paar Worte mit Marie. Die vergewisserte sich, dass die Luft rein war, drehte dann an einem alten Bakelit-Schalter, der keine Funktion zu haben schien – in jedem alten Haus gab es solche Schalter, die von früheren Installationen übrig waren und nichts mehr bewirkten –, anschließend ging Helene rasch nach hinten in die Scheune.

Was der Schalter tatsächlich tat, war, eine rote Signallampe im Versteck einmal kurz flackern zu lassen: das Signal dafür, dass Besuch kam und alles in Ordnung war. Zweimal drehen hätte bedeutet: Gefahr! Arthur hätte dann alles ausgeschaltet, was Strom verbrauchte, und wäre bis zur Entwarnung mucksmäuschenstill geblieben.

Nach ein paar Tagen hatte Arthur das mit der Treppe raus und öffnete jeweils von oben, natürlich nicht, ohne vorher durch ein Rohr zu schauen, das ihm ähnlich wie ein Türspion erlaubte, zu sehen, was unterhalb seines Verstecks los war. Helene war ganz froh, dass sie die Klappe nicht selber öffnen musste, denn sie tat sich schwer damit, den Haken zu treffen, in den die Zugstange greifen musste.

Und dann, wenn Arthur die Leiter wieder hochgezogen und die Klappe geschlossen hatte, saßen sie in herrlicher Abgeschiedenheit beisammen und redeten. Über Gott und die Welt. Über die Bücher, die sie mitbrachte und die Arthur las. Und immer wieder über Arthurs Lieblingsthema: die Rolle des Komputers in der Entwicklung von Wissenschaft und Technik seither. Er hatte allerhand neue Theorien dazu entwickelt seit damals, zum Beispiel die, dass die Chemie sehr davon profitiert habe, dass man mithilfe von Komputern die notwendigen Berechnungen schnell und einfach ausführen konnte, mit der Konsequenz, dass dank dessen heute wirksamere Düngemittel und Mittel zur Schädlingsbekämpfung zur Verfügung standen als noch vor hundert Jahren, was die landwirtschaftlichen Erträge deutlich verbessert habe. »Ohne Komputer«, meinte Arthur, »wären heute nicht nur die Lebensmittel aus Übersee rationiert, die wegen des Embargos kaum mehr ins Land kommen, sondern womöglich auch Grundnahrungsmittel wie Brot und Kartoffeln.«

Das kam Helene, wie die meisten seiner Theorien, ziemlich weit hergeholt vor, aber es war jedenfalls etwas, über das man herrlich diskutieren konnte. Überhaupt war es mit Arthur ganz anders als mit allen anderen Männern, mit denen sie je zu tun gehabt hatte: Er war der Erste, mit dem zu reden ihr überhaupt keine Mühe machte und mit dem das Gespräch lief wie von selbst. Es gab nie, so wie sonst, Momente, in denen sie nicht wusste, was sie sagen sollte – im Gegenteil, wenn sie mit ihm zusammen war, hatte sie das Gefühl, sich in eine ganz andere Person zu verwandeln, und zwar genau in die Helene, die sie schon immer hatte sein wollen.

Manchmal erzählte Arthur auch vom Krieg. Aber das waren immer nur mehr oder minder lustige Schwänke, in denen verwechselte Stiefel, Schuhwichse auf Türklinken, angesägte Donnerbalken und dergleichen eine Rolle spielten, Episoden, wie sie einen betrunkenen Kameraden davor bewahrten, entdeckt und bestraft zu werden, oder wie sie einen gemeinen Offizier hereinlegten.

»Wenn das alles so lustig war«, fragte Helene irgendwann, »wieso bist du dann desertiert?«

Ein entsetzlich langer Moment des Schweigens folgte, in dessen Verlauf Arthur in sich zu versinken schien, während sein Gesicht nach und nach ganz fremd wurde.

Helene beobachtete ihn erschrocken. Hätte sie das nicht sagen dürfen? Sie hatte einen wunden Punkt berührt, ganz eindeutig, aber was würde nun geschehen? Würde er sie fortschicken und ihr sagen, sie solle nie wiederkommen?

»Weil«, sagte Arthur endlich und mit gänzlich veränderter Stimme, »es in Wahrheit alles andere als lustig war. Deswegen. Deswegen bin ich desertiert. Weil ich es nicht mehr ausgehalten habe.«

Helene atmete tief ein, spürte ein Zittern in der Brust. »Ich kann verstehen, wenn du lieber nicht darüber reden willst.«

»Aber ich *will* ja darüber reden«, erwiderte Arthur schroff. Er schloss kurz die Augen, fügte dann bedächtiger hinzu: »Ich weiß nur nicht, wie.«

Wieder dieses Schweigen, und so isoliert vom Rest der Welt, wie sie hier in dieser Kammer waren, fühlte es sich an, als würde nie wieder einer von ihnen etwas sagen können.

»In Polen mussten wir Widerständler jagen«, begann Arthur schließlich, leise, stockend, mit brüchiger Stimme. »Sie hatten sich in den Wäldern versteckt, an Flussläufen, in einsamen Scheunen, wollten unseren Panzern oder Mannschaftswagen auflauern. Wie den meisten Leuten war ihnen nicht klar, dass man Telephone anpeilen kann, dass das Telephonsystem in jedem Moment genau weiß, wo sich jedes Gerät befindet, weil es sonst ja nicht funktionieren würde. Wir haben die Auswertungen direkt auf unsere Geräte gekriegt, nicht nur die genauen Koordinaten, sondern auch gleich die Zielangaben für unsere Mörser. Irgendwo hat ein Komputer gewusst, wo wir sind, wo das nächste Widerstandsnest ist, hat die aktuellen Winddaten abgefragt und genau ausgerechnet, wie wir unsere Mörser einstellen mussten. Und das haben wir dann gemacht. Winkel, Höhe, Ladung, Granate rein und abschießen. Manchmal hat man Körperteile durch die Luft fliegen sehen. Hätte auch eine Maschine machen können, aber wir waren es, die es gemacht haben.«

Helene saß wie erstarrt, sagte nichts. Irgendwie wusste

sie, dass sie das, was da jetzt herauswollte, nicht unterbrechen durfte.

»Und Widerstand … als Widerstand galt alles, was irgendjemandem nicht in den Kram gepasst hat. Da gab es überhaupt kein Pardon, kein Verständnis. Ich meine – wir hatten denen gerade das Land über den Köpfen zusammengebombt, ihre Armeen ausradiert, die Flugzeuge zerschossen, Zehntausende von Leuten in die Flucht getrieben: Ist doch klar, dass da ab und zu jemand ungehalten reagiert, oder? Aber nein, wir Herrenmenschen, wir wollten die totale Unterwerfung. In einem Dorf, da war ein Mann, ein Bauer, betrunken, der Streit gekriegt hat mit einem deutschen Soldaten, keine Ahnung, weswegen, aber plötzlich zieht er ein Messer, es gibt eine Rauferei, und der Soldat wird verletzt. Was für ein Aufschrei! Als ob's die ungeheuerlichste Untat gewesen wäre. Widerstand ist mit allen Mitteln zu brechen, hieß es, der Führer will es so. Also sind sie hingegangen und haben ›Vergeltung‹ geübt. Großer Gott – Vergeltung für einen *Messerstich!* Hundertzwanzig Leute haben sie zusammengetrieben und erschossen, ohne Prozess, ohne Grund, einfach so. Ein Drittel war noch nicht mal aus dem Dorf, sondern Reisende, die sie aus einem Zug gezerrt hatten, der an dem Dorf vorbeifahren wollte. Ich war da zum Glück nur Fahrer, ich musste nicht schießen, aber wahrscheinlich *hätte* ich geschossen, wenn man es mir befohlen hätte. Das lässt mich nicht los. Dass ich auch geschossen hätte. Dass ich mich hab anstecken lassen von diesem Wahn, von dieser völlig idiotischen Empörung, in die wir uns hineinerregt haben. So, als hätten wir ein *Recht* darauf, dass sich uns alle unterwerfen.«

Helene hatte unwillkürlich die Hände vor dem Mund verschränkt. Jetzt, als Arthur erschöpft innehielt, nahm sie sie herab und sagte: »Diese Auswertungen – die sind bei uns gemacht worden. Das Nationale Sicherheits-Amt war für alle

Auswertungen der erbeuteten Datensilos zuständig. Ich hab damals noch nicht da gearbeitet, aber ich weiß, dass es so war.«

Arthur sah sie an, als habe er vergessen, dass sie da war. »So weit weg vom Geschehen …?«

»Ja«, sagte Helene. »Entfernung spielt keine Rolle, wenn Komputer im Spiel sind.«

Sein Blick wanderte weiter. »Wir hatten eindeutige Befehle, was Widerstand aus der Bevölkerung anging«, sagte er. »Unsere Front schob sich vorwärts, nach Polen hinein, schneller, als man hätte laufen können, und es galt die Regel, dass wenn wir aus einem Haus *hinter* der Front beschossen werden, dann wird das Haus niedergebrannt mit allem, was darin ist. Wenn das Haus zu einem Dorf gehört und es sich nicht eindeutig feststellen lässt, aus welchem Haus die Schüsse gekommen sind, dann war das ganze Dorf niederzubrennen.«

»Meine Güte«, hauchte Helene. »Wer gibt so einen Befehl?«

»Generalmajor Fedor von Bock, damals Oberkommandierender der Heeresgruppe Nord, inzwischen Ritterkreuzträger und Generalfeldmarschall.« Arthur rieb sich die Stirn. »Und dabei ist das noch einer von den weniger Schlimmen. Aber in den ersten zwei Monaten nach Kriegsbeginn sind in Polen über fünfhundert Dörfer und Städte niedergebrannt worden.«

»Über fünfhundert!«

»Und ich war einer von denen, die das getan haben. Auch wenn ich selber keine Fackel an ein Strohdach gehalten habe, ich war von demselben Geist erfüllt wie alle. Die Offiziere haben uns wieder und wieder erzählt, was für Barbaren, was für Untermenschen die Polen wären – viehische, heimtückische Bestien, die im Dreck hausten, geistig zurückgeblieben waren und von denen wir nichts als Niedertracht und Hinterlist erwarten durften. Dabei waren die meisten einfach nur arm, weiter nichts.« Er schüttelte den Kopf. »Und nachher waren sie ja doch gut genug, dass man sie als Fremdarbeiter ins Altreich geholt hat, zu Hunderttausenden.«

Helene nickte. Marie hatte ihr davon erzählt und auch, dass Otto sich um die Zuteilung solcher Fremdarbeiter beworben hatte; nicht, weil er die Arbeitskräfte benötigte, sondern um wenigstens ein paar jungen Männern Schutz gewähren zu können. Aber sie hatten keine zugeteilt bekommen, weil sie keine Parteimitglieder waren, sondern als ›dickköpfige Papsttreue‹ galten.

»Aber du hast nicht geschossen?«, vergewisserte sich Helene.

Arthur schüttelte den Kopf. »Ich hab Polen erobert, ohne einen einzigen Schuss abzugeben. Ich bin immer nur gefahren. Aber ich hab geholfen, das Land auszurauben. Meine Güte, was haben wir alles geraubt! Im Weichselbogen haben wir ganze Keller voller Barren aus Kupfer, Zink, Blei gefunden, haben alles verladen und heim ins Reich transportiert. Wir haben eiserne Gartentore und Parkumfriedungen abgesägt, Eisenbahnschienen abgeschraubt, Kandelaber und Bratpfannen eingesammelt und eingeschmolzen, alles, um die deutsche Rüstungsindustrie zu versorgen.«

»Aber du hast immerhin nicht geschossen.«

»Damals nicht«, sagte Arthur. »Später schon.«

»Später?«

Irgendetwas veränderte sich, verschloss sich. Arthur sah auf die Uhr und sagte: »Es ist schon spät. Ich glaube, es wird Zeit für dich.«

* * *

Die Besuche bei Arthur wurden zu Helenes liebster Gewohnheit, zum Mittelpunkt ihres Lebens. Bald reichte ihre eigene Bibliothek nicht mehr aus, um ihn mit Lektüre zu versorgen, ihn, der ja den ganzen Tag über nichts anderes zu tun hatte, als zu lesen, und der zudem ein schneller Leser war, und so ging sie in die Stadtbibliothek, um Bücher auszuleihen, von denen sie annahm, dass sie Arthur gefallen mochten.

Allerdings fiel sie nach einiger Zeit der Bibliothekarin als ungewöhnlich eifrige Leserin auf, und die ältliche, gouvernantenhafte Frau begann, sie bei der Rückgabe der Bücher darüber auszufragen: Wie sie ihr gefallen hätten, was sie von den Entscheidungen dieser oder jener Figur hielt und dergleichen.

Diese Fragen brachten Helene zuerst in Verlegenheit, weil sie die Bücher ja selber nicht gelesen hatte, aber das Problem war einfach zu lösen: Sie bat Arthur, ihr immer zu erzählen, worum es in den Büchern gegangen war und was er darüber dachte, und damit war sie stets gerüstet, um der Bibliothekarin Rede und Antwort zu stehen. Das unterschwellige Misstrauen, das die Frau anfangs ausgestrahlt hatte, schwand, und sie begann, ihr Bücher zu empfehlen. Helene folgte diesen Empfehlungen gerne, ausgenommen dann, wenn es sich um ausgesprochene Frauenliteratur handelte – schnulzige Liebesromane etwa, Biographien der großen Programmiererinnen oder dergleichen, was Arthur mit Gewissheit nicht interessieren würde.

Sie konnte auch deutlich spüren, wie wichtig Arthur ihre Besuche und ihre Gespräche waren. Er war ja ansonsten einsam, und je mehr Zeit verging, desto eingesperrter fühlte er sich auch. Einmal pro Woche traf Otto Vorkehrungen, dass Arthur eine Stunde an die frische Luft und in die Sonne gehen konnte, die nun, da der Frühling in voller Pracht erblühte, herrlich schien, aber mehr ging nicht, und selbst das war stets ein Risiko, denn Arthur wurde immer noch gesucht. Helene schaltete sich hin und wieder in die Datenbestände der Gestapo ein – wozu sie an und für sich eine ausdrückliche schriftliche Erlaubnis gebraucht hätte, aber das kümmerte in der Praxis niemanden – und verfolgte den Fortgang der Ermittlungen. Arthur Freyh stand zusammen mit Dutzenden anderer Namen auf einer Liste, die jede Woche per Elektropost an alle Polizeistellen ging, und auf dieser Liste wanderte er jede Woche ein paar Stellen höher, je nachdem, wie viele der anderen Deserteure man inzwischen geschnappt hatte. Sie las auch die ihn betreffenden Fahndungsberichte: Die Gestapo vermutete ihn in München oder Berlin, hatte sämtliche Familienmitglieder, Freunde, Verwandte und Bekannte schon befragt und die jeweiligen Wohnungen gründlich durchsucht.

Für Marie rückte der Geburtstermin immer näher. Alles ging nun langsamer, und sie kam nur noch mit Mühe dazu, Arthur zu versorgen. Dass sie es nicht mehr schaffte, ihm jeden Tag eine warme Mahlzeit zu bringen, erfuhr Helene von ihr; Arthur hatte darüber nie ein Wort verloren, sondern war nur voll des Lobes über seine Gastgeber. So begann Helene, Marie tatsächlich etwas zur Hand zu gehen, auch wenn dies ihre Zeit mit Arthur einschränkte.

Arthur beklagte sich nicht, sondern freute sich einfach immer, sie zu sehen. Sie brachten wunderbare Stunden damit zu, einander ihr ganzes Leben zu erzählen. Arthur stammte aus einfachen Verhältnissen, sein Vater war Fabrikarbeiter, seine Mutter hatte immer mit Heimarbeit dazuverdient, um die Familie über die Runden zu bringen. Seine Eltern waren enttäuscht gewesen, dass er ausgerechnet Geschichte studierte, anstatt etwas Praktisches, Nützliches zu lernen, das seinen Mann ernährte.

Und zu seiner Schwester, die vier Jahre älter war als er und einen Handelsreisenden geheiratet hatte, hatte er eigentlich gar kein sonderlich gutes Verhältnis.

»Wieso hast du dann erwartet, dass sie dich verstecken würde?«, wunderte sich Helene, aber Arthur zuckte nur mit den Schultern, und sie drang nicht weiter in ihn.

Er erzählte vom Krieg und vom Studium dazwischen. Nachdem er eine Weile in Polen stationiert gewesen war, hatte man ihn für ein Trimester zur Fortsetzung seines Studiums freigesetzt und nach München beordert. »Wegen des Kriegs gibt es keine Semester mehr, nur noch Trimester, was bedeutet, dass es immer ziemlich gehetzt zugeht. Man darf sich seinen Studienort auch nicht mehr selber aussuchen, sondern muss dahin gehen, wohin man geschickt wird. Und das Schlimmste ist, dass man sich keine Bude mieten und sein eigener Herr sein darf, sondern in Studentenkompanien hausen muss. War das trostlos! Zuerst hatten sie uns in eine Kaserne gesteckt, einen Monat später mussten wir raus, in eine alte Schule, zwölf Männer in einer Stube, ohne Heizung. Jeden Tag gab es Appell, was hieß, in Uniform anzutreten und zu warten, zu warten, zu warten. Irgendwann hab ich mir doch ein Zimmer in einem Gasthaus genommen und bin nur noch zum Appell aufgetaucht, das war lästig genug. Aber wenigstens hatte ich es warm und konnte in Ruhe studieren.«

»Und?«, fragte Helene. »Hast du deine Abschlussarbeit fertig bekommen?«

Arthur schüttelte seufzend den Kopf. »Es ging irgendwie nicht voran. Mit all dieser Unruhe um mich herum und all der Unruhe in mir drinnen, unter diesem ständigen, geisttötenden Trommelfeuer der Propaganda … Ich hab allein zwei Monate gebraucht, um wieder hineinzufinden. Vielleicht, wenn ich ein zweites Trimester bewilligt bekommen hätte …«

»Dann hättest du erzählt, wie anders die Geschichte verlaufen wäre, ohne die Analytische Maschine.«

»Genau.«

Helene musste schmunzeln. »Wenn Lord Babbage sie

nicht erfunden hätte – wer hätte sie denn dann erfunden? Und *wann?*«

»Vielleicht wäre sie so ungefähr jetzt erbaut worden«, meinte Arthur. »Und wahrscheinlich auch von den Engländern.«

»Und warum?«

»Weil sie dringend eine gebraucht hätten, um die Codes unserer U-Boot-Flotte zu knacken. Es heißt doch, der Krieg sei der Vater aller Dinge.«

»Um Codes zu knacken, brauchst du mehr als nur einen Komputer«, wandte Helene ein. »Du brauchst in erster Linie eine Mathematik der Verschlüsselung. Und wie hätte man die ohne Komputer entwickeln sollen?«

»Von Hand. Warum nicht? Verschlüsselungen hat es schon immer gegeben. Sie waren halt nicht so aufwendig wie die Codes heute.«

»Verschlüsselungen, die man von Hand ausführen kann, könnte man auch von Hand knacken.« Helene schüttelte den Kopf. »Mir kommt deine These immer noch ziemlich weit hergeholt vor, ganz ehrlich.«

Nach dem Trimester in München hatte es für Arthur wieder geheißen, zurück nach Russland, zurück an die Front, und das im russischen Winter. Das hieß, immer zu frieren, bei dreißig oder vierzig Grad minus, immer auf der Suche zu sein nach einem einigermaßen warmen Ort, nach einer Waschgelegenheit, immer hungrig zu sein, weil es zu wenig zu essen gab. Trotz der Kälte waren Läuse eine ständige Plage. »Es macht einen mürbe, die ständige Anstrengung, die Ungewissheit, ob man auch nur diesen einen Tag übersteht. Ich habe förmlich gespürt, wie die Jugend aus mir herausrinnt, wie ich alle Unbekümmertheit und Zuversicht verloren habe, die man doch haben sollte, solange man jung ist.«

Dabei, erzählte er ein andermal, habe ihn die Landschaft

dort stets fasziniert. »Diese endlose, endlose Ebene … Die Sonnenuntergänge waren oft unbeschreiblich schön. Und dann kam der Mond und hat alles in reines Silber getaucht, die Wiesen, die Bäume … Das einzig Hässliche in dieser Welt waren wir.« Er barg das Gesicht hinter einer Hand. »Ich habe ein bisschen Russisch gelernt, habe versucht, mit den Menschen in Kontakt zu kommen. Aber was hat es mir eingebracht? Nur, dass es dann halt immer meine Aufgabe war, den Leuten zu sagen, dass sie gehen mussten, wenn wir mal wieder Befehl hatten, ein Dorf niederzubrennen. Gehen, sofort, mit nicht mehr Besitz als dem, was sie tragen konnten. Und diese Blicke, wenn sie an dir vorbeiziehen, mit ihren Lasten auf dem Rücken, ihre Kinder an den Händen, ohne ein Ziel, ohne einen Ort, zu dem sie gehen konnten – das vergisst du nie. Sie hatten eine Stunde, zu gehen, oder zwei, je nachdem, wie unsere Befehle lauteten, und dann haben wir alles in Brand gesetzt oder in Trümmer geschossen. Und wozu? Das hat uns nie irgendjemand gesagt. Befehl war Befehl. Der reine Irrsinn.«

Helene schwieg, versuchte zu sehen, was ihm vor dem inneren Auge stehen mochte. Es war, trotz der düsteren Erinnerungen, die ihn hervorgerufen hatten, ein schöner Moment – ein Moment gemeinsamen Schweigens, das sie nicht trennte, sondern verband.

»Ich bin nicht meiner Schwester wegen hier in Weimar ausgestiegen«, sagte Arthur unvermittelt.

»Sondern?«, fragte Helene in der Erwartung, nun von einem Freund zu hören, bei dem er unterzukommen gehofft hatte, der aber dummerweise inzwischen selber zum Militär eingezogen worden war.

Arthur fing an, mit der Hand über den Boden zu streichen, als lägen dort unsichtbare Krümel, die es zusammenzufegen galt. »Ich musste immer wieder an das Mädchen denken, das

Lady Ada so vehement verteidigt hat. An das interessanteste Gespräch, das ich je mit einer Frau geführt habe. Ich hatte keinerlei Hoffnung, sie wiederzusehen, denn sie war die Tochter eines Chirurgen, eines berühmten Chirurgen und bedeutenden Mediziners sogar, und ich nur der Sohn eines Arbeiters, aber ich wollte es wenigstens versucht haben. Es hat mich hingezogen, könnte man sagen … und nun, entgegen allen Wahrscheinlichkeiten, sind wir hier.«

Er sah auf. Helene sah ihn an, fassungslos, wehrlos, sprachlos. War er es, der sich vorbeugte, oder war sie es selber? Sie wusste es nicht. Auf jeden Fall bewegten sie sich aufeinander zu, und ihre Lippen trafen einander, als wäre dies vom Anbeginn der Zeit an unausweichlich so bestimmt gewesen.

* * *

Ein Kuss. Sie küsste gerade zum ersten Mal in ihrem Leben einen Mann, einen schönen, großen, starken Mann, den Mann, von dem sie seit Jahren heimlich geträumt, nein, von dem sie geträumt *hätte*, wenn sie es denn gewagt hätte. Aber sie hatte es nicht gewagt, hatte nicht enttäuscht werden wollen, sich nicht erlaubt, irgendetwas zu erhoffen, und doch war es passiert, war es geschehen, gerade so, als hätte es so sein müssen.

Ja, Arthur hatte recht: Es war ganz und gar unglaublich, ein wahres Wunder. Niemand hatte damit rechnen können. Jede nur mögliche Wahrscheinlichkeit stand dem entgegen – und doch war es geschehen.

Der Kuss ging ihr durch und durch, brandete durch ihren ganzen Körper wie eine elektrische Flutwelle, eine heiße Woge, die bis in ihre Fingerspitzen, ihre Zehen, bis in die Enden ihrer Haare vordrang und sich anfühlte, als müsse ihr Körper anfangen zu leuchten. So, nur so, konnte sich die Erfüllung aller Träume anfühlen, der Moment, in dem ein Leben seine Bestimmung erreichte. Was hätte sie anderes tun können, als sich dem ganz zu überlassen, als in Arthurs Arme zu sinken und mit ihm zu verschmelzen, in diesem Kuss, von dem sie sich nur wünschte, er würde niemals enden, oder wenn, dann nur, um abgelöst zu werden von anderen, noch herrlicheren Dingen …

Arthur, ihr Arthur – und solange der Krieg dauerte, würde er ihr gehören, ihr ganz alleine! Solange er sich hier oben verstecken musste, konnte ihn ihr niemand wegnehmen!

Dieser Gedanke, der wie aus dem Nichts gekommen war, ließ Helene hochschrecken, riss sie aus ihrer Hingabe. Sie löste sich von Arthur, setzte sich wieder auf, war geschockt.

»Entschuldige«, sagte Arthur hastig. »Das war unverschämt von mir. Entschuldige vielmals.«

»Was?«, murmelte Helene verwirrt.

»Na, du hast doch bestimmt einen Verlobten und so … und ich, also … wie gesagt … es war nur, weil … weil …«

Sie sah ihn von oben bis unten an, sehnte sich in seine Arme, die sie gerade noch so stark umfangen hatten, aber wagte es nicht, weil sie Gefahr witterte. Sie musste erst verstehen, was los war. Die Randbedingungen klären, die Parameter bestimmen. Sie brauchte einen Ablaufplan, ein Strickmuster, das auf diese Situation anwendbar war.

»Wenn ich einen Verlobten hätte«, sagte sie mühsam, »dann würde ich wohl kaum mehrmals die Woche die Abende hier verbringen.«

Arthur erwiderte ihren Blick, verstört, die Lippen fest zusammenpressend, die sie gerade eben noch so wunderbar geküsst hatten. »Stimmt«, stotterte er. »Wohl nicht. Ich wollte nur … also, es wäre schlimm für mich, wenn du nicht mehr kämst. Das wollte ich nur sagen.«

Helene wollte ihm sagen, dass sie ihn liebte und begehrte

und zu allem bereit war, aber sie konnte es nicht, weil sie nicht wusste, ob das überhaupt stimmte.

Liebte sie Arthur denn wirklich? Wie konnte sie das wissen, wenn sie nicht wusste, was das eigentlich war – Liebe? Bei Marie und Otto *sah* sie es – aber sie *verstand* es nicht. Sie sah nur, dass die beiden irgendwie verbunden waren, zusammengehörten, und sie erinnerte sich, dass es schon immer so gewesen war, dass sie ihr schon immer so vorgekommen waren wie eine einzige Seele, die zwei Körper bewohnte.

Das war bei Arthur und ihr anders. Sie hatte nicht das Gefühl, mit ihm verbunden zu sein, nur den Wunsch danach. Begehrte sie ihn? Das schon. Ja, sie begehrte ihn. Sie hatte noch nie so etwas für einen Mann empfunden, sich noch nie so gefühlt, aber sie hatte keinerlei Probleme, dieses Gefühl zu identifizieren: Es war Begehren, ein Urinstinkt, der in ihr wach geworden war und das tun wollte, wozu Männer und Frauen existierten.

Und: War sie wirklich zu allem bereit?

Darauf lautete die Antwort eindeutig: Nein. Auf keinen Fall durfte sie schwanger werden, denn das hätte Arthurs Tod bedeutet und ihr eigenes Verderben und das von Marie und Otto dazu. Egal, was in ihr vorging, sie musste sich unter Kontrolle halten, um jeden Preis, selbst um den ihres Lebensglücks.

Und sie musste sich wieder fangen, ehe sie ging. Es war höchste Zeit, aber so, wie sie war, konnte sie noch nicht gehen. Marie würde merken, was vorgefallen war, und es missbilligen, es bestimmt als unmoralisch betrachten, wenn unter ihrem Dach Intimitäten stattfanden zwischen Menschen, die nicht miteinander verheiratet waren.

»Ich komme wieder«, sagte Helene und stand auf. »Aber jetzt wird es höchste Zeit, dass ich gehe.«

Sie richtete sich vor dem schmalen Spiegel, rieb sich das

Gesicht mit kaltem Wasser ab, strich sich die Haare mit den gespreizten Fingern zurecht und betrachtete Arthur dabei, wie er ihr aus dem Hintergrund zusah. Seit er nicht mehr so mager war wie vor Wochen, als er aus Russland gekommen war, sah er richtig gut aus. Ein prachtvoller Mann, genauso begehrenswert wie damals auf dem Maifest.

Sie selbst kam sich, wenn sie sich so neben ihm betrachtete, mindestens zwei Nummern kleiner und unattraktiver vor. Es war nicht wie bei Marie und Otto, bei denen man sofort sah, dass sie zusammengehörten. Sie war nicht die Frau, die an Arthurs Seite passte – aber sie war die einzige Frau in seiner Reichweite, und solange der Krieg dauerte, würde sie das auch bleiben.

Sie schämte sich für diesen Gedanken, aber er war nun mal da.

Und es war ein Gedanke, der sie glücklich machte.

28

Eugen Lettke war wieder einmal in der Bank, stand in der Schlange vor den Komputern und wartete geduldig. Es war Stoßzeit, vor ihm standen mehr als ein Dutzend Leute. Und natürlich war es völlig unnötig, dass er hierherkam, um seine Bankgeschäfte zu erledigen, denn er hätte all das genauso gut von seinem Komputer im Amt aus erledigen können.

Aber das war ja auch nicht der Grund, warum er herkam, zumal um diese Zeit. Er kam, um nach *ihr* Ausschau zu halten – nach der »Gräfin«, wie er sie inzwischen insgeheim nannte: die vornehme Frau, die ihm hier in dieser Bank einst aufgefallen war und ihm seither nicht mehr aus dem Kopf gehen wollte.

Er war diese Momente in seiner Erinnerung wieder und wieder durchgegangen. Die Frau hatte nicht wie jemand gewirkt, der hier nur auf der Durchreise war, sondern wie jemand, der sich auskannte. Es konnte nicht anders sein, als dass sie in persönlicher Beziehung zu jemandem stand, der in der Bank arbeitete und den sie damals besucht hatte.

Er hatte natürlich längst alle Mitarbeiter der Bank unter die Lupe genommen, so gut er es vermochte, war aber auf nichts gestoßen, das ihn weitergebracht hätte. Und es war vertrackt; je schwerer es war, ihr auf die Spur zu kommen, desto mehr wuchs sein Verlangen, sie zu finden.

Deshalb stand er hier. Weil er sich sagte, dass sie irgendwann wieder hier auftauchen musste.

Gewiss, sie war viel zu vornehm, um mit einem wie ihm auch nur zu reden. Aber er würde ihre dunklen Punkte eruieren, ihre Geheimnisse aufdecken, und dann würde sie mit ihm reden *müssen*.

Und nicht nur reden …

Sein Verlangen speiste sich nicht zuletzt auch aus dem Umstand, dass er in letzter Zeit vorwiegend unerfreuliche sexuelle Erlebnisse gehabt hatte. Nicht, dass Mangel an belastendem Material geherrscht hätte, im Gegenteil. Aber je länger der Krieg dauerte und je länger damit die Männer von zu Hause fort waren, desto *williger* wurden die Frauen.

Gewiss, sie wehrten sich – ein bisschen. Um ihren Ruf zu wahren. Um sich sagen zu können, dass sie brave Ehefrauen waren, die einfach keine andere Wahl hatten, als sich dem Zwang zu beugen. Aber dann … dann *genossen* sie es richtig. Ganz egal, was er mit ihnen machte oder in welcher Position er sie nahm, sie keuchten, krallten sich an ihn, schnappten nach ihm, und ihre Säfte tropften nur so. Ekelhaft. Manchmal ging er einfach, aber nicht immer. Manchmal musste er es auch zu Ende bringen, um nicht zu platzen, doch hinterher war er immer wütend und angewidert von sich selbst, den Frauen, der ganzen Welt.

Die einzige einigermaßen erfreuliche Episode hatte er mit einem jungen Ding in Jena gehabt, einer Kindergärtnerin, die stets hochgeschlossene Kleider trug und scheu wie ein Reh wirkte. Sie war ihm aufgefallen, er hatte in Erfahrung gebracht, wie sie hieß, aber ausnahmsweise überhaupt nichts Belastendes gefunden. Schließlich hatte er *va banque* gespielt und einfach unter ihrem Namen Einträge ins Deutsche Forum geschrieben, die den Führer mit beleidigenden Ausdrücken bedachten, und diese anschließend rückdatiert. Als er ihr einen Ausdruck davon unter die Nase gehalten hatte, war sie so erschrocken, dass sie nicht einmal abstritt, das geschrieben zu haben, vielmehr hatte sie gleich um Gnade gewinselt!

Was ja, wenn man es sich genau überlegte, auch eine Art Schuldeingeständnis war.

Da sie nur in einem möblierten Zimmer wohnte, war er

mit ihr in ein billiges Hotel gegangen, wo man nicht viele Fragen stellte, hatte sie bezahlen lassen, und dann hatte das Vergnügen begonnen. Sie hatte sich heulend vor ihm ausgezogen, als er es ihr befohlen hatte, und alles Weitere schluchzend über sich ergehen lassen. Sie war so eng und trocken gewesen, dass er viel Spucke gebraucht hatte, um überhaupt hineinzukommen, und dabei hatte sich herausgestellt, dass sie noch Jungfrau gewesen war: Sie hatte aufgeschrien vor Schmerzen und das ganze Bett vollgeblutet. Er hatte ihr hinterher befohlen, ihm ihr Blut abzuwaschen, und sie hatte gehorcht, nackt und zitternd, und so hatte er sie dann zurückgelassen.

Ja, von diesem Abend hatte er lange gezehrt. Aber allmählich wurde es Zeit für eine neue Eroberung –

Sein Telephon klingelte in der Tasche, als nur noch zwei Leute vor ihm warteten.

Es war Adamek. »Können Sie bitte so schnell wie möglich kommen?«

»Was ist passiert?«, fragte Lettke unwillkürlich, obwohl Adamek ihm das natürlich nicht über eine Telephonverbindung erklären würde.

»Es ist«, hörte er seinen Vorgesetzten sagen, »eine Situation eingetreten, in der wir den Nutzen unseres Amtes für das Reich unter Beweis stellen können. Vorausgesetzt, wir sind schnell genug.«

* * *

Der Rauch zahlloser Zigaretten erfüllte schon den Besprechungsraum, als Lettke eintraf. Die anderen saßen um den Tisch herum, kritzelten mit Buntstiften auf Blättern herum, die sie vor sich liegen hatten, und diskutierten über »Stil«, »Satzmuster« und »typische Wendungen«.

Lettke zog einen Stuhl heran, setzte sich dazu und fragte: »Was ist denn eigentlich los?«

Adamek reichte ihm eines der Papiere. »Lesen Sie.«

Lettke betrachtete es. Ganz oben stand: *Flugblätter der Weißen Rose*, darunter *I* – römisch Eins.

Der Text begann folgendermaßen: *Nichts ist eines Kulturvolkes unwürdiger, als sich ohne Widerstand von einer verantwortungslosen und dunklen Trieben ergebenen Herrscherclique ›regieren‹ zu lassen. Ist es nicht so, dass sich jeder ehrliche Deutsche heute seiner Regierung schämt, und wer von uns ahnt das Ausmaß der Schmach, die über uns und unsere Kinder kommen wird, wenn einst der Schleier von unseren Augen gefallen ist und die grauenvollen und jegliches Maß unendlich überschreitenden Verbrechen ans Tageslicht treten?*

In diesem Stil ging das weiter. Es folgten Zitate von Friedrich Schiller und Goethe, und am Schluss stand: *Wir bitten Sie, dieses Blatt mit möglichst vielen Durchschlägen abzuschreiben und weiter zu verteilen!*

Er blickte auf. »Was soll das? Was bedeutet ›Weiße Rose‹?«

»Genau das ist die Frage«, erwiderte Adamek. »Irgendjemand hat dieses Flugblatt geschrieben, und zwar offenbar mit einer mechanischen Schreibmaschine, hat es mit simpelsten mechanischen Mitteln vervielfältigt und an eine unbekannte Anzahl von Empfängern geschickt. Alles, was wir wissen, ist, dass fünfunddreißig dieser Empfänger das Blatt bei der Gestapo abgeliefert haben.«

»Flugblätter?«, wiederholte Lettke, der es immer noch nicht recht glauben konnte. »Per *Post?*«

»Ja«, sagte Adamek.

»Das ist ja … vorsintflutlich. Allein, was das an Porto kostet! Auf diese Weise erreicht man doch keine nennenswerte Zahl von Empfängern, verglichen damit, was über das Weltnetz möglich wäre!«

»Aber so ist es nicht rückverfolgbar.«

»Ah, ja.« Jetzt begriff Lettke, was das Problem war. »Stimmt.«

Dobrischowsky beugte sich vor. »Deswegen sage ich, das Einzige, was uns bleibt, sind linguistische Analysen. Wenn wir uns nur auf die Teile des Textes beschränken, die eindeutig von den Verfassern des Flugblatts stammen, dann fällt auf, dass sie in einem sehr elaborierten, geradezu pathetischen Stil schreiben. Es sind sehr lange Sätze, wie sie nur jemand zustande bringt, der sehr viel liest und selber viel schreibt.«

»Jedenfalls hat das keine kommunistisch unterwanderte Gruppe von Arbeitern verfasst«, meinte Kirst und zündete sich die nächste Zigarette an der Glut der vorigen an. »Ich tippe auf Studenten. Geisteswissenschaftler vielleicht. Literatur. So etwas in der Art.«

»Leute jedenfalls, bei denen man davon ausgehen kann, dass sie sich auch schon mal im Deutschen Forum geäußert haben«, fuhr Dobrischowsky fort. Sein nahezu kahler Schädel glänzte vor Schweiß. »Deswegen sage ich, lasst uns den Text in charakteristische Teile zerlegen und das Forum jeweils danach durchsuchen! Da ist bestimmt die eine oder andere Formulierung dabei, die sie so schon einmal irgendwann verwendet haben.«

Adamek rangierte seinen Rollstuhl näher an den Tisch, sodass er sich mit den Ellbogen auf der Platte abstützen konnte, faltete die Hände und sah Lettke an. »Sie betreiben, sozusagen mit umgekehrten Vorzeichen, gerade selber ein ganz ähnliches Projekt in Amerika. Was denken Sie, wie wir vorgehen sollten?«

Möller rieb sich das auffallend unrasierte Kinn. Wie lange saßen die anderen hier schon beisammen? »Wenn es ausländische Agenten sind, dann können sie verdammt gut Deutsch«, murmelte er.

Lettke betrachtete das Blatt in seiner Hand noch einmal, dachte nach.

»Was ist mit den Briefumschlägen? Sind die auch abgegeben worden?«, fragte er.

»Einige, ja«, sagte Adamek.

»Wann sind die Briefe abgeschickt worden?«

»Am Samstag. Alle Poststempel tragen das Datum vom 27. Juni.«

»Und von wo aus?«

»Den Poststempeln zufolge sind die Briefe in München, Augsburg, Ulm und Stuttgart eingeworfen worden.«

»Geht aus den Stempeln hervor in welche Briefkästen?«

»Nein. Briefe werden pro Postbezirk einheitlich abgestempelt.«

»Gibt es Zeugenaussagen, wie jemand eine ungewöhnlich große Menge an Briefen einwirft?«

Adamek schüttelte den Kopf. »Nach solchen Zeugen sucht die Polizei natürlich, doch das ist nicht unser Gebiet«, erklärte er. »Ich möchte das Problem gern mit den Mitteln lösen, die speziell uns zur Verfügung stehen. Und möglichst schneller als die Gestapo.«

»Verstehe.« Lettke rieb sich die Schläfe. »Das Problem, das ich bei den sprachlichen Analysen sehe, die Horst vorschlägt, ist – abgesehen von der damit verbundenen Riesenarbeit –, dass die Ergebnisse nicht nur zwangsläufig ungenau wären, sondern vor allem nicht beweiskräftig. Was beweist es, wenn jemand ein Satzfragment verwendet hat, das sich so auch in diesem Flugblatt findet? Nichts. Es kann immer sein, dass die Verfasser des Flugblatts nur bei ihm abgeschrieben haben.«

»Nicht, wenn wir ganze Teile der Argumentation bei jemandem finden«, widersprach Dobrischowsky. »Sozusagen die Konzeptfassung des Flugblatts.«

Lettke schüttelte den Kopf. »Jemand, der seine Botschaft

auf so altmodische Weise verbreitet, mit Druckmaschinen und Postbriefen, zeigt damit, dass er sich der Überwachung des Weltnetzes bewusst ist. So jemand wird nicht das, was er sagen will, im Forum vorformulieren, sondern das Forum im Gegenteil schon seit langem meiden.«

»Vielleicht ist das ein Ansatz«, warf Kirst ein. »Wer war früher viel im Forum aktiv, ist es aber nicht mehr?«

»Millionen«, erwiderte Adamek mit einem verweisenden Seitenblick. »Das bringt uns nicht weiter.«

»Und wenn wir nach Leuten suchen, die eine mechanische Schreibmaschine gekauft haben?«

»Dann beweist das erstens auch nichts, weil man bei einer Schreibmaschine nicht feststellen kann, was damit geschrieben wurde, und zweitens gibt es bestimmt noch Tausende von alten Schreibmaschinen aus der Zeit vor der Abschaffung des Bargelds.«

»Stimmt«, meinte Dobrischowsky. »Auf jedem Flohmarkt werden welche angeboten. Und bei den Eisensammlungen geben auch immer jede Menge Leute solche Dinger ab.«

Lettke hob die Hand. »Ich hab eine Idee, was wir probieren können.«

Adamek sah ihn erwartungsvoll an. »Raus damit.«

»Die Ortsbestimmung der Telephone ist in Städten auf etwa zwanzig Meter genau. Wenn wir die geographischen Koordinaten jedes Briefkastens in den fraglichen Bezirken haben, können wir alle Personen ermitteln, die sich ihnen im Verlauf des 27. Juni 1942 auf weniger als zwanzig Meter genähert haben.«

Adamek gab einen unwilligen Grunzlaut von sich. »So weit waren wir schon. Das müssen Tausende sein. Die meisten Briefkästen werden nur einmal am Tag geleert, das heißt, man müsste jeweils vierundzwanzig Stunden betrachten … Ach was, das wären eher Zehntausende!«

»Wenn sie viele Briefe einzuwerfen hatten, werden sie nicht alle in ein und denselben Kasten geworfen haben«, erwiderte Lettke. »Also können wir die Liste auf die Personen einschränken, die sich *mehreren* Briefkästen genähert haben.«

»Das dürften immer noch viel zu viele sein.«

»Da die Briefe am selben Tag in mehreren Orten aufgegeben wurden«, fuhr Lettke fort, »können wir davon ausgehen, dass es mehrere Leute waren, die sich abgesprochen haben. Sprich: die sich kennen. Wenn die Ortsbestimmung jeweils eine Liste für München, Augsburg, Ulm und Stuttgart ergibt, dann müssen wir diese Listen untereinander abgleichen, ob sich Personen darauf befinden, von denen wir wissen, dass sie miteinander in Kontakt stehen.«

»Und wie soll das gehen?«, begehrte Möller auf, was ihm die erstaunten Blicke aller anderen eintrug, die es gewöhnt waren, dass Gustav Möller meist nur zuhörte und selten etwas sagte, und wenn, dann nicht so laut!

»Das«, meinte Lettke unbehaglich und räusperte sich, »müssen wir uns eben jetzt überlegen. Wie wir diesen Abgleich in vernünftiger Zeit hinkriegen.« Er räusperte sich noch einmal. »Wir wissen, wer Nachbar von wem ist, wer mit wem verwandt ist, wir haben Verzeichnisse von Schulklassen, Studentenregister ... Es wird Arbeit, das ist schon klar, aber ich denke, wenn wir –«

»Warten Sie«, unterbrach Adamek ihn, in dessen Augen auf einmal ein unergründliches Leuchten zu sehen war. »Das ist eine gute Idee. Und wie es die Vorsehung will, haben wir sogar eine Programmiererin, die etwas ganz Ähnliches schon einmal gemacht hat.« Er gab seinem Rollstuhl einen Schubs, rollte rasant zu seinem Schreibtisch hinüber und nahm den Hörer des Telephons ab. »Verbinden Sie mich mit Fräulein Bodenkamp.«

Er wartete einen Moment, dann schien die Verbindung

hergestellt zu sein. »Ja, Fräulein Bodenkamp, Adamek hier. Würden Sie sich bitte bei Herrn Lettke melden, in etwa fünfzehn Minuten? Eugen Lettke, genau. Danke!«

Er legte auf, kehrte an den Tisch zurück und sagte, an Lettke gewandt: »Erklären Sie ihr, was sie machen soll. Aber sie braucht nicht zu wissen, worum es geht.« Er nahm das Flugblatt mit spitzen Fingern und legte es zurück in die Mappe, aus der er es gezogen hatte. »Je weniger Menschen das hier lesen, desto besser.«

29

Helene kam fünf Minuten zu früh vor Lettkes Bureau an. Die Tür war verschlossen, wie es Vorschrift war, und zudem drang kein Licht durch die in das dunkle Eichenholz eingelassene Mattglasscheibe, was nur heißen konnte, dass noch die Verdunkelung vor den Fenstern hing und Lettke folglich heute noch gar nicht in seinem Bureau gewesen war.

Sie kannte Lettke vom Sehen, hatte aber noch nie näher mit ihm zu tun gehabt. Er war schlank, hatte straff gescheiteltes goldblondes Haar und intensive blaue Augen, die stechend, ja, geradezu mitleidlos dreinblickten – im Grunde war er der Inbegriff des Ariers, wie aus dem Lehrbuch für Rassenkunde. Aber er war Helene unheimlich. Seine Art, sich zu bewegen, hatte etwas von einem Hai, der ruhelos durch den Ozean streift, immer auf der Suche nach Beute. Im Berliner Zoo hatte sie solche Tiere gesehen, und vor diesen hatte es ihr genauso gegraut wie vor Lettke.

Sie atmete durch. Erst mal abwarten, sagte sie sich. Vielleicht täuschte sie sich ja auch, und er war in Wirklichkeit ganz nett. Oder zumindest umgänglich. So etwas kam immer wieder vor.

Sie hörte Schritte, die sich rasch näherten. Das musste er sein. Sie trat einen Schritt von der Tür weg und presste unwillkürlich ihren Notizblock vor die Brust.

Er war es. »Heil Hitler«, sagte er und angelte seinen Schlüsselbund aus der Hosentasche. »Fräulein Bodenkamp, nehme ich an?«

»Ja«, sagte Helene hastig, vergaß ganz zurückzugrüßen. »Herr Adamek hat gesagt –«

»Von dem komme ich grade.« Lettke musterte sie von oben bis unten, mit einem Blick, von dem sie das Gefühl hatte, dass er den Stoff ihres Kleides zu durchdringen imstande war. »Er hält große Stücke auf Sie. Meint, Sie wären die beste Programmiererin, die wir haben.«

Helene schluckte mühsam. »Das … ist bestimmt übertrieben.«

Lettke bohrte seinen Blick in den ihren, stieß dann den Schlüssel ins Schloss und öffnete die Tür. »Kommen Sie.«

Sie folgte ihm, sah zu, wie er die Verdunkelungsvorhänge beiseitezog. Das jäh einfallende Tageslicht enthüllte ein unglaubliches Durcheinander, Türme von Akten auf dem Schreibtisch, auf Stühlen, auf dem Monitor seines Komputers, offen stehende Schrankfächer und Schubladen, überall Papier und Klebstreifenroller und Stifte. An einer Wand seines Bureaus hing eine Karte der USA, der Rest der Fläche war über und über mit Notizzetteln bedeckt, mit Zeitungsausschnitten, Photographien und anderem. Sie entdeckte ein Bild von Roosevelt, Photographien zerbombter Schiffe und zerstörter Hafenanlagen, ein von Hand gezeichnetes Diagramm, auf dem eine grüne Linie langsam über einer Zeitachse stieg. Aktienkurse wurden so dargestellt, wusste Helene, aber über dieser Linie stand das Wort *Zustimmung*.

Lettke hatte ihre Blicke offenbar bemerkt, denn er sagte: »Das ist das Projekt, an dem ich gerade arbeite. Wir versuchen, die amerikanische Öffentlichkeit davon zu überzeugen, dass Roosevelt sie mit Lügen in den Krieg mit uns und Japan gelockt hat. Noch letztes Jahr im Herbst waren über achtzig Prozent der Amerikaner gegen eine Beteiligung am Krieg – aber dann kam es zu dem Überfall auf Pearl Harbour, und das hat die Stimmung kippen lassen.«

»Verstehe«, sagte Helene, die sich nicht sicher war, ob sie das alles überhaupt wissen wollte.

»Kernstück unserer Propaganda ist die Behauptung, dass Roosevelt von dem geplanten Überfall der Japaner gewusst, aber seine Flotte absichtlich nicht gewarnt hat«, fuhr Lettke fort und tippte auf eine Seekarte, auf der allerlei Pfeile und Symbole eingezeichnet waren, wie Militärs sie für die Darstellung von Schlachten verwendeten. »Er *wollte*, dass dieser Überfall stattfindet, weil er damit endlich den von ihm gewünschten Eintritt Amerikas in den Krieg rechtfertigen konnte. Erfreulicherweise gibt es eine Fülle von Indizien, die sich im Sinne dieser Theorie interpretieren lassen. Gut möglich, dass es sogar die Wahrheit ist. Wobei uns das nicht interessieren muss. Unser Interesse ist, in den USA eine Stimmung zu schaffen, die gegen eine Fortsetzung des Krieges und für einen Friedensschluss mit dem Deutschen Reich ist.«

»Verstehe«, sagte Helene noch einmal. »Und was soll ich dabei –?«

»Dabei nicht«, sagte Lettke. »Wir haben das entgegengesetzte Problem: Wir müssen jemandem das Handwerk legen, der defätistische Parolen in Deutschland verbreitet.« Er wies auf den freien Stuhl vor seinem Schreibtisch. »Bitte, setzen Sie sich.«

Sie folgte seiner Aufforderung und danach seinen Erklärungen. Es ging um Flugblätter, die in großer Zahl per Brief verschickt worden waren, von mehreren Personen vermutlich, und darum, wie man diesen Personen mit den Mitteln, die dem Nationalen Sicherheits-Amt zur Verfügung standen, auf die Schliche kommen konnte.

»Die genauen geographischen Positionen der Briefkästen in den Postbezirken sind kein Problem, da gibt es eine Tabelle in den Daten der Reichspost«, erklärte Helene auf eine diesbezügliche Frage Lettkes.

»Gut«, meinte er. »Und eine Liste aller Personen, die am 27. Juni in der Nähe dieser Briefkästen waren?«

»Nun, ich kann nur eine Liste der *Telephone* erstellen«, wandte Helene ein, »aber das ist auch kein Problem. Für diese Art Abfragen gibt es fertige Strickmuster, die ich nur anpassen muss.«

»Bleibt also das Problem, aus den Ergebnislisten diejenigen Personen zu ermitteln, die miteinander in Kontakt stehen. Herr Adamek meinte, Sie hätten so etwas Ähnliches schon einmal gemacht – Abfragen aus dem Melderegister, aus Angestelltenlisten und so weiter benutzt, um herauszufinden, wer mit wem verwandt, benachbart oder sonstwie bekannt ist.«

»Ja«, gab Helene zu, deren Gedanken schon die neue Fragestellung umkreisten. »Aber damals ging es um Leute, die sich im Deutschen Forum staatsfeindlich geäußert hatten. Hier könnte man das Problem viel einfacher und eleganter lösen.«

»Und wie?«

»Indem ich einfach die Bewegungsmuster aller Telephone in die Vergangenheit verfolge und untersuche, welche davon sich zu irgendeinem Zeitpunkt – oder mehreren Zeitpunkten – am selben Ort befunden haben. Das müssten dann Telephone sein, die Leuten gehören, die sich kennen.«

Lettke riss die Augen auf. Das Blau seiner Pupillen schien plötzlich von innen heraus zu leuchten. »Das geht?«

»Ja. Klar.« In Gedanken ging sie schon das Verzeichnis der Strickmuster durch, überlegte, welches davon sich am einfachsten auf diesen Ablauf anpassen ließ. »Ich denke schon. Es wird nur ein bisschen dauern.«

»Was heißt das in zeitlichen Begriffen? Wann könnten Sie ein Ergebnis haben?«

Das war immer die heikelste Frage. Und die wichtigste, klar. Helene überschlug den Zeitbedarf, gab einen Puffer von einem guten Drittel dazu und sagte: »Wenn alles gut läuft, heute Abend.«

»Dann legen Sie los.«

* * *

Auf dem Weg zurück in ihr eigenes Bureau – die Programmiererinnen waren in einem anderen Flügel untergebracht als die Analysten, man musste durchs Treppenhaus – durchdachte sie alles noch einmal in Ruhe, und als sie wieder vor ihrem Komputer saß, machte sie sich gleich an die Arbeit. Die Koordinaten der Briefkästen zu ermitteln war eine Angelegenheit von Minuten. Das Programm, um alle Telephone herauszufiltern, die sich im Verlauf des 27. Juni 1942 in unmittelbarer Nähe dieser Orte befunden hatten, war auch schnell zusammengestellt. Sie startete es, und dann blieb ihr erst mal nur, dessen Fortschrittsanzeige zu beobachten.

Ein interessantes Problem, ja. Trotzdem war es ihr gar nicht so recht, damit betraut worden zu sein. Es zu lösen würde ziemlich lange dauern, und eigentlich hatte sie heute vorgehabt, so früh wie möglich Schluss zu machen, so schnell wie möglich zum Aschenbrenner-Hof hinauszuradeln und wieder in Arthurs Arme zu sinken.

Andererseits war es vielleicht ganz gut, wenn die Umstände sie zu einer kleinen Pause zwangen. Sie dachte an die herrlichen Stunden, die sie gestern Abend mit Arthur erlebt hatte. Er war zwar älter, aber genauso unerfahren wie sie. Was sie erstaunlich gefunden hatte, denn in ihrer Vorstellung gingen alle Soldaten in Bordelle, sooft sie konnten. Doch Arthur hatte gemeint, so tief habe er nicht sinken wollen, seine ersten geschlechtlichen Erfahrungen mit einer bezahlten Dirne zu machen.

Helene fand es wunderbar, seine erste Frau zu sein, und

auch, wie sehr ihn ihre Brüste faszinierten. Sie schmolz unter seinen Berührungen dahin, so sehr, dass sie sich ernsthaft fragte, ob sie sich wirklich auf Dauer würde beherrschen können.

Wie gesagt: Vielleicht war es ganz gut, wenn die Umstände sie heute zu einer kleinen Pause zwangen.

Helene vertrieb die süßen Erinnerungen, konzentrierte sich wieder auf die Prozentzahl auf dem Bildschirm – und stutzte. Da konnte was nicht stimmen. Sie war lange genug hier, um ein Gefühl dafür entwickelt zu haben, wie lange eine bestimmte Abfrage dauern würde, und diese hier kam entschieden zu langsam voran.

Sie eröffnete einen zweiten Prozess, aus dem heraus sie den fraglichen Lauf beobachten konnte. Schon nach kurzer Zeit war klar, dass es die Zugriffe auf ein ganz bestimmtes Datensilo waren, die zu Verzögerungen führten. Sie griff nach dem Hörer und wählte die Nummer des Technischen Dienstes.

»Mayer, TD«, ließ sich eine bärbeißige Männerstimme vernehmen.

»Helene Bodenkamp hier, Gruppe 3. Ich möchte eine Beobachtung melden.«

»Und die wäre?« Im Hintergrund raschelte es, offenbar suchte er nach etwas zu schreiben.

»Irgendetwas stimmt nicht mit dem Datensilo 163. Zugriffe auf die dort gespeicherten Tabellen dauern viermal so lange wie normal.«

»163, sagen Sie?« Er blätterte deutlich hörbar in irgendeiner Liste. »Ja, ist bekannt. Da ist der Hauptachsenmotor defekt. Wir mussten ihn auf halbe Geschwindigkeit schalten, damit er nicht auseinanderfliegt. Ein Austauschmotor ist bestellt, aber Sie wissen ja, der Krieg und so … Keine Ahnung, wann wir den kriegen.«

Helene hatte nicht den Schimmer einer Ahnung, wie so ein Datensilo überhaupt funktionierte; das war Männersache, und darüber hatten sie während ihrer Ausbildung kein Wort erfahren. Wozu auch? Sie mussten nur wissen, wie man auf Tabellen zugriff. Was sich dabei technisch abspielte, war nicht von Belang.

Das war ihr damals vernünftig vorgekommen. Aber jetzt gerade hätte sie doch gern gewusst, wovon der Mann eigentlich redete.

»Verstehe ich Sie richtig«, fragte sie zögernd, »dass das heißt, Sie können das heute nicht reparieren?«

Er lachte. »Ja. Genau das heißt es, Schätzchen.«

»Danke«, sagte Helene knapp und knallte den Hörer zurück auf die Gabel. Blöder Kerl.

Das hieß, sie würde Arthur heute wohl tatsächlich nicht sehen.

Das Telephon klingelte. Was war denn jetzt noch? Helene hob ab in der Erwartung, dass dem Mann vom TD noch was eingefallen war, aber der war gar nicht dran, sondern Lettke.

»Ich hab was vergessen zu sagen«, brummte der. »Ich brauche das Ergebnis als Ausdruck. Schicken Sie mir keine elektronische Liste, sondern bringen Sie mir den Ausdruck persönlich. Und behandeln Sie den gesamten Auftrag streng vertraulich.«

Helene atmete einmal tief durch. »Ja, geht klar. Es kann allerdings später werden als gedacht. Eines der Datensilos hat einen Defekt und reagiert nur langsam. Das verzögert die Auswertung.«

»Macht nichts«, erwiderte Lettke. »Ich bin heute lange da.«

Es klang nach Krise und so, als würde ihm das alles auch nicht sonderlich gefallen. Helene fragte sich, worum es bei dieser Aufgabe wohl tatsächlich gehen mochte. Das würde sie natürlich nicht erfahren, wie immer – aber warum eigentlich nicht? Sie verstand nicht, wieso man die Programmiererinnen nie hinzuzog, wenn es darum ging, Probleme zu untersuchen. Vorhin, in Lettkes Bureau, hatte sich doch gezeigt, dass sie etwas dazu beizutragen hatte; dass sie mehr sein konnte als nur eine Befehlsempfängerin.

Männer halt. Im Grunde waren die wohl einfach am liebsten unter sich.

Endlich war die Auswertung durch. Damit hatte sie vier Listen, für jede Stadt eine. Jede Liste umfasste zwischen sechstausend und elftausend Telephonnummern – und die eigentlich schwierige Aufgabe begann jetzt erst, denn sie musste jede Telephonnummer jeder dieser Listen mit jeder Telephonnummer auf jeder der übrigen Listen daraufhin abgleichen, ob sich Berührungen ergaben! Sie griff nach Stift und Block, stellte ein paar überschlägige Berechnungen an und kam auf rund dreihundert Millionen Abgleiche, die notwendig waren.

Puh. Es wollte gut überlegt sein, wie sie das am besten anstellte. Sie musste nach Wegen suchen, unnötige Berechnungen zu vermeiden, sonst würde die Auswertung heute nicht mehr zu einem Ende kommen.

Eine Weile saß Helene nur da und starrte ins Leere, ohne etwas von dem zu sehen, was sie umgab. Alles, was sie sah, waren Bewegungen von Leuten, die Telephone bei sich trugen, und sie sah diese Bewegungen vor ihrem inneren Auge wie helle Punkte, die über eine dunkle Landkarte glitten und die aufleuchteten, wenn sie einander begegneten.

Den 27. Juni, sagte sie sich, konnte sie außen vor lassen. An diesem Tag hatten sich die Leute, die sie ausfindig machen sollte, getrennt, um die fraglichen Briefe in verschiedenen Städten einzuwerfen. Sie würde ihre Suche am 26. Juni beginnen, die Position jedes Telephons von einer dieser Listen bestimmen und mit den Telephonen der übrigen Listen abgleichen: Eine ökonomische Methode würde sein, jeweils zuerst abzuprüfen, bei welchem Funkturm das Telephon angemeldet war, und nur dann, wenn zwei Telephone zu diesem Zeitpunkt dieselbe Funkturmnummer hatten, würde sie die Ortsdaten abfragen und miteinander vergleichen. Dadurch würde sie viel Rechenaufwand einsparen.

Außerdem konnte sie die Suche auf mehrere Komputer verteilen, für jede Ausgangsliste einen. Das würde die Laufzeit auf ein Viertel reduzieren.

Sie ging daran, das entsprechende Programm zu erstellen, testete es an zwei kleinen Auszügen der Tabellen, bis sie sicher war, dass es korrekt funktionierte, dann kopierte sie es entsprechend abgeändert auf drei weitere Komputer und gab die Startbefehle. Wie immer in solchen Momenten starrte sie dann mit angehaltenem Atem auf den Bildschirm, bis die erste Statusmeldung kam, die anzeigte, dass alles ordnungsgemäß lief.

Es dauerte schrecklich lange, bis die untersuchte Uhrzeit zum ersten Mal eine Stunde zurückgezählt wurde. Und ohne, dass eine Übereinstimmung gefunden worden war.

Na gut. Sie würde einfach warten. Auf jeden Fall konnte sie es wagen, erst mal zum Mittagessen in die Kantine zu gehen. Auch wenn es dort heute mal wieder nur das Feldküchengericht gab, das niemand im Amt sonderlich mochte.

Nach dem Mittagessen gab es immer noch keine Übereinstimmungen. Beunruhigend. Sie saß lange auf der Kante ihres Stuhls, starrte den Komputerschirm an, kaute auf ihren Fingernägeln und überlegte, ob sie auch wirklich alles richtig programmiert hatte.

Der Nachmittag verging mit Warten, der Abend kam. Immer noch nichts. Einen Besuch bei Arthur konnte sie für heute vergessen, das war nicht mehr drin.

Irgendwann begann es zu dunkeln. Helene stand auf, zog die Verdunkelungsvorhänge zu und dachte darüber nach, dass diese Maßnahme ziemlich sinnlos war, falls es den Briten gelang, sich an den Funktürmen des deutschen Telephonsystems zu orientieren. Es kam ihr seltsam vor, dass daran noch niemand gedacht hatte; die Militärs dachten doch sonst an alles, selbst an die unwahrscheinlichsten Dinge.

Wahrscheinlich verstand sie einfach nicht, wie das System funktionierte. Vielleicht strahlten die Funktürme nicht nach oben, sondern nur nach unten, wo sich auch Telephone befanden? Was sie wusste, war, dass man in Flugzeugen jedenfalls nicht telephonieren konnte. Das musste ja einen Grund haben.

Und da, plötzlich, kam ihr die Idee, wie sie es machen musste. Wie sie die Listen vor dem Abgleich sinnvoll einschränken konnte, ja, musste, um nicht sinnlos Millionen und Abermillionen aufwendiger Abgleichsoperationen durchführen zu müssen. Ganz einfach: Indem sie die vier Listen erst einmal daraufhin abfragte, von welcher der Nummern schon einmal eine Nummer auf einer der anderen Listen *angerufen* worden war! Das ließ sich rasch ermitteln, ging viel schneller als die Ortsvergleiche, die zu den aufwendigsten Berechnungen überhaupt zählten.

Sie brach das Programm ab, strickte es rasch um, startete es neu. Nun dauerte es nur Minuten, bis Ergebnisse auftauchten: Paare von Telephonnummern, geographische Koordinaten, Tagesangaben, Uhrzeiten. Immer mehr davon, immer dieselben Nummern, in verschiedenen Kombinationen – vier Personen, die sich alle kannten, die miteinander telephoniert hatten und die kurz vor dem 27. Juni 1942 zusammen gewesen waren.

Zitternd vor Erleichterung – und Hunger! – übertrug Helene die Angaben in einen weiteren Prozess, rief die zugehörigen Personendaten ab und stellte eine Liste zusammen:

Hans Scholl, geboren 22.9.1918 in Ingersheim an der Jagst
Alexander Schmorell, geboren 16.9.1917 in Orenburg (Sibirien)
Sophie Scholl, geboren 9.5.1921 in Forchtenberg
Willi Graf, geboren 2.1.1918 in Kuchenheim (Rheinland)

Dazu die Bürgernummern und Telephonnummern: Das würde Lettke wohl reichen. Alle Angaben, die er sonst noch brauchte, konnte er sich dann ja selber heraussuchen.

Sie schickte die Liste zum Drucker, verließ ihr Bureau, schloss hinter sich ab, holte den Ausdruck und ging direkt damit zu Lettke, treppab, treppauf, durch das um diese Zeit im Dunkeln liegende Treppenhaus: wie damals, an jenem Abend, an dem Arthur aufgetaucht war! Das Licht der Notbeleuchtung ließ die Flure unheimlich wirken, die Schritte hallten, das Knarren der Schwingtüren kam einem überlaut vor. Unwillkürlich trat sie leiser auf, und das dicke Linoleum, das in den Fluren lag, schluckte das Geräusch ihrer Schuhsohlen.

Unterwegs fiel ihr ein, dass sie besser vorher angerufen hätte, aber sie hatte Glück, in Lettkes Bureau brannte noch Licht. Sie klopfte, wartete, aber es rührte sich nichts. Sie klopfte noch einmal, stärker: Vielleicht war er eingenickt; derlei kam nicht selten vor, was sie so hörte.

Immer noch nichts. Sie drückte behutsam die Klinke. Es war offen, doch als sie den Kopf durch die Tür streckte, sah sie, dass gar niemand da war.

Befremdlich. Es galt die Regel, dass man sein Bureau abzuschließen hatte, wenn man es verließ, selbst wenn es sich nur um einen Gang zur Toilette handelte. Aber der Herr Abteilungsleiter Eugen Lettke schien nicht einzusehen, sich selber auch daran zu halten.

Nun, das war ihr im Grunde egal. Sie würde ihm die Liste einfach kommentarlos auf den Tisch legen. Vielleicht würde ihm das einen heilsamen Schreck einjagen. Oder auch nicht.

Sie schlüpfte durch die Tür. Allein das Chaos, das immer noch in diesem Zimmer herrschte, wäre für sie persönlich ein ausreichender Grund gewesen, es zu jeder Zeit streng verschlossen zu halten, aber, na gut, Männer hatten ein anderes Empfinden für Ordnung und Sauberkeit, das wusste sie noch von ihrem Bruder.

Sie umrundete den Schreibtisch, hielt Ausschau nach einem geeigneten Platz, um ihre Liste so hinzulegen, dass er sie gleich sehen würde. Dabei fiel ihr suchender Blick in eine der halb offen stehenden Schubladen und entdeckte in dem Durcheinander darin einige Gegenstände, die sie bis dato nur auf Abbildungen in den Medizinbüchern ihres Vaters gesehen hatte. Es handelte sich um Zellophantütchen, in denen sich runde, ringförmige Gebilde befanden, von denen Helene wusste, dass sie aus Latex bestanden. Der Fachbegriff lautete *Kondome*, umgangssprachlich nannte man diese Dinger *Pariser*, *Londoner* oder *Fromms*.

Und ihr Besitz war in Deutschland seit etlichen Jahren verboten, denn das deutsche Volk brauchte Nachwuchs.

Das alles ging Helene innerhalb weniger Sekunden durch den Kopf, während sich ihre freie Hand selbstständig machte und zwei der Kondome schnappte, ohne Zögern und ohne einen einzigen Gedanken an die möglichen Folgen dieser Tat.

30

Als Eugen Lettke von der Toilette zurückkehrte, beschäftigte ihn vor allem die Frage, wie es sich für seine Kampagne gegen Roosevelt ausnutzen ließ, dass eine gewisse Mabel Stimson am Tag nach der japanischen Attacke im Forum der *New York Times* den lakonischen Kommentar abgegeben hatte, der Angriff sei *nicht wirklich überraschend gekommen.* Was diese Bemerkung so brisant machte, war, dass es sich bei besagter Frau um die Gattin des amerikanischen Kriegsministers Henry Lewis Stimson handelte: Was hatte sie dazu gebracht, das zu behaupten? Die Erklärung konnte doch nur die sein, dass sie durch ihren Mann gewusst hatte, wie gelegen Roosevelt dieser Angriff gekommen war, ja, dass der Präsident wahrscheinlich darauf hingearbeitet hatte, eine Situation entstehen zu lassen, in der den USA kein anderer Weg als der in den Krieg blieb, wie er es insgeheim von Anfang an gewollt hatte.

Das war jedenfalls die Deutung, zu der er seine Opponenten in einer aktuell laufenden Diskussion im *East Coast Forum*, in dem er unter einer falschen Identität angemeldet war, bringen wollte. Die Leute, mit denen er als angeblicher ehemaliger Mitarbeiter des Weißen Hauses diskutierte, waren Journalisten, also wertvolle Multiplikatoren, falls es ihm gelang, sie zu überzeugen.

Der Kommentar von Mabel Stimson war nach wenigen Stunden gelöscht worden, doch es existierten Kopien. Einer der Journalisten war schon so gut wie überzeugt, erkundigte sich aber unangenehm eindringlich nach dem persönlichen Hintergrund des Gesprächspartners, den Lettke verkörperte:

Es durfte ihm jetzt bei seinen Antworten kein sprachlicher Schnitzer unterlaufen!

Lettke ließ sich auf seinen Schreibtischsessel fallen und wollte gerade nach dem Wörterbuch greifen, um seine nächste Antwort noch einmal zu überprüfen, als sein Blick in die offene Schublade fiel.

Seine Hand verharrte mitten in der Bewegung. Seine Augen wollten kaum glauben, was sie sahen: Zwei der Kondome fehlten! Eindeutig. Es waren fünf gewesen, das wusste er genau, und nun waren es nur noch drei.

Ein Treffer mit einem Sandsack aus dem Nichts hätte ihn nicht härter treffen können. Nicht wegen des materiellen Wertes, den ein Kondom verkörperte – obwohl es sich um Schmuggelgut aus dem besetzten Teil Frankreichs handelte, das zu beschaffen aufwendig, teuer und risikoreich war –, sondern weil Deutschen der Besitz von empfängnisverhütenden Mitteln jeder Art verboten war. Und wer immer ihm die beiden Kondome gestohlen hatte, es konnte nur jemand aus dem Amt selber gewesen sein.

Ein Kollege, mit anderen Worten. Der ihn damit jetzt vollkommen in der Hand hatte!

Jetzt erst, mit Verzögerung, setzte die Schockreaktion ein. Schweiß brach ihm aus, seine nach dem Wörterbuch ausgestreckte Hand sank zitternd herab, und eine glühend heiße Woge reiner Wut stieg in ihm auf: der Wunsch, denjenigen zu finden und zu *vernichten*, ehe er eine Chance hatte, ihm zu schaden.

Klar, es war eine Rieseneselei gewesen, die Dinger hier im Bureau aufzubewahren. Und noch dazu in einer Schublade, auf die er ständig zugriff und die deshalb häufig offen stand. Ja, er musste sich an die eigene Nase fassen, das schon.

Aber das entschuldigte nichts. Und es beseitigte die Gefahr nicht. Er war nun erpressbar geworden, und niemand wusste besser als er, was es bedeuten konnte, erpressbar zu sein.

Lettke hatte auf einmal Mühe zu atmen. Mit einem Zittern im Bauch tauchte die Vorstellung vor seinem inneren Auge auf, nach Hause zu kommen und dort schon von der Polizei erwartet zu werden …

In genau diesem Moment klingelte auch noch das Telephon.

Lettke ließ es klingeln, atmete erst zweimal tief und lange durch, ehe er abhob. »Ja?«, meldete er sich knapp in der unwillkürlichen Erwartung, gleich die Stimme seiner Mutter zu hören, die von der Ankunft auffällig unauffällig gekleideter Männer berichtete.

Doch am anderen Ende war nicht seine Mutter, sondern diese Programmstrickerin, diese Helene Bodenkamp, auf die Adamek so große Stücke hielt. Sie habe jetzt die Auswertungen abgeschlossen und eine Liste mit vier Namen in der Hand. »Ich wollte nur fragen, ob Sie noch da sind«, sagte sie eifrig. »Dann würde ich sie Ihnen noch vorbeibringen, wie Sie es wollten.«

Lettke fuhr sich mit der freien Hand über das Gesicht, verbiss sich alle garstigen Ausdrücke, die ihm auf der Zunge lagen, und erwiderte mit äußerster Beherrschung: »Ja, ich bin noch da. Bringen Sie.«

Während er wartete, begann er nachzudenken. Vielleicht war Dobrischowsky der Dieb. Der kahlköpfige Hüne hatte sieben Kinder, die ihm erklärtermaßen alle auf die Nerven gingen: Verständlich also, wenn er keine weiteren mehr wollte. Und mit 37 war er noch nicht so alt, dass er die Lust am Geschlechtlichen schon verloren hatte. Zumal seine Frau, die Lettke von einigen Weihnachtsfeiern her kannte, durchaus immer noch ziemlich attraktiv aussah.

Doch wenn es Dobrischowsky gewesen war und sein Beweggrund der Wunsch, folgenlos mit seiner Frau in die Kiste zu hüpfen – warum hatte er dann *nur zwei* der Kondome genommen? Warum nicht *alle*?

Das verstand Lettke nicht. Und Dinge, die man nicht verstand, waren gefährlich.

Es mochten fünf oder zehn Minuten vergangen sein, als ein schmaler Schatten hinter dem Milchglas der Tür erschien und es gleich darauf schüchtern klopfte. »Herein!«, rief Lettke ungeduldig, doch das trug nicht dazu bei, die Sache zu beschleunigen: Die Bodenkamp öffnete die Tür so behutsam, als habe sie Angst, sie mit einer unbedachten Bewegung zu zerbrechen, streckte zuerst einmal nur den Kopf herein, hielt einen Ausdruck hoch und sagte: »Ich hab vier Namen gefunden, aus jeder Stadt einer. Jeder hat mit jedem der anderen telephoniert, und sie haben sich in den letzten Wochen auch mehrfach getroffen.«

»Jetzt kommen Sie schon herein, verdammt noch mal«, fauchte Lettke sie an. »Es braucht nicht der ganze Flur mitzuhören!«

Sie zuckte zusammen und schob sich rasch herein, ein schüchternes, mageres Ding ohne jedes Selbstbewusstsein, das sein bisschen Figur in farblosen Großmutterklamotten versteckte. Schrecklich. In der Programmierabteilung arbeiteten jede Menge appetitlich anzuschauender Mädchen, und er bekam ausgerechnet die graue Maus vom Dienst aufs Auge gedrückt!

»Geben Sie her«, verlangte er unwirsch und streckte die Hand aus. Sie reichte ihm das Blatt. Er überflog die Namen, die darauf standen. Sie sagten ihm nichts, allerdings hatte er das auch nicht erwartet.

Er seufzte. »Gut. Danke. Das wäre alles für heute. Und denken Sie dran – zu niemandem ein Wort darüber!«

»Ja, Herr Lettke.«

»Heil Hitler.«

»Ja. Heil Hitler«, murmelte sie und zog die Tür ebenso behutsam hinter sich zu, wie sie sie geöffnet hatte. Er hörte, wie sich ihre Schritte über den Flur entfernten und schnell leiser wurden, weil das dicke Linoleum die Geräusche verschluckte.

Das ließ ihn wieder an Dobrischowksy denken. Der *musste* es gewesen sein! Der kriegte doch mit, wann jemand auf die Toilette ging, weil sein Bureau direkt daneben lag. Und so, wie es im Waschraum hallte, konnte man es dort unmöglich hören, wenn er sich derweil blitzschnell in ein anderes Zimmer schlich.

Die Frage war nur, woher er *gewusst* hatte, dass er hier Kondome finden würde. Und die nächste Frage war: Wenn Dobrischowsky *das* wusste – was wusste er außerdem noch über ihn?

Hier lauerte Gefahr.

Lettke betrachtete das Blatt Papier in seiner Hand, diese Liste aus vier Namen, die ihm nichts bedeuteten. Die würde er jetzt erst mal zu Adamek bringen, und danach würde er sich etwas überlegen.

* * *

Helene atmete erst wirklich auf, als sie das NSA-Gebäude verließ und hinaustrat in die warme, vom Licht eines fast noch vollen Mondes verzauberte Juninacht. Erst jetzt konnte sie beginnen zu glauben, dass Lettke tatsächlich nichts gemerkt hatte.

Sie hatte ihm den Ausdruck nach dem Diebstahl der beiden Kondome natürlich *nicht* auf den Schreibtisch gelegt: Das wäre ja viel zu verräterisch gewesen. Stattdessen war sie rasch zurück in ihr Bureau gehuscht, hatte einige Zeit verstreichen lassen und dann erst angerufen, so, als sei die Auswertung eben erst fertig geworden. Falls er je auf die Idee kommen sollte nachzuprüfen, wann sie das Blatt ausgedruckt hatte, konnte sie immer noch sagen, sie habe die Namen auf der Liste noch einmal überprüfen wollen.

Aber irgendwie war sie sich sicher, dass er das nicht nachprüfen würde. Vielleicht wusste er nicht einmal, dass derlei in den Protokollen des Druckers festgehalten wurde. Sowieso war es ihr vorgekommen, als sei er in Gedanken ganz woanders gewesen; irgendwo in Amerika vermutlich, bei seinem Propaganda-Projekt.

Jedenfalls trug sie nun, verborgen in der Innentasche ihres Kleids, zwei kleine Zellophanhüllen mit sich.

Und wurde das Gefühl nicht los, dass jeder ihr das ansehen müsse.

Sie radelte nach Hause. Ihre Eltern saßen schon vor dem Fernsehapparat, schauten die Berichte von der Front. Wie meistens kamen nur Erfolgsberichte: Die Wehrmacht war im Begriff, Sebastopol einzunehmen, in Nordafrika hatten die deutsch-italienischen Verbände El Alamein erreicht, und deutsche U-Boote hatten 144 Schiffe eines von Reykjavik aus gestarteten Geleitzugs der Alliierten versenkt.

»Na«, meinte Vater leutselig, »so lange im Bureau? Mal wieder das Reich gerettet?«

Helene zuckte nur mit den Schultern. »Macht das nicht jeder?«

Vater lachte, ohne den Blick vom Bildschirm zu nehmen. »Stimmt. Jeder auf seine Weise.«

Helene hatte keine Lust, sich die Berichte anzuschauen. Das waren nur Bilder angreifender Flugzeuge, rollender Panzer und niedergeschlagen marschierender Kriegsgefangener, dazu eine triumphierende Stimme, die alles voller Pathos kommentierte und schrecklich oft Wörter wie »heroisch« benutzte. Sie ging in die Küche. Johanna hatte ihr etwas vom Abendessen aufbewahrt, machte es ihr warm.

»Huhn?«, wunderte sich Helene, denn es gab nur noch selten Fleisch im Hause Bodenkamp. Nicht, weil man es sich nicht trotz der gestiegenen Preise hätte leisten können, sondern aus Solidarität mit dem Volk, das es nicht konnte. Sowieso sei es ganz gesund, den Fleischkonsum zu reduzieren, hatte Vater erklärt.

»Ein Geschenk eines dankbaren Patienten«, erklärte Johanna. »War ein ziemlich großes Tier, das gibt noch eine zweite Mahlzeit.«

Helene dachte an Lettke, der kein bisschen dankbar gewesen war, dass sie sein Problem für ihn gelöst hatte. Reue über ihren Diebstahl war nicht angemessen, beschloss sie. Sie würde die Kondome als unwissentliches Geschenk betrachten, fertig.

Nach dem Abendessen verzog sie sich in ihr Zimmer, legte sich aufs Bett und nahm die beiden Kondome in Augenschein, mit einer eigenartigen Gefühlsmischung aus Faszination, Scheu, Angst und Sorge. Im Grunde, erkannte sie schließlich, lief alles auf genau eine Frage hinaus, nämlich auf diese: Sollte sie »es« *wirklich* tun?

Sie wollte es, eindeutig. Sie sehnte sich danach. Wenn nicht jetzt, wann dann? Auf ihre Jungfräulichkeit legte sie sowieso keinen Wert; die kam ihr inzwischen eher vor wie eine Bestätigung ihrer Unattraktivität.

Und trotz allem zögerte sie – warum?

Sie barg die beiden Zellophantüten in ihren Händen, lehnte sich zurück, malte sich aus, wie es geschehen würde. Wie Arthur ihren ganzen Körper erkunden würde, um schließlich …

Plötzlich wusste sie, was sie zögern ließ. Und was sie tun musste.

* * *

Am nächsten Tag um fünf Uhr nachmittags rief Adamek den inneren Kreis wieder zu einer Besprechung zusammen. Eugen Lettke kam neben Dobrischowsky zu sitzen, der, wie immer, seinen dicken Terminkalender bei sich hatte: Ob sich, überlegte Lettke, darin wohl ein Hinweis auf eine Geliebte finden mochte?

Schwer zu sagen. Dobrischowsky war der Typ, der alles und jedes schriftlich festhielt; zweifellos würde er auch Schäferstündchen auf irgendeine verschlüsselte Weise notieren. Bis jetzt allerdings hatte er das dicke, ledergebundene Ding noch zugeklappt vor sich liegen.

Adamek holte eine Flasche Champagner aus dem Kühlschrank, bat Rudi Engelbrecht, sie zu öffnen und Gläser für alle zu holen, und brachte, als sie alle versorgt waren, einen Toast aus: »Auf den Kollegen Lettke, der die richtige Idee hatte!«

»Was ist denn passiert?«, wollte Kirst wissen.

»Auf den Hinweis aus unserem Amt hin ist die Gestapo vergangene Nacht in München aktiv geworden«, erzählte Adamek. »Im Wohnhaus der Familie Schmorell hat sie die Studenten Sophie und Hans Scholl, Alexander Schmorell, Christoph Probst und Willi Graf verhaftet, die gerade dabei waren, mittels eines mechanischen Vervielfältigungsapparats ein weiteres Flugblatt zu drucken. Sichergestellt wurden auch mehrere Hundert Briefumschläge und entsprechende Mengen an Briefmarken. Offenbar handelt es sich um eine Gruppe, die sich schon seit längerem bündnerisch betätigt und staatsfeindliches Gedankengut pflegt. Wobei sie sich den Namen ›Weiße Rose‹ aber anscheinend eigens für diese Flugblattaktion ausgedacht haben.« Er hob das Glas noch einmal. »Reichsführer Heydrich ist, ich zitiere aus seinem Elektrobrief an mich, ›äußerst zufrieden‹.«

»Das ging ja auch schnell«, meinte Dobrischowsky, schlug seinen Terminkalender auf und blätterte zwischen der vorangegangenen und der laufenden Woche hin und her. »Am Samstag haben sie die Briefe eingeworfen, und am Mittwoch sitzen sie schon hinter Schloss und Riegel. Fünf Tage. Da kann man nicht meckern.«

»Prost«, meinte Lettke, hob ebenfalls das Glas und beugte sich dabei so weit nach vorn, dass er einen Blick auf den Kalender erhaschte.

Die Woche war noch relativ leer. Nichts zu sehen, was auf eine amouröse Verabredung schließen ließ. Das Auffälligste war ein mit rotem Stift eingetragener Termin am kommenden Freitag um fünfzehn Uhr: bei einem gewissen *Dr. VD*.

Nicht das, was er erhofft hatte. Aber vielleicht ließ sich trotzdem etwas damit anfangen.

* * *

»Ich muss mit dir reden«, sagte Helene zu Marie, als sie an diesem Abend auf dem Hof ankam. »Hast du Zeit?«

Ihre Freundin sah sie verwundert an. »Für dich doch immer. Wieso fragst du?«

Helene holte Luft, hatte das Gefühl, dass ein breites Band aus irgendeinem unbarmherzig enger werdenden Material um ihren Brustkorb geschlungen war und ihr die Luft abschnitt. »Es geht um was Wichtiges. Ich muss all meinen Mut zusammennehmen, um es zu sagen, und ich weiß nicht, ob ich es ein zweites Mal schaffen werde, falls wir unterbrochen werden.«

Marie machte große Augen. »Gehen wir in die Küche.«

Die Küche war unaufgeräumter als sonst. Marie passte kaum noch zwischen Sitzbank und Tisch und war deutlich kurzatmig. In der Ferne hörte man den Traktor, zu Helenes Überraschung. »Ich dachte, es sei immer schwerer, Diesel zu bekommen?«, fragte sie.

»Otto hat einen Holzvergaser eingebaut«, erklärte Marie. »Selbst gebastelt. Seit ein paar Wochen steht eine Bauanleitung dafür im Netz. Er meint, das sei immer noch besser, als wieder Ochsen einspannen zu müssen.«

»Ah«, machte Helene. »Verstehe.«

Marie faltete die Hände über ihrem gewaltigen Bauch. »Ich hör dir zu, Helene.«

Helene sah zur Seite. Wie tief die Sonne schon stand! Sie warf ganz lange Schatten, schien fast waagrecht durch die Küche.

»Es geht um Arthur«, sagte sie schließlich, weil Marie nichts mehr sagte und auch niemand kam, um sie zu unterbrechen. »Es ist so, dass ... dass ich mich in ihn verliebt habe und er, denke ich, auch in mich. Das hat niemand ... also, das war nicht ... ach herrje. Es hat sich eben so entwickelt. Und jetzt ist es jedenfalls so, dass ich ...« Sie hielt inne, den Mund so trocken, dass kein Laut mehr herauswollte. Aber es musste gesagt werden. Sie schluckte mühsam. »Es ist so, dass ich gern mit ihm schlafen will. Aber ich will es nicht heimlich tun. Also, nicht ohne dein Einverständnis. Es würde ja immerhin unter deinem Dach geschehen, und ich will auf keinen Fall dein Vertrauen missbrauchen ...«

An dieser Stelle fiel ihr unstet wandernder Blick auf das Gesicht ihrer Freundin, die sie mit weit aufgerissenen Augen ansah, und sie verstummte.

»Das war es«, fügte sie matt hinzu.

Marie schüttelte langsam den Kopf, und dann fragte sie maßlos verblüfft: »Was habt ihr beiden denn *bisher* gemacht?«

»Was?«, entfuhr es Helene. »Natürlich nicht *das!*«

»Sondern?«

»Geredet! Wir haben über alles Mögliche geredet – über die Bücher, die er liest, über seine seltsamen geschichtlichen

Theorien …« Helene räusperte sich. »Na gut, wir haben uns auch geküsst. Vor zwei Wochen zum ersten Mal.«

Wieso sah Marie sie jetzt so an? Was gab es da zu grinsen?

»Du hast echt gedacht, er und ich hätten …?«

Marie streckte die Hand aus, legte sie auf die ihre, warm, schwielig und vertraut. »Ganz ehrlich? Otto und ich haben auch nicht bis zur Hochzeit gewartet.«

»Was? Ich dachte, wenn man katholisch ist –?«

»Dann beichtet man seine Sünden, und alles ist wieder gut. Ich hab ziemlich oft gebeichtet, bis ich endlich achtzehn war.«

Helene musterte ihre Freundin befremdet, dachte zurück an die Schulzeit. Das hatte sie nicht geahnt. Das Geschlechtliche war ihr damals eher wie eine theoretische Sache vorgekommen, etwas, von dem sie in einigen Fachbüchern ihres Vaters gelesen hatte, nicht wie etwas, das jemand wirklich machte, den sie kannte.

»Na schön«, meinte sie schließlich. »Aber ich bin nicht katholisch. Ich kann nicht beichten. Nur dir.«

»Liebst du ihn denn?«, wollte Marie wissen.

»Ja«, sagte Helene.

»Damit meine ich nicht, ob du ihn begehrst. Dass du das tust, weiß ich seit dem Maifest damals. Ich meine, *lieben* in dem Sinne, dein Leben mit ihm teilen zu wollen, in guten wie in schlechten Zeiten, bis dass der Tod euch scheidet – diese Art Liebe.«

»Ja.« Helene war selbst erstaunt, wie sie das ohne jedes Zögern sagte.

»Und er? Liebt er dich auch?«

In diesem Moment klingelte draußen im Flur das Telephon. »Oh, das wird mein Vater sein«, meinte Marie und stemmte sich hoch. »Da muss ich rangehen.«

Sie ging hinaus, und gleich darauf hörte Helene sie draußen telephonieren. Es ging um einen gewissen Fritz, der, jawohl, da gewesen sei und den Nitratdünger gebracht habe, zwanzig Säcke, vor einer guten Stunde. Er solle ihn zurückrufen, möglichst heute noch.

Helene hörte nur mit halbem Ohr zu. Liebte Arthur sie? Das wusste sie nicht wirklich. Aber sie war sich ziemlich sicher, dass er mit ihr schlafen würde, wenn sie dazu bereit war. Das würde er nicht ablehnen – es sei denn, er war katholischer als Marie!

* * *

Dr. VD: Wer mochte das sein?

Eugen Lettke saß im Licht der untergehenden Sonne vor seinem Komputer und war damit beschäftigt, genau das herauszufinden.

Seine erste Annahme war, dass es sich um einen Arzt handelte, bei dem Dobrischowsky am Freitag einen Termin hatte. Die Zahl der Ärzte im Raum Weimar und Umgebung war überschaubar, das Verzeichnis, auf das er zugreifen konnte, als vollständig zu betrachten. Doch es gab keinen Arzt, dessen Vorname mit V und dessen Nachname mit D anfing, und es gab auch keinen Arzt mit einem entsprechenden Doppelnamen.

Hmm. Wenn es kein Arzt war, was war es dann?

Lettke starrte auf den Bildschirm, ohne ihn wirklich zu sehen. Er rief sich ins Gedächtnis, was *genau* er gesehen hatte. War das V nicht ein Stück kleiner gewesen als das D …?

Ein »von« oder »van«! Er setzte sich ruckartig auf, legte die Hände auf die Tasten und tippte »von« in das Namensfeld der Suchfunktion ein.

Das Ergebnis bestand aus einem einzigen Namen: ein Dr. med. Alexander von Delft, der seine Praxis in Jena hatte.

Und der Spezialist für Geschlechtskrankheiten war.

Lettke entfuhr ein böses Lachen.

Wenn das mal nicht aussah wie eine heiße Spur!

* * *

Alles war wie sonst: Sie gab aus der Küche das Signal, ging nach hinten in die Scheune, wartete, bis Arthur die Leiter herabließ, stieg dann zu ihm hinauf, half ihm, die Leiter hochzuziehen und die Klappe zu schließen. Und als sie wieder bei ihm saß, küssten sie sich.

»Ich hab dich vermisst«, sagte Arthur.

»Ich musste gestern lange arbeiten«, sagte Helene. »Ein ganz dringender Fall.«

»Und? Hast du's hingekriegt?«

»Ja.«

Sie hatte sich auf dem Weg hinaus zum Aschenbrenner-Hof nicht nur überlegt, wie sie es Marie sagen sollte, sondern sich auch das Gespräch mit Arthur ausgemalt. Doch nun kam ihr alles, was sie sich zurechtgelegt hatte, viel zu umständlich vor. Sie holte stattdessen eines der Kondompäckchen aus der Tasche ihres Rocks, legte es zwischen sie auf die Matratze und sagte: »Wenn du willst, können wir heute auch was anderes machen als zu diskutieren.«

* * *

Das Schöne an der Sache war, dass alle Ärzte gesetzlich verpflichtet waren, ihre Patientenunterlagen bei Silodiensten zu speichern. Erstens, weil das der Sicherheit und damit der Volksgesundheit diente, zweitens, weil es diese Maßnahme erleichterte, Juden zu identifizieren, die von ihrer Abstammung nichts ahnten, weil ihre Vorfahren sich schon vor Generationen assimiliert hatten: Diese Juden waren Himmler ein besonderer Dorn im Auge, wie man hörte.

Und da alle Silodienste wiederum gesetzlich verpflichtet waren, dem Nationalen Sicherheits-Amt jederzeit umfassenden Zugriff auf die bei ihnen abgelegten Daten zu gewähren, hieß das, dass es überhaupt kein Problem war, herauszufinden, weswegen der Kollege Dobrischowsky bei einem Spezialisten für Geschlechtskrankheiten in Behandlung war.

Es hieß nebenbei auch, dass der Kondomdiebstahl wohl ein bisschen spät erfolgt war. Darum hätte sich der Kollege besser bemüht, ehe er sich mit dem Flittchen eingelassen hatte, das ihm einen Tripper oder die Syphilis angehängt hatte.

Beim Vorliegen einer Geschlechtskrankheit, das kam noch hinzu, war es auch gesetzlich vorgeschrieben, die Identität aller Personen preiszugeben, mit denen man in dem durch die Inkubationszeit gegebenen Zeitraum geschlechtlichen Verkehr gehabt hatte. Er würde also gleich erfahren, mit wem Dobrischowsky da angebändelt hatte.

Der Silodienst Jena war nicht der schnellste, aber schließlich stand die Verbindung. Lettke ging das Verzeichnis durch, suchte und fand die Akten der Praxis Dr. von Delft. Verlangte und bekam Zugang. Alles war in der üblichen Weise abgelegt. Er rief die Suchfunktion auf, gab ein: Dobrischowsky, Horst.

Zwei Atemzüge später hatte er die Akte vor sich am Schirm. Dobrischowsky, stellte er zu seiner Überraschung fest, war schon seit mehreren Jahren dort Patient.

Und zwar – wegen *Impotenz!*

Lettke ließ sich nach hinten fallen, gegen die Lehne seines Sessels. So eine Pleite! Verdammt noch mal!

Aber wenn Dobrischowsky es nicht gewesen war – wer dann?

* * *

Hinterher schmiegte Helene sich an ihn, glücklich wie noch nie im Leben. Sie atmete den Duft seines Körpers ein, fühlte die Hitze seiner schweißnassen Haut, genoss das herrliche Gefühl, mit ihm verschmolzen zu sein, nicht mehr genau zu wissen, wo ihr eigener Körper endete und der seine anfing.

Sie fuhr mit der Hand über seine Brust, über die dünnen, hellen Haare, die darauf wuchsen. Sein Herz schlug immer noch heftig. Ihre Finger wanderten eine lange, dünne Narbe entlang, die von der Brustmitte bis fast hinauf zur linken Schulter reichte. »Was ist das?«, fragte sie. »Ein Streifschuss?«

Arthur öffnete die Augen, sah an sich herab, lächelte. »Nein. Bloß ein Kratzer.«

»Ist aber ein ziemlich langer Kratzer.«

»Ja.« Er musterte sie, schien über irgendetwas nachzudenken, und sie hätte was darum gegeben, wenn sie gewusst hätte, was. Dann sagte er: »Das war vor einem halben Jahr oder so. Wir mussten Trümmer wegräumen, die den Zugang zu einem Haus versperrt haben. Plötzlich schnappt ein längliches Metallteil in die Höhe, das irgendwie verkeilt war, jedenfalls unter Spannung gestanden hat, und fährt mir über die Brust.«

»Eine Falle?«

Er schüttelte den Kopf. »Nein. Einfach Trümmer von einem unserer eigenen Bombenangriffe. War auch nicht so schlimm. Hat mein Uniformhemd beschädigt, ich musste zum Sanitäter, bekam Desinfektionsmittel drauf, und als ich zurückkam, hatten die anderen die Arbeit schon erledigt.«

Helene hatte plötzlich Lust, die Narbe zu küssen, und sie tat es einfach, weil dies die Zeit war, genau das zu tun, worauf man Lust hatte.

Überhaupt war so ein richtiger Männerkörper etwas ganz anderes als die Bilder in den Büchern oder im Fernsehen, ganz zu schweigen von den bunten Holzmodellen in der Praxis ihres Vaters, diese Torsi, die man aufklappen und denen man die Organe entnehmen konnte. Das hier war ein richtiger, lebendiger Mann, Haut und Muskeln und ein herber Geruch, ein ganz wunderbarer, Lust machender Geruch …

Es war schön gewesen, aber noch nicht genug. Bei weitem nicht genug.

Sie löste sich aus Arthurs Armen, reckte sich hinüber zu dem wirren Haufen ihrer Kleidung und nestelte das zweite Kondom aus der Rocktasche.

»Einmal können wir noch«, sagte sie und legte es Arthur auf den nackten Bauch.

Zu dumm, dass sie nur zwei genommen hatte. Wieso eigentlich?

31

Am nächsten Morgen erwachte Helene zwei Minuten, bevor der Wecker geklingelt hätte. Helles Sonnenlicht fiel durchs offene Fenster, die warme Luft eines frühen Sommermorgens wehte herein, roch nach Gras und Blumen und dem Beginn eines wunderbaren Tages. Ein paar Vögel sangen, eine plappernde Melodie aus zwitschernden und schnurrenden Lauten.

Helene räkelte sich, nachdem sie den Wecker abgestellt hatte, streckte sich wohlig. Sie fühlte sich großartig. Sie hätte die Welt umarmen können, hätte zum Fenster hinausschreien mögen, dass das Leben herrlich war!

Doch dann fiel ihr wieder ein, wieso sie sich so fühlte, und der Schreck ließ die in ihr blubbernde Lebensfreude in sich zusammenfallen wie die Schaumkrone eines schal gewordenen Biers.

Es durfte ja niemand etwas erfahren!

Sie *durfte* ihr Glück nicht hinausschreien, durfte sich ganz im Gegenteil überhaupt nichts anmerken lassen, denn ihr Glück wäre verdächtig gewesen: Wieso, hätte sich jemand fragen können, war Helene Bodenkamp, diese unscheinbare Programmstrickerin, auf einmal glücklich? Da konnte doch nur was nicht mit rechten Dingen zugehen!

Sich nichts anmerken lassen? Wie sollte das gehen, wo sie doch das Gefühl hatte zu leuchten, das Gefühl, dass jeder ihr ansehen müsse, was geschehen war? Dass sie, Helene Bodenkamp, mit dem wunderbaren Arthur Freyh geschlafen, sich ihm hingegeben, der Wollust gefrönt, die Höhen der geschlechtlichen Lust erfahren hatte?

Allerdings ließ die Angst vor der Entdeckung ihr Glück auch schon zusehends wieder verblassen. Vielleicht würde es doch funktionieren.

Sie schlug die Decke zurück, stand auf und ging ins Bad, um zu duschen. Dabei inspizierte sie die bewusste Stelle: Man sah nichts mehr. Beim ersten Mal hatte es zuerst weh getan und natürlich auch geblutet, aber nicht so sehr, wie sie es immer befürchtet hatte, doch Spuren waren allenfalls auf Arthurs Bettlaken geblieben.

Und sie bereute es nicht. Kein bisschen.

Sie brauchte länger als sonst, um sich zurechtzumachen, und als sie sich endlich hinunterwagte an den Frühstückstisch, tat sie es mit Bangen. Aber nichts geschah. Nicht einmal ihrer Mutter, die sonst immer merkte, wenn etwas mit ihr anders war als sonst, fiel etwas auf.

Helene fiel ein Stein vom Herzen. Zugleich konnte sie es nicht begreifen, denn sie *fühlte* sich doch ganz anders! Ihr war, als sei eine Art hölzerne Beklommenheit von ihr abgefallen, in der sie bis jetzt gelebt hatte. Als habe sie eine schwere Rüstung abgelegt und könne sich zum ersten Mal frei bewegen. So musste sich jemand fühlen, der bislang an Krücken gegangen war und nun, durch ein Wunder, plötzlich tanzen konnte!

Auch als sie sich nach dem Frühstück aufs Fahrrad schwang, um ins Amt zu fahren, schien es leichter zu gehen als je zuvor.

Im Bureau erwarteten sie heute nur Routineaufgaben: Wo hatte sich eine gewisse Liselotte Teichmann zwischen dem 24. Februar und dem 19. April aufgehalten? Wer hatte alles im Raum Köln zwischen Januar und April eine Axt der Marke ›Krumpholz‹ gekauft? Mit wem hatte ein gewisser Martin Brieg in den letzten drei Monate alles telephoniert? Und so weiter, alles polizeiliche Anfragen von überall aus dem Reich, die telephonisch eingegangen waren.

Aber als sie den Komputer einschaltete, um nachzusehen, was außerdem per Elektropost vorlag, war da gleich ganz oben eine interne Nachricht von Herrn Adamek persönlich: Sie solle doch zu ihm ins Bureau kommen, am besten heute Nachmittag um 15 Uhr.

Diese Anweisung überschattete dann ihren ganzen Tag, der ansonsten ein schöner, ruhiger Arbeitstag hätte sein können. Sie erledigte die Anfragen der Reihe nach, aber das waren alles Abfragen, wie sie sie schon Hunderte Male gemacht hatte, die forderten sie geistig nicht genug, als dass sie nicht darüber hätte nachgrübeln müssen, was der Chef wohl von ihr wollte.

Was, wenn jemand gesehen hatte, wie sie in das leere Bureau von Herrn Lettke gegangen war? Was, wenn er sie herzitierte, um sie hierzu hochnotpeinlich zu befragen?

Sie würde, beschloss sie, alles abstreiten. Egal, was man ihr vorhielt, sie würde leugnen, in Lettkes Zimmer gewesen zu sein. Denn: Wenn sie zugab, die Kondome gestohlen zu haben, dann würde man wissen wollen, wofür, und das alles würde schließlich zu Arthur führen, zu dessen Entdeckung und Verurteilung und standrechtlicher Erschießung wegen Desertion, und Marie und Otto würde es außerdem ins Gefängnis bringen.

Also gab es nur eine Strategie, die in Frage kam: Leugnen, leugnen, leugnen. Und hoffen, dass sie damit durchkam.

All diese Gedanken hatten sich, als sie endlich nachmittags um Punkt 15 Uhr in Adameks Bureau eintraf – nicht zu früh, um nicht nervös zu wirken, aber auch nicht zu spät –, zu einem Gefühl übermächtiger Beklemmung verdichtet, einem stählernen Fassreifen um ihre Brust gleich.

Adamek war glänzender Laune, als sie sein Bureau betrat, schoss mit seinem Rollstuhl hin und her wie eine Billardkugel. »Ah, Fräulein Bodenkamp«, rief er aus. »Schön, dass Sie kommen. Nehmen Sie doch Platz.«

Das tat Helene, ihren Notizblock, das Wahrzeichen der Programmstrickerinnen, vor sich haltend wie einen Schild.

»Wo hab ich es denn?« Adamek blätterte in den Mappen, die vor ihm lagen, fand schließlich offenbar, was er gesucht hatte, und reichte es ihr: einen Zeitungsausschnitt. »Ich weiß nicht, ob Sie das schon gelesen haben …?«

Helene nahm den Ausschnitt und las:

Dummer Studentenstreich hat böse Folgen

München, 1. Juli 1942
Die Studenten Sophie und Hans Scholl, Alexander Schmorell, Christoph Probst und Willi Graf sind heute vor dem Münchner Landgericht zu jeweils drei Jahren Gefängnis verurteilt worden. Sie hatten mehrere hundert Flugblätter mit böswilligen Anschuldigungen gegen die Regierung des Deutschen Reichs zu verbreiten versucht. Die meisten Empfänger der wirren, jeglicher sachlichen Grundlage entbehrenden Hetz- und Hassschriften hatten diese jedoch ohne Zögern an die Polizei weitergeleitet, wodurch dem Treiben der fünf Studenten umgehend Einhalt geboten werden konnte.

Der Verteidiger führte aus, alle fünf hätten schon seit längerem an seelischen Problemen gelitten, hervorgerufen durch deutschlandfeindliche Einflüsterungen einiger Geistlicher, und bezeichnete das Flugblatt als »jugendliche Verirrung«: Es sei nun einmal leider so, dass viele junge Menschen eine Phase in ihrem Leben durchliefen, in der sie die Gesellschaft oder den Staat für ihre persönlichen Probleme verantwortlich zu machen suchten.

Helene sah auf. »Das sind die Namen, die ich aus den Telephondaten extrahiert habe.«

»Ganz genau«, sagte Adamek strahlend.

»Aber es sind fünf Namen. Ich hatte nur vier gefunden.«

»Der Fünfte war mit den anderen zusammen, als die Polizei zugegriffen hat. Sie waren im Begriff, ein zweites Flugblatt zu vervielfältigen.«

»Verstehe.« Helene sah auf das Papier in ihren Händen hinab, wusste nicht, was sie davon halten sollte.

Adamek kam um den Schreibtisch herum gerollt. »Und nun?«, fragte er. »Fühlen Sie sich jetzt schuldig?«

»Irgendwie schon«, bekannte Helene. Das war sie doch auch, oder? Sie hätte die Idee, wie sich die Absender der Briefe aus den Bewegungsdaten der Telephone ermitteln ließen, ja für sich behalten können. Sie hätte behaupten können, niemanden gefunden zu haben, und niemand hätte ihr einen Vorwurf gemacht. Man hätte gesagt, hmm, sie waren wohl vorsichtig genug, ihre Telephone zu Hause zu lassen. »Mir war nicht klar, dass sie noch so jung sind. In meinem Alter. Ich meine, ich habe es gesehen, die Geburtsdaten, aber ich habe nicht darüber nachgedacht.«

»Deswegen habe ich Sie gerufen«, erklärte Adamek ernst. »Weil ich befürchtet habe, dass Sie so denken könnten. Aber das ist falsch. Sie haben diesen fünf jungen Leuten nicht geschadet. Im Gegenteil – Sie haben ihnen höchstwahrscheinlich das Leben gerettet!«

Helene sah ihn verdutzt an. »Wie das?«

Adamek faltete die Hände im Schoß, wie er es immer machte, wenn es etwas zu erklären gab. »Überlegen Sie doch. Die fünf Studenten wollten ein zweites Flugblatt verbreiten. Das heißt, das war kein einmaliger Streich und auch nicht einfach nur eine jugendliche Verirrung, sondern da war irregeleitete Überzeugung im Spiel. Hätten Sie sie nicht aufgespürt und hätte die Polizei sie nicht sofort verhaftet, hätten sie weitergemacht, so lange, bis sie irgendwann doch aufgeflogen wären. Und so etwas fliegt *immer* irgendwann auf. Aber es wäre ein Unterschied gewesen, ob sie nur ein Flugblatt in Umlauf gebracht hätten oder fünf, sechs oder noch mehr. Dann hätte man gar nicht anders können, als das Ganze als Hochverrat zu behandeln und sie dem Volksgerichtshof zu überstellen. Wo sie fraglos zum Tode verurteilt worden wären. Die Richter hätten gar keine andere Wahl gehabt.«

»Verstehe«, sagte Helene.

»Ich möchte, dass Sie es so sehen. Sie haben fünf junge Menschen vor einer großen Dummheit bewahrt, die sie am Ende das Leben gekostet hätte. So werden sie nur ein paar Jahre im Gefängnis sitzen.«

Helene überflog den kleinen Artikel noch einmal, reichte ihn dann zurück. Und sie? Hatte sie auch eine Dummheit gemacht, vor der man sie hätte bewahren müssen?

»Danke«, sagte sie.

»Gern geschehen«, erwiderte Adamek. »Sie leisten hervorragende Arbeit für unser Volk, Fräulein Bodenkamp. Ich möchte nicht, dass Sie etwas anderes denken als das.«

* * *

Hinterher saß sie zwar noch vor ihrem Komputer, war aber zu nichts mehr imstande.

War das, was sie gemacht hatte, wirklich eine Dummheit gewesen? Sie konnte das nicht glauben. Hätte sie getan, was die Partei und die Regierung als richtig bezeichneten, dann hätte sie Arthur anzeigen müssen, als er ihr seine Desertion gestanden hatte, anstatt ihn zu verstecken. Aber konnte es wirklich richtiger sein, Arthur erschießen zu lassen, anstatt all diese herrlichen Dinge mit ihm zu tun?

Zudem: Wem *schadete* er denn dort oben in seinem Versteck? Gewiss, an der Front fehlte nun ein Soldat. Aber Arthur hinzurichten würde daran nichts ändern, es würde immer noch ein Soldat fehlen.

Schließlich schaltete sie den Komputer aus und ging. Schlich bedrückt die gähnend weiten Treppen hinab, passierte die Zugangskontrolle, holte beim Pförtner ihr Telephon wieder ab und schaltete es im Hinausgehen ein, um nachzusehen, was ihr im Lauf des Tages an Mitteilungen entgangen war: Das war in all den Jahren zu einer Gewohnheit wie das abendliche Zähneputzen geworden, doch während sie zusah, wie die Mitteilungen ankamen, musste sie zugleich daran denken, dass nun auch von ihr Ortsdaten in der Tabelle erfasst wurden, die in irgendeinem der Datensilos hinten existierte.

Doch dann tauchte eine Mitteilung auf, die sie all das vergessen ließ. Sie stammte von Otto Aschenbrenner und lautete:

```
(Otto) Baby ist da! Heute um 14 Uhr 45.
Ein Junge, 3.200 Gramm, 50 cm.
```

32

Helene radelte nach Hause wie der Wind, sagte aber nur kurz Bescheid und fuhr gleich weiter, hinaus auf den Aschenbrenner-Hof.

Marie hatte das Kind zu Hause bekommen, genau, wie sie es vorgehabt hatte. Die Wehen hatten in den frühen Morgenstunden begonnen. Sie hatten die Hebamme angerufen, die war auch gleich gekommen, hatte aber hinterher gemeint, das wäre gar nicht nötig gewesen, so glatt, wie alles verlaufen war. Als Helene eintraf, lag die frischgebackene Mutter strahlend, wenn auch sichtlich erschöpft inmitten eines Dutzends Kissen, einen rosig zerknautschten Säugling an ihrer Seite, der mit halb offenem Mündchen schlief und dabei ab und zu leise Laute von sich gab, die wie empörter Protest klangen.

Süß.

»In der Küche steht übrigens noch der Korb mit den Sachen für Arthur«, raunte Marie ihr zu, als sie mit dem Bewundern des neuen Erdenbürgers fürs Erste fertig waren. »Ich bin nicht mehr dazu gekommen, sie ihm zu bringen.«

Helene nickte, schlagartig ernüchtert. »Ich bring's ihm.«

»Aber«, sagte Marie bedauernd, »mir wär's recht, wenn du heute nicht bei ihm bleiben würdest. Meine Eltern kommen jeden Moment, der Pfarrer – und wer weiß, wer noch alles.«

»Alles klar.« Helene erhob sich vom Bettrand. »Ich beeil mich.«

Sie ging hinab in die Küche, holte den Korb aus der Speisekammer, gab das Signal und ging dann nach hinten. Als Arthur die Klappe öffnete und die Leiter herablassen wollte, sagte sie rasch: »Heute hab ich keine Zeit. Marie hat ihr Baby gekriegt, es werden den ganzen Abend Leute kommen. Ich bring dir nur dein Essen.«

»Wenigstens einen Kuss«, bat Arthur. »Sonst sterbe ich.«

Ihn das sagen zu hören, zu sehen, wie sehnsüchtig er zu ihr herabschaute, war unwiderstehlich. »Also gut. Aber nur einen.«

Im nächsten Moment rasselte die Leiter herab. Helene stieg hinauf, hievte den Korb zu ihm hoch, küsste ihn dann, noch auf den oberen Stufen stehend.

Es wurde ein langer Kuss. Arthur schien sie überhaupt nicht mehr loslassen zu wollen. »Ich muss immerzu an gestern Abend denken«, wisperte er, als sich ihre Lippen doch endlich voneinander lösten.

»Ich auch«, sagte Helene.

»Kannst du wirklich nicht bleiben?«

»Ich würde gern, aber es geht nicht.« Oh, und wie sehr sie es gewollt hätte! Hoffentlich flehte er sie nicht noch einmal an, sonst tat sie womöglich etwas wirklich Dummes.

Außerdem besaß sie keine Kondome mehr. Das wusste er noch gar nicht, und sie wusste auch nicht, wie sie es ihm beibringen sollte. Das war ein Problem, das sie erst mal vor sich herschob. Im Moment war es sowieso nicht aktuell. Nicht heute Abend.

Von draußen hörte sie plötzlich Hufgetrappel: ein sich näherndes Pferdefuhrwerk. Das brach den Bann.

»Es kommt jemand«, sagte sie und löste sich entschlossen aus seinen Armen. »Schnell jetzt!«

Sie stieg rasch die Leiter hinab und half ihm, sie wieder hochzuziehen. Ein letzter Luftkuss und ein sehnsüchtiger Blick, dann schloss Arthur die Klappe, und einmal mehr staunte Helene, wie perfekt sie verborgen war: Selbst, wenn man wusste, dass und wo da eine Klappe war, sah man so gut wie nichts.

Wieso bloß hatte sie sich mit zwei Kondomen begnügt?

Irgendwie hatte sie sich in dem Moment vorgestellt, es würde reichen, einfach nur zu wissen, wie sich das anfühlte, »es« zu tun.

Doch nun wusste sie: Das reichte nicht. Das reichte ganz und gar nicht.

* * *

Zum ersten Mal brauchte Marie *tatsächlich* jemanden, der ihr im Haushalt zur Hand ging, Pflichten abnahm, sich um sie kümmerte. Wenn Helene abends kam, redete ihr Marie zwar zu, sie solle ruhig zu Arthur gehen, sie käme schon zurecht, aber das stimmte nicht: Marie wirkte erschöpft, und das Baby brauchte sie. Ihre Mutter kam tagsüber für ein paar Stunden, aber sie hatte ja einen eigenen Hof zu versorgen und nicht beliebig viel Zeit.

Also versuchte sich Helene abends im Haushalt, auch wenn sie dabei merkte, dass sie dafür nicht besonders begabt war. Wenn sie nur besser aufgepasst hätte, als Johanna ihr noch ab und zu irgendetwas hatte erklären oder zeigen wollen! Doch sie hatte immer ein derartiges Desinteresse an den Tag gelegt, dass die Köchin ihre Versuche irgendwann aufgegeben und nur gemeint hatte: »Na, dann musst du eben mal jemanden heiraten, der sich Dienstboten leisten kann.«

Johanna! Während Helene an der Spüle stand und mit schmutzigen Töpfen kämpfte, musste sie wieder daran denken, wie sie die Köchin damals über ihr Telephon belauscht und sich über ihr Stöhnen und ihre Schreie gewundert hatte.

Inzwischen wusste sie, warum Johanna so gestöhnt und geschrien hatte. Es war eigenartig, wie es ging mit diesen Dingen. Niemand sprach darüber – oh, gewiss, ihr Vater hatte ihr alles erklärt, doch es so medizinisch, so beinahe *technisch* zu beschreiben war im Grunde nur eine andere Art, nicht darüber zu sprechen –, und trotzdem fand man irgendwann hinein. Wenn sie jetzt an jenen Abend im Bureau zurückdachte und dann an jenen Abend mit Arthur, als sie alles verstanden hatte, fühlte sie sich wie aufgenommen in eine geheime Schwesternschaft derer, die eingeweiht waren in die geschlechtlichen Geheimnisse.

So vergingen zwei Wochen, in denen nur Zeit blieb für ein paar kurze Küsse mit Arthur, der zusehends verzweifelte. Die Vorbereitungen für die Taufe des kleinen Lorenz begannen. Marie ging es mit jedem Tag besser, und sie begann, Helene zu drängen, sich mehr um Arthur zu kümmern. Der hatte ihr wohl irgendwann tagsüber sein Leid geklagt, wenn auch nur in Form der dezenten Andeutung, er vermisse Helenes Gesellschaft sehr.

Helene hatte das Gefühl, knallrot zu werden, als sie sich schließlich zu Maries Ohr hinabbeugte und ihr flüsternd gestand: »Das Problem ist: Ich hab keine Frommser mehr!«

»Ah.« Marie machte große Augen, blies die Backen auf und ließ die Luft dann geräuschvoll wieder entweichen. »Da kann ich dir allerdings auch nicht helfen.«

Das hatte Helene auch nicht erwartet. Sie hatte in der Zwischenzeit durchaus versucht, sich selbst zu helfen. Ihre Eltern zum Beispiel: Wie hatten die es eigentlich angestellt, nur zwei Kinder in die Welt zu setzen? Sie hatte einen Moment abgepasst, in dem Mutter außer Haus, Berta mit Besorgungen unterwegs und Johanna in der Küche beschäftigt gewesen war, um in das Schlafzimmer ihrer Eltern zu schleichen und die Nachttischschubladen zu durchsuchen: Vergebens.

Wahrscheinlich, sagte sie sich, war ihre Mutter schon zu alt, um noch Kinder kriegen zu können, sodass ihre Eltern gar kein Problem mit dem Verbot von empfängnisverhütenden Mitteln hatten.

Dann war ihr Armin eingefallen. Der hatte ja auch die

eine oder andere Freundin gehabt, und vielleicht hatte er es auch nicht bei Küssen belassen. Jedenfalls hoffte sie das für ihn. Sie wusste nicht, ob das Verbot damals schon gegolten hatte, aber ihr Bruder war in dieser Hinsicht ohnehin eher flexibel gewesen, also verwendete sie einige Zeit darauf, auch seine Hinterlassenschaft zu durchsuchen, besonders die Stellen, die sich als Verstecke eigneten – hinter Schubladen, unter dem Einlegepapier im Schrank, hinter den alten Schulbüchern im untersten Regal und so weiter. Aber sie fand nur zwei Hefte mit anstößigen Photographien, von denen einige den Akt in geradezu ernüchternder Deutlichkeit zeigten.

Einige der Seiten waren seltsam miteinander verklebt, und als Helene sie behutsam auftrennte, stieg ihr ein Geruch in die Nase, der sie plötzlich ahnen ließ, welche Art Flüssigkeit das bewirkt hatte. Ihr wurde schlagartig heiß, und wahrscheinlich hatte sie ein knallrotes Gesicht, als sie das Heft zuschlug und dorthin zurückstopfte, wo sie es gefunden hatte.

Danach hörte sie auf, im Haus nach Kondomen zu suchen.

Stattdessen suchte sie in den medizinischen Büchern ihres Vaters nach Informationen zum Thema Empfängnis und Verhütung derselben. Der weibliche Zyklus, erfuhr sie, bestand aus einer vorhersagbaren Abfolge fruchtbarer und unfruchtbarer Tage, ein Umstand, den man sich zunutze machen konnte, um eine Empfängnis gezielt herbeizuführen – oder um eine solche zu vermeiden. Beabsichtigte man Letzteres, war diese Vorgehensweise allerdings nur bedingt zuverlässig; umso weniger, je unregelmäßiger der Zyklus der Frau verlief.

An dieser Stelle ließ Helene das Buch entmutigt sinken. Unregelmäßiger Zyklus: Das beschrieb sie genau. Das konnte sie nicht riskieren.

Ratlos ging sie schließlich eines Abends wieder zu Arthur – der sie empfing wie ein Verhungernder – und erklärte ihm das Problem, das sie hatten.

»Das ist nicht so schlimm«, meinte Arthur. »Hauptsache, du bist bei mir.«

Helene schüttelte den Kopf. »Aber du willst es tun. Und ich will es auch tun. Ich weiß nicht, ob wir der Versuchung wirklich standhalten werden.«

»Es gibt andere Dinge, die man machen kann.«

»Was für Dinge?«, fragte Helene verwundert.

Er zeigte sie ihr. Er machte irgendetwas absolut Großartiges mit dem Mund zwischen ihren Schenkeln, und er brachte ihr bei, das Vergnügen sinngemäß bei ihm zu erwidern.

»Wo hast du das gelernt?«, wollte Helene hinterher wissen, noch schwer atmend und außerdem schwer eifersüchtig.

Arthur wand sich vor Verlegenheit. »Es gibt da so Filme, weißt du?«

»Was für Filme?«

Also erzählte er ihr von gewissen Kinos, meistens in der Nähe von Bahnhöfen, die nur Filme für Erwachsene zeigten, womit aber gemeint war: nur für Männer.

Helene hörte staunend zu. Offenbar, sagte sie sich, gab es auch eine geheime *Bruder*schaft der in die geschlechtlichen Geheimnisse Eingeweihten, und diese folgte anderen Regeln als die Schwesternschaft.

In der Folgezeit vergnügten sie sich also auf diese Weise, doch obwohl es so wirklich äußerst angenehm war, ließ es in Helene den Hunger nach dem Richtigen, dem Echten nur umso stärker werden: Sie wollte Arthur wieder in sich spüren, seine ganze Männlichkeit, seine Kraft und sein Ungestüm.

Sie beschloss, zu versuchen, Lettke noch einmal zu bestehlen. Und diesmal würde sie alles mitnehmen, was sie zu fassen bekam!

33

Das war allerdings leichter beschlossen als getan, denn sie konnte ja nicht einfach im Flügel der Analysten herumlungern und darauf warten, dass Lettke sein Bureau verließ, ohne abzuschließen.

Sie begann, Ausschau nach ihm zu halten, ihn zu beobachten, seine Gewohnheiten zu ermitteln. Mittags etwa saß er manchmal mit seinen Kollegen in der Kantine, und wenn das der Fall war, stand er so schnell nicht wieder auf.

Also wagte sie es. Eine Sache mehr, bei der sie sich nicht erwischen lassen durfte: Sie ging, einen belanglosen Ausdruck in der Hand, strammen Schrittes zu seinem Bureau – doch leider, es war abgeschlossen.

Noch während sie erwog, ihm abends aufzulauern und zu folgen – irgendwoher musste er die Kondome ja beschaffen, und vielleicht konnte sie herausbekommen, wo und wie das ging –, wurde sie Lettke erneut für ein Projekt zugeteilt. Es ging, so bekam sie erklärt, um ein Vorhaben, das der Volksgesundheit diene und das dem Führer selbst ein großes Anliegen war: nämlich, den Tabakgenuss einzudämmen. Es wurden seit kurzem in verschiedenen Städten verschiedene Propagandamaßnahmen durchgeführt, um die Deutschen dazu zu bewegen, das Rauchen aufzugeben.

Ihre gemeinsame Aufgabe war nun, herauszufinden, welche dieser Maßnahmen am wirkungsvollsten war. Lettke wollte vor allem das Kaufverhalten der Menschen beobachten, das in seinen Augen entscheidend war: Wer kaufte weniger Zigaretten als bisher, und wie unterschied sich das von Stadt zu Stadt? Daraus, so meinte er, ließe sich rückschließen, welche Plakate, Handzettel und sonstigen Maßnahmen am besten funktionierten.

Das war eine Aufgabe, die Helene normalerweise in ein, zwei Nachmittagen und mit ein paar einfachen Abfragen erledigt hätte. Doch sie dachte nicht daran, diese Chance, in Lettkes Bureau zu kommen, so schnell wieder aufzugeben. Also erklärte sie ihm, so einfach sei das nicht, und dachte sich immer neue Wege aus, das Problem komplizierter zu machen, als es war. Musste man nicht berücksichtigen, welche der betrachteten Personen im fraglichen Zeitraum in andere Städte gereist und dadurch der dortigen Propaganda ausgesetzt gewesen waren? Musste man nicht untersuchen, wer etwa von seinem Arzt die strikte Order bekommen hatte, das Rauchen zu reduzieren? Dies könnte ja nicht als Verdienst der Propaganda gelten? Und so weiter. Es verblüffte Helene selber, wie mühelos sich immer neue Aspekte finden ließen, um die Gültigkeit einfacherer Auswertungen in Frage zu stellen. Wahrscheinlich, dachte sie, liegt es daran, dass man einen Menschen, egal, wie viele Daten man über ihn sammelt, doch niemals *wirklich* erfasst, sodass immer Unklarheiten und Widersprüche bleiben, ja, womöglich sogar erst durch den Umstand der Zergliederung in Daten *entstehen.*

Jedenfalls nutzte sie die Gelegenheit, so oft wie möglich zu Lettke ins Bureau zu gehen, bewaffnet mit Ausdrucken und immer neuen »Problemen«, die es mit ihm zu diskutieren galt.

»Können wir das nicht per Telephon klären?«, beschwerte sich Lettke mehr als einmal, worauf Helene stets erwiderte: »Mir ist es lieber so. Es geht schneller, wenn ich es Ihnen einfach zeigen kann.«

Und eines Nachmittags hatte sie dann endlich Glück: Sie kam an, unangemeldet wie stets, die Tür zu Lettkes Bureau war unverschlossen, er selber nicht da.

Helene zögerte keine Sekunde lang. Es war ein Risiko, klar, aber sie hatte es in Gedanken hundertmal durchgespielt und keine andere Möglichkeit gefunden, als es einzugehen. Alles, was sie nun tat, geschah, als folge es einem festgelegten Programmablauf: Sie huschte hinein, schloss die Tür geräuschlos hinter sich, umrundete den Schreibtisch, zog die Schublade auf –

Da lag eine ganze *Schachtel* Kondome!

Fromms Préservatives, Londres stand darauf.

Ein Griff, und Helene hatte sie. Hob ihren Rock hoch und klemmte die Schachtel darunter fest, am Strumpfband. Schob die Lade wieder zu und machte, dass sie hinauskam.

Dieser Abend mit Arthur wurde der schönste ihres Lebens.

* * *

Am nächsten Tag verschlief sie. Egal. Helene erwachte beseelt von dem Gefühl, Zugang zu einem Ort außerhalb der Welt zu haben, die Geheimtür ins Himmelreich zu kennen. Das Leben war herrlich!

Und das Beste war, dass sie gar keine Angst mehr hatte, man könne es ihr ansehen. Da hatte sie sich zu viele Sorgen gemacht. Letztlich war jeder immer nur mit sich und seinen eigenen Problemen beschäftigt.

Es war schon fast zehn Uhr, als sie endlich im Amt eintraf. Sie saß noch nicht richtig an ihrem Komputer, als schon das Telephon klingelte.

Es war Lettke. »Kommen Sie morgens immer so spät?«, wollte er übellaunig wissen.

»Heute ist eine Ausnahme. Ich hab verschlafen.« Helene war entschlossen, sich die gute Laune nicht verderben zu lassen. »Haben Sie meine Auswertungen für Hamburg und Bremen gesehen? Ich hab sie Ihnen gestern noch geschickt.«

»Ja«, brummte Lettke. »Aber es gibt da etwas, das wir besprechen müssen.«

»Ich höre?«

»Nicht am Telephon. Wie Sie immer sagen: Es geht schneller, wenn ich's Ihnen einfach zeige.«

Helene musterte ihren Komputer, der sie aufforderte, ihre Parole einzugeben. Noch nicht einmal dazu war sie gekommen. Aber sie konnte schlecht ihrem eigenen Argument widersprechen, oder?

»Na gut«, sagte sie. »Jetzt gleich?«

»Wenn ich bitten dürfte.«

Sie atmete einmal durch und meinte ergeben: »Ich bin gleich da.«

Dann legte sie auf, schnappte sich ihren Notizblock und einen Bleistift, ihre unverzichtbaren Begleiter, und wirbelte los. Schwebte durch das Treppenhaus, tänzelte die Flure entlang, bis zu Lettkes Bureau. Klopfte, trat ein und sagte so gut gelaunt, dass es einfach ansteckend sein *musste*: »Da bin ich. Was wollen Sie mir zeigen?«

Lettke stand vor seiner Amerika-Wand. Er drehte ihr nur den Kopf zu, deutete auf einen Stuhl und sagte: »Setzen Sie sich.«

Helene setzte sich. Schien nicht zu funktionieren mit der ansteckenden Laune. Na gut, dann eben nicht.

Lettke ging um seinen Schreibtisch herum zum Wandschrank, öffnete eine der Türen. Dahinter kam ein grauer Monitor zum Vorschein, der auf einem grauen Metallkasten stand.

»Das«, sagte er, »ist ein Fernsehgerät. Der Kasten ist ein magnetischer Bildaufzeichner mit einem Fassungsvermögen von vierundzwanzig Stunden.«

Dann deutete er auf ein winziges Ding oben auf dem Schrank, das Helene bis jetzt noch gar nicht aufgefallen war.

Es sah aus wie eine Wäscheklammer aus dunklem Metall, in die eine schwarze Murmel eingelassen war.

»Und das«, fuhr Lettke fort, »ist eine Überwachungskamera.«

Er drückte auf eine Taste, und der Monitor wurde hell. Man sah das Bureau von schräg oben – und gleich darauf, wie Helene hereinkam und eine Schachtel aus dem Schreibtisch stahl!

* * *

Eugen Lettke beobachtete die Reaktion der ertappten Programmiermaus. Es war fast lustig, wie sie in sich zusammenfiel vor Verzweiflung. Wie ihr Gesicht auf einmal eine Studie in Angst war. Wie Panik sich ihrer bemächtigte, als ihr klar war, dass sie verloren hatte, dass sie ihm nun ganz und gar ausgeliefert war.

Einen Moment lang erwog er, von seinem Plan abzuweichen, die Tür zuzuschließen und sie hier und jetzt zu nehmen, mitten auf seinem Schreibtisch. Der Gedanke erregte ihn, auch wenn das Mädchen so gar nichts hermachte. Andererseits – man wusste nie. Womöglich verbarg sich unter diesen grässlichen wilhelminischen Kleidern ja eine ganz brauchbare Figur …?

Nein, ermahnte er sich. Er durfte nicht die Chance verderben, die sich ihm hier bot. Er hatte heute Nacht gründlich über alles nachgedacht. Die Entdeckung, dass die Erklärung für das Verschwinden der beiden Kondome ganz harmlos war – harmlos und erstaunlich –, hatte ihn sehr erleichtert.

Aber seine Erleichterung war natürlich kein Grund, sie davonkommen zu lassen.

Sie musste das Gefühl haben, in seiner Schuld zu stehen.

Und dieses Gefühl würde sie nicht haben, wenn er sie mit Gewalt nahm.

Er setzte den Lesekopf zurück auf die markierte Stelle und ließ die Szene noch einmal ablaufen. »Das sind Sie auf der Aufnahme, nicht wahr?«, fragte er.

»Ja.« Ihre Stimme war kaum hörbar.

Lettke sah sie mit einem Blick an, von dem er wusste, dass er unangenehm wirkte. »Was Sie mir da stehlen, ist eine Packung mit vierundzwanzig Kondomen höchster Qualität, bestimmt für den französischen Markt.«

Sie nickte. »Ja.«

»Wissen Sie überhaupt, was die kosten?«

Sie schüttelte den Kopf, wisperte: »Nein.«

»Das Problem ist: Man kann sie gar nicht kaufen. Denn ihr Besitz ist bekanntlich für Deutsche verboten, und ein Kauf würde ja in den Daten der Bank auftauchen und automatisch eine Nachricht an die Polizei auslösen – wir wissen beide nur zu gut, wie das funktioniert, nicht wahr?«

Sie nickte bang, sagte aber nichts, starrte ihn nur an wie das berühmte hypnotisierte Kaninchen die Schlange. Gut so.

»Man muss so eine Packung«, fuhr Lettke genüsslich fort, »also eintauschen. Zum Beispiel gegen einen Gefallen. Vielleicht gegen eine Flasche teuren Weinbrands für einen französischen Kriegsgefangenen, der auf einem Bauernhof arbeitet und Verbindungen in die Heimat hat. Vielleicht gegen eine kleine Veränderung der Daten für einen Fernkraftfahrer oder einen Handelsbeauftragten … *Das* kosten diese Kondome. Plus das Risiko, dabei erwischt zu werden. Wie sich das anfühlt, wissen wir beide jetzt auch, nicht wahr?«

»Ja«, wisperte sie. »Ich verstehe.«

In Wirklichkeit war es viel einfacher: Er kannte jemanden in Berlin, der sie ihm schickte, deklariert als belgische

Schokolade. Aber das musste die Programmiermaus ja nicht wissen.

Lettke hielt das Bild an der Stelle an, an der man sah, wie sie die Schachtel unter ihrem Großmutterrock verschwinden ließ. »Stellt sich die Frage, was wir nun tun«, erklärte er. »Wie wir diese unangenehme Situation bereinigen.«

Sie gab einen zittrigen, seufzenden Laut von sich und sagte: »Ich kann Ihnen die Schachtel zurückgeben.«

Es war unüberhörbar, dass sie das nur sehr ungern sagte.

Lettke verschränkte die Arme und musterte sie spöttisch. »Zurückgeben? Ist der Inhalt denn noch vollständig?«

Sie schlug die Augen nieder, schüttelte betreten den Kopf. »Nein.«

Er musste lachen. »Alles andere hätte mich auch zutiefst erschüttert. Was Sie getan haben, sagt mir, dass Sie einen Geliebten haben, mit dem Sie die Freuden der Liebe genießen wollen, aber Sie wollen dabei nicht – oder noch nicht – schwanger werden. Vermutlich, weil niemand von Ihrer Liebschaft wissen soll, vor allem nicht Ihre Eltern, denen zweifellos sehr an einer standesgemäßen Verheiratung ihrer einzigen Tochter gelegen ist. Habe ich recht?«

Sie nickte. »Ja.«

Lettke erwog, den Monitor auszuschalten und den Schrank zu schließen, aber vielleicht war es psychologisch geschickter, das *Corpus delicti* noch eine Weile sichtbar zu halten. Also umrundete er den Schreibtisch einfach nur wieder, ließ sich in seinen Sessel fallen und sagte: »Ich schlage Ihnen ein anderes Arrangement vor. Da die besagte Schachtel, wie ich Ihnen gerade erklärt habe, einen Gefallen gekostet hat, schlage ich vor, Sie behalten sie und erweisen mir im Gegenzug ebenfalls einen Gefallen.«

»W…Was für einen Gefallen?«

Auf einmal saß sie ganz aufrecht, wirkte gefasst und zu

allem bereit. Erwartete offenbar das Schlimmste, war aber willens, sich dem zu stellen, und entschlossen, nicht zu verzweifeln.

Lettke verzog das Gesicht. Er *hasste* es, wenn Frauen tapfer waren.

Ein Glück, dass es hier um etwas anderes ging.

»Ich möchte«, sagte er, »dass Sie mir das Programmieren beibringen.«

34

»Das Programmieren?«, wiederholte Helene, die plötzlich das Gefühl hatte, nur einen absurden Traum zu träumen.

Sie war auf ein unsittliches Angebot gefasst gewesen, auf eine Forderung, die ein Treffen in einem abgelegenen Hotel und geschlechtliche Handlungen beinhaltete, kurz, auf den Vorschlag, ihm als ihrem Zweitgeliebten zu Diensten zu sein. Lettke war der Typ, dem man so etwas ohne weiteres zugetraut hätte. Auch wenn er sich noch so adrett kleidete, er hatte stets etwas Schmieriges, Widerwärtiges an sich.

»Nicht so laut!«, fauchte Lettke ungehalten. »Es muss nicht der ganze Flur mithören. Ja, das Programmieren. Und zwei Bedingungen dazu: Erstens, Sie erklären es mir so, dass ich's auch kapiere – also ohne Backrezepte, Vorratskammern oder Blumenbeete.«

Helene sah ihn verdutzt an. Das klang ja, als kenne er das Buch von der Kroll!

»Und zweitens«, fügte er hinzu, »die Sache bleibt absolut unter uns.«

»Aber warum?«, wollte Helene wissen. »Sie sind Analyst. Sie *brauchen* nicht zu programmieren!«

Lettke machte eine wegwerfende Handbewegung. »Ja, ja. Zufällig glaube ich, dass ich ein besserer Analyst wäre, wenn ich es könnte. Diese ganze Aufgabenverteilung nach Geschlechtern ist doch Mumpitz. Wieso sollte ein Mann nicht programmieren können?«

Helene hob die Schultern. »Das sind eben so Erfahrungswerte seit der Erfindung der –«

»Nehmen Sie nur diesen Fall dieser Studenten mit ihrem Flugblatt«, unterbrach Lettke sie, der gar nicht zu hören schien, was sie sagte. »Die Idee, die Listen über die Ortsdaten der Telephone miteinander abzugleichen – das hätte *mir* einfallen müssen!«

Es klang plausibel, aber irgendwie glaubte ihm Helene trotzdem nicht, dass das wirklich der Grund war.

Sie wollte schon nachhaken, als ihr einfiel, dass sie nichts davon hatte, wenn sie ihm diese Idee ausredete, im Gegenteil. Denn dann würde er sich etwas anderes ausdenken, und das konnte nur etwas Unangenehmeres sein.

Also sagte sie nur: »Ja, gut, ich kann es versuchen. Ich weiß nur nicht … Wie stellen Sie sich das praktisch vor?«

Lettke hob die Brauen. »Wir haben ein gemeinsames Projekt, oder? Ein Projekt, das viele Besprechungen erfordert. Sie kommen hierher, und statt Besprechungen halten wir Unterrichtsstunden ab.«

Helene überlegte. Seltsam – obwohl sie ihm nicht glaubte, dass es ihm darum ging, ein besserer Analyst zu werden, kam es ihr trotzdem so vor, als meine er es wirklich ernst. Als würde er *wirklich* gern programmieren können, hätte aber Komplexe deswegen, weil es als unmännlich galt.

»Gut«, sagte sie. »Wann möchten Sie damit anfangen?«

»Am besten jetzt gleich«, erwiderte Lettke und wies auf seinen Komputer. »Ich würde gern mit einem praktischen Beispiel starten. Ich stelle eine Aufgabe, und Sie erklären mir Schritt für Schritt, wie Sie vorgehen, was Sie aus welchem Grund machen und so weiter.« Er stand auf, räumte den Platz vor seinem Komputer und winkte sie mit einer fast schon unverschämt herrischen Geste herbei.

Nichts anmerken lassen, dachte Helene und folgte schweigend. Allmählich begann sie zu glauben, dass sie mit etwas Glück glimpflich aus der Sache herauskommen würde.

Sie setzte sich, legte die immer noch etwas zittrigen Finger auf die Tasten. »Ich bin jetzt aber in Ihrem Arbeitsbereich«, gab sie zu bedenken. »Soll ich in meinen wechseln?«

»Nein, nehmen Sie ruhig meinen. Ich will mir nachher alles noch mal in Ruhe anschauen können.«

»In Ordnung.« Das hieß zwar, dass sie ihre Strickmuster nicht zur Verfügung hatte, aber das wäre für den Anfang ohnehin zu kompliziert gewesen. »Also, stellen Sie eine Aufgabe!«

Sie beobachtete ihn, wie er eine Weile ins Leere starrte, mit einem stählernen Schimmern in den Augen, bei dem ihr angst und bange wurde.

»Etwas mit Ortsbestimmung«, sagte er schließlich. »Das fasziniert mich.« Es klang ganz beiläufig, so, als sei es ihm gerade eingefallen – und auch wieder nicht. »Schreiben Sie eine Abfrage, die anzeigt, wer sich alles gestern zwischen 10 Uhr 30 und 11 Uhr 30 in der Weimarer Filiale der Reichsbank aufgehalten hat.«

Helene zögerte, fragte: »Wollen Sie die Namen haben oder die Telephonnummern?«

»Was ist einfacher?«

»Die Telephonnummern.«

»Dann das für den Einstieg«, befahl Lettke.

Helene musste sich bremsen, um nicht einfach loszulegen. Das war eine Aufgabe, die sie normalerweise innerhalb weniger Minuten erledigt hätte, aber nun, da er ihr über die Schulter sah und genau wissen wollte, was sie machte, musste sie ganz am Anfang anfangen. Sie musste ihm erklären, wie man eine leere Abfrage einrichtete, wie man sie speicherte, um sie später wiederverwenden zu können, musste lauter Dinge erklären, die ihr sonst ganz selbstverständlich aus den Fingern flossen und über die sie sich schon seit ihrer Schulzeit keine Gedanken mehr gemacht hatte. Den Unterschied zwischen einem normalen Programm und einem SAS-Befehl, zum Beispiel.

»Was heißt das, SAS?«, fragte Lettke.

»Das ist die Abkürzung für *Strukturierte Abfrage-Sprache*«, erklärte Helene. »Die benutzt man, wenn man einfach nur Daten aus Tabellen herausziehen will. Man beschreibt mithilfe bestimmter Befehlsworte genau, welche Daten man haben will, und das SAS-Programm erledigt dann alles Weitere automatisch. Das geht für eine einzelne Abfrage schneller, als ein eigenes Programm zu schreiben.«

»Was würde ein Programm anders machen?«

»Ein Programm bestimmt, *was* der Komputer genau machen soll. Da der Komputer alles macht, was man ihm befiehlt, muss man genau aufpassen, ihm nicht versehentlich Befehle zu geben, die etwas Falsches bewirken. Das macht das Programmieren aufwendig.«

Lettke ließ sich das durch den Kopf gehen. »Gut. Also, das heißt, in diesem Fall würde man besser einen SAS-Befehl verwenden?«

»Genau.«

»Nur einen?«

»Ja, aber so ein Befehl wird meistens ziemlich lang.«

»Aber da kann das nicht passieren? Dass der Komputer etwas Falsches macht, meine ich.«

Helene seufzte unwillkürlich. »Nicht in demselben Sinn. Wenn Sie die Bedingungen falsch vorgeben, erhalten Sie falsche Daten. Aber Sie können nichts kaputt machen damit.«

»Verstehe«, sagte er. Dass man mit einem Programm auch etwas kaputt machen konnte, schien ihn zu beeindrucken.

Sie durfte ihn nicht entmutigen. Nicht, dass er sich doch noch etwas anderes ausdachte. Helene zeigte ihm rasch, wie man abfragte, welche Tabellen überhaupt verfügbar waren und wie man sich ihre Struktur anschaute.

»Und wir brauchen diese Tabelle hier, oder?« Er tippte mit dem Fingernagel auf den Bildschirm. »TELEPHON.ANMELDUNGEN. Oder?«

»Ja, genau.« Sie zeigte ihm die Struktur: Telephonnummer, Datum, Uhrzeit, Funkturmnummer und geographische Koordinaten der Anmeldung. »Woher diese Koordinaten kommen, weiß ich allerdings nicht«, gestand sie. »Ich habe eigentlich keine Ahnung, wie das Netz der beweglichen Telephonie funktioniert.«

»Das ist jetzt wohl wieder Männersache«, meinte Lettke gönnerhaft und erklärte es ihr: Rings um jeden Funkturm gab es tortenförmige Funkbereiche, deren Spitzen sich im Turm trafen. Meldete sich ein Telephon an, ermittelte der Funkturm aus der Richtung und der Laufzeit des Signals, wo sich das Gerät befand, rechnete es in geographische Koordinaten um, und die wurden dann in der Tabelle gespeichert. Alle paar Minuten wechselten Funkturm und Telephon ein weiteres Signal, das nur der Orientierung diente; ergaben sich daraus Änderungen des Aufenthaltsortes, wurde ein neuer Datensatz erzeugt.

»Verstehe«, sagte Helene, obwohl sie immer noch nur eine höchst umrisshafte Vorstellung davon hatte, was sich hinter den technischen Kulissen abspielte. »Auf jeden Fall brauchen wir die geographischen Koordinaten des gesuchten Ortes, also der hiesigen Reichsbank-Filiale.«

Sie rief die Karte auf, suchte Weimar und dort die Bank und notierte sich Längen- und Breitengrad: 11,3249 östlicher Länge, 50,9791 nördlicher Breite.

»Müsste da nicht was mit Minuten und Sekunden stehen?«, wunderte sich Lettke.

»Das wäre die nautische Darstellung, die Seeleute und Piloten verwenden«, erklärte Helene. »In unseren Datenbeständen wird nur die Dezimaldarstellung verwendet, weil sich damit einfacher und schneller rechnen lässt.«

»Östliche Länge«, las Lettke. »Das heißt, das *deutsche* Telephonnetz verwendet immer noch die *englischen* Koordinaten?«

»Die Umstellung auf das deutsche Koordinatensystem soll

erst nach dem Endsieg erfolgen.« Viel würde sich dadurch nicht ändern, im Grunde nur der Bezugsrahmen der Längengrade: Der Nullmeridian würde dann nicht mehr durch die Sternwarte in Greenwich, England, verlaufen, sondern durch das Zentrum der geplanten Großen Ruhmeshalle in der Reichshauptstadt Germania. In den Datenbeständen ließ sich das schnell erledigen, aber man würde ja auch alle Karten und so weiter neu drucken müssen; dafür war während des Krieges keine Zeit.

»Ist ja auch egal«, meinte Lettke. »Also, wie schreiben Sie diese Abfrage nun?«

Helene tippte:

```
SELEKTIERE AUS TELEPHON.ANMELDUNGEN
ALLE ( Telephonnummer )
FÜR (
POS.LG = 11,3249
UND
POS.BG = 50,9791
UND
ZEITRAUM( »11.8.1942 10:30«,
»11.8.1942 11:30«, 0)
)
```

»Die erste Zeile gibt an, auf welche Tabelle ich zugreife«, erklärte sie. »Dann sage ich, welche Felder im Ergebnis angezeigt werden sollen. Und alles nach FÜR und der Klammer ist die Bedingung, bestimmt also, welche Datensätze anzuzeigen sind.«

»POS.LG ist der Längengrad der Position, nehme ich an?«

»Genau.«

»Und wieso steht da immer UND zwischen den Zeilen?«

»Weil *alle* diese Bedingungen erfüllt sein müssen. Es gibt

auch Fälle, in denen entweder die eine oder die andere Bedingung gelten soll; da muss man dann weitere Klammern setzen und mit ODER verbinden.«

»Aha«, machte Lettke.

Es klang nicht so, als habe er das verstanden. Sein Blick hatte auch etwas Glasiges. Helene fügte rasch hinzu: »Aber das kommt selten vor. Äußerst selten. Es ist eher eine … eine theoretische Möglichkeit.«

In Wirklichkeit kam derlei durchaus häufig vor. Im Moment war jedoch nur wichtig, dass er nicht den Mut verlor.

»Und das bestimmt den Zeitraum«, meinte Lettke und tippte auf die vorletzte Zeile. »Das verstehe ich jetzt.« Er klang wie jemand, der sich Mut zusprach. Nun, sollte er.

»Genau«, sagte Helene. Ob sie ihm erklären sollte, was es mit dieser Funktion auf sich hatte? Lieber nicht. Das würde ihn vermutlich endgültig überfordern.

»Und wie … wie erhalte ich nun das Ergebnis?«, wollte er wissen.

»Indem Sie den AUSFÜHREN-Befehl geben.« Sie zeigte ihm die entsprechende Tastenkombination. »Das bewirkt, dass die Abfrage an das SAS-Programm weitergeleitet wird, das daraufhin die Auswertung erstellt.«

»Gut. Machen Sie mal.«

Helene drückte die Tasten. Die Abfrage verschwand, die Arbeitsanzeige erschien. »Das dauert jetzt eine Weile.«

So lange dauerte es gar nicht. Es schien gerade wenig los zu sein. Schneller als gedacht erschien eine lange Liste von Telephonnummern auf dem Schirm, anderthalb Seiten lang.

»Das sind jetzt die Telephonnummern von allen Leuten, die sich gestern in dem angegeben Zeitraum in der Bank aufgehalten haben?«, vergewisserte sich Lettke.

»Ja. Wobei der eine oder andere dabei sein kann, der nur in der unmittelbaren Nähe des Gebäudes war.«

»Und wenn ich die Namen dazu sehen will?«

»Dann klammern Sie die ganze Abfrage ein und verwenden sie als Eingabe für eine zweite Abfrage.« Helene rief die Abfrage wieder auf, erstellte eine Kopie, setzte Klammern davor und dahinter und schrieb darüber:

```
SELEKTIERE AUS TELEPHON.TEILNEHMER
ALLE ( Nachname, Vorname, Telephonnummer )
FÜR (
TELEPHON.TEILNEHMER.Telephonnummer = (
```

Lettke starrte den Bildschirm an, bewegte dabei seinen Unterkiefer langsam hin und her, als kaue er etwas sehr, sehr Zähes. Schließlich sagte er: »Verstehe ich das richtig? Er nimmt also jede einzelne Telephonnummer aus der Liste von vorhin – die durch die untere Abfrage erzeugt wurde und jetzt in Klammern steht – und sucht dazu den Nachnamen, den Vornamen … und noch mal die Telephonnummer heraus?«

»Ganz genau.«

»Die Telephonnummer ist in beiden Tabellen dieselbe.«

»Richtig. Das ist das, was einen Teilnehmer eindeutig kennzeichnet.«

Lettke rieb sich den Hals. »Lassen Sie mal laufen.«

Helene gab den Ausführungsbefehl. Da für jedes Ergebnis der ersten Abfrage eine eigene Abfrage stattfinden musste, erschien die Namensliste zeilenweise, so, als würde eine halb verstopfte Leitung sie nach und nach ausspucken.

Einer der Namen lautete *Aschenbrenner, Otto*. War der also gestern auf der Bank gewesen. So ein Zufall.

Helene musste Luft holen, wie gegen einen Widerstand. Das zu sehen war ihr jetzt irgendwie peinlich.

Lettke verfolgte das Entstehen der Liste mit zusammengepressten Lippen. Dann, als »ENDE DER LISTE« erschien, fragte er: »Also – wenn man die Bedingungen ändern würde, würden andere Daten erscheinen?«

»Ja«, sagte Helene.

»Wenn ich dasselbe für einen anderen Ort wissen wollte, müsste ich eben dessen Koordinaten eingeben?«

»Ja.«

»Und wenn ich den Zeitraum ändere, dann würde ich die Liste für diesen anderen Zeitraum erhalten?«

»Genau.«

»Gut.« Er fuhr sich mit der Hand über den Hals. »Gut, das habe ich verstanden. Das … das reicht für den Moment.«

Helene musterte ihn unschlüssig. »Heißt das, ich kann gehen?«

»Ja, ja. Gehen Sie.« Er wirkte auf einmal aufgeregt, aber zugleich so, als versuche er, sich nichts anmerken zu lassen. »Ich ruf Sie wieder an.«

Helene stand auf. Hätte sie jetzt nicht erleichtert sein müssen? Dann fiel ihr Blick auf den offenen Schrank und den Monitor und den Kasten darunter, den Bildaufzeichner, der ihr Vergehen enthielt, und sie begriff, dass ihr Körper besser verstanden hatte als sie, dass Lettke sie immer noch in der Hand hatte. Sie nahm ihren Notizblock und ihren Stift und machte, dass sie davonkam.

* * *

Endlich war die dämliche Programmstrickerin zur Tür hinaus. Jetzt schnell, solange alles noch frisch in seinem Kopf war, solange ihm noch klar war, was er zu tun hatte.

Eugen Lettke setzte sich vor seinen Komputer, rief die letzte Abfrage wieder auf, machte eine Kopie davon und änderte dann das Datum. Nicht der 11. August 1942 interessierte ihn, sondern der 12. Juli 1939, der Tag, an dem ihm dieses grandiose, arrogante, rothaarige Biest über den Weg gelaufen war. Diese Frau, die er unbedingt noch kriegen musste, und wenn es das Letzte war, was er in seinem Leben erreichte.

Gut. Das Datum geändert, an beiden Stellen. Das eine hieß vermutlich »von«, das andere »bis«. Alles klar. Und nun ausführen. Befehlstaste und A, ganz einfach im Grunde. A wie ausführen.

Funktionierte. Ein Name nach dem anderen. Da, dieser Ernst Schneider, mit dem er wegen des Bargeldfundes verhandelt hatte: Der war natürlich auch in der Bank gewesen. Gestern dagegen nicht mehr, das war ihm vorhin aufgefallen. Vielleicht versetzt worden. Oder an der Front. Wahrscheinlich.

Plötzlich ein Name, bei dem sich ihm die Nackenhaare aufstellten.

Schmettenberg, Cäcilia.

Schmettenberg? Da klingelte was bei ihm. War das nicht dieser Industrielle, der immer mal wieder im Fernsehen auftauchte? Metallindustrie, Rüstung vor allem, aber darüber hinaus ein weit verzweigtes Unternehmen. Per Du mit dem Reichsarbeitsführer. Und so weiter.

Oha, oha. Wenn das mal nicht eine heiße Spur war …

Er wartete ungeduldig, bis die Liste endlich fertig war, speicherte sie ab und rief dann die gute, alte Personensuche auf. Cäcilia Schmettenberg. Eine Sekunde, dann hatte er ihre wichtigsten Daten auf dem Schirm und vor allem: ein Photo!

Treffer. Er fiel nach hinten gegen die Lehne, hätte am liebsten triumphierend aufgeschrien. Das war sie! Das war die »Gräfin«! Er hatte sie gefunden.

Er zwang sich zur Besonnenheit. Überprüfte noch einmal die Telephonnummer. Stimmte. Unglaublich. Endlich!

Er spürte, wie er hart wurde, wie ihn Erregung erfasste.

Die Frau eines der wichtigsten Industriellen, eines ganz großen Tiers!

Da hatte er sich ja was vorgenommen.

Andererseits: Je schwieriger die Jagd, desto größer die Befriedigung, wenn die Beute erlegt war.

Das würde der größte Tag seines Lebens werden, der absolute Kick …

Er schloss die Augen, zwang sich, zehnmal ruhig ein- und auszuatmen. Ruhe war jetzt nötig. Absolute Kaltblütigkeit. Noch hatte er sie nicht. Noch hatte er nicht das Geringste gegen sie in der Hand. Und das war keine Frau, bei der er mit erfundenen Behauptungen zum Ziel kommen würde.

Ruhe. Er spürte, wie der Druck in der Hose nachließ. Er setzte sich wieder auf, kerzengerade, nahm ein Blatt Papier und seinen Füllhalter zur Hand, um sich die wichtigsten Daten zu notieren. Name, Adresse, Geburtsdatum, Mädchenname –

Halt mal.

Cäcilia Noller hatte sie vor ihrer Heirat geheißen? Den Namen hatte er doch schon mal …

Wo war die Liste? Die Liste, die ihm Fräulein Brunhilde damals erstellt hatte? Alle Cäcilias, die zwischen 1913 und 1917 in Berlin geboren waren?

Natürlich hatte er diese Liste noch. Ganz hinten in der untersten Schublade, unter einer Mappe mit der Aufschrift »Offene Fälle«, in der gar keine offenen Fälle lagen, sondern Ausschnitte aus amerikanischen Zeitungen. Er faltete den alten Ausdruck mit bebenden Händen auseinander, legte ihn neben sich auf die Tischplatte. Siebenundzwanzig Namen, Adressen, Geburtsdaten. An vierter Stelle von unten: *Cäcilia Noller, geboren am 2. November 1915.*

Tatsächlich. War so viel Glück möglich?

Aber wie konnte er sich seiner Sache sicher sein? Er studierte das abgebildete Passbild, versuchte sich zu erinnern, an damals, an den Nachmittag auf dem Dachboden: War sie dabei gewesen? Schwer zu sagen. Sehr schwer zu sagen.

Sein Blick fiel auf das Wort *Passphoto* und auf die Zahl in Klammern dahinter: *(3)*. Moment – das hieß, dass insgesamt drei Photographien hinterlegt waren. Photographien von älteren Ausweisen.

Hastig rief er die Übersicht auf. Tatsächlich – da war noch das Bild aus ihrem Kinderausweis, und auf dem erkannte er sie wieder. Eindeutig.

Sein Herz hämmerte auf einmal, als wolle es den Brustkorb sprengen. An den Rändern seines Gesichtsfelds flimmerte es rot.

Es gab keinen Zweifel. Er hatte jene Cäcilia gefunden, die ihn damals auf dem Dachboden gedemütigt hatte.

35

Das Zittern begann, als Helene zurück in ihrem Bureau war.

Sie musste sich erst mal setzen, ihre Hände im Schoß festhalten, und war froh, das Zimmer für sich alleine zu haben. Warum musste das Leben so sein? So gemein, so erbarmungslos, so grausam? Warum durfte so etwas Schönes, wie sie es mit Arthur hatte, nicht sein? Wieso schien die ganze Welt ihr dieses bisschen Glück zu missgönnen?

Sie wartete darauf, dass die Tränen kamen, aber sie kamen nicht.

Stattdessen musste sie sich sagen, dass sie ja noch Glück im Unglück gehabt hatte. Und wie *peinlich* das gewesen war, sich selbst auf dem Monitor zu sehen, wie sie *Frommser* stahl!

Sie schloss die Augen, hörte ihren Atem, der stockend ging, hart an der Grenze zum Schluchzen, spürte ihre Schultern, die so hart waren, als wären sie aus Holz, und wünschte sich, irgendetwas nehmen und an die *Wand* schmeißen zu können …

Man konnte nicht lange so sitzen und zittern. Irgendwann ließ es nach, das Zittern, und der Schreck ebenfalls.

Und seltsam: Irgendwie *kränkte* es sie auch, dass Lettke nichts Unanständiges von ihr gewollt hatte. War das überhaupt das richtige Wort – gekränkt? Oder besser: beleidigt? Ernüchtert? Beunruhigt? War sie wirklich so unansehnlich, dass ihm derlei nicht einmal in den *Sinn* gekommen war?

Oder war Lettke viel anständiger, als er wirkte? Das war eine Möglichkeit, aber irgendwie fiel es ihr schwer, das zu glauben.

Nicht einmal eine schmutzige Andeutung hatte er gemacht,

obwohl es sich in der Situation – junge Frau stiehlt *Kondome* aus dem Schreibtisch eines Kollegen, du meine Güte! – wirklich angeboten hätte. Und sie hatte schon erlebt, wie Männer aus nichtigeren Anlässen hässliche Witze machten.

Sie öffnete die Augen, sah sich um, ertrug es nicht mehr, sondern musste aufstehen und gehen, auf die Toilette, wo sie sich in einer Kabine einschloss, den Kopf in den Armen barg und die Kühle und die Leere des Raumes in sich eindringen ließ. So saß sie eine kleine Ewigkeit, in der niemand sonst kam, niemand sie störte. Vielleicht war sie zwischendurch auch einmal kurz eingeschlafen, sie hätte es nicht sagen können. Jedenfalls war es irgendwann so weit, dass sie sich wieder aufrichten und der Welt ins Auge sehen konnte. Sie wusch sich die Hände, zupfte ihre Frisur zurecht und kehrte zurück in ihr Bureau, wo sie sich endlich die Anfragen vornahm, die auf sie warteten, und begann, sie zügig abzuarbeiten. Sich in der Arbeit zu vergraben war im Zweifelsfall nicht die schlechteste Methode, mit allem fertigzuwerden.

* * *

Abends wurde es spät. Die Völkers schob noch eine dringende Anfrage der Polizei nach, umgehend zu bearbeiten, und das Datensilo 163 zickte mal wieder. So kam Helene gerade noch rechtzeitig zum Abendessen nach Hause, hatte nicht einmal mehr Zeit, sich frisch zu machen, sondern musste sich gleich an den Tisch setzen. Sogar Vater war eher als sie nach Hause gekommen!

»Du kommst immer öfter so spät aus dem Amt«, hielt Mutter ihr vor. Es gab nichts Besonderes, Erbseneintopf mit Speck und Brot dazu. *Kriegsküche* sagte Johanna dazu, nicht ohne zu erwähnen, dass andere es noch schlechter hatten, weil alles so schrecklich teuer geworden war.

»Manchmal ist einfach viel zu tun«, erwiderte Helene schulterzuckend.

»Das mag ja sein«, insistierte Mutter, »aber dann ist das einfach nicht die richtige Lebensweise für eine junge Frau. Ich habe jedenfalls nicht das Gefühl, dass dein Amt der Ort ist, an dem du den Mann fürs Leben finden wirst. Wie auch? Die Männer und die Frauen sitzen ja in getrennten Gebäudeteilen, haben ganz verschiedene Aufgaben, und letztendlich schaut jeder nur den ganzen Tag in einen Monitor!«

»Mutter!« Helene ließ den Löffel sinken. »Fängst du schon wieder davon an?«

»Ja. Weil irgendjemand es endlich einmal ansprechen muss. Ich kann doch nicht schweigend zusehen, wie du in den Tag hinein lebst, ohne dir jemals Gedanken darüber zu machen, wie dein Leben einmal aussehen soll! Die Zeit bleibt nicht stehen, weißt du? Auch wenn dir das vielleicht so vorkommen mag. Aber du bist jetzt nun mal in dem Alter, in dem eine Frau heiraten und Kinder bekommen sollte.«

»Das erste Kind sollte vor dem fünfundzwanzigsten Lebensjahr kommen«, warf Vater ein. »Das lehrt die Erfahrung.«

»Und später wirst du froh sein, glaub mir«, fügte Mutter hinzu.

Einen Moment lang war Helene versucht, einfach alles zu erzählen, von Arthur und ihren heimlichen Liebestreffen. Oder es einfach darauf anzulegen, schwanger zu werden, und dann nicht zu verraten, wer der Vater war.

Aber natürlich würde sie nichts dergleichen tun. Obwohl sie nur zu gerne ihre Gesichter gesehen hätte.

»Ich nehme an«, sagte sie stattdessen, »du willst wieder jemanden einladen.«

»Du brauchst das nicht so abfällig zu sagen!«, regte sich Mutter auf. »Ich meine es schließlich nur gut mit dir. Und anders scheint es ja nicht zu gehen.«

Wenn du wüsstest, dachte Helene und fragte: »Wer ist es diesmal?«

»Nächste Woche, am Samstag«, sagte Mutter. »Er heißt Ludolf von Argensleben.«

»Ein sehr honoriger Mann«, meinte Vater. »Alter preußischer Adel, hoher Funktionär in der Partei, beste Verbindungen überallhin. Er gehört zum weiteren Kreis der Vertrauten des Führers selbst.«

»Das klingt, als wäre er mindestens sechzig«, entfuhr es Helene.

»Er ist Mitte dreißig«, erwiderte Mutter eisig. »Im besten Mannesalter.«

»Die beste Partie von allen, die je hier gewesen sind«, ergänzte Vater.

Helene hob die Brauen. »Na, dann war es ja gut, dass ich die anderen alle abgelehnt habe, oder?«

Vater musste lachen, was ihm einen verweisenden Blick seiner Gemahlin einbrachte. »Das ist kein Thema, über das man Witze machen sollte«, erklärte sie streng. Dann streckte sie die Hand über den Tisch aus, reichte nicht bis zu ihr herüber, ließ die Hand aber auf dem Tischtuch liegen und bat: »Alles, was ich möchte, ist, dass du ihm eine Chance gibst, Helene.«

»Ja, gut«, sagte Helene seufzend.

»Versprich es mir.«

»Ja, ich verspreche es. Sollte ich in heißer Liebe zu ihm entbrennen, dann heirate ich ihn auf der Stelle.«

Nach dem Abendessen ging sie auf ihr Zimmer. Unterwegs begegnete sie Berta, die mal wieder so still und unerwartet aus irgendeinem dunklen Winkel trat, dass man zu Tode erschrak, und einen dabei auch noch so durchdringend anschaute, als wolle sie einem ans Leben. Gott, sie *hasste* dieses verrückte Weib!

Sie flüchtete regelrecht in ihr Zimmer, schloss die Tür hinter sich ab und vergrub sich in ihrem Bett. Eigentlich hatte sie vorgehabt, noch zu Marie hinauszufahren und zu Arthur, aber das brachte sie heute nicht mehr fertig. Vor allem wollte sie nicht an die Kondome denken; das, was heute im Amt passiert war, ließ sie ihr vorkommen wie vergiftet.

So blieb sie liegen und schlief irgendwann ein, um mitten in der Nacht wieder zu erwachen, immer noch in ihren Kleidern. Sie zog sich aus, ließ das Zähneputzen entfallen, kroch unter die Decke und fühlte sich wie der einsamste und unglücklichste Mensch auf Erden.

* * *

Es war zum Verzweifeln: Da hatte er nach Jahren endlich herausgefunden, wer die »Gräfin« war, hatte zudem festgestellt, dass sie ein in doppelter Hinsicht lohnendes Ziel war – aber er fand einfach nichts Belastendes!

Eigentlich hatte er auch gar keine Zeit, danach zu suchen. Adamek fragte inzwischen jeden zweiten Tag nach wegen des Raucher-Projekts, wollte wissen, wann endlich mit einem Bericht zu rechnen sei, und jedes Mal handelte Lettke mühsam noch einmal ein paar Tage Frist heraus – nur, um dann doch nichts zu tun. Er brachte es einfach nicht fertig, sich aufzuraffen und die Ergebnisse der Auswertungen zusammenzufassen. Er hatte nur noch diese Frau im Kopf, konnte an nichts anderes denken, war regelrecht von ihr besessen.

Sowieso hing ihm dieses Projekt längst zum Hals heraus: Anfangs hatte alles so einfach ausgesehen! Aber dann, als sie damit begonnen hatten, hatte die Bodenkamp immer neue – und durchaus berechtigte! – Einwände gebracht, und inzwischen blickte er selber nicht mehr durch, wie er die Auswertungen deuten sollte.

Also fing er diesen Tag an wie so viele zuvor, nämlich indem er die Mappe mit den Unterlagen einmal flüchtig durchblätterte, wieder zuklappte und zur Seite schob. Morgen war schließlich auch noch ein Tag. Und wenn er heute irgendetwas über Cäcilia Schmettenberg herausfand, dann würde ihm der Bericht morgen sicher leicht von der Hand gehen.

Cäcilia Schmettenberg war im Deutschen Forum angemeldet, wie die meisten, dort aber nicht sonderlich aktiv. Er fand eine Anfrage von ihr, was man bei einer bestimmten Papageienkrankheit tun könne, die ohne verwertbare Antwort geblieben war, ein bisschen Weihnachtsgruß-Blabla, allerdings Jahre her, und eine Heiratsanzeige vom Oktober 1935, wie sie vom System automatisch erzeugt wurde, um die Namensänderung zu dokumentieren.

Ihr Mann, Alfred Theodor Schmettenberg, war da aktiver, nutzte das Deutsche Forum aber nur auf jene unpersönliche Art, wie es die meisten Geschäftsleute taten: um Pressemitteilungen zu veröffentlichen, sich mit Erfolgen zu brüsten, für Treuebekundungen an das Reich und seinen Führer und für Glückwünsche an verdiente Mitarbeiter.

Sein Bankkonto las sich da weitaus eindrucksvoller: Der Mann war steinreich, die Millionen flitzten nur so hin und her. Auch das Grundbuch bot eine imposante Lektüre: Den Schmettenbergs gehörten zahllose Immobilien in nahezu jeder deutschen Stadt.

Als Lettke jedoch versuchte, sich einen Überblick über die Ausgaben des Ehepaars zu verschaffen, kam er wieder an seine Grenzen, was Auswertungen auf eigene Faust anbelangte. Zwar nahm er die Auswertung als Vorbild, die die Bodenkamp für ihn erstellt und die er mit Erfolg auf ein anderes Datum hin abgeändert hatte, doch als er versuchte, sie auf die Tabelle BANK.AUSGABEN abzuändern, erhielt er nur Fehlermeldungen, die ihm nicht das Geringste sagten.

Schließlich löschte er alles, griff zum Telephon und zitierte die Bodenkamp her.

»Zeigen Sie mir, wie man Ausgaben auswertet«, forderte er, als sie kurz darauf ankam.

Sie sah ihn wieder an wie ein verschrecktes Karnickel die Schlange und fragte: »Was wollen Sie denn wissen?«

»Einfach die Ausgaben einer bestimmten Person in einem bestimmten Zeitraum. Wie man das auflisten kann. Sagen wir, meine eigenen. Was habe ich im Lauf dieses Monats alles ausgegeben? Wie kann ich so eine Liste erzeugen?«

»Das ist einfach«, behauptete sie. »Das kann ich Ihnen zeigen.« Sie trat heran, wartete offensichtlich darauf, dass er den Platz vor seinem Komputer räumte.

Aber das hatte er nicht vor. »Wir machen es diesmal anders. Ich schreibe, und Sie schauen mir dabei zu und sagen mir, was ich falsch mache.«

Ein scheues Nicken. »Wie Sie meinen.«

»Also, ich beginne damit, dass ich eine leere Abfrage neu anlege«, sagte er, während er tippte. Dann tippte er die Abfrage so ein, wie es vorhin nicht funktioniert hatte.

»Nein, bei dieser Tabelle können Sie die Funktion ›Zeitraum‹ nicht verwenden«, meinte sie. »Die funktioniert nur bei der Tabelle TELEPHON.ANMELDUNGEN.«

Er sah sie misstrauisch an. »Wieso das?«

Sie holte tief Luft. »Weil es bei den Telephonanmeldungen nicht so einfach ist, zu ermitteln, wer zu einem bestimmten Zeitpunkt wo angemeldet war. Wenn Sie einfach nur wissen wollen, wer sich zwischen zehn und elf Uhr *angemeldet* hat, dann wäre das einfach abzufragen, aber meistens will man ja wissen, wer in dem Zeitraum angemeldet *ist* – und da könnte es ja sein, dass jemand schon um, was weiß ich, acht oder neun Uhr angemeldet wurde und sich seither nicht bewegt hat. Die will man ja mit erfassen, und das macht diese Funktion.«

Lettke ließ sich das durch den Kopf gehen, bis er das Gefühl hatte, einigermaßen verstanden zu haben, was sie meinte. »Aber das muss man wissen, oder?«

»Ja«, sagte sie. »Das muss man wissen.«

»Und wie mache ich es hier?«

»Sie greifen einfach auf das Feld ›Datum‹ zu. Zum Beispiel können Sie DATUM:Monat = 7 schreiben und DATUM:Jahr = 1942.«

»Mit Doppelpunkt?«

»Ja. Das nennt man eine extrahierende Funktion. Damit zeigen Sie an, dass Sie nur ein bestimmter Teil des Feldes interessiert, eben der Monat oder das Jahr.«

Lettke verzog das Gesicht, während er das alles eintippte und sich dabei von ihr noch ein paarmal korrigieren lassen musste. Das machten diese Weiber doch absichtlich so kompliziert! Es sollte ihm keiner was anderes erzählen. Er erkannte ein Machtspielchen, wenn er eins sah.

Immerhin: Jetzt funktionierte es. Die Maschine grübelte einen Moment, dann kam eine lange Liste seiner Ausgaben, die, soweit er das sah, korrekt war.

»Kann ich das auch gleich irgendwie zusammenfassen? Nach Kategorien zum Beispiel – alle Ausgaben für Lebensmittel, für Kleidung und so weiter?«

Sie nickte. »Das nennt man Gruppierung. Sie setzen dazu die bisherige Abfrage in Klammern –«

»Hab ich mir doch fast gedacht«, meinte Lettke.

»– und schreiben GRUPPIERE NACH davor und dann, wonach Sie es gruppiert haben wollen.«

Das wurde jetzt ein bisschen kompliziert, weil die Kategorien aus einer anderen Tabelle kamen, aber schließlich bekamen sie es hin.

»Und kann ich das jetzt auch noch sortiert bekommen? Dass der größte Posten oben steht, zum Beispiel?«

»Ja. Dazu setzen Sie das Ganze wieder in Klammern ...«

»Ihr *liebt* Klammern, stimmt's?«

»... und schreiben SORTIERE NACH. In diesem Fall nach BETRAG:Summe und ABSTEIGEND, sonst kommt die größte Summe am Schluss der Liste.«

Das Ergebnis sah richtig gut aus. Damit ließ sich etwas anfangen. Und allmählich begann ihm die ganze Programmstrickerei auch einzuleuchten.

»Gut«, sagte er. »Das reicht für heute. Ich melde mich wieder, wenn ich nicht –«

In diesem Moment klopfte es, unmittelbar darauf ging die Tür auf, und Dobrischowsky stand im Zimmer.

»Was ist denn das?«, meinte er verdutzt. »Lassen Sie sich etwa das *Programmieren* beibringen?«

»Das kommt erst später«, erwiderte Lettke kaltblütig und ließ die Abfrage vom Schirm verschwinden. »Im Moment sind wir noch beim Unterricht im Kochen und Sockenstopfen.«

Dobrischowsky lachte dröhnend. Erstaunlich, dachte Lettke, dass ein impotenter Mann so lachen kann.

»Ich geh dann mal«, meinte die Bodenkamp verlegen.

Lettke nickte. Ihre Verlegenheit gefiel ihm, hieß das doch, dass sie noch genau wusste, dass er sie in der Hand hatte. Er sah zu, wie sie sich an Dobrischowsky vorbeidrückte und in den Flur entschwand.

»Also, was gibt's?«, fragte er dann. »Und sagen Sie jetzt nicht, Adamek schickt Sie, um mir wegen diesem verfluchten Raucher-Projekt Dampf unterm Hintern zu machen!«

Dobrischowsky drückte die Tür hinter sich zu. »Nein, aber um Adamek geht's. Ich wollte Sie daran erinnern, dass wir für seinen Geburtstag zusammenlegen wollten, für ein Geschenk.«

Lettke klopfte sich innerlich auf die Schultern, erleichtert über diese Wendung des Gesprächs. Sah aus, als habe er sich da gut herausgeredet.

»Wer sammelt das Geld ein? Sie?«

»Wie immer.«

Lettke rief das Bankprogramm auf. »Na schön, was tun wir nicht alles für unseren geliebten Chef. Sagen Sie mir noch mal Ihre Kontonummer?«

Dobrischowsky diktierte sie ihm, er tippte sie ein. »Wir hatten uns auf zehn Reichsmark pro Person geeinigt. Und inzwischen hab ich auch das ideale Geschenk für ihn gefunden.«

»Und das wäre?«, meinte Lettke, während er *10 RM* in das Betragsfeld eintippte.

»Der *Parsifal*, dirigiert von Furtwängler. Da gibt es eine wunderbar gestaltete Box, schwer zu kriegen, aber ich hab eine aufgetrieben.«

Die Idee war gut; Adamek war glühender Wagner-Verehrer. Lettke tippte *Adamek Geburtstag* in das Feld Verwendungszweck, schickte die Überweisung ab und meinte: »Hoffen wir, dass er sie nicht schon hat.«

»Hat er nicht«, erklärte Dobrischowsky triumphierend. »Vorausschauend, wie ich bin, habe ich nämlich vorher Fritz beauftragt, sich heimlich seine Plattensammlung anzuschauen.« Fritz, das war Fritz Werner, der Junge, der Adamek half, ihn vom Amt nach Hause rollte, Einkäufe für ihn erledigte und so fort.

Lettke musste grinsen. »Wissen ist Macht.«

»Sie sagen es«, meinte Dobrischowsky. Dann stutzte er. »Wir hätten uns natürlich auch einfach sein Konto anschauen können. Alle Platten auflisten lassen, die er je gekauft hat.«

»Genau.«

Der Kollege grinste schief. »Na ja. Ging auch so. Und,

ehrlich gesagt … Ich weiß nicht, ob ich mich das getraut hätte.«

Damit ging er. Lettke sah ihm nach und dachte: *Du vielleicht nicht. Ich schon.*

* * *

Als Helene am nächsten Abend wieder zum Hof hinausradelte, war es, als müsse sie es gegen einen Widerstand tun, als seien ihre Beine schwach geworden und als führen die Räder ihres Fahrrads durch unsichtbaren, zähen Schlamm.

Doch schließlich war sie da. Marie stillte gerade den Kleinen, der Helene aus den Augenwinkeln begutachtete, sich aber ansonsten nicht stören ließ. Marie erzählte von Ottos Cousine Irmgard, die mit einem Bauern im Rheinischen verheiratet war, den sie über das Deutsche Forum kennengelernt hatte, und nun sei gestern eine englische Fliegerbombe direkt auf deren Schweinestall gefallen, ein Blindgänger zum Glück, aber die Hälfte der Schweine sei dabei erschlagen worden.

»Oh je«, entfuhr es Helene.

Marie prustete los: »Stell dir den Gestank vor, wenn die auch noch explodiert wäre! Die hätten die ganze Gegend evakuieren müssen!«

Sie mussten beide lachen bei der Vorstellung.

»Jetzt geh schon«, meinte Marie dann. »Dein Arthur verzehrt sich nach dir.«

Also stieg sie wieder zu Arthur hinauf, aber sie tat es nicht mehr in dem Gefühl, in ein Refugium außerhalb der Welt zu gelangen. Fliegerbomben konnten zum Beispiel jeden Moment darauffallen. Und das war keine theoretische Möglichkeit; in den internen Mitteilungen des Amts, die die Lage nicht wie die Fernsehnachrichten schönfärberisch darstellten, sondern schonungslos offen (und die deshalb streng vertraulich zu behandeln waren), war von amerikanischen »fliegenden Superfestungen« die Rede gewesen, die weiter flogen und mehr Bomben transportieren konnten als jeder andere Flugzeugtyp. Es war nur eine Frage der Zeit, bis Weimar zum Ziel werden würde.

Arthur wirkte tatsächlich, als habe er sich nach ihr verzehrt, aber sie ertrug seine stürmischen Liebkosungen nicht, wehrte seine Hände ab und fragte: »Liebst du mich eigentlich?«

»Ja«, sagte er ohne Zögern. »Natürlich liebe ich dich.«

»Würdest du mich heute dann einfach nur halten?«

»So lange du willst«, sagte er.

In seinen Armen konnte sie endlich ein bisschen weinen. Es tat gut. Es war, als fließe damit der Schrecken der Entdeckung aus ihr heraus.

»Willst du's mir erzählen?«, fragte Arthur irgendwann.

»Erzählen?«

»Warum du weinen musst.«

Helene legte ihre Hände auf die Arme, die sie umschlungen hielten. Nein, sie wollte es ihm nicht erzählen. Sie würde niemandem erzählen, was passiert war, Arthur schon gar nicht. Das alles war ein hässliches Geheimnis, das sie mit diesem Lettke teilte, mit niemandem sonst.

Stattdessen erzählte sie Arthur von ihrer Mutter und deren Versuchen, sie zu verkuppeln. Und nein, sie konnte heute nicht mit Arthur schlafen. Auf eine verrückte Weise kam es ihr vor, als sei sie nun einem anderen versprochen und dadurch verpflichtet, zumindest zu versuchen, ihre Jungfräulichkeit durch schmerzliche Enthaltsamkeit zurückzugewinnen.

36

Er hätte immer noch endlich diesen vermaledeiten Bericht schreiben sollen, der ihm inzwischen vorkam, als müsse er dafür einen Berg von Hand abtragen.

Stattdessen vollzog er die Ausgaben und die Reisen von Cäcilia Schmettenberg nach, seit sie geheiratet hatte – und verstand immer weniger. Er hatte übers Wochenende eine Landkarte angelegt und eine Zeitleiste, trug alles fein säuberlich ein, doch es ergab keinen Sinn. Diese Frau reiste viel, ja, und sie reiste meistens alleine – aber *wozu?* Was *tat* sie an den Orten, an die sie reiste? Was hatte sie damals in Weimar gewollt?

Sie schrieb kein Tagebuch, jedenfalls nicht an einem Komputer. Sie telephonierte viel, meistens mit ihrem Ehemann, oft mehrmals am Tag, aber auch mit jeder Menge anderer Leute, eine unüberschaubare Anzahl von Kontakten. Sie schrieb so gut wie keine Elektrobriefe, nur kurze Nachrichten, die ebenso selten wie banal waren: »Bestätige Treffen um 10 Uhr« zum Beispiel, oder »Komme 1 Zug später«, oder: »Gute Neuigkeiten. Mehr heute Abend.«

Erledigte sie irgendwelche Geschäfte im Auftrag ihres Mannes? Gut möglich. Aber zugleich wenig wahrscheinlich, dass sich darin Belastungsmaterial fand, das schwer genug wog, um sie dazu zu zwingen, ihm ihre Schenkel zu öffnen.

Was hatte sie damals in Weimar in der Bank gewollt? Er kam immer wieder auf diese Frage zurück, umkreiste sie unablässig, wie man ein Loch im Zahn immer wieder mit der Zunge abtasten musste.

In just diesem Moment gab sein Komputer einen Klingelton von sich, und eine Meldung erschien, um ihn an seinen Zahnarzttermin heute Nachmittag zu erinnern.

Seltsame Koinzidenz.

Er betrachtete die Meldung, als habe er noch nie eine gesehen. Tatsächlich benutzte er den Terminkalender seines Telephons gar nicht, aber Arzttermine wurden darin automatisch angelegt, sobald man sie ausgemacht hatte.

Er hielt inne. Spürte, wie sich seine Augen weiteten.

Der Terminkalender!

* * *

»Der Terminkalender?«, wiederholte Helene verdutzt.

Das schien jetzt zur Gewohnheit zu werden, dass Lettke sie aus der Arbeit riss, wann immer es ihm einfiel, und zu sich ins Bureau zitierte, weil er mal wieder eine Abfrage nicht hinkriegte.

»Ich habe den Termin beim Zahnarzt per Telephon ausgemacht«, erklärte Lettke. »Daran erinnert hat mich aber mein Komputer hier. Das heißt doch, der Termin ist nicht im Telephon selber gespeichert, oder?«

»Stimmt«, sagte Helene. »Sondern in der Tabelle TELEPHON.TERMINE. Im Telephon selber wird so gut wie nichts gespeichert.«

»Das heißt, *alle* Termine *aller* Leute sind hier bei uns gespeichert?«, hakte Lettke nach.

»Natürlich. Jedenfalls die von denen, die den Terminkalender in ihrem Telephon benutzen.«

Lettke schüttelte den Kopf. »Und wieso *weiß* ich das nicht?«

Helene hob die Schultern. Das war eine gute Frage. Womöglich hatte Lettke gar nicht so unrecht mit seiner Idee, ein besserer Analyst zu werden, indem er das Programmieren erlernte.

»Sie müssen mir beibringen, wie man diese Tabelle auswertet«, verlangte Lettke aufgeregt. Er wedelte mit der Hand in Richtung des Komputers. »Alle Termine einer bestimmten Person in einem bestimmten Zeitraum, alle Termine einer bestimmten Art, und so weiter.«

Helene zögerte. »Da muss ich mir erst die Struktur anschauen und ein bisschen herumprobieren«, erklärte sie. »Mit der Tabelle hab ich bisher so gut wie nie gearbeitet.«

»Kein Wunder, wenn die Analysten gar nicht wissen, dass es sie gibt«, meinte Lettke und räumte den Platz vor seiner Tastatur.

Helene ließ sich die Struktur der Tabelle anzeigen. Die sah ziemlich einfach aus. Außer einem Feld für die Telephonnummer, an der natürlich alles hing, gab es Felder wie Datum, Uhrzeit, Dauer und das Feld Termin, in dem die eigentliche Beschreibung stand, außerdem ein Feld Alarm (ob Alarm gegeben werden sollte oder nicht) und ein Feld Erledigt. Es folgten noch ein paar Felder, die wohl dazu dienten, sich wiederholende Termine zu organisieren; um die zu verstehen, hätte sie erst in den Handbüchern nachlesen müssen, aber für Auswertungen waren die ohnehin eher uninteressant.

Sie schrieb eine Abfrage, die alle Termine Lettkes im laufenden Monat auflistete: Das war nur einer, der Zahnarzt heute. Sie erweiterte sie auf das laufende Jahr, aber auch da kamen nur eine Handvoll Termine: Arzt, Zahnarzt, eine Hotelbuchung und einige Zugreservierungen nach Erfurt oder Jena.

Es schien ihm trotzdem unangenehm zu sein, dass sie das sah, denn er meinte sofort: »Ja, gut, ich glaube, das habe ich jetzt verstanden.«

Damit verscheuchte er sie wieder von seinem Komputer, komplimentierte sie zur Tür hinaus und schien es kaum erwarten zu können, dass sie wieder verschwand.

Auf dem Rückweg in ihr eigenes Bureau ließ sie alles, was sie bislang für ihn getan hatte, noch einmal Revue passieren, und verstand weniger denn je, was das alles sollte. Lettke *suchte* irgendetwas – und sie hätte nur zu gern gewusst, *was.*

***

Er war ganz nah dran. Er war nur eine Abfrage davon entfernt, das große Geheimnis dieses Weibs zu lüften, ihr auf die Schliche zu kommen, sie in seine Gewalt zu kriegen. Er fühlte es mit berauschender Sicherheit – und hielt inne, die Hände über den Tasten schwebend, um diesen Moment der Vorfreude auszukosten.

Unglaublich eigentlich. Unglaublich, sich vorzustellen, dass die Terminkalender von praktisch allen Deutschen offen vor ihm lagen. Jetzt. In diesem Moment. Jederzeit. Wenn er daran dachte, wie viel Mühe es ihn gekostet und welch glücklicher Zufall nötig gewesen war, um nur einen flüchtigen Blick in den Terminkalender des Kollegen Dobrischowsky zu tun …

Und hier? Alles nur eine Frage der richtigen Abfragebefehle. Und wie man die schrieb, hatte er allmählich raus.

Er sah ständig, wie Leute ihr Telephon als Terminkalender benutzten. Warum auch nicht? Es war eben bequem. Das klobige Ding hatte man ja eh immer dabei. Zum Teufel, er würde es wahrscheinlich selber so machen, wenn es nicht verboten gewesen wäre, sein tragbares Telephon mit ins Amt zu nehmen. Man war als NSA-Mitarbeiter quasi gezwungen, einen Terminkalender aus Papier zu benutzen.

Also. Erster Versuch. Er senkte die Finger auf die Tasten, schrieb:

```
SELEKTIERE AUS TELEPHON.TERMINE
ALLE ( Datum, Uhrzeit, Termin )
FÜR (
Termin = »~Schmettenberg«
)
```

Die Tilde galt in allen Suchfunktionen als Hinweis, dass der gesuchte Begriff nicht am Anfang, sondern *irgendwo* in einem Feld stand. Er wusste nicht, ob diese Regel hier auch galt, aber das würde er ja gleich feststellen.

Er gab den Ausführungsbefehl.

Das System ratterte los. Die ersten Zeilen erschienen, füllten den Schirm schneller, als er zuschauen konnte, füllten den nächsten Schirm, und noch einen, und noch einen … Lettke hob entsetzt die Hände von der Tastatur. Das mussten Tausende von Ergebniszeilen sein!

Klar, sagte er sich dann. Schmettenberg – also ihr Ehemann – war einer der wichtigsten Industriellen des Reichs. Natürlich mussten Tausende von Leuten irgendwann irgendwelche Termine mit ihm gehabt haben.

Er brach den Befehl ab, sah sich die letzten Ergebnisse an. *Besprechung H. Schmettenberg* las er, oder *Telephonat A. Schmettenberg*, oder *Treffen Schmettenberg, Meier, Rahn*. Und so weiter.

Immerhin war das damit geklärt: Die Tilde tat genau das, was sie sollte.

Er holte die Abfrage wieder auf den Schirm, ergänzte sie um das Datum, das ihn am meisten interessierte:

```
SELEKTIERE AUS TELEPHON.TERMINE
ALLE ( Datum, Uhrzeit, Termin )
FÜR (
Termin = »~Schmettenberg«
```

```
UND
Datum = 12.7.1939
)
```

Und … Ausführung.

Erst mal geschah nichts, stand nur eine bedächtig hochzählende Fortschrittsanzeige auf dem Schirm.

Dann kam eine Ergebniszeile. Genau *eine*. Und darunter *ENDE DER AUSWERTUNG.*

Er las:

```
12.7.1939 10:15 Frau Schmettenberg wegen
Immobilie Kirschbachstr. 23
```

Interessant. Cäcilia Schmettenberg war also in Weimar gewesen, weil sie sich für eine Immobilie interessiert hatte. Hatte sich deswegen mit jemandem getroffen. Mit wem?

Er ergänzte die Abfrage um die Telephonnummer:

```
ALLE ( Datum, Uhrzeit, Termin,
Telephonnummer )
```

Dann ließ er die Abfrage noch einmal laufen, schrieb sich die Telephonnummer auf und suchte die zugehörige Person heraus. Das hätte man sicher eleganter machen können, aber so ging es auch.

Es handelte sich um einen Dieter Hellenbrandt, gegenwärtig als Gefreiter in der 164. Infanteriedivision dienend, damals jedoch Sachbearbeiter in der Weimarer Reichsbank-Filiale, zuständig für Immobiliengeschäfte und Arisierungen.

Arisierungen!

Lettke lachte unwillkürlich auf. *Das* also steckte dahinter!

Er rief das Grundbuch auf, suchte nach der Kirschbachstraße 23 in Weimar: Tatsächlich. Das Haus hatte einer Irma Rosenblatt gehört, die es im Jahr 1938 verkauft hatte – allerdings nicht im April, sondern erst im Juli, und auch nicht an die Schmettenbergs, sondern an eine Firma namens Kleisthammer GmbH mit Sitz in Berlin, für 12.400 Reichsmark, zweifellos ein lächerlich niedriger Preis.

In Weimar hatte Cäcilia also nicht zugegriffen. Aber, so fand er heraus, am nächsten Tag in Nürnberg. Und in München gleich mehrmals – zwei Mietshäuser und eine Getränkeabfüllfabrik. Und so weiter. Je mehr ihrer Reisen er nachprüfte, desto deutlicher wurde das Bild: Die Schmettenbergs hatten im Rahmen der Arisierung kräftig zugelangt, und da der Herr Industrielle oft anderweitig beschäftigt war, hatte er eben seine Frau losgeschickt, um sich die Immobilien zu schnappen, die Juden hatten aufgeben müssen.

Das Problem bei der Sache, zumindest, was ihn anbelangte: Das alles war völlig legal.

Sicher, die Profiteure der Arisierung redeten nicht gern darüber. Aber es war nicht gesetzwidrig, im Gegenteil. Gesetze und Vorschriften, um die Juden aus dem Wirtschaftsleben und der Öffentlichkeit zu verdrängen, gab es seit 1933, und jedes Jahr kamen neue hinzu. Cäcilia Schmettenberg mit der Enthüllung zu drohen, dass sie und ihr Mann durch die Arisierung Dutzende von Immobilien und Firmen billig erworben hatten, würde ihr zweifellos höchstens ein herzhaftes Lachen entlocken: Wenn man die Juden zwang, ihre Immobilien zu *verkaufen*, musste es ja schließlich auch jemanden geben, der sie *kaufte!*

Wenn er belastendes Material gegen sie haben wollte, musste er etwas anderes finden.

Nur wo?

Er benutzte den Befehl, den ihm die Bodenkamp ganz zu Anfang gezeigt hatte – den, der alle Tabellen auflistete, die es überhaupt gab. Und es gab ja unglaublich viele, zu den seltsamsten Themen. Ein Verzeichnis aller Güter, die im Deutschen Reich hergestellt oder gehandelt wurden. Eine Tabelle der Nährwerte aller Lebensmittel. Eine Liste aller Taxifahrten, eine Liste aller Zugreservierungen, eine Liste aller registrierten *Hunde!* Eine Tabelle aller gemeldeten Geschlechtskrankheiten. Eine Tabelle aller ausgestellten Pässe, Führerscheine und anderer Dokumente. Eine Tabelle aller Verkehrsdelikte. Eine Tabelle aller Grenzübertritte. Eine Tabelle aller aus- oder eingeführten Güter. Und so weiter, und so fort.

Wozu? Was konnte man damit schon anfangen? Und es handelte sich ja nicht um vernachlässigbar kleine Tabellen: Im Gegenteil, die nahmen einen respektablen Teil der Datensilos in Beschlag.

Vor einigen Wochen hätte er sich noch einfach gesagt, dass diese Datenbestände einst aus anderen Gründen angelegt worden waren – zu statistischen Zwecken, um die Volkswirtschaft besser steuern zu können oder dergleichen –, und dann wäre er zur Tagesordnung übergegangen. Er hätte sich gesagt, dass es für das, was seine Aufgabe war – nämlich politische Feinde und ähnliche Gefahren für das Reich zu identifizieren –, reichte, wenn er sich in den Archiven des Deutschen Forums und des Elektropost-Verkehrs auskannte und wusste, wie man Telephondaten und Bankdaten auswertete, und weiter nicht über die sonstigen Datenbestände nachgedacht.

Aber nun ließ ihn etwas zögern. Es hatte damit zu tun, dass er sich selber mit Abfragen beschäftigte. Das hatte seinen Blick auf Daten verändert.

Vielleicht, sagte er sich, gab es so etwas wie *unwichtige* Daten überhaupt nicht.

Je mehr Daten über die Bürger des Deutschen Reiches existierten, desto höher war die Wahrscheinlichkeit, dass, falls

Cäcilia Schmettenberg ein dunkles Geheimnis hatte, dieses irgendwo und irgendwie in diesen Tabellen seinen Niederschlag gefunden hatte.

Er musste es nur noch finden. Sobald er vom Zahnarzt zurück war, würde er mit der Suche danach beginnen.

* * *

An diesem Abend fuhr Helene wieder hinaus zu Arthur, aus keinem anderen Grund als dem, dass sie ihn *wollte.* Sie wechselte nur ungeduldig ein paar Worte mit Marie, dann stieg sie zu ihm hinauf und fiel über ihn her, kaum dass er die Luke hinter ihr zugezogen hatte.

Und es gab ja keinen Widerstand, den sie hätte überwinden müssen, im Gegenteil, Arthur entbrannte so rasch in Leidenschaft wie ein Haufen Zunder Feuer fängt. Es gab nichts zu reden, nichts zu bedenken, und was es an Sorgen gab, versank in einer herrlichen Flut des Entzückens.

Hinterher lagen sie ineinander verschlungen da, erschöpft wie zwei Engel, die vom Himmel gefallen waren, und das ganze Versteck roch nach ihnen und nach all dem Schweiß, der nun auf nackter Haut trocknete. Arthur zupfte gedankenverloren ihre verstrubbelten Haare auseinander, und sie ließ es geschehen, mit geschlossenen Augen dem nachspürend, was gerade geschehen war.

»Weißt du, wovon ich träume?«, fragte er irgendwann, irgendwo zwischen Wachen und Schlafen.

»Wovon?«, fragte sie träge.

»Dass wir beide zusammen fliehen. Dass wir den ganzen Krieg hinter uns lassen und es irgendwohin schaffen, wo uns niemand verfolgt, wo wir uns ein gemeinsames Leben aufbauen können. Ein *richtiges* Leben, nicht nur ein paar Stunden ab und zu, die wir dem Wahnsinn stehlen.«

Bilder erstanden vor ihrem inneren Auge: wie sie mit Arthur an einem sonnigen Frühstückstisch auf einer Terrasse saß und auf einen üppigen Garten blickte, wie sie Hand in Hand über einen lebhaften Markt schlenderten, wie sie sich in einem an einem Hafen gelegenen Restaurant von einem Kellner gebratenen Fisch servieren ließen …

»Oh ja«, murmelte sie. »Das wäre schön.«

Seltsam – woher kamen diese Bilder? Sie war noch nie in einem Restaurant an einem Hafen gewesen.

Dann fiel es ihr ein: Das waren Szenen aus Filmen, die sie gesehen hatte.

»Würdest du das tun?«, fragte Arthur. »Würdest du mit mir fortgehen?«

»Ja, natürlich. Aber wie soll das gehen? Und vor allem: *Wohin* denn?«

Er setzte sich ruckartig auf, riss sie aus ihrem seligen Halbschlummer damit. »Wie, das weiß ich noch nicht, aber wohin, das weiß ich«, erklärte er. »Nach Brasilien! Viele Leute sind nach Brasilien geflüchtet. Auch viele wohlhabende Juden, die früh genug verstanden haben, dass sie in Deutschland keine Zukunft haben. Brasilien nimmt Flüchtlinge auf, und es ist ein großes, junges Land, in dem man noch alle Möglichkeiten hat.«

Helene starrte an die Decke, folgte den Maserungen in dem Holz, aus dem sie bestand. »Brasilien …? Wie sollen wir denn dort hinkommen?«

»Es gibt Leute, die immer noch Juden aus dem Reich hinausschmuggeln. Sie bringen sie in Bremen oder Hamburg an Bord von Frachtschiffen, die nach Südamerika fahren, verstecken sie dort, bis das Schiff die europäischen Gewässer verlassen hat …« Arthur schlang die Arme um sie, senkte sein Gesicht auf ihre Haare und sagte sehnsuchtsvoll: »Stell dir das doch nur vor! Wir würden in irgendeiner brasilianischen

Stadt leben, am Rand des Amazonas-Dschungels vielleicht, unter Palmen, da, wo Bananen und Orangen wachsen … Ich könnte vielleicht unterrichten. Brasilien sucht Lehrer, für Fremdsprachen, für Philosophie, für Naturwissenschaften … Irgendetwas würde sich finden, ganz bestimmt.«

Helene versuchte sich das vorzustellen, doch sie sah dabei nicht Orangen, Bananen oder Palmen, sondern vor allem viele, viele schöne junge Frauen – die heißblütigen Mestizinnen, von denen Onkel Siegmund so geschwärmt hatte. Sie sah die Bilder wieder vor sich, die er ihnen gezeigt hatte, die glutäugigen Schönheiten mit Orchideen in den üppig wallenden Haaren, ihre koketten, auffordernden Blicke in die Kamera, die verführerischen Posen, die sie eingenommen hatten.

Die Vorstellung, wie Arthur vor einer Schulklasse voller solcher Mädchen stand, um ihnen Deutsch beizubringen, versetzte ihr einen Stich mitten durchs Herz. Wie sollte sie je im Leben gegen so viel Liebreiz ankommen, gegen so viel Verführung bestehen?

Nein, da brauchte sie sich nichts vorzumachen: Sollte es ihnen je gelingen, gegen alle Wahrscheinlichkeit das Deutsche Reich zu verlassen und Brasilien zu erreichen, dann würde sie Arthur über kurz oder lang verlieren. Es würde ihm sicher leid tun und so weiter, aber es würde so enden, dass er mit einer schönen jungen Brasilianerin glücklich sein würde und sie allein zurückblieb.

Ein abgrundtiefer Seufzer entrang sich ihrer Brust, ohne dass sie es verhindern konnte.

»Ja, ich weiß«, sagte Arthur voller Bedauern. »Es ist nur ein schöner Traum. Bremen ist dreihundert Kilometer weit weg, und alles, was ich habe, ist eine Geschichte, die mir ein Kamerad erzählt hat. Ich habe keine Adresse, an die ich mich wenden könnte oder so. Es ist völlig illusorisch.« Er seufzte. »Aber die Hoffnung stirbt eben zuletzt.«

Helene legte ihre Hand auf die seine. »Ich würde gern mit dir irgendwo anders leben«, sagte sie mit matter Stimme und dem Gefühl, zu lügen. »Nur du und ich.«

Denn die bittere Wahrheit, sagte sie sich, war nun einmal, dass sie einen Mann wie Arthur Freyh nur deshalb haben konnte, weil keine andere Frau zur Verfügung stand, in die er sich hätte verlieben können. Nur deshalb war ihr dieses Glück vergönnt, und wenn es auch wenig war und schwierig, so war es doch mehr, als sie je hätte erhoffen dürfen.

Und um wenigstens dieses Glück auskosten zu können, musste sie beten, dass der Krieg noch möglichst lange dauerte. Auch das war die Wahrheit, die bitterste von allen.

37

Als er an diesem Abend nach Hause kam, schloss sich Eugen Lettke nach dem Abendessen in seinem Zimmer ein und kramte in seinem Kleiderschrank, bis er das alte Programmierbuch wiedergefunden hatte.

Der Umschlag war tatsächlich so schrecklich, wie er ihn in Erinnerung hatte. Aber er hatte vorgesorgt und einen Bogen dicken, grauen Packpapiers mitgebracht, in das er das Buch einschlug, eine Tätigkeit, die ihn an längst vergangene Schultage erinnerte, Felix, Hotte, Specht … und unweigerlich natürlich auch an die Mädchen, denen sein Rachefeldzug galt.

Ein paar Schnitte mit der Schere und ein paar Klebstreifen später hatte er zumindest nicht mehr das Gefühl, sich die Hände schmutzig zu machen oder sich mit irgendeiner ekligen Krankheit zu infizieren. Die Innenseiten waren nicht ganz so schlimm, vor allem, da er inzwischen genug gelernt und verstanden hatte, um die besonders weibischen Einleitungskapitel überspringen zu können.

Er musste an Melitta Schenk Gräfin von Stauffenberg denken, über die neulich wieder ein Bericht gekommen war. Sie arbeitete seit diesem Jahr an der Technischen Akademie der Luftwaffe in Berlin-Gatow und machte täglich bis zu fünfzehn Sturzflüge aus viertausend Meter Höhe mit Maschinen wie der Ju 87 oder Ju 88, um die Visiereinrichtungen und Zielkomputer zu testen, die sie entwickelte. Ob sie sich als einzige Frau unter lauter Männern auch so unbehaglich fühlte?

Er dachte eine Weile darüber nach und kam dann zu dem Schluss, dass dem wahrscheinlich nicht so war. Denn, bildhaft gesprochen: Eine Frau konnte jederzeit Hosen anziehen, ohne dass es jemand seltsam fand, ein Mann dagegen, der einen Rock anzog, machte sich nicht nur zum allgemeinen Gespött, sondern fand sich mit großer Wahrscheinlichkeit kurz darauf in staatlichem Gewahrsam wieder. Die Positionen der Geschlechter waren nicht symmetrisch.

Deswegen würde er dieses Buch hier zu Hause behalten, weiterhin sorgsam versteckt, und nur ab und zu darin nachschlagen.

So wie jetzt. Wenn er in dem Teil blätterte, der die *Strukturierte Abfrage-Sprache* behandelte, erkannte er viel von dem wieder, was ihm die Bodenkamp gezeigt hatte, und es war interessant, noch einmal die ausführlichen Erklärungen dazu nachzulesen.

Sehr interessant sogar. Irgendwann blickte er auf und stellte fest, dass es kurz vor Mitternacht war. Er hatte fast drei Stunden lang in dem Buch gelesen, hatte Abfragen studiert und mit denen verglichen, die er selber geschrieben hatte, hatte die Erklärungen zu den *extrahierenden Funktionen* gelesen und sich ausgemalt, was man damit alles machen konnte, und ja, irgendwie war bei ihm der Groschen gefallen, was diese Abfragerei anbelangte. Vielleicht nicht unbedingt der große Goldtaler, aber zumindest das ein oder andere Pfennigstück hatte geklingelt.

Und jedes Klingeln hatte ihn ein Stück weiter zu der bestürzenden Ahnung, ja, Einsicht geführt, dass sie im NSA, was die Nutzung der vorhandenen Daten anbelangte, an den darin liegenden Möglichkeiten bislang gerade mal *gekratzt* hatten.

Da war noch mehr möglich als das, was sie taten. Viel, viel mehr.

Er schlug das Buch zu. Die Frage war natürlich, ob er sich damit einen Gefallen tun würde, wenn er die anderen und vor allem Adamek selber darauf hinwies. Eher nicht. Seinem Chef und seinen Kollegen zu erklären, dass sie bislang ihren Job nicht richtig gemacht hatten, war keine gute Strategie.

Aber für eigene Zwecke mochte diese Einsicht natürlich trotzdem nützlich sein.

Er blickte sinnend auf das grau eingebundene Buch in seinen Händen hinab. Was war die Frage gewesen, die ihn umtrieb? Welches dunkle Geheimnis Cäcilia Schmettenberg haben mochte.

Ihm kam da eine Idee …

* * *

Müde war sie am nächsten Tag im Bureau, und schwermütig. *Schwermut* war überhaupt das genau richtige Wort, um zu beschreiben, wie sie sich fühlte. Auf der einen Seite war ihr ganzer Körper erfüllt von prickelnder Lebendigkeit, einer Art Freude, die sich fast fiebrig anfühlte – ja, anfangs hatte sie es tatsächlich für beginnendes Fieber gehalten, ehe sie begriff, dass es mit der körperlichen Liebe zu tun hatte.

Auf der anderen Seite stand dagegen, dass sie all das nur haben konnte, solange Arthur seine Freiheit nicht wiedererlangte. Das zu wissen trübte ihr Glück, vergiftete es regelrecht, weil alles so ausweglos war.

Heute warteten nur einfache Abfragen auf sie, und nicht einmal viele. Dafür welche, die lange liefen. Normalerweise mochte sie das. Wenn man nichts anderes zu tun hatte, als auf den Schirm zu starren und langsam anwachsende Prozentzahlen zu beobachten, konnte man so wunderbar seinen Gedanken nachhängen.

Aber heute wäre ihr es anders lieber gewesen. Heute kamen ihr keine Gedanken, denen nachzuhängen sich lohnte.

Gegen halb elf klingelte das Telephon, ein interner Anruf, natürlich von Lettke. »Helfen Sie mir auf die Sprünge«, sagte er ungeduldig und ohne Begrüßung. »Man kann doch bestimmt zählen, wie oft jemand mit jemand anders telephoniert hat, oder? Also nicht eine Liste aller Anrufe mit Datum und Uhrzeit und all dem Kram, sondern einfach nur eine Zahl.«

»Ja, natürlich«, sagte Helene. Hatte sie ihm das nicht schon einmal erklärt? Sie war sich nicht sicher. »Sie gruppieren die Auswahl nach der Telephonnummer und benutzen dann die ANZAHL-Funktion.«

»Das mache ich doch! Aber als Ergebnis bekomme ich nur eine Liste von Zahlen. Hundertfünfzig Telephonate, aber ich weiß nicht, mit *wem*!«

Helene musste schmunzeln. »Sie müssen die Telephonnummer zweimal ausgeben lassen. Einmal nur die Nummer und dann noch einmal mit der ANZAHL-Funktion.«

»Zweimal?« Er klang äußerst skeptisch. »Zweimal dasselbe Feld?«

»Ja, natürlich. Sie verwenden das Feld ja jeweils unterschiedlich.« Sie zögerte, dann bot sie an: »Soll ich zu Ihnen kommen?«

»Nein, nein. Ich probier das aus. Wenn es nicht funktioniert, melde ich mich noch mal.« Damit legte er auf.

Offenbar funktionierte es, denn Helene hörte nichts mehr von ihm. Trotzdem ging ihr das Gespräch im Kopf herum, während sie zusah, wie ihre laufende Auswertung von 41 auf 42 Prozent krabbelte. Hatte sein »Nein, nein« nicht beinahe panisch geklungen? So, als arbeite er an etwas, von dem er nicht wollte, dass sie es zu sehen bekam?

Was natürlich gut sein konnte, schließlich waren Geheimnisse das täglich Brot in diesem Amt. Aber irgendwie hatte Helene das Gefühl, dass Lettke Auswertungen machte, mit denen er gegen die Dienstvorschriften verstieß. Sonst hätte er die Programmierarbeit einfach den Strickerinnen überlassen können, so, wie es üblich und eingespielt war, anstatt sich selber die Mühe zu machen und zudem zu riskieren, Anfängerfehlern auf den Leim zu gehen.

Nun, selbst wenn es sich so verhalten sollte, war das seine Sache und ging sie nichts an. Im Gegenteil, je mehr sie darüber wusste, desto übler konnte es für sie selber ausgehen, falls Lettke mit irgendwelchen ungesetzlichen Dingen aufflog.

Sie beobachtete, wie die Prozentzahl auf 51 kletterte, und versuchte, an etwas anderes zu denken. An Arthur zum Beispiel und wie leidenschaftlich er sie gestern Abend geliebt hatte.

Dummerweise konnte sie nicht daran denken, ohne auch an Brasilien denken zu müssen und an samtbraune Schönheiten, die leicht bekleidet an Stränden posierten und gut aussehende Männer mit begehrlichen Blicken lockten.

Helene richtete sich seufzend auf, eröffnete einen neuen Prozess und ging ins Bürgerverzeichnis. Eugen Lettke. Geboren am 19. April 1914 in Berlin. Rassenstatus AAA. Gymnasium mit guten Noten abgeschlossen. Der Vater war ein hochdekorierter Kriegsheld gewesen und im zweiten Kriegsjahr gefallen, abgeschossen von einem französischen Flugzeug, die Mutter war als Kriegerwitwe eingetragen, hatte Anspruch auf die zugehörige Rente und darauf, dass ihr einziges Kind den Status UK hatte, unabkömmlich. Und tatsächlich *wohnte* Lettke auch noch bei seiner Mutter! Mit 28 Jahren!

Das verblüffte Helene. Dass er nicht verheiratet war, das war allgemein bekannt, aber sie war automatisch davon ausgegangen, dass er eben irgendwo möbliert wohnte.

Andererseits: Warum hätte er das tun sollen, wenn es auch so ging?

Doch wozu wollte er wissen, wie oft jemand einen anderen angerufen hatte? Sosehr Helene auch grübelte, sie hatte nicht den Hauch einer Vorstellung, wonach er auf der Suche sein mochte.

Da sie nun schon dabei war und die Auswertung gerade erst die 63 Prozent erreicht hatte, rief sie auch noch Lettkes Bankdaten ab. Er gab wenig Geld aus; der größte monatliche Posten war ein Haushaltsbeitrag, den er seiner Mutter überwies. Ansonsten keine Zigaretten, wenig Alkohol und auch sonst nichts, was auf irgendwelche Laster hindeutete. Ab und zu fuhr er Taxi, und ein paarmal war er mit dem Zug nach Jena oder Erfurt gefahren.

Seltsam: Einmal war er am späten Nachmittag mit dem Zug nach Jena gefahren und am anderen Morgen wieder zurück – aber es gab keine weiteren Buchungen, kein Hotel, kein Essen, nichts. Was natürlich heißen konnte, dass er eine Freundin dort hatte, bei der er übernachten konnte: Das hätte die Frommser in seiner Schublade erklärt. Aber wieso hatte er sie nur ein einziges Mal besucht?

Die Auswertung schien bei 85 Prozent zu hängen. Das hatte bestimmt wieder mit dem Datensilo 163 zu tun.

Immer noch über Lettkes Ausflug nach Jena grübelnd, rief Helene die Bankdaten seiner Mutter auf. Vielleicht hatte er ja einen Ausflug mit ihr gemacht, und sie hatte gezahlt?

Eher nicht; sie fand eine Buchung der Konditorei Grenzdörffer am Karlsplatz, aus der sich schließen ließ, dass Frau Eusebia Lettke dort eine Tasse Kaffee getrunken und ein Stück Obstkuchen verzehrt hatte, während ihr Sohn nach Jena unterwegs gewesen war.

Was aber an den Ausgaben seiner Mutter verwunderlich war: Der Gruppierung nach Sachgruppen zufolge hatte sie in all den Jahren seit der Abschaffung des Bargelds genau 39,50 Reichsmark für Bücher ausgegeben, genauer gesagt für den Kauf eines einzigen Buches, und da Helene dieser Betrag seltsam bekannt vorkam, rief sie die Details der Buchung ab.

Und siehe da, es handelte sich in der Tat um die »Einführung ins Programmieren« von Elena Kroll, gekauft im Jahre 1938!

Jetzt kapierte sie überhaupt nichts mehr. Natürlich glaubte sie keine Sekunde, dass Lettkes Mutter das Buch für sich selber gekauft hatte. Wahrscheinlich hatte sie es ihm zum Geburtstag geschenkt oder so. Auf jeden Fall war ihr Verdacht richtig gewesen, dass er das Buch kannte.

Aber wenn Lettke *das* Standardwerk des Programmierens schon seit über vier Jahren besaß, wieso hatte er sie dann dazu erpresst, ihm die SAS beizubringen? Das stand doch alles in dem Buch, und noch dazu besser, als sie es erklären konnte?

Äußerst rätselhaft, das alles. Schließlich gab sie es auf, seine Beweggründe verstehen zu wollen, und meldete sich wieder aus den Banktabellen ab. Ihre Auswertung erreichte gerade die 100 Prozent, das Ergebnis war fünf Seiten lang und sah vernünftig aus, also leitete sie die Liste per Elektropost weiter an die Völkers, wie die es verlangt hatte.

Dann ging sie zum Mittagessen. Als sie aus der Kantine zurückkam, rief die Völkers aufgeregt an und zitierte sie zu sich, denn das Ergebnis war offenbar nicht so, wie es hätte sein sollen.

»Fünf Seiten!«, echauffierte sich die magere Frau mit den streng geflochtenen, weißen Haaren. »Das ideale Ergebnis wäre eine *leere* Liste gewesen!«

Sie diskutierten Helenes Programm, fanden aber keinen Fehler darin. Dann telephonierten sie mit der Polizeistelle, von der die Anfrage gekommen war, die Hafenpolizei Bremen ausgerechnet, und ein gewisser Wilhelm Matthai erklärte ihnen mit kehlig-rauer Stimme und typisch norddeutscher Aussprache des »st«, worum es ging: darum nämlich, dass die Anzahl der tatsächlichen Ausfuhren nicht mit den erteilten Genehmigungen übereinstimmten und dass zudem Leute mit gültigen Ausreisepapieren an Bord von Schiffen gingen, deren Telephone sich derweil weit entfernt von Bremen durch die Lande bewegten und deren Geldkarten selbstständig Wochenendeinkäufe machten.

Genau die Fälle, die Helenes Auswertung auflistete.

»Warten Sie«, sagte die Völkers schließlich. »Da muss ich Rücksprache mit Adamek halten. Und womöglich auch mit dem Reichssicherheits-Hauptamt.«

Helene wartete. Es dauerte. Sie sah sich gelangweilt um, aber im Bureau ihrer Chefin gab es nichts Interessantes zu sehen. Alle Schränke waren verschlossen, der Schreibtisch frei von herumliegenden Unterlagen, und der Bildschirm war absolut vorschriftsmäßig blockiert. Rosemarie Völkers war eine Vorgesetzte, die mit gutem Beispiel voranging.

»Alles klar«, sagte sie, als sie wieder zurückgetrippelt kam. Sie rief ein weiteres Mal Matthai in Bremen an und erklärte ihm und Helene gleichzeitig, was es mit all dem auf sich hatte: »Es ist davon auszugehen, dass wir es hier mit Eingriffen höherer Behörden zu tun haben, die die normalen Formalitäten umgehen, weswegen keine entsprechenden Daten bei uns ankommen.«

»Sie meinen: Geheimdienste?«, vergewisserte sich Matthai. »Auslandsspionage?«

»In der Art«, bestätigte die Völkers spitzlippig.

»Zum Deibel«, knurrte der Hafenpolizist. »Und wie soll unsereiner erkennen, dass einer dabei ist, der nicht dabei sein darf?«

»Ich glaube nicht, dass man Ihnen in dem Fall einen Vorwurf machen würde«, versicherte ihm die Völkers. »Letztlich geschehen solche Dinge ja stets auf Geheiß und mit Willen des Führers.«

»Na, dann«, meinte Matthai. »Dann bleibt mir nur, mich für die Mühen zu bedanken. Heil Hitler.«

»Heil Hitler«, flötete die Völkers zurück und legte auf.

Als Helene wieder in ihrem eigenen Bureau war, rief sie erst einmal ihre Elektropost ab, weil sie so lange weg gewesen war und es gut sein mochte, dass Lettke versucht hatte, sie zu erreichen. Sie fand keine Nachricht von ihm, aber das musste nichts heißen. Was Lettke und sie verband, war sicher nichts, das er durch einen Elektrobrief dokumentieren wollte, der nie wieder aus dem System verschwinden würde.

Auf jeden Fall wollte sie es nicht riskieren, ihn zu verärgern, also rief sie ihn kurzerhand selber an, erklärte ihm, dass sie seit dem Mittagessen nicht am Platz gewesen war, und fragte, ob alles geklappt habe.

»Ja, ja«, erwiderte er ungehalten und auf eine Art, der man anmerkte, dass er in Gedanken gerade ganz woanders gewesen war und sich durch ihren Anruf nur gestört fühlte. »Zerbrechen Sie sich mal nicht meinen Kopf, ja? Ich finde Sie schon, wenn ich was von Ihnen brauche.« Damit legte er auf.

Das hatte fast wie eine Drohung geklungen. Helene ärgerte sich: Sie hatte es schließlich nur gut gemeint!

Aus ihrem Ärger heraus rief sie noch einmal Lettkes Bankdaten ab. Und siehe da, es war in der Zwischenzeit eine Buchung dazugekommen: eine Fahrkarte nach Berlin am Samstagvormittag!

Helene schloss die Banktabelle seufzend wieder. Das war zweifellos ein völlig belangloses Detail. Berlin, das hieß, es ging vermutlich um irgendwelche Familienangelegenheiten. Wahrscheinlich war Lettke deswegen so schlechter Laune.

* * *

Wie lange lag es zurück, dass er das letzte Mal in Berlin gewesen war? Eugen Lettke wusste es nicht mehr. Lange jedenfalls, viel zu lange. So lange, dass er ganz vergessen hatte, wie ihm die Stadt in der ersten Zeit in Weimar gefehlt hatte.

Der Bahnhof war erfüllt von Dampf und Rauchgeruch, als er ausstieg. Überall zischte es, waren Trillerpfeifen zu hören, eilten Menschen von hier nach da. Die Gepäckträger waren jünger als früher, zu jung für die Front vermutlich, und vielleicht auch zu dumm dafür: Er musste einen wegschicken, der sich ihm hartnäckig andiente, obwohl er doch sehen musste, dass Lettke kein Gepäck bei sich trug, nur eine schmale Aktentasche.

In der sich keine Akten befanden. Sondern andere, wichtigere Dinge.

Überall hingen riesige Plakate. Werbung für Fanta und Nivea-Creme, aber auch Warnungen wie *Achtung, Feind hört mit!* oder Aufforderungen, sich an der Metallspende zu beteiligen. Lettke durchquerte die Bahnhofshalle, trat ins Freie, atmete unwillkürlich tief ein, Weltstadt-Luft.

Auch auf den Straßen herrschte mehr Hektik und Betriebsamkeit, als er aus dem schläfrigen Weimar gewohnt war. Man sah überall Spuren des Krieges, hier und da Ruinen, Bombentreffer. Panzerwagen patrouillierten, und Bautrupps, hauptsächlich aus Kriegsgefangenen in der typischen, auffälligen Kleidung bestehend, waren hier und da dabei, Schäden auszubessern. SS-Leute mit Reitpeitschen am Gürtel beaufsichtigten sie, aber höchst gelangweilt: Die meisten von ihnen telephonierten oder schrieben an ihren Geräten irgendwelche Mitteilungen.

Lettke stieg in die Untergrundbahn hinab, löste einen Fahrschein und nahm die Spittelmarktlinie bis zum Wilhelmsplatz. Die Untergrundbahn hatte den Vorteil, dass nur gespeichert wurde, wo er den Fahrschein gelöst hatte und also eingestiegen, nicht aber, wo er ausgestiegen war.

Die Haltestelle hieß *Kaiserhof*, genau wie das Hotel, das sein Ziel war. Auch hier herrschte lebhafter Betrieb. Entlang der gesamten monumentalen Fassade hingen Fahnen, das

Hakenkreuz zumeist, aber auch die Flaggen Italiens oder Japans. Taxen warteten vor dem Haupteingang, Schutzpolizisten standen dutzendweise Wache, es war ein Kommen und Gehen. Niemand nahm von ihm Notiz, als er das Hotel betrat und die Halle durchquerte, um direkt zu den Aufzügen zu gehen. Er war bestens rasiert und frisiert, trug seinen besten Anzug und gute, teure Schuhe, kurz gesagt, er unterschied sich nicht im Geringsten von allen anderen Männern, die hier verkehrten.

Man merkte, dass die Mittagszeit nahte. Im Restaurant klapperte Geschirr, aus der Küche drangen Düfte von Gebratenem. Doch auf Eugen Lettke übte all das keinen Reiz aus. Er war hinter einer anderen Art von Sinnlichkeit her.

Der Aufzug wurde bedient von einem pausbäckigen Knaben in Livree, der kaum älter als dreizehn sei konnte.

»Dritter Stock«, sagte Lettke.

Vom dritten Stock aus stieg er die Treppen hinab in den zweiten, ging die Türen ab bis zum Zimmer Nummer 202. Dort klopfte er in einem ganz bestimmten Rhythmus: zweimal, Pause, dreimal, Pause, einmal.

Es dauerte keine zehn Sekunden, dann wurde die Tür hastig aufgerissen. Das Gesicht einer Frau erschien, umrahmt von einer rotgoldenen, frei fallenden Lockenpracht, leuchtend vor erwartungsvoller Freude – ein Leuchten, das sogleich verblasste, als sie ihn vor der Tür stehen sah.

»Ja, bitte?«, fragte sie mit unüberhörbarer Enttäuschung.

Lettke neigte den Kopf. »Wir kennen uns, Frau Schmettenberg«, sagte er dann. »Allerdings liegt unsere letzte Begegnung lange zurück. Es war auf einem Dachboden in Berlin. Vier Mädchen, vier Jungen und ein Spiel mit gezinkten Karten. Eines der Mädchen waren Sie.«

Ihr war vor Verblüffung der Unterkiefer heruntergeklappt, was ihrer Schönheit jedoch keinen Abbruch tat. Die Verblüffung wich wachsender Skepsis, bis die Erinnerung einsetzte: Da musste sie plötzlich schmunzeln.

»Eugen, oder?«, fragte sie und furchte die Brauen. »Das war der Name, nicht wahr? Eugen.«

Eugen Lettke deutete eine Verbeugung an und sagte: »So sieht man sich wieder.«

38

Helene brachte es nicht fertig, den Verkupplungsbemühungen ihrer Mutter auch nur den geringsten Widerstand entgegenzusetzen. Sie zog gehorsam an, was diese ihr vorschlug, und als sie meinte, Helene solle einen etwas größeren Büstenhalter anziehen und diesen durch untergelegte weiche Tücher ausstopfen, tat sie auch das. Sie dachte dabei an Arthur, der ihr mehrfach versichert hatte, ihre Brüste gefielen ihm genau so, wie sie seien, und sie seien auch groß genug, aber wahrscheinlich war er einfach nur höflich. Zudem hatte er, seit Marie sich um das Baby kümmern musste und nur noch entweder Otto oder sie ihm das Essen brachten, sicher vergessen, wie andere Frauen aussahen.

Sie schminkte sich auch, ließ sich die Haare zurechtstecken und ließ es sogar zu, dass Mutter ihr Make-up nacharbeitete. Ihre Mutter besaß all die Make-up-Artikel, von denen es im Fernsehen immer hieß, sie seien praktisch nicht mehr zu kriegen aufgrund des feindlichen Embargos. Meistens folgte diesen Berichten ein Gespräch mit Reichsgesundheitsführer Conti darüber, wie unnötig Make-up sei, denn, so betonte er dann immer: »Eine gesunde Frau ist auch schön!«

Mutter besaß all das Make-up nicht nur, sie verstand sich auch auf dessen Anwendung: Als Helene danach vor den Spiegel trat, sah sie darin ein Mädchen, das sie zwar nicht kannte, das aber durchaus hübsch war. Nicht so hübsch vielleicht wie eine glutäugige Mestizin, aber immerhin hübscher als jene Helene Bodenkamp, die ihr sonst morgens im Badezimmerspiegel begegnete.

Sich selber so verändert zu erleben blieb durchaus nicht

ohne Wirkung. Tatsächlich begann das ganze Prozedere allmählich, ihr zu gefallen – sozusagen aus wissenschaftlicher Neugier, was alles möglich war.

Ihre Mutter dagegen wurde umso nervöser, je näher der Mittag rückte. »Gib ihm eine Chance«, bat sie immer wieder, »gib ihm einfach eine Chance.«

Helene sagte dann jedes Mal: »Ja, ja.« Aber es klang wohl nicht sonderlich überzeugend.

Berta hatte im Esszimmer längst gedeckt, und in der Küche hörte man Johanna gemächlich vor sich hin klappern, in jenem Rhythmus, der verriet, dass alles seinen planmäßigen Gang ging. Hätte es irgendeine Panne oder Verzögerungen gegeben, hätte es sofort anders geklungen; Helene kannte den Unterschied seit frühester Kindheit.

Die Uhr in der Eingangshalle sprang gerade auf 12 Uhr 02, als es klingelte.

»Das ist er!«, verkündete Vater das Offensichtliche und ging öffnen, während Helene und ihre Mutter in der Halle warteten, voll aufgetakelt, um den Gast zu begrüßen, die angeblich beste Partie von allen. Helene stand dabei genau an jenem Punkt, auf den das um diese Zeit durch das Dachfenster kommende Sonnenlicht fiel und jeden, den es traf, mit geradezu mystischem Glanz umhüllte.

Vor der Tür dauerte es ewig. Mal hörten sie Vater sprechen, dann wieder eine näselnde, helle Stimme. Es klang, als würden sich die beiden Männer verstehen.

Dann kamen sie endlich herein. Im Windfang war er nur ein Schattenriss gegen das helle Licht draußen, dann trat er in die Halle, sah sich um, bis sein Blick an Helene hängen blieb: Ludolf von Argensleben.

Es war der hässlichste Mann, den Helene je gesehen hatte.

* * *

Höfliche Abweisung erschien auf Cäcilia Schmettenbergs Gesicht. »Das ist ja eine Überraschung«, sagte sie. »Ich habe bloß leider gerade *gar* keine Zeit, ich erwarte Besuch, der jeden Moment –«

»Dein Geliebter wird nicht kommen«, unterbrach Lettke sie roh. »Du hast also Zeit. Und es wäre besser, mich hereinzubitten, als das alles hier draußen auf dem Flur zu diskutieren.«

Der Flur lag verlassen und still da, aber in einiger Entfernung hörte man eine Tür gehen und das Surren des Aufzugs. Es roch nach Rosen, nach Sauberkeit und nach teuren Zigarren.

»Was?«, hauchte sie. »Was reden Sie da?«

»Ich rede von Heinrich Kühne. Oder soll ich sagen: von Uria Goldblum?«

Jetzt stand blankes Entsetzen in ihren Augen. Das gefiel ihm. Seine Anspannung wandelte sich in Erregung, in Vorfreude. Sie ahnte nicht, dass das erst der Anfang war.

Er nickte in Richtung des Zimmers hinter ihr, das groß war und hell und von Licht durchflutet. »Willst du mich jetzt hereinlassen?«

* * *

Ludolf von Argensleben trug einen teuren Anzug, doch auch dieser konnte nicht verbergen, wie schief er gewachsen war. Seine Schultern hingen nach rechts, und seine Beine bewegten sich seltsam ungleich.

Sein Gesicht war bleich und teigig, seine Haare hatten die Farbe von Asche. Um seine disproportionierten Lippen, die aussahen wie zwei schief zurechtgeschnittene Gummistücke, spielte ein verächtlicher Zug, und seine blassen Augen wirkten so leblos, als seien sie aus Glas. Er mochte Mitte dreißig sein, aber dann war er jedenfalls der älteste Mittdreißiger, den Helene je gesehen hatte.

Er hatte einen Strauß Rosen für Helenes Mutter dabei und eine prachtvolle Orchidee für Helene. Beides überreichte er absolut formvollendet, und doch lag etwas Herablassendes in seiner Art und zugleich etwas unerhört Verzweifeltes – so, als mache er etwas wie das hier zum fünfhundertsten Mal mit, weil ihn bisher keine gewollt hatte.

Was Helene nur zu gut verstand, denn sie wollte ihn auch nicht. Schon ihm die Hand zu reichen, damit er einen Handkuss darauf hauchen konnte, kostete sie Überwindung.

»Ich freue mich, Ihre Bekanntschaft zu machen«, erklärte er. Seine Stimme klang wie die eines quengelnden Kindes.

»Danke«, erwiderte Helene und brachte ihre Hand wieder an sich. Seine Nähe fühlte sich an, als berühre sie etwas schrecklich Kaltes und Schweres, und all die höflichen Worte, die sie sich um ihrer Eltern willen zurechtgelegt hatte, waren auf einen Schlag wie ausgelöscht.

Ein Moment peinlicher Stille entstand, den ihre Mutter schließlich brach, indem sie ausrief: »Gehen wir doch hinüber ins Wohnzimmer! Johanna hat einen Aperitif vorbereitet.«

»Großartig«, meinte Ludolf und wich nicht von Helenes Seite, als sie sich alle in Bewegung setzten.

* * *

Eugen Lettke saß an dem kleinen Tisch, neben dem eine Flasche Champagner in einem Kühler bereitstand, und sah zu, wie Cäcilia Schmettenberg unruhig im Zimmer auf und ab tigerte, dem Telephon an ihrem Ohr lauschend.

Endlich gab sie es auf. »Er meldet sich nicht.«

»Wie ich es gesagt habe«, meinte Lettke gelassen. Wobei

diese Gelassenheit vorgetäuscht war, zum Spiel gehörte, denn in Wahrheit genoss er natürlich die immer weiter steigende Erregung, die ihn so köstlich erfüllte. Er genoss auch den Anblick dieser rothaarigen Frau und wie sie in ihrem teuren Kleid vor ihm auf und ab stolzierte, in diesem Kleid, das sie in Bälde vor ihm ausziehen würde …

Sie ließ das Telephon sinken, beendete den Verbindungsversuch. »Was ist da los?«, wollte sie wissen.

»Das ist eine lange Geschichte«, erwiderte Lettke und beschloss, dass jetzt der Moment war, nach der Champagnerflasche zu greifen und sich ein Glas einzuschenken. Er hätte ihr erzählen können, dass er heute früh, ehe er in den Zug nach Berlin gestiegen war, ihrem Liebhaber einen Elektrobrief geschickt hatte, der so aussah, als stamme er von Cäcilia Schmettenberg selber – mit den Zugriffsmöglichkeiten auf das Elektropostsystem, die das NSA hatte, war das überhaupt kein Problem –, und dass er diesen in besagtem Brief davor gewarnt hatte, nach Berlin zu kommen. Ferner hatte er ihn dazu aufgefordert, sein Telephon unverzüglich wegzuwerfen, da es abgehört und verfolgt werde.

Das mit dem Abhören stimmte sogar: Von dem Moment an, als ihm klar geworden war, dass die Ehefrau des Industriellen Alfred Schmettenberg ein Verhältnis mit einem Juden hatte, hatte er all ihre Telephonate aufzeichnen lassen, abgehört und dann wieder gelöscht. So hatte er nicht nur von dem geplanten Treffen hier erfahren, sondern auch das vereinbarte Klopfzeichen.

All das hatte er nicht vor, ihr zu erzählen. Stattdessen sagte er, nachdem er einen Schluck Champagner getrunken hatte: »Ich arbeite in einem Amt, das Zugriff auf alle Daten hat, die im Reich entstehen – und außerdem auf einen großen Teil der Daten, die im Rest der Welt anfallen, was aber in deinem Fall nicht von Belang ist. Jedenfalls weiß ich, wohin du gehst, was du kaufst, mit wem du telephonierst – und eben auch, mit wem du schläfst. Ich weiß alles, kurz gesagt.«

Sie sah ihn voll herrlichen Entsetzens an. »Das ist nicht wahr«, stieß sie hervor, aber der Klang ihrer Stimme verriet, dass sie nur zu gut verstand, dass jedes einzelne Wort davon stimmte.

Lettke nahm noch einen Schluck. Der Champagner schmeckte köstlich, vor allem in dieser Situation. »Du bist – vermutlich im Auftrag deines Ehemanns – viel herumgereist, um arisierte Immobilien zu besichtigen und gegebenenfalls zu kaufen. Das ein oder andere Unternehmen war auch dabei, aber dein vorrangiges Interesse galt einträglichen Zinshäusern mit solventen Mietern. Im Rahmen dieser Reisen hast du einen gewissen Uria Goldblum kennengelernt, und zwar im April 1939 in Regensburg. Er musste im Zuge der Arisierung ein Bureaugebäude verkaufen, und du hast nach mehreren Telephonaten mit deinem Mann zugegriffen. Aber irgendwie war es keine gewöhnliche Transaktion, denn auch nach der Unterzeichnung des Kaufvertrags habt ihr noch oft und lange miteinander telephoniert, und nicht nur das: Die Bewegungsdaten eurer Telephone verraten, dass er sich auch auffallend oft zur selben Zeit an demselben Ort aufgehalten hat wie du …«

Cäcilia ließ sich erschüttert auf den Rand des Bettes sinken. »Dann stimmt es also? Wir werden über unsere Telephone ausspioniert?«

»Ja«, sagte Lettke und nippte an seiner Champagnerflöte. »Das stimmt.«

»Ich habe das immer für dummes Gerede gehalten.« Sie sah das Gerät in ihrer Hand an. Natürlich besaß sie das teuerste Modell, blattvergoldet, mit Farbanzeige und so weiter. »Und wir bezahlen die Dinger auch noch selber!«

»So, wie die Juden ihre Judensterne selber bezahlen müssen.«

»Verdammt!« Sie schleuderte ihr Telephon quer durch das Zimmer, aber es prallte nur mit einem dumpfen Schlag gegen die Wand und fiel unbeschädigt zu Boden.

Der Champagner war wirklich gut. »Jedenfalls«, fuhr er fort, »endete das alles nach etwa zwei Monaten schlagartig. Aber dafür war auf einmal ein gewisser Heinrich Kühne dein liebster Gesprächspartner, und nicht nur das, er hat auch in denselben Hotels logiert wie du. Ein Mann, den es in Wahrheit gar nicht gibt, oder vielmehr, es gibt ihn schon – oder *gab* ihn zumindest, denn der wirkliche Heinrich Kühne ist ein Offizier der Handelsmarine, der vor vielen Jahren irgendwo im malaysischen Archipel verschwunden ist und seither vermisst wird. Womit ich dir natürlich nichts Neues erzähle, denn du hast seiner Schwester Hildegard im Juni 1939 zehntausend Reichsmark bezahlt, angeblich als Kaufpreis für diverse Antiquitäten. Ich vermute mal, bei diesen Antiquitäten handelte es sich um die Papiere ihres Bruders, mit deren Hilfe du deinem Liebhaber eine neue und wesentlich sicherere Identität verschafft hast.«

Cäcilia sagte nichts, starrte nur finster auf den Fußboden.

»Was haben wir also?«, fasste Eugen Lettke genüsslich zusammen. »Eheliche Untreue, Urkundenfälschung – und vor allem Rassenschande, denn Uria Goldblum ist nach den geltenden Rassegesetzen Volljude.«

»Das musste wohl eines Tages so kommen«, seufzte sie. Dann schaute sie auf, sah ihn grimmig an. »Du willst vermutlich Geld. Darüber können wir reden.«

Lettke schüttelte den Kopf. »Geld interessiert mich nicht.«

»Sondern?«

»Gerechtigkeit. Das ist es, was ich will.«

»Gerechtigkeit?« Sie musterte ihn sichtlich ratlos. »Ich verstehe nicht, was du damit meinst.«

Ah, endlich war er gekommen, der köstliche Moment

seiner Rache. Seiner süßen, süßen Rache. »Damals, auf dem Dachboden«, sagte Lettke bedächtig, ja, genussvoll. »Erinnerst du dich noch, was du wolltest, dass ich tun soll, um meine Kleidung wieder auszulösen?«

Sie furchte die Brauen, schüttelte den Kopf. »Nein. Weiß ich nicht mehr.«

»Du wolltest, dass ich mir den Stiel einer Bürste, die dort herumlag, in den Hintern stecke, damit vor euch herumlaufe und belle.«

»Tatsächlich?«, meinte sie bestürzt. Dann fiel es ihr wohl wieder ein, denn sie nickte und sagte: »Ach ja. Stimmt.«

»Wobei mir diese Idee im Prinzip gut gefällt«, sagte Lettke, indem er seine Aktentasche vom Boden auf den Schoß nahm und ihre Verschlüsse aufschnappen ließ. »Nur möchte ich sie natürlich mit umgekehrtem Vorzeichen verwirklichen. Und wir verwenden auch keinen Bürstenstiel.«

Er begann, auszupacken, was er mitgebracht hatte.

Cäcilias Augen weiteten sich vor Entsetzen. »Das ist nicht dein Ernst.«

»Mein voller Ernst.«

»Das ist … widerlich.«

Er genehmigte sich ein triumphierendes Grinsen. »Für dich schon. Aber das soll es auch sein.«

Jetzt bekam sie Panik. Es war großartig, mit anzusehen, wie ihr Blick zu ihrem Telephon schoss, von da zur Tür, von da zum Fenster, und wie sie jedes Mal begriff, dass nichts von alldem sie retten würde.

Oh, er würde eine Menge Spaß mit ihr haben. Mehr Spaß als je zuvor im Leben.

»Warte«, sagte sie mit zittrigem Atem. »Lass uns noch mal in aller Ruhe darüber reden. Wir finden bestimmt eine andere Lösung.«

»Nein«, sagte Lettke. »Genug geredet. Wenn du willst,

dass ich über deinen jüdischen Liebhaber schweige, dann hängst du jetzt das ›Bitte-nicht-stören‹-Schild vor die Tür, schließt ab und fängst an, dich auszuziehen. Und zwar schön langsam.«

39

Mochte Ludolf auch abstoßend hässlich sein, seine Umgangsformen waren makellos, untadelig, von geradezu aristokratischer Vollendung. Ja, er konnte sogar so etwas wie einen öligen Charme an den Tag legen. Helene beobachtete halb fasziniert, halb voller Grauen, wie er sich zuerst auf ihre Mutter konzentrierte, ihr ein Kompliment nach dem anderen machte – wie geschmackvoll die Einrichtung, wie ausgesucht der Tisch gedeckt, wie angenehm die Atmosphäre im Haus sei –, bis sie hin und weg war. Er sagte es auf eine Art, die gleichzeitig völlig übertrieben und doch unaufdringlich war: Nie zuvor hatte jemand ihre Mutter so hemmungslos gelobt, und so war sie ihm verfallen, noch ehe die Suppenteller abgetragen wurden.

Danach richtete er den Suchscheinwerfer seiner Aufmerksamkeit mit aller Macht auf ihren Vater. Er wusste eine Menge über dessen Arbeit, sogar Dinge, die selbst Helene neu waren, und als er erzählen wollte, wann und wo er zum ersten Mal von Vater gehört hatte, kam er ins Stocken, begann laut zu überlegen und ging dabei eine Reihe von Namen durch, die erkennen ließen, dass er mit praktisch der gesamten Führung des Reiches auf vertrautem Fuße stand, und rief schließlich: »Ah, jetzt fällt es mir wieder ein – Albert hat mir von Ihnen erzählt, Albert Speer. Und zwar, weil Hitler Sie bei Tisch erwähnt hatte.«

»Hitler?«, echote Vater mit großen Augen.

»Ja, genau«, bekräftigte Ludolf. »Er sprach wohl ganz allgemein über Rassenkunde und Rassenhygiene, und dann erwähnte er Sie und Ihre Forschungen.«

»Das wusste ich nicht«, gestand Vater sichtlich beeindruckt. Auch Mutter schien ganz ergriffen von der Bedeutung ihres Ehemanns zu sein.

Helene dagegen fragte sich, ob sie krankhaft misstrauisch war, weil ihr das alles so geschauspielert vorkam.

Jedenfalls bedurfte es nun lediglich einiger geschickter Fragen, um ihren Vater zum Erzählen zu bringen, und ab da lauschte ihr Gast nur noch hingerissen, während er seinen Fisch mit chirurgischer Sorgfalt zerlegte.

Auch Helene lauschte, aber weniger hingerissen als vielmehr restlos verblüfft, weil sie von dem meisten, was Vater erzählte, vorher noch nie gehört hatte. Er schilderte ein Projekt, das er »seit etlichen Jahren gemeinsam mit dem RfS/IRh« durchführte.

»Was ist dieses RfS und so weiter?«, unterbrach Mutter ihn, offenbar nicht weniger verwundert als Helene.

»Das ist die Abkürzung für *Reichsstelle für Sippenforschung, Institut für Rassenhygiene*«, erklärte Vater lebhaft. »Wobei die in der Hauptsache dafür sorgen, dass wir Zugriff auf die erforderlichen Daten erhalten. Für die eigentlichen Auswertungen arbeiten wir mit dem NSA zusammen – ja, Helene, mit deinem Amt!«, fügte er hinzu und lächelte dabei, als erwarte er, dass sie das begeistern würde.

Tatsächlich schockierte es sie, das zu erfahren, und so nebenbei! Sie hatte davon noch nie gehört, kein Sterbenswort, und wusste auch nicht, wer von den Programmstrickerinnen daran beteiligt war.

Dann dachte sie an Lettke und ihre Vereinbarung mit ihm. Offenbar gehörte es irgendwie dazu, Geheimnisse vor anderen zu haben, wenn man im NSA arbeitete.

»Inzwischen haben wir schon für fast drei Viertel der Reichsbevölkerung einen belastbaren Rassestatus ermittelt. Wir werten dazu alle möglichen sippenkundlichen Unterlagen aus – Stammbäume, Heiratsurkunden, Taufscheine, Ahnenpässe, die Daten der Ariernachweise, die ASTAKA …«

»Was ist das?«, fragte Mutter wieder.

»Die Ahnenstammkartei des deutschen Volkes. Millionen von Karteikarten mit Geburts- und Sterbedaten historischer Personen und ihrer Abstammung, vorwiegend aus der Zeit vor 1750. Die Karten sind größtenteils mit Lochungen versehen, weil sie im vorigen Jahrhundert noch mithilfe einer Analytischen Maschine verwaltet worden sind, aber inzwischen hat man die Karten fast alle in moderne Komputer übertragen.« Vater aß ein Stück Fisch und fügte kauend hinzu: »Aber der fremdrassige Bluteinschlag ist ja nur ein Faktor von vielen, um einen zuverlässigen Rassestatus zu ermitteln. Wir werten auch Strafregister aus, bis zurück zu Napoleon, Aufzeichnungen über Erbkrankheiten, überhaupt alle medizinischen Daten, die wir kriegen können. Was inzwischen soviel heißt wie: alle, die es gibt. Ärzte sind ja verpflichtet, ihre Aufzeichnungen bei einem Silodienst zu speichern, und auf diese Dienste hat das NSA unumschränkten Zugriff. Nicht wahr, Helene?«

Sie zuckte zusammen, nickte wider Willen und murmelte: »Ja. So in etwa.«

»Der Rassestatus«, dozierte Vater und verfiel dabei in seine Hörsaal-Stimme, »soll uns darüber Aufschluss geben, von welcher Güte die Erbanlagen sind, die eine Person an ihre Nachkommen weitergeben kann. Wenn man den Rassestatus beider Eltern kennt, dann muss uns das verlässliche Vorhersagen erlauben hinsichtlich der Kraft, des Vermögens und der Gesundheit des Kindes. Zwei Eltern von hervorragendem Rassestatus werden mit hoher Wahrscheinlichkeit auch hervorragende Kinder haben, zwei Eltern von minderem Rassestatus entsprechend minderwertigere Kinder – Kinder, die Erbkrankheiten haben oder erblich bedingte Schwächen, die wenig leistungsfähig sind und so weiter. Natürlich ist der Rassestatus alles andere als leicht zu ermitteln. Weitere Forschungen werden dereinst sicher viel genauere Rückschlüsse erlauben. Wenn es zum Beispiel einmal möglich sein wird, das Erbgut direkt zu lesen und in seiner Bedeutung zu entschlüsseln, werden wir ganz andere Möglichkeiten haben als heute. Aber immerhin, unsere Studien zeigen, dass auch die Werte, die wir heute mithilfe statistischer Methoden gewinnen, schon sehr aussagekräftig sind.«

»Wie muss man sich denn diese Methoden vorstellen?«, fragte Ludolf geradezu ergriffen vor Ehrfurcht.

Vater hob die Schultern. »Die meisten Leute hören das nicht so gern, aber es ist nun mal so, dass wir Menschen auch Säugetiere sind, genau wie die meisten unserer Haus- und Nutztiere, weswegen die Methoden, die bei der Tierzucht angewandt werden, auch bei uns funktionieren. Auch die Tierzucht steht vor dem Problem, die Qualität der Elterntiere bewerten zu müssen, *ehe* sie Eltern werden, und diese Bewertung beruht auf dem, was man über den Stammbaum der jeweiligen Tiere weiß. Genau so machen wir es auch. Wir betrachten die Blutreinheit der Eltern und Großeltern, aber auch deren Krankheiten und sonstigen Probleme. Wenn jemand Ahnen hat, die Dauerversager waren, oder Erziehungsunfähige oder Störer, dann wird man dem Betreffenden keinen A-Status zuweisen können. Dann trägt er in seinem Erbgut schlechte Anlagen, die weiterzugeben problematisch ist.«

»A steht für Arier?«, vergewisserte sich Ludolf.

Vater wiegte den Schädel. »Nicht ganz. Wer arischen Blutes ist, ist ja durch die Nürnberger Gesetze geregelt. Man spricht auch von ›deutschblütig‹. Das ist aber in erster Linie ein juristischer Begriff. Wir unterteilen das deutsche Volk genauer. Etwa zehn Prozent der Bevölkerung haben den Rassestatus A oder besser, etwa dreißig Prozent haben den Status B, etwa die Hälfte den Status C, und dann bleibt sozusagen ein Bodensatz, den wir mit D kennzeichnen oder, wenn es sich um Juden handelt, eben mit J.« Er widmete sich wieder seinem Fisch. Es sah aus, als wolle er vermeiden, Ludolf anzuschauen, als er fortfuhr: »Ich gehe davon aus, dass in der Zukunft – nach dem Krieg und wenn sich alles wieder beruhigt hat – der Rassestatus eine bedeutende Rolle spielen wird, vor allem, was die Erteilung von Eheerlaubnissen anbelangt. Wenn zum Beispiel jemand den Rassestatus Dreifach-A hat, den höchsten, den es gibt und der demzufolge sehr selten ist, dann wären die Anlagen dieses Menschen in einer Verbindung mit jemandem von minderem Rassestatus vergeudet. Das ist heute noch kein Kriterium, aber das wird es in der Zukunft zweifellos sein, denn nur so lässt sich ein Volk stark und gesund erhalten.«

Helene hatte das Gefühl, sich ein leises Aufatmen erlauben zu können. Sie musste sogar ein Grinsen unterdrücken. Dieser Ludolf von Argensleben hatte bestimmt geglaubt, es besonders schlau anzustellen, aber dadurch, dass er Vater zu detailliert ausgefragt hatte, hatte er sich ja nun wohl selber ein Bein gestellt: Angesichts seiner Hässlichkeit war es nun praktisch unmöglich geworden, dass ihre Eltern einer Heirat mit ihm zustimmen würden.

Wobei ihr Gast das noch nicht begriffen zu haben schien, so ruhig und zuversichtlich, wie er Berta seinen geleerten Teller abräumen und durch einen frischen für den Hauptgang ersetzen ließ.

»Wessen Erbanlagen sind eigentlich wichtiger?«, fragte er, während er seine Serviette neu platzierte. »Die des Vaters oder die der Mutter?«

»Was die reinen Erbeigenschaften anbelangt, gibt es keinen Unterschied«, erklärte Vater bereitwillig. »Was die *Ausbildung* von erblich angelegten Eigenschaften angeht, ist allerdings die Mutter wichtiger, da das Kind in ihrem Körper entsteht und dabei auf eine gesunde Umgebung angewiesen ist.«

Ludolf nickte bedächtig. »Heißt das, jemand kann gesundheitlich beeinträchtigt, aber trotzdem Träger guter Erbanlagen sein?«

»Gewiss«, sagte Vater, »solange es sich nicht um Erbkrankheiten oder erblich begünstigte Krankheiten handelt. Aber soweit nur Entwicklungsstörungen im weitesten Sinne die Ursache sind – Krankheiten im Kindesalter, die nicht vollständig ausgeheilt werden konnten, Unterversorgungen, Vitaminmängel und dergleichen –, können die Erbanlagen trotzdem hervorragend sein.«

Ein Leuchten glitt über das blasse Gesicht ihres Gastes. »Herr Doktor Bodenkamp«, erklärte Ludolf, offenbar völlig überwältigt, »Sie klären gerade mit ein paar einfachen Worten ein Rätsel auf, das mich seit Jahren aufs Äußerste beschäftigt. Denn sehen Sie – als ich erfahren habe, dass man mir den Rassestatus A zuerkannt hat, war mir dies unbegreiflich, da ich, wie Ihnen zweifellos nicht entgangen ist, an einer gewissen Anzahl körperlicher Beeinträchtigungen leide …«

Helene hielt die Luft an. Oh, dieser raffinierte Kerl! Sie ahnte, dass er dabei war, den vermeintlichen Todesstoß in einen Sieg zu verwandeln.

Vater nahm ihn kühlen Blickes in Augenschein. »Nun, es könnte sich um Entwicklungsstörungen handeln. Wann sind Sie geboren?«

»1907.«

»Hmm. Damals hatten wir eine Wirtschaftskrise, wenn ich mich recht entsinne, aber von einer Hungersnot in deutschen Landen in diesen Jahren weiß ich nichts …«

»Meine Mutter war in der Zeit um meine Geburt herum sehr kränklich«, erzählte Ludolf. »Wir hatten damals einen jüdischen Arzt. Erst als mein Vater ihn des Hofs verwies und einen anderen Arzt bestellte, einen Rheinländer deutschen Blutes, wurde es besser.«

Vater nickte beifällig. »Das wird es gewesen sein. Eine Fehlbehandlung. Ich will mal annehmen aus Unfähigkeit, nicht aus bösem Willen.«

Ludolf nickte ebenfalls, im gleichen Takt. »Nehmen wir es an.«

»Status A?«

»So ist es«, sagte Ludolf. »Ich war grenzenlos überrascht.«

»Wie haben Sie davon erfahren? Das ist keine Information, auf die man als normaler Bürger Zugriff hat.«

Ludolf von Argensleben lächelte milde. »Ich habe auch nie behauptet, ein normaler Bürger zu sein.«

* * *

Cäcilia Schmettenberg gehorchte ihm. Sie bedachte ihn mit einem abschließenden, erbitterten Blick, stieß, wenn auch kaum hörbar, einen Laut des Unmuts aus, dann setzte sie sich in Bewegung. Sie schritt zur Tür, öffnete sie, hängte das schwere Metallschild mit der Aufschrift »Bitte nicht stören« außen an die Klinke. Dann schloss sie die Tür wieder und drehte den von innen steckenden Schlüssel herum, mit einer Bewegung, aus der Kapitulation sprach, Niederlage, die Anerkennung, dass er gewonnen hatte und sie verloren.

Lettkes Blick hing bei all dem an ihren Hüften, die immer noch unwillkürlich lockend schwangen, weil sie hochhackige Schuhe trug, und auf ihrem Hintern, dem er sich in Bälde auf die köstlichste, lustvollste Weise widmen würde. Sein Vergnügen würde ihre Pein sein, und genau das würde noch einmal zu seinem Vergnügen beitragen.

Sie drehte sich um, Vollweib, das sie war, kam zurück, stöckelte auf ihn zu, blieb vor ihm stehen, öffnete den obersten Knopf ihres Kleides …

Und hielt inne. »Das war nicht meine Idee«, sagte sie.

»Was?«, meinte Lettke irritiert.

»Das mit dem Besenstiel. Das war nicht meine Idee. Das kam von dem Jungen, der das Treffen organisiert hat – er hatte einen komischen Spitznamen, *Hotte* oder so ähnlich –, jedenfalls, er hat uns genau instruiert, was wir sagen sollten. Er wollte dir Angst einjagen, damit du das tust, was *er* will. Er hat gezinkte Karten benutzt. Es stand von Anfang an fest, dass du verlierst und er gewinnt.«

Lettke hörte auf einmal das Blut in seinen Ohren pochen. Sie wich vom Drehbuch ab. Sie versuchte, sich rauszureden. Sie war überhaupt noch nicht gebrochen, hatte noch kein bisschen kapituliert! Sie dachte immer noch, sie hätte alles im Griff!

Er verspürte den Impuls, aufzustehen und sie zu schlagen, ihr eine zu scheuern, dass sie zu Boden fiel, ihr die Kleider vom Leib zu fetzen und sie einfach zu nehmen. Aber etwas in ihm warnte ihn davor, sich dazu hinreißen zu lassen: Erstens war sie groß und kräftig und es keineswegs ausgemachte Sache, dass er sie würde niederschlagen können, und zweitens hätte er damit seinen ganzen wunderschönen Plan verraten, auf den er all die Jahre hingearbeitet hatte.

Also sagte er nur scharf: »Das spielt jetzt keine Rolle mehr. Mach weiter.«

»Ich kannte die alle gar nicht, weißt du? Auch die Mädchen nicht. Also, das heißt, außer Vera. Die war aus meiner Klasse und hat mich überredet, mitzukommen –«

»Das. Spielt. Keine. Rolle.« Er zischte es, fühlte seine Augen brennen dabei. »Mitgefangen, mitgehangen. Vergiss nicht, worum es geht. Du kannst mir entweder zu Willen sein, oder du kannst ins Lager gehen, zusammen mit deinem jüdischen Liebhaber –«

»Ja, schon gut.« Sie sagte es hastig, schlug die Augen nieder, löste rasch die nächsten drei Knöpfe, bis ihr einfiel, dass er gesagt hatte, sie solle es langsam machen, langsam und verführerisch: Das tat sie, und sie tat es gut. Hatte wohl Übung. Lettke spürte, wie er hart wurde. Hoho – das würde gut werden, alle Wetter!

»Ich werd alles machen, was du willst«, sagte sie mit heiserer Stimme, während sie sich aus dem Kleid schälte, das an ihr saß wie die Pelle an der Wurst. »Keine Sorge.«

»Gut«, stieß er hervor, merkte, wie sein Atem schneller ging, wie sie da vor ihm stand, in Unterwäsche und Strumpfhaltern.

»Ich werd mich auch ans Bett fesseln lassen, wenn du das willst.« Sie knöpfte den Büstenhalter auf, warf ihn beiseite zu dem Kleid, entblößte prachtvolle Brüste. »Ich hab keine Wahl. Ich werd mich dir vollkommen ausliefern. Du wirst alles mit mir machen können, was du willst. Ich werde mich nicht wehren.«

»Genau.« Jetzt waren die Strümpfe dran. Der Strumpfhalter. »Genau wie die anderen. Die haben auch schon bezahlt. Dörte hieß die eine, die Dicke. Geraldine die andere.«

Das Höschen fiel, und sie stand vor ihm, wie Gott sie geschaffen hatte, eine rotgoldene Venus, jede Sünde wert. Ihre Augen waren weit vor Schreck, ihre Hände bebten, wussten nicht, wohin mit sich, machten immer wieder Anstalten, die Blößen ihres Körpers vor ihm zu verbergen.

Gar nichts mehr würde sie vor ihm verbergen. Nicht das Geringste.

Er stand auf und begann, sich selber auch auszuziehen, langsam und genüsslich und ohne ihren Blick loszulassen. Gut möglich, dass sie dabei ein triumphierendes Grinsen auf seinem Gesicht sah, und gut möglich, dass es ihr Angst einjagte.

»Ich tue das für Uria«, flüsterte sie heiser. »Ich tue das, weil ich ihn liebe. Weil er die Liebe meines Lebens ist. Für ihn gehe ich dieses Risiko ein. Ich weiß ja nicht, ob du dein Versprechen halten wirst. Ich weiß nicht mal, ob du mir nicht etwas antun wirst, ob ich mit dem Leben davonkomme ... Aber Uria ist mir das wert.«

»Schön.« Sie redete zu viel. Er ließ die Unterhose noch an, vorerst, nahm die Seilstücke und die Dose vom Tisch und bedeutete ihr, zum Bett zu gehen.

Sie gehorchte, wenn auch zögerlich. Gut so. Er riss Bettdecke und Kissen herab, und als sie sich vor ihm auf das blanke Leintuch legte, roch er den ungemein weiblichen Duft, der von ihr ausging.

»Wie herum?«, fragte sie, auf der Seite liegend.

Er machte eine herrische Drehbewegung mit der Hand. »Auf den Bauch.«

»Also doch«, stellte sie ergeben fest und drehte sich auf den Bauch. Dann streckte sie fügsam die Arme aus, sodass er sie an den Bettpfosten binden konnte.

Als die Arme so verzurrt waren, dass sie ihren Oberkörper nicht mehr rühren konnte, nahm er sich die Beine vor. Schlang links und rechts je ein Seilstück um den Fußknöchel und befestigte es mit einem straffen Knoten.

»Die anderen«, fragte sie keuchend, »hast du mit denen dasselbe gemacht?«

»Nein«, erwiderte er und streckte ihr linkes Bein, so weit es ging. »Ich hab mir für jede was anderes ausgedacht.« Er befestigte das andere Ende des Seils am Bettfuß.

»Ist das dein Lebensinhalt? Rache zu nehmen an denen, die damals dabei waren?«

Er sagte nichts, riss aber so heftig an ihrem rechten Bein, dass sie aufstöhnte. Das, was sie gerade gesagt hatte, war ihm durch und durch gegangen wie ein elektrischer Schlag, so, als wäre jedes Wort geladen gewesen.

»Findest du das nicht ein bisschen ... *kleinlich?*«, fragte sie stöhnend. »Dir von dem dummen Kinderspiel eines langweiligen Nachmittags dein ganzes Leben bestimmen zu lassen?«

»Hör auf!«, schrie er und schlug zu, hieb mit aller Kraft auf sie ein, wieder und wieder, dass es nur so klatschte.

Als er wieder zur Besinnung kam, sah er, dass sie den Kopf in die Matratze vergraben und ins Leintuch gebissen hatte. Auf ihrer weißen Haut verblassten die Abdrücke seiner Hände allmählich wieder.

»Entschuldige«, hörte er sie murmeln. »Mach nur. Mach, was du willst. Ich erdulde alles.«

Er erhob sich. »Das will ich dir auch raten.« Seine Hand brannte, sein Arm fühlte sich an, als habe jemand *ihn* geschlagen.

Egal. Er blickte auf sie hinab, wie sie da lag, bereit für ihn, ganz genau so, wie er es sich ausgemalt hatte. Das war doch großartig, oder? Ja, das war es. Und jetzt würde er sich sein Vergnügen holen, verdammt noch mal.

Er nahm die Vaselinedose zur Hand, schraubte sie auf, nahm mit zwei Fingern eine große Portion davon heraus und klatschte die weiße Schmiere mitten auf ihren Hintern, rieb sie ihr zwischen die Pobacken, dorthin, wo er sie gleich brauchen würde.

Sie stöhnte auf, ein kläglicher, jammeriger Laut. Fürchtete sich wohl vor dem, was jetzt kam. Schön. Genau, wie es sein sollte.

Er stellte die Dose beiseite, zog sich mit der anderen Hand die Unterhose aus, verrieb den Rest der Vaseline auf seiner erwartungsvoll zitternden Männlichkeit.

»Hast du«, flüsterte Cäcilia, »wenigstens auch jemanden, der bereit wäre, das für *dich* zu tun? Jemand, der dich so liebt, wie ich Uria liebe?«

»Halt den Mund!«

Aber das Unglück war schon geschehen: Seine Erregung

fiel in sich zusammen, schrumpfte, sah auf einmal aus wie der Piepmatz eines kleinen Jungen!

Das konnte jetzt nicht wahr sein. Das war ihm doch noch nie passiert! Wenn er sich auf eines immer hatte verlassen können, dann darauf, dass sein bestes Stück stand wie eine Eins, wenn es darauf ankam. Im Gegenteil, die Frauen, denen er ihn hatte zugutekommen lassen, hatten sich immer gewundert, wie lange er durchhielt, hatten nicht selten gejammert, er stoße sie wund.

Und nun das?

Lettke schloss die Augen, holte tief Luft. Das war nur eine vorübergehende Irritation. Das hatte nichts zu bedeuten. Er war doch am Ziel! Sie lag vor ihm, wehrlos, gedemütigt, gebrochen, bereit für alles, was er mit ihr machen wollte! Nicht mehr lange, dann würde sie stöhnen und heulen und um Gnade winseln …

Er öffnete die Augen wieder, schaute auf sie hinab, auf diese Landschaft weißen Fleisches, die sich in Form prächtiger Hügel und Täler vor ihm erstreckte und nur darauf wartete, erobert zu werden. Er trat zwischen ihre gespreizten Beine, kniete sich auf das Bett und legte sich dann mit seinem ganzen Körper auf sie. Er schob die Hände unter ihre Brüste, umfasste sie, knetete sie grob, wartete darauf, dass sie aufschrie.

Doch sie schrie nicht. Stattdessen spürte er, wie sie ihren Hintern anhob, so weit es ihre Fesseln zuließen, und dann sagte sie leise, fast mütterlich: »Jetzt petschier mich endlich. Hol's dir. Genieß es wenigstens, wenn du schon sonst nichts hast im Leben.«

Das war zu viel. Er sprang schreiend auf und rannte ins Bad.

* * *

Nun, da der Hauptgang aufgetragen wurde und Ludolf ihre Mutter und ihren Vater für sich eingenommen, ja, die beiden regelrecht um den Finger gewickelt hatte, war es unvermeidlich, dass er sich Helene zuwandte. Er beteuerte, es habe keineswegs in seiner Absicht gelegen, sie zu ignorieren, es sei nur so, dass ihre Schönheit ihn so überwältigt habe, dass er einige Zeit gebraucht habe, um seine Scheu, das Wort an sie zu richten, zu überwinden.

Mutter lächelte. Vater lächelte. Also lächelte Helene ebenfalls, auch wenn sie ihm kein Wort glaubte.

Trotzdem – es wirkte. Noch nie hatte jemand ihre Schönheit gelobt, nicht einmal Arthur. Jedenfalls nicht so … eindrucksvoll.

Er erkundigte sich nach ihren Vorlieben, was Musik, Film oder Literatur anbelangte, und als sie erwähnte, dass sie »Segen der Erde« von Knut Hamsun gelesen habe, schien er sehr beeindruckt zu sein.

»Ja, Hamsun«, meinte er. »Ich finde, in diesem Roman beweist er, dass er wahrhaft um die Bedeutung des Bodens weiß. Oder wie jemand einmal so treffend gesagt hat: ›Blut und Boden sind das Schicksal der Völker‹. Hamsun hat das verstanden. Ihm dafür den Nobelpreis zu geben war zweifellos eine der Sternstunden des zuständigen Komitees und lässt hoffen für die Zukunft der nordischen Völker.«

Mit jähem Schrecken wurde sich Helene dessen gewahr, dass sie unversehens ein ganz normal wirkendes Gespräch mit Ludolf von Argensleben begonnen hatte. Offenbar wirkte sein Charme auch bei ihr – allerdings war auch er nicht imstande, das Gefühl von Schwere, ja, von Lähmung zu überwinden, das sie in seiner Gegenwart befiel.

Es ging ja, rief sie sich in Erinnerung, nicht darum, einfach nur dieses Mittagessen mit Anstand zu überstehen, sondern vielmehr darum, ob sie diesen Mann *heiraten* sollte, mit anderen Worten, ob sie willens war, Tisch und Bett mit ihm zu teilen und seine Kinder zu gebären.

Sich das zu vergegenwärtigen half, den Zauberbann seiner Redekunst wirksam zu durchbrechen. Am selben Tisch mit ihm zu sitzen war schon schlimm genug, das Bett mit ihm zu teilen schlicht unvorstellbar. Schon bei dem Gedanken, sich von seinen dünnen, bleichen Fingern, die gerade mit Messer und Gabel an dem Braten hantierten, berühren zu lassen, drehte sich Helene der Magen um. Seine widerlichen Lippen zu küssen würde sie nie im Leben über sich bringen. Von allem anderen ganz zu schweigen.

Irgendwie überstand sie auch noch das Dessert, schaffte es sogar, zu lächeln, als er dessen Süße mit ihrem Anblick in Verbindung brachte. Als es Zeit für den Aufbruch war, bat er um die Gunst eines kurzen Spaziergangs allein mit ihr durch den Garten, ein paar Minuten nur, und da ihre Mutter ihr einen erbitterten *Wehe-du-sagst-nein*-Blick zuwarf, ergab sich Helene in ihr Schicksal und nickte.

Dabei lud der Garten schon lange nicht mehr zum Lustwandeln ein. Der größte Teil davon war in Beete umgewandelt worden, in denen viel zu wenig wuchs, weil Mutter nichts von Gartenarbeit verstand, Berta keine Lust dazu hatte und Vater keine Zeit. Und jetzt, im Hochsommer, lag deswegen alles mehr oder weniger vertrocknet da.

Doch falls Ludolf das auffiel, erwähnte er es jedenfalls nicht. Stattdessen erklärte er ihr noch einmal, wie sehr ihn ihre Schönheit und ihr angenehmes Wesen eingenommen habe, und dann sagte er: »Ich spüre, dass es Ihnen nicht so geht. Nein, streiten Sie es nicht ab. Das wäre höflich, aber dies ist nicht der Moment für Höflichkeit, deren Sinn ja doch nur der ist, Distanz zwischen Menschen zu schaffen. Tatsächlich sind mir derartige Reaktionen nur allzu vertraut. Mir ist bewusst, dass ich körperlich alles andere als anziehend wirke.

Dafür kann ich nichts, aber ich habe gelernt, damit zu leben. Meine Hoffnung auf Glück im Leben gründet sich darauf, dass Frauen einen besseren Blick für innere Werte haben als Männer, und ich bin bereit, mich diesbezüglich ganz Ihrem Urteil zu unterwerfen. Wenn ich Sie heute zum Abschied um etwas bitten darf, dann nur darum, mir zu erlauben, Sie wieder zu besuchen. Vielleicht wird es Ihnen mit der Gewöhnung an mein Äußeres gelingen, etwas in mir zu sehen, das uns verbinden könnte.«

Was konnte man darauf schon sagen? Helene warf ihm einen Seitenblick zu, bei dem ihr erneut schauderte, und obwohl alles in ihr danach schrie, ihm zu sagen, er möge verschwinden und ihr nie wieder im Leben unter die Augen treten, weil sie sich schon nach diesen drei Stunden in seiner Gegenwart zum Sterben krank fühlte, sagte sie: »Nun, wenn das Ihr Wunsch ist, so will ich ihm gern entsprechen.«

Worauf er beteuerte, sie mache ihn damit zu einem glücklichen Menschen, und ihr einen weiteren Handkuss aufnötigte.

Danach ging er endlich. Sie begleiteten ihn zu dritt bis ans Tor, sahen zu, wie er in seinen Wagen stieg, und winkten ihm nach, bis er um die Kurve verschwand.

Helene aber ging in ihr Zimmer, zog sich aus, eilte in ihr Badezimmer, erbrach über dem Klo alles, was sie gegessen hatte, und duschte hinterher so lange, bis alles Warmwasser verbraucht war.

* * *

Noch war nichts verloren. Noch war alles drin. Er musste nur wieder zu sich kommen, zu sich finden, zurück zu seinem Plan, seinem schönen, wunderbaren Plan, seinem Traum, der ihn so oft in den Schlaf hinüberbegleitet hatte …

Sie war schuld! Sie redete zu viel. Dieses Weib, dieses Judenliebchen wollte sich rausreden, wollte ihm den Spaß verderben!

Er drehte auf der Ferse um, rannte wieder hinaus ins Zimmer, riss eine Schublade auf, bekam ein Stück Stoff in die Finger, ein weißes Höschen, ging damit zum Bett hinüber und stopfte ihr es in den Mund. So! Schluss mit dem Gerede! Schluss mit ihren Versuchen, es ihm zu verderben!

Wie sie die Augen aufriss! Ja, gut so. Dir soll es ja auch nicht Spaß machen, sondern mir. Er wühlte noch einmal in ihren Sachen, fand einen roten Schal, mit dem er ihr die Augen verband.

Nun schluchzte sie. Zumindest hörte es sich so an. Er spürte ein angenehmes Ziehen zwischen den Beinen, aber es war nicht mehr als ein Gefühl. Seine Männlichkeit war immer noch nicht, was sie sein sollte.

Zurück ins Bad. Die Augen geschlossen, die Stirn gegen die kalten weißen Kacheln gedrückt, bearbeitete er sein Gemächt, spürte, wie es reagierte, ja, ja, es wachte wieder auf – aber dann tauchte plötzlich wieder diese Erinnerung auf, wie das Mädchen höhnisch lachend die hohle Hand auf und ab bewegt hatte, und alles fiel wieder in sich zusammen. Geraldine. Die später mit diesem Kommunisten gegangen war. Der er es besorgt hatte, und wie!

Doch auch diese Erinnerung half ihm nicht mehr.

Er begann zu schluchzen, konnte es nicht länger zurückhalten, schluchzte und sank dabei an der gekachelten Wand abwärts. Der ganze schöne Plan, beim Teufel!

So blieb er eine ganze Weile, halb sitzend, halb liegend, erschöpft, frierend.

Dann gab er es auf. Erhob sich, wusch sich die Hände. Ging hinaus, zog sich wieder an. Sammelte die Vaselinedose ein, stopfte sie zurück in die Aktentasche. Leerte das Sektglas aus, rieb es mit einem Handtuch aus, wischte auch die Champagnerflasche ab und die Lehnen des Sessels, in dem er gewartet hatte. Sonst noch Stellen, an denen er Fingerabdrücke hinterlassen hatte? Der Griff der Schublade. Die Bettpfosten.

Sie lag immer noch reglos da, lauschte, verstand nicht, was geschah. Und immer noch ging ein weiblicher Duft von ihr aus, aber nun widerte er Lettke an.

Dann, als er alles hatte, was sein war, mit Ausnahme der Stricke, an denen keine Fingerabdrücke nachweisbar sein würden, zog er ein Taschentuch hervor, um die Tür aufzuschließen und zu öffnen, und ging. Ließ sie zurück, wie sie war. Wenigstens diese Schmach würde sie erdulden müssen.

Niemand beachtete ihn, als er das Hotel verließ und davonging, raschen Schrittes, aber blindlings, ohne die leiseste Ahnung, wohin es ihn verschlug. In seinem Kopf drehten sich die Gedanken wie ein schwerer Mühlstein, um und um und um, konnten nicht fassen, was geschehen war. Sein Plan war so wunderbar gewesen, aber sie hatte alles verdorben. Alles verdorben mit ihrem Gerede, mit ihren Vorwürfen, Beteuerungen, Entschuldigungsversuchen.

Er hätte ihr von Anfang an den Mund stopfen sollen.

Weiter, immer weiter. Es tat gut zu gehen, tat gut, die Wut in Schritte zu verwandeln, und so viel Wut, wie er hatte, würde es für eine lange Strecke reichen.

Der Mühlstein. *Ratter-ratter-ratter.* Gescheitert. Sein Rachefeldzug war gescheitert.

Obwohl …?

Er blieb abrupt stehen. Sie hatte es verdorben, aber damit hatte sie die Abmachung nicht erfüllt. Die Abmachung war gewesen, dass er seinen Spaß mit ihr haben und dafür die Sache mit ihrem jüdischen Liebhaber vergessen würde.

Aber diesen Spaß hatte er nicht gehabt. Weil sie es ihm verdorben hatte.

Also war er ihr nichts schuldig.

Und da vorn stand eine Telephonzelle. Es gab nicht mehr so viele davon, aber dort stand eine, als wolle ihm die Vorsehung ein Zeichen geben.

Eugen Lettke ging darauf zu, betrat sie, zog die Tür hinter sich zu. An der Wand hing die übliche Tafel mit den gebührenfreien Telephonnummern. Die Nummer, unter der man anonym Verstöße gegen das Gesetz zum Schutz des deutschen Blutes und der deutschen Ehre melden konnte, war die letzte auf der Liste.

Er nahm den Hörer ab und wählte.

40

Wieder in Weimar. Als Lettke aus dem Bahnhof trat, lag die Stadt so still da, als sei sie ausgestorben, alle ihre Bewohner tot, hingerafft von einem heimtückischen englischen Angriff.

Aber natürlich war alles wie immer. Es war nur der Kontrast zur Weltläufigkeit der Reichshauptstadt, der ihn die hiesige Provinzialität besonders stark wahrnehmen ließ.

Er fühlte eine noch nie zuvor gekannte Erschöpfung. Zum ersten Mal kam ihm die Frage in den Sinn, was er eigentlich tun würde, wenn er seine Rache einmal vollendet hatte. Sie begleitete ihn nun schon so viele Jahre, prägte alles, was er tat …

Unsinn, rief er sich zur Ordnung. Diese Bedeutung hatte sie nicht. Sie war nur ein Vorhaben unter vielen, mehr nicht. Es war einfach ein anstrengender Tag gewesen, daher die Müdigkeit. Früh aufgestanden war er außerdem.

Vor allem musste er sich von dem Gefühl befreien, die ganze Aktion sei ein Fehlschlag gewesen. Nein! Das war sie nicht, denn er *hatte* sich ja gerächt! Cäcilia Schmettenberg hatte ihre Chance gehabt, eine überaus faire Chance, wenn man alles bedachte – und sie hatte sie vermasselt. So musste man das Ganze sehen.

Und überdies hatte sie ihm, wenn auch völlig unbeabsichtigt, eine wertvolle Information geliefert, ihn, ohne es zu ahnen, auf genau die Spur gebracht, die ihm noch gefehlt hatte: ihre Bemerkung nämlich, das vierte Mädchen, Vera, sei mit ihr in dieselbe Klasse gegangen. Die Klassenlisten aller Schulen waren natürlich auch in den Datensilos des NSA gespeichert und würden es ihm erlauben, die bis dahin unüberschaubare Liste der in den fraglichen Jahren in Berlin geborenen Veras auf genau einen Namen zu reduzieren.

Als er nach Hause kam, hörte er seine Mutter in der Küche hantieren. Er brachte seine Aktentasche in sein Zimmer und wollte dann gerade ins Wohnzimmer gehen, als sie rief: »Wo warst du eigentlich?«

Lettke blieb stehen. »Du weißt doch«, sagte er unwillig. »Über manche Dinge darf ich nicht reden.«

Ein Klappern, als hätte sie vor Ärger einen Topf auf den Boden geworfen. »Immer diese Geheimnisse«, beschwerte sie sich.

Er blieb stehen, wartete. Er kannte diesen Ton. Da kam noch was nach.

»Eugen?«

»Ja?«

»Du würdest es mir doch sagen, wenn du eine Freundin hättest? Oder?«

Warum musste er jetzt daran denken, was Cäcilia gesagt hatte? *Hast du auch jemanden, der bereit wäre, das für dich zu tun? Jemand, der dich so liebt?* Es gab ihm einen Stich, daran zu denken.

»Wieso fragst du?«, erwiderte er.

Er hörte, wie sie aus der Küche in den Flur trat, und drehte sich um. Klein und schwarz stand sie da, wie ein großes Insekt, hatte ihre Hand auf der Brust liegen und sagte: »Ich hatte heute wieder dieses Herzstechen. Da ist mir klar geworden, dass ich nicht ewig für dich da sein werde.«

Es ärgerte ihn, dass sie wieder davon anfing. »Wieso rufst du nicht Doktor Mohl an, wenn du Herzstechen hast?«

Sie winkte ab. »Ach, so schlimm war es auch wieder nicht.«

»Du hättest ihn trotzdem anrufen sollen. Hat er dir doch gesagt.«

»Ach, das ist immer so schwierig, einen Termin auszumachen«, murrte sie. »Du hast dein Telephon übrigens vergessen, hast du das gemerkt?«

»Ja, ja.« Er hatte es natürlich *nicht* vergessen, sondern absichtlich zu Hause gelassen. »Was heißt Termin? Ich hab dir doch extra das Programm eingerichtet, bei dem du nur die rote Taste drücken musst im Notfall.«

»Es war ja kein Notfall.« Ihre Stimme bekam jetzt diesen jammerigen Ton, der ihm immer durch und durch ging, als verwandelten sich ihre Worte in seinen Ohren in einen Sägedraht, der sich bis in seine Schädelknochen fraß. »Du kannst mir alles erzählen, Eugen, das weißt du, oder? Auch, wenn du eine Frau kennengelernt hättest.«

»Ich brauch keine Frau«, versetzte er ärgerlich, ging ins Wohnzimmer, nahm sein Telephon vom Ladegerät und rief die Nachrichten ab.

Die 6. Armee unter General Paulus rückte weiter auf Stalingrad vor.

Die Vereinigten Staaten hatten die von Japan besetzten Salomonen-Inseln angegriffen.

Die Alliierten hatten 123 Schiffe verloren, 108 davon durch U-Boote.

Clemens Freiherr von Franckenstein, der letzte Generalintendant des königlich bayerischen Hof- und Nationaltheaters, war bei München gestorben.

Nichts über eine Cäcilia Schmettenberg. Nicht das Geringste.

War das beunruhigend? Sie mussten sie doch längst gefunden haben. Der Mann, dem er von der Telephonzelle aus alles erzählt hatte, hatte sich bedankt und versichert, man werde sich der Sache unverzüglich annehmen.

Ihre schlurfenden Schritte hinter ihm. »Ich hab uns eine Gemüsesuppe gemacht. Wenn du willst.«

»In Ordnung«, sagte Lettke automatisch, in Gedanken

immer noch in Berlin. Er hatte ihr diese Unterhose in den Mund gestopft, aber davon würde sie nicht erstickt sein, oder? Eher würde sie es irgendwann geschafft haben, sie wieder auszuspucken.

Zu dumm, dass Wochenende war und er keinen Zugriff auf andere Informationen hatte als das, was die Presse und das Fernsehen brachten.

Am Montagmorgen ging er so früh ins Bureau, wie er kommen konnte, ohne dass es jemandem als ungewöhnlich auffallen würde. Die Polizei von Berlin war, wie alle Polizeidienststellen im Reich, natürlich an ein reichsweites Komputersystem angeschlossen, auf dessen Daten auch das NSA Zugriff hatte. Er vermied es, nach »Schmettenberg« zu suchen, weil das System alle Suchanforderungen protokollierte, aber es genügte, die Berliner Tagesberichte vom Samstag durchzugehen, um auf den Fall zu stoßen.

Es war alles da. Eine anonyme Anzeige sei um 12 Uhr 57 eingegangen und an die zuständige Polizeidienststelle weitergeleitet worden, die sofort eine Streife ins Hotel Kaiserhof geschickt hatte. Bilder waren dabei. Eines zeigte Cäcilia nackt und mit Augenbinde auf das Bett gefesselt; das Höschen hatte sie tatsächlich ausgespuckt vor dem Gesicht liegen. Weitere Photographien zeigten die Spuren der Fesseln an Hand- und Fußgelenken: Nicht dramatisch, fand Lettke; außerdem kamen die nur daher, dass sie sinnlos daran herumgezerrt hatte.

Der Bericht erwähnte, der anonyme Anrufer habe die Gattin des Industriellen Schmettenberg des Ehebruchs und der Rassenschande bezichtigt; diesem Vorwurf werde nachgegangen, ohne jedoch die Möglichkeit außer Acht zu lassen, dass die Frau tatsächlich, wie sie behauptete, Opfer eines Verbrechens geworden sein könnte und die anonymen Anschuldigungen nur dessen Vertuschung hatten dienen sollen. Auf Anweisung des Justizministers werde der Fall vertraulich behandelt und keinerlei Informationen an die Presse gegeben; ein Reporter der *Berliner Morgenpost*, der irgendwie davon erfahren und einen Bericht geschrieben hatte, war zum Schweigen verdonnert worden.

So weit war Lettke in diesen Fall eingedrungen, als urplötzlich sein Telephon klingelte, aufgeregter als normal, wie es ihm vor Schreck erschien. Er meldete sich hastig aus dem Polizeisystem ab, ehe er abnahm.

Es war Adamek höchstpersönlich. »Besprechung bei mir im Bureau«, sagte er nur. »Jetzt, sofort.«

Eine Viertelstunde später saß der übliche Kreis in seinem Bureau um den Tisch. Die Tür war geschlossen. Kirst paffte seine erste Overstolz. Dobrischowsky schlug wieder gewichtig seinen ledergebundenen Terminkalender auf. Möller nestelte an seiner dicken Brille.

Und Adamek sagte: »Mit unserem Erfolg beim Aufspüren dieser albernen Studentenclique, der *Weißen Rose*, haben wir uns möglicherweise selber in den Fuß geschossen.«

»Wie das?« Das fragten sie sich alle, aber Gustav Möller sprach es aus.

»Dadurch ist Himmler auf uns aufmerksam geworden«, erklärte Adamek. »Er hat seinen Besuch angekündigt. Der Reichsführer SS will sich mit eigenen Augen davon überzeugen, was wir für das Reich leisten, und sich vor Ort ein Urteil darüber bilden, ob es nicht angebracht wäre, uns komplett nach Berlin zu verlegen und ins Reichssicherheits-Hauptamt einzugliedern.«

***

Als Helene am Montagmorgen ins Amt kam, fand sie eine dringende Anfrage vor: Zu zwei Namen – Cäcilia Schmettenberg und Heinrich Kühne – samt der zugehörigen Telephonnummern sollte sie eine Liste erstellen, wann, wie oft und wie lange diese beiden Personen miteinander telephoniert und wann, wie oft und wie lange sie sich am selben Ort aufgehalten hatten.

Schmettenberg? Der Name kam ihr vage bekannt vor. War das nicht ein ziemlich reicher Fabrikant? Sie betrachtete den Auftragszettel. Was wohl hinter dieser Anfrage stecken mochte?

Nun, das ging sie nichts an. Auf jeden Fall war es eine Routinesache, für die beiden Abfragen hatte sie erprobte Strickmuster in der Ablage, die sie nur zusammenfügen und anpassen musste. Obwohl sie sich, da der Dringlichkeitsvermerk auf große Wichtigkeit schließen ließ, besonders großer Sorgfalt befleißigte, dauerte es doch kaum zehn Minuten, bis sie den Startbefehl geben konnte.

Während die Abfrage lief, schweiften ihre Gedanken zurück zu dem schrecklichen Wochenende, das hinter ihr lag. Praktisch den ganzen restlichen Samstag über hatten sich sowohl ihr Vater als auch ihre Mutter in Lobliedern ergangen über diesen schrecklichen Ludolf von Argensleben, nicht auszuhalten! Und am Sonntagmorgen hatte er dann auch noch angerufen, auf Vaters Apparat, hatte sie sprechen wollen!

Worauf sie abgewinkt und signalisiert hatte, sie sei nicht da.

Oh. Ganz falsche Reaktion. Aus den Lobliedern wurden Standpauken, Predigten über Lebensplanung, darüber, dass sie nicht ewig jung sein würde und nicht den Fehler machen solle, erst dann darüber nachzudenken, was sie sich vom Leben erhoffte, wenn es zu spät war. Frauen hätten nun mal ein Verfallsdatum, hatte Mutter ihr allen Ernstes erklärt, und außerdem nun mal eine naturgegebene Aufgabe, nämlich die, Kinder zu gebären und eine Familie zu versorgen.

Abends hatte Ludolf es dann noch einmal versucht, und

bis dahin hatten sie sie schon so weichgeklopft, dass sie rangegangen war.

Es wurde nur ein kurzes Gespräch, nichts Weltbewegendes. Er hatte sich bedankt dafür, dass er ihre Bekanntschaft hatte machen dürfen, und dann hatte er mit dieser unangenehm hohen Stimme, die Helene auch am Telephon Gänsehaut verursachte, wissen wollen, ob er sie in ein Konzert oder ein Theaterstück ausführen dürfe oder ob es ihr vielleicht lieber wäre, einen Spaziergang durch die schöne deutsche Natur mit ihm zu unternehmen?

Sie hatte ihm schlecht beides abschlagen können, oder? Bei dem Gedanken an einen Konzertbesuch, der ja zwangsläufig abends stattfinden würde, hatte sie vor Augen, dass Ludolf sie danach nach Hause bringen würde, mitten in der Nacht und womöglich in der Erwartung, zum Dank einen Abschiedskuss von ihr zu bekommen, und das alles war ein so schreckliches Bild, dass ihr ein Spaziergang am helllichten Tag als das kleinere Übel erschien, und so sagte sie ihm den zu, wenn auch mit einem unguten Gefühl in der Magengegend.

Der einzige Lichtblick war, dass er ihr nicht sofort einen Termin aufgedrängt, sondern angekündigt hatte, dass er sich wieder melden würde, sobald er Klarheit über seine nächsten Termine habe. Der Krieg, hatte er gemeint, der fordere nun mal von allen Deutschen vollen Einsatz und müsse deswegen die oberste Priorität haben.

Sie hatte ihm, weil er sie darum gebeten hatte, auch ihre eigene Telephonnummer gegeben, wobei sie, während sie sie ihm diktiert hatte, das Gefühl nicht losgeworden war, dass er die schon längst kannte.

Was mochte ein Ludolf von Argensleben wohl für Termine haben? Helene legte die Finger auf die Tasten, atmete tief durch. Es wäre ein Leichtes gewesen, einfach mal nachzusehen, was sich über ihn in den Datensilos fand. Vielleicht nutzte er ja auch den Terminkalender seines Telephons? Oder einen Silodienst?

Natürlich wäre das ein Verstoß gegen die Regeln gewesen. So, wie es auch ein Verstoß gewesen war, Lettke hinterherzuspionieren.

Bloß war das irgendwie was anderes gewesen. Lettke war ein Vorgesetzter, ein Kollege also, der außerdem in dieser Hinsicht selber nicht ganz unschuldig war. Ludolf dagegen war ein hohes Tier, jemand, der in den höchsten Zirkeln der Macht unterwegs war. So jemandem nachzuspionieren konnte richtig gefährlich werden.

Ganz davon abgesehen, dass sie womöglich Dinge erfuhr, von denen sie lieber nichts wusste.

Trotzdem – die Versuchung war groß. Ein paar Zeilen, schnell getippt …

Aber dann nahm sie die Hände doch wieder von der Tastatur, legte sie in den Schoß, widerstand der Versuchung.

Für heute zumindest.

* * *

So ähnlich wie Adameks Ankündigung, dachte Lettke, musste es sein, wenn eine Bombe einschlug: ein gewaltiger Knall, dann eine Schrecksekunde der Lähmung, in der alles still war oder einem zumindest so vorkam – und dann aufgeregte Geschäftigkeit, um zu retten, was zu retten war.

»Das Amt nach Berlin umziehen?«, rief Dobrischowksy. »Das ist doch der helle Wahnsinn! Allein, was das für ein Aufwand wäre, die ganzen Silos zu transportieren! Und was wäre dann, in Berlin? In einer Stadt, auf die alle paar Nächte Bomben fallen?«

»Ja«, meinte Möller, »wenn schon, dann wäre es vielleicht besser, das RSHA nach Weimar zu verlegen.«

»Und was würde mit den Notfallsystemen geschehen?«, ergänzte Dobrischowsky. »Sollen wir die ausgraben und auch nach Berlin schaffen?«

»Die könnten bleiben, wo sie sind«, warf Kirst ein. »Mit den neuen Leitungen ist die Entfernung kein Problem mehr. Ist ja nicht so, als hätte sich die Technik seit dem Kaiserreich nicht weiterentwickelt.«

Adamek hob die Hände, wartete, bis sich die allgemeine Aufregung gelegt hatte. Dann sagte er: »Das sehe ich alles ganz genauso. Ich befürchte nur, dass das keine Argumente sind, die jemand wie Heinrich Himmler beeindrucken werden. Es ist allgemein bekannt, dass er allergisch reagiert, wenn man ihm damit kommt, dass etwas ›nicht geht‹ oder ›sehr schwierig ist‹. Sich von Schwierigkeiten beeindrucken oder gar zurückhalten zu lassen findet er, sagen wir, ziemlich *un-arisch.*«

Bedröppelte Mienen ringsum. Sie wechselten ratlose Blicke, dann meinte Kirst: »Mal anders gefragt – was wäre eigentlich so schlimm daran, wenn wir nach Berlin verlegt würden?«

»Vielleicht nichts«, sagte Adamek. »Aber für uns alle wäre es jedenfalls keine Verbesserung.«

»Aber vielleicht für das Reich?«

Adamek reckte sich, legte die Hände hinter den Kopf und überlegte dann laut, den Blick nach oben gerichtet: »Wäre es besser für das Reich? Nicht, dass es uns zukäme, darüber zu entscheiden, aber darüber nachdenken können wir trotzdem. Denn – wenn ich mir das Deutsche Reich anschaue, fällt mir auf, dass seine Verwaltungsstruktur davon geprägt ist, dass *Konkurrenz* existiert. Wir haben kein einheitliches System, in dem jeder Einheit eine genau umrissene Funktion zufällt, die niemand anderem ins Gehege kommt, sondern das genaue Gegenteil: eine Menge Ämter, die dasselbe tun wie andere

Stellen, nur anders, und die deswegen ständig miteinander im Streit liegen und um Einfluss ringen. Da wir davon ausgehen müssen, dass sich der Führer etwas dabei denkt, wenn er diese Zustände duldet, vermute ich, dass es auf diese Weise letzten Endes einfach besser funktioniert. Weil Kampf und Streit zum Leben dazugehören. Weil sie ein wichtiges Element der Evolution sind. Auf diese Weise setzen sich die stärksten, funktionstüchtigsten Elemente durch – und genau das braucht ein Reich, das angetreten ist, eines Tages die Welt zu beherrschen, nicht wahr?« Er nahm die Hände herunter, setzte sich wieder aufrecht hin und sah in die Runde. »Ich denke, genau das sollten wir auch tun: uns anstrengen. Kämpfen. Unsere Daseinsberechtigung unter Beweis stellen.«

»Die Frage ist, wie«, meinte Dobrischowsky.

Adamek nickte. »Genau deswegen sitzen wir hier.«

Schweigen. Allgemeines Nachdenken. Finstere Blicke, die sich in Tischplatten bohrten. Es war offenkundig, dass niemand eine Idee hatte, womöglich nicht einmal Adamek selber.

»Wir könnten«, sagte Eugen Lettke, »dabei helfen, U-Boote zu finden.«

Dobrischowsky gab ein prustendes Geräusch von sich. »Also, soweit ich weiß, kann das die Reichsmarine ganz gut selber.«

»Übrigens habe ich gehört, dass die Engländer versuchen, unseren Enigma-Code zu knacken«, warf Winfried Kirst ein. »Hat mir jemand von der Spionageabwehr erzählt. Pech für die Engländer, dass wir ihre Elektropost mitlesen können dank eines Agenten in der britischen Post …«

Allgemeines Gelächter, an dem sich alle beteiligten mit Ausnahme von Adamek. Der schaute im Gegenteil ziemlich verzagt drein.

»Ich meine nicht *diese* Art von U-Booten«, sagte Lettke geduldig.

»Sondern?«, fragte Dobrischowsky. »Wie viele Arten von U-Booten gibt es denn?«

»Es kommt immer häufiger vor, dass die SS oder die Gestapo Leute abholen will, die gesucht werden – politische Verbrecher, Fahnenflüchtige und so weiter – oder die deportiert werden sollen – Juden vor allem –, aber die Gesuchten nicht findet«, erklärte Lettke, was in diesem Kreis eigentlich allgemein hätte bekannt sein sollen. »Da wir ziemlich genau wissen, wer die Grenzen überquert, ist die einzige Erklärung dafür die, dass die Gesuchten von irgendwelchen Leuten versteckt werden. Und diese Verschwundenen –«

»Ah ja«, unterbrach ihn Möller. »Die nennt man auch U-Boote. Stimmt.«

Adamek sah Lettke an. »Und wie stellen Sie es sich vor, diese Verschwundenen aufzuspüren?«

Worauf Lettke erklärte, wie er sich das vorstellte. Er musste es zweimal erklären, beim zweiten Mal ausführlicher, und dann musste Adamek seinen Komputer einschalten, damit sie sich die Tabellen genauer anschauen konnten, und irgendwann hatten sie es dann alle begriffen.

»Pfiffig«, meinte Dobrischowsky anerkennend.

»Sie haben sich da ganz schön eingefuchst«, erklärte Kirst. »Ich hatte ganz vergessen, dass es diese Tabellen ja auch noch gibt.«

»Die wichtigste Frage ist«, sagte Adamek, »ob wir es so hinkriegen, dass es auf Anhieb funktioniert. Denn wenn uns das retten soll, dann nur, wenn wir den Reichsführer damit überraschen. Wenn es ihn regelrecht aus den Stiefeln haut. Das würde einen echten Probelauf aber verbieten, denn dann wäre es ja keine Überraschung mehr. Wenn wir schon vor seinem Besuch die Gestapo zu irgendeiner Adresse schicken, und die findet dort versteckte Juden – das würde Himmler unter Garantie zu Ohren kommen.«

»Ich denke schon, dass wir das hinkriegen«, erklärte Lettke. »Ich würde es drauf ankommen lassen.«

Man sah es in Adameks Gesicht arbeiten. Niemand sagte ein Wort.

»Wie ich es auch drehe und wende: Wenn wir es nicht darauf anlegen, Himmler zu überraschen, dann können wir das Ganze auch gleich bleiben lassen und die Koffer für Berlin packen«, meinte Adamek schließlich. Er nickte Lettke zu. »Also gut. Das machen wir. Legen Sie los. Holen Sie sich so viele Strickerinnen dazu, wie Sie brauchen.«

Lettke schüttelte den Kopf. »Ich brauch nur eine.«

* * *

Kaum hatte Helene ihre Auswertungen abgegeben, klingelte das Telephon, und Lettke bestellte sie zu sich – doch nicht, um weiteren Unterricht im Programmieren zu erhalten, sondern um ihr mitzuteilen, dass sie ab sofort für ein Projekt von höchster Dringlichkeit arbeiten würde, und zwar ausschließlich und unter absoluter Geheimhaltung. Von den üblichen Auswertungen für polizeiliche Zwecke sei sie so lange freigestellt; das würden ihre Kolleginnen übernehmen.

Dann erklärte er ihr, was für Auswertungen für dieses Projekt erforderlich waren. Es waren Auswertungen gänzlich neuer Art. Es ging darum, die Kontobuchungen zu Lebensmitteleinkäufen so mit den Artikel-, Nährwert- und Meldeamtstabellen zu verbinden, dass man feststellen konnte, wie viele Kalorien jeder Deutsche im Schnitt täglich zur Verfügung hatte. Und das Ganze musste schnell erstellt werden und vor allem zuverlässig funktionieren, denn es würde ein hochrangiges Regierungsmitglied kommen, dem man das alles vorstellen würde.

Helene fand dieses Vorhaben ausgesprochen verblüffend.

Sie selber hatte bislang eher den Eindruck gehabt, dass es den Regierenden hauptsächlich um ihren Krieg gegen den Rest der Welt ging, dem sie alles andere unterordneten, aber nun sah es ganz so aus, als habe ihr Vater recht, der immer behauptete, der Krieg sei nur eine unangenehme Notwendigkeit, um Deutschland dem Würgegriff der jüdischen Weltverschwörung zu entringen, dass es dem Führer und seinen Vertrauten im Kern aber um das Wohl des deutschen Volkes ging. Sie würde ihm wohl insgeheim Abbitte leisten müssen und Hitler ebenfalls, denn wozu sonst konnten diese Auswertungen dienen als dazu, Einblick in die Versorgungslage der Bevölkerung zu erhalten, zweifellos mit dem Ziel, ganz präzise feststellen zu können, wer Hilfe benötigte, um nicht aufgrund von Unterversorgung zu erkranken?

Das gefiel ihr. Ja, im Vergleich zu ihren sonstigen Aufgaben, bei denen es meistens darum ging, irgendwelcher Menschen habhaft zu werden, die Böses getan hatten oder böse Absichten verfolgten, war dies ein ausgesprochen erhebendes Vorhaben. Es gab ihr das Gefühl, etwas wirklich Sinnvolles zu tun, und nun, da sie den Vergleich hatte, merkte sie, wie sehr ihr das bisher gefehlt hatte.

Also gab sie sich große Mühe, die nötigen Programme und SAS-Befehle so korrekt und durchdacht wie möglich zusammenzustellen. Die Auswertungen, die zunächst für einzelne Städte erfolgen sollten, würden nach und nach das gesamte Reich umfassen, und sie sollten nicht einfach nur Ergebnisse liefern, sondern dies elegant und so zügig wie möglich tun.

Diese Mühe kostete natürlich Zeit, Zeit, die sie nicht hatte, denn das Vorhaben war außerdem dringend; der hohe Besuch konnte sich praktisch jeden Tag ankündigen. Also hatte sie viel zu tun, so viel, dass sie Arthur vernachlässigen musste – was andererseits nicht so tragisch war, sagte sie sich, denn dadurch würde sein Verlangen nach ihr neu angefacht werden. Außerdem gingen die Kondome langsam aus; es war sowieso notwendig, dass sie sich die Höhepunkte ihres Beisammenseins einteilten.

Ein weiterer Vorteil ihrer momentanen Überlastung war, dass sie einen ersten Terminvorschlag Ludolfs für einen Spaziergang ablehnen konnte, ohne lügen zu müssen.

Er rief kurz darauf wieder an und schlug einen zweiten Termin vor, den sie nicht mehr ablehnen konnte, denn inzwischen standen die Programme, erforderten nur noch etwas Kosmetik bei der Gestaltung der Ergebnislisten, was aber Kür war, nicht mehr Pflicht, und sie wagte es nicht, Ludolf anzulügen, denn jemand wie er verfügte vielleicht über die Verbindungen, zu erfahren, wie viel sie tatsächlich zu tun hatte.

Doch sie hatte Glück, denn er meldete sich wenig später erneut, um das Treffen seinerseits wieder abzusagen. Er klang richtiggehend zerknirscht, sagte irgendetwas von nicht aufschiebbaren Pflichten, die ihn zwängen, eine Reise anzutreten, deren Verlauf noch nicht absehbar sei, und bat sie um Nachsicht; auf keinen Fall solle sie glauben, es hätte etwas mit mangelnder Zuneigung seinerseits zu tun. Sie versprach ihm, das nicht zu glauben, und hörte danach zu ihrer unendlichen Erleichterung tatsächlich erst mal nichts mehr von ihm.

Sie beschloss, das als gutes Zeichen zu werten.

* * *

Dann, am 5. Oktober 1942, war es schließlich so weit.

Das hohe Regierungsmitglied, das das Nationale Sicherheits-Amt besuchte, war der Reichsführer SS, Heinrich Himmler, von dem man sagte, er sei der zweitmächtigste Mann im Staat.

Und Helene erfuhr, dass ihre Auswertungen ganz anderen Zwecken dienten, als sie vermutet hatte.

Sie hatte mitgeholfen, Arthur zu verraten.
Sie fühlte sich selber verraten.
Man hatte sie benutzt.
Alles, was ihr nun noch blieb, war zu sterben.
Oder … zu kämpfen.

41

Dann kam sie wieder zu sich und fand sich, zu ihrer Überraschung, in einer Besprechung mit August Adamek und seinen führenden Mitarbeitern wieder.

»Nein, nein, bleiben Sie, Fräulein Bodenkamp«, insistierte Adamek, als sie ihre Sachen packen und verschwinden wollten, weil sie sah, wie die Männer ihre Krawatten lockerten, die Zigaretten auspackten und etwas von »Nachbesprechung« sagten. »Sie haben makellose Arbeit geleistet, ich kann es nicht anders sagen. Absolut makellos. Ich bin wirklich froh, dass wir Sie haben.«

»Aber …«

»Nichts aber. Zum Teufel mit den Konventionen. Sie waren in der Schlacht dabei, also sollen Sie auch dabei sein, wenn wir die Beute sichten und überlegen, wie es weitergehen soll.«

Das war ja wohl als Befehl zu verstehen. Also legte Helene ihren Notizblock wieder hin und suchte sich einen Stuhl, auf dem sie nicht weiter stören würde. Vielleicht war es sogar ganz gut, wenn sie erst mal keine Gelegenheit hatte, sich zu verkriechen und in Verzweiflung zu versinken.

Die Erleichterung, die die Männer befallen hatte, war mit Händen zu greifen: Sie lümmelten sich hin, als habe sie alle Kraft verlassen, grinsten einander an, als habe ihre Lieblingsmannschaft die Meisterschaft gewonnen, und sahen bei alldem aus, als würde an diesem Tag nichts mehr mit ihnen anzufangen sein.

Das änderte sich, als Adamek seinen Rollstuhl mitten zwischen sie lenkte und sagte: »Also, meine Herren … meine Dame, meine Herren … Sie haben alle den Befehl des

Reichsführers gehört. Er will dieselbe Auswertung für ganz Deutschland. Ich schlage vor, dass wir mit Weimar beginnen und uns dann nach und nach voranarbeiten.«

Weimar. Helene war, als könne sie spüren, wie ihr Herz gefror. Das hieß, sie würden Arthur *noch heute* finden!

»Wieso Weimar?«, fragte der große, kahlköpfige Mann, der, soweit Helene wusste, Horst Dobrischowsky hieß. Sie kannte ihn vom Sehen, hatte aber noch nicht direkt mit ihm zu tun gehabt.

»Weimar«, erklärte Adamek, »weil wir uns hier am besten auskennen und deshalb die Ergebnisse am besten beurteilen können. Je nachdem können wir unsere Vorgehensweise anpassen und dann mit besseren Programmen weitermachen.«

Gab es eigentlich ein Entsetzen, das so groß war, dass man davon starb? Helene dachte daran, wie Arthur jetzt gerade ahnungslos in seinem Versteck saß, genauso ahnungslos, wie es diese Familie Frank in Amsterdam gewesen war, die sie an die SS ausgeliefert hatte, ohne zu wissen, was sie tat.

»Ja?«, fragte jemand. Adamek sah sie an. »Sie wollen etwas dazu sagen?«

Helene sah ihre Hand an. Sie war hochgezuckt, ohne dass sie es bemerkt hatte.

»Ich … ähm …«, sagte sie, dann bekam sie einen Gedanken zu fassen, der wie aus dem Nichts kam. »Ich frage mich, ob es nicht besser wäre, mit Berlin anzufangen. Psychologisch, meine ich.«

»Wieso denken Sie das?«, wollte Adamek wissen.

Ja, warum dachte sie das? Sie hatte das Gefühl, einfach drauflos zu plappern, als sie sagte: »Ich denke, in Berlin haben die meisten Juden gelebt. Also ist die Wahrscheinlichkeit, dass sich dort welche versteckt halten, am größten und auch, dass wir welche finden, selbst wenn das Programm noch nicht ganz perfekt ist. Das heißt, wenn wir mit Berlin anfangen würden, könnten wir dem Reichsführer am schnellsten und sichersten Erfolge präsentieren.«

Sie sah in staunende Augen. Alle Männer starrten sie an, als hätten sie noch nie im Leben eine Frau gesehen.

»Guter Punkt«, meinte Lettke.

»Ja«, stimmte ihm Kirst zu, der sich sofort eine Zigarette angezündet hatte. Von der ihm jetzt gerade die Asche herabfiel; er griff hastig nach dem Aschenbecher. »Hat was, der Gedanke.«

»Sie hat recht«, meinte der Kahlköpfige.

Adamek nickte, langsam und nachdenklich. »Das ist in der Tat gut überlegt. So werden wir es machen. Beginnen Sie so bald wie möglich.« Er nickte den Männern zu. »Kirst, Möller – Sie kümmern sich bitte darum, dass der Komputer zurückkommt. Und sagen Sie Engelbrecht Bescheid, dass er den Projektor wegbringt und hier aufräumt.«

* * *

Das Zittern in Helenes Bauch hatte immer mehr zugenommen, so sehr, dass sie zum Schluss befürchtet hatte, man könne es ihr ansehen. Sie war froh, als sie endlich wieder in ihrem Bureau war, allein, die Tür hinter sich zumachen und den Komputer einschalten konnte.

Würde irgendwann jemand das Protokoll überprüfen und herausfinden, was sie gerade tat? Vielleicht. Aber darauf konnte sie jetzt keine Rücksicht nehmen.

Denn: Sie handelte nicht nur gegen Adameks Befehl, sie handelte auch gegen das, was sie selber vorgeschlagen hatte. Sie rief das Programm auf, das sie Himmler vorgeführt hatte, das Programm, das immer noch auf Amsterdam ausgerichtet war, doch anstatt es auf Berlin umzustricken und zu starten, ließ sie es als Erstes über die Daten von Weimar laufen.

Das ging natürlich schneller, da Weimar weitaus weniger bevölkert war und daher weitaus weniger Daten auszuwerten waren.

Die Prozentzahlen rasten regelrecht.

Und dann kam die Liste. Geordnet nach Kalorienzahlen pro Kopf, fallend.

Erleichterung. So also fühlte sich grenzenlose Erleichterung an.

Die Familie Aschenbrenner stand *nicht* an erster Stelle. Nicht mal an hundertster.

* * *

»Ihr steht nicht auf der Liste«, erklärte Helene, als sie an diesem Abend bei Marie und Otto in der Küche saß und ihnen erzählt hatte, was heute im Amt vorgefallen war. »Und zwar aus dem einfachen Grund, dass ihr ja selber Nahrungsmittel produziert. Das heißt, das, was Arthur verbraucht, zweigt ihr von der Ernte ab, *bevor* es erfasst wird. Anders als die meisten Leute esst ihr Nahrung, die ihr *nicht* gekauft habt und die deshalb nicht in den Daten auftaucht.«

Otto nickte nachdenklich. »Unheimlich ist es aber trotzdem«, sagte er. »Dass sie einen derart im Blick haben. Ich meine, es ist ja nicht so, dass wir nicht auch was zukaufen. Im Sommer ist es leicht, von der Ernte zu leben, aber im Winter …«

»Jetzt, wo wir wissen, worauf wir achten müssen, werden wir einfach aufpassen«, meinte Marie.

»Ihr müsst *gut* aufpassen«, mahnte Helene. »Es darf euch kein Fehler unterlaufen. Selbst wenn ein Fehler nicht gleich bemerkt wird, die zugehörigen Daten bleiben gespeichert, und zwar für immer. Selbst wenn nicht gleich etwas passiert, kann der Fehler irgendwann später bemerkt werden. Im Prinzip jederzeit.«

»Und wenn uns so ein Fehler schon passiert ist, ohne dass wir es bemerkt haben?«, fragte Otto.

Helene schüttelte den Kopf. »Ich werde ja immer den Blick darauf haben. Momentan ist alles gut.«

Später, als sie in Arthurs Armen lag, erzählte sie ihm auch, was sie Marie und Otto erzählt hatte.

Und das, was sie den beiden verschwiegen hatte, verschwieg sie auch ihm: dass nämlich bei der Auswertung der Daten von Weimar ein bestimmter Name an erster Stelle gestanden hatte, zusammen mit einem Kalorienwert, der darauf hindeutete, dass die betreffende Person – es handelte sich laut Meldestelle um eine alleinstehende Dame – jemanden versteckt hielt und mitversorgte.

Sie hatte Marie und Otto nichts davon erzählt, weil sie sich gesagt hatte, dass die beiden schon genug Sorgen mit Arthur hatten. Unnötig, sie auch noch mit der Frage zu belasten, wie sie mit diesem Wissen umgehen sollte. Doch nun, da sie bei Arthur lag und seine Nähe genoss, fragte sie sich, ob nicht auch blanker Eigennutz dabei eine Rolle gespielt hatte: Denn sie erinnerte sich, dass ihr auch der Gedanke durch den Kopf geschossen war, dass die beiden, wenn sie von einem weiteren Versteckten erfuhren, vielleicht wissen wollen würden, um wen es sich handelte, ja, dem Betreffenden (wobei es gut möglich war, dass die fragliche Dame *zwei* Personen Unterschlupf bot) womöglich anbieten würden, ihn gemeinsam mit Arthur unterzubringen und sicherer zu verstecken, als es in der Innenstadt von Weimar möglich war.

Doch wenn sich Arthur das Versteck, das ja ursprünglich durchaus für zwei Personen gedacht gewesen war, mit jemandem teilen müsste, hätte das das Ende ihrer wunderbaren Schäferstündchen bedeutet.

Darüber dachte sie eine Weile nach, von Arthurs Liebkosungen in einen Zustand zwischen Wachen und Träumen versetzt. Sie würde, beschloss sie, die Dame warnen.

Die Frage war allerdings, wie sie das tun konnte, ohne dass dabei Spuren entstanden, die zu ihr führten. Telephonieren schied aus, das ließ sich anonym nicht bewerkstelligen. Selbst wenn sie eine Telephonzelle benutzen würde, würde sie das Gespräch doch bezahlen müssen, wodurch eine nachvollziehbare Spur geschaffen wurde. Persönlich vorstellig zu werden verbot sich natürlich von selbst; sie wusste ja nicht, ob die Frau wirklich schweigen würde.

Also blieb nur ein Brief. Und auch da musste sie darauf achten, die Fehler zu vermeiden, die den jungen Leuten von der »Weißen Rose« zum Verhängnis geworden waren.

Am nächsten Tag verfasste sie kurz vor Mittag in einem nicht gespeicherten Dokument folgenden Text:

> *Falls Sie jemanden vor der Polizei verborgen halten, bringen Sie die betreffende Person an einen anderen Ort, denn man ist Ihnen auf der Spur. Vernichten Sie bitte auch diesen Brief.*
>
> *Ein Freund*

Insbesondere die letzte Zeile kam ihr ziemlich geschickt vor, denn so, sagte sie sich, würde jeder unwillkürlich davon ausgehen, dass der Absender des Briefes ein Mann war, und niemand auf die Idee kommen, nach ihr zu suchen.

Sie schrieb die Anschrift, an die der Brief gehen sollte, ganz unten hin, und als alle in der Kantine waren, druckte sie das alles rasch und nervös aus. Auch der Druckvorgang wurde natürlich in einem Protokoll vermerkt, aber das war weiter nicht problematisch, weil sie immer mal wieder etwas um diese Zeit auszudrucken hatte.

Als sie den Ausdruck in Händen hielt, löschte sie das Dokument, ohne es zu speichern, faltete das Blatt zusammen und schmuggelte es abends aus dem Amt. Den Rest erledigte sie zu Hause: Sie schnitt die Adresse aus und klebte sie auf einen uralten Briefumschlag, der seit Ewigkeiten herumlag und dessen Gummierung schon so vertrocknet war, dass sie ihn mit Klebstoff schließen musste. Es gab zwar auch Drucker, die Briefumschläge bedruckten, aber solche hatten sie im Amt nicht, und die Adresse von Hand zu schreiben verbot sich natürlich.

Dann frankierte sie den Brief, ging unter dem Vorwand, Besorgungen zu erledigen, in die Stadt und warf ihn unterwegs ein.

Als sie zurückkam, fragte ihre Mutter: »Hast du dein Telephon vergessen?«

»Das hängt am Ladegerät«, erwiderte Helene, die das Gerät natürlich absichtlich zu Hause gelassen hatte. »Wieso?«

»Ludolf hat angerufen. Bei uns, weil er dich nicht erreicht hat. Du sollst ihn zurückrufen.«

* * *

Während Helene die Treppe hinaufging, den Zettel mit Ludolfs Telephonnummer in der Hand, hatte sie das Gefühl, dass sich ihre Knie mit jeder Stufe ein Stück mehr in Brotteig verwandelten. Bis sie in ihrem Zimmer ankam, war ihr, als wühle etwas Erbarmungsloses, Krankhaftes in ihrem Unterleib, wie eine Reaktion ihres Körpers, um etwas Ungesundes auszuscheiden.

Wieso war es ihr unmöglich, sich zu wehren? Wie hatte Ludolf es geschafft, ihre Eltern zu Verbündeten zu machen, und so zu erreichen, dass sie ihm ausgeliefert war?

Es blieb ihr nichts anderes übrig, als ihn anzurufen. Sobald sie wieder hinunterging, würde ihre Mutter sie danach fragen, und dann konnte sie unmöglich mit »Nein« antworten.

Sie zog das Ladekabel ab, nahm ihr Telephon zur Hand. Es schien schwerer zu sein als sonst, schwerer und irgendwie glitschig. Dann faltete sie den Zettel auseinander, aber sie brachte es nicht über sich, sich für dieses Gespräch auf ihr Bett zu setzen, wie sie es sonst immer tat, wenn sie beispielsweise mit Marie telephonierte, sondern drückte sich damit in die Ecke neben der Zimmertür. Dann wählte sie Ludolfs Nummer.

»Guten Abend, Helene«, meldete er sich mit öliger Stimme und so gelassen, als habe er genau gewusst, dass sie in diesem Moment anrufen würde. »Ich darf doch Helene sagen?«

»Ja, natürlich«, antwortete Helene, ohne nachzudenken, und bedauerte es sofort. Da er darauf nicht reagierte, hatte sie das Gefühl, ihm eine Erklärung schuldig zu sein, und sagte hastig: »Ich war in der Stadt unterwegs, hab aber das Telephon zu Hause gelassen.«

Sie hörte ihn lachen. »Das ist schon auffallend, hmm? Leute, die in irgendeiner Weise für den Geheimdienst arbeiten, neigen dazu, ihr Telephon nicht bei sich zu tragen …«

»Ich hatte es am Ladegerät«, verteidigte Helene sich und fragte sich zugleich, wieso sie das eigentlich machte. »Und im Amt darf man es ja nicht bei sich haben.«

»Danke jedenfalls für den Rückruf«, meinte er gelassen. »Wir hatten ja vereinbart, uns zu einem Spaziergang in der schönen deutschen Natur zu treffen. Bisher ist es an meinem übervollen Terminkalender gescheitert, wofür ich vielmals um Verzeihung bitte. Kommenden Sonntag jedoch könnte ich mich freimachen, und ich habe gehört, in Weimar sei es entlang der Ilm besonders schön.«

Helene nickte unwillkürlich. »Das stimmt«, sagte sie.

»Wie wäre es dann am Sonntag um fünfzehn Uhr? Ich würde Sie abholen, wenn Sie einverstanden sind.«

Nach all den Ausreden, mit denen sie ihn hingehalten hatte, blieb ihr ja wohl nichts anderes übrig. »Ja«, sagte Helene, und ihrer Mutter zuliebe fügte sie hinzu: »Gerne.« Dann begehrte etwas in ihr gegen die Vorstellung auf, mit Ludolf von Argensleben allein in einem Auto zu sitzen, und sie sagte hastig: »Wir könnten uns aber auch einfach am Stadtschloss treffen.«

»Wäre Ihnen das lieber?«, hakte er nach. »Aber wie kommen Sie dann dorthin?«

»Mit dem Fahrrad …« Sie hielt inne. Schlechte Idee. Mutter würde ja bestimmt darauf bestehen, dass sie sich für den Spaziergang herausputzte, ein gutes Kleid anzog und so weiter. Das vertrug sich alles nicht besonders gut mit dem Fahrradfahren. Sie ruderte zurück: »Das heißt … ich weiß nicht, ob man das am Schloss irgendwo unterstellen kann …«

»Man sagt uns nach«, meinte Ludolf, »dass man im neuen Deutschland sein Fahrrad ohne Bedenken überall abstellen kann, weil all die kleinen Diebstähle, die früher alltäglich waren, der Vergangenheit angehören.« Er lachte auf, aber es klang irgendwie gespielt. »Möchten Sie das gern auf die Probe stellen?«

Nein, eigentlich wollte sie das nicht. Außerdem hatte sie die dunkle Ahnung, dass dieser Spaziergang mit Ludolf sie alle Kraft kosten und sie hinterher außerstande sein würde, zurück nach Hause zu radeln.

»Ach«, brachte sie mühsam heraus, »eigentlich wäre es mir doch ganz recht, wenn Sie mich abholen. Falls es nicht zu viel Mühe ist.«

»Für Sie, meine liebe Helene, ist mir keine Mühe zu viel«, erwiderte er so ölig, dass ihre Beine nachgaben und sie langsam, aber unaufhaltsam an der Wand abwärtsrutschte. »Dann ist es also abgemacht. Ich freue mich. Bis Sonntag!«

»Bis Sonntag«, sagte Helene, dann riss sie das Telephon vom Ohr und drückte die rote Taste so fest, dass das Metall der Hülle knackte.

Es war vollbracht. Und immerhin konnte sie ihrer Mutter berichten, dass sie sich verabredet hatte.

Sobald sie es schaffte, sich wieder zu erheben. Ihr war übel. Besser, sie legte sich erst einmal ein bisschen hin. Am besten hier in der Zimmerecke, in der sie ohnehin schon saß.

42

Am nächsten Tag war das Erste, was Helene im Bureau tat, tief Luft zu holen, die Finger auf die Tasten zu legen und dann … die Personensuche aufzurufen.

Das musste jetzt einfach sein. Ludolf hatte ihr eine Verabredung abgerungen und zweifellos nicht die Absicht, es dabei bewenden zu lassen, also war es höchste Zeit, alle Bedenken beiseitezuschieben und nachzuschauen, was es über ihn zu wissen gab.

Und galt das überhaupt als private Nutzung von Daten? Immerhin war sie Mitarbeiterin des Nationalen Sicherheits-Amtes, und Ludolf von Argensleben konnte nach allem, was sie wusste – oder besser gesagt, *nicht* wusste –, theoretisch ja ein feindlicher Agent sein, der sie aushorchen wollte!

Nach Recht und Gesetz hätte sie bei der Völkers eine Sicherheitsüberprüfung für ihn beantragen müssen.

Aber das würde sie natürlich nicht tun.

Außerdem: Wen würde die Völkers denn mit einer solchen Überprüfung beauftragen? Sie, Helene. Na gut, eher jemand anders. Aber wenn es um Komputer ging, hatte Helene in jede andere weniger Vertrauen als in sich selbst.

Sie kürzte das ganze Verfahren im Grunde nur ab. Ersparte allen Mühe und Aufwand. Das Reich hatte andere Sorgen.

Also: Personensuche. Ludolf von Argensleben.

Kam sofort. Sein Passbild. Schmeichelhaft photographiert, eindeutig von einem Meister seines Fachs. Seine Bürgernummer. Sein Geburtstag: 3. Oktober 1907. Sein Wohnsitz: Ein Landsitz in Ostpreußen. Verweise auf Eltern, Großeltern, Geschwister. Familienstand: unverheiratet, keine Kinder. Rassestatus: A.

Aber mehr stand da nicht.

Sie rief seine Bankdaten ab, doch statt einer Liste seiner Buchungen des laufenden Monats kam: »Zugriff gesperrt.«

Sie probierte es mit seiner Telephonnummer, mit demselben Ergebnis.

Unheimlich.

Sie hatte nicht gewusst, dass es Personen gab, deren Daten nicht zugänglich waren.

Das hieß, doch – *gehört* hatte sie, so etwas passiere, wenn man versuche, auf die Daten von Adolf Hitler selbst zuzugreifen. Und dass das Nächste, was dann passiere, sei, dass man Besuch von der SS bekäme.

Überwältigt von jäher Panik zuckten ihre Hände nach vorn, unterbrachen die Verbindung zu den Telephontabellen und löschten das Ergebnis. Höchst beunruhigend, dass Ludolf offenbar in dieselbe Kategorie gehörte wie der Führer selbst.

Beunruhigend war auch, dass ihn das irgendwie interessanter machte …

* * *

Endlich lief das mit dem Aufspüren der versteckten Juden so weit in geordneten Bahnen, dass er die Ruhe fand, der Spur nachzugehen, auf die ihn Cäcilia unwissentlich gesetzt hatte.

Cäcilia! Wie es ihr inzwischen wohl ging? In den Nachrichten kam nichts, nur, dass man Alfred Schmettenberg unbegleitet in der Oper gesehen habe. Kein Wunder, denn Cäcilia war der Gestapo übergeben worden, und ab da verlor sich ihre Datenspur. Von ihrem jüdischen Liebhaber wusste er nur, dass dieser versucht hatte, über das besetzte Frankreich nach

Süden zu fliehen, doch die SS hatte ihn erwischt und ins SS-Sonderlager Hinzert überstellt – mehr war nicht zu erfahren und würde auch nie zu erfahren sein.

Tja. Das hätten die beiden alles anders haben können, wenn sich Cäcilia nur ein bisschen weniger dumm angestellt hätte. Nun war es zu spät, und das hatte sie allein sich selber zuzuschreiben.

Blieb das vierte Mädchen von seiner Liste, von dem er bis jetzt nur den Vornamen Vera wusste – und neuerdings eben, dass sie mit Cäcilia Schmettenberg, geborene Noller, in derselben Schulklasse gewesen war.

Mehr hätte er längst wissen können, wären die Tabellen der Schulbehörde nicht so unordentlich angelegt gewesen. Jede Schule schien ihr eigenes Tabellenformat ausgetüftelt zu haben, benannte die Felder ein wenig anders (statt Vorname V-Name, VNAME, Name_Vor – und das war noch der einfachste Fall!), sodass er die Abfrage für jede Schule separat schreiben musste.

Nun, immerhin eine nützliche Übung seiner neu erworbenen Fähigkeiten.

In den Klassenverzeichnissen des Schiller-Gymnasiums von 1927 wurde er schließlich fündig. Cäcilia Noller hatte das Gymnasium mit guten Noten und ohne Sitzenbleiben absolviert, und die ganze Zeit hatte es nur eine einzige Vera in ihrer Klasse gegeben: eine Vera Schneider.

Nicht gerade der seltenste Name, aber in den Tabellen der Oberprima standen auch schon die Bürgernummern, und darüber fand er sie im Bürgerverzeichnis auf Anhieb. Auch hier war das Photo hinterlegt, das man für den Kinderausweis und ihre erste Bankkarte verwendet hatte, und dieses Bild entsprach so exakt Eugen Lettkes Erinnerungen, als hätte man es an jenem bewussten Nachmittag der Schande aufgenommen, als besagte Vera Schneider allen Ernstes verlangt hatte, man möge seine Kleider aus dem Dachfenster auf die Straße hinabwerfen und ihn dann nackt hinunterschicken, um sie aufzulesen. Ihn, den Sohn eines Kriegshelden!

Er brauchte nur an diesen Moment zu denken, um das Blut in seinen Ohren pochen zu hören.

Nun, auch sie würde noch an die Reihe kommen. Auch sie würde noch in irgendeiner Weise dafür bezahlen.

Vera Schneider. Unverheiratet. Rassestatus B.

Und … seit 1937 Aufenthalt in den USA, Wohnsitz unbekannt!

Eugen Lettke sprang unwillkürlich auf, eilte ans Fenster, sah hinaus, die Hände auf der plötzlich wie wild pumpenden Brust. Das durfte jetzt nicht wahr sein, oder? Das *durfte* einfach nicht wahr sein!

Ein Irrtum. Es *musste* einfach ein Irrtum sein, ein Datenfehler. Er beruhigte sich, kehrte zurück an den Komputer, löschte das Datenblatt, das ihn verhöhnen zu wollen schien. Er hatte ihre Telephonnummer, ihre Kontonummer, und er wusste, was man damit in Erfahrung bringen konnte, wusste, wie es ging, konnte es selber!

Ihre letzte gespeicherte Kontobuchung stammte vom Oktober 1937, aus einem Restaurant im Hamburger Hafen. Seither lagen nur noch knapp vier Reichsmark auf ihrem Konto, weil sie kurz vor jener letzten Buchung fast alles in US-Dollar umgetauscht hatte.

Und ihr Telephon hatte sie abgemeldet, wenige Tage, bevor sie das Schiff nach Amerika bestiegen hatte.

Eugen Lettke packte seinen Notizblock und schleuderte ihn wütend quer durchs Bureau. Hatte sich denn alles gegen ihn verschworen? Erst sein körperliches Versagen bei Cäcilia, dann dieses Frauenzimmer hier, das die Stirn hatte, in ein Land abzuhauen, das kein Meldewesen kannte, in Sachen Komputernutzung überhaupt noch Entwicklungsland war:

Wie sollte er sie dort je wieder aufspüren? Sie konnte in den USA geheiratet haben, konnte heute eine »Mrs John Smith« sein, die mit keiner Abfrage der Welt auffindbar war!

* * *

An einem der folgenden Abende lagen Helene und Arthur nebeneinander auf seinem Bett, nackt, wie Gott oder die Evolution sie geschaffen hatte, und taten einmal mehr, was sie schon seit einer Weile taten: Sie betrachteten das letzte Kondom und sprachen darüber, wann sie es benutzen wollten.

Arthurs Versteck roch nach Holz und Heu, wie immer, und nach dem Schweiß ihrer Körper, weil sie einander bereits Vergnügen bereitet hatten auf eine Weise, die nicht zu einer Empfängnis führen konnte.

»Irgendwann *müssen* wir es benutzen«, stellte Helene fest. »Es immer nur anzuschmachten wäre jedenfalls die reine Verschwendung.«

Arthur gab einen Seufzer von sich. »Das letzte Mal. Das ist bitter.«

»Ja, stimmt«, gab Helene zu. »Es zu tun in dem Wissen, dass es das letzte Mal sein wird ...«

Sie hatte keine Ahnung, wo und wie sie neue Kondome hätte besorgen können. Lettke würde unter Garantie keine mehr in seiner Schublade lassen, darauf konnte sie Gift nehmen.

»Und wenn wir doch noch einmal versuchen, eins wiederzuverwenden?«, schlug Arthur vor. »Ich hab die letzten paar aufgehoben. Ausgeleert, ausgespült –«

»Kommt nicht in Frage«, widersprach Helene vehement. »Das ist viel zu riskant. Glaub der Tochter eines Mediziners. Das haben schon andere probiert und dabei prächtige Kinder gezeugt. Entweder, du spülst zu wenig, dann kann was hängen bleiben, oder du spülst zu heftig – du hast ja gesehen, was dann passiert!«

»Ich würde diesmal halt was anderes nehmen als eine holzige Möhre.«

»Die war nicht holzig. Die war rund und glatt. Und der Frommser ist trotzdem gerissen.«

Arthur seufzte wieder. »Die stellen die wahrscheinlich absichtlich so her, dass man immer einen neuen braucht.«

»Wahrscheinlich.«

Es war seltsam anders, hier mit Arthur zu liegen und zu wissen, dass sie mit Ludolf verabredet war. Helene hatte Arthur nichts davon erzählt – warum auch, schließlich war es nur ein harmloser Spaziergang im Ilmpark, am hellen Sonntagnachmittag, wenn wahrscheinlich halb Weimar auf den Beinen sein würde.

Trotzdem war es irgendwie mehr als das, und dass das voraussichtliche Ende ihres geschlechtlichen Verkehrs mit Arthur mit dieser Verabredung zusammenfiel, kam ihr wie mehr als Zufall vor: Es war, als hätte Ludolf schon Rechte auf sie erworben, allein dadurch, dass er ihre Eltern als Verbündete gewonnen hatte. Er hatte sie dazu gebracht, ihm ihre Tochter quasi schon zu versprechen, und ihre eigene Zustimmung zu dem ganzen Arrangement war irgendwie nur noch eine Formsache, nur eine Frage der Zeit. Hier waren archaische Kräfte am Werk, erwachten Traditionen aus germanischen Urzeiten, aus Zeiten, als Frauen nur Beute und Besitz gewesen waren – falls es überhaupt stimmte, was man darüber so erzählte.

All das ging ihr durch den Kopf, und dann stieg plötzlich ein wilder Impuls in ihr auf, halb Wut, halb Panik: der unbedingte Wunsch, wenigstens noch ein einziges Mal das zu tun, was *sie* wollte. Wenigstens noch ein einziges Mal ihrem Begehren freien Lauf zu lassen, der reinen Lust zu gehorchen ohne jede Sorge um ein Gestern oder Morgen.

Es geschah wie von selbst, dass sie sich Arthur zuwandte und ihren Körper tun ließ, was er tun wollte. Und ihr Körper wollte sich über den seinen schieben, ihn küssen, ihn mit hundert Händen überall fassen und spüren, wie seine Männlichkeit erwachte.

»Einmal müssen wir es ja doch benutzen«, wisperte sie heiß in sein Ohr. »Und wer weiß, was morgen sein wird …«

Arthur widersprach nicht. Und so zerfloss sie unter ihm, vergaß alle Würde und alle Zurückhaltung, gab sich ihm hin, als gäbe es dieses Morgen, von dem sie gewispert hatte, tatsächlich nicht.

43

Die Woche endete damit, dass Adamek ihn am Freitagnachmittag zu einer Besprechung bat und zu Lettkes Überraschung die Bodenkamp auch eingeladen war. Nur sie beide und der Chef – was waren das denn jetzt für neue Moden?

Aber Lettke ließ sich natürlich nichts anmerken.

Immerhin rauchte mal niemand.

Der Strickerin schien es selber unangenehm zu sein. Wie sie da mit ineinander verschlungenen Fingern in dem knarrenden alten Stuhl saß, sah sie aus, als wolle sie sich durch schiere Willenskraft in Luft auflösen.

Adamek scherte sich, wie üblich, einen feuchten Dreck darum, wie es jemandem ging. Er kam wie ein Rennfahrer angerollt, knallte eine zum Bersten gefüllte Aktenmappe auf den Tisch und knurrte: »Wie Sie sehen, hält die SS offensichtlich nichts vom Papiersparen. Die machen keinen Handstreich, ohne einen ellenlangen Bericht darüber zu verfassen und in x Exemplaren auszudrucken und zu verteilen.« Er legte die Hand auf die Mappe. »Das sind alles Berichte von den Haussuchungen und Festnahmen in Berlin. Die übrigens bemerkenswert erfolgreich waren: Bis auf zwei Fälle hat die SS an allen Adressen, die wir ermittelt haben, versteckte Juden, Kommunisten oder Deserteure gefunden, und bei den zwei Fehlschlägen ist nicht auszuschließen, dass die Betreffenden irgendwie gewarnt wurden. Diese Bilanz kam per Elektropost, zusammen mit, ich weiß nicht, einem halben Dutzend Elektrobriefen von Himmler persönlich, der sich gar nicht einkriegt vor Begeisterung. Tja, und dann kam das hier, per Kurier auch noch. Ich hab erst gedacht, die sind wahnsinnig, mir das alles zu schicken, aber dann habe ich ein bisschen reingelesen und muss zugeben, dass diese Vorgehensweise auch ihre Vorzüge hat.«

Lettke musterte die Bodenkamp, die bei all dem das Gesicht verzog, als wolle sie jeden Moment in Tränen ausbrechen. Typisch weiblicher Mitleidsanfall vermutlich. Hielt sich für schuld am Schicksal der entdeckten Juden.

Es gab schon gute Gründe, warum man Frauen die Programmierarbeit überließ und Männer heranzog, wenn es zu tun galt, was getan werden musste. Das musste er Adamek mal bei Gelegenheit irgendwie nahebringen.

Der schlug die Mappe auf, blätterte in dem in der Tat beeindruckenden Papierstapel. »Jeder Bericht schildert unter anderem im Detail, wie die jeweils ausgehobenen Verstecke ausgesehen haben. Und was das anbelangt, haben die Leute eine geradezu bewundernswerte Phantasie an den Tag gelegt. Die SS hat Kleiderschränke mit doppelten Hinterwänden gefunden, Hohlräume unter Bodenplanken, falsche Bücherregale, ja, sogar Haltegurte unter Betten, mit denen sich jemand so festbinden konnte, dass man ihn bei einem Blick unters Bett in der üblichen Weise nicht entdeckt hat. Wobei das Verstecke waren, in die sich die Leute nur im Fall einer Haussuchung zurückgezogen haben. Wenn man die verlässliche Information hat, dass sich in einem Haushalt mehr Personen aufhalten als gemeldet, ist es natürlich nur eine Frage der Zeit, bis die überzähligen Personen auch gefunden werden.«

Er blätterte weiter, teilte den Stapel. »Aber es sind auch etliche Verstecke beschrieben, die beinahe funktioniert hätten. Es ist erstaunlich, in wie viele Häuser man geheime Zimmer einbauen kann. Die SS hat ausgebaute Dachböden vorgefunden, verborgene Kellerräume und trickreiche Anbauten, Konstruktionen also, die ein enormes Maß an krimineller Energie verraten. All das hat mich auf den Gedanken gebracht, einmal zu versuchen, versteckte Personen aufzuspüren, indem wir die Käufe bestimmter Gegenstände als Indikatoren benutzen. Dachbodenleitern zum Beispiel spielen bei einer großen Anzahl von Verstecken eine Rolle – womöglich kämen wir, indem wir einfach nur Käufer von solchen Leitern in Betracht ziehen, noch mehr U-Booten auf die Spur?«

Ein Zucken ging durch die Programmstrickerin, als sie ruckartig die Hand hob. »Meine Eltern haben auch eine Dachbodenleiter gekauft, aber sie verstecken niemanden. Ich würde davon ausgehen, dass die meisten Fälle harmlos sind. Das heißt, wenn Sie die SS zu allen Käufern von Dachbodenleitern schicken, geht unsere Erfolgsrate sofort in den Keller.«

Lettke begriff, was sie sagen wollte, und ergänzte: »Und dann wäre es im Nu wieder vorbei mit der Begeisterung des Reichsführers.«

Adamek nickte ungeduldig. »Ja, so einfach wollte ich es mir natürlich auch nicht machen. Ich denke eher, dass es vielleicht *Kombinationen* von Käufen gibt, die ein Indiz für den Bau eines Verstecks sind – beispielsweise, wenn jemand eine Dachbodenleiter, Dämmwolle und eine Camping-Toilette kauft. Oder so.« Er legte die Berichte wieder übereinander. »Mir geht es darum, auch die Versteckten aufzuspüren, die nicht durch erhöhten Kalorienverbrauch auffallen. Ich bin überzeugt, dass uns da noch eine Menge Fälle durch die Lappen gegangen sind. Denken Sie nur an Konstellationen, in denen eine sehr große Familie noch jemanden aufgenommen hat – und womöglich sind ein paar schlechte Esser dabei, dann braucht sich nicht mal jemand einzuschränken, und der Kalorienschnitt ist trotzdem unauffällig. Außerdem ist es kriegsbedingt inzwischen so, dass man in vielen Gegenden gar nicht mehr so viel kaufen kann, wie man will, sondern nur das, was noch da ist. In manchen Orten wird schon lokal rationiert: Das unterläuft unser System natürlich!«

»Wir könnten«, schlug Lettke vor, der es an der Zeit fand, die Sache an sich zu reißen, »die Berichte analysieren, verschiedene Kombinationen von Käufen zusammenstellen und ausprobieren, welche davon die meisten der tatsächlichen Fälle *auch* gefunden hätte und in welchem Verhältnis die Zahl dieser Funde zur Zahl der sonstigen Treffer steht.«

»Genau«, sagte Adamek. »Das Ideal wäre eine Kombination von Einkäufen, die überhaupt *nur* bei Leuten vorkommt, die einen Illegalen verstecken.«

»Die finden wir sicher nicht auf Anhieb«, meinte Lettke. »Aber wir können versuchen, uns ranzutasten. Und damit dann auch die finden, die nicht durch erhöhten Kalorienverbrauch auffallen.«

»So machen wir es.« Adamek klappte den Aktendeckel zu, schlang den Gummi, der das alles zusammengehalten hatte, wieder darum und schob das Bündel über den Tisch. »Und zwar Sie beide, als bewährtes Team.« Er rollte ein Stück rückwärts zum Zeichen, dass er die Besprechung als beendet betrachtete. »Halten Sie mich auf dem Laufenden.«

Nachher, auf dem Flur, drückte Lettke den dicken Aktenordner der Bodenkamp in die Arme und sagte: »Lesen Sie sich die Dinger durch, und arbeiten Sie ein Konzept aus, wie wir vorgehen können. Das besprechen wir dann.«

* * *

Eugen Lettke schloss ungeduldig die Tür hinter sich und verdrängte ein flüchtiges Gefühl von Unruhe bei dem Gedanken, das Ganze der Bodenkamp zu überlassen. Die würde das schon machen. Klar, er hatte ihr die Konzeptarbeit mit aufgehalst, aber warum sollte sie das nicht hinkriegen? So schwer war das nicht. Und selbst wenn: Sie würde sich ja wohl kaum beschweren gehen. Sie wusste genau, dass er sie in der Hand hatte.

Oder? Zumindest, falls ihr noch nicht aufgegangen war, dass ihn der bloße Besitz von Kondomen genauso angreifbar machte wie deren Diebstahl sie.

Egal. Er hatte im Moment jedenfalls nicht den Kopf dafür, sich mit Adameks seltsamen Mutmaßungen zu beschäftigen. Ihm war vorhin eine Idee gekommen, wie sich Vera Schneider vielleicht doch noch aufspüren ließ, und er konnte es kaum erwarten, diese Idee umzusetzen.

Er schaltete seinen Komputer ein, schaute aus dem Fenster, während der Bildschirm langsam hell wurde. Draußen lag dichter, heller Nebel über der Stadt, hüllte alles ein, vermittelte einem das angenehme Gefühl, geschützt zu sein. Was im Hinblick auf Luftangriffe auch zutraf; bei einem derartigen Nebel flogen die englischen Bomber nicht. Wobei sie ohnehin nachließen. Wie viele Luftalarme hatte Weimar dieses Jahr gehabt? Zwei oder drei, kaum der Rede wert. Letztes Jahr waren es noch über dreißig gewesen. Sowieso hatten es die Engländer bislang nur ein einziges Mal bis Weimar geschafft, im Frühjahr 40, eine ziemlich dilettantische Aktion zudem, mit der sie so gut wie keinen Schaden angerichtet hatten.

Der Komputer war einsatzbereit. Lettkes Finger bebten vor Aufregung, als er sie auf die Tasten legte. Albern: Was würde er denn machen, wenn er Vera Schneider in den USA aufspürte? Es herrschte ja Krieg, er konnte also nicht einfach hinfahren. Was das anbelangte, hätte sie genauso gut auf dem Mond leben können.

Doch irgendwie spielte das keine Rolle. Das Verlangen danach, zu wissen, wo sie sich befand und was sie machte, war stärker als alle vernünftigen Gründe dagegen.

Folgendes war die Idee: Auch wenn Vera Schneider Deutschland im Jahre 1937 verlassen hatte, hatte sie davor doch bestimmt Freunde und Bekannte gehabt, mit denen sie auch nach ihrem Wegzug zumindest noch eine Weile Kontakt gepflegt hatte oder vielleicht noch pflegte. Soweit dieser Kontakt über das Weltnetz erfolgt war, mussten sich die entsprechenden Elektrobriefe und Nachrichten in den Datensilos des NSA befinden, und wenn es ihm gelang, sie aufzustöbern, mochten sich darin Hinweise auf ihren Aufenthaltsort und ihre Lebensumstände finden: Das war ja das, was man seinen Freunden und Familienangehörigen in erster Linie mitteilte, wenn man sich in der Fremde befand.

Paradoxerweise spielte ihm der Umstand, dass Krieg herrschte, dabei in die Hände: Denn während der normale Briefverkehr zwischen den verfeindeten Ländern so gut wie zum Erliegen gekommen war, funktionierte der Elektropostverkehr nach wie vor. Zwar wurden natürlich alle Elektrobriefe gelesen und gegebenenfalls zensiert, ehe sie die Grenze überquerten, doch da das größtenteils von speziellen Komputern erledigt wurde, stellte es kaum mehr als eine Unbequemlichkeit dar.

Er begann also mit einer Abfrage, mit wem Vera Schneider vor ihrem Wegzug häufig telephoniert oder Elektrobriefe oder Nachrichten ausgetauscht hatte. Das lieferte ihm eine Liste von Bürgernummern, zu denen er die Daten anschließend von Hand nachschlug. Die Bodenkamp hätte das zwar vermutlich elegant mit ein paar Klammern und einer weiteren Abfrage gelöst, aber das auszutüfteln hatte er gerade nicht die Geduld. So viele waren es auch nicht. In der Liste fand er ihre Eltern und ihre jüngere Schwester, außerdem eine Reihe von Frauen im selben Alter wie sie, die alle in Berlin lebten. Eine davon, eine gewisse Gertrud Kuhl, musste so etwas wie ihre beste Freundin gewesen sein; mit ihr hatte Vera Schneider mehr Nachrichten ausgetauscht als mit allen anderen zusammengenommen.

So weit, so gut. Er speicherte diese Liste ab und machte sie zur Grundlage aller weiteren Abfragen.

Mit der nächsten ließ er ermitteln, welche dieser Kontaktpersonen nach Vera Schneiders Weggang 1937 Telephonanrufe aus den USA erhalten oder selber welche dorthin geführt hatte. Vor dem Krieg war das ja überhaupt kein Problem gewesen.

Diese Ergebnisliste fiel enttäuschend kurz aus. Zwei Anrufe bei ihren Eltern unmittelbar nach ihrer Ankunft in den Staaten, von zwei unterschiedlichen Nummern aus, die, wie Lettke dank der Dateien seines Amerika-Projekts rasch herausfand, zwei New Yorker Hotels gehörten. Man konnte sich lebhaft vorstellen, was der Inhalt dieser Gespräche gewesen war: *Bin jetzt da – die Reise war lang – die Hochhäuser hier sind unglaublich hoch – bin jetzt in dem und dem Hotel – muss sehen, wie es weitergeht.*

Oder so ähnlich.

War Vera Schneider eigentlich alleine ausgewandert oder zusammen mit jemandem, einem Mann zum Beispiel? Das ließ sich zweifellos irgendwie aus den Dateien der Grenzübertritte und Schiffspassagen eruieren, aber dafür hätte er die Bodenkamp um Hilfe bitten müssen, und dazu hatte er gerade keine Lust. Außerdem lief ihm diese Option nicht davon.

Stattdessen machte er sich daran, die Abfrage zu erstellen, von der er sich am meisten versprach: die Suche nach Elektrobriefen, die Vera Schneider ihren Kontaktpersonen von Amerika aus geschickt hatte.

Das Problem hierbei war, dass er ja ihre Absenderadresse nicht kannte. Wie auch? Das war in den Staaten völlig anders organisiert als hierzulande. Es gab dort keine Behörde, die solche Adressen eindeutig und nachvollziehbar zuordnete, sondern jeder, der einen Komputer mit dem Weltnetz verband, konnte solche Adressen mehr oder weniger nach Lust und Laune festlegen.

Doch vielleicht, so hatte er sich überlegt, *war* das gar kein Problem. Wenn sie ihren Freundinnen oder Eltern Elektrobriefe geschrieben hatte, dann würde sie die ja wahrscheinlich mit so etwas wie *Viele Grüße, Vera* abgeschlossen haben. Was bedeutete, dass er ihre Elektropost finden konnte, wenn er einfach nur alle Elektrobriefe, die ihre Kontaktpersonen *empfangen* hatten, danach filterte, ob sie irgendwo das Wort »Vera« enthielten.

Das war eine Abfrage, die zweifellos ziemlich lange dauern würde, deswegen überprüfte er jede Klammer und jedes Satzzeichen doppelt und dreifach, ehe er den *Ausführen*-Befehl gab.

Sie dauerte sogar noch länger als gedacht. Die Prozentanzeige kam ihm vor wie eingefroren, sprang immer erst dann einen Punkt weiter, wenn ihn gerade das Gefühl beschlich, dass er etwas falsch gemacht hatte und die Sache vielleicht besser abbrach. Außerdem tauchte ab und zu die Meldung *Zugriffsprobleme bei DS 163* auf, was ihm überhaupt nichts sagte.

Er musste die Bodenkamp bei Gelegenheit fragen, was es damit auf sich hatte.

Aber nicht heute. Heute würde er ausharren, bis die 100 Prozent erreicht waren.

Bis jetzt war er bei 4 Prozent. Vielleicht würde es nicht mehr heute sein, wenn die Abfrage endlich durch war.

Egal.

* * *

Was hatte Lettke nur? Schon in der Besprechung bei Adamek hatte er sie immer wieder so seltsam gemustert, und jetzt das? Überließ ihr, was eigentlich seine Arbeit gewesen wäre – war das eine Art Anerkennung? Eine Gegenleistung dafür, dass sie ihm ein bisschen was über SAS beigebracht hatte? *Zu* viel vielleicht sogar, wenn man sich ansah, was er draus machte.

Oder war er einfach nur faul geworden?

Jedenfalls hatte sie die Sache nun an der Backe. Sie

schleppte die dicke Mappe durchs Treppenhaus, brauchte beide Arme dazu und hatte Mühe, die schwergängigen Schwingtüren aufzudrücken, mit der Schulter, den Knien und den Ellbogen.

Wie unbelebt das Amt heute wirkte! Man traf niemanden auf den Fluren, im ganzen Gebäude herrschte eine so gespenstische Stille, als läge hinter jeder Tür jemand tot auf dem Boden. Die ganze Welt schien die Luft anzuhalten – oder kam ihr das nur so vor?

Vielleicht hatte es etwas mit dem Nebel zu tun, dachte sie, als sie endlich ihr Bureau erreicht und es geschafft hatte, die Tür aufzuschließen, ohne den Inhalt der Mappe über den Flurboden zu verteilen. Vor dem Fenster war ein so dickes Grau, als sei der Rest der Welt verschwunden, ja, schon die gegenüberliegende Straßenseite war mehr zu erahnen, als zu erkennen.

Helene setzte sich, erfüllt von abgrundtiefer Erschöpfung. Die natürlich etwas mit dem Abend gestern mit Arthur zu tun hatte. Ihr Beisammensein war so intensiv gewesen wie selten zuvor, hatte sie so aufgewühlt, dass sie nach ihrer Rückkehr ins Elternhaus kaum Schlaf gefunden hatte.

Oder war das schon ein fiebriger Zustand? Kündigte sich eine Erkältung an? Die man zweifellos als Versuch ihres Körpers hätte verstehen müssen, der Verabredung am Sonntag noch zu entkommen.

Nur, dass es kein Entkommen geben würde. Sollte sie sich mit Fieber ins Bett legen, würde Ludolf zweifellos mit einem Blumenstrauß bewaffnet an ihrem Krankenlager auftauchen, und diese Vorstellung gefiel ihr noch weniger als der drohende Spaziergang durch den Ilmpark.

Sie entfernte die Gummibänder um die Akte, breitete den Inhalt vor sich aus, legte Notizblock und Stift bereit und begann, wenn auch widerstrebend, zu lesen. Es war eine bedrückende Lektüre. In verschraubtestem Amtsdeutsch wurde haarklein geschildert, wie dieser oder jener Sturmbannführer das Aufbrechen einer Wohnungstür befahl oder die Durchsuchung einer Wohnung, wie »widerständigen Personen der Schusswaffengebrauch angedroht« wurde, wie Dachböden und Keller ausgemessen und mit den hinterlegten Grundrissen verglichen wurden, wie falsche Wände durchbrochen, Fußböden abgeklopft, elektrische Leitungen nachverfolgt wurden und dergleichen mehr.

Und schließlich die Namen der Entdeckten! Anschel Blankfein, Esau Borgenicht, Ismael Dreyfus, Salomon Ehrlichster, Saul Friedländer, Rebekka Horowitz, Lana Offenbach, Sara Uhlstein ... Es nahm kein Ende. Und hinter jedem Namen war vermerkt, wohin der oder die Betreffende abtransportiert worden war: ins KL Auschwitz, ins KL Treblinka und so weiter. Auch die, die sie versteckt hatten, wurden abtransportiert, ins nächstgelegene Gefängnis.

Immer wieder übermannte Helene Verzweiflung, ja, Selbsthass. Sie war es gewesen, die diese Leute ins Lager gebracht hatte, in das Lager, das wahrscheinlich ihr Tod sein würde, so, wie Dachau der Tod für Onkel Siegmund gewesen war, ihn vernichtet und ausgelöscht hatte schon vor seiner Rückkehr. Ja, er war zurückgekommen, aber heute, aus der Rückschau, sah sie, dass er da schon nur noch ein Schatten seiner selbst gewesen war, dass das Lager nichts von dem übrig gelassen hatte, was den Onkel ausgemacht hatte, den sie als Kind bewundert und geliebt hatte.

Dann machte sie weiter, denn: Was blieb ihr letzten Endes anderes übrig? Sie nahm die Liste, die sie der SS für Berlin übermittelt hatten, und vermerkte hinter jeder Adresse, welcher Art das Versteck gewesen war: ein Dachboden, ein Keller, ein Anbau und so weiter.

Manchmal hatte es auch gar keine Verstecke gegeben. Eine alleinstehende Frau war auf der Straße angesprochen worden, von einer ihr völlig Unbekannten, ob sie ein Versteck vor der Gestapo wüsste, und die Frau hatte einfach gesagt: »Kommen Sie mit.« Und dann hatte die fremde Frau, eine Jüdin, mit ihr zusammen in der Wohnung gelebt, einfach so. Sie hatten eine einfache, sparsame Küche geführt, denn das Geld hatte ja für zwei reichen müssen, und so war das über ein Jahr gegangen und wäre wohl noch länger so weitergegangen, hätte Helene nicht jene Liste erstellt. Der Kalorienverbrauch hatte sie schließlich doch verraten, weil man, um einigermaßen satt zu werden, einfach eine bestimmte Anzahl von Kalorien zu sich nehmen musste.

Schließlich erstellte Helene eine erste, grobe Abfrage, die Leute auflistete, die irgendwann einmal Dachbodenleitern, Scharniere und Campingtoiletten gekauft hatten, genau so, wie Adamek es vorgeschlagen hatte. Als sie das Ergebnis mit ihrer Liste verglich, zeigte sich dieser Ansatz als unerwartet treffsicher, und als sie die Scharniere wegließ und die Abfrage dafür weiter einschränkte auf Käufe, die zeitlich nahe beieinanderlagen – das ging nicht mehr mit der SAS allein, dazu musste sie ein bisschen programmieren –, stimmte das Ergebnis geradezu gespenstisch genau mit ihrer Liste überein. Als sie Adressen überprüfte, die zusätzlich zu den bereits bekannten Fundstellen auftauchten, stellte sie fest, dass diese ausnahmslos ebenfalls erhöhte Kaloriendurchschnitte aufwiesen, nur wenig unter dem Grenzwert, den sie für die Auswertungen mehr oder weniger willkürlich festgelegt hatten.

Mit anderen Worten: Dieser neue Indikator würde vermutlich tatsächlich weitere Illegale ausfindig machen.

Helene rieb sich die Hände, hätte die Auswertung am liebsten gleich wieder gelöscht. Doch das tat sie nicht, sondern ließ sie statt über Berlin über Weimar laufen.

Und das Ergebnis war genau das, was sie befürchtet hatte: Der oberste Name auf der Liste lautete *Otto Aschenbrenner*.

44

Es war ein richtiggehender Schock, diesen Namen auf dem Bildschirm ihres Komputers auftauchen zu sehen. Helene starrte darauf, spürte, wie sich ein Zittern in ihrem Körper ausbreitete, und rechnete jeden Augenblick damit, hilflos in Tränen auszubrechen, ohne sich dagegen wehren zu können.

Doch das geschah nicht. Stattdessen verflüchtigte sich das Zittern wieder, und so etwas wie eine Mischung aus ohnmächtiger Wut und tiefer Bewunderung bemächtigte sich ihrer stattdessen. Was für eine naheliegende Idee! So naheliegend, dass sie selber hätte darauf kommen können.

Aus dem, was jemand kaufte, konnte man *natürlich* viel über ihn erfahren. Zum Beispiel, was er aß. Und aus dem, was er aß, konnte man einen Eindruck von seiner Gesundheit bekommen. Wer viel Alkohol kaufte, war mit höherer Wahrscheinlichkeit ein Trinker als jemand, der nie welchen kaufte.

Und wer regelmäßig mehr Lebensmittel kaufte, als ein einzelner Mensch vernünftigerweise verzehren konnte, war entweder dick (was wiederum über die aus den ärztlichen Unterlagen erstellten Tabellen verifizierbar war, die unter anderem das aktuelle Körpergewicht jedes Deutschen auflisteten), warf viel weg – oder fütterte jemanden durch, von dem der Staat nichts wusste. Das war ja das Prinzip ihrer ersten Untersuchung gewesen.

Aber natürlich musste man hier nicht Halt machen. Aus dem, was jemand kaufte, konnte man ablesen, wie er seine Freizeit gestaltete, welche Vorlieben und Abneigungen er hatte. Man konnte ablesen, wie es jemand mit der Körperpflege hielt, wie mit der Mode (wobei das mit jedem Jahr, das der Krieg dauerte, unwichtiger wurde), ob er Haustiere hatte und welche.

Und – ob er jemanden versteckte. Es war kein Wunder, dass die Auswertung noch treffsicherer wurde, wenn man den Kauf von Scharnieren außer Acht ließ und dafür auf zeitliche Nähe der übrigen beiden Käufe achtete: Viele Häuser verfügten bereits seit jeher über Dachbodenklappen, aber wer nur selten auf den Dachboden musste – sei es, um zu überprüfen, ob das Dach noch dicht war, oder um einmal im Jahr den Christbaumständer oder dergleichen herunterzuholen –, der stellte einfach eine normale Leiter an. Erst wenn man häufig auf den Dachboden musste, wurde der Einbau einer bequem ausziehbaren Klappleiter interessant.

Und wenn jemand zur gleichen Zeit ein Camping-Klo kaufte, dann bestand eine hohe Wahrscheinlichkeit, dass er es nicht tat, weil er plötzlich seine Liebe fürs Camping entdeckt hatte (man konnte auch noch überprüfen, ob der Betreffende überhaupt ein Zelt besaß oder sonstige Camping-Utensilien, fiel Helene ein), sondern weil er auf dem Dachboden eine geheime kleine Wohnung einrichtete.

Wer ahnte schon, dass er sich damit verraten würde?

Helene musste an Marie und Otto denken und an ihr Baby, an den Hof, den sie heute führten, an die Zeit, die sie im Landarbeitsdienst auf dem Hof von Maries Eltern verbracht hatte, an Maries frechen Bruder, der fast an einer Lungenentzündung gestorben wäre und seither nicht mehr frech war – und an Arthur, ihren Arthur, der in seinem Wohnkasten unter dem Heu darauf wartete, dass der Krieg endete.

Arthur, den sie erschießen würden, wenn sie ihn fanden.

Marie und Otto, die ins Gefängnis geworfen würden, wenn herauskam, dass sie Arthur versteckt hatten.

Helene furchte grimmig die Augenbrauen, ballte entschlossen die Hände. Das musste sie verhindern!

Die Frage war nur: Wie?

Das Einfachste wäre gewesen, in das Suchprogramm eine Anweisung wie

```
Wenn Nachname Ist Gleich »Aschenbrenner«
Dann
Anzeige <- Nein
```

einzufügen. Dann würde die Ergebnisliste, egal was geschah, niemals den Namen von Marie und Otto enthalten, und die beiden wären sicher und Arthur auch.

Das würde aber nur funktionieren, wenn niemand außer ihr je das Programm zu Gesicht bekommen würde. Doch darauf konnte sie sich nicht verlassen, im Gegenteil, es war sogar höchst unwahrscheinlich. Die Völkers nahm regelmäßig stichprobenartig die Arbeiten aller Programmstrickerinnen in Augenschein, und Auswertungen, die nicht über die SAS, sondern über ein eigens geschriebenes Programm erfolgten, erregten regelmäßig ihr Interesse.

Mit anderen Worten: Da unbedingt damit zu rechnen war, dass jemand ihr Programm lesen würde, wäre eine solche Manipulation sogar ausgesprochen verräterisch gewesen.

Welche Möglichkeiten hatte sie noch? Sie konnte versuchen, Adamek das Vorhaben auszureden. Sie konnte falsche Testergebnisse vorlegen und behaupten, das Verfahren sei wider Erwarten nicht trennscharf genug.

Oder sie konnte versuchen, es immer weiter zu verkomplizieren, so ähnlich, wie sie es bei Lettkes Tabakprojekt gemacht hatte, und das so lange, bis Adamek das Interesse daran verlor und abwinkte.

Bloß würde das nicht so einfach sein. Damals hatte Lettke glauben müssen, was sie ihm gesagt hatte, doch inzwischen konnte er die meisten gängigen Abfragen selber schreiben: Wenn sie behauptete, die Kombination Dachbodenleiter und Camping-Klo erbringe keine sinnvollen Ergebnisse, dann würde er das nachprüfen, und es würde ihn keine halbe Stunde kosten.

Adamek schließlich mochte auf die Idee kommen, noch weitere Programmstrickerinnen an das Problem zu setzen. Und nicht zuletzt konnte er Programme *lesen* – und er behauptete das nicht einfach so: Wer imstande war, zu erkennen, dass ihr erstes Programm am NSA seinerzeit nichts mit dem Kampfmüller-Strickmuster zu tun hatte, der konnte *wirklich* Programme lesen!

Nein, das konnte sie vergessen. Adamek würde sie nichts vormachen.

Aber was sollte sie dann tun? Alle Optionen waren erschöpft. In ihrem Gehirn herrschte bloß noch verzweifelte Leere. Ihr wurde regelrecht übel. Sie versuchte abzuschätzen, ob sie es noch bis in die Toiletten schaffen würde – eher nicht –, als ihr plötzlich klar wurde, was sie tun musste. Im selben Moment war alle Übelkeit verschwunden wie nie gewesen.

Wenn sie die Auswerteprogramme nicht manipulieren konnte – dann musste sie eben die *Daten* manipulieren!

Wenn Otto nie eine Dachbodenleiter gekauft hatte, dann würde ihn ein entsprechendes Auswerteprogramm auch nicht finden.

Und der einzige Beweis, *dass* er eine gekauft hatte, war eine einzige Zeile in der Tabelle BANK.AUSGABEN.

Nun, natürlich war das nicht *wirklich* der einzige Beweis. Im Prinzip konnte auch eine Manipulation der Daten entdeckt werden – nur viel, viel schwerer. Man hätte all die Kassenzettel, Rechnungen und so weiter überprüfen müssen, die die meisten Menschen ohnehin wegwarfen, eine Art Inventur der gesamten Bevölkerung, die praktisch undurchführbar war.

Das hieß, selbst *wenn* man dahinterkommen mochte, dass die Daten verändert worden waren, würde es unmöglich sein, herauszufinden, was ursprünglich in dem entsprechenden Feld gestanden hatte. Zwar hatte Helene keine Vorstellung davon, auf welche Weise Daten überhaupt gespeichert wurden, aber sie wusste mit Bestimmtheit, dass es eines der zentralsten Merkmale von Komputern war, dass gespeicherte Daten auch wieder geändert werden konnten; das gesamte Funktionsprinzip dieser Maschinen beruhte logisch darauf.

Die Sicherungen fielen ihr ein. War das ein Problem? In drei weit außerhalb von Weimar gelegenen, gut gesicherten Bunkern – hieß es zumindest – standen jeweils noch einmal genau so viele Datensilos wie in der großen Halle hier, und jede Nacht wurden alle Daten, die sie hatten, in einen von zweien dieser Datenbunker kopiert, und am Wochenende alles in den dritten. Das hieß, wenn irgendetwas geschah, konnte man auf die Daten vom Vortag zurückgreifen, oder auf die von vor zwei Tagen, oder auf die vom letzten Wochenende.

Theoretisch hätte sie natürlich auch die Daten in diesen Bunkern ändern können, wenngleich sie nicht wusste, wie sie praktisch an sie herangekommen wäre. Aber wirklich nötig war es nicht: Nach spätestens einer Woche würden die Informationen, wer wann Dachbodenleitern oder Camping-Klos gekauft hatte, überall miteinander übereinstimmen.

Helene griff nach ihrem Notizblock. Am besten, sie fing gleich damit an.

* * *

Die erste Fundstelle wurde aufgelistet, eine ellenlange Nummer. Lettke schrieb sie sorgfältig ab, eröffnete dann einen zweiten Prozess, rief das Suchprogramm der Elektropost auf und gab die Nummer ein. Das wäre zwar bestimmt eleganter gegangen, aber er wusste eben nicht, wie, und im Moment kam es nicht darauf an.

Der Elektrobrief stammte vom Oktober 1937, und die Absenderadresse darauf lautete **vera:schneider::university:newyork:usa**, und adressiert war er an eben jene Gertrud Kuhl, von der Lettke angenommen hatte, dass es sich dabei um ihre beste Freundin handelte.

Vera Schneider schrieb:

Liebe Gertrud,
ich habe endlich wieder einen Elektropost-Zugang! Da muss ich doch gleich ausprobieren, ob ein Elektrobrief auch wirklich den Weg durchs Weltnetz bis zu Dir findet.
Auch sonst spielt sich der Alltag allmählich ein. Ich habe nun eine kleine Bude, ein Zimmer nur, aber mit eigener Kochgelegenheit und Kühlschrank, und waschen kann man hier in Waschsalons an jeder Ecke. Das Studium hat gut angefangen, alle sind sehr freundlich, und überhaupt sind die meisten Amerikaner sehr offen und höflich, man kommt leicht mit ihnen ins Gespräch, jeder ist hilfsbereit, wenn man sich nicht auskennt.
Auch mein Englisch wird immer besser, habe ich das Gefühl, und übrigens bin ich ja nicht die einzige Ausländerin, hier sind Franzosen, Norweger, Italiener und auch einige Asiaten, wobei ich noch herausfinden muss, woher die genau kommen.
Schwerer fällt mir die Eingewöhnung, was all die seltsamen Maßeinheiten anbelangt, die im Alltag eine Rolle spielen. Die Temperatur wird in Fahrenheit gemessen, der bizarrsten Skala, die es gibt. Flüssigkeiten misst man in Gallonen oder in Unzen, wobei es zwischen den beiden Einheiten keinen sinnvollen Zusammenhang zu geben scheint. Entfernungen werden in Meilen angegeben, was vielleicht ganz sinnvoll ist in einem

so großen Land, damit man nicht gleich vor den Zahlen erschrickt, aber kleinere Entfernungen wiederum misst man in Fuß – ach, es ist ein einziges Durcheinander. Man muss richtiggehend froh darum sein, dass auch in Amerika der Tag 24 Stunden und die Stunde 60 Minuten hat!
So, damit soll es erst mal genug sein. Mehr, wenn Du mir auf demselben Wege antwortest und ich so den Beweis habe, dass es funktioniert und es sich also lohnt, alles niederzuschreiben.
Alles Liebe, Deine Vera

Ein wohliges Gefühl des Erfolges durchrieselte Eugen Lettke. Also hatte er sie doch gefunden! Die Welt, hatte sich gezeigt, war nicht groß genug, um seinen Daten-Fangnetzen zu entgehen!

Sie war also zum Studium in die Staaten gegangen. Das war aus dem, was er zuvor über sie erfahren hatte, nicht hervorgegangen. Seltsam eigentlich – nun, da er wusste, wonach er suchte, war es ein Leichtes, es herauszufinden: Vera Schneider hatte ein Stipendium gewonnen, das die Amerikanische Botschaft in Berlin bis Kriegsbeginn alljährlich ausgelobt hatte. Die Teilnehmer hatten Aufsätze in englischer Sprache einreichen müssen, zu jeweils vorgegebenen, ziemlich USA-zentrierten Themen. Vera Schneider hatte den besten Aufsatz über die Jugend George Washingtons geschrieben und war daraufhin zu einem Studienjahr in die USA gereist, um dort Amerikanische Geschichte zu studieren.

Ein Jahr. Was die Frage aufwarf, wieso sie 1938 nicht wieder zurückgekehrt war.

* * *

Die Daten von Käufen zu ändern war allerdings gar nicht so einfach.

Das erste Problem dabei war schon, dass Helene gar nicht die Berechtigung hatte, Zahlungsdaten zu ändern. Das durften nur die Prozesse der Banksysteme. Und natürlich der Leiter des Technischen Dienstes, der die Komputer und Datensilos verwaltete und alles machen durfte, was technisch möglich war: Der hätte die Banktabellen natürlich auch ändern können, würde sich aber hüten, derlei zu tun. Die Techniker hatten von Daten, ihren Bedeutungen und ihrer Verarbeitung nicht die leiseste Ahnung; sie wussten nur, wie man die Maschinen am Laufen hielt.

Helene als Programmstrickerin und Auswerterin dagegen hatte eine Parole, mit der nur das Recht verbunden war, die Daten zu lesen. Was für ihre normale Arbeit ja auch völlig ausreichte. Aber ihr Plan, Arthur und die Aschenbrenners durch Manipulation der gespeicherten Zahlungsdaten zu retten, wäre normalerweise daran gescheitert, dass sie derlei gar nicht bewirken konnte.

Normalerweise, wie gesagt. Denn in der Zeit, in der sie am Projekt ›Flugsand‹ mitgearbeitet hatte, hatte sie gelernt, wie Sicherheitssysteme funktionierten, und zwar bis in Tiefen, in die kaum einmal jemand vorstieß, und sie hatte auch gelernt, wie man Sicherheitssysteme überlistete, umging und austrickste: Sie hatte jahrelang praktisch nichts anderes gemacht.

So war dieses Problem in Wirklichkeit keines, denn es kostete sie nur wenig Mühe, das Gelernte auch auf das Komputersystem des NSA anzuwenden. Nach etwa einer Stunde trickreicher Manipulationen hatte sie es geschafft, sich das sogenannte Verwalterrecht zuzuordnen: Das war das Recht, einem Benutzer nach Belieben weitere Rechte zu geben und wieder zu nehmen, zum Beispiel eben das Schreibrecht auf eine bestimmte Tabelle. Das erschien ihr als die unauffälligste

Methode, um alles zu tun, was sie tun wollte, denn falls jemals jemand bemerken sollte, dass in ihrem Benutzerprofil dieses relativ unauffällige Recht aktiv war, konnte sie einfach behaupten, davon nichts gewusst zu haben, und man würde es mit etwas Glück als Versehen beim Einrichten ihres Kontos betrachten.

Das zweite Problem war kniffliger. Denn: Sie konnte in einer Buchung nicht einfach den gekauften Gegenstand nach Belieben durch einen anderen ersetzen oder gar löschen. Jedem Kauf stand ja ein Verkauf gegenüber, und die Bilanz aus beidem musste jederzeit stimmen. Es gab Programme, die regelmäßig überprüften, ob das der Fall war, und Alarm schlugen, wenn nicht (aus verschiedenen technischen Gründen gab es bei Buchungen manchmal Fehler oder Verzögerungen). Sie würde den gekauften Gegenstand in eine *andere* Buchung einsetzen müssen, die am selben Tag, möglichst sogar zur selben Zeit und vor allem zum selben Preis erfolgt war und umgekehrt.

Otto zum Beispiel hatte seine Dachbodenleiter am 25.1.1935 um 15 Uhr 12 gekauft und 58 Reichsmark dafür bezahlt. Nach einigem Suchen fand Helene einen gewissen Ernst Pelzer, wohnhaft in der Nähe von Erfurt, der am selben Tag für ebenfalls 58 Reichsmark eine Bohrmaschine gekauft hatte, allerdings um 11 Uhr 44. Helene schrieb ein kleines Programm, das sich zuerst das Recht holte, Zahlungsdaten zu verändern, dann bei diesen beiden Buchungen die gekauften Gegenstände und die genauen Uhrzeiten vertauschte, und anschließend das Recht, Zahlungsdaten zu verändern, wieder aufhob. Es lief etwa zwei Sekunden lang, dann hatte Otto Aschenbrenner am 25.1.1935 um 11 Uhr 44 eine Bohrmaschine gekauft und Ernst Pelzer um 15 Uhr 12 eine Dachbodenleiter, und niemand würde imstande sein, das Gegenteil zu beweisen. Und da Otto nun keine Dachbodenleiter mehr gekauft hatte, machte der Kauf der Camping-Toilette nichts mehr; Ernst Pelzer hingegen hatte nie eine Campingtoilette gekauft, also würde sein Kauf einer Dachbodenleiter ihn ebenfalls nicht in Verdacht bringen.

Und tatsächlich, als sie das Auswertungsprogramm von vorhin noch einmal laufen ließ, tauchte kein Otto Aschenbrenner mehr auf.

»Puh!«, murmelte Helene und fühlte, wie ihr ein Stein vom Herzen fiel.

Im nächsten Moment klingelte ihr Bureautelephon.

* * *

Nach der Lektüre einiger weiterer Elektrobriefe konzentrierte sich Lettke ganz auf die Korrespondenz zwischen Vera Schneider und ihrer Freundin Gertrud. Ihren Eltern schrieb sie zwar auch, aber immer nur kurz und belangloses Zeug, was man halt so schrieb, um besorgte Eltern bei Laune zu halten. Die Briefe an ihre Freundin Gertrud dagegen waren die reinsten Romane. In aller Ausführlichkeit schilderte Vera Schneider das Leben an der Universität, den amerikanischen Alltag, ihre Eindrücke von New York, ihre jeweiligen Gemütszustände, kurzum ihr ganzes Leben.

Es war erregend, das alles zu lesen, einzudringen in den intimen Briefwechsel zweier Freundinnen, die einander hemmungslos *alles* anvertrauten, ihr Verliebtsein genauso wie ihre niedergeschlagenen Gedanken, ihre amourösen Abenteuer genauso wie ihre geschlechtlichen Nöte. Es erinnerte Eugen Lettke an früher, als er in fremde Wohnungen eingedrungen war, nicht, um zu stehlen, sondern nur, um sie sich genau anzuschauen, um jede Schublade aufzuziehen und in jeden Schrank zu spähen.

Hier war das überhaupt nicht nötig. Die beiden Frauen zogen bereitwillig alle Schubladen für ihn auf, öffneten ihm jede Schranktür und erklärten ihm darüber hinaus, was es darin zu sehen gab.

So war es, als sei er dabei gewesen, als Vera Schneider auf einem Universitätsfest einen jungen Physikstudenten namens Paul Miller kennenlernte. Er erfuhr, dass dieser tiefgründig blickende dunkelbraune Augen und einen wohlgeformten Hintern hatte, der Vera ausnehmend gut gefiel, genau wie der Rest des jungen Mannes. *Überhaupt*, schrieb sie, *sieht er gar nicht so aus, wie ich mir jemanden vorstelle, der sich für Atome und Galaxien und all diese Dinge interessiert. Ich habe immer geglaubt, solche Männer müssten geistesabwesend und langweilig sein, aber so ist Paul überhaupt nicht! Im Gegenteil, er ist sogar witzig. Ich glaube, ich habe in meinem ganzen Leben noch nie so viel gelacht wie während unserer Unterhaltung.*

Trotzdem fragte sie sich danach mehrere Elektrobriefe lang, ob sich Paul Miller außer für Atome und Galaxien womöglich auch für sie interessierte. Sie war skeptisch, ihre Freundin Gertrud dagegen optimistisch, und Gertrud behielt am Ende recht, denn am 20. Januar 1938 küsste Paul Vera zum ersten Mal, ein Kuss, für dessen Beschreibung sie mehrere Seiten brauchte, und fünf Tage später ließ sie sich von ihm in seiner Studentenbude flachlegen. Auch dieses Beisammensein schilderte sie ohne jede Zurückhaltung und in so deutlichen Einzelheiten, dass Lettke eine deutliche körperliche Reaktion bei sich selbst feststellte. Jedenfalls, besagter Paul Miller hatte nicht nur einen wohlgeformten Hintern, sondern war offenbar auch sonst prächtig gebaut, wenn auch in geschlechtlichen Dingen noch unerfahren. Doch der Behebung dieses Mankos widmeten sich die beiden in der Folgezeit mit aller Hingabe.

Allerdings offenbar, ohne sich über Empfängnisverhütung Gedanken zu machen, und so folgte knapp drei Monate nach Beginn der Affäre mit dem prächtig gebauten Physikstudenten ein panischer Elektrobrief an Gertrud Kuhl des Inhalts, dass Vera Schneider schwanger war, oh mein Gott, schwanger! Was sie denn nun tun solle, fragte sie ihre Freundin: Es ihm sagen? Oder Knall auf Fall Schluss machen und nach Deutschland zurückkehren? Das Kind gar wegmachen lassen?

Gertrud redete ihr zu, es ihm zu sagen, da er schließlich an der ganzen Sache nicht ganz unbeteiligt sei, und nach einigem Hin und Her (vierzehn Briefwechsel an einem einzigen Wochenende!) gab sich Vera einen Ruck und konfrontierte ihren Liebhaber mit dem Stand der Dinge.

Der richtige Schritt, wie sie ihrer Freundin im nächsten Elektrobrief mitteilte, denn Paul war nicht nur nicht verärgert, sondern machte ihr sogar auf der Stelle einen Heiratsantrag. Den Vera natürlich mit Freuden annahm.

Wenn ich ihn heirate, schrieb sie ihrer Freundin, *dann wird das den erfreulichen Nebeneffekt haben, dass ich als Ehefrau eines Amerikaners eine Daueraufenthaltsgenehmigung bekomme und also in Amerika werde bleiben können, was mir, wie Du Dir nach allem, was ich Dir geschildert habe, sicher schon gedacht hast, wie eine äußerst erfreuliche Aussicht vorkommt.*

Das also war die Erklärung, warum sie nicht zurückgekehrt war, dachte Lettke. Raffiniertes Weibsbild.

In weiteren Elektrobriefen schilderte sie die erste Begegnung mit Pauls Eltern, die im sonnigen Kalifornien lebten und gegen eine hübsche deutsche Schwiegertochter nichts einzuwenden hatten, dann die Vorbereitungen für die Heirat. Sie erklärte, welche Dokumente zu beschaffen waren und wie viele Hebel sie in Bewegung setzen musste, damit ihre Eltern für die Trauungszeremonie in die Staaten kommen konnten, die ihrerseits nicht so begeistert zu sein schienen, ihre Tochter an einen Mann aus einem fremden Land zu verlieren.

Die eigentliche Hochzeit wurde ein rauschendes Fest, und danach schrieb Vera Schneider ihrer Freundin: *Ab jetzt bin ich also Mrs Paul Miller. Mit anderen Worten, die alte Vera Schneider ist damit vom Antlitz der Erde verschwunden.*

Lettke lehnte sich nach hinten, reckte die Arme, um die Verspannungen in den Schultern zu lösen, und dachte: *Hast du gedacht. Aber ich hab dich trotzdem gefunden.*

* * *

Helene starrte das klingelnde Telephon an, während sich ihre Gedanken überschlugen. War man ihr schon auf die Schliche gekommen? Musste sie überhaupt abnehmen? Es war schon spät, sie hatte trotz des Nebels draußen bereits die Verdunkelungsvorhänge zugezogen – musste nicht jeder annehmen, sie habe längst Feierabend gemacht?

Doch da es weiter klingelte, nahm sie schließlich ab.

Es war Lettke. Er klang irgendwie missgelaunt. »Hören Sie«, sagte er, »Adamek hat mich gerade angerufen. Wollte wissen, ob wir schon ein Ergebnis haben.«

Helene war erleichtert und aufgebracht zugleich. »Das geht nicht so schnell!«, rief sie aus. »Das ist kompliziert!«

»Genau das hab ich ihm auch gesagt«, meinte Lettke. »Also, nur für den Fall, dass er Sie auch anrufen sollte: Das ist unsere Linie. Und offiziell haben wir das Konzept natürlich gemeinsam ausgearbeitet.«

»Selbstverständlich«, sagte Helene.

»Gut. Ich hab nämlich gerade eine andere Sache in Arbeit, die nicht warten kann.« Er räusperte sich. »Wie kommen Sie übrigens wirklich voran?«

Helene zögerte. »Nun, wie gesagt – es ist kompliziert. Ich werd noch eine Weile brauchen.«

»Verstehe. Gut, vielleicht können wir uns am Montag ja mal zusammensetzen und uns anschauen, was Sie bis dahin haben.«

»Ja, gut.«

Als er auflegte, stellte Helene fest, dass sie in Schweiß gebadet war. Für diese Art Dinge hatte sie wohl doch nicht die Nerven.

Kurz darauf rief Adamek sie tatsächlich selber noch an, wollte auch wissen, wie sie vorankam und bis wann sie mit Ergebnissen rechnete. Sie erklärte ihm, dass sie dran sei, behauptete, von Lettke einen Vorgehensplan erhalten zu haben, den sie eben jetzt abarbeite.

»Verstehe, verstehe«, sagte Adamek, überlegte kurz und bat dann: »Können wir es so machen, dass Sie, gleichgültig, was Sie heute noch an Ergebnissen erhalten, mich auf jeden Fall über den Stand der Dinge informieren? Ich würde gern am Wochenende weiter über das Thema nachdenken.«

Auf irgendeine verrückte Weise waren es diese Worte, die eine halb bewusste Idee in Helenes Hinterkopf zu einem wahnwitzigen Plan werden ließen. »Das kann ich machen«, sagte sie mit fester Stimme. »Ich werde heute allerdings noch eine ganze Weile hier sein.«

»Das macht nichts. Ich lese meine Elektropost morgen früh von zu Hause aus.« Der Chef hatte auch zu Hause einen Komputer, der über eine gesicherte Leitung mit dem Amt verbunden war. »Danke.«

Helene legte auf, atmete mehrmals tief durch und griff dann nach ihrem Notizblock. Das, was zu tun war, stand ihr zwar schon fix und fertig vor dem inneren Auge, aber es war immer besser, die Gedankengänge noch einmal auf Papier nachzuvollziehen.

Der Plan war, das, was sie für Otto gemacht hatte, für alle durchzuführen, die jemals annähernd gleichzeitig eine Dachbodenleiter und eine Camping-Toilette gekauft hatten. Mit Ausnahme derer, bei denen bereits Illegale gefunden worden waren, selbstredend.

Das war allerdings ein Vorhaben von geradezu ungeheuerlichen Ausmaßen und eigentlich unmöglich an einem einzigen Abend zu schaffen. Am Anfang mussten ja erst einmal Auswertungen stehen, wie viele solcher Fälle es überhaupt gab; dann musste für jeden einzelnen Fall ein geeigneter Tauschpartner gefunden werden; und dann schließlich musste der Austausch durchgeführt werden.

Ein Vorteil, der ihr zugutekam, war der, dass die Banktabellen in den schnellsten Datensilos beherbergt wurden und außerdem aufwendig für schnellstmögliche Zugriffe indexiert und optimiert waren: Da an den Zahlungsvorgängen letzten Endes die gesamte Wirtschaft hing, war es sinnvoll, dafür jeden nur erdenklichen Aufwand zu treiben.

Mit anderen Worten, die Auswertungen gingen schnell, weitaus schneller als erwartet. Überhaupt ging *alles* schneller als erwartet. Zeitweise hatte Helene das Gefühl, als arbeiteten ihre Finger unabhängig von ihr und als bräuchte sie ihnen nur dabei zuzusehen, wie sie Programme strickten, Strickmuster kopierten und anpassten, Aufrufe testeten und Sicherheitsabfragen einbauten. Es war ein Arbeiten wie im Rausch, ein Arbeiten, als triebe sie in einem mächtigen, unaufhaltsamen Fluss stromabwärts, von der reißenden Strömung über Stromschnellen hinweg und um Hindernisse herumgetragen. Es gab kein Zögern, kein Irren, kein Zweifeln. Sie ging so auf in dem, was sie erreichen wollte, dass es schien, als wäre überhaupt niemand mehr im Zimmer, als geschähe alles von alleine.

Und dann, endlich, war es so weit. Das Programm war einsatzbereit.

Das war der Wasserfall, auf den sie zutrieb. Den sie rauschen hörte – oder war es das Rauschen ihres eigenen Blutes in den Ohren? Auf jeden Fall ein Punkt, über den hinaus sie nicht sehen konnte.

Helene schaute auf. Blickte auf die Uhr, erschrak, wie spät es war. Blickte wieder auf den Bildschirm, auf das Programm, das bereitstand, alle Zusammenhänge zwischen Camping-Toiletten und ausgebauten Dachböden für immer verschwinden zu lassen, und fühlte, wie Panik sie ergriff. Ein Programm, das über die komplette Tabelle aller Zahlungen laufen würde, die seit Beginn des bargeldlosen Zahlungsverkehrs im gesamten Großdeutschen Reich geleistet worden waren, das diese Tabelle *verändern* würde – das konnte so etwas von schiefgehen, dass es gar keine Worte mehr dafür gab. Wenn ihr auch nur der kleinste Fehler unterlaufen war, wenn sie auch nur ein einziges Komma falsch gesetzt hatte, dann würde im selben Moment die gesamte deutsche Wirtschaft zum Stillstand kommen. Und sie würde man nicht einfach nur in ein Lager stecken, sondern wegen Sabotage zum Tode verurteilen, wahrscheinlich noch bevor das Wochenende vorbei war.

Das alles schoss Helene Bodenkamp durch den Kopf, dann hielt sie die Luft an und startete das Programm.

Hörte sie in der nächtlichen Stille die Datensilos in den hinteren Hallen bis hierher rattern? Ihr war so. Irgendwann musste sie doch wieder atmen, und danach dauerte es noch eine halbe Stunde, bis es vollbracht war.

Auf einmal waren ihre Finger ganz weich, bebten beinahe. Sie ließ die Auswertung über Weimar noch einmal laufen: Sie fand nichts mehr. Dann die über Berlin: Sie fand nur noch einige der bereits Gefundenen, und diese Ergebnisliste speicherte Helene ab.

Sie hatte es geschafft. Sie hatte es tatsächlich geschafft.

Erst jetzt merkte sie, dass sie am ganzen Körper zitterte. Ihre Hände bebten, als sie rasch einen Elektrobrief an Adamek schrieb, des Inhalts, dass sie verschiedene Kombinationen der in Frage kommenden Artikel ausgetestet und sich die Kombination Dachbodenleiter und Camping-Toilette am treffsichersten erwiesen habe, sich aber in Berlin über die bereits identifizierten Verstecke hinaus keine weiteren Treffer ergeben hätten. Sie hängte noch die Ergebnisliste an und schickte den Brief ab.

Danach löschte sie das Programm restlos, ließ all ihre Notizen durch den Häcksler laufen, schaltete den Komputer aus und ging. Auch wenn ihr die Unterkleidung am Leib klebte, fühlte sie sich doch auf einmal so leicht und so beschwingt wie nach einem geschlechtlichen Höhepunkt.

Im Treppenhaus traf sie Lettke, der mit Mantel und Hut ebenfalls dem Ausgang zustrebte und mit müder Stimme meinte: »Na, da haben Sie heute ja auch ziemlich lange gemacht.«

Helene blieb erschrocken stehen. »Oh. Wenn ich geahnt hätte, dass Sie noch da sind, hätte ich Sie ja gleich informieren können …«

»Informieren?«, wiederholte er. Er schien in Gedanken ganz woanders zu sein, aber Helene berichtete ihm trotzdem rasch von der Abmachung, die Adamek ihr abgerungen hatte, und von dem Ergebnis, das sie ihm geschickt hatte.

Lettke musterte sie, als ahne er, dass es ein manipuliertes, ein *gelogenes* Ergebnis war. Aber das konnte nicht sein, oder? Wie sollte er das mitgekriegt haben?

»Entschuldigen Sie«, sagte Lettke mit schwerer Stimme. »Meine Gedanken bewegen sich gerade nur noch wie durch Sirup. Zu viel gearbeitet. Aber das, was Sie sagen … das sieht doch aus, als hätte ich den richtigen Riecher gehabt, oder? Die Kalorien. Essen muss nun mal jeder.«

»Ja«, stieß Helene hervor. »Sieht ganz so aus.«

Lettke lächelte matt. »Gut.«

Sie gingen gemeinsam die Treppen hinab, schweigend, ließen sich vom Pförtner ihre Telephone aushändigen, dann verschwand jeder von ihnen in der dunklen, nebelerfüllten Nacht.

45

Am Samstagnachmittag fuhr Helene zum Hof hinaus und besuchte Arthur.

Der war schlechter Laune. »Du hast versprochen, dass du gestern Abend kommst«, murrte er, als sie ihn fragte, was los sei. »Ich hab gewartet und gewartet, aber du bist nicht gekommen. Und jetzt ist es dir nicht mal ein Wort wert gewesen!«

Sie rückte ein Stück von ihm weg. »Ich hab nicht versprochen, dass ich komme!«

»Doch!«

»Nein. Das hast du missverstanden.«

»Du hast gesagt, dass du am Freitag früher Schluss machen kannst –«

»*Falls* ich am Freitag früher Schluss machen kann. *Das* hab ich gesagt.«

»Von ›falls‹ war nicht die Rede.«

Helene holte tief Luft, spürte ihre Bauchdecke zittern vor Aufregung. »Ich kann nicht einfach aufhören, wann ich will«, erklärte sie so ruhig, wie sie konnte. »Vor allem nicht freitags. Manchmal gibt es Arbeiten, die nicht bis zur nächsten Woche warten können.«

Er musterte sie finster. »Und was waren das gestern für Arbeiten, die nicht bis zur nächsten Woche warten konnten?«

Also erzählte sie es ihm. Erzählte ihm von Adameks neuer Idee und dass er und Otto und Marie darüber aufspürbar gewesen wären. Und wie sie das verhindert hatte.

Danach war er am Boden zerstört. »Du hast mir also schon wieder das Leben gerettet«, stellte er zerknirscht fest. »Und ich führe mich auf wie ein Idiot. Bitte entschuldige.«

Jetzt war er wieder ihr Arthur. Sie nahm ihn erneut in die Arme, und diesmal fühlte er sich wieder so weich und dankbar an, wie sie ihn kannte.

»Ich werde ab jetzt vielleicht weniger Zeit haben«, sagte sie leise, an seine Wange geschmiegt. »Wenn dem Chef was anderes einfällt, muss ich wieder so ähnliche Aktionen machen.«

Sein Atem ging schwer an ihrem Ohr. »Ich dachte, du hast mich vielleicht abgeschrieben«, gestand er mit bebender Stimme. »Jetzt, wo wir es nicht mehr richtig tun können. Ich hatte plötzlich Angst, es könnte einfach vorbei sein.«

»Unsinn«, sagte sie und presste ihn noch fester an sich.

»Ich dachte, von jetzt an muss ich tagein, tagaus alleine hier sitzen und kann nichts mehr anderes tun als warten, dass entweder der Krieg endet und das Regime stürzt … oder dass die SS kommt und mich holt und vor das Erschießungskommando schleppt.«

»Oh, Arthur!«

Sie küsste ihn, damit er aufhörte, solche Sachen zu sagen, und er erwiderte ihre Küsse wie ein Wahnsinniger, erdrückte sie regelrecht. Doch als seine Hände unter ihr Kleid gleiten wollten, stoppte sie ihn. »Nicht heute. Heute geht es nicht.«

Er gab sofort nach, fragte auch nicht weiter, und so lagen sie am Ende einfach nur da und hielten und küssten einander. Helene hatte eigentlich vorgehabt, ihm von Ludolf zu erzählen, von der Verabredung mit ihm morgen und ihren seelischen Nöten damit, aber sie brachte es nicht fertig, Arthur auch noch damit zu belasten. Also sagte sie ihm nur, dass sie am Sonntag nicht würde kommen können.

* * *

Am Sonntag war Helenes Mutter aufgeregter als sie selber, während sie ihr half, sich herauszuputzen, dass sie sich kaum noch im Spiegel erkannte. Was Helene auf eine gewisse Weise sogar beruhigend fand; es gab ihr das Gefühl, wenigstens ein kleines bisschen vor Ludolf geschützt zu sein.

Nachmittags war es dann so weit: Pünktlich um 15 Uhr tauchte Ludolfs schwarze Limousine vor dem Tor auf. »Noch schöner, als ich Sie in Erinnerung hatte!«, lautete sein Kommentar, als er vor der Tür stand.

Er selber trug einen eleganten grauen Anzug, darüber einen Mantel mit einem Kragen aus Zobelpelz, außerdem schwarze Lederhandschuhe, und anders als bei seinem ersten Besuch benutzte er diesmal einen Gehstock aus schwarzem Holz mit einem Griff aus Silber. »Ich erlaube mir, Ihre Tochter für zwei, drei Stunden zu entführen, Gnädigste«, sagte er zu Helenes Mutter, womit er ihr Herz einmal mehr für sich gewonnen hatte.

Und dann ging Helene mit ihm. Während sie ihm hinunter zum Wagen folgte, war ihr trotz allem, als strahle etwas von ihm aus, das sie sich krank und schwach fühlen ließ.

Das passiert wirklich, dachte sie, während sie in die Stadt fuhren. Sie kam sich vor wie ein hypnotisiertes Kaninchen, nur dass sie nicht vor der Schlange saß, sondern neben ihr, in einem leise schnurrenden Auto mit Sitzen aus hartem schwarzem Leder.

Sie parkten beim Schloss. Als sie die Ilm überquerten, blieb Ludolf auf der Brücke stehen, blickte versonnen über den sich sanft dahinschlängelnden Fluss und die herbstlichen Auen rechts und links davon und meinte: »Es stimmt, was man erzählt. Das ist wirklich eine wunderschöne Anlage. Und dieser leichte Nebel, der heute über allem hängt … Sehr romantisch.«

Romantisch? In Helenes Augen ließ der Nebel weiter entfernt stehende Bäume aussehen wie Ungeheuer, die nur auf sie lauerten.

Danach schlugen sie den Weg zur Sphinxgrotte ein. Sie waren nicht die einzigen Spaziergänger, allerdings war der Park um diese Jahreszeit auch nicht mehr überlaufen.

»Sie arbeiten im Nationalen Sicherheits-Amt, nicht wahr?«, brach Ludolf nach einer Weile das peinliche Schweigen zwischen ihnen.

»Ja«, sagte Helene.

»Gefällt Ihnen die Arbeit dort?«

Helene zögerte. »Ich mag es, Programme zu stricken. Das ist etwas, das ich kann. Ich kann sonst wenig.«

»Aber Programme stricken, das kann man auch anderswo. Gute Strickerinnen sind überall gefragt. Die Frage ist doch, warum Sie dort geblieben sind?«

Darüber hatte Helene noch nie nachgedacht, erkannte sie verblüfft. Die Vorstellung, das Amt zu verlassen und woanders hinzugehen, kam ihr auch seltsam vor. Wozu? Um mehr Geld zu verdienen? Was hätte sie denn mit mehr Geld angefangen?

»Ich nehme an, es ist wegen meiner Eltern«, meinte sie schließlich. »Ich bin das einzige Kind, das sie noch haben … Nun, und ehrlich gesagt ist es auch ziemlich bequem so.«

Sein Spazierstock pochte in stetem Rhythmus auf den feuchten Weg, klang wie eine unaufhaltsame Maschine. »Ihr Bruder, nicht wahr? Er hat sein Leben fürs Vaterland gegeben.«

Sie hob die Schultern. »Ich weiß nicht, ob das das richtige Wort ist. Wie ich ihn kannte, hat man es ihm schon entreißen müssen.« Es tat überraschend weh, so unvermittelt an Armin erinnert zu werden. »Er ist gefallen, gleich in den ersten Kriegstagen. Irgendwo in Polen.«

»Mein Beileid. Das muss ein schmerzhafter Verlust sein.«

»Ich kann immer noch nicht richtig glauben, dass er nie mehr zurückkommen wird«, gestand Helene.

Ludolf blieb stehen, stützte sich schwer auf seinen Gehstock, sah eine Weile nachdenklich in die Ferne und meinte schließlich: »Ja. Und alles, was man als Außenstehender in so einem Fall sagen kann, sind letztlich hohle Phrasen, nicht wahr?«

Helene sah überrascht auf. Wie das klang! Als verstehe er, was in ihr vorging! Sie fühlte, wie ihr innerer Widerstand gegen ihn nachließ, und das wiederum versetzte sie in Panik.

»Das da«, sagte Ludolf und deutete in eine Richtung. »Ist das wirklich Goethes Gartenhaus?«

»Ja«, stieß sie hervor. »Es ist vor zwei Jahren bei einem englischen Bombenangriff beschädigt worden, aber man hat es wieder restauriert, soweit ich weiß.«

»Ich würde es mir gerne ansehen.«

»Ja, gern.«

Zitterte ihre Stimme, oder kam es ihr nur so vor? Während sie nebeneinander auf das weiße, mit hölzernen Spalieren bedeckte Haus zugingen, legte sich ihre Panik wieder. Sie würde das durchstehen. Und niemand konnte sie zu irgendetwas zwingen.

Unmittelbar vor dem Haus blieb Ludolf stehen, drehte sich um und schaute umher, als versuche er, den Ausblick nachzuvollziehen, den Goethe gehabt haben musste. »Hier also hat er einige seiner wichtigsten Werke geschrieben«, sagte er mit andächtig gefurchter Stirn. »Die ›Iphigenie auf Tauris‹, den ›Egmont‹ …«

Helene sagte nichts. Sie wusste nicht, ob das stimmte. Anders als Ruth hatte sie sich nie sonderlich für Goethe interessiert, vielleicht auch, weil er hier in Weimar überall so allgegenwärtig war und von einem *erwartet* wurde, dass man sich für ihn interessierte.

Sie umrundeten das Haus. Es war geschlossen; an der Tür war ein Zettel mit einer Telephonnummer befestigt, unter der man Führungen vereinbaren konnte. In einem neu wirkenden Schaukasten neben der Tür hing ein langer Artikel, der schilderte, wie Goethe das Haus, ein Winzerhaus aus dem 16. Jahrhundert, von Herzog Karl August geschenkt bekam, wie er es herrichten ließ und dabei Ideen englischer Landschaftsgärtner umsetzte, die letztendlich dazu beitrugen, dass aus dem schlichten Ilmtal der Park wurde, den man heute kannte.

Unter dem Artikel stand als Verfasser: *Siegmund Gräf.*

»Na so was«, entfuhr es Helene.

»Was erstaunt Sie, wenn ich fragen darf?«, erkundigte sich Ludolf.

Sie deutete auf den Namen. »Der Artikel stammt von meinem Onkel.«

Ludolf nickte beifällig. »Er ist sehr gut geschrieben. Was wundert Sie daran, dass man ihn hierfür verwendet hat?«

»Ich habe immer gedacht, mein Onkel sei in Ungnade gefallen.«

»In Ungnade?«

Sie seufzte. »Er war etliche Jahre in Dachau interniert. Vorher – ich meine, während der Republik – war er Reiseschriftsteller, hat die ganze Welt bereist. Danach hatte er Publikationsverbot.«

Ludolf hob die Augenbrauen. »Eine interessante Familie, aus der Sie da stammen.«

Helene wandte den Blick ab, versuchte, sich nicht anmerken zu lassen, wie sie jähe Hoffnung erfüllte, er würde ob solcher und anderer Geschichten das Interesse an ihr verlieren. Ha! Wenn er erst gewusst hätte, dass sie einen Geliebten hatte, einen Fahnenflüchtigen zumal!

Fast schade, dass sie ihm *das* nicht einfach erzählen konnte.

»Erhebend, hier zu stehen«, stellte Ludolf fest. »Hier, wo einer der ganz Großen gelebt und gewirkt hat. Fast möchte man meinen, man könne noch das Echo seiner Stimme hören.«

Was man tatsächlich hörte, war, wie irgendwo im Nebel jemand lachte, eine Männerstimme. Aber sicher nicht die Goethes.

»Ihr Onkel hat das sehr gut dargestellt«, fuhr Ludolf fort. »Goethe war ein Gigant, selbst unter den vielen Riesen, die die deutsche Kultur hervorgebracht hat. Wie arm wäre die Welt ohne einen Goethe, einen Schiller, einen Herder, ohne einen Beethoven, einen Bach, einen Mozart, ohne einen Dürer …? Und so könnte man lange weitermachen. Kaum ein zweites Volk hat so viele Erfindungen, so viele Schöpfungen hervorgebracht wie das deutsche. Und doch sieht die Welt auf uns herab, seit wir uns 1914 in den Weltkrieg locken ließen – den ersten Weltkrieg, muss man wohl inzwischen sagen –, und alles, was Deutschland der Welt gegeben hat, ist vergessen.«

Helene hatte bei seinen Worten das Gefühl, von einer Lähmung befallen zu werden, von der sie nicht wusste, ob es Langeweile oder Abscheu oder sonst etwas war. Sie sah sich jedenfalls außerstande, ihm darauf irgendeine Antwort zu geben, und war froh, dass er eine solche auch nicht zu erwarten schien; stattdessen wandte er sich ab und spazierte in den lang gezogenen Garten hinaus, dessen Wege schon von erstem Herbstlaub gesprenkelt waren.

Sie folgte ihm zu der Skulptur, die am Ende des Pfades aufgestellt war, bestehend aus einer großen Steinkugel, die auf einem steinernen Würfel ruhte. Helene wusste, dass dies der ›Stein des guten Glücks‹ war; in vielen Geschäften in Weimar konnte man kleine Nachbildungen als Souvenir kaufen.

Ludolf zog einen seiner Lederhandschuhe aus, legte die

bloße Hand auf die steinerne Kugel und meinte: »Ob das wohl Glück bringt? Ich bin gespannt.«

Helene verspürte den Impuls, es ihm gleichzutun. Wer mochte das wissen, vielleicht war Glück ja etwas, das sich von besonderen Orten und Gegenständen übertrug, und etwas Glück hätte sie gut brauchen können. Doch zugleich hatte sie das Gefühl, dass dieser Impuls nicht aus ihr selber kam, sondern von außen, dass es Ludolf war, der auf irgendeine Weise auf sie einwirkte, und dass er, sollte sie ebenfalls die unverhüllte Hand auf den Stein legen, nach ihr greifen würde, und die bloße Vorstellung, von ihm berührt zu werden, verursachte ihr nach wie vor Gänsehaut.

Zweifellos hatte Ludolf vor, das Gespräch in eine Richtung zu lenken, die er für romantisch hielt. Helene kam eine Idee, wie sich das vielleicht torpedieren ließ.

»Darf ich Sie etwas fragen?«, bat sie.

»Alles, was Sie wollen, Helene«, sagte Ludolf mit öliger Stimme.

»Die Juden, die das Deutsche Reich noch nicht verlassen haben … die man jetzt nach und nach aufspürt und fortschafft … Was geschieht mit ihnen?«

Er hob seine Hand abrupt von der Skulptur. »Was bringt Sie zu der Annahme, ich könnte etwas darüber wissen?«

»Ich habe Ihre Daten abgerufen.«

»Ah, ja? Darf man das einfach, wenn man im Nationalen Sicherheits-Amt arbeitet?«

»Sie könnten ein Spion sein, der über mich an Staatsgeheimnisse zu gelangen versucht. Mein Arbeitsvertrag verpflichtet mich zu äußerster Vorsicht.«

»Mmh, so kann man das natürlich auch interpretieren.« Er zog seinen schwarzen Handschuh wieder über. »Und – was haben Sie über mich herausgefunden?«

»Das ist es ja gerade: Nichts. Sie sind eine von vielleicht

hundert Personen im Reich, deren Daten besonders geschützt sind.«

Er lächelte. »Gut zu wissen. Wer immer das so geregelt hat, war zweifellos weise.«

Helene holte tief Luft. »Ich habe gehört, dass man alle Juden in Lager bringt. So, wie man es am Anfang mit Staatsfeinden gemacht hat. Kommunisten. Sozialdemokraten. Zigeunern.«

»Und mit Ihrem Onkel.«

»Und mit meinem Onkel.«

»Wann war das?«

»1933.«

»Dann gehörte er sicher zu den Personen, die zeitweise festgehalten wurden, um das Aufbauwerk der nationalsozialistischen Revolution nicht zu gefährden. Ich nehme an, er galt als Widerständler?«

»Soweit ich weiß. Er hat nichts von Hitler gehalten.«

»Man hat damals Widerständler in Haft genommen sowie Personen, die sich durch Korruption, Charakterlosigkeit, asoziales Verhalten und dergleichen als gesellschaftlich haltlos oder gefährlich erwiesen haben. Das Ziel war, sie durch Arbeit und Ordnung wieder gesellschaftsfähig zu machen. Was größtenteils auch geglückt ist.«

»Mein Onkel ist kurz nach seiner Entlassung gestorben.«

»Das tut mir leid.« Er sah hinüber zum Haus, bei dem nun eine kleine Gruppe – zwei Frauen und drei ältere Männer – vor dem Schaukasten stand und den Artikel las. »Wollen wir unseren Spaziergang durch den Park fortsetzen?«, schlug er vor.

Helene nickte. Sie verließen den Garten des Goethehauses, folgten dem weiteren Verlauf des Spazierweges.

»Ich habe mit den Aktionen zu tun, Juden aufzuspüren«, erzählte sie rasch, um ihm keine Gelegenheit zu geben, das

Thema zu wechseln. »Ich erstelle entsprechende Auswertungen für die Polizei, ich habe mitbekommen, wie versteckte Juden entdeckt und in ein Konzentrationslager geschickt worden sind, nach Auschwitz. Und ich frage mich, warum das notwendig ist.«

Eine Weile ging er schweigend neben ihr her. Sein Gehstock pochte in einem so gleichmäßigen Takt auf den Weg, als wäre er die Maschine, die ihn vorwärtszog.

»Das ist ein bisschen kompliziert«, sagte er schließlich. »Wie Sie wissen, beruht das nationalsozialistische Denken auf der Überzeugung, dass es die oberste Pflicht eines Volkes ist, sich selbst, sein Blut, seine Rasse von fremden Einflüssen rein zu erhalten. Womit wir übrigens nichts anderes tun als das, was die Juden selber seit Jahrtausenden tun, die es nämlich seit jeher als Gräuel betrachten, sich mit Nichtjuden zu vermischen. Nun hat aber mit Beginn des letzten Jahrhunderts eine geistige Strömung eingesetzt, die sogenannte ›Aufklärung‹, die davon ausgeht, dass alle Menschen ›gleich‹ sind – wie immer das zu verstehen sein soll, denn ganz offensichtlich sind sie es ja *nicht*. Diese Strömung führte sowohl dazu, dass Juden danach strebten, in anderen Völkern aufzugehen – also, sich zu *assimilieren*, wie man sagt –, als auch dazu, dass andere Völker das zugelassen haben, indem entsprechende Verbote aufgehoben wurden. Deswegen verlangen wir für den Ahnenpass einen Nachweis aller Vorfahren, die nach 1800 geboren sind: weil wir davon ausgehen können, dass davor eine Heirat mit Juden ohnehin so gut wie nie vorkam.«

»Bis ins Gymnasium hatte ich eine Freundin, die gar nicht wusste, dass sie Jüdin ist«, sagte Helene. »Bis sie eben hinten sitzen musste. Sie ist mit ihrer Familie nach Amerika ausgewandert, und ich hab nie wieder etwas von ihr gehört.«

Ludolf nickte gewichtig. »Ja. Solche Geschichten gibt es

viele. Leider muss man sagen: ein Verhalten, wie es für Juden typisch ist.«

»Aber wieso?« Das wurde langsam zu persönlich. Sie hätte nicht davon anfangen sollen, aber jetzt, da die Erinnerung an Ruth wieder erwacht war, konnte Helene nicht mehr aufhören. Es tat immer noch weh. »Sie war so gut in Deutsch. Sie konnte unglaublich viele Gedichte auswendig, von Goethe, von Rilke, von allen möglichen Dichtern ... Was war an meiner Freundin so gefährlich, dass man sie fortschicken musste?«

Ludolf blieb stehen, betrachtete sie versonnen. »Ja, das ist schwer zu verstehen. Wenn man nur das einzelne Schicksal betrachtet, versteht man es überhaupt nicht. Sie müssen ein Volk als Gesamtheit betrachten. Ursprünglich waren die Juden vermutlich ein Volk wie jedes andere auch. Doch dadurch, dass sie vertrieben wurden und sich in alle Welt verteilten, durch ihre Jahrhunderte anhaltende Heimatlosigkeit also, entwickelten sie sich zu einem Volk, das den Kontakt mit dem Boden verloren hat. Volk und Boden aber gehören zusammen. Nur ein Volk, das mit dem Boden verbunden ist, kann schöpferisch tätig werden, kann echte Kulturleistungen erbringen. Ein Volk, das diesen Kontakt verliert, wird zu einem zersetzenden Element in den Wirtsvölkern, die ihm Aufenthalt gewähren, und bringt Unheil über sie.« Er bohrte seinen Gehstock in den sandigen Boden. »Deswegen führt kein Weg daran vorbei, die Juden vollständig aus dem Lebensraum des deutschen Volkes zurückzudrängen. Das ist rein aus Selbstschutz unabdingbar. Angesichts der Kriegssituation bleibt nur, die noch verbliebenen Juden in Lagern zusammenzufassen, um sie jedenfalls zunächst einmal von den Deutschen getrennt zu halten, aber das kann natürlich nur eine vorübergehende Maßnahme sein. Anfang des Jahres, am 20. Januar, hat in Berlin-Wannsee eine Konferenz stattgefunden, bei der führende Regierungsvertreter ausgearbeitet haben, wie eine endgültige Lösung dieses Problems aussehen soll. Die entsprechenden Beschlüsse sind noch geheim, aber soweit ich weiß, wird es darauf hinauslaufen, den Juden einen eigenen Staat zu geben und sie ausnahmslos dort hinzuverbringen, damit sie den Kontakt zum Boden wiedergewinnen und im Lauf von vielleicht einigen Jahrhunderten wieder als Volk gesunden können. Man hört gerüchteweise, dass geplant ist, ihnen nach Ende des Krieges Madagaskar zu geben – aber nageln Sie mich nicht darauf fest.«

»Madagaskar?«, wiederholte Helene verwundert. »Das ist eine Insel.« Onkel Siegmund hatte auch darüber einmal eine Reportage geschrieben. Sie erinnerte sich dunkel an Photographien von affenähnlichen Tieren mit schwarz-weißem Fell und großen gelben Augen.

»Ja, aber die viertgrößte Insel der Welt, von der Grundfläche her fast so groß wie Deutschland und Italien zusammengenommen. Momentan eine französische Kolonie, in der nur ein paar Millionen Eingeborene leben – Platz wäre also mehr als genug. Eine andere Möglichkeit wäre, den Juden Palästina zu geben. Die Zionisten unter ihnen würden das vorziehen. Es sind ja auch vor dem Krieg schon sehr viele Juden nach Palästina ausgewandert; das Problem ist nur, dass die Araber, die dort leben, sie nicht haben wollen.« Er machte eine raumgreifende Geste mit der freien Hand. »Sie müssen das Ganze als medizinisches Problem betrachten – diese Denkweise dürfte Ihnen vertraut sein. Die erste Maßnahme muss immer sein, die akute Gefahr zu beseitigen, erst dann kann man Maßnahmen ergreifen, die zur Heilung führen. Das ist, grob gesagt, die Judenpolitik, die das Reich verfolgt.«

Helene fühlte sich von plötzlicher Erschöpfung übermannt. Irgendetwas an der Art, wie er all das sagte, verwirrte sie: Das klang alles so aufrichtig um Korrektheit bemüht, und doch klang es zugleich seltsam *falsch*. Sie wusste nicht mehr, was sie denken, und erst recht nicht, was sie nun sagen sollte.

Ihre Rettung kam in Form eines Klingelns in der Innentasche seines Mantels.

Ludolf verzog das Gesicht. »Ich bitte vielmals um Entschuldigung«, sagte er. »Das ist vermutlich ein Notfall.«

»Schon in Ordnung«, meinte Helene und ging höflich ein paar Schritte weiter, während er sein Telephon herausholte und den Anruf annahm. Sie hörte, wie er seinen Gesprächspartner anherrschte: »Ich hatte angeordnet, nur im äußersten –«

Dann verstummte er, hörte zu, sagte nur ab und zu »Mmh« oder »Ja« oder »Verstehe«. Schließlich meinte er: »Nun gut. Machen wir es so. Sie schauen zu, dass dieser Matthai nichts erfährt, und ich komme so schnell wie möglich.«

Damit beendete er das Gespräch, schob das Telephon wieder ein und schloss merklich beunruhigt zu Helene auf.

»Es tut mir leid«, erklärte er zerknirscht. »Meine Aufgaben erlauben es mir leider nicht, den Kontakt zu meiner Dienststelle zu unterbrechen; ich muss jederzeit verfügbar sein.«

»Das macht doch nichts«, meinte Helene.

»Und was noch schlimmer ist: Es hat sich etwas ereignet, das es leider unumgänglich macht, dass wir diesen herrlichen Spaziergang abbrechen. Es hilft nichts, ich muss zurück und versuchen, zu retten, was zu retten ist.«

Erleichterung überflutete Helene wie eine Dusche warmen Wassers. Sie musste an sich halten, nicht laut aufzulachen. Stattdessen fragte sie mit, wie sie hoffte, steinernem Gesicht: »Darf ich fragen, was geschehen ist?«

»Das dürfen Sie fragen«, erwiderte Ludolf und neigte den schiefen Kopf, »aber ich darf darauf leider nicht antworten.«

»Nun«, sagte Helene, »dann müssen wir die Dinge eben so nehmen, wie sie sind.«

Sie drehten um und machten sich auf den Weg zurück zum Schloss. Unterwegs gestand ihr Ludolf hastig und ein wenig konfus – offenbar hatte der Anruf ihn ziemlich aus dem Konzept gebracht –, was ihr ohnehin klar gewesen war, nämlich, dass er die Absicht gehabt habe, »die Vertrautheit zwischen uns zu vertiefen«, wie er sich ausdrückte, in der Hoffnung, »dass Sie es eines nicht allzu fernen Tages nicht unangemessen fänden, wenn ich um Ihre Hand anhielte.«

Bei der bloße Vorstellung war ihr zumute, als bohre sich ein Messer in ihre Brust, und alle Erleichterung war verflogen. »Wir sollten die Dinge vielleicht nicht überstürzen«, sagte sie mit einer Stimme, die ihr ganz fremd vorkam. »Ich fühle mich noch nicht bereit für einen solchen Schritt.«

»Ich verstehe.« Sein verdammter Gehstock! Dieses unablässige *Dong! Dong! Dong!* schien sich in ihr Hirn zu bohren wie die Wassertropfenfolter, die man den Chinesen nachsagte. »Aber etwas sagt mir, dass wir füreinander bestimmt sind, und ich bin der festen Überzeugung, dass auch Sie das eines Tages erkennen werden. Bitte erlauben Sie mir wenigstens, zu hoffen.«

Sie konnte sich nicht dazu überwinden, einfach *Nein* zu sagen. Also sagte sie: »Daran könnte ich Sie bestimmt sowieso nicht hindern.«

Er schien das als Ermutigung zu verstehen! Jedenfalls lächelte er, auf eine Weise, die sein verschobenes Gesicht gänzlich widerwärtig aussehen ließ, und beeilte sich zu versichern: »Das haben Sie natürlich völlig richtig erkannt. Was versuche ich auch, einer Frau etwas vorzumachen! Also, ich hoffe weiter, und ich melde mich wieder. Können wir so verbleiben?«

»Ja, sicher«, erwiderte Helene und sagte sich, dass sie in dem Fall ja auch hoffen durfte: darauf nämlich, dass die ganze Sache mit der Zeit von selber versanden würde.

46

Endlich brach der Montag an, konnte sie sich ins Amt flüchten, weg aus dieser Familie, die gar nicht mehr aufhören wollte, von Ludolf von Argensleben zu schwärmen! Was für eine Wohltat, das Bureau zu betreten, ihr eigenes Reich, still, aufgeräumt, friedlich, die Verdunkelungsvorhänge wegzuziehen und dem Tageslicht Einlass zu gewähren, das auf klare, glatte Oberflächen fiel, auf das glänzende Holz ihrer Schreibtischplatte, den warmen, honiggelben Parkettboden und das grau lackierte stählerne Gehäuse ihres Komputerschirms.

Gleich die erste Nachricht, als sie den Komputer einschaltete, stammte von Adamek und noch von Freitagabend: *Besprechung Montag 9 Uhr 30 in meinem Bureau!*

Das war zu erwarten gewesen, sagte sich Helene, konnte sich aber trotzdem eines Gefühls der Beklemmung nicht erwehren: Was mochte ihm diesmal eingefallen sein? Bestand aufs Neue die Gefahr, dass Arthur aufgespürt wurde? Und wenn ja, würde es ihr noch einmal gelingen, die Gefahr zu bannen?

Nun, das zu überlegen würde wohl oder übel bis nach der Besprechung warten müssen. Bis dahin war noch einiges an Zeit, und diese Zeit galt es zu nutzen für eine Abfrage, für die sie am liebsten gestern Abend noch ins Amt geradelt wäre, hätte das nicht Verdacht erregt: Mit wem hatte Ludolf gestern nachmittag im Ilmpark telephoniert?

Sie hätte nicht sagen können, warum sie das wissen wollte, aber sie wusste, dass es eine Information über ihn war, die ihr zugänglich sein würde, trotz der Sperre, der Ludolfs Daten ansonsten unterlagen.

Sie rief die Deutschlandkarte auf, vergrößerte auf Weimar, bis der Park entlang der Ilm den ganzen Bildschirm einnahm. Wo hatten sie gestanden, als das Telephon geklingelt hatte? Auf dem Hauptweg, von der Höhe her ungefähr in der Mitte zwischen dem Pogwischhaus und dem Haus am Horn. Sie bewegte das Peilkreuz bis an die ungefähre Stelle, speicherte dann die Koordinaten ab und wechselte damit in die Telephonortung.

Siehe da, so genau hätte sie gar nicht zu messen brauchen: Um die angegebene Zeit herum hatte in der ganzen Umgebung nur ein einziges Telephongespräch stattgefunden, und zwar zwischen einer Nummer, zu der kein Name abrufbar war – das musste folglich Ludolfs Telephonnummer sein; Helene notierte sie sich sorgfältig –, und der Nummer eines gewissen Heinz Perlinger, SS-Obersturmführer und zugeteilt dem Reichssicherheits-Hauptamt, Abteilung VI-D, das zuständig war für Auslandsaufklärung West/Englisch-amerikanische Einflussgebiete.

Und besagter Heinz Perlinger hatte sich zum Zeitpunkt des Anrufs in Bremen aufgehalten, und dort wiederum in der Nähe des Hafens.

Helene sah auf, dachte nach und merkte, wie sich ihre Stirn wie von selbst in Falten legte. Sie hatte den Namen ›Matthai‹ gehört. Matthai … Bremen … Hafen …? Damit war doch nicht am Ende dieser – wie hatte er geheißen? Wilhelm? – Matthai von der Bremer Hafenpolizei gemeint gewesen?

Was hatte Ludolf mit dem zu tun?

Nun, das würde sie auf diesem Weg natürlich nicht erfahren, aber auf alle Fälle wusste sie nun, dass Ludolf bei der SS war und für das Reichssicherheits-Hauptamt arbeitete, und zwar vermutlich im Bereich Auslandsspionage.

Wahrscheinlich hatte er alles, was sie ihm über sich erzählt hatte, längst gewusst. Vielleicht kam daher dieses Gefühl von

Falschheit, das ihr Gespräch umwabert hatte wie ein fauliger Geruch.

Eine Gänsehaut lief ihr über den Rücken bei der Erinnerung daran.

Sie sah hinab auf ihre Hände, die mit gespreizten Fingern über der Tastatur schwebten. Sollte sie wirklich tun, was ihr gerade durch den Kopf ging? Es war ein Risiko, klar. Auch das, was sie am Freitagabend gemacht hatte, war ein Risiko gewesen. Aber jetzt, heute, am Montagmorgen, wenn alle da waren, frisch und ausgeruht vom Wochenende, war das Risiko nicht nur größer, es war der reine Wahnsinn.

Aber sie konnte einfach nicht anders. Sie musste wissen, wohin Ludolf gefahren war, nachdem er sie wieder zu Hause abgesetzt hatte.

Ihre Hände tippten los. Wiesen ihr die höchstmögliche Zugangsstufe zu, die es gab. Riefen die Telephonverfolgung auf. Tippten Ludolfs Nummer ein, legten den Abfragezeitraum fest: gestern nachmittag ab 16 Uhr.

Eine Karte des Deutschen Reichs erschien, darauf die Route, die er genommen hatte, zusammen mit Zeitangaben, wann er wo gewesen war. Er hatte von Weimar aus die Autobahn bis Kassel genommen, war dann weiter über Braunschweig und Hannover nach Bremen gefahren. Tatsächlich.

Und nun? Weiter wusste sie nicht. Sie wusste nicht einmal, warum ihr das nachzuprüfen so wichtig gewesen war. Nur, dass es irgendwie wichtig *war*.

Sie starrte grübelnd vor sich hin. Beendete die Telephonverfolgung. Zu versuchen, ihn zu belauschen, das traute sie sich dann doch nicht.

Doch als sie schon im Begriff war, den Befehl einzutippen, der ihre Zugangsstufe wieder auf den gewohnten Wert reduzieren würde, hielt sie inne. Wenn sie schon dabei war … wenn sie sich schon im Land des unbegrenzten Zugriffs aufhielt … warum dann nicht nachschauen, was auf jener Konferenz beschlossen worden war, die Ludolf erwähnt hatte?

Sie wusste nicht, ob sie vom NSA aus Zugriff auf die Geheimprotokolle der SS hatte, aber versuchen konnte sie es ja. Und siehe da: Sie hatte. Es gab Tausende davon, geordnet nach Ämtern und Referaten, durchsuchbar nach Teilnehmern, Datum und Stichworten.

Teilnehmer wusste Helene keine, aber ein Datum: 20. Januar 1942. Und ein Stichwort: Berlin, Wannsee.

Da war es. Das Dokument trug den Namen *BP 1942-02-20 Berlin Endlösung* und war als *Streng geheim* klassifiziert, was bedeutete, dass jemand mit einer normalen Zugangsstufe nicht einmal den Namen des Dokuments angezeigt bekommen hätte.

Helene öffnete es. Gleich in der ersten Zeile stand noch einmal: *Geheime Reichssache!*, darunter: *Besprechungsprotokoll.*

An der am 20.1.1942 in Berlin, Am Großen Wannsee Nr. 56/58, stattgefundenen Besprechung über die Endlösung der Judenfrage nahmen teil:
Gauleiter Dr. Meyer und Reichsamtsleiter Dr. Leibbrandt, Reichsministerium für die besetzten Ostgebiete
Staatssekretär Dr. Stuckart, Reichsministerium des Inneren
Staatssekretär Neumann, Beauftragter für den Vierjahresplan
Staatssekretär Dr. Freisler, Reichsjustizministerium
Staatssekretär Dr. Bühler, Amt des Generalgouverneurs
Unterstaatssekretär Luther, Auswärtiges Amt
SS-Oberführer Klopfer, Partei-Kanzlei
Ministerialdirigent Kritzinger, Reichskanzlei
SS-Gruppenführer Hofmann, Rasse- und Siedlungs-Hauptamt
SS-Gruppenführer Müller und SS-Obersturmbannführer Eichmann, Reichssicherheits-Hauptamt

SS-Oberführer Dr. Schöngarth und SS-Sturmbannführer Dr. Lange, Sicherheitspolizei und SD
Einladender: SS-Obergruppenführer Heydrich, Chef der Sicherheitspolizei und des SD

Helene blätterte weiter, überflog den in drögem Amtsdeutsch verfassten Text. Die ersten beiden Abschnitte hielten Rückblick auf den bisherigen Verlauf der »Zurückdrängung der Juden aus dem Lebensraum des deutschen Volkes«, listeten auf, wie viele Juden bislang zur Auswanderung gebracht worden waren (nämlich rund 537.000), schilderten, wie dies ohne Belastung der Reichskasse finanziert worden war (nämlich von den Juden im In- und Ausland selber), und endete mit dem Satz:

Inzwischen hat der Reichsführer-SS und Chef der Deutschen Polizei im Hinblick auf die Gefahren einer Auswanderung im Kriege und im Hinblick auf die Möglichkeiten des Ostens die Auswanderung von Juden verboten.

Helene stutzte. Das war ja mal seltsam. Auf jeden Fall passte es nicht zu dem, was Ludolf über die Optionen erzählt hatte, die man erwog.

Nun, vielleicht war das nur eine vorübergehende Maßnahme. Sie las weiter.

Anstelle der Auswanderung ist nunmehr als weitere Lösungsmöglichkeit nach entsprechender vorheriger Genehmigung durch den Führer die Evakuierung der Juden nach dem Osten getreten.

Es folgte eine Auflistung, wie viele Juden noch in welchen Ländern lebten – insgesamt 11 Millionen –, und eine langwierige Erörterung, wie mit Mischlingen und Ehen zwischen Mischlingen und Deutschen verfahren werden sollte, aber von Madagaskar oder Palästina stand nirgends auch nur ein Wort. Oder? Das hatte sie doch nicht überlesen?

Verwirrt begann Helene noch einmal von vorn. Und nun, beim zweiten, genaueren Lesen stieß sie endlich auf eine Stelle, in der es darum ging, was mit den Juden denn nun endgültig *geschehen* sollte.

Sie las:

Unter entsprechender Leitung sollen nun im Zuge der Endlösung die Juden in geeigneter Weise im Osten zum Arbeitseinsatz kommen. In großen Arbeitskolonnen, unter Trennung der Geschlechter, werden die arbeitsfähigen Juden straßenbauend in diese Gebiete geführt, wobei zweifellos ein Großteil durch natürliche Verminderung ausfallen wird.
Der allfällig endlich verbleibende Restbestand wird, da es sich bei diesem zweifellos um den widerstandsfähigsten Teil handelt, entsprechend behandelt werden müssen, da dieser, eine natürliche Auslese darstellend, bei Freilassung als Keimzelle eines neuen jüdischen Aufbaus anzusprechen ist. (Siehe die Erfahrung der Geschichte.)
Im Zuge der praktischen Durchführung der Endlösung wird Europa von Westen nach Osten durchgekämmt. Das Reichsgebiet einschließlich Protektorat Böhmen und Mähren wird, allein schon aus Gründen der Wohnungsfrage und sonstigen sozial-politischen Notwendigkeiten, vorweggenommen werden müssen.
Die evakuierten Juden werden zunächst Zug um Zug in sogenannte Durchgangsghettos verbracht, um von dort aus weiter nach dem Osten transportiert zu werden.

Helene spürte Entsetzen wie Magensäure in sich aufsteigen. *Das* war der Plan? Die Juden Straßen in den Osten bauen lassen, bis der größte Teil von ihnen tot war, um dann die übrigen … *entsprechend zu behandeln*? Was hieß das? Entsprechend was? Und was für eine Behandlung war gemeint?

Es stand da nicht, aber Helene schwante Schlimmes. Ihr klang noch im Ohr, wie Himmler unten im Saal von der Feindschaft zwischen den Juden und dem arischen Volk gesprochen hatte und von dem Kampf zwischen ihnen, »den nur eines der beiden Völker überleben« könne. Wenn man nicht vorhatte, die internierten Juden je wieder freizulassen … dann konnte das nur heißen, dass man wahrhaftig vorhatte, sie alle zu *töten!*

Am Ende war tatsächlich etwas dran an den Gerüchten, die man immer mal wieder hörte, wonach die SS während des Ostfeldzugs Tausende von polnischen und russischen Juden erschossen hatte, einfach deshalb, weil sie Juden waren.

Und Madagaskar? Madagaskar war nur eine fromme Lüge.

Ihr Blick fiel auf die Uhr. Fünf vor halb zehn! Höchste Zeit, sich auf den Weg zu Adamek zu machen. Helene schloss hastig das Dokument, beendete den Zugriff auf das SS-Archiv, setzte ihre Zugangsstufe zurück und löschte alle Spuren ihrer Aktivitäten. Dann schaltete sie den Komputer aus, griff nach Notizblock, Stift und Zimmerschlüssel …

Ihre Hand zitterte. Das Entsetzen war immer noch da, unsichtbar, riesig, lastete auf ihr. Sie wollten die Juden einfach töten, alle. Und sie, Helene Bodenkamp, war schon daran beteiligt, denn all die Juden, die man dank ihrer Programme in ihren Verstecken aufgespürt hatte, waren in den Osten abtransportiert worden.

Sie schloss die Augen, versuchte, ruhig und tief zu atmen, sich zu fangen. Niemandem war damit gedient, wenn sie jetzt vor aller Augen zusammenbrach, niemandem.

Als sie die Augen wieder aufmachte, war es halb zehn. Sie würde zu spät kommen. Sie sprang auf, schnappte sich ihre Sachen, schloss hinter sich ab – und rannte.

* * *

Niemand verlor ein Wort darüber, dass sie zu spät kam. Der Chef saß mit Lettke am Tisch, sah kaum auf, als sie, von der Sekretärin aufgeregt durchgewunken, eintrat und sich ganz automatisch an denselben Platz setzte wie am Freitag auch. Sie zog unwillkürlich die Schultern ein, als könne sie sich auf diese Weise unsichtbar machen.

»… sehr enttäuschend«, sagte Adamek gerade. Er hatte die Liste ausgedruckt vor sich liegen, die Helene ihm per Elektropost geschickt hatte, schob sie beim Reden vor und zurück. »Ich hatte wirklich gedacht, das sei eine gute Idee.«

»Das war ja auch eine gute Idee«, meinte Lettke, der ein bisschen wirkte, als glaubte er den Chef beruhigen zu müssen. »Nur ist es halt leider manchmal so, dass eine gute Idee trotzdem nicht funktioniert.«

Adamek sah ihn unter ärgerlich gefurchten Augenbrauen hervor an. »Haben Sie denn auch andere Kombinationen ausprobiert?«

Jetzt wurde Lettke merklich unsicher, sah hilfesuchend zu ihr herüber.

»Eine Menge«, behauptete Helene rasch. »Alles, was nur irgendwie in Frage gekommen ist. Aber die Kombination von Dachbodenleitern und Camping-Toiletten, zeitnah gekauft, war die einzige wirklich treffsichere. Die meisten Varianten haben mehr als neunzig Prozent Fehlalarme geliefert, und das hielt ich für inakzeptabel.«

»Womit Sie natürlich völlig recht haben.« Adamek zog die Liste mit gespreizten Fingern zu sich heran, sah darauf, als müsse er sich vergewissern, dass sie sich seit dem letzten Mal nicht verändert hatte. »Was mich aber wundert, ist, dass diese Abfrage nur in Berlin Ergebnisse liefert.«

Helene, die das natürlich kein bisschen wunderte, sagte: »Ich hatte die Abfrage auf Berlin beschränkt, aus Zeitgründen. Wie es anderswo aussieht, müsste man erst ermitteln.«

»Das habe ich schon erledigt.« Er lehnte sich zurück, faltete die Hände. »Ich habe Fräulein Jersch gebeten, eine entsprechende Abfrage stichprobenhaft überall im Reich durchzuführen.«

Lettke sah auf die Uhr. »Ah ja? Und wann hat sie das gemacht?«

»Gestern Nachmittag. Ich habe sie darum gebeten, ihren Sonntag zu opfern.« Adamek entfaltete die Hände wieder, hob sie in einer Geste der Entschuldigung. »Bitte verstehen Sie das nicht als Misstrauen meinerseits. Ich wollte einfach jemanden damit beauftragen, der gänzlich unbeeinflusst an die Sache herangehen würde.«

Helene war, als müsse jeder im Raum das heftige Schlagen ihres Herzens hören. »Und?«, fragte sie beklommen. »Was hat sich ergeben?«

Lettke presste die Lippen zusammen, dass sie ganz weiß wurden, sah sie.

»Wie gesagt: nichts«, gab Adamek zu. »Niemand sonst im ganzen Reich hat sowohl eine Dachbodenleiter als auch eine Campingtoilette gekauft. Das ist nur in Berlin vorgekommen.«

Vielleicht, dachte Helene, hatte sie es doch etwas übertrieben.

Lettke räusperte sich. »Nun, Berlin ist die Stadt mit dem höchsten Lebensstandard in Deutschland. Möglicherweise haben die Menschen anderswo einfach nicht genug Geld zur Verfügung? Ich meine, mal ganz ehrlich – die Bankgebühren steigen jedes Jahr. Inzwischen haben sie eine Höhe, die den meisten Menschen richtig weh tut – und man hat keine Wahl, es gibt ja kein Bargeld, das man einfach abheben und unters Kopfkissen legen könnte, man muss die Gebühren zahlen. Und nun noch das staatlich verordnete ›eiserne Sparen‹, das darauf hinausläuft, dass zehn Prozent von allem, was man besitzt, auf dem Konto eingefroren ist und nicht ausgegeben werden kann, was gerade so gut ist, als hätte man es nicht. Also müssen wir in unsere Überlegungen einbeziehen, dass die meisten Menschen, die jemanden verstecken, sich keine kostspieligen Maßnahmen leisten können und sich folglich andere Lösungen ausdenken müssen.«

»Und was für Lösungen sollten das sein?«, fragte Adamek.

Lettke hob die Schultern. »Das wissen wir nicht.«

»Oder«, warf Helene zaghaft ein, »es sind nicht so viele Leute versteckt worden, wie wir denken.«

»Doch«, erwiderte Adamek. »Wir haben eine Liste vom Innenministerium erhalten, genauer gesagt von der Reichszentrale für jüdische Auswanderung. Sie enthält die Namen und Daten von Juden, von denen nicht bekannt ist, dass sie ausgewandert wären, die andererseits aber ihren Deportationsbescheiden nicht Folge geleistet haben. Es sind Tausende von Namen – und diese Leute müssen irgendwo sein!«

Helene, die einen Moment lang gehofft hatte, ihm die Sucherei nach Versteckten einfach ausreden zu können, sank enttäuscht in sich zusammen. Das würde nicht funktionieren. *Natürlich* würde das nicht funktionieren. Die Bewohner des Deutschen Reichs waren schon datenmäßig aufs Genaueste erfasst, seit Bismarck dafür die ersten Analytischen Maschinen aus England hatte einführen lassen. Damals waren es Lochkarten gewesen, aber diese später für die Weiterverwendung der Daten in elektronischen Komputern einzulesen war nur eine Angelegenheit weniger Tage gewesen.

Der Chef rollte zu seinem Schreibtisch, holte einen Notizzettel mit den Angaben, wo besagte Liste in den Datensilos auffindbar war. »Das wäre ein Ansatz, den wir verfolgen könnten«, meinte er auf dem Rückweg. »Wir werten die Telephondaten aus, die elektrische Post, den Nachrichtenverkehr, die Bankdaten und so weiter, um zu ermitteln, mit wem die Untergetauchten alles in Kontakt gestanden haben. Denn höchstwahrscheinlich werden sie ja bei Deutschen Unterschlupf gefunden haben, mit denen sie gut bekannt waren.«

Helene verschlug es den Atem. »Aber ... das wäre ein *riesiges* Programm!«

»Ja, das ist mir klar, Fräulein Bodenkamp. Aber wenn wir es nicht machen, machen es die Strickerinnen vom RSHA. Und wenn die es machen, wird sich jemand in der Regierung fragen, wozu sie eigentlich uns noch brauchen. Eine Frage, auf die ich dann auch keine Antwort hätte, ehrlich gesagt. Verstehen Sie? Wir müssen etwas liefern, und zwar schnell, sonst gehen hier im NSA spätestens Weihnachten die Lichter aus.«

Helene hatte nach ihrem Notizblock gegriffen, nach ihrem Stift, und ihre Gedanken rannten schon los wie von selbst, überlegten sich Tabellenstrukturen, Abläufe, Vergleichsroutinen, erinnerten sich an Strickmuster ... Das war riesig, ja, aber hinzukriegen, keine Frage. Nur was, wenn es schließlich funktionierte? Was, wenn Avraham Stern auch auf der Liste stand? Ein funktionierendes Programm würde natürlich herausfinden, dass er mit dem Landwirt Hermann Scholz gut befreundet gewesen war, würde wissen, dass dieser der Vater von Marie Aschenbrenner war ... und dann?

»Ich hatte den Gedanken«, meinte Lettke, während er seine Schultern dehnte, als habe er schlecht geschlafen, »ob es nicht etwas bringen würde, die Daten auszuwerten, die uns über den Stromverbrauch der deutschen Haushalte vorliegen.

Wenn ich mir so ein Versteck vorstelle, wie es in den Berichten beschrieben ist, dann sehe ich einen verborgenen Raum vor mir, der viel elektrisches Licht braucht, eine elektrische Heizung vielleicht und womöglich sogar eine elektrisch betriebene Belüftung. Das Vorhandensein eines solchen Verstecks, stelle ich mir vor, müsste ein gänzlich anderes – und erkennbares – Verbrauchsprofil erzeugen als ein normaler Haushalt.«

Helene, die bei Lettkes Worten das fatale Gefühl beschlich, dass er exakt Arthurs Versteck vor Augen haben musste, sagte heftiger, als vielleicht gut war: »Ich glaube nicht, dass das funktioniert. Dazu sind die Gewohnheiten und die Lebensumstände viel zu unterschiedlich. Eine alte Waschmaschine zum Beispiel verbraucht bis zu dreimal so viel Strom wie eine moderne. Und was die Größe der Wohnung anbelangt, gibt es da auch enorme Unterschiede. Mein Elternhaus zum Beispiel ist riesig – wir haben mehr als zwei Dutzend Zimmer und entsprechend viele Lampen im Einsatz. Dann macht es einen ungeheuren Unterschied, ob jemand mit Holz, mit Kohle oder elektrisch heizt –«

»Zweifellos«, unterbrach Adamek sie. »Aber wer eine neue Waschmaschine hat, das lässt sich aus der Tabelle der Einkäufe ermitteln. Und wer eine elektrische Heizung betreibt, das steht auch irgendwo verzeichnet.«

Lettke hob die Hand. »Ich war noch nicht fertig. Ich dachte bei meinem Vorschlag in erster Linie an die Städte, in denen noch zu Zeiten der Republik die damals so genannten ›klugen Stromzähler‹ eingeführt worden sind. Also Städte wie Weimar, Kassel, Hannover, München, Hamburg, Teile von Berlin, Dortmund und so weiter; ich weiß sie nicht alle auswendig. Der springende Punkt dabei ist, dass man diese Stromzähler über das Weltnetz abfragen kann und dass diese Abfrage im Stundentakt erfolgt. Eingeführt hat man sie angeblich, um den Stromverbrauch besser lenken zu können, in Wahrheit aber, um weniger Stromableser beschäftigen zu müssen …«

»Ich erinnere mich«, sagte Adamek. »Eine ausgesprochen unkluge Maßnahme angesichts der großen Arbeitslosigkeit damals.«

»Ja, aber nun könnte es uns zugutekommen«, meinte Lettke. »Ich erinnere mich dunkel an eine wissenschaftliche Untersuchung, was sich aus einem solchen Verbrauchsprofil alles herauslesen lässt. Es war beeindruckend. Eine der Aussagen war, dass man, wenn man die Abfragehäufigkeit erhöhen würde – zum Beispiel auf einmal pro *Minute*, was technisch ohne weiteres ginge –, man sogar anhand des Stromverbrauchs hätte feststellen können, welches Fernsehprogramm die Bewohner des jeweiligen Haushalts eingeschaltet haben.«

Adamek gab ein unwilliges Brummen von sich. »Das wissen wir auch so.«

»Das war nur ein Beispiel«, sagte Lettke. »Der springende Punkt ist, dass die Verbrauchsgewohnheiten eines Haushalts ein typisches Verbrauchsprofil definieren – und wenn sich das plötzlich *ändert*, könnte es ein Hinweis darauf sein, dass dort jemand versteckt wird.«

Der Chef ließ sich das durch den Kopf gehen. Wahrscheinlich, dachte Helene, war ihm gar nicht bewusst, dass er dabei fortwährend ein kleines Stück vor- und dann wieder zurückrollte.

»Wie würden Sie konkret vorgehen?«, wollte er schließlich wissen.

»Erst noch einmal die Berichte der SS durchsehen«, erwiderte Lettke. »Wenn ich mich recht erinnere, lagen einige der Adressen im Zentrum, in Wedding, in Köpenick – in Bezirken also, in denen kluge Stromzähler installiert sind. Das heißt, von dort liegen nach Stunden gerasterte Verbrauchsprofile vor. Die würden wir uns anschauen, ob sich eindeutige Charakteristika ausmachen lassen, die die Haushalte mit Verstecken von anderen unterschieden haben. Wenn ja, würden wir in anderen Städten mit solchen Stromzählern nach vergleichbaren Profilen suchen und aus diesen einige Fälle herausgreifen – vielleicht welche, die auch bei unserer Kalorienauswertung auffallende, aber nicht eindeutige Werte erreicht haben –, diese Adressen an die Gestapo weitergeben und abwarten, wie treffsicher diese Vorgehensweise ist.«

»Gut.« Adamek nickte. »Dann machen Sie das. Aber halten Sie mich bitte täglich auf dem Laufenden. Wichtig ist, dass wir *schnell* wieder etwas vorzuweisen haben. Benötigen Sie die Unterstützung weiterer Strickerinnen?«

»Nein«, erwiderte Lettke entschieden. »Das wäre eher kontraproduktiv. Fräulein Bodenkamp und ich sind inzwischen ein eingespieltes Team, und mehrere Abfragen dieser Größenordnung zugleich laufen zu lassen würde das System sowieso nur unnötig bremsen.«

Adamek nahm die Berlin-Liste an sich, rollte ein Stück zurück. »Also – dann ans Werk. Ich erwarte Ihren ersten Bericht heute Abend.«

* * *

Auf dem Rückweg flatterten Helenes Gedanken wie Vögel in einem Käfig, der heftig durchgeschüttelt wurde. Lettkes Idee würde bestimmt funktionieren, davon war sie überzeugt. Was bedeutete, dass sie einmal mehr dazu beitragen würde, Menschen dazu zu verurteilen, in Lager gebracht zu werden, in denen man es auf ihren Tod abgesehen hatte – doch ihre größte Sorge galt in Wahrheit der Frage, ob auch der Aschenbrenner-Hof durch diese Suche gefunden werden würde. Ein Bauernhof war kein normaler Haushalt, und kein Bauernhof glich dem anderen, so viele verschiedene landwirtschaftliche Maschinen, wie es gab …

»Kommen Sie bitte noch einen Moment mit in mein Bureau?«, riss Lettkes Stimme sie aus ihren Überlegungen.

Helene nickte überrumpelt. »Ja. Sicher.«

Dann setzte das Unbehagen ein. Die Erinnerung an jenen beschämenden Moment, an die Peinlichkeit überhaupt, als Diebin von Kondomen überführt zu werden. Es lag ein Klang in Lettkes Stimme, der sie daran erinnerte – warum? Was mochte er von ihr wollen?

Sie sah ihm zu, wie er sein Bureau aufschloss, folgte ihm zögerlich hinein, wartete unbehaglich, während er die Tür hinter ihr wieder zumachte.

Er schien nicht recht zu wissen, wie er anfangen sollte. Er ging, die Hände reibend, unruhig vor der Fensterfront auf und ab, überlegte.

»Eine Frage«, sagte er schließlich, blieb stehen und sah sie forschend an. »Haben Sie sich schon einmal unerlaubten Zugriff auf geschützte Daten verschafft?«

47

Die Sache mit dieser Vera Schneider hatte Lettke keine Ruhe gelassen. Eigens, um ihre Elektrobriefe in Ruhe weiterlesen zu können, war er sogar am Samstag ins Amt gekommen. Das war so gegen seine Gewohnheiten, dass er es für riskant auffallend gehalten hatte, aber der Portier hatte nur wohlwollend genickt und gemeint, es müssten eben alle tun, was sie könnten, fürs Vaterland.

Das Vaterland interessierte Eugen Lettke nicht die Bohne. Er tat, was er konnte, ja – aber für sich selbst.

Doch natürlich hatte er »Ja, ja« gesagt und ein pflichtbewusst-leidendes Gesicht aufgesetzt, bis er durch die Sperre war.

Nach dem Elektrobrief, in dem Vera Miller, geborene Schneider, von ihrer Hochzeit berichtete, verging eine ganze Weile, ehe sie sich wieder bei ihrer Freundin Gertrud meldete. Das junge Paar wohnte zu diesem Zeitpunkt höchst beengt in Paul Millers vormaliger Studentenbude, war aber auf der Suche nach einer geeigneten Wohnung, was im dicht besiedelten New York alles andere als einfach war, denn bezahlbar musste sie außerdem sein.

Mehrere Briefe lang schilderte Vera Miller die Abenteuer, die sie hierbei erlebten – Wohnungen, bei denen sie sich zur Besichtigung in lange Schlangen einreihen mussten; Apartments, die in heruntergekommenen Negervierteln lagen; Vermieter, die sie außer zur Zahlung von Miete auch dazu verpflichten wollten, ihre Hunde auszuführen und tagsüber die gebrechliche Großmutter zu pflegen, und dergleichen mehr – und nebenher auch das Alltagsleben in Amerika.

Ich bedauere es immer wieder, dass mir mein Volkstelephon hierzulande überhaupt nichts nützt; die Technik ist eine ganz andere, sagt Paul. Überhaupt sind tragbare Telephone in Amerika noch nicht so allgemein verfügbar wie bei uns, sondern sehr teuer und ein Privileg der Reichen – und in vielen Gegenden funktionieren sie gar nicht. Kein Wunder, so groß, wie das Land ist. Umgekehrt scheint fast jeder Amerikaner ein eigenes Auto zu besitzen, was angesichts der Weiten des Landes wiederum sehr sinnvoll ist. Wir haben noch keines, aber Paul sammelt schon eifrig Unterlagen der Autohändler.

Gerade als sie für eine Wohnung im Brooklyner Stadtteil Williamsburg in die engere Auswahl gekommen waren, erhielt Paul Miller das Angebot, als Assistent nach Berkeley zu gehen, an die Universität von Kalifornien. Ein Angebot, über das der junge Doktorand nicht lange nachdenken musste: Erstens würde er dort mit vielen hochrangigen Leuten zusammenarbeiten, darunter einigen Nobelpreisträgern, wovon er zweifellos profitieren würde, selbst wenn er, wie er sich ausdrückte, nur den Kaffee für alle kochte. Zweitens würde es dort viel leichter sein, eine Wohnung zu finden oder womöglich gleich ein Haus im Grünen, in dem ihre Kinder unter besten Bedingungen aufwachsen konnten. Und drittens lebten seine Eltern nicht weit entfernt, was in seinen Augen ein großer Pluspunkt war.

In Veras Augen eher nicht. *Gewiss, seine Eltern haben mich mit offenen Armen aufgenommen, und Betty scheint eine gute Seele zu sein – trotzdem ist mir unwohl bei dem Gedanken, freiwillig in die Nähe meiner Schwiegermutter zu ziehen!*

Doch das Angebot war letztlich doch zu gut, um es abzuschlagen, und so brachen die beiden ihre Zelte in New York ab und durchquerten das Land, um sich in Berkeley, Kalifornien, niederzulassen. Wo sie tatsächlich ein kleines Häuschen fanden.

Paul Miller erstand günstig einen gebrauchten Komputer für die Arbeit zu Hause, der an das Komputernetz der Universität angeschlossen wurde. Von diesem Gerät aus schrieb Vera Miller unter der neuen Adresse **vera:miller::university :berkeley:usa** Elektrobriefe, in denen sie vor allem schilderte, wie sie sich in das neue Leben in dem fast immer sonnigen Kalifornien einfand und welche ungeahnten Schwierigkeiten ihr das bereitete: *Ich hätte nie gedacht, dass ich mich mal nach Berliner Dauerregen, Nebel und schmutzigem Schnee sehnen könnte. Der impertinente Sonnenschein kommt mir vor, als müsste ich tagein, tagaus Süßigkeiten essen.*

Doch dann kam am 4. Januar 1939 ihr Kind zur Welt, ein Mädchen, das sie auf den Namen Jacqueline Beatrice tauften, und Vera Miller hatte erst mal andere Sorgen. Es war ein Schreibaby, das seine Eltern die letzten Nerven kostete, und auf einmal stellte Vera fest, dass ihre Schwiegermutter tatsächlich eine große Hilfe war. *Ich fühle mich ihr inzwischen näher als meiner eigenen Mutter*, gestand sie ihrer Freundin in einem Brief vom 12. März.

Ihren Briefen war zu entnehmen, dass man im universitären Umfeld die Vorgänge in Europa aufmerksamer beobachtete, als dies die gemeine Bevölkerung tat, die sich für Ereignisse außerhalb der Vereinigten Staaten grundsätzlich nicht sonderlich interessierte. Das war Eugen Lettke bei seinem eigenen Amerika-Projekt schon aufgefallen, und er fand es bemerkenswert, dass sie das ganz anders schilderte, auch wenn ihn die zunehmend um das Baby und dessen Entwicklung kreisenden Passagen ihrer Briefe längst langweilten. Die höhere Aufgeschlossenheit hatte offenbar auch damit zu tun, dass an der Universität überproportional viele Juden tätig waren, die am Schicksal der europäischen Juden naturgemäß mehr Anteil nahmen als andere.

Je weiter das Jahr 1939 voranschritt, desto unwohler wurde

es Vera Miller. Sie gestand ihrer Freundin: *Ich bemühe mich, wie eine perfekte Amerikanerin zu wirken und möglichst niemandem auf die Nase zu binden, dass ich Deutsche bin. Zum Glück scheint mein Englisch dafür inzwischen gut genug zu sein, oder vielleicht kommt es darauf auch nicht so an, denn hier sprechen viele Leute ein grauenhaftes Englisch, ohne dass es jemanden zu stören scheint. Derzeit versuche ich die Regeln des Baseball-Spiels zu begreifen, das mir wie die amerikanischste aller Sportarten vorkommt, aber vielleicht muss ich da irgendwann kapitulieren und mich darauf zurückziehen, dass ich eine Frau bin und niemand im Ernst derlei Kenntnisse von mir erwartet.*

Als es im September zum Krieg kam, wechselten die beiden Freundinnen hektische Briefe voller Freundschaftsbekundungen, angetrieben von der Angst, die Weltnetzverbindung zwischen den beiden Ländern könnte abbrechen.

Doch das tat sie nicht, und bald darauf normalisierte sich der Tonfall wieder.

Lettkes Stimmung sank mit jedem weiteren Elektrobrief, den er las. Erstens, weil das, was Vera Miller erzählte, ihn immer weniger erregte, sondern immer banaler wurde – Anekdoten eben, aus einem mäßig glücklichen Familienleben mit anstrengendem Kleinkind –, zweitens, weil ihm immer klarer wurde, wie aussichtslos es angesichts der Umstände war, seine Rache zu vollenden. Vera Miller lebte nicht ganz am anderen Ende der Welt, aber so gut wie, und war auf jeden Fall unerreichbar für ihn, solange der Krieg dauerte.

Inzwischen war die Mittagszeit längst vorüber, er hatte Hunger und überflog die langen Briefe nur noch, und wären nicht bloß noch zwei übrig gewesen, er hätte die Sache an dieser Stelle abgebrochen. Aber die zwei letzten, die würde er auch noch schaffen, um die Sache wenigstens so weit abgeschlossen zu haben.

Im vorletzten Brief schrieb Vera Miller: *Nun hat Paul es*

tatsächlich arrangiert, dass ich bei diesem ›Forschungssommer‹, wie sie es nennen, assistieren darf. Was so viel heißt wie: Ich koche den Herren Wissenschaftlern Kaffee, reiche ihnen belegte Brötchen und räume das schmutzige Geschirr weg. Egal – es ist aufregend, in der Gesellschaft so vieler so kluger Menschen zu sein. Sie diskutieren unablässig, bekritzeln die Tafeln von oben bis unten mit Formeln, von denen ich keine einzige auch nur ansatzweise verstehe (und Du erinnerst Dich, in der Schule war ich in Physik und Mathematik nicht gerade schlecht!), und es liegt ein Hauch von Bedeutsamkeit in der Luft während dieser Tage, so, wie ich mir vorstelle, wie es sich anfühlen muss, wenn Geschichte geschrieben wird. Vielleicht wird man später einmal sagen, dass hier eine bedeutende physikalische Theorie entstanden ist, wer weiß?

Betty kümmert sich derweil begeistert um Jacqueline, und die ist froh, ihre Oma mal ganz für sich zu haben – außer morgens, wenn wir das Haus verlassen müssen; da protestiert sie manchmal in gewohnter Heftigkeit. Aber bis jetzt hat es sich immer wieder rasch gegeben, und ich bin auch entschlossen, mich nicht erpressen zu lassen; das würde nur ein schlechtes Exempel statuieren.

Übrigens sind auch ein paar Deutsche unter den Physikern. Wenn ich in ihre Nähe komme, hören sie nicht auf zu diskutieren, wie es die amerikanischen Physiker tun, sondern sie wechseln ins Deutsche. Da ist ein Dr. Bethe, mit einer Knubbelnase und einer enorm hohen Stirn, der ein sehr klares Deutsch spricht, ein Dr. Teller, der beeindruckend üppige Augenbrauen hat und mit einem, meine ich, österreichischen Akzent, und schließlich der eher zurückhaltende Dr. Bloch, der die schweizerische Mundart pflegt. Ich lasse mir nicht anmerken, dass ich sie verstehe, sondern spiele wie üblich die perfekte Amerikanerin; inhaltlich folgen kann ich ihnen sowieso nicht – es geht immer um Atomkerne und Elektronen und zerfallende Teilchen und all solchen Kram.

Dr. Oppenheimer, der die ganze Sache leitet, ist übrigens viel netter, als Paul immer erzählt hat, jedenfalls mir gegenüber.

Oppenheimer? Den Namen hatte er schon einmal irgendwo gehört. Lettke notierte sich auch die anderen Namen; vielleicht ergaben sich daraus Ansatzpunkte für sein großes, aussichtsloses Vorhaben.

Dann der letzte Elektrobrief an ihre Freundin, von Anfang August datierend:

Gertrud,

ich hoffe sehr, dass Dich dieser Brief noch erreicht; es kann sein, dass es für lange Zeit der letzte sein wird, den ich Dir schreiben kann.

Es waren Männer von der Regierung hier, die mich stundenlang zu allem befragt haben, was mit Deutschland zu tun hat, und wie es aussieht, werden Paul, Jacqueline und ich fortziehen müssen; ich darf niemandem sagen, wohin.

Gertrud, sei gewarnt! Es kann sein, dass der Krieg SEHR bald SEHR plötzlich endet – doch das wird dann NIEMAND überleben, der in Berlin wohnt! Bitte, bitte, bitte: Tu, was Du kannst, um mit den Deinen die Stadt zu verlassen, je weiter weg, desto besser. Am besten in die Berge.

Besorgte Grüße,

Deine Vera

* * *

Helene starrte den Text auf dem Bildschirm an, betrachtete die Formen der Buchstaben, dann wieder die Wörter und die Sätze. Von der Straße war Fahrzeuglärm zu hören; beim Hereinkommen hatte sie gesehen, dass irgendwelches militärisches Gerät transportiert wurde, Flak, wie es aussah, und sie waren immer noch dabei.

»Wer ist Vera Miller?«, fragte sie.

Lettke winkte ab. »Unwichtig. Wichtig ist das, was sie geschrieben hat.«

»Ich fürchte«, sagte Helene, »ich kann Ihnen nicht ganz folgen.«

In Wirklichkeit schwang der Schock von vorhin immer noch in ihr nach, als sie eine Weile geglaubt hatte, Lettke hätte sie auch bei dem beobachtet, was sie am Freitag gemacht hatte und heute Morgen, als sie die geheimen Pläne der Regierung ausspioniert hatte. Erst nach und nach wurde ihr klar, dass er seine Frage ganz anders gemeint haben musste.

Aber ihr war immer noch schlecht. Gut, dass er ihr den Stuhl vor seinem Komputer angeboten hatte.

»Überlegen Sie doch, was das heißen kann!«, sagte Lettke mit spürbarer Erregung. »Diese Frau berichtet von einem Treffen hochrangiger Physiker, das diesen Sommer an der Universität von Kalifornien stattgefunden hat. Ich habe nach den Namen gesucht, die sie nennt. Es gibt einen bedeutenden Atomphysiker namens Hans Bethe, geboren in Straßburg, als Professor in Frankfurt, Stuttgart und München tätig, bis er 1933 Deutschland verlassen musste, weil seine Mutter Jüdin ist. Es gibt auch einen Edward Teller, einen österreichisch-ungarischen Juden, der in Leipzig in Physik promoviert hat. Und es gibt einen Atomphysiker namens Felix Bloch, der in Zürich geboren ist und ebenfalls in Leipzig habilitiert hat.«

»Aha«, machte Helene. Seine Worte rauschten an ihr vorbei. Ihre Gedanken kreisten um die Frage, wieso Lettke heute so anders wirkte als sonst. Er war nervös, schien sich nur mit Mühe beherrschen zu können, nicht einfach loszustürmen, irgendwohin.

»Atomphysik also«, fuhr er hastig fort. »Atomphysik beschäftigt sich mit dem Zerfall von Kernteilchen und dergleichen. Da geht es um Radioaktivität, diese unsichtbare, für uns nicht wahrnehmbare Strahlung, die gleichwohl tödlich sein kann. Wilhelm Röntgen, Madame Curie und so weiter. Und nun der zweite Brief! Eine Warnung, nur kurze Zeit später, und eine drastische noch dazu – es ist doch davon auszugehen, dass diese Warnung ausgelöst worden ist durch irgendetwas, das sie aus den auf Deutsch geführten Gesprächen dieser drei Physiker abgelauscht hat!«

Helene nickte. »Es hat den Eindruck, ja.«

Er klang eigentümlich verlegen, wenn er von dieser Frau sprach. Fast verschämt. War diese Vera Miller eine ehemalige Geliebte Lettkes, der er gegen alle Regeln nachspioniert hatte?

»Es könnte doch zum Beispiel sein, dass sie in Amerika begonnen haben, an einer radioaktiven Waffe zu bauen«, meinte Lettke. »Einem Vernichtungsstrahl, der imstande ist, eine ganze Stadt auszulöschen! So eine Waffe würde auch Flugzeuge vom Himmel holen und Panzer stoppen – damit ließe sich der Krieg tatsächlich sehr schnell beenden.«

Helene sah Lettke an. »Ich habe einmal einen Film gesehen, in dem es um Atomzertrümmerung ging«, fiel ihr ein. »Er hieß ›Gold‹, mit Hans Albers in der Hauptrolle. Ich weiß nicht, ob Sie ihn kennen; er ist auch mehrmals im Fernsehen gekommen …«

Lettke schüttelte den Kopf.

»Jedenfalls ging es da auch um so etwas. Wie man aus Blei Gold macht.«

»Darum geht es hier eher *nicht*«, sagte Lettke unwirsch.

Sie las noch einmal den entscheidenden Satz: *Gertrud, sei gewarnt! Es kann sein, dass der Krieg SEHR bald SEHR plötzlich endet – doch das wird dann NIEMAND überleben, der in Berlin wohnt!*

Ja, das klang wirklich, als ob es um eine ungeheuerliche neue Waffe ginge.

»Und wieso erzählen Sie mir das alles?«, fragte Helene.

»Weil Sie mir helfen sollen, mehr darüber herauszufinden.« Lettke legte die Hand auf den Monitor. »Was immer diese

Physiker herausgefunden haben, es werden wahrscheinlich Unterlagen darüber auf den Komputern der Universität existieren. Und Sie waren, wenn ich das richtig mitbekommen habe, damals am Projekt ›Flugsand‹ beteiligt, bei dem es darum ging, amerikanische Komputer zu infiltrieren. Das heißt, Sie wissen, wie so etwas geht.«

Helene wurde mulmig zumute. Woher wusste Lettke das? Der Chef hatte sie damals zu größter Verschwiegenheit vergattert, und sie hatte auch tatsächlich niemandem ein Sterbenswörtchen über ihre Arbeit an dem Projekt erzählt.

»Wäre es nicht das Einfachste, Adamek von den beiden Briefen zu berichten?«, fragte sie zaghaft.

»Das Einfachste wäre es«, meinte Lettke mit einer plötzlichen, ausholenden Geste, »die Frage ist nur, ob es auch das Klügste wäre.« Er begann, in dem freien Raum zwischen Komputertisch und Fensterfront hin und her zu tigern. »Sie müssen die Gesamtsituation betrachten, das große Ganze. Sie haben es ja in den Besprechungen mitgekriegt; Adamek kämpft um unser Überleben als eigenständige Organisation. Damit das gelingt, müssen wir etwas liefern, das die Reichsführung endgültig von unserer Daseinsberechtigung überzeugt. Was würde passieren, wenn wir einfach nur diese Briefe ans RSHA melden? Womöglich gar nichts. Denn wem untersteht die Zensur des Elektropost-Verkehrs? Genau, dem Reichssicherheits-Hauptamt. Allein schon, dass die letzten beiden Briefe durch die Filter gekommen sind, ist ein Politikum. Wenn sie auch noch zugeben müssten, dass wir etwas Reichswichtiges entdeckt haben, das ihnen entgangen ist, stünden sie ganz schlecht da. Also würden sie versuchen, die Sache runterzuspielen, und wenn wir weiter nichts in Händen haben als die Briefe selber, dann war's das. Dann können die behaupten, was sie wollen. Im besten Fall kriegt Heydrich das Muffensausen und beauftragt insgeheim ein paar

Auslandsagenten, mehr über die Sache herauszufinden, aber davon haben wir als Amt nichts, egal, was die ausgraben. Und deshalb würde ich den ganzen Fall gern so umfassend wie möglich aufklären, ehe ich damit zu Adamek gehe. Wenn der nämlich sagen kann, ›hier, das war die Spur, die dem RSHA entgangen ist, und das ist es, was tatsächlich dahintersteckt‹ – und angenommen, es steckt tatsächlich etwas Großes dahinter, beispielsweise so eine Todesstrahlwaffe –, dann wird sich Himmler sagen, dass er uns, das Nationale Sicherheits-Amt, *braucht* als Gegengewicht gegen die Fehler, die dem Reichssicherheits-Hauptamt unterlaufen. Dann sind wir abgesichert, mindestens bis zum Ende des Kriegs.«

Das waren alles ganz ungewohnte Gedanken für Helene, aber sie verstand, worauf er hinauswollte. Er hatte – aus welchen Gründen und auf welchen Wegen auch immer – diese Entdeckung gemacht und wollte das Beste für sich herausholen, und zufällig schien ihm das Beste für sich identisch zu sein mit dem Besten für das Amt und seine Mitarbeiter.

»Sie wollen also selber Blockadebrecher spielen«, stellte sie fest.

»Genau.«

»Und die Auswertungen der Stromverbrauchsprofile?«

Lettke winkte ungeduldig ab. »Das machen wir irgendwie nebenbei. Ich erzähl Adamek irgendwas, damit wir Zeit gewinnen.«

»Hmm«, machte Helene.

»Keine Sorge, diesmal müssen Sie die Auswertungen nicht alleine machen. Versprochen.«

Seltsam, wie bemüht er heute war. Als hätte er seine normale Arroganz zu Hause vergessen.

Auch das Bureau roch anders als sonst, fiel Helene auf. Irgendwie intensiver. Oder – männlicher? Es roch, als hätte

Lettke eine Weile einen Stier bei sich beherbergt. Jedenfalls rief der Duft, der im Zimmer hing, Erinnerungen wach an ihren Landdienst damals auf dem Hof von Maries Eltern, speziell an jenen backofenheißen Sommertag, an dem der Zuchtbulle angekommen war und Helene die sogenannten ›Tatsachen des Lebens‹ zum ersten Mal mit eigenen Augen gesehen hatte.

»Ich kann es versuchen«, sagte sie. »Aber das geht nicht von hier aus.«

»Sie können es natürlich gern von Ihrem eigenen Komputer aus machen«, erwiderte er.

»Das geht auch nicht.« Sie erklärte ihm, dass während des gesamten Projekts ›Flugsand‹ die eiserne Regel bestanden hatte, direkte Zugriffe auf Komputer in Amerika nur von einem bestimmten Gerät in der Technischen Abteilung aus zu unternehmen, das nicht Teil des NSA-Netzes war.

»Warum das?«, wunderte sich Lettke.

»Weil die Möglichkeit bestand, dass jemand in Amerika auf uns aufmerksam wird und seinerseits versucht, bei *uns* einzudringen. Wenn ihm das gelungen wäre und der Komputer mit unserem Netz verbunden gewesen wäre, hätte er Zugriff auf *all* unseren Daten gehabt.«

»Einleuchtender Gedanke«, gab Lettke zu, aber sein Stirnrunzeln wurde eher noch stärker. »Aber ich kann doch von meinem Komputer aus auf amerikanische Foren zugreifen, auf amerikanische Zeitungen und so weiter? Das habe ich jahrelang gemacht.«

Helene hob die Schultern. »Das ist irgendwie nicht dasselbe. Aber was der technische Hintergrund ist, weiß ich beim besten Willen nicht.« Kirst hatte versucht, es ihr zu erklären, aber sie hatte kein Wort verstanden. Wenn man ein Forum besuche oder einen veröffentlichten Text lese, hatte er gemeint, dann sei das so, als betrachte man das Schaufenster eines Geschäfts. Wenn man sich dagegen mit dem Rechner selbst verbinde, um ihn direkt zu benutzen, auf seine Daten zuzugreifen und so weiter, dann sei das so, als *betrete* man das Geschäft – und damit werde man von dessen Inhaber wahrgenommen.

»Das heißt, wir müssen an diesen Rechner?«, konstatierte Lettke.

»Ja. Falls es ihn noch gibt.«

Er kratzte sich ratlos am Kinn. Offenbar war das ein Hindernis, mit dem er nicht gerechnet hatte. »Gut. Ich versuche das zu klären. Am besten, Sie schauen sich solange schon mal diese blöden Stromprofile an. Ich melde mich, sobald ich mehr weiß.«

Damit war sie entlassen.

* * *

Nach kurzem Nachdenken wurde Eugen Lettke bei Rosemarie Völkers vorstellig. Wohlweislich nicht bei Adamek, denn der hätte nur peinliche Fragen gestellt wie zum Beispiel die, ob er ihm nicht eigentlich einen ganz anderen Auftrag erteilt habe?

Die Völkers dagegen, eine glühende Verehrerin Hitlers und eine gläubige Anhängerin der Partei und ihrer Lehren, insbesondere ihrer Rassenlehre, sah in ihm einen idealen Vertreter der arischen Rasse, von der es hieß, sie sei diejenige, die der Menschheit alle Kultur gebracht habe, und war deshalb, wie er wusste, sehr von ihm beeindruckt.

Von dieser Voreingenommenheit hatte Lettke immer gern profitiert, obwohl er selber nichts dergleichen glaubte. Klar, anfangs hatte er diesen Gedanken schmeichelhaft gefunden. Aber irgendwann war ihm aufgefallen, dass von all den deutschen Kulturheroen, die die Partei so verehrte –

Goethe, Schiller, Mozart und so weiter –, kein einziger blond und blauäugig gewesen war. Gar nicht zu reden von dem Anblick, den die Reichsführung selber in dieser Hinsicht bot.

Doch derlei Gedanken behielt er natürlich für sich. Worauf es ankam, war, dass die Völkers, wenn er bei ihr einigermaßen herrisch auftrat, Wachs in seinen Händen war. So verließ er ihr Bureau wenig später mit dem Schlüssel und einer unterschriebenen und gestempelten Anweisung an den Technischen Dienst, ihm volle Unterstützung zu gewähren.

Er holte die Bodenkamp ab, die sich in der Zwischenzeit schon fleißig darangemacht hatte, die Stromverbrauchsprofile zu studieren, und folgte ihr dann die Treppen hinab ins Kellergeschoss. Er ging hinter ihr, weil sie den Weg kannte und er nicht, und studierte sie währenddessen von hinten. Wie immer trug sie ihr Schreibzeug vor die flache Brust gepresst, als fürchte sie, es könne jederzeit ein Unhold hinter einer der Säulen hervorspringen und es ihr entreißen.

Kaum zu glauben, dass diese Frau einen heimlichen Liebhaber hatte. Er hätte zu gerne gewusst, wer es war. Vielleicht würde er sich in einer stillen Stunde mal ein paar Abfragen überlegen, um zu versuchen, ihr Geheimnis zu lüften, nur aus Neugierde, welcher Mann einen so eigentümlichen Geschmack hatte.

Obwohl – vielleicht war die Sache ja auch schon wieder vorbei. Wie lange war das her, dass sie ihm die Schachtel mit den Kondomen gestohlen hatte? Lange. Die Dinger mussten eigentlich längst aufgebraucht sein, aber sie hatte noch kein Wort gesagt von wegen, ob er ihr Nachschub besorgen könne.

Das würde er sogar machen, wenn sie ihn darum bat. Die Vorstellung, wie er ihr eine weitere Schachtel überreichte, sozusagen ihr Geschlechtsleben in seinen Händen hielt, war irgendwie erregend.

Es ging hinab in die düsteren Tiefen des Gebäudes. Der edle Marmor aus Kaiserzeiten wich blankem Stein, das helle Licht aus Strahlern und Kronleuchtern wich obskurem Schimmer aus gelblichen Birnen hinter Gittern. Die Bodenkamp ging festen Schrittes voran, mit einer Bestimmtheit, die Lettke beinahe eifersüchtig werden ließ darauf, dass sie sich hier unten auskannte und er nicht.

Endlich gelangten sie an eine massive kupferbeschlagene Tür, in die der kaiserliche Reichsadler eingehämmert war, vom Grünspan überzogen wie von Schimmel: Ein überaus passendes Bild, fand Lettke.

Hier war nun der Schlüssel gefragt, den er in Besitz hatte. Er schob ihn ins Schloss, drehte ihn und war verblüfft, wie leicht die Tür daraufhin aufschwang. Aber klar, hier unten arbeiteten irgendwo die Männer vom Technischen Dienst, die diese Tür natürlich jeden Tag passierten.

Er ließ sie vorangehen, schloss hinter ihnen ab, wie es ein unübersehbares Schild aus Emaille verlangte, das da bestimmt schon seit Jahrzehnten hing. Dann folgte er ihr wieder, sah zu, wie ihr Rocksaum millimeterdicht über dem Boden hin und her schwang und mit dem Staub zu spielen schien.

Nach einer Weile kam ihm zu Bewusstsein, dass es hier unten nicht so still war, wie er das erwartet hatte. Über ihren Köpfen war ein Surren mehr spür- als hörbar, und als er kurz stehen blieb und die Decke berührte, vibrierte sie leicht.

»Die Datensilos«, sagte die Bodenkamp, als sie sah, was er machte.

»Ja«, erwiderte er und wischte sich die Hand ab. »Selbstverständlich.« Seine Stimme klang ihm seltsam in den Ohren, war von einem dumpfen Echo aus den Tiefen der Gänge hier überlagert.

Überhaupt – ein modriger Geruch herrschte hier unten, nach Ozon, nach Steinstaub und nach Zigarettenrauch. Lettke fühlte sich entschieden unwohl hier, wie eine Ratte, die man in einem Labyrinth ausgesetzt hatte, um zu sehen, ob sie entkam oder in die Falle tappte.

Sie gingen weiter, passierten eine zweite Tür aus Stahl, die nicht abgeschlossen war, und gelangten kurz dahinter in die Werkstatt des Technischen Dienstes. Drei Männer arbeiteten hier, derbe, verwittert wirkende Gestalten in schmierigen blauen Kitteln, die an Tischen voller zerlegter Geräte hockten. An den Wänden hingen Werkzeuge und Kabel, Messgeräte und zerschrammte Bildschirme standen herum, es roch nach Öl und Lötfett und billiger Pomade.

Als Lettke ihnen seinen Auftrag präsentierte, reckten sich drei Arme, um in dieselbe Richtung zu zeigen, und einer der Männer sagte: »Nebenan«, ein anderer: »Eins weiter.«

Der dritte sah die Bodenkamp an und meinte: »Die weiß das doch?«

Lettke musterte die Programmstrickerin verärgert. Warum hatte sie nichts gesagt, sondern ihn sich blamieren lassen?

Sie blinzelte nur irritiert, hatte wieder diesen entrückten, weltfremden Blick. Wobei, vielleicht war es einfach nur Schüchternheit. Im Idealfall hatte sie einfach zu viel Respekt vor ihm, um ihm dreinzureden. Ja, sagte er sich, das musste es sein.

»Also«, sagte er und zückte den Schlüsselbund wieder. »Sie haben es gehört. Eins weiter.«

»Ja«, sagte sie folgsam.

Die nächste Tür auf dem Gang war wieder eine Brandschutztür aus Stahl, aber deutlich neueren Datums; es konnte erst ein paar Jahre her sein, dass man sie eingebaut hatte. Lettke schloss auf, machte Licht, sah sich um. Ein einsamer

Tisch mit einem einsamen Komputer darauf stand in dem kellerartigen Gelass, an den Wänden dagegen drängten sich schwarze Metallkästen dicht an dicht.

»Oh«, entfuhr es der Bodenkamp, als sie eintrat. »Es sind mehr geworden.«

»Mehr?«, fragte Lettke. »Mehr was?«

»Mehr Schaltkästen. Und mehr Kabel.«

Tatsächlich, das sah er jetzt erst: Aus einem Loch in der Wand quollen Dutzende dicker Datenkabel, die in die verschiedenen Metallkästen führten. »Gehen die alle nach Amerika?«, wunderte er sich.

»Nein«, sagte sie. »Nach Berlin.«

»Berlin greift bei uns Daten ab?«

»Die Universität. Für ein wissenschaftliches Experiment.«

Er wog den Schlüsselbund in der Hand. »Was heißt das? Ich dachte, von hier aus können wir uns mit Komputern in Amerika verbinden?«

»Ja, natürlich.« Sie ging an ihm vorbei, legte ihre Schreibsachen neben die eingestaubte Tastatur und zeigte auf das Kabel, das von dem Komputer aus in die Wand führte. »*Das* hier geht nach Amerika.«

Sie setzte sich davor, wischte die Tastatur sorgfältig ab, dann schaltete sie das Gerät ein. Lettke trat hinter sie, sah ihr zu, wie sie daran arbeitete. Der Bildschirm sah völlig anders aus, als er es kannte; sie blätterte sich durch Listen mit den Namen amerikanischer Städte und wirkte, als wisse sie genau, was sie tat.

»Was machen Sie da?«, fragte er schließlich.

»Das ist ein Verzeichnis aller amerikanischen Komputer, die mit dem Weltnetz verbunden sind«, erklärte sie, ohne innezuhalten. »Es ist wahrscheinlich nicht mehr aktuell, aber die Universitäten sollten alle enthalten sein. Berkeley, nicht wahr?«

»Wie? Ah ja, genau. Berkeley.«

Ihre Finger flogen, die Tasten klangen hier unten wie fernes Maschinengewehrfeuer. »Da«, sagte sie. »Berkeley, Kalifornien.«

Im nächsten Augenblick wurde der Bildschirm schwarz, und ein ziemlich primitiver Textschirm erschien:

```
UNIVERSITY OF BERKELEY
   Time: 11:43 PM Date: 1 1/16/42
   Terminal: TCP001
   System: ABM OS/42.17
   USERID:
   PASSWORD:
```

Eine Eingabemarke blinkte hinter dem Wort *USERID*.

»Was ist damit gemeint?«, fragte Lettke.

»*USERID* ist der Benutzername«, erklärte sie. »Und *PASSWORD* meint die Parole.«

»Aha. Und ... das haben wir nicht?«

»Nein«, sagte sie.

* * *

Sie hatte es in der Hand. Dieser Gedanke ließ sie nicht mehr los, seit er wie ein Blitz in ihr aufgetaucht war. Sie hatte es jetzt in der Hand, wie die Dinge weiterlaufen würden.

Wenn sie jetzt einfach nicht in diesen Komputer im fernen Amerika hineinkam, wenn sie vielleicht sogar ein paar Parolen durchprobierte, bis das System sie sperrte, und wenn sie danach kapitulierte, voller Bedauern natürlich – was wollte Lettke dann machen?

Nichts.

Gut – er konnte Kirst fragen. Der war Spezialist für Verschlüsselungen, Geheimcodes und Kontrollmechanismen aller Art.

Aber den hätte er auch gleich fragen können, anstatt sich an sie zu wenden, und die Frage war doch, warum er das nicht getan hatte? Doch wohl, weil es mit diesen Elektrobriefen, denen er nachging, irgendeine Bewandtnis hatte, über die er mit seinen Kollegen nicht sprechen wollte.

Und so hatte sie es jetzt in der Hand, ob die Sache weiterging oder an dieser Stelle endete.

Im Grunde, erkannte sie, stimmt es gar nicht, dass man als Mensch freie Entscheidungen trifft. Wenn es um wichtige Dinge geht, dann wählt man nicht »frei«, sondern man wählt die Option, die man für die bessere hält – und das Problem ist, dass man das meistens nicht weiß. Also entscheidet man eigentlich nicht, sondern man *rät*, und das mit mehr oder weniger Glück.

All das ging ihr durch den Kopf, während sie dasaß, die kalte Lehne des Stuhls im Rücken, die Finger auf den immer noch leicht staubigen Tasten und Lettke wie eine Bedrohung hinter sich. Sie hörte ihn nervös schnauben, konnte förmlich spüren, wie angespannt er war.

Irgendwie war ihm diese Sache sehr wichtig. Und bei aller Beklemmung, die sie in seiner Nähe empfand, war es doch so, dass ihr die beiden Elektrobriefe selber auch ziemlich unheimlich vorgekommen waren.

Also sagte sie: »Ich kann etwas probieren.«

* * *

»Probieren?«, wiederholte Lettke, der schon alle Hoffnung hatte aufgeben wollen. »Was heißt das?«

Die Bodenkamp deutete auf den seltsam nüchtern aussehenden Schirm. »Auf Komputern von ABM kann man sich für gewöhnlich als Gast einwählen.«

Sie begann zu tippen. Lettke sah:

```
USERID: guest
PASSWORD: =====
```

Doch als sie die Eingabetaste drückte, kam:

```
Access failed (1st trial out of 3)
```

Lettke entfuhr ein enttäuschtes Knurren. »Bei dem offenbar nicht.«

»Ich probier's noch einmal«, sagte sie. »Ich glaube, ich hab mich bei der Parole vertippt.«

Er zeigte auf die Meldung. »Heißt das, man hat drei Versuche?«

»Ja. Danach ist der Anschluss eine Stunde lang gesperrt, nach den nächsten drei Fehlversuchen einen ganzen Tag lang. Und meistens wird in so einem Fall auch der Verwalter benachrichtigt.«

»Aha.« Lettke hatte keinerlei Vorstellung, wie sie sich unter diesen Bedingungen Zugang zu dem Komputer verschaffen wollten.

Sie wiederholte die Einwahlprozedur, und diesmal schien es zu klappen, jedenfalls wich die Fehlermeldung von gerade eben einer Begrüßung: *Welcome, guest.*

Die Bodenkamp schien sich auszukennen. Es war sehr verwirrend, ihr dabei zuzusehen, weil alle Befehle, die sie eingab, natürlich englische Worte waren. Wenn man sich die Begriffe übersetzte, dann begriff man ungefähr, was sie tat, aber es blieb eben doch ein höchst ungewohnter Anblick.

»Sie haben so etwas offenbar schon oft gemacht«, stellte Lettke fest.

»Ziemlich oft«, bestätigte sie. »Eigentlich habe ich das Gefühl, dass ich schon mit jedem Komputer in Amerika zu tun hatte.«

»Mit dem hier aber noch nicht, oder?«

»Nein, aber mit ähnlichen. Die meisten Komputer von ABM haben eine Schwachstelle, und ich will sehen, ob der hier sie auch hat.«

»Was heißt ABM eigentlich?«

»*American Business Machines*«, sagte sie. »Eine der ältesten amerikanischen Firmen im Komputerbereich. Angefangen haben sie als Lieferant von Lochkarten für *Analytical Engines*, vor siebzig Jahren oder so.«

»Und was ist das für eine Schwachstelle?«

»Das hier«, sagte sie und ließ ein Dokument auf dem Schirm erscheinen. »Dass einem diese Datei als Gast zugänglich ist.«

Lettke beugte sich vor und las:

```
administrator||8a0dc650705e1c ||all
    guest ||d84295080b64bb ||none
    miller-john-d ||040b1001b84283 ||user-
    level-2
```

Und immer so weiter, eine schier endlose Folge sinnloser Zeichenfolgen. Irgendwo blieb sein Blick haften auf:

```
oppenheimer-j-robert
||b58b39abcb72e7 ||user-level-1
```

»Was ist das?«, fragte er.

»Die Liste der auf diesem Komputer zugelassenen Benutzer«, erklärte sie, griff nach ihrem Bleistift und richtete dessen Spitze auf die oberste Zeile. »Der erste Eintrag ist der Name des Benutzers, gefolgt von zwei senkrechten Strichen als Trenner. Der zweite Eintrag ist die einweg-verschlüsselte Parole, der dritte Eintrag gibt Auskunft, was der betreffende Benutzer auf diesem Komputer machen darf; die sogenannten Rechte.«

»Die *Parole*?«, echote Lettke. »Die schreiben die *Parolen* in ein allgemein zugängliches Dokument?«

»Ganz so ist es leider nicht. Wie gesagt, die Parolen sind einweg-verschlüsselt.«

»Was heißt das?«

»Einwegverschlüsselungen sind Umwandlungsverfahren, die in eine Richtung sehr schnell und leicht funktionieren, in die andere dagegen nur extrem schwer.« Sie überlegte kurz. »Sie erinnern sich bestimmt noch an die gedruckten Telephonbücher früher? Wenn Sie zu einem Namen die Nummer gesucht haben, dann ging das schnell, aber wenn Sie nur eine Nummer hatten und dazu den Namen finden wollten, dann war das schier unmöglich, weil Sie dazu das ganze Telephonbuch hätten durchgehen müssen, Nummer für Nummer.«

Lettke dachte daran zurück, wie er das einmal tatsächlich versucht hatte, aber damit gescheitert war. »Verstehe.«

»Hier funktioniert das so, dass die Parole, die man eingibt, mit dieser Funktion umgewandelt und mit dem zweiten Eintrag der entsprechenden Zeile verglichen wird. Sind beide Einträge identisch, bekommt man Zugang.« Ihr Bleistift klopfte leicht gegen das Glas des Bildschirms. »Anhand der Tatsache, dass es sich immer um Einträge handelt, die vierzehn Stellen lang sind und nur aus Ziffern und den Buchstaben A bis F bestehen, wissen wir, dass sie das gute alte Josephine-Seelig-Strickmuster verwenden – allerdings nicht, mit welchem Schlüssel.«

Lettke sah zu, wie sie das Dokument wieder schloss und

anschließend auf ihren eigenen Komputer herüberkopierte. »Und wie hilft uns das jetzt weiter?«, fragte er schließlich, weil er sich immer noch keinen Reim darauf machen konnte, was sie vorhatte.

Sie öffnete ihre eigene Kopie des Dokuments und deutete auf die zweite Zeile. »Ich kenne den Schlüssel nicht, aber ich weiß, dass er die Parole ›guest‹ in das hier verwandelt«, sagte sie und tippte mit der Bleistiftspitze auf die Zeichenfolge *d84295080b64bb*. »Und ich habe ein Programm, das das Jo-Seelig-Muster mit allen Schlüsseln durchprobieren kann, von ›aaa‹ bis ›zzz‹, so lange, bis es einen Schlüssel findet, der für ›guest‹ dieses Ergebnis liefert.«

»Ah«, machte Lettke unwillkürlich. »Und damit können Sie die anderen Parolen entschlüsseln?«

Sie schüttelte den Kopf. »Auch nicht. Aber ich kann es dann umgekehrt machen. Ich habe den richtigen Schlüssel und kann alle Parolen durchprobieren, bis ich die des Administrators erhalte.«

»Wieder von ›aaa‹ bis ›zzz‹?«

»Ja. Bloß dass es natürlich mehr als drei Stellen sind. Drei, das wäre im Handumdrehen geknackt.«

Das klang nicht gut. »Und … wie lange wird es tatsächlich dauern?«

Sie hob die Schultern. »Das kann man nicht sagen. Ein paar Tage, wahrscheinlich.«

»Ein paar *Tage*?« Er musste an sich halten, nicht zu schreien. »Spätestens am Donnerstagabend soll ich den Schlüssel hierfür wieder abgeben!«

Sie schien ihm gar nicht zuzuhören, konzentrierte sich ganz darauf, die korrekten Werte einzutippen: ›guest‹ und diesen Ziffernbandwurm. Dann startete sie die Suche. Es sah beeindruckend aus, die Buchstaben rasten schneller, als man schauen konnte.

»Und jetzt?«, fragte er, als sie aufstand.

»Jetzt lassen wir es laufen«, meinte sie. »Und schauen ab und zu nach, ob es schon etwas gefunden hat.«

* * *

Es kam dann genau so, wie Helene es befürchtet hatte: Als sie wieder hinaufgingen, meinte Lettke, sie könnten die Wartezeit doch nutzen, um sich gemeinsam diese Stromverbrauchsprofile anzuschauen; schließlich erwarte Adamek bis zum Abend eine erste Rückmeldung.

»Ja«, sagte sie ergeben, während ihre Gedanken schon wie verrückt wirbelten auf der Suche nach einem Trick, um ihn davon abzubringen: Sie musste es irgendwie hinbiegen, dass sie sich erst einmal allein damit befassen konnte, um zu sehen, wie groß das Gefahrenpotenzial war, das in dieser Herangehensweise lag.

Doch sie hatte sich umsonst Sorgen gemacht: Lettke war in Gedanken ganz woanders und überhaupt nicht in der Lage, sich auf die langweiligen Diagramme zu konzentrieren. »Die sehen irgendwie alle gleich aus«, sagte er immer wieder und mit zunehmend glasiger wirkenden Augen. »Die Leute brauchen Strom, solange es dunkel ist, und mittags zum Kochen. Und das ist es. Da kann man nicht das Geringste herauslesen.«

Helene sah durchaus eine Menge auffallender Unterschiede, hütete sich aber natürlich, ihm zu widersprechen.

»Was ist, wenn sie den Schlüssel in der Zwischenzeit ändern?«, fragte er dann. »An der Universität Berkeley, meine ich.«

»Das wäre schlecht«, sagte Helene. »Aber das macht niemand.«

Lettke schaute auf die Uhr. »Eine Stunde und zehn Minuten. Meinen Sie, es lohnt sich schon, mal runterzugehen?«

Helene zuckte mit den Schultern. Es hätte sie maßlos überrascht, wenn der Schlüssel so leicht zu finden gewesen wäre, aber sie sagte: »Schaden kann es nichts.«

Und so gingen sie wieder hinab, sahen, dass das Programm immer noch rannte, und gingen wieder hinauf. Womit eine weitere halbe Stunde des Tages überstanden war.

»Ich sage Adamek erst mal, dass das mit den Stromprofilen nicht so leicht ist«, meinte Lettke schließlich, als der Abend näherrückte. »Und dann sollten Sie morgen vielleicht mal zum Vergleich die Ausstattungen der verschiedenen Haushalte ermitteln – wer mit Strom kocht, wer mit Gas, wer eine Waschmaschine hat, wer eine Spülmaschine und so weiter. Die Zahl der Zimmer ist wichtig, wegen der Beleuchtung. Und natürlich die Anzahl der Personen, die unter der Adresse gemeldet sind. Vielleicht hilft uns das weiter.«

»Das kann ich ja morgen früh in meinem Bureau machen«, schlug Helene vor, die sich in Gedanken schon zurechtlegte, auf welche Weise sich bei diesem Thema Verwirrung stiften ließ. So wie damals bei den Plakaten gegen das Rauchen.

Abends gingen sie noch einmal hinab, und natürlich arbeitete das Programm immer noch, genau wie am nächsten Morgen. Danach überließ sie es Lettke, nachzusehen, und konzentrierte sich ganz auf die Auswertungen für die Stromsache. Sie nahm sich wieder die Verbrauchsprofile der Haushalte vor, in denen die SS versteckte Juden gefunden hatte, und verglich sie mit den Profilen anderer Haushalte, die diesen von der Größe und der Ausstattung möglichst ähnlich waren: eine Vorgehensweise, die Lettke noch nicht eingefallen war, und sie würde den Teufel tun, ihn darauf zu stoßen, denn wenn man sich diese Profile im Vergleich betrachtete, waren die Unterschiede geradezu unübersehbar: Ab dem Zeitpunkt, an dem sie die Leute versteckt hatten, war die Grundlast tagsüber deutlich höher – weil in den Verstecken das Licht gebrannt hatte. Jetzt, im Winter, wenn elektrische Heizungen dazukamen, würde es noch auffallender sein.

Sie riskierte es schließlich und rief das Verbrauchsprofil des Aschenbrenner-Hofs auf. Eine ganze Weile starrte sie darauf, mit angehaltenem Atem, ehe sie schließlich erleichtert die Luft aus ihren Lungen entließ: Auf einem Bauernhof mit seinen vielen elektrischen Maschinen, seinen Kühlschränken und Stallbelüftungen und so weiter war der Stromverbrauch im Tagesverlauf so unregelmäßig, ja, geradezu chaotisch, dass ein paar Glühlampen und ein Heizlüfter in einem Versteck darin völlig untergingen. Sie hatte sich ganz unnötig Sorgen gemacht.

Der Tag verging, und das Programm hatte den Schlüssel immer noch nicht gefunden. Helene wunderte das nicht weiter, aber Lettke schien mit den Nerven am Ende zu sein. Ob sie sich sicher sei, dass sie alles richtig gemacht habe?

»Wenn der Verwalter in Berkeley den Empfehlungen gefolgt ist, die ABM für die Erstellung eines Hauptschlüssels gibt, dann wird es wahrscheinlich morgen Nachmittag so weit sein«, erklärte sie ihm. »Das wäre jedenfalls ein typischer Wert.«

So kam es auch. Am Mittwochnachmittag um halb drei klingelte ihr Bureautelephon. Es war Lettke, der zuletzt im Keller ausgeharrt hatte, bis das Programm fertig war.

Der Schlüssel lautete *J8RZtrD5syQ*.

»Was heißt das?«, wollte Lettke wissen. Seine Stimme war ganz flach vor Anspannung.

»Nichts«, sagte Helene, während sie sorgsam den Ergebniswert der Administrator-Parole eingab. »Einen Schlüssel, der aus Wörtern besteht, die im englischen Wörterbuch stehen, hätte das Programm spätestens am Montagabend gefunden.«

Kirst hatte ihr damals erzählt, ABM liefere zusammen mit

großen Komputern eine Art Roulettespiel aus, um die Verwalter zu ermuntern, den Hauptschlüssel vom reinen Zufall bestimmen zu lassen. Ein Rouletterad hatte 36 Fächer, was 26 Buchstaben und 10 Ziffern entsprach; man drehte es und warf zwei Kugeln hinein, eine große und eine kleine. Wenn die große auf einem Buchstabenfeld zu liegen kam, schaute man nach, wo die kleine lag: Lag sie auf einem roten Feld, wurde der Buchstabe kleingeschrieben, lag sie auf einem schwarzen, groß. Das grüne Feld, das beim Roulette der Null entsprach, wurde ignoriert.

Sie vergewisserte sich noch einmal, alles richtig geschrieben zu haben, dann startete sie den zweiten Suchlauf.

»Dauert das jetzt auch noch mal so lange?«, meinte Lettke ungehalten.

»Vielleicht nicht«, sagte sie. »Den Hauptschlüssel muss man nur einmal eingeben, und man muss ihn sich nicht merken. Die Parole muss man dagegen auswendig wissen und jeden Tag mindestens einmal eingeben, also wählen die meisten Leute sie so kurz und einprägsam wie möglich.«

Tatsächlich war das Programm, als sie am Donnerstagfrüh zum Nachsehen in den Keller kamen, schon fertig. Die Parole des Administrators lautete schlicht und einfach *america*.

»Sieh an«, meinte Lettke. »Ein Patriot.« Er wedelte ungeduldig mit den Händen. »Jetzt machen Sie schon. Gehen Sie rein.«

Helene setzte sich vor den Komputer. »Ich überlege, wie spät es jetzt in Kalifornien ist …«

Lettke sah ungeduldig auf die Armbanduhr. »Es sind neun Stunden Zeitunterschied. Also muss es dort kurz nach Mitternacht sein.« Er musterte sie mit gefurchter Stirn. »Ach so. Meinen Sie, es ist verdächtig, wenn sich der Verwalter um diese Zeit anmeldet?«

»Nein«, sagte Helene und stellte die Verbindung nach Berkeley her. »Ganz im Gegenteil.«

Zwei Minuten später hatten sie vollen Zugang. Die Unterlagen des Forschungssommers fanden sich in den Daten von Professor Oppenheimer, jede Menge davon. Helene kopierte alles herüber, was sie fand, und trennte die Verbindung wieder. Dann lasen sie alles durch, so gut es am Bildschirm ging.

»Es ist die Beschreibung einer Bombe«, stellte Lettke fest, unangenehm dicht über sie gebeugt und die Finger herrisch auf den Bewegungstasten. »Einer Atomspaltungsbombe mit ungeheurer Zerstörungskraft.«

»Sie lesen Englisch viel flüssiger als ich«, meinte Helene und erwog, einfach aufzustehen und ihm den Stuhl zu überlassen.

Lettke beachtete sie gar nicht, las weiter und weiter. Sein Atem ging nur noch stoßweise.

»Die glauben das wirklich«, keuchte er schließlich. »Die denken wirklich, dass eine einzige solche Bombe reicht, um ganz Berlin in Schutt und Asche zu legen!«

Er sah auf, suchte Helenes Blick, sah aus wie jemand, der gerade aus einem schlechten Traum erwacht.

»Was machen wir damit denn jetzt?«, murmelte er.

48

Erst einmal stellte sich die Frage, wie sie die gefundenen Dokumente nach oben bringen würden, auf ihre eigenen Rechner. In einer der Schubladen fand sich noch eine Magnetbandkassette mit genügend Speicherplatz. Helene legte sie ein, löschte, was darauf war, und startete den Kopiervorgang. So weit Routine.

Doch sie tat es mit einem Gefühl, als sei sie halb betäubt oder als ereigne sich all dies gar nicht wirklich, sondern sei nur ein böser Traum. Eine Bombe, die auf einen Schlag eine ganze Stadt zerstören konnte? Wenn das auch nur annähernd stimmte, dann waren sie hier auf ein militärisches Geheimnis von größter Bedeutung gestoßen, und es wollte ihr nicht in den Kopf, dass sie, die unscheinbare Programmstrickerin Helene Bodenkamp, bei einem solchen Ereignis eine Rolle spielen sollte.

Trotzdem machte sie natürlich weiter, als sei alles Wirklichkeit.

»Jetzt brauchen wir einen Komputer mit einem Lesegerät dafür«, erklärte sie, als der Kopiervorgang beendet und die Kassette bereit zum Auswerfen war. »Meiner hat keines.«

Worüber sie heilfroh war, denn sie wollte diese Dokumente nicht auf ihrem Rechner, in ihrem Speicherbereich haben.

»Mussten Sie während dieses Flugsand-Projekts nicht auch dauernd Daten aus unserem Netz auf diesen Komputer und zurück schaffen?«, wunderte sich Lettke. »Wie haben Sie es denn da gemacht?«

Helene drückte den Auswurfknopf und hörte zu, wie das

Band zurück in die Kassette gespult wurde. »Wir hatten damals nebenan einen Raum, wo auch die Techniker saßen, mit drei Komputern und einem Lesegerät. Aber das gibt's alles nicht mehr, seit das Projekt beendet ist. Nicht mal mehr die Techniker sind noch da.« Die Kassette schob sich mit einem schmatzenden Geräusch aus dem Lesegerät. Helene nahm sie vollends heraus. Wie immer hatte sie das Gefühl, dass die ungefähr buchgroße Metallkassette mit den Daten darauf mehr wog als vorher, was selbstverständlich Unsinn war.

»Mein Komputer könnte so ein Lesegerät haben«, meinte Lettke mit einem nachdenklichen Blick auf das Gerät. »Jedenfalls hab ich mich immer gefragt, wozu dieser Schlitz unter dem Bildschirm dient. Zur Lüftung offensichtlich nicht, denn diese Klappe verschließt ihn ja.«

Es handelte sich in der Tat um ein Lesegerät, wie sich zeigte, als sie oben in seinem Bureau waren. Allerdings um eines, das noch langsamer arbeitete als das im Keller.

»Ich hab das noch nie gebraucht«, bekannte Lettke.

Helene verfolgte die langsam anwachsende Prozentangabe auf dem Schirm und hatte das seltsame Gefühl, dass ihr ganzes Leben hauptsächlich daraus bestand: Prozentzahlen beim Wachsen zuzusehen. »Sie sind ein bisschen aus der Mode gekommen, glaube ich, seit praktisch jeder Komputer am Netz hängt und man Daten einfach darüber austauschen kann.«

Lettke verschränkte die Hände. »Müssten die Dinger nicht eigentlich sogar verboten sein? Ich meine, damit könnte man im Prinzip ja schließlich private Datenhaltung betreiben. Es reicht schon, wenn man drei solche Kassetten besitzt, um über die erlaubte Grenze zu kommen.«

»Das weiß ich nicht«, meinte Helene. »Auf jeden Fall wäre es ziemlich umständlich.« Sie musste an Onkel Siegmund denken, dessen Komputermöbel neben allem anderen natürlich auch mit einem Kassettenlesegerät ausgestattet gewesen war. Eine der Kassetten aus seinem umfangreichen Besitz – er hatte einen ganzen Schrank voll besessen, Dutzende davon – hatte sie behalten, als Andenken. Sie wusste nicht einmal, was darauf war.

»Umständlich«, wiederholte Lettke nachdenklich. »Ja, das ist allerdings wahr.«

Als die Dokumente endlich in Lettkes Datenbereich übertragen waren, druckten sie alles aus. Helene hatte ein schlechtes Gewissen dabei und die mahnende Stimme der Völkers im Ohr, Lettke dagegen plagten solche Zweifel offensichtlich nicht. Im Gegenteil, als eine der anderen Programmstrickerinnen kam – Ulla – und etwas ausdrucken wollte, schickte er sie weg mit dem Bescheid, sie solle nach der Mittagspause wiederkommen.

Und tatsächlich war es Mittagszeit, als sie ihre Beute endlich in Papierform in sein Bureau schleppen konnten, zwei mächtige Stapel Papier. »Gehen wir zuerst essen«, meinte Lettke und fügte mahnend hinzu: »Aber zu niemandem ein Wort!«

Diesmal schloss er sein Bureau sorgfältig zu, und die Ausdrucke hatte er außerdem im Schrank eingeschlossen.

Sie gingen in die Kantine, wobei Helene hinterher nicht hätte sagen können, was sie gegessen hatte.

Dann machten sie sich daran, die Unterlagen zu sichten, sie zu lesen und zu versuchen, zu verstehen, worum es wirklich ging.

Viele der Dokumente waren voller Formeln: Die sagten keinem von ihnen auch nur das Geringste. Aber es gab daneben viele erklärende Notizen und viele Protokolle von Diskussionen zwischen den Forschern, und vor allem in Letzteren wurde Klartext gesprochen.

»Also, wenn ich das richtig kapiere«, sagte Lettke irgendwann, »dann ist die Grundidee des Ganzen die, dass man, wenn man Materie in Energie umwandelt, ungeheuer viel Energie erhält. Das ist das, was dieser Albert Einstein entdeckt hat, mit dem sie es hier andauernd haben.«

»Ja, das ist diese Formel $E = mc^2$«, meinte Helene und runzelte die Stirn. »Wobei ich nicht kapiere, was das bedeutet. Energie gleich Masse mal Lichtgeschwindigkeit im Quadrat – was kommt denn da eigentlich heraus? Energie misst man doch in Kalorien oder Pferdestärken oder Kilowattstunden?«

»Sie haben in Physik offenbar besser aufgepasst als ich«, gab Lettke zu. »Ich hätte nicht mal das gewusst.«

»Auf jeden Fall staunen sie ständig, auf was für große Werte sie kommen, und rechnen es immer wieder nach, weil sie es kaum glauben können.« Helene hob das Protokoll hoch, durch das sie sich gerade las. »Also wird es wohl tatsächlich viel sein.«

»Ja. Und man kann diese Umwandlung offenbar langsam machen, dann erhält man ein Kraftwerk, das ungeheuer kompakt ist und praktisch keine Brennstoffzufuhr braucht – was ideal wäre für zum Beispiel Unterseeboote; die könnten dann die ganze Welt umrunden, ohne einmal auftauchen zu müssen. Oder man kann die Umwandlung schnell machen – dann wäre es eine Bombe.«

Helene blätterte die Papiere durch, die sie schon gelesen und mit Anmerkungen versehen hatte. Es war ein erbärmlich dünner Stapel, verglichen mit dem Papier, das noch auf Lektüre wartete. »Aber bis jetzt sagen sie nirgends, *wie* diese Umwandlung vonstattengehen soll.«

Lettke blätterte in seinem Wörterbuch, wie so oft an diesem Nachmittag vergebens. »Kommt vielleicht noch«, meinte er.

Es wurde später und später. Irgendwann ging Helene und

machte ihnen einen starken Kaffee – richtigen! Lettke hatte ein Schraubglas mit echtem Kaffeepulver im Schreibtisch; seine Reserve für lange Nachtsitzungen, wie er sagte. »Aber nicht, dass Sie mir den auch klauen«, meinte er maliziös, als er ihr das Glas reichte.

Echter Kaffee schmeckte ungewohnt, machte aber tatsächlich wach.

»Ich glaube, ich hab's gefunden«, platzte Helene irgendwann heraus, als es draußen schon dunkelte. Sie hob ein Blatt mit einer Schemazeichnung hoch. »Hier ist es beschrieben. Ein Neutron trifft auf ein –«

»Ein Neutron?« Lettke brauchte einen Moment, ehe ihm einfiel, was das war. »Ach so, ja – ein Kernteilchen. Das, das keine Ladung hat.«

»Genau.« Praktisch jedes Atom enthielt im Kern Neutronen, mit Ausnahme von Wasserstoff, dessen Kern nur aus einem Proton bestand, einem positiv geladenen Kernteilchen: Das hatte Helene noch in der Schule gelernt. »Also, wenn so ein Neutron auf einen Urankern trifft, dann zerplatzt der in zwei andere, kleinere Kerne, die aber zusammengenommen weniger wiegen als der Urankern zuvor – und diese fehlende Materie wird in Form von Energie frei. Das ist der Umwandlungsprozess, von dem sie die ganze Zeit sprechen.«

»Sie beschießen also Uran mit Neutronen?«

»Nein, das ist noch mal anders.« Sie schob ihm die Zeichnung über den Tisch. »Außer der Energie und den beiden neuen Kernen werden auch drei weitere Neutronen freigesetzt, und wenn die ihrerseits auch auf Urankerne treffen, wiederholt sich der ganze Prozess in dreifacher Ausführung. Danach sind es 27 Neutronen, danach 81, dann 243, und immer so weiter.«

Lettke nickte. »Verstehe. Wie in der Geschichte mit dem Schachbrett und den Reiskörnern. Nur dass die Zahlen *noch* schneller zunehmen.«

»Sie nennen das *chain reaction – Kettenreaktion*.« Helene musterte das Bild, das aussah wie sich eine ins Endlose verzweigende Doldenblüte, und meinte: »Was ich dabei aber nicht verstehe, ist, wieso es überhaupt noch Uran gibt. Wenn das wirklich so funktioniert, müsste sich doch schon längst alles auf diese Weise umgewandelt haben, oder? Jedes einzelne Uranvorkommen auf der Welt müsste schon vor Ewigkeiten explodiert sein.«

Lettke sah sie verdutzt an. »Verdammt gute Frage.«

»Irgendwas habe ich daran noch nicht verstanden.«

»Kein Feierabend vorher«, bestimmte Lettke, was Helene einerseits ziemlich dreist fand, andererseits hätte sie es ohnehin nicht fertiggebracht, jetzt mittendrin aufzuhören und nach Hause zu gehen. Sie hätte nur die ganze Nacht darüber nachdenken müssen.

Irgendwann telephonierte Lettke, bekam wundersamerweise jemanden von der Küche an den Apparat und schaffte es, dass man ihnen belegte Brote hochbrachte und eine große Flasche Fanta. Helene las und aß nebenher und musste sich eingestehen, dass ihr die ganze Aktion irgendwie Spaß machte. Auch wenn alles komplett irre war, war es zugleich aufregend.

Diesmal war es Lettke, der die Antwort fand. »Was sind noch mal Isotope?«, wollte er irgendwann plötzlich wissen, als sie es längst vermieden, auf die Uhr zu sehen, und ihre Augen brannten. »Das sind irgendwie verschiedene Varianten ein und desselben Atoms, oder?«

»Ja«, sagte Helene. Die Lektüre hatte alles aufgefrischt, woran sie sich aus dem Physikunterricht erinnerte. »Die Anzahl der Protonen im Kern bestimmt, was für ein Atom es ist, aber die Anzahl der Neutronen kann variieren.«

»Also, dann habe ich es jetzt kapiert. Uran, so wie es in der Natur vorkommt, besteht zum größten Teil aus Uran-238, und das verschluckt einschlagende Neutronen einfach, ohne zu zerfallen. Nur die Kerne des Isotops Uran-235 zerfallen auf die Weise, wie sie in Ihrem Bild skizziert ist.«

Helene blinzelte. »Aha. Dann sind vor Jahrmillionen die Uran-235-Kerne so lange zerfallen, bis nicht mehr genug Neutronen übrig waren, um noch mehr davon zu spalten.«

»Es war übrigens der deutsche Physiker Otto Hahn, der diese Reaktion 1938 erstmals beobachtet hat.« Lettke unterdrückte ein Gähnen. »Seine Kollegen in Berkeley haben das alles nur weitergedacht. Für eine Bombe, sagen sie, braucht man Uran-235 von einer bestimmten Reinheit und einer bestimmten Menge, die sie die *critical mass* nennen, also die *kritische Masse*. Hat man weniger Uran oder ist es nicht rein genug, gehen die Neutronen verloren, ohne dass eine Kettenreaktion in Gang kommt. Aber hat man *genug* reines Uran-235 …«

Er schüttelte den Kopf.

»Wenn die recht haben, ist es geradezu scheiß-einfach, so eine Bombe zu bauen. Alles, was man braucht, sind zwei, wie sie es nennen, *unterkritische* Massen Uran-235. Wenn man die hinreichend schnell zu einer *überkritischen* Masse zusammenbringt – sie schlagen vor, konventionelle Sprengladungen zu verwenden –, dann macht es BUMM. Und alles, was sie sich fragen, ist, ob dabei wirklich nur eine Stadt vernichtet werden wird und nicht noch wesentlich mehr.«

Helene lief ein Schauer über den Rücken. Wieder so ein Moment, in dem sie nicht hätte beschwören können, dass all dies wirklich geschah. »Das klingt wirklich ziemlich einfach.«

»Das eigentliche Problem ist wohl, Uran-235 in der benötigten Menge und Reinheit zu gewinnen«, meinte Lettke mit Blick auf die Seiten, die er gerade las. »Sie erörtern hier verschiedene chemische und physikalische Verfahren … Zentrifugen mit unerhörten Umdrehungszahlen … also, jedenfalls scheint das der aufwendige Teil der ganzen Sache zu sein.«

Er legte das Schriftstück vor sich hin, faltete die Hände und meinte: »Ich frage mich gerade, ob das alles wirklich wahr ist.«

Helene musterte ihn. Hatte er am Ende auch das Gefühl, alles nur zu träumen? Nein, so wirkte er eigentlich nicht.

»Sie meinen, weil das alles jüdische Physik ist?«, fragte sie.

Das brachte ihr einen verweisenden Blick ein. »Blödsinn. Glauben Sie im Ernst, Atome richten sich in ihrem Verhalten nach solchen Kategorien? Nein, was ich mich frage, ist, ob das alles nicht in Wahrheit einfach ein Manöver der Amerikaner ist, um uns etwas unterzujubeln, das unsere Kapazitäten für ein sinnloses Projekt binden würde.« Er hob die Blätter wieder hoch. »Hier, diese Verfahren, die sie beschreiben – das Uran mithilfe teurer Chemikalien auflösen, in ultraschnellen Zentrifugen konzentrieren und so weiter: Wenn wir das machen würden, wären hohe Investitionen nötig, und man wüsste lange Zeit nicht, ob es wirklich funktioniert. Ich meine, die Amerikaner haben auch einen Geheimdienst, und mein Verdacht ist, dass wir hier auf etwas gestoßen sind, mit dem das Deutsche Reich dazu gebracht werden soll, Kapazitäten in einem aussichtslosen Vorhaben zu binden, die dann anderswo fehlen würden.«

»Sie meinen, so eine Art Rache für unser Projekt Flugsand?«

Er nickte. »Guter Vergleich.«

Helene musterte die verschiedenen Papierstapel. Sie sahen noch unheimlicher aus, wenn man in Erwägung zog, womöglich nur Spielball eines perfiden Plans zu sein.

»Es gibt doch auch deutsche Physiker, die sich mit solchen Fragen beschäftigen, oder?«, überlegte sie schließlich. »Otto Hahn, zum Beispiel. Wir könnten nachschauen, was er und andere sich dazu überlegt haben. Zugriff auf die Daten der Universitäten haben wir ja, und da wären die Arbeiten und Protokolle und so weiter wenigstens auf Deutsch.«

Lettke presste die Augen zusammen, massierte sich die Schläfen und meinte: »Zeit, dass wir Schluss machen. Das hätte *mir* einfallen müssen – dass wir in Deutschland womöglich schon längst so ein Projekt *haben*! Dass das die ›Wunderwaffe‹ ist, von der man bisweilen hört.«

»Sie meinen, unsere Entdeckung ist vielleicht gar nicht so bedeutsam, wie es uns vorgekommen ist?«

»Oh, ich denke schon. Zu wissen, dass die Amerikaner dabei sind gleichzuziehen, kann durchaus wichtig sein.« Lettke stand auf, schob die verschiedenen Stapel gelesenen und ungelesenen Materials zusammen und begann, alles wieder in seinen verschließbaren Schrank zu räumen. »Genug für heute. Wir machen morgen weiter.«

* * *

In dieser Nacht schlief Eugen Lettke schlecht, wurde verfolgt von den vielen Dokumenten, die er gelesen hatte. Sein Kopf schwirrte, die vielen englischen Wörter verfolgten ihn in den Schlaf: Neutronen, die Atomkerne spalteten, Isotope, die es zu trennen galt, Energie, die alles überflutete – und was sollte er damit nun anstellen, was nur? Er musste Adamek informieren, sagte er sich wieder und wieder, wenn er verschwitzt aus dem Schlaf hochfuhr, sagte es sich, als stünde zu befürchten, dass er es vergessen könne, und dann sank er wieder in die Kissen und dachte darüber nach, welche Geschichte er Adamek denn erzählen sollte darüber, wie er auf die Spur dieser Dokumente gestoßen war. Die Wahrheit konnte er nicht sagen, also musste er sich etwas ausdenken, und seine Gedanken, viel wacher als sein Körper, übernahmen diese Aufgabe bereitwillig, drehten sich unablässig im Kreise und produzierten zahllose Varianten, halb ausgedacht, halb geträumt, und immer wieder sah er sich bei Adamek im Bureau sitzen und ihm gestehen, dass er nur hinter einer Frau her gewesen sei, ganz banal, und mal lachte Adamek über seine Dummheit, und mal zeigte er sich zutiefst entrüstet.

Der Freitag war einer dieser spätherbstlichen Tage, an denen starke Winde Regenschauer durch die Straßen Weimars trieben und die Menschen zwangen, vornübergebeugt ihres Weges zu gehen, die Männer ihre Hüte festhaltend, die Frauen ihre Schirme. Der Wind kam aus jener bestimmten Richtung, die im Dachgebälk des NSA-Gebäudes auf immer noch ungeklärte Weise ein jämmerliches Heulen verursachte, das es klingen ließ, als trieben Gespenster ihr Unwesen in dem großen, nun so schrecklich verlassenen Gebäude, in dem nur noch sie die Stellung hielten.

Eins war ihm jedenfalls klar geworden in dieser unruhigen Nacht: Wenn sie Nachforschungen anstellten, was deutsche Physiker über diese Atomgeschichten herausgefunden hatten, durften sie auf keinen Fall an Datenbestände rühren, die in irgendeiner Weise geschützt waren und sie nichts angingen. Sie durften nichts tun, was sie in Schwierigkeiten bringen konnte. Insbesondere galt es, alles zu vermeiden, was jemanden im Reichssicherheits-Hauptamt auf die Idee bringen mochte, sie seien ausländische Agenten. Diese Sorge war nicht so weit hergeholt, wie es klang, denn seit der Ermordung Heydrichs in Prag war die SS regelrecht paranoid geworden.

Die Wunderwaffe: Darüber kursierten schon seit einiger Zeit Gerüchte. Dass sie bald zum Einsatz kommen solle und dass sie die Kriegssituation dramatisch zugunsten Deutschlands verändern werde. Lettke hatte dabei immer an neuartige Kampfflugzeuge gedacht, wie sie etwa Messerschmitt entwickelte, Flugzeuge, die schneller flogen als feindliche Maschinen, höher, weiter – aber seit gestern war er davon überzeugt, dass das die ganz falsche Fährte war. Atomspaltungsbomben! Das war eine völlig andere Geschichte, eine ganz andere Größenordnung auch. Wenn man mit einer einzigen Bombe Hunderte russische Panzer auslöschen, ganze feindliche Städte in Schutt und Asche legen konnte – das würde den Krieg verändern, o ja, und zwar auf eine Weise, die man sich gar nicht so leicht ausmalen konnte. So etwas als Wunderwaffe zu bezeichnen war fast schon tiefgestapelt – es würde ein Weltuntergang sein, den Deutschland über seine Feinde hereinbrechen lassen konnte, wenn es wollte!

Niemand würde dem etwas entgegenzusetzen haben. Den anderen würde nichts anderes übrig bleiben, als zu kapitulieren.

Davon jedenfalls waren die Forscher, die in Berkeley diskutiert hatten, fest überzeugt, und ihnen erschien dies naturgemäß als verheerende Bedrohung. Denn, das hatte eines der Dokumente sorgfältig aufgelistet, das Deutsche Reich hatte Zugriff auf umfangreiche Uranvorkommen, ausreichend für Tausende solcher Bomben: im Erzgebirge zunächst, wo das Element Uran sogar entdeckt worden war, und zwar 1789, in Rückständen eines Bergwerks in Wittigsthal bei Johanngeorgenstadt, aber auch in der Tschechoslowakei und in der Ukraine, die ja in deutscher Hand waren.

»Wir werden keine deutschen Datenbestände abfragen, für die wir nicht autorisiert sind«, ermahnte er die Bodenkamp, als sie, kurz nach ihm und auch viel früher als gewöhnlich, in seinem Bureau eintraf. »Das kann uns in Teufels Küche bringen.«

Sie sah ihn daraufhin seltsam an, auf eine Weise, die Lettke sich fragen ließ, ob sie das womöglich schon einmal gemacht hatte, ohne sich der damit verbundenen Risiken bewusst zu sein. Aber er wollte das Thema lieber nicht weiter vertiefen; schließlich war er, was dies betraf, selber nicht unbedingt ein Vorbild an Tugend.

Übrigens sah das Mädchen auch nicht gerade wie das blühende Leben aus, hatte wohl auch nicht besser geschlafen als er. Schatten lagen unter ihren Augen wie nach einer durchzechten Nacht, und ihre Haare hätten eine gründliche Wäsche und einige Arbeit mit einer Bürste gut vertragen können.

Doch sie sagte nur: »Wie gehen wir vor?«

Sie gingen so vor, dass sie zunächst eine Liste deutscher Physiker erstellten, die sich in den letzten Jahrzehnten mit der Erforschung des Atoms befasst hatten, und dann alle wegstrichen, die sich nicht mehr in den Grenzen des Deutschen Reichs aufhielten.

»Das sind schrecklich viele, die weggegangen sind«, stellte die Bodenkamp fest, als sie damit fertig waren. »Alle übergelaufen zum Feind.«

»Alles Juden«, konstatierte Lettke unbehaglich. »Allem Anschein nach ist die Erforschung des Atoms tatsächlich eine Art jüdische Wissenschaft.« Er musste an seine Schulzeit zurückdenken. Die Klassenbesten waren damals immer Juden gewesen. Jeder hatte sie gehasst, aber niemand hatte zugegeben, dass man sie deswegen hasste, weil man sich so dumm vorkam neben ihnen.

Er verscheuchte die Erinnerungen, schob die Liste in die Mitte des Tisches. »Konzentrieren wir uns auf die, die noch da sind. Hier, Professor Klaus Clusius – von ihm denken sie in Berkeley, dass er ein Projekt zur Isotopentrennung von Uran leiten würde.«

Es war eine Angelegenheit von Augenblicken, herauszufinden, dass er tatsächlich einen Vortrag über die Anreicherung von Uranisotopen gehalten hatte, und zwar auf einer Sitzung der *Arbeitsgemeinschaft für Kernphysik*, der alle wichtigen Atomforscher angehörten – Leute wie Werner Heisenberg, Carl-Friedrich von Weizsäcker, Walter Bothe, Max von Laue, Erich Bagge, Kurt Diebner, Walther Gerlach, Karl Wirtz, Otto Hahn, Paul Harteck, Horst Korsching und einige mehr. Doch Clusius war immer noch ordentlicher Professor an der Universität München und hielt reguläre Vorlesungen, als sei nichts.

»Vielleicht ist das Tarnung«, mutmaßte die Bodenkamp.

»Vielleicht«, meinte Lettke. »Schauen wir, was wir noch finden. Wir haben jetzt ja die Namen und Bürgernummern der Wissenschaftler, die infrage kommen.«

In den Datenbeständen der Universitäten fanden sich eine Menge Abhandlungen zu atomphysikalischen Fragen, aber nur bis zum April 1939. Danach – nichts mehr.

»Aha«, sagte Lettke. »Das heißt, irgendeine Regierungsstelle hat die Atomforschung als kriegswichtig erkannt und alle Ergebnisse für geheim erklärt.«

»Oder sie haben nicht weitergeforscht«, meinte die Bodenkamp.

Lettke schüttelte den Kopf. »So funktioniert das nicht. Wenn jemand an einer Universität angestellt ist, dann muss er regelmäßig publizieren, und sei es nur, um seine Daseinsberechtigung zu beweisen.«

»Ach so. Dann haben Sie wahrscheinlich recht.« Sie starrte eine Weile nachdenklich ins Leere. Ihre Finger bewegten sich dabei unwillkürlich, so, als könne sie sich nur mühsam beherrschen, nicht doch in geheime Datenbestände vorzudringen.

Wobei er sich das vielleicht nur einbildete, überlegte Lettke. Denn ihm ging es so.

»Es würde uns wahrscheinlich sowieso nicht viel nützen, wenn wir Zugriff auf die inzwischen entstandenen Arbeiten hätten«, sagte er. »Schon bei denen vor dem Stichtag habe ich nicht verstanden, worum es ging.«

Sie hob die Schultern. »Ist vielleicht auch ein bisschen viel verlangt. Ich meine, immerhin sind das ja die klügsten Leute, die es gibt.«

»Schon, aber das gilt auch für die Gruppe in Berkeley. Bloß haben die sich irgendwie verständlicher ausgedrückt.« Lettke stutzte, als ihm dämmerte, woran das liegen mochte. »Sie haben es so geschrieben, dass es auch normale Menschen verstehen können – weil sie diese Unterlagen an den amerikanischen Präsidenten schicken wollten! Beziehungsweise an dessen Stab. Das sind auch intelligente Leute, aber keine Physiker. Doch diese Leute müssen sie überzeugen.«

Er blätterte hastig durch den Stapel der Unterlagen, die er am Vortag gelesen hatte, auf der Suche nach einem Text, dessen Bedeutung ihm erst jetzt aufging. »Irgendwo erwähnen sie einen Brief an Präsident Roosevelt und dass auch Albert Einstein ihn unterschrieben habe, aber nicht, worum es in dem Brief ging.«

»Eine Warnung«, mutmaßte die Bodenkamp.

»Genau. Vor einer deutschen Atomspaltungsbombe.« Er hatte den Text wiedergefunden, aber es stand tatsächlich nicht mehr als das drin. Es war wohl eine Art Einführung und Übersicht für die übrigen Dokumente. »Und das Treffen der Physiker in Berkeley hatte den Zweck, die Details zu diesem Brief nachzuliefern. Deswegen erklären sie, wie man eine solche Bombe bauen muss, und legen ausführlich dar, wie es um die Möglichkeiten Deutschlands bestellt ist, sie zu bauen.«

»Weil sie wollen, dass Amerika aufholt.«

»Richtig. Ein Wettrennen.« Lettke legte den Ausdruck zurück. »Womöglich ist dies der erste Krieg, der nicht auf dem Schlachtfeld, sondern in den Labors entschieden wird.«

Lettke betrachtete den Stapel bedruckten Papiers und wünschte sich, er wäre nie auf diese Spur gestoßen. Egal, was er jetzt daraus machte, er lief Gefahr, dadurch in Dinge verwickelt zu werden, die ihm mehrere Nummern zu groß vorkamen. Als er sich um die Stelle beim NSA beworben hatte,

hatte er dem Wahnsinn aus dem Weg gehen wollen – diese Sache aber drohte, ihn mitten hineinzuziehen.

Er betrachtete die Programmstrickerin. Ob er sie dazu überreden konnte, Stillschweigen zu bewahren und die ganze Sache zu vergessen? Er hatte sie in der Hand, aber hatte er sie dafür *fest genug* in der Hand?

»Wir könnten uns das Tagebuch-Programm anschauen«, sagte sie unvermittelt. »Ich habe mal gehört, dass Wissenschaftler es gerne als Labor-Logbuch verwenden, wegen der Suchfunktion und vor allem, weil man ältere Einträge nicht aus Versehen verändern kann.«

»Gute Idee«, meinte Lettke. »Schauen wir, was wir finden.«

Sie begannen damit, über die Suchfunktion in allen Tagebucheinträgen nach dem Wort *Uran* zu suchen, und stießen auf die Notiz eines wissenschaftlichen Mitarbeiters, wonach sich die deutschen Vorräte an Uran auf 1.200 Tonnen beliefen. Er stellte in dem Tagebucheintrag die Überlegung an, dass sich Uran gut für die Herstellung von Hartkern-Munition eignen würde, da es immer schwieriger werde, das ansonsten benötigte Wolfram aus Portugal zu bekommen.

Ein anderer Eintrag, erst einige Monate alt, stammte von einem Major der Luftwaffe, der von einem Treffen einiger Militärs mit Physikern berichtete, auf dem Professor Werner Heisenberg über die Möglichkeiten der Energiegewinnung aus Uran gesprochen habe. Er zitierte den Physiker mit den Worten, wenn der Krieg mit den USA noch mehrere Jahre dauere, werde ihn die Atomenergie entscheiden.

Doch von den Wissenschaftlern der *Arbeitsgemeinschaft für Kernphysik* selber schien niemand das Tagebuch-Programm zu benutzen.

»Schauen wir uns die Elektrobriefe an«, meinte Lettke.

»Elektropost werden sie ja wohl verwenden. Schließlich ist die von Wissenschaftlern erfunden worden. Oder? Sagt man jedenfalls.«

Die Bodenkamp nickte. »1902, das erste Komputernetz zwischen dem Kaiserlichen Institut der Wissenschaften in Berlin und der Universität Leipzig. Die Idee dazu hatte Professor Max Planck, programmiert wurde es von Clara Behringer und Martha Müller.«

Und tatsächlich: Elektropost verwendeten sie. Aber der Inhalt ihrer Elektrobriefe war womöglich noch verwirrender als ihre Abhandlungen, weil sie sich oft auf Telephonate oder persönliche Gespräche bezogen, deren Inhalt nicht einmal zu erahnen war. Carl-Friedrich von Weizsäcker und Werner Heisenberg etwa diskutierten in Hunderten von Briefwechseln über mathematische Probleme, fragten einander, wie sie dieses oder jenes herleiten würden, und Lettke sagten nicht einmal die Symbole etwas, die sie verwendeten.

Doch wenn man nur genügend Daten hatte, musste man gar nicht alles verstehen. Um die Mittagszeit herum, als sie Hunderte von Elektrobriefen gesichtet hatten, meinte die Bodenkamp: »Also … wenn die vorhaben, eine Atomspaltungsbombe zu bauen, dann halten sie das ziemlich gut geheim. Es ist immer nur die Rede davon, eine ›Uranmaschine‹ zu bauen, aber damit ist eher eine Maschine zur Erzeugung von Energie gemeint, oder?«

Lettke nickte. Das entsprach genau dem Eindruck, den er selber auch gewonnen hatte.

Und ihm war noch etwas anderes aufgefallen. Er rief einen Elektrobrief auf, auf den er gestoßen war, als die Bodenkamp gerade zur Toilette gewesen war. »Lesen Sie mal das hier. Das stammt von einem Doktor Jensen von der Universität Hamburg, der eine hochleistungsfähige Zentrifuge bauen will und sich beklagt, dass ihm das Heereswaffenamt die nötigen Mittel gestrichen hat. Er bräuchte Rohre aus Stahl, bekommt die aber nicht, und seine Versuche mit Rohren aus Aluminium fliegen ihm buchstäblich um die Ohren.«

»Eine Zentrifuge«, wiederholte die Bodenkamp nachdenklich, nachdem sie den Brief gelesen hatte. »Das heißt, für die Anreicherung von Uran?«

»Würde man denken, oder? Wenn das Heereswaffenamt damit zu tun hat. Er erwähnt hier einen Beamten, einen gewissen Wilhelm Landsteiner. Der scheint dort mit Budgetfragen zu tun zu haben.« Er sah sie an. »Was mich auf den Gedanken bringt, dass es doch möglich sein müsste, aus den Bankdaten zu ermitteln, wie viele Mittel in die Kernforschung geflossen sind, oder?«

Sie hob erstaunt die Brauen. »Oh. Daran hab ich noch gar nicht gedacht.«

»Können Sie eine entsprechende Abfrage schreiben? So richtig mit Gruppierung nach Kategorien und so weiter?« Das richtig hinzukriegen stellte er sich zu kompliziert vor, als dass er sich selber daran hätte wagen wollen. »Zahlungen von Regierungsstellen, Zahlungseingänge der Universitäten – das müsste sich doch abgleichen lassen?«

Sie überlegte. »Ich kann es probieren. Aber es wird eine Weile dauern.« Sie fügte zögernd hinzu: »Ich würde es auch lieber an meinem eigenen Komputer machen. Dort hätte ich die Strickmuster-Bibliothek zur Verfügung.«

»Dann machen Sie es dort. Und rufen Sie mich an, wenn Sie ein Ergebnis haben.«

Die nächsten vier Stunden hörte er nichts mehr von ihr. Lettke beschäftigte sich damit, die erbeuteten Dokumente in eine sinnvolle Reihenfolge zu bringen, und kämpfte dabei mit Unwohlsein, weil es mittags in der Kantine wieder dieses unsägliche Feldküchengericht gegeben hatte – wenn die Soldaten an der Ostfront auch einen solchen Schlangenfraß bekamen, überlegte er missmutig, dann konnte wirklich nur die Atomspaltungsbombe den Sieg bringen!

Kurz vor halb fünf klingelte endlich sein Telephon. »Helene Bodenkamp hier«, meldete sie sich. Sie klang noch mutloser als gewöhnlich. »Wenn ein Projekt der Geheimhaltung unterliegt, gibt es dann Ihres Wissens eine andere Möglichkeit als den Zahlungsverkehr der Reichsbank, ihm Mittel zukommen zu lassen? Ein … sagen wir, eine Art paralleles Geldsystem?«

Lettke schüttelte unwillkürlich den Kopf. »Nicht dass ich wüsste. Alle Zahlungsdaten unterliegen grundsätzlich der höchsten Geheimhaltungsstufe, von jedermann. Wir sind als Mitarbeiter des Nationalen Sicherheits-Amtes nur autorisiert, Einblick zu nehmen.« Er räusperte sich. »Wieso fragen Sie?«

»Also«, begann sie zögernd, »ich habe jetzt ein Ergebnis, aber es … es sieht ziemlich seltsam aus.«

»Warten Sie«, sagte er. »Ich komme zu Ihnen.«

Er war noch nie in ihrem Bureau gewesen und musste erst nachschauen, wo es überhaupt lag und wie er dort hinfand. Außerdem schloss er vorsichtshalber alle Unterlagen wieder weg, ehe er aufbrach. So dauerte es gute zwanzig Minuten, ehe er endlich die Auswertung auf ihrem Bildschirm zu sehen bekam.

Und – ja, sie sah *ziemlich* seltsam aus.

»Sind Sie sicher, dass das stimmt?«, entfuhr es Lettke.

»Eben nicht«, meinte sie. »Deswegen hab ich ja gefragt.«

»Aber das ist ein viel zu kleiner Betrag. Das ist … *nichts!* Da – allein die Messerschmitt AG bekommt zwanzigmal so viel, und nicht mal für den *Bau* von Flugzeugen, sondern nur für die *Entwicklung* neuer Flugzeugtypen.«

»Eben.«

»Und wenn Sie es umgekehrt angehen? Auswerten, was

für Gelder die Universitäten und andere Forschungseinrichtungen *bekommen*?«

»Hab ich gemacht. Aber das sieht genauso aus.« Sie rief eine andere Tabelle auf. Die Beträge wichen leicht ab, aber nur um ein paar hundert Reichsmark.

Lettke richtete sich wieder auf, lockerte mit dem Zeigefinger den Kragen seines Hemdes, der ihm auf einmal viel zu eng vorkam. »Das ist seltsam. Das sieht fast aus, als ob …« Er zögerte, es auszusprechen.

Sie übernahm es für ihn. »Das sieht aus, als gäbe es dieses Atombombenprojekt gar nicht, das sie in Berkeley so fürchten.«

Ja. Genau so sah es aus. Verheerender Gedanke.

»Löschen Sie diese Auswertungen«, befahl er. »Und zu niemandem ein Wort. Ich muss erst nachdenken, was jetzt zu tun ist.«

* * *

Zu niemandem ein Wort? Das brachte Helene nicht fertig, nicht nach diesen beiden Tagen voller weltbewegender Entdeckungen. Sie *musste* mit jemandem reden, um sich darüber klar zu werden, was sie von alldem halten sollte!

Also machte sie an diesem Abend so früh wie möglich Schluss und fuhr endlich wieder einmal hinaus zu Aschenbrenners und zu Arthur, um ihm alles zu erzählen, von dem geheimnisvollen Elektrobrief, dem Einbruch in den Komputer der Universität von Berkeley, von Kernspaltung und Atomspaltungsbomben. Und alles lief auf diese Frage hinaus: »Kann das wirklich wahr sein? Kann man wirklich eine ganze Stadt zerstören mit einer Bombe, die nicht größer ist als eine Ananas, wie dieser Heisenberg behauptet hat?«

Arthur saß ihr im Schneidersitz gegenüber, den Kopf vorgereckt, hatte mit seinen Blicken an ihren Lippen gehangen, während sie erzählte. Nun reckte er sich, faltete die Hände, dachte angestrengt nach.

»Ich war nie besonders gut in Physik«, meinte er schließlich. »Aber ich habe natürlich auch Hans Dominik gelesen. In einem Roman – wie hieß er doch gleich? *Das Erbe der Uraniden* oder so ähnlich –, da ging es auch um die ungeheuren Kräfte der Atomenergie. Dass es möglich ist, diese Kräfte freizusetzen, vermutet man also schon eine ganze Weile. Vielleicht seit Madame Curie das Radium isoliert hat. Das wäre jedenfalls die Hypothese, mit der ich starten würde, wenn ich nur in eine Bibliothek dürfte …«

Sein Blick ging in weite Ferne, weit über die Wände hinaus, in denen er gefangen saß.

»Eins ist jedenfalls sicher – wer die Kräfte des Atoms als Erster entfesselt, der wird der Herr der Welt sein«, fuhr er nachdenklich fort. »Der Krieg wird zu einem Krieg der Forscher, in dem Soldaten nur noch Brennmaterial sind. So öffnet uns die Technik einmal mehr eine Tür zu einer ganz neuen, höheren Ebene von Möglichkeiten und Gefahren …«

Helene, die schon befürchtete, er würde womöglich wieder auf sein Lieblingsthema einschwenken, wie die Welt aussähe, hätte Lord Babbage die Analytische Maschine nicht gebaut, sagte rasch: »Aber ist es nicht verrückt, dass die Amerikaner jetzt womöglich darangehen, die Atomspaltungsbombe zu bauen, weil sie Angst davor haben, wir könnten sie bauen – und dabei wird in Wirklichkeit in Deutschland gar nicht ernsthaft an so einer Bombe gearbeitet?«

Arthur lachte traurig auf. »Oh, das passt nur zu gut zu der Dummheit, die die Heeresleitung auch sonst an den Tag legt«, meinte er. »Und ja, vielleicht ist das alles verrückt, aber es sind gute Nachrichten! Wenn die Amerikaner die Bombe bauen, dann heißt das, dass der Krieg bald vorbei und Hitlers Regime am Ende sein wird. Das wird natürlich bitter für Deutschland, aber das wird es sowieso, und lieber ein Ende mit Schrecken als dieser Schrecken ohne Ende. Irgendwann wird man die Scherben wieder zusammenkehren, wie man es nach Kriegen immer getan hat, und dann wird das Leben wieder normal sein. Stell dir das doch nur vor! Ein normales Leben, endlich, endlich wieder! Endlich wieder unter freiem Himmel spazieren gehen, wohin man will, die Sonne und den Wind auf der Haut spüren, mit den Leuten reden, die man trifft, und als einzige Sorge im Leben die, wie man in seinem Beruf zurechtkommt und ob man es endlich wagt, um eine Gehaltserhöhung nachzusuchen! Ein normales Leben ... Ja, hoffentlich bauen sie diese Bombe, hoffentlich!«

»Auch wenn sie ganz Berlin damit zerstören?«

Arthur schüttelte den Kopf. »Das werden sie nicht. Sie werden irgendwo eine abwerfen, damit man das Ausmaß der Zerstörungen sieht, aber dann werden sie nur damit drohen. Und uns wird nichts anderes übrig bleiben als die Kapitulation.«

»Meinst du?«

»Ganz sicher. Die Amerikaner sind keine Unmenschen.«

Er legte sich neben sie, aber Helene hatte das seltsame Gefühl, ganz weit weg zu sein von ihm, als lägen tausend Kilometer zwischen ihnen. Irgendwo knackte es im Gebälk, was die Stille, in die sie plötzlich verfallen waren, nur noch tiefer werden ließ. Eine der Glühbirnen, fiel ihr auf, wurde trübe – doch es war zurzeit schwierig, neue zu bekommen; sie würde es noch eine Weile machen müssen.

»Ist die Heeresleitung wirklich dumm?«, fragte sie, als sie das Schweigen nicht mehr ertrug.

»Und wie«, erklärte Arthur. »Nimm nur den Russlandfeldzug – der war praktisch überhaupt nicht vorbereitet, hat viel zu spät im Jahr begonnen, sodass die Männer in den Winter gekommen sind, und zwar nicht in den Winter, den wir kennen, sondern in den brutalen russischen Winter, in dem es so kalt wird, dass einem der Diesel im Tank gefriert. Aber sie waren von den raschen Erfolgen in Polen und Frankreich so besoffen, dass sie gedacht haben, das muss nun immer so weitergehen. Und dann dieses ständige Hin und Her der Strategie! Erst ging es gegen Leningrad, dann in den Süden, dann plötzlich gegen Moskau, und anstatt die Stellung zu halten, als der Frost kam, musste weiter angegriffen werden, weil es immer noch ein Blitzkrieg werden sollte – ein Blitzkrieg in Russland! Was für ein böser Witz. Russland ist ein so unfassbar weites, riesiges Land, wie man es sich hier gar nicht vorstellen kann – und offenbar im Führerhauptquartier auch nicht. Auch die Idee, es sei wichtig, Moskau zu erobern, war dumm. Sinnlos. Nur eine Geste. Zu Napoleons Zeiten mag das ein militärisch wichtiges Ziel gewesen sein, aber heute? Stalin hätte sich einfach an den Ural zurückgezogen und von dort aus weitergemacht, weit außerhalb der Reichweite deutscher Kampfflugzeuge.« Er lächelte. »Aber es wird mich unendlich befriedigen, wenn diese dumme Brutalität am Ende von wissenschaftlicher Intelligenz besiegt wird.«

Wieder verfielen sie ins Schweigen, und diesmal wurde es Helene so unangenehm, dass sie es nicht mehr ertrug. Sie setzte sich auf und sagte: »Ich muss gehen.«

»Schon?«, meinte Arthur. »Das ist aber schade, du bist doch gerade erst gekommen!«

»Ich … ich muss noch etwas erledigen«, behauptete Helene. »Ich hab's versprochen.« Sie gab ihm einen flüchtigen Kuss auf die Wange. »Komm, lass mich runter.«

»Schade«, sagte er noch einmal, aber es schien seiner gehobenen Laune keinen Abbruch zu tun.

Erst auf der Rückfahrt gegen einen nassen, harten Wind gerann der Schmerz in ihr zu einem Satz, und dieser Satz lautete: *Er hat nicht gesagt, dass er mich heiraten will, wenn der Krieg vorbei und das Leben wieder normal ist!* Wieder und wieder ging ihr dieser Satz durch den Kopf, als sei ihr Verstand in eine endlose Schleife geraten, wie es in schlechten Programmen passieren konnte, und wieder und wieder dachte sie an ihr Gespräch zurück: Nein, er hatte nichts dergleichen angedeutet. Er freute sich auf ein normales Leben nach dem Krieg, aber sie kam in seinen Vorstellungen davon nicht vor.

Helene trat mit aller Kraft in die Pedale, war fast froh um den Wind, der ihr einen Widerstand leistete, gegen den sie sich austoben konnte, und der ihre Tränen wegwusch. Nein, sie wollte nicht, dass der Krieg endete, und sie ersehnte auch kein normales Leben. Ein normales Leben, das würde für sie nur heißen, wieder allein zu sein.

49

An diesem Tag konnte er sich kaum dazu bringen, das Bureau zu verlassen. Wieder und wieder schichtete er die amerikanischen Dokumente um, änderte ihre Reihenfolge, blätterte manche Unterlage zum zwanzigsten Male durch, sah dabei immer wieder aus dem Fenster und sagte sich, dass er besser noch wartete, bis das grässliche Wetter nachließ.

Aber natürlich ließ es nicht nach, und irgendwann zwang ihn die pure Erschöpfung, Schluss zu machen. Ob ihm nicht gut sei, wollte der Pförtner wissen, als er ihm sein Telephon aushändigte, worauf Lettke ihm versicherte, doch, doch, es sei alles in Ordnung, nur ein bisschen zu viel gearbeitet, der Krieg, er wisse ja, jeder müsse alles geben für den Endsieg. Ja, ja, meinte der Pförtner, aber es klang eher, als fühlte er sich von Lettkes Bemerkung veräppelt. Er glaubte wohl auch nicht mehr daran, dass Deutschland den Krieg gewinnen konnte.

Lettke kam durchnässt zu Hause an, stritt geistesabwesend mit seiner Mutter, die wollte, dass er sie am Samstag der Woche darauf zu einem Konzert in der Stadthalle begleitete, was wiederum er nicht wollte, weil er für Musik nichts übrighatte, und schon gar nicht für das alte Klassikzeug, das sie spielen wollten. Er verließ die Küche irgendwann einfach, nahm noch eine kurze Dusche und ging dann zu Bett, und in dieser Nacht schlief er endlich einmal wieder, so tief wie betäubt.

Aber die Gedanken hatten nur Pause gemacht, nicht aufgehört. Am nächsten Morgen ging es weiter, hin und her, immer dieselbe Frage: Was sollte er nun tun? Wenn er die Sache an Adamek meldete und ihm die Dokumente aushändigte, würde er damit zweifellos Aufsehen auf sich ziehen, und Aufsehen war genau das, was er nicht wollte und nie gewollt hatte. Dafür trat man schließlich dem Geheimdienst bei: um im Geheimen zu arbeiten. Doch die Meldung würde nach sich ziehen, dass man sich ihn und das, was er tat, genauer anschaute; er würde Rede und Antwort stehen müssen, wie er auf die Spur dieses Geheimnisses gestoßen war und warum er ausgerechnet dieser Frau nachspioniert hatte, und die wahre Antwort darauf würde er niemals preisgeben.

Doch wenn er die Sache andererseits verschwieg, mochten die Folgen noch gravierender sein, und zwar sobald jemand anders dahinterkam und herausfand, dass er, Lettke, davon gewusst, aber nichts gesagt hatte. Das würde ihn vor Gericht bringen, wegen Verrats oder dergleichen, irgendein dramatisch klingendes Wort würden die Juristen dafür bestimmt finden, und sehr wahrscheinlich sogar ins Gefängnis, und ins Gefängnis wollte er nun ganz gewiss auch nicht.

Doch eine dritte Möglichkeit gab es nicht. Oder zumindest sah er keine. Wie auch immer er sich entschied, es würde ihn in Gefahr bringen.

Zu allem Überfluss ging der Streit mit seiner Mutter weiter, immer noch wegen dieses blöden Konzerts. »Sieh es bitte ein«, herrschte er sie irgendwann an, »ich werde *nicht* in dieses Konzert gehen.«

»Dann hilf mir wenigstens, die Karte für mich zu kaufen«, verlangte sie schließlich mit diesem kläglichen Ton in der Stimme, der ihm durch und durch ging, als säge jemand mit einem Diamantdraht an seiner Schädelbasis. »Man muss das übers Telephon machen, und ich weiß doch nicht, wie. Ich versteh auch nicht, wieso man nicht mehr einfach in eine Billeterie gehen kann, um Karten für Konzerte zu kaufen, so wie früher.«

»Weil es so viel einfacher ist«, knurrte Eugen Lettke und ging mit ihr das Prozedere durch, das sie auch selber bewältigt hätte, wenn sie sich einfach nur darauf eingelassen hätte: Man wählte die Nummer, die auf der Bekanntmachung angegeben war, daraufhin erschien eine Abfrage, für wie viele Personen man Eintrittskarten wünschte, und schließlich bestätigte man den angegebenen Betrag, und zwar ganz genau so, wie man es beim Einkaufen auch machen musste. Fertig.

»Und die Karte?«, zeterte sie. »Wie krieg ich die jetzt?«

»Gar nicht!« Er verdrehte die Augen. »Du zeigst einfach dein Telephon vor, jemand hält ein Lesegerät dagegen, und dann weiß derjenige, dass du bezahlt hast und hineindarfst.«

Sie betrachtete ihr mittlerweile ziemlich abgeschabtes Votel skeptisch. »Und das funktioniert so?«

»So funktioniert das schon lange. Als wir damals ins Kino gegangen sind, in diesen Rühmann-Film, den du sehen wolltest – wie hieß er? ›Kleider machen Leute‹? Da haben wir es auch so gemacht, erinnerst du dich nicht? Und wie lange ist das jetzt her?«

»Viel zu lange«, murrte sie. »Ich habe das Gefühl, du schämst dich deiner Mutter.«

Das war dann der Moment, in dem Eugen Lettke überzeugt war, dass ihm der Kopf platzen würde, wenn er auch nur noch einen Moment länger blieb. Er stand auf und schnappte sich Hut und Mantel.

»Wohin gehst du?«, wollte seine Mutter wissen.

»Raus. Luft schnappen. Wart nicht auf mich mit dem Essen, ich weiß nicht, wann ich zurückkomme, und ich hab sowieso keinen Appetit.« Dann ging er rasch, ohne ihre zweifellos unzuträgliche Erwiderung abzuwarten.

Es tat gut, zu Fuß unterwegs zu sein, auch wenn das Wetter ziemlich unangenehm war. Er musste irgendwie die Spannung abbauen, die ihn im Griff hatte, irgendetwas tun, um das Räderwerk seiner Gedanken zumindest eine Weile zum Stillstand zu bringen. Innehalten eben. Aber das war leichter gesagt als getan.

Seine Schritte brachten ihn wie von selbst in die Innenstadt und zum Bahnhof, und aus einem Impuls heraus löste er eine Fahrkarte nach Erfurt. Weg aus Weimar, das war schon mal ein Anfang. Während der Fahrt dachte er an die Frauen zurück, die er in Erfurt schon aufgespürt und sich zu Willen gemacht hatte; ob er eine davon noch einmal aufsuchen sollte? Das wäre gegen die Abmachung gewesen, deswegen widerstrebte ihm die Idee, aber dummerweise hatte er es in letzter Zeit versäumt, sich nach neuen Frauen umzuschauen. Sein Lager an belastendem Material, einstmals so schön gefüllt, war schon geraume Zeit leer.

Eine solche Jagd bedurfte außerdem der gründlichen Vorbereitung und der inneren Sammlung – beides ging ihm in seinem momentanen Zustand völlig ab.

Nun, vielleicht würde es auch genügen, einfach ein wenig durch die Stadt zu bummeln, um sich auf andere Gedanken zu bringen. Erfurt hatte einige Sehenswürdigkeiten zu bieten, die er bislang völlig ignoriert hatte – die Krämerbrücke, der Anger, der Dom …

Der Dom. Der Gedanke, eine Kirche aufzusuchen, erheiterte ihn fast.

Als er in Erfurt ankam, war es Mittag, und als er auf den Bahnhofsvorplatz trat, wehten ihm von irgendwoher Küchendüfte in die Nase, die unvermittelt mächtigen Hunger in ihm wachriefen. Das, fand er, war ein gutes Zeichen, denn er hatte praktisch schon die ganze Woche an ausgesprochener Appetitlosigkeit gelitten und im Grunde nur gegessen, weil es jeweils Zeit dafür gewesen war und der Verstand verlangte, dem Körper Nahrung zuzuführen. Nun wieder ein wahrhaftiges körperliches Verlangen zu spüren, auch wenn es nur das nach einem guten Essen war, bedeutete einen Schritt in die richtige Richtung.

Er folgte den Düften und gelangte zu einer Gaststätte, die keinen allzu schlechten Eindruck machte, wenn auch etliche Gerichte auf der ausgestellten Speisekarte ausgestrichen waren: der Krieg, mal wieder. Doch zweifellos waren es ja die Speisen, die noch zu haben waren, deren Duft ihn angelockt hatte, also ging er hinein und setzte sich an einen freien Tisch.

Er bestellte den Sauerbraten mit Thüringer Klößen und Rotkohl, dazu ein Bier. Von welchem Tier der Braten wirklich stammte, wollte er lieber nicht wissen, die Klöße kannte er größer, und der Rotkohl war holzig, aber er aß alles mit großem Appetit, und immerhin, am Bier gab es nichts zu bemängeln.

Am Nebentisch saßen zwei Frauen, eine ältere und eine jüngere, dralle, und unterhielten sich. Sie hatten nur jede ein Glas Sprudel vor sich stehen, und den Blicken des Wirtes nach zu urteilen gefiel diesem das gar nicht; aber das Restaurant war nicht sonderlich gut besucht, weshalb er es wohl hinnahm.

Nach einer Weile verabschiedete sich die ältere der beiden Frauen, die offenbar zum Zug musste, und die jüngere blieb noch sitzen. Sie lächelte Lettke zu, wünschte ihm einen guten Appetit, und als er sich bedankte, wollte sie wissen, ob der Braten gut sei.

Lettke zögerte, beugte sich dann zu ihr und sagte leise: »Man kann ihn essen, aber ich fürchte, der war mal 'ne Katze.«

Sie lachte hell auf. »Hauptsache ist doch, dass es schmeckt, oder?«

Sie hatte ein herzförmiges Gesicht und volle Lippen und füllte ihr Kleid auch sonst gut aus, aber in ihrem Blick lag etwas wie ein tiefer Hunger, und vielleicht war es das, was Eugen Lettke auf den Gedanken brachte, zu sagen: »Darf ich Sie vielleicht auch zu einem Stück Katze einladen? Die Klöße sind übrigens auch sehr gut, so klein sie auch sind.«

Ein koketter Augenaufschlag. »Da sage ich doch nicht Nein.«

Sie kam an seinen Tisch, er bestellte, und während sie warteten, wollte sie wissen, was er in Erfurt mache; sie hatte ihn offenbar aus dem Bahnhof kommen sehen und wusste deswegen, dass er nicht aus der Stadt war. Sich die Stadt ansehen, erklärte er, und da kam schon ihr Essen, und sie bot an, ihm hinterher zu zeigen, wo es in Erfurt am schönsten sei.

»Gern«, sagte Lettke, sah ihr zu, wie sie mit sichtlichem Genuss aß, und fragte sich, ob das alles auf das hinauslaufen würde, wonach es gerade aussah. Eine Gewerbliche war sie wohl nicht, wenn sie sich mit Sauerbraten bezahlen ließ; andererseits hatte diese Art Geschäft den Vorteil, in den Zahlungsdaten der Reichsbank nicht aufzufallen.

Und warum eigentlich nicht? Es würde ihm helfen, die innere Spannung abzubauen, ihn zumindest für einen Moment auf andere Gedanken bringen, sagte er sich, und hässlich war sie nun auch nicht gerade. Er spendierte ihnen beiden noch einen Kaffee zum Abschluss, dann gingen sie.

»Ich wohne hier ganz in der Nähe«, raunte sie ihm zu, als sie sich bei ihm einhängte.

»Aha«, sagte Lettke, und so gingen sie. Er versuchte, nicht daran zu denken, wer hier nun wen dirigierte, sondern an ihren drallen, weichen Körper, den er neben sich spürte. Es war in Ordnung, sagte er sich, es war genau das, was er jetzt brauchte.

In einer Seitengasse, vor einer Haustür, die wohl die ihre war, warf sie sich ihm unvermittelt an den Hals und küsste ihn gierig, mit weit offenem Mund, in dem ihn eine kräftige, feuchte Zunge empfing, die nur zu deutlich spüren ließ, dass sie bereit war, weit mehr zu empfangen als nur seinen Kuss.

»Du hast mir auf den ersten Blick gefallen«, keuchte sie ihm zwischendurch ins Ohr. »Komm, gehen wir rauf zu mir. Ich mach alles, was du willst, alles.«

In diesem Moment stieg ein Widerwille, ja, geradezu ein Ekel in Eugen Lettke auf, der ihn wenigstens so überwältigte, wie ihn vorhin auf dem Bahnhofsplatz der Hunger überwältigt hatte. Er riss sich von ihr los, musste nach Luft schnappen, um sich nicht übergeben zu müssen.

»Nein«, stieß er dann hervor. »Nein.«

»Was ist?«, wollte sie wissen, die Augen weit aufgerissen vor Entsetzen. »Willst du nicht? Mach dir keine Gedanken. Du bist verheiratet, hmm? Ich versprech dir, das bleibt alles unter uns. Wir werden einfach unseren Spaß haben, weiter nichts. Komm … komm doch wieder her …«

Die Lust, die von ihr ausstrahlte wie die Radioaktivität auf den alten Zeichnungen, die Marie Curie bei der Entdeckung des Radiums zeigten, diese Gier nach Leben und Sinnlichkeit – das alles kam ihm vor, als greife ein schlammiger Morast nach ihm, mit tausend Fangarmen voller riesiger, feuchter Saugnäpfe, ein schleimiges Monstrum aus einer Höllenwelt, das ihn mit sich hinabziehen und wie Säure zersetzen würde, wenn er dem auch nur einen Fußbreit nachgab. Er wehrte ihre Hände ab, die nach ihm griffen, trat einen weiteren Schritt zurück und noch einen, dann warf er sich herum und eilte davon, rannte beinahe, hörte, dass sie ihm etwas nachrief, aber er verstand nicht was, doch es waren wohl keine schmeichelhaften Worte.

Er flüchtete, kaufte im Flüchten über sein Telephon die Fahrt zurück nach Weimar, und zu seinem Glück fuhr der Zug dorthin gerade ein, als er den Bahnhof erreichte. Alles, was er zu tun brauchte, war, einzusteigen, und als er weiterfuhr und sie Erfurt verließen, kam sich Eugen Lettke vor wie gerettet.

Doch die Erleichterung verflog unterwegs. Als er in Weimar ankam, war ihm, als laste ein ungeheures, unsichtbares Gewicht auf seinen Schultern, entschlossen, ihn zu Boden zu drücken. Sein Atem ging schwer, seine Füße wogen Tonnen, und der Weg nach Hause schien länger und weiter und anstrengender geworden zu sein in seiner Abwesenheit.

Was war geschehen?

Nichts. Alles. Er wusste nicht mehr, was für einen Sinn sein Leben noch hatte, jetzt, da feststand, dass er seine Rache niemals würde vollenden können. Er hatte die ganze Zeit gedacht, derjenige zu sein, der die Dinge im Griff hatte, der die Kontrolle hatte, aber in Wahrheit hatte er sich so sehr auf diesen Rachefeldzug eingelassen, dass er ganz und gar in *dessen* Bann geraten war. Seine Rache hatte ihn im Griff und war entschlossen, ihn nicht mehr loszulassen.

Er musste irgendetwas anders machen in seinem Leben, grundlegend anders. Und es war von höchster Dringlichkeit, dass er herausfand was.

* * *

Einmal mehr war Helene froh, als es endlich Montag war und sie sich ins Amt flüchten konnte, nach einem Wochenende voller Loblieder auf Ludolf von Argensleben, weil der am Samstag Blumen geschickt hatte. Helene hatte danach mit Bangen auf seinen Anruf gewartet, doch der war nicht gekommen, und anstatt erleichtert zu sein, machte sie sich nun Sorgen, er könne von ihr erwartet haben, dass *sie* sich melde.

Außerdem hatte sie schlecht geschlafen und schlecht geträumt, davon, durch verlassene Straßen zu irren und ganz allein zu sein, einsam und unsichtbar, denn wann immer ihr doch jemand begegnet war, hatte der sie nicht einmal bemerkt.

Es regnete nicht mehr, war auch nicht so kalt wie die Woche zuvor. Seltsamerweise war das Amtsgebäude schrecklich überheizt und erfüllt von feucht-warmer Schwüle, als seien in irgendwelchen verborgenen Hallen Tausende nasser Kleidungsstücke zum Trocknen aufgehängt. Als Helene den Komputer einschaltete, erschien gleich eine Elektro-Rundmitteilung, die zentrale Heizung sei versehentlich zu stark befeuert worden, was sich aber im Laufe des Vormittags normalisieren werde; es bestehe kein Anlass zur Besorgnis.

Helene kümmerte sich nicht weiter darum, sondern ging gleich hinüber zu Lettkes Bureau. Der war auch schon da und damit beschäftigt, die Ausdrucke in Hefter einzuordnen, die den Aufdruck *Geheimsache!* trugen.

»Ich hab mir das überlegt«, platzte sie heraus. »Ich glaube, Sie haben recht. Wir sollten die amerikanischen Dokumente löschen, die Ausdrucke vernichten und alles vergessen, was letzte Woche vorgefallen ist.«

Lettke hob die Augenbrauen. »Und warum denken Sie das?«, fragte er und klang dabei wieder so arrogant und abweisend wie eh und je.

»Wir müssen davon ausgehen, dass die Amerikaner auch ihre Spione bei uns haben«, erklärte Helene. »Noch gibt es kein Projekt zum Bau dieser Bombe, und wahrscheinlich wissen sie das und sagen sich, dann brauchen wir auch keine zu bauen. Aber wenn wir nun diese Unterlagen weitergeben, wird irgendjemand in der Regierung beschließen, dass die Bombe gebaut werden muss, ehe die Amerikaner sie bauen, und das werden dann die Amerikaner erfahren und sich sagen, dann müssen wir sie erst recht schnell bauen … und dann wird alles ganz schrecklich enden!«

Sie hatte das Gefühl, in sich zusammenzusacken, wie sie da vor seinem Schreibtisch stand, und ihre Worte und Argumente klangen selbst in ihren Ohren schrecklich falsch. Weil sie falsch *waren* – in Wahrheit wollte sie nur nicht, dass der Krieg schnell endete. Aber das konnte sie ja niemandem sagen.

Lettke, der in seinem Tun innegehalten hatte, nahm es wieder auf, füllte den Hefter vollends, an dem er gerade war, klappte ihn zu und legte ihn auf den Stapel links neben sich. »Und ich glaube inzwischen«, sagte er, »dass *Sie* recht hatten. Dies ist ein Augenblick, in dem wir nicht an uns selbst denken dürfen, sondern einzig das Wohl unseres Volkes im Auge haben müssen. Es ist unsere Pflicht als Deutsche, diese Erkenntnisse, ganz gleich, auf welch verworrenem Wege wir sie gewonnen haben, an die Führung weiterzureichen, im Vertrauen darauf, dass die Entscheidungen, die diese trifft, die richtigen sein werden.«

Helene sah ihn entgeistert an. »Das ist nicht Ihr Ernst.«

»Konkret gedacht ist dieser Fund« – er legte die Hand auf die bereits gefüllten Hefter – »genau das, was Adamek braucht, um die Existenzberechtigung unseres Amtes ein für alle Mal zu belegen. Denn damit ist der unwiderlegbare Beweis erbracht, dass es besser ist, wenn zwei Paar Augen, die völlig unabhängig voneinander sind, auf den Feind schauen.«

»Sie wollen das wirklich tun? Sie wollen diese ...« Helene machte eine wedelnde Handbewegung in Richtung der Unterlagen. »Sie wollen diese *Bauanleitung* für eine Weltuntergangsbombe wirklich an Adamek weiterreichen?«

Lettke nickte. »Ich habe bereits einen Termin bei ihm. Um elf Uhr. Sie können gern mitkommen, wenn Sie mögen.«

* * *

Daran, dachte Lettke irgendwann im Verlauf des Gesprächs mit Adamek, erkannte man wohl eine Führungspersönlichkeit: Der Chef überflog die Unterlagen, hörte zu, was ihm erklärt wurde, und stellte die gleichen Fragen, die sie sich auch gestellt hatten – nur viel schneller. Adamek brauchte keine vierzig Minuten, um zu kapieren, was zu kapieren sie fast zwei Tage gekostet hatte.

»Wenn das alles so stimmen sollte«, sagte er schließlich, »dann wäre mit dieser Entdeckung die Existenzberechtigung unseres Amtes ein für alle Mal bewiesen – und auch, dass es besser ist, wenn zwei unabhängig voneinander und miteinander konkurrierende Geheimdienste existieren.« Adamek hob den Kopf und schaute drein, als seien die Wände ringsherum gerade durchsichtig geworden und als könne er all die verwaisten Flure und leeren Bureaus sehen. »Gut möglich, dass wir demnächst unsere Mannschaft wieder aufstocken. Sehr gut möglich.«

Lettke sagte nichts. Dies war so ein Moment, in dem es ratsam war, die Gedanken des Gegenübers nicht zu stören.

Adameks Blick kam wieder zurück in die Gegenwart, richtete sich auf die Bodenkamp. »Wie haben Sie das gemacht? Wie konnten Sie in den Komputer der Universität von Berkeley eindringen?«

Die Programmstrickerin, die zwar mitgekommen war, aber seit der Begrüßung kein Wort mehr gesagt hatte, sondern nur dasaß wie ein Lamm, das auf den Schlachter wartete, hob den Kopf. »Es war ein Komputer der Firma ABM. Ich habe eine Sicherheitslücke ausgenutzt, auf die mich Herr Kirst aufmerksam gemacht hat, damals während des Projekts Flugsand.«

Sie erklärte ihm die technischen Einzelheiten in einer Ausführlichkeit, die Lettke ermüdend fand, aber Adamek schien ihr interessiert zuzuhören und auch alles zu verstehen.

»Aber«, fragte Adamek schließlich, »wie sind Sie überhaupt auf die Idee gekommen, dort einzudringen?«

»Das sollte vielleicht ich erklären«, mischte sich Lettke ein.

»Tun Sie das«, meinte Adamek.

Zum Glück war ihm heute früh eine plausibel klingende Geschichte eingefallen, sogar eine sehr naheliegende. »Auslösendes Moment war Ihr Auftrag, Stromverbrauchsprofile zu analysieren«, behauptete er und warf der Bodenkamp einen kurzen Blick zu, aber die schien nicht vorzuhaben, ihm dazwischenzureden. »Da gibt es enorm große Unterschiede, und auf den ersten Blick haben wir gedacht, es ist aussichtslos, darin Hinweise auf Verstecke finden zu wollen. Dann haben wir uns für die Vorgehensweise entschieden, aufs Geratewohl ein paar der ähnlichsten Profile herauszugreifen und die zugehörigen Haushalte mit allen uns zur Verfügung stehenden Mitteln zu analysieren, in der Hoffnung, auf diese Weise Gemeinsamkeiten zu entdecken. Eines der Profile war das einer gewissen Gertrud Kuhl, wohnhaft in Berlin-Wedding. Und als ich eher nebenbei in ihre Elektropost geschaut habe, stieß ich auf diesen Briefwechsel.«

Er zückte einen Ausdruck der letzten beiden Elektrobriefe von Vera Schneider an ihre Freundin und schob ihn vor Adamek hin.

»Und da dachte ich, vielleicht lohnt es sich, der Sache nachzugehen«, fügte Lettke hinzu.

Adamek las die beiden Briefe und nickte dann. »Daran haben Sie gut getan. Ich glaube in der Tat, dass sich das gelohnt hat.«

Er legte den Ausdruck auf den obersten Hefter, zog den Stapel zu sich her. »Ich reiche das weiter. Sie können mit den Stromverbrauchsprofilen weitermachen, vielleicht finden Sie ja doch noch eine Herangehensweise, die uns weiterhilft. Aber wenn nicht, ist es auch nicht so tragisch – nicht *mehr*, wenn Sie verstehen, was ich meine.«

Damit waren sie entlassen. Auf dem Rückweg zu seinem Bureau fragte die Bodenkamp leise: »Und was wird jetzt passieren?«

Lettke lächelte. »Nichts. Jedenfalls nichts, was uns betrifft. Adamek wird sich mit den Dokumenten bei der Regierung neue Freunde machen – natürlich auch neue Feinde –, und vielleicht kriegen wir demnächst ein paar neue Kollegen, aber sicher keine Gehaltserhöhung. Bis die Unterlagen ganz oben angelangt sind, werden unsere Namen irgendwie unter den Tisch gefallen sein, und man wird nur noch wissen, dass das Nationale Sicherheits-Amt einer tollen Sache auf die Spur gekommen ist.«

Aber bei Adamek würden sie von nun an einen Stein im Brett haben, überlegte Lettke. Das behielt er aber für sich.

»Und die Bombe? Wird man sie bauen?«

Er zuckte mit den Schultern. »Vielleicht. Vielleicht auch nicht. Sie wissen doch, wie das läuft – letzten Endes muss das der Führer entscheiden.«

* * *

Helene ging den Weg zurück in ihr eigenes Bureau wie eine Schlafwandlerin. Nun war es also geschehen. Nun würden die Unterlagen an die Regierung gehen, das Heereswaffenamt würde sein Versäumnis erkennen und anfangen, diese Bombe bauen zu lassen, daraufhin würden die Amerikaner sie ebenfalls bauen, und den Krieg würde entscheiden, wer sie als Erster hatte und dem anderen auf den Kopf werfen konnte. Auf jeden Fall würde der Krieg bald enden, das normale Leben würde zurückkehren und sie wieder allein sein.

Sie war an diesem Tag zu keiner normalen Arbeit mehr imstande. Sie starrte auf Stromverbrauchsprofile, ohne sie wirklich zu sehen, während ihre Gedanken ziellos umherwanderten, und wenn sie ab und zu zu sich kam, wusste sie nicht einmal, worüber sie nachgedacht hatte.

Endlich war es spät genug, dass sie Schluss machen und

nach Hause radeln konnte, wo sie nur ihr Telephon ans Ladegerät hing und gleich weiterfuhr, ohne irgendjemandem Bescheid zu sagen, hinaus zum Aschenbrenner-Hof und zu Arthur.

»Schlaf mit mir«, bedrängte sie ihn.

»Aber wir haben keine Frommser mehr«, wandte Arthur erschrocken ein.

Helene war schon dabei, ihr Kleid aufzuknöpfen. »Egal«, sagte sie.

50

Der nächste Morgen schien einer jener Tage werden zu wollen, die schon gut beginnen, mit einem Erwachen aus tiefem, traumlosem Schlaf, erholt und fünf Minuten, ehe der Wecker ging: Als wolle der Körper erklären, dass er sich freiwillig den Herausforderungen stellte, die der Tag bereithielt.

Doch dann entwickelte sich irgendwie ein Streit mit seiner Mutter, beim Frühstück, und er verstand selber nicht, wie es dazu gekommen war. Sie hatte mal wieder über Herzschmerzen geklagt und behauptet, sie spüre, wie ihr Herz stolpere, und er hatte gemeint, dann sei es das Beste, sie gehe zum Arzt, dafür seien die da, und ihr angeboten, ihr den Termin zu machen, sie müsse ihm nur mal eben ihr Telephon geben.

Das tat sie aber nicht, sondern war auf einmal eingeschnappt.

»Es geht doch gar nicht um mein Herz«, rief sie aus. »Verstehst du das denn nicht?«

»Nein«, sagte er. »Du hast gerade zehn Minuten lang über dein Herz gejammert, dass es weh tut und stolpert – wie kommst du dann dazu, zu behaupten, es gehe nicht um dein Herz?«

Sie ballte die dürren Hände zu dürren Fäusten und hieb damit auf den Küchentisch, was ein seltsam dumpfes, unbeeindruckendes Geräusch erzeugte. »Es geht darum, was der *Grund* ist, dass mein Herz stolpert! Und der Grund ist der, dass du überhaupt keine Anstalten machst, zu heiraten und Kinder zu zeugen und die Linie fortzusetzen, der du entstammst. Was hat mein Leben denn für einen Sinn, wenn es zu weiter nichts gut war, als einen Mann großzuziehen, der die Linie einfach enden lässt?«

Eugen Lettke starrte seine Mutter fassungslos an. »Dein Herz tut weh, weil ich nicht *heirate?* Ist das dein Ernst?«

»Ja«, stieß sie hervor. »Ganz genau so ist es.«

Er stellte die Kaffeetasse ab, ließ sich nach hinten sinken, wusste im ersten Moment nicht, was er sagen sollte.

»Wie«, fragte er schließlich, »würdest du den Begriff ›Erpressung‹ definieren?«

»Ach, red keinen Unsinn. Ich mach das ja nicht absichtlich. Ich sage dir nur, was die eigentliche Ursache meiner Herzprobleme ist.«

»Deiner Meinung nach. Würde mich interessieren, was Doktor Mohl dazu sagt.«

»Doktor Mohl sagt, das kann durchaus sein. Weil nämlich der Körper und die Psyche in mannigfaltiger Wechselwirkung miteinander stehen. Und ich mache mir nun einmal Sorgen um dich.«

»Brauchst du nicht, danke.«

Sie musterte ihn entlang ihrer spitzen, hakenförmigen Nase. »Eugen, du bist jetzt achtundzwanzig Jahre alt. Dein Vater war in diesem Alter schon einer der berühmtesten Piloten der Welt. Und andere Männer haben in diesem Alter mitunter schon zehnjährige Söhne.«

»Ich bin aber nicht andere Männer.«

»Ich weiß. Aber bist du *überhaupt* ein Mann?«

Er holte erst einmal tief Luft, um nichts Unüberlegtes zu sagen. »Danke der Nachfrage, aber ich kann dich beruhigen. Alles ist, wie es sein muss. Nur zieht es mich nun mal nicht zur Ehe. So, wie es auch meinen Vater nicht zur Ehe gezogen hat, sondern in den Krieg. Er hat einen Sohn gezeugt und sich danach lieber abschießen lassen, als zu seiner Familie zurückzukehren.«

»Es ist ungehörig von dir, so etwas zu sagen.« Sie begann, wenig überraschend, sich demonstrativ die Herzgegend zu reiben. »Absolut ungehörig. Dein Vater war ein *Held*. Ein Held drückt sich nicht, weder vor dem Ruf des Vaterlands noch vor der Ehe.«

»Große Männer heiraten nicht. War Jesus verheiratet? Nein. War Isaac Newton verheiratet? Nein. Ist Hitler verheiratet? Auch nicht.«

Seine Mutter schnaubte abfällig. »Der Führer opfert sich eben ganz und gar auf für unser Volk. Er hat für derlei einfach keine Zeit.«

»Siehst du?«, meinte Eugen Lettke, der mit genau dieser Antwort gerechnet hatte. »Und genau so geht es mir auch.«

Sie barg ihr Gesicht einen Moment lang in den Händen. »Eugen! Das ist Unsinn, und das weißt du genau. Mir tut es eben leid um deine Erbanlagen. Du bist ein so stattlicher Mann, ein arischer Mann wie aus dem Bilderbuch – es wäre eine Sünde, wenn du keine Kinder zeugen würdest. Mit einer deutschen Frau reinen Blutes, natürlich.« Sie legte die Hände flach auf die Tischplatte, fuhr langsam darüber. »Außerdem … es ist Krieg. Viele Männer sterben an der Front. Selbst wenn der Sieg bald kommen sollte, werden die Frauen in der Überzahl sein. Du hast die freie Auswahl! Wieso nutzt du sie nicht?«

Lettke griff nach seiner Kaffeetasse, trank, um nicht antworten zu müssen, und dachte dabei, dass es vielleicht doch an der Zeit war, sich eine eigene Wohnung zu suchen. Leere Wohnungen gab es schließlich inzwischen auch ziemlich viele, aus genau den gleichen Gründen.

Aber heiraten …? War es denn *sein* Problem, was mit seinen angeblich so großartigen arischen Erbanlagen geschah? Wenn die der Vorsehung so wichtig waren, dann sollte die sich doch darum kümmern!

Zum Beispiel, indem sie ihm die eine, unwiderstehliche

Frau über den Weg schickte, die ihn hinsichtlich der Ehe anderen Sinnes werden ließ.

Das war doch nicht zu viel verlangt, oder?

»Ich denk mal drüber nach«, sagte er endlich, damit wieder Frieden einkehrte. »Aber nur, wenn du jetzt einen Termin bei Doktor Mohl ausmachst.«

* * *

Helene erwachte glücklich. Sie lag in Arthurs Armen, und alles war gut.

Nur … irgendetwas war anders als sonst. Anders, als sie diese Art Erwachen in seinen Armen kannte.

Als sie nach ihrer Armbanduhr angelte und darauf schaute, wusste sie auch, was: Es war schon sieben Uhr morgens!

»Oh nein.« Sie fuhr hoch, schreckte Arthur damit auf, der ganz verschlafen versuchte, sie wieder in seine Arme zu schließen.

»Nein! Arthur! Ich muss los!«

Warum musste alles Schöne immer ein schlimmes Ende nehmen? Sie hatten ohne jegliche Verhütung miteinander geschlafen, mehrmals. Und sie war zum ersten Mal über Nacht geblieben, unbeabsichtigt. Es würde Fragen geben. Sie würde lügen müssen, aufpassen, dass sie sich nicht in Widersprüchen verhedderte – und vor allem musste sie sich *beeilen!*

Sie zog sich hastig an, gab Arthur einen flüchtigen Abschiedskuss, versprach ihm, wiederzukommen, und stieg dann die Treppe hinab.

Was, wenn sie schwanger geworden war?

Darüber würde sie jetzt nicht nachdenken, beschloss sie.

Als sie nach vorn ins Haus kam, war Marie in der Küche zugange, knetete gerade einen Teig, der intensiv nach Hefe duftete.

»Ich hab verschlafen«, gestand Helene.

»Ich weiß«, sagte ihre Freundin sorgenvoll. »Otto war mehrmals hinten und hat mit dem Stock bei euch geklopft, aber ihr habt nicht reagiert. Und einfach hochkommen wollte er da lieber nicht.«

Helene spürte, wie sie rot wurde. »Wir waren wohl total weg.«

»Sieht so aus. Auf jeden Fall solltest du dir eine gute Ausrede ausdenken, ehe du heimfährst.«

»Ja. Muss ich wohl.«

»Deine Mutter hat nämlich gestern mehrmals angerufen. Ich bin schließlich rangegangen –«

»Aber das sollst du doch nicht!«

Marie hob die Schultern. »Ich dachte, vielleicht ist was passiert, wenn sie es mehrmals versucht. Aber sie wollte nur wissen, ob du hier bist, und ich hab gesagt, nein, bist du nicht.«

Auch das noch. Helene ließ sich auf die Küchenbank sinken. Was nun? Irgendetwas musste sie schließlich erzählen. Etwas, das plausibel klang und Marie und Otto nicht in Gefahr brachte.

Einen Moment lang erwog sie, einfach zu behaupten, sie habe eine Affäre mit einem Kollegen aus dem Amt. Einem *verheirateten* Kollegen. Um sie zu schocken – und um zu verhindern, dass sie sie drängten, ihn mitzubringen.

Doch dann kam ihr eine andere Idee. Sie sah Marie an und bat: »Kannst du mir einen Schluck von eurem Selbstgebrannten geben?«

Fünf Minuten später radelte sie in Richtung Weimar, froh, dass es nicht regnete, und froh um einen Wind, der sie von hinten anschob.

Und natürlich stand ihre Mutter in der Eingangshalle, als habe sie die ganze Nacht auf sie gewartet.

»Helene!«, rief sie theatralisch. »Wo um alles in der Welt bist du gewesen? Die ganze Nacht!«

»Ich wusste nicht, dass Junggesellenabschiede so … ausufern können«, sagte Helene mit absichtlich undeutlicher Stimme. »Ich war bei einer Kollegin eingeladen, die am Wochenende heiratet. Es war nett und … und irgendwie war es im Nu Mitternacht … und dann muss ich wohl eingeschlafen sein …«

Ihre Mutter kam näher, schnupperte, wich entsetzt zurück. »Tatsächlich! Du riechst wie eine wandelnde Schnapsfabrik!«

Helene gab ein Kichern von sich. »Das wundert mich nicht.«

Sie hatte von Ottos Selbstgebranntem nicht nur getrunken, sondern sich auch davon hinter die Ohren, an den Hals und all die anderen Stellen getupft, an denen man sonst Parfüm aufbrachte. Die Duftwolke musste beachtlich sein.

»Heißt das, du bist am Wochenende zu einer Hochzeit eingeladen?«

Helene schüttelte den Kopf, absichtlich heftiger, als sie es normalerweise tat. »Nein. Die Hochzeit findet im engsten Familienkreis statt. Und außerdem irgendwo am Bodensee.«

Ihre Mutter schien zu dem Schluss gekommen zu sein, dass sie besser gute Miene zum bösen Spiel machte.

»Na schön«, sagte sie. »Aber wieso gehst du dauernd fort und nimmst dein Telephon nicht mit?«

»Die Batterie war leer. Also hab ich's ans Ladegerät gesteckt.«

»Wie kann das sein, dass die Batterie dauernd leer ist? Dein Telephon liegt doch den ganzen Tag ausgeschaltet bei euch beim Pförtner!«

»Tja«, erwiderte Helene schnippisch. »Du bist halt verwöhnt von deinem Siemens-Telephon. Aber ich hab nur ein Votel. Die sind nun mal in erster Linie billig gebaut.«

»Hmm«, machte ihre Mutter und wirkte wenig überzeugt.

»Was war denn so dringend?«, fragte Helene rasch nach und wappnete sich für die Antwort, dass Ludolf angerufen habe.

Ihre Mutter seufzte. »Ach, ich hab doch die zwei Karten ergattert für das Konzert am Wochenende. Und gestern Abend kam ein Anruf, ob dein Vater auf einer Veranstaltung der Partei in Leipzig sprechen könnte, und die ist natürlich ausgerechnet am Samstagabend. Aber da konnte er ja schlecht Nein sagen. Also war plötzlich eine Karte übrig, und ich wollte dich nur fragen, ob du vielleicht Lust hast, mit mir zusammen hinzugehen.«

»Das Konzert in der Stadthalle?«

Ihre Mutter winkte ab. »Jetzt ist es schon zu spät. Die Rückgabefrist war gestern, und nachdem ich dich nicht erreicht habe, habe ich die Karte eben storniert. Das Konzert ist sehr gefragt; es muss ja nicht sein, dass da ein Stuhl leer bleibt.«

»Macht nichts«, erwiderte Helene. »Ich hätte sowieso keine Lust gehabt.«

»Du verpasst etwas«, prophezeite ihre Mutter missbilligend. »Es sind erstklassige Musiker und ein berühmter Dirigent.«

»Schon. Aber die Stühle in der Stadthalle sind eine Tortur.«

Mutter seufzte, sagte aber nichts, weil sie genau wusste, dass es stimmte. »Wie dem auch sei«, meinte sie schließlich, »es wäre mir sehr recht, wenn du dein Telephon mitnähmest, wenn du abends fortgehst. Für Fälle wie diesen.«

Helene wollte schon »Ja, ja« sagen, wie sie es immer getan hatte, aber eine plötzliche, rotglühende Wut ließ sie herumfahren und fauchen: »Und mir wäre es sehr recht, wenn du aufhören würdest, mein Leben kontrollieren zu wollen. Ich bin nämlich volljährig, falls dir das entgangen sein sollte. Eine erwachsene Frau!«

Das Gesicht ihrer Mutter war reglos wie Stein. »Eine

deutsche Frau«, erwiderte sie kühl, »ist erst erwachsen, wenn sie geheiratet hat und ihr erstes Kind zur Welt bringt.«

Ja, wer weiß, schoss es Helene durch den Kopf. *Das mit dem Kind könnte durchaus passieren.* Aber sie sagte:

»Ich geh jetzt duschen. Und dann zur Arbeit.«

»Na, das kann was werden«, war der missmutige Kommentar ihrer Mutter.

Oben in ihrem Zimmer nahm sie das Telephon vom Ladegerät. Sie musste im Amt anrufen und Bescheid sagen, dass sie verschlafen hatte und es etwas später werden würde.

Als sie es einschaltete, war da eine Nachricht von Ludolf.

Verehrte Helene,
ich hoffe, mein Blumengruß hat Sie in gewogener Stimmung vorgefunden. Dringende Umstände machen es mir leider unmöglich, mich vor kommender Woche telephonisch zu melden. Ich werde mir erlauben, Sie baldmöglichst anzurufen.
Ganz der Ihre,
Ludolf

Helene ließ das Gerät sinken, fühlte sich auf einmal, als hätte sie tatsächlich die Nacht durchgefeiert. Ihr war auf einmal auch genauso schlecht.

Doch dann fiel ihr etwas ein – was war das für eine seltsame Signatur gewesen unter Ludolfs Gruß? Sie hob das Telephon wieder hoch, las die Nachricht noch einmal.

VI-D-F/AA

Sie wusste nicht, was das hieß.

Aber sie wusste, dass sie es schon einmal gesehen hatte.

* * *

Helene schob es mehrere Tage lang vor sich her, der Sache nachzugehen. Offenbar hatte Ludolf ihr die Nachricht von einem Dienstgerät aus geschickt und nicht daran gedacht, dass sie automatisch mit seiner Signatur versehen würde. Oder vielleicht hatte er auch daran gedacht, aber entschieden, dass das kein Problem war. Oder hatte er sie damit beeindrucken wollen? Schwer zu sagen.

Am Donnerstagmorgen hatte sie endlich genügend Mut beisammen, um den Organisationsplan des Reichssicherheits-Hauptamtes aufzurufen. Sie tat es mit klopfendem Herzen und vor Aufregung feuchten Händen, denn dieser Organisationsplan galt als *vertraulich*, was für sie so viel hieß wie, dass er sie nichts anging, es sei denn, sie bekam die ausdrückliche Anordnung, ihn sich anzusehen.

Ab da war es nur noch eine Sache von Minuten: Amt VI war der Sicherheitsdienst Ausland und unterstand SS-Brigadeführer Walter Schellenberg. Abteilung VI-D war zuständig für den Bereich West, insbesondere für das englisch-amerikanische Einflussgebiet, und wurde geführt von SS-Sturmbannführer Theodor Paeffgen.

Und die Unterabteilung F/AA schließlich stand für *Führung Auslandsagenten* und wurde geleitet von SS-Obersturmbannführer Ludolf von Argensleben.

Er hatte einen höheren Rang als sein Vorgesetzter? Seltsam – allerdings nicht unbedingt eine Ausnahme; im Organisationsplan des RSHA fanden sich etliche solcher seltsamen Konstellationen.

Aber *Führung Auslandsagenten*? Nach allem, was sie wusste, bedeutete das, dass er deutsche Agenten dirigieren musste, die im Ausland unter falschem Namen tätig waren, um kriegsentscheidende Informationen für das Reich zu beschaffen. Was die häufigen langen Phasen erklärte, in denen Ludolf sich nicht meldete.

Allerdings hieß das auch, dass, falls diese Atombombenpläne tatsächlich wichtig waren, es *seine* Aufgabe gewesen wäre, ihnen auf die Spur zu kommen!

Helene versuchte, ihre Handflächen am Stoff ihres Kleides trocken zu reiben. Was bedeutete das? Dass Lettke und sie in Konkurrenz zu Ludolf geraten waren? Vielleicht würde er ihretwegen Schwierigkeiten kriegen. Vielleicht würde sie ihn nie wiedersehen müssen. Vielleicht würde ihn diese Affäre sogar den Kopf kosten: Bei der SS herrschten mitunter raue Sitten.

Sie erschrak über ihre eigenen Gedanken. Es war unfein, jemandem den Tod zu wünschen. Andererseits stand Weihnachten vor der Tür, und zweifellos würde Ludolf diese Zeit nutzen, um zu versuchen, sich noch weiter in die Familie Bodenkamp einzuschleimen.

Vielleicht würde ihn diese Affäre daran hindern. Die Hoffnung starb zuletzt.

* * *

Am Freitagnachmittag lud Adamek den inneren Kreis zu einer Besprechung in sein Bureau ein. Dringend.

Außerdem standen Sektgläser bereit und eine Flasche Champagner im Kühler.

»Gibt's was zu feiern?«, wollte Dobrischowsky wissen.

»Denken Sie etwa, die stehen einfach so hier?«, fragte Adamek zurück.

In diesem Moment kam Eugen Lettke der Verdacht, das alles könne mit den Unterlagen zu tun haben.

Und so war es auch.

»Meine Herren«, begann der Chef, als sie alle vollzählig versammelt waren, »wir sind heute hier, um einen großen Erfolg zu feiern, den wir dem Kollegen Lettke verdanken.

Ihm ist es letzte Woche gelungen, aus einem amerikanischen Komputer Pläne zu erbeuten, die darauf hindeuten, dass der Feind den Bau einer Bombe plant, die auf dem von dem deutschen Physiker Otto Hahn entdeckten Prinzip der Atomkernspaltung beruht. Eine solche Bombe hätte, darin sind sich alle führenden Physiker einig, eine ungeheure Zerstörungskraft. Eine einzige davon wäre imstande, eine ganze Stadt auszulöschen.«

Allgemeines Erstaunen in der Runde. Eine einzige Bombe? Schwer vorstellbar. Aber wenn, dann wäre eine solche Waffe ja wohl kriegsentscheidend. Wie er überhaupt darauf gekommen sei, nach so etwas zu suchen?

Lettke lächelte nur vielsagend.

»Ich habe die sichergestellten Unterlagen an die zuständigen Stellen weitergeleitet«, fuhr Adamek fort. »Und ausnahmsweise hat man in Berlin schnell reagiert. Kollege Lettke – vor gut einer Stunde hat mich ein Elektrobrief direkt aus der Reichskanzlei erreicht: Der Führer selbst will Sie kennenlernen.«

Auch das noch, schoss es Lettke durch den Kopf, während die anderen Beifall klatschten.

Adamek schob ihm einen Zettel mit einer Reservierungsnummer der Reichsbahn über den Tisch. »Sie fahren morgen früh. Der Termin wird irgendwann nachmittags sein, vielleicht auch erst abends. Man hat Ihnen für alle Fälle ein Zimmer im Kaiserhof reserviert.«

51

So stieg Eugen Lettke am nächsten Morgen kurz nach sechs Uhr in den Zug nach Berlin.

Unterwegs las er noch einmal den Elektrobrief, den ihm die Reichskanzlei direkt geschickt hatte, kurz nach der kleinen Feier bei Adamek. Er solle sich nach seiner Ankunft zuerst ins Hotel begeben, wo sein Zimmer schon für ihn bereitstehen werde, und dann frisch geduscht um zwölf Uhr in der Reichskanzlei vorstellig werden. Es folgten weitere Anweisungen für ein Zusammentreffen mit dem Führer und Reichskanzler: Mindestens drei Stunden vorher nicht rauchen, es dem Führer überlassen, ob er einem die Hand zu geben wünsche, keinerlei Tonaufzeichnungsgeräte mitbringen und dergleichen mehr. Ferner solle man sich darauf einstellen, das Telephon ausgeschaltet an der Pforte zu deponieren und auf Waffen durchsucht zu werden.

Er las den Brief noch mehrere Male, einfach aus schierer Nervosität. Er würde Hitler treffen! Ausgerechnet er! Er konnte es immer noch nicht fassen. Vielleicht ganz gut, dass alles so schnell gegangen war und er nicht viel Zeit zum Nachdenken gehabt hatte …

Als er den Kaiserhof betrat, war ihm, als hätte sich das mit Cäcilia erst gestern zugetragen, nicht schon vor Monaten. War das der Grund, dass er das Gefühl hatte, ein starkes Gummiband schlinge sich um seine Brust und hindere ihn am Atmen?

Reine Nervosität, sagte er sich dann. Es war schließlich keine Kleinigkeit, den Führer in Person zu treffen.

Er trat an die Rezeption, nannte seinen Namen, und die

schlanke blonde Dame hinter der Theke wusste sofort Bescheid. »Guten Morgen, Herr Lettke. Sie sind uns avisiert worden, und Ihr Zimmer steht schon für Sie bereit«, sagte sie und reichte ihm einen Zimmerschlüssel mit einem schweren, vergoldeten Anhänger.

Es war der Schlüssel zu Zimmer 202.

Lettke spürte, wie seine Bauchdecke unheilvoll zu zittern begann. »Könnte ich vielleicht ein anderes Zimmer haben als ausgerechnet das?«, fragte er.

Sie riss die Augen auf. »Aber … das ist eines unserer besten Zimmer!«

Was sollte er daraufhin sagen? Er konnte ja schlecht anführen, schon einmal hier gewesen zu sein und schlechte Erfahrungen gemacht zu haben; dass er noch nie Gast im Kaiserhof gewesen war, ließ sich leicht nachprüfen.

»Schon gut«, sagte er also ergeben. »Kein Problem.«

»Ich kann im Komputer nachschauen, ob ein anderes Zimmer zur Verfügung steht«, bot sie an.

Er nickte. »Das wäre sehr freundlich.«

Sie ging zum Komputer, dessen Monitor in ein gewaltiges Gehäuse aus Kirschholz eingebaut war, der lang gezogenen Form nach zu schließen ein reichlich betagtes Modell. »Tut mir leid«, erklärte sie, nachdem sie ein paar Tasten getippt und den Bildschirm mit skeptisch gefurchten Brauen studiert hatte. »Die anderen Zimmer sind alle entweder belegt oder werden gerade gereinigt. Man hat mir gesagt, Sie bräuchten das Zimmer sofort?«

Lettke ertappte sich dabei, wie er mit der Hand fuchtelte, und fürchtete, unnötiges Aufsehen zu erregen. »Ist in Ordnung. Vergessen Sie's. Ich nehme das Zimmer. Alles bestens.«

Ihr Lächeln war aufgesetzt. »Sonntags gibt es Frühstück ab sieben Uhr, bis elf Uhr. Wenn Sie zu einer anderen Uhrzeit zu frühstücken wünschen, rufen Sie einfach die Küche an. Die Nummer finden Sie auf dem Zimmertelephon.«

Dann winkte sie einem der Pagen, der sich Lettkes Koffer bemächtigte und ihn hinauf in den zweiten Stock geleitete.

Manche Dinge, dachte Lettke, während der Fahrstuhl knarrend und quietschend in die Höhe stieg, sind entweder Zufall von unglaublichen Dimensionen – oder doch Vorsehung.

* * *

Um Punkt zwölf Uhr traf er, frisch geduscht und in seinen besten Anzug gekleidet, in der Neuen Reichskanzlei ein. Es war kein weiter Weg; das Hotel lag nur ein paar Schritte entfernt.

Wieder in das Zimmer zu kommen, in dem er Cäcilia überrascht hatte, war ein zutiefst aufwühlendes Erlebnis gewesen. Vielleicht, hatte er sich überlegt, musste er es als ein Zeichen verstehen, dass es ausgerechnet an einem Tag wie diesem geschah. Jahrelang hatte er nur an sich und sein eigenes Wohlbefinden, seine eigene Lust und seine eigene Leidenschaft gedacht, und abgesehen von dem einen oder anderen aufregenden Abenteuer hatte im Grunde Stillstand geherrscht. Nun aber hatte er, im Falle der amerikanischen Bombenpläne, zum ersten Mal das Wohl seines Volkes an die erste Stelle gesetzt – und im Handumdrehen kamen Dinge in Bewegung!

Das war ein Sachverhalt, über den man mal nachdenken musste.

Die Reichskanzlei war ein ungeheuer monumentaler Bau, errichtet im Hinblick auf die künftige Größe des Deutschen Reiches und dieser zweifellos angemessen. Die Front war fast einen halben Kilometer lang, eine schier endlose Reihe schießschartenartiger Fenster hoch über den Passanten, bis endlich der Eingang kam: vier monumentale, kantige Säulen, die einen Reichsadler trugen, und zwei SS-Posten, die davor Wache standen. Und hoch über allem knatterten die Hakenkreuzfahnen im Wind.

Weiter drinnen, genau dann, wenn man sich vorkam wie eine verlorene Ameise, wiesen einem Schilder den Weg. Es gab ein Empfangsbureau, in dem man von seinem Kommen wusste und auch davon, dass er den Führer persönlich treffen sollte.

»Das Treffen ist für heute geplant«, erklärte ihm eine ältere Dame mit penibel zu einem Kranz gesteckten Haaren, »aber wann genau es stattfinden wird, lässt sich im Voraus nicht sagen. Der Führer wird Sie rufen lassen, wenn er Zeit für Sie hat. So lange müssen Sie warten.«

»In Ordnung«, sagte Eugen Lettke demütig. *Führer befiehl – wir folgen!*

Die Dame geleitete ihn in einen überraschend weitläufigen Wartebereich mit marmornen Wänden und marmornem Fußboden, in dem sich auf zahllosen Stühlen, Sesseln und Sofas bereits, ebenso überraschend, viele andere Wartende aufhielten. Sie saßen oder standen in Gruppen beisammen, hier eine Gruppe von Soldaten in Uniform, dort eine kleine Gruppe Frauen in Tracht, da eine Gruppe von Männern in Anzügen, die bei seinem Eintreten als Einzige ihre Gespräche nicht unterbrachen, um ihn neugierig zu mustern. Hier und da saß auch jemand allein; manche von diesen Einzelgängern studierten ihre Unterlagen oder – bislang war vom Abgeben der Telephone nicht die Rede gewesen – tippten höchst konzentriert auf ihren Geräten herum.

Eugen Lettke tat es ihnen gleich. Er suchte sich einen Sessel abseits der anderen und wartete. Unterlagen, die er hätte lesen können, hatte er keine bei sich, und Elektrobriefe waren keine zu schreiben, mal abgesehen davon, dass ihm das auf den winzigen Tasten seines Telephons ohnehin zu mühsam gewesen wäre, also saß er einfach da, starrte Löcher in die Luft und dachte nach. Nachzudenken hatte er viel.

Die Zeit verging. Zuerst sah er alle fünf Minuten auf die Uhr, dann alle zehn, und irgendwann war zwischen zwei Blicken auf die Uhr mehr als eine Stunde vergangen. Leute kamen und gingen, manche, weil sie gerufen wurden, manche stillschweigend, manche nach geflüsterten Unterhaltungen mit einer der Damen aus dem Empfangsbureau.

Als auf einmal sein Name gerufen wurde, war es schon weit nach drei Uhr, und er hatte zuletzt gar nicht mehr mitbekommen, wie die Zeit verflossen war.

»Herr Eugen Lettke?«, rief jemand zum zweiten Mal, ein Mann in Uniform.

»Hier!« Lettke sprang auf, ging auf den Mann zu.

Jetzt war es so weit: Man bat ihn, sein Telephon auszuschalten und abzugeben; er erhielt eine lederne Marke mit einer eingeprägten Nummer dafür. Dann musste er durch einen Metalldetektor gehen, wurde außerdem noch von Hand auf Waffen abgetastet.

Hinter der Sicherheitskontrolle dirigierte man ihn – in einen *weiteren* Warteraum. Dieser war wesentlich kleiner, aber ebenso komfortabel ausgestattet, mit Wandpaneelen aus edlen Hölzern und vergoldeten Kronleuchtern, außerdem wartete ein Büffet mit belegten Broten und alkoholfreien Getränken.

Die größte Überraschung war aber, dass er hier die Männer in den grauen Anzügen wiedertraf. Er hatte sie vorne nicht weiter beachtet, irgendwann waren sie verschwunden gewesen – und nun das!

»Wenn die Amerikaner die Uranbombe bauen«, sagte ein älterer Mann mit hoher Stirn und struppigem Oberlippenbart gerade zu einem jüngeren, etwas verwegen aussehenden, »dann seid ihr alle zweitklassig. So sieht's aus.«

Schlagartig begriff Eugen Lettke, dass diese Männer Physiker waren, mehr noch, es waren die führenden Atomphysiker Deutschlands! Nun erkannte er sie auch anhand der Photographien, die er zusammen mit der Bodenkamp studiert hatte. Der Ältere, der gerade gesprochen hatte, war Otto Hahn, und der, zu dem er das gesagt hatte, Werner Heisenberg.

Nun mischte sich ein Dritter ein – Carl-Friedrich von Weizsäcker, glaubte Lettke – und meinte: »Ich fände es schrecklich, wenn die Amerikaner die Bombe tatsächlich bauen würden. Das ist doch Wahnsinn.«

»Das kann man so nicht sagen«, erwiderte Heisenberg. »Man könnte auch sagen: Es wäre der schnellste Weg, den Krieg zu beenden.«

In dem Moment wurden sie auf Lettkes Eintreten aufmerksam und unterbrachen ihr Gespräch. Verlegenes Schweigen breitete sich aus. Wahrscheinlich, dachte Lettke, waren sie auch zu Geheimhaltung vergattert worden.

Erst jetzt, da sie nicht mehr über Physik diskutieren konnten, schien ihnen das Büffet aufzufallen, und sie scharten sich darum, als wollten sie dafür sorgen, dass der Neuankömmling nichts abbekam. Doch der Eindruck täuschte, denn als Lettke näher trat, machten sie ihm bereitwillig Platz.

»Auch einen Termin mit dem Führer?«, fragte einer, den Lettke nicht kannte.

»Ja«, sagte Lettke und goss sich ein Glas Sprudel ein. »Aber keine Ahnung, wann das sein wird.«

»Oh, das weiß man nie«, erzählte ein anderer, ein weißhaariger alter Mann – Max von Laue? Lettke war sich nicht sicher. »Hitler pflegt einen ziemlich ungewöhnlichen Tagesablauf. Abends findet er kein Ende, arbeitet bis in die Nacht hinein und in die Morgenstunden, und meistens lässt er sich dann noch einen Film vorführen, um zur Ruhe zu finden. Dafür steht er selten vor zwölf Uhr auf. Es heißt, er frühstückt nur zwei Tassen Milch und ein paar Stück Zwieback, dann geht es wieder los.«

Otto Hahn meinte: »Ich hatte Studenten, von denen hätte man genau dasselbe erzählen können.«

»Wo wohnt er überhaupt?«, wollte der andere wissen.

»Er hat eine Wohnung in der alten Reichskanzlei, glaube ich. Wobei er sich wohl lieber auf dem Obersalzberg aufhält.« Der Weißhaarige sah auf die Uhr. »Kann gut sein, dass er inzwischen zu Mittag isst. Da soll er auch immer kein Ende finden. Wissen Sie, dass er Vegetarier ist?«

»Ach, tatsächlich?«

»Ja. Manche spekulieren, aus gesundheitlichen Gründen. Aber andererseits duldet er auch keine Schnittblumen in seiner Umgebung, also könnte es prinzipielle Gründe haben.«

Dann führte man sie in einen riesigen Saal, der an Prachtentfaltung alle bisherigen Räumlichkeiten bei weitem übertraf: größer als ein Tennisplatz und wenigstens zehn Meter hoch, die Wände mit Marmor, Palisander und Rosenholz verkleidet, kostbare Gemälde an den Wänden, vergoldete Embleme über den riesigen Türen aus Mahagoni, ein riesiger Teppich, der den marmornen Fußboden fast vollständig bedeckte, und über alldem eine mächtige, fast bedrückende Kassettendecke aus dunklem Edelholz.

Lettke kannte den Raum von Bildern und aus dem Fernsehen: Es war das Arbeitszimmer des Führers, das Herz der Neuen Reichskanzlei. Der gewaltige, mit Intarsien verzierte Schreibtisch dort drüben war der Arbeitsplatz des Reichskanzlers. Von jenem fünf Meter langen Kartentisch vor der Fensterfront aus hatte Hitler nach Beginn des Polenfeldzugs zum Volk gesprochen. Die Sitzgruppe vor dem Kamin, unter einem Gemälde, das Otto von Bismarck darstellte, war schon auf vielen Photographien zu sehen gewesen, die den Führer im Gespräch mit wichtigen Staatsgästen zeigten.

Genau zu dieser Sitzgruppe geleitete man sie. Der uniformierte Adjutant deutete auf einen der beiden mit blau gemustertem Stoff bezogenen Sessel und erklärte, dieser müsse frei gehalten werden für den Führer, der hinzukommen würde, sobald es seine Zeit erlaube.

Also verteilten sie sich. Man hatte einige Stühle dazugestellt, damit genügend Sitzplätze vorhanden waren. Lettke wartete, bis sich die Physiker gesetzt hatten, und nahm dann auf einem der verbliebenen Stühle Platz.

»Wer sind *Sie* eigentlich?«, wollte Otto Hahn nun wissen. »Sind Sie auch Wissenschaftler?«

»Nein«, sagte Lettke ruhig. »Ich arbeite beim NSA. Ich spioniere feindliche Komputer aus.«

»Ah!« Die buschigen Augenbrauen des etwa Sechzigjährigen hoben sich. »Sind Sie etwa der, der diese –«

In diesem Augenblick wurde eine der Türen aufgerissen, und ein Uniformierter rief mit Donnerstimme: »Erheben Sie sich für den Führer!«

* * *

Adolf Hitler betrat den Raum schnellen Schrittes, in seine schlichte braune Uniform gekleidet und mit bitterernstem Gesichtsausdruck. Eugen Lettke betrachtete ihn mit einem seltsam distanzierten Gefühl: War er das *wirklich?* Der Reichskanzler und Führer des deutschen Volkes war ungefähr so groß wie er selber, nicht ganz ein Meter achtzig, und damit kleiner, als er ihn sich vorgestellt hatte – oder lag das an den riesigen Dimensionen dieses Raumes, der alles und jeden schrumpfen ließ?

Außerdem war Hitler älter geworden. In den Jahren seit Kriegsbeginn hatte man ihn nur noch selten im Fernsehen gesehen. Man sprach von und über ihn, verlautbarte, was der Führer gesagt und entschieden hatte, aber er selber war gewissermaßen »entrückt«. Doch nun stand er ihm, Eugen Lettke, leibhaftig gegenüber, das nur allzu bekannte Gesicht müde geworden, ein Mann, der sich im Dienst an seinem Volk verschliss. Seine Augen waren blau mit einem leichten Stich ins Graue: Das war ein Detail, das man auf Photographien nicht sah und auf einem Fernsehschirm natürlich erst recht nicht.

Als die anderen Männer die rechte Hand zum deutschen Gruß hoben, fiel es Lettke ein, es ihnen gleichzutun. »Heil, mein Führer!«

Hitler grüßte in seiner gewohnt nachlässigen Art zurück, die rechte Hand kurz zur Schulter hoch schlenkernd, die andere Hand am Koppel, und fragte dann: »Wer von Ihnen ist Eugen Lettke?«

Lettke zuckte zusammen, trat einen scheuen Schritt vor. »Ich«, sagte er, und beinahe hätte er vergessen, anzufügen: »Mein Führer.«

Hitler musterte ihn. »Sie haben dem deutschen Volk einen großen Dienst erwiesen«, erklärte er mit schnarrender Stimme. »Ich habe angeordnet, dass man Sie mit der höchsten Auszeichnung ehrt, die für Zivilisten verfügbar ist.«

Eugen Lettke nickte, war wie erschlagen, hätte stolz sein sollen, sich freuen, doch in ihm war alles kalt. Aus unmittelbarer Nähe wirkte Hitler ganz anders als im Fernsehen. Es war, als sei mit ihm etwas ungeheuer Schweres, Bedrückendes in den Raum gekommen, eine Atmosphäre von Leblosigkeit und geradezu tödlicher Ödnis.

»Setzen Sie sich«, befahl Hitler, und alle nahmen wieder Platz, er selber jedoch nicht, vielmehr stellte er sich hinter die Lehne eben jenes Sessels, den man ihm auf Geheiß des Adjutanten frei gehalten hatte.

Er sah in die Runde. »Sie sind nun also die führenden

Physiker des Reichs. Bitte haben Sie die Freundlichkeit, mich auf den Stand zu bringen, wer von Ihnen wer ist.«

Er blickte einen Mann mit ausgeprägter Stirn an, der zu seiner Rechten auf dem Sofa saß, und dieser sagte: »Doktor Walter Bothe.«

Dann ging es reihum weiter. »Werner Heisenberg.« – »Von Weizsäcker.« – »Kurt Diebner, Heeresversuchsanstalt Kummersdorf.« – »Harteck, Paul.« – »Wilhelm Groth.« – »Von Laue.« – »Robert Döpel, mein Führer.«

Schließlich endete es mit: »Professor Otto Hahn.«

»Sie waren es, der das Phänomen der Atomkernzertrümmerung entdeckt hat?«, fragte Hitler.

»Ja, mein Führer«, sagte der alte Wissenschaftler mit sichtlichem Unbehagen.

»Und Sie haben nicht erkannt, dass sich auf dieser Grundlage eine Waffe von bislang ungekannter Zerstörungskraft bauen lässt?«

Hahn schüttelte den Kopf. »Nein. Tatsächlich habe ich lange Zeit gebraucht, um überhaupt zu verstehen, was bei meinem Experiment vor sich gegangen ist.«

Hitler deutete auf Lettke. »Sie haben die Unterlagen gelesen, die dieser Herr in einer tollkühnen Aktion von einem amerikanischen Komputer erbeutet hat?«

»Ja«, sagte Otto Hahn. »Die beigefügten Übersetzungen der wesentlichen Texte waren fachlich ungenau, aber dennoch hilfreich.«

»Und wie beurteilen Sie die darin angestellten Überlegungen, die Möglichkeiten des Baus einer Atomspaltungsbombe betreffend?«, wollte Hitler weiter wissen, an die ganze Runde der Physiker gerichtet.

Die Wissenschaftler zierten sich. »Nun, theoretisch klingt das alles plausibel«, sagte einer zögernd, »aber zwischen Theorie und Praxis liegen erfahrungsgemäß Welten.« Blicke gingen hin und her, Hände nestelten nervös an Krawatten, dann meinte ein anderer: »Letzten Endes sind das nur Gedankenspiele, deren Gehalt sich erst im Experiment erweisen würde.«

Schließlich beugte sich Werner Heisenberg vor und erklärte, wohl in einem Versuch, dem unwürdigen Schauspiel ein Ende zu bereiten: »Wir konnten keinen Fehler in den Berechnungen entdecken. Das ist alles, was sich im Moment mit Bestimmtheit dazu sagen lässt.«

Hitler bohrte den Blick in den seinen. »Aber keiner von Ihnen ist selber auf diese Ideen gekommen?«

Heisenberg bemühte sich, dem Blick des Reichskanzlers standzuhalten. »Unsere Anstrengungen galten bis jetzt dem Bau eines Uranbrenners, also der kontrollierten Freisetzung der atomaren Energie. Der weitere Weg sollte dann anhand der dabei gewonnenen Erkenntnisse bestimmt werden.«

»Das mit der Kettenreaktion durch Neutronen war Léos Idee«, warf jemand ein, und ein anderer präzisierte: »Doktor Szilárd. Ein Ungar. Er hat das, was die Amerikaner zur Grundlage ihrer Bombe machen wollen, schon vor acht Jahren zum Patent angemeldet.«

»Sie wussten davon?«, hakte Hitler nach.

Der Physiker breitete entschuldigend die Hände aus. »Die Welt der Kernphysik ist klein. Und es kursieren zu jedem beliebigen Moment enorm viele Ideen … Man konzentriert sich auf das, was mit der eigenen Arbeit zu tun hat.«

»Was Sie mir damit sagen«, donnerte Hitler los, »ist, dass Sie in Ihrem Elfenbeinturm leben und darin nicht gestört zu werden wünschen. Aber ich hoffe, es wird Ihnen trotzdem nicht entgangen sein, dass wir uns seit nunmehr drei Jahren im Krieg befinden, in einem Kampf auf Leben und Tod gegen die Feinde des deutschen Volkes, dem auch Sie angehören! In einer solchen Situation ist es Ihre Pflicht, das Ihre zu einem Sieg unserer Sache beizutragen. Wenn wir – und mit *wir* meine ich die deutsche Volksgemeinschaft, all die Bauern und Arbeiter, die mit ihrer Hände Arbeit die unmittelbaren Lebensgrundlagen für uns alle schaffen –, wenn wir Sie also unterhalten, es Ihnen ermöglichen, in Ihren Laboratorien den Geheimnissen der Natur auf den Grund zu gehen, so tun wir das, weil wir Ihre geistige Anstrengung *brauchen*. Doch wenn ich das hier höre, dann frage ich mich: Wissen Sie das auch? Denn was nützen Ihnen Ihre Erkenntnisse, wenn Ihnen die Amerikaner demnächst eine Bombe auf den Kopf werfen, die Sie und die ganze Stadt dem Erdboden gleichmacht?« Hitler fuhr sich mit den Fingerspitzen über die Stirn, um eine in der Erregung vorgefallene Haarsträhne zurückzulegen; eine Geste, die man schon oft gesehen hatte. »Ich erwarte von Ihnen Warnungen, wenn unsere Feinde sich technische Möglichkeiten erschließen, die uns bedrohen können. Und ich halte es geradezu für Ihre Pflicht, umgekehrt die Reichsführung auf technische Möglichkeiten hinzuweisen, die unserem Volk zugutekommen können.«

Nun war es Carl-Friedrich von Weizsäcker, der sich aufrichtete und erklärte: »Wir haben unter uns durchaus die Möglichkeit erwogen, die Kernspaltung zur Grundlage von Explosivstoffen zu machen. Der Kollege Heisenberg hat hierzu im Dezember 1939 einen entsprechenden Brief an das Heereswaffenamt geschickt, in dem er die grundsätzlichen Möglichkeiten beschrieben hat.«

»Dreh- und Angelpunkt der gesamten Problematik ist die Frage der Anreicherung von Uran-235«, ergänzte Heisenberg. »Für den Bau einer Bombe wäre Uran-235 in solch hoher Konzentration erforderlich, dass uns das als nicht in realistischer Reichweite erschienen ist – und offen gesagt auch immer noch nicht realistisch erscheint. In diesem Punkt kann ich den Überlegungen der Amerikaner nicht folgen. Allein die Gewinnung des Urans bedürfte einer derartig großen Anstrengung hinsichtlich Material und Personal, dass uns eine entsprechende Anforderung als dem Reich nicht zumutbar erschien –«

»Woher wollen Sie wissen, was dem Reich zumutbar ist und was nicht?«, unterbrach ihn Hitler zornig. »Es ist *meine* Aufgabe, solche Dinge zu entscheiden, nicht die Ihre!«

Er stieß sich von dem Sessel ab und begann, die Sitzgruppe mit den wie erstarrt dasitzenden Physikern zu umrunden. »Um es ganz klar zu sagen: Ihre Weigerung, die militärischen Möglichkeiten zu durchdenken, die im Uran liegen, grenzt an Verrat. Es muss Ihnen doch klar sein, dass Sie als auf Ihr Fach spezialisierte Wissenschaftler nicht in der Lage sind, die großen politischen, gesellschaftlichen und wirtschaftlichen Zusammenhänge zu überblicken! Dabei hätte eine Sache, ein ganz simpler Sachverhalt Sie stutzig machen müssen – die Tatsache nämlich, dass es ein *Deutscher* gewesen ist, der die entscheidende Entdeckung gemacht hat, Professor Otto Hahn nämlich, der hier in Ihrer Mitte sitzt. Ja, glauben Sie denn, das passiert, damit nachher *Feinde* des deutschen Volkes die Früchte ernten, die an unserem Baum gewachsen sind? Oder glauben Sie gar, dass das reiner *Zufall* war? Nur ein blinder Dummkopf kann das denken; jemand, dem nicht klar ist, dass jede Entdeckung, sei sie groß oder klein, das Resultat einer langen kulturellen und wissenschaftlichen Entwicklung ist, einer Entwicklung, in der das deutsche Volk seit jeher eine tragende Rolle gespielt hat, weswegen man mit Fug und Recht sagen kann, dass die Entdeckung Professor Hahns eine Entdeckung war, zu der das gesamte deutsche Volk beigetragen hat und die ihm deshalb auch mit gehört!«

Er war auf seiner tigernden Umrundung der Sitzenden bei Lettke angelangt, blieb schräg hinter ihm stehen und fuhr fort: »Sie werden das nicht glauben, aber hier waltet die Vorsehung. Bemühen Sie sich nicht – ich habe noch nie einen Wissenschaftler getroffen, der imstande war, es zu glauben, aber das stört mich nicht, denn ich *weiß* es mit absoluter Gewissheit. Und dieselbe Vorsehung war es auch, die diesen jungen Mann hier geleitet hat, uns die mörderischen Pläne der Amerikaner zu enthüllen.«

Lettke sah die Physiker tatsächlich Blicke wechseln, in denen Unbehagen und Skepsis zu lesen waren.

Hitler trat einen Schritt vor, sodass er beinahe in der Mitte der Runde stand, und sagte, die Hand wieder am Koppel, in einem scharfen Ton, der klarmachte, dass er keinen Widerspruch gelten lassen würde: »Ich habe Sie hergerufen, um Ihnen folgenden Auftrag zu erteilen: Verschaffen Sie mir, verschaffen Sie der deutschen Wehrmacht die Atomspaltungsbombe – und verschaffen Sie uns, das ist das Wichtigste, diese Bombe, *ehe* die Amerikaner sie haben. Denn andernfalls gnade uns Gott.«

Mit etwas milderer Stimme fuhr er fort: »Ich habe das Heereswaffenamt angewiesen, Ihnen alle Mittel zur Verfügung zu stellen, die Sie dafür benötigen. Selbstverständlich unterliegt das gesamte Projekt, von dem ich wünsche, dass es unter der Bezeichnung *Thors Hammer* läuft, von diesem Augenblick der allerstrengsten Geheimhaltung.«

Die Wissenschaftler schienen alle gleichzeitig heftig einzuatmen. Dann wagte es Heisenberg, einzuwenden: »Das Problem ist, dass aufgrund des Krieges und des Embargos nicht alles, was dazu nötig ist, auch verfügbar ist. Zum Beispiel bräuchten wir schweres Wasser, Deuteriumoxyd, in großer Menge, doch bislang konnten nur –«

»In Norwegen, hat man mir versichert, ist schweres Wasser in ausreichender Menge verfügbar«, beschied ihn Hitler knapp.

»Oh.«

»Ich höre aus Ihren Reaktionen inneren Widerstand heraus«, erklärte Hitler lauernd. »Es wäre Ihnen lieber, wir würden diesen Krieg aus eigener Kraft gewinnen und Sie dabei nicht behelligen. Es wäre Ihnen lieber, wenn Sie sich nicht die Hände schmutzig machen müssten. Doch das müssen Sie, das verlange ich von Ihnen, und inneren Widerstand kann und werde ich nicht dulden. Ich verlange vielmehr, dass Sie sich mit ganzem Herzen und mit aller Kraft für dieses Projekt einsetzen. Wer von Ihnen sich dazu nicht imstande sieht, der wird die nächsten Jahre in einem Lager für Feinde unseres Staates verbringen, mit Zigeunern, Verbrechern und Homosexuellen in einem Schlafsaal schlafen und ihnen die Latrinen putzen!«

Die Runde der Physiker saß wie erstarrt, die Augen weit aufgerissen, geschockt von dieser unverblümten Drohung.

»Sie empfinden das als zu hart, ich sehe es Ihnen an«, fuhr Hitler fort, während er langsam um den Couchtisch herumging, um jedem von ihnen einzeln ins Gesicht zu blicken. »Aber ich *muss* so hart sein, weil nur erbarmungslose Härte und der unbedingte Wille zum Sieg uns bis ans Ziel führen werden. Denn bedenken Sie Folgendes: Wir sind nicht nur gezwungen, gegen das englische Brudervolk zu kämpfen, sondern stehen auch gegen die Vereinigten Staaten von Amerika, gegen ein Land also, das sich vollständig im Griff des jüdischen Weltkapitals befindet. Egal, ob der Präsident Roosevelt heißt oder anders, er ist in jedem Fall eine Marionette der eigentlichen Machthaber hinter den Kulissen, die den Untergang Deutschlands wollen und nicht zögern werden, halb Europa zu verbrennen, wenn das ihren Zielen dienlich ist! Deswegen geht es nicht einfach nur darum, diese Bombe zu haben, sondern darum, sie *vor unseren Feinden* zu haben. Nur dann können wir hoffen zu verhindern, dass unser ganzer schöner Planet in Flammen aufgeht! Indem ich Ihnen diesen Auftrag erteile, übertrage ich Ihnen also auch die Verantwortung dafür, dass nicht Millionen deutscher Frauen und Kinder in den Trümmern deutscher Städte sterben müssen – machen Sie sich das zu jeder Zeit klar!«

Betretenes Schweigen.

»Und nun«, fügte Hitler hinzu, »will ich von jedem Einzelnen von Ihnen hören, ob er diese Verantwortung übernimmt. Ich will von jedem von Ihnen hören, wie er sagt: ›Ja, mein Führer, ich werde Ihnen die Atomspaltungsbombe bauen‹.«

Damit trat er vor Heisenberg hin, der unter seinem Blick zu zittern schien. »Ja, mein Führer«, brachte er mühsam über die Lippen. »Ich werde Ihnen die Atomspaltungsbombe bauen.«

»Ja, mein Führer«, sagte auch von Weizsäcker neben ihm. »Ich werde Ihnen die Atomspaltungsbombe bauen.«

Jeder von ihnen sagte es, jeder Einzelne.

»Gut«, sagte Hitler. »Dann sind wir uns also einig. Eines Tages werden Sie zurückdenken an diese Stunde und wissen, dass dies ein historischer Moment gewesen ist, ein Moment, der die Geschicke der Welt in eine neue Richtung gelenkt hat. Und dass Sie dabei waren.«

* * *

Eugen Lettke fühlte sich wie erschlagen, als er die Reichskanzlei wieder verließ, im Gefolge der Wissenschaftler, als gehöre er dazu.

Denen schien es nicht arg anders zu gehen. Heisenberg diskutierte mit Diebner halblaut über eine Komputersimulation der Bombe, sprach von einer gewissen Irene, offenbar eine Studentin und begabte Programmstrickerin, die man einbeziehen müsse, aber Diebner erwiderte immer wieder nur brummig: »Hmm, ja, darüber müsste man nachdenken.«

Otto Hahn ging gebeugt, schweigsam, in sich gekehrt; von allen schien ihn die Sache am meisten mitgenommen zu haben.

Das fiel auch seinen Kollegen auf; Lettke bekam mit, wie Max von Laue einem anderen Physiker zuflüsterte: »Ich mache mir Sorgen um Hahn. Das hat ihn alles erschüttert. Ich befürchte das Schlimmste.«

»Was wollen Sie tun?«, fragte der andere halblaut zurück.

»Ich hänge mich an ihn. Nicht, dass er was Törichtes tut.«

Der andere nickte. »Hindern Sie ihn vor allem daran, draußen sofort sein Votel zu zücken und einen Brief an Lise zu schreiben.«

»Ah ja«, meinte von Laue. »Das wär ihm glatt zuzutrauen. Ich pass auf.«

Sie bekamen ihre Telephone wieder ausgehändigt, traten hinaus auf die Straße – und stellten verblüfft fest, dass es bereits dunkel war!

»Und nun?«, fragte jemand, woraufhin Lettke sich schon ausmalte, wie er nun womöglich mit all diesen Koryphäen zu Abend essen würde.

Doch keiner der Physiker hatte derlei im Sinn. Sie zückten alle ihre Votels, riefen Taxen herbei, sagten Dinge wie: »Den letzten Zug krieg ich noch.« Von Weizsäcker telephonierte mit jemandem, der Hans hieß: »Wir sind endlich wieder draußen. Ja, Hitler persönlich. Gib dir keine Mühe, natürlich dürfen wir darüber nicht reden. Was? Klar, du kannst gern raten, aber dann muss ich dich eben anlügen. Gut, bis später.«

Heisenberg war der Einzige, der sich von Lettke verabschiedete, mit den Worten: »Schöne Bescherung, die Sie da angerichtet haben.« Die anderen verteilten sich auf mehrere Taxen, ohne Lettke noch eines Blickes zu würdigen, und gleich darauf waren sie alle weg, und er stand allein am Straßenrand.

Nun, wahrscheinlich wäre ein Abend mit den Wissenschaftlern sowieso ziemlich langweilig geworden, sagte sich Lettke, marschierte zurück zum Kaiserhof und dort direkt ins Restaurant.

Ob er reserviert habe, wollte der Ober wissen.

»Nein, aber ich bin Gast im Haus«, erwiderte Lettke, der das Getue albern fand; der Speisesaal war gähnend leer.

»Welches Zimmer, wenn ich fragen darf?«

»202.«

Der Ober beugte sich über den winzigen Bildschirm des uralten Komputers, der auf seinem Empfangstisch stand, ein altehrwürdiges Modell der Gründerjahre, tippte die Nummer ein und wurde schlagartig drei Stufen verbindlicher. »Ah, Herr Lettke. Sie sind Gast der Regierung. Bitte folgen Sie mir.«

Ein Labyrinth aus Kristallglas, gestärktem Leinen und goldverziertem Geschirr, bis zu einem Einzeltisch in einem Separée. Eine Karte mit Goldprägung, aber ohne Preise, dafür mit so wenig Auswahl, dass es nicht schwer war, sich zu entscheiden. »Das Menü«, bestellte Eugen Lettke. »Die Suppe, den Rollbraten mit Gemüse und das Schokoladendessert. Dazu den Burgunder und ein Glas Krimsekt als Aperitif.«

»Exzellente Wahl«, attestierte ihm der Ober, zupfte ihm die Karte wieder aus den Händen und rauschte von dannen.

Der Krimsekt kam umgehend, Trophäe der deutschen Eroberungen in der Ukraine, fruchtig und schwer schmeckend. Eugen Lettke aß gut an diesem Abend, so gut wie seit ewigen Zeiten nicht mehr. Vielleicht, überlegte er, während er den letzten Tropfen des Burgunders genoss – eine weitere Trophäe deutscher Eroberungen –, war dies die beste Mahlzeit seines Lebens gewesen.

So, wie dieser Tag vielleicht den Höhepunkt seiner Karriere gesehen hatte. Er hatte den Führer persönlich getroffen, war von ihm gelobt worden, durfte einer Auszeichnung entgegensehen, hatte mit seinem kleinen Beitrag womöglich dem Krieg eine neue Wende gegeben. Möglich, dass er das nie mehr übertreffen würde.

Wobei … möglich auch, dass dies erst der Anfang einer steilen Karriere war.

Das würde sich alles zeigen. Er verzichtete auf den Kaffee zum Schluss, ließ sich vom Aufzug in den zweiten Stock fahren, wankte in sein Zimmer und begab sich – satt, zufrieden und unerhört schwer – zu Bett. Das also war sein Besuch in der Reichskanzlei gewesen. Morgen würde er wieder in Weimar sein, nächste Woche wieder ins Amt marschieren, würde den Kollegen erzählen, wie es gewesen war – und dann würde alles wieder weitergehen wie immer.

Er sinnierte noch darüber nach, wie schal sich diese Vorstellung anfühlte, dann schlief er ein.

* * *

In dieser Nacht kam es zum ersten großen Angriff englischer Bomber auf Weimar.

52

Helene genoss es, wieder einmal allein zu Hause zu sein. Vater war zu seinem Vortrag nach Leipzig gefahren, Mutter ins Konzert gegangen, zusammen mit zwei Freundinnen aus dem Volksbund, die sie auch abgeholt hatten, sodass Helene das Wohnzimmer und den Fernseher ganz für sich alleine hatte. Wie an allen Samstagabenden wurde ein Spielfilm ausgestrahlt: *Die schwedische Nachtigall*, mit Ilse Werner in der Hauptrolle! Ideal, um es sich mit einer großen Tasse Tee und einer kleinen Schüssel Weihnachtsplätzchen auf dem Sofa bequem zu machen, in eine warme Decke zu kuscheln – die Nacht war sternklar und kalt – und sich in die märchenhafte Liebesgeschichte des Films hineinzuträumen.

Gerade als der Märchendichter Hans Christian Andersen von dem Verhältnis zwischen Jenny und Graf Rantzau, dem Staatsminister, erfuhr und alle Hoffnung auf Erfüllung seiner Liebe zu ihr fahren ließ, war plötzlich ein seltsames, ja, geradezu beunruhigendes Brummen zu vernehmen. Kam es vom Fernsehapparat? Der würde doch hoffentlich nicht ausgerechnet jetzt den Geist aufgeben?

Seufzend wickelte sich Helene aus ihrer Decke und tappste auf Socken zu dem Gerät hin. Als sie davor stand, merkte sie, dass das Brummen nicht vom Fernseher kam, sondern von draußen. Sie ging ans Fenster, schob die Verdunkelungsvorhänge beiseite, öffnete einen Flügel und streckte den Kopf hinaus.

Tatsächlich. Es lag ein fernes, unheilvolles Geräusch über der Welt, ein hundertstimmiges Brummen und Surren und

Dröhnen, als sei der Mechanik des Himmels das Schmieröl ausgegangen.

Ein plötzlicher scharfer Luftzug ließ Helene herumfahren. Berta stand in der Tür, hatte sie geöffnet, ohne anzuklopfen.

»Das sind Bomber im Anflug«, sagte sie mit hohler Stimme. »Ich habe das in Frankfurt erlebt. Wir sollten sofort in den Keller gehen.«

»Bomber?«, wiederholte Helene verdutzt.

»Schnell«, drängte Berta.

Das konnte doch nicht wahr sein? Bomber? Es hatte immer geheißen, die Engländer hätten keine Chance mehr, so weit ins Landesinnere vorzustoßen. Aber etwas in dem Klang von Bertas Stimme ließ Helene gehorchen. Sie schloss das Fenster wieder, schaltete den Fernseher aus und das Licht – Berta hatte eine Taschenlampe bei sich –, schlüpfte noch rasch in ihre Pantoffeln und folgte ihr dann die Treppen hinab.

Sie waren noch nicht auf der Kellertreppe, als die erste Bombe explodierte, nicht weit weg: Der Boden zitterte unter ihren Füßen, Gips rieselte von der Decke.

»Und Mutter?«, schrie Helene auf.

»In der Stadthalle gibt es auch Luftschutzräume«, erwiderte Berta, griff nach ihrem Arm und zog sie mit sich.

Dann heulten endlich die Sirenen. Luftalarm. Von irgendwoher, schrecklich weit weg, war der dumpfe Geschützlärm der Flak zu hören.

Gleich darauf waren sie im Schutzkeller, den Vater schon vor Jahren hatte ausbauen und sichern lassen, für einen Moment wie diesen, der bisher nie gekommen war. Und nun passierte es ausgerechnet an einem Abend, an dem ihre Eltern beide nicht zu Hause waren! Johanna war schon da, saß auf einer der Pritschen und starrte ernsten Blicks ins Leere.

Ob sie wohl an ihren Liebhaber dachte? Helene jedenfalls

musste an Arthur denken, der nun allein in seinem Holzkasten im Heu hockte und fürchten musste, dass ihm eine Bombe auf den Kopf fiel.

Weitere Explosionen, ohrenbetäubend und immer näher kommend, ließen alles ringsum wackeln. Vielleicht würde ihr Haus getroffen, würde über ihnen einstürzen, und sie würden warten müssen, bis man sie ausgrub! Wie gut, dass sie Vorräte an Wasser und Lebensmitteln hatten, warme Decken und Gasmasken und eine Heizung und elektrisches Licht und eine Petroleumlampe und sogar eine separate Toilette. Vater hatte an nichts gespart, zum Glück.

Hoffentlich hatte er selber auch Glück, da in Leipzig.

* * *

Es hatte nie zu Eugen Lettkes Gewohnheiten gezählt, morgens nach dem Aufstehen als Erstes das Telephon zu zücken und den Strom der Mitteilungen zu sichten, die über Nacht aufgelaufen waren. Das war seiner Meinung nach etwas für junge Leute, die keine Neuigkeit aus ihrem Freundeskreis verpassen wollten.

So kam es, dass er erst beim Frühstück von der Bombardierung Weimars erfuhr.

Nicht aus der Zeitung. Die lag zwar bereit, als er sich setzte, enthielt aber nur die üblichen Berichte über das Kriegsgeschehen, die Weltpolitik und dergleichen. Doch dann nahmen am Nachbartisch drei Männer in der Uniform der Luftwaffe Platz, alle mit ziemlich vielen Sternen und Streifen an Schulterklappen und Revers, und die sprachen davon, dass es einen Angriff auf Weimar gegeben habe, einen ziemlich überraschenden und einen ziemlich schweren noch dazu.

Das veranlasste Eugen Lettke, nun endlich sein Telephon zu zücken und sich zu informieren. Und tatsächlich, der

Strom der Neuigkeiten war voll davon: zahlreiche schwere Schäden in der Innenstadt; unter anderem war die Stadthalle getroffen worden, während eines Konzerts; es hatte viele Verletzte und Tote gegeben, darunter der berühmte erste Oboist des Orchesters.

Es war wie ein Faustschlag in den Magen, das zu lesen. Lettke versuchte natürlich sofort, seine Mutter anzurufen, ungeachtet dessen, dass ihm das missbilligende Blicke der anderen Gäste einbrachte, weil Telephonate im Speisesaal ausdrücklich unerwünscht waren, doch ohne Erfolg. Ihr Telephon war ausgeschaltet oder jedenfalls nicht erreichbar.

Das musste nichts heißen. Mutter nahm ihr Votel selten mit, wenn sie aus dem Haus ging. Tatsächlich hätte er an einer Hand abzählen können, wie oft er sie darauf erreicht hatte. Vielleicht war sie einfach unterwegs, und das Gerät lag ausgeschaltet zu Hause, wie meistens.

Aber vielleicht auch nicht.

Er rief den Fahrplan auf, überschlug die Zeit, die er zum Packen und bis zum Bahnhof brauchen würde, und buchte dann den nächsten verfügbaren Zug nach Weimar. Das restliche Frühstück ließ er stehen. Ihm war der Appetit vergangen.

Unterwegs versuchte er es immer wieder, doch vergebens. Mit jedem Mal wurde er nervöser, und es half auch nichts, sich zur Ruhe zu ermahnen und sich zu sagen, dass er ohnehin gerade nichts machen konnte. Es kam ihm zudem vor, als führe der Zug schrecklich langsam, dabei hörte man die Dampflok auf Hochtouren arbeiten.

Er hatte das Abteil für sich. Auf einem der leeren Sitze lag auch eine Zeitung, dieselbe wie die am Frühstückstisch, in der nichts über Weimar gestanden hatte. Lettke überlegte, wie lange es wohl noch dauern mochte, bis man aufhören würde, Zeitungen zu drucken. Irgendwann würden die Leute genug davon haben, dass diese den Ereignissen immer nur hinterherhinkten, sich andere Materialien besorgen, in die man Fische einwickeln konnte, und sich nur noch über die Dienste ihrer Telephone informieren.

Als sie endlich in Weimar eintrafen, lag Rauch über der Stadt und ein Geruch nach Asche, nach Sprengstoff und Steinstaub. Der Bahnhof selber war unbeschädigt geblieben, aber kaum trat man ins Freie, sah man eingestürzte Häuser und überall Schutt auf den Straßen. Lastwagen und Pferdekarren waren dabei, die Trümmer abzutransportieren, dazwischen alte Männer und Frauen mit Schaufeln in den Händen und andere, die Bretter über zersplitterte Fenster nagelten.

Die Stadthalle sah schrecklich aus; das Dach war eingebrochen, die gesamte linke Seite in sich zusammengesunken, und aus den Schuttbergen stieg immer noch Rauch empor. Der ganze Platz davor war weiträumig abgesperrt.

Weit und breit war keine Taxe zu finden; es wäre auch wohl kein Durchkommen gewesen. Also musste er zu Fuß gehen, und er ging, so schnell er konnte.

»Mutter?«, rief er, noch während er die Wohnungstür aufschloss.

Niemand antwortete. Er ging rasch alle Zimmer ab, doch sie war tatsächlich nicht da. Und auf dem Küchentisch stand noch das Geschirr vom Abendessen: Also war sie heute auch noch nicht hier gewesen.

Er setzte sich, zog das Telephon heraus und rief das Krankenhaus an. Doch er erreichte niemanden, bekam nur eine Ansage vom Band zu hören: »Wir sind derzeit alle mit der Pflege der Verletzten des gestrigen Bombardements beschäftigt und können deswegen gerade keine Anrufe entgegennehmen. Für weitere Informationen rufen Sie bitte folgende Nummer an.«

Lettke schnappte sich hastig einen Bleistift und notierte die Nummer, die mehrmals wiederholt wurde, auf dem Rand der gestrigen Zeitung, die ebenfalls noch nicht weggeräumt war. Dann legte er auf und wählte sie. Sie führte ihn auf eine Textseite, die alle Opfer des Bombenangriffs aufführte, jeweils mit einer Ziffer von 1 bis 3, die den Zustand beschrieb: 3 hieß, der Zustand war kritisch.

Gleich der zweite Name kam ihm bekannt vor:

Gertrude Bodenkamp (1)

War das die Mutter seiner Programmstrickerin? Möglich, aber im Augenblick uninteressant. Er blätterte weiter.

Und weiter. Mit angehaltenem Atem.

Und dann las er:

Eusebia Lettke (†)

53

Helenes Vater war nichts passiert; bis Leipzig waren die Bomber nicht gekommen. Mutter dagegen war im Krankenhaus. Sie hatte sich den Unterschenkel gebrochen, Verletzungen am Rücken und eine Menge hässlicher Blutergüsse, und dabei hatte sie noch Glück im Unglück gehabt, denn sie war just auf der sich im Keller der Stadthalle befindlichen Toilette gewesen, als die Bombe eingeschlagen hatte. »Die Bowle, die sie in der Pause ausgeschenkt haben, war so gut, dass ich viel zu viel davon getrunken habe«, erzählte sie, als Helene sie im Hospital besuchte. »Und dann musste ich im zweiten Teil plötzlich ganz dringend. Hab ich mich geärgert! Schrecklich peinlich war es außerdem; ich hatte ja einen Platz ziemlich in der Mitte der Reihe. Aber was sollte ich machen? Tja – und dann stellt es sich heraus, dass mich das Schicksal nur vor Schlimmerem bewahren wollte.«

Dienstag sollte sie nach Hause kommen, und unausgesprochen schwebte die Erwartung im Raum, Helene würde sich beurlauben lassen, um sie zu pflegen.

»Mein Albtraum wird wahr«, vertraute sie Marie an, als diese anrief, um Bescheid zu sagen, dass *der Hof völlig unbeschädigt* geblieben war. »Man will mich in den medizinischen Beruf zwingen.«

»Das wird schon nicht so schlimm«, meinte Marie, deren Zuversicht immer noch durch nichts zu erschüttern war. »Es ist ja nicht für Monate. Ein, zwei Wochen, dann muss sie eh wieder aufstehen. Und wer weiß, vielleicht kommt ihr euch dadurch näher?«

»Nein«, beharrte Helene unglücklich. »Das wird schrecklich, das weiß ich jetzt schon. Ich werde ihr nichts recht machen, und spätestens nach einem halben Tag werden wir uns streiten wie … wie … ach, dafür gibt's gar kein Wort!«

»Was ist denn mit eurem Haus?«, fragte Marie in dem durchsichtigen Versuch, das unangenehme Thema zu verlassen. »Hat das was abbekommen? Ich hab gehört, bei euch in der Straße hat auch eine Bombe eingeschlagen.«

»Ja, weiter oben, die Villa der Marquardts, die ohnehin seit Jahren leer steht. Unseres hat nur ein paar Risse, nicht der Rede wert. Ich hätte vor dem Fernseher sitzen bleiben und den Film zu Ende anschauen können. Dann wüsste ich jetzt, ob sie sich gekriegt haben oder nicht.«

Das war übertrieben. Die Explosion oben an der Straße hatte bei ihnen etliche Fenster zerplatzen lassen; auch das Wohnzimmerfenster war in tausend Scherben zersprungen. Wäre Helene auf dem Sofa geblieben, hätte sie sicherlich schwere Verletzungen davongetragen; die Kissen jedenfalls steckten so voller Glassplitter, dass sie sie wegwerfen mussten. Und die Risse, die das Haus nun an mehreren Stellen von oben bis unten durchzogen, hatten den Architekten, der auf Vaters Anruf hin noch am Sonntagnachmittag gekommen war, äußerst bedenklich dreinschauen und sagen lassen: »Das wird teuer, mein lieber Johann, das wird teuer.«

Marie lachte. »Natürlich haben sie sich am Ende gekriegt. Solche Geschichten nehmen doch immer ein glückliches Ende.«

»Die Geschichte mit mir und meiner Mutter nicht«, prophezeite Helene düster.

Doch wie sich zeigte, hatte auch Helene Glück im Unglück: Als sie am Montagmorgen ins Amt ging, noch mit sich ringend, ob sie von sich aus Urlaub nehmen oder lieber warten sollte, bis ihre Eltern sie dazu aufforderten, wartete schon eine Nachricht von Frau Völkers auf sie, sie möge sich doch bitte *umgehend* bei ihr melden.

Was Helene natürlich sofort tat, wenn auch, wie immer, mit einem unguten Gefühl: Meistens bedeuteten diese Vorladungen nichts Gutes.

Doch als sie an die Tür zum Bureau ihrer Vorgesetzten klopfte und auf deren »Herein!« zaghaft öffnete, fand sie Frau Völkers nicht allein vor. Vor dem klobigen, dunklen Eichenschreibtisch saß bereits jemand – und zudem jemand, den sie kannte: Doktor Danzer, der Hirnforscher, der bei ihrer letzten Begegnung so vehement abgestritten hatte, irgendetwas mit dem NSA zu tun zu haben!

»Jetzt sind Sie wahrscheinlich überrascht«, sagte er und strich sich verlegen ein paar weiße Strähnen aus der Stirn.

»Irgendwie auch nicht«, erwiderte Helene.

»Ach«, machte Frau Völkers. »Sie kennen sich?«

»Schon eine Ewigkeit«, bekannte er. »Ihr Vater und ich hatten früher eine Zeitlang miteinander zu tun. Ist lange her.«

Im Gesicht von Helenes Chefin arbeitete es. Schließlich sagte sie: »Nun, ich nehme an, das wird die ganze Sache erleichtern.« Sie wedelte ungeduldig mit der Hand in Helenes Richtung. »Nun setzen Sie sich schon.«

Helene ließ sich auf dem anderen Stuhl nieder, legte Notizblock und Schreibzeug auf ihrem Schoß ab. »Worum geht es eigentlich?«

»Nun, diesmal werden *wir* eine Zeitlang miteinander zu tun haben«, sagte Doktor Danzer.

Elisabeth Völkers stemmte die Ellbogen auf den Schreibtisch, faltete die Hände, reckte das Kinn und erklärte: »Sie, meine Liebe, nehmen sich für die nächsten zwei Wochen mal besser nichts Privates vor. So lange wird Doktor Danzer hier bei uns in Weimar sein, und Sie werden mit ihm im Rahmen eines höchst wichtigen Regierungsprojekts zusammenarbeiten.« Sie sah Helene scharf an. »Ist das ein Problem?«

»Nein«, erwiderte Helene wie aus der Pistole geschossen und nur mit Mühe imstande, den Jubel zu dämpfen, der in ihrem Inneren ausgebrochen war. *Ich kann meine Mutter nicht pflegen! Ich muss eine wichtige Aufgabe für das Deutsche Reich erledigen!* »Das ist überhaupt kein Problem.«

* * *

Ihre Eltern waren tatsächlich beeindruckt, und Vater meinte, er werde einfach eine Krankenschwester engagieren; das sei keine Frage. Als sie Doktor Danzer erwähnte – das durfte sie; er hatte ihr selber aufgetragen, ihren Vater zu grüßen –, gab er nur einen vielsagenden Pfiff von sich und sagte: »Na, dann.«

Am Montagabend tauchte auch noch Ludolf auf, ohne jede Ankündigung. Er hatte gehört, dass Mutter unter den Opfern des Angriffs und das Haus beschädigt worden sei und wollte wissen, ob und wie er helfen könne. Als Vater ihm dankend versicherte, alles sei schon auf dem Wege der Besserung, fragte er Helene, ob sie an einem der kommenden Abende für ihn frei sei, was wohl der eigentliche Grund seines Besuches gewesen war.

Mit großem Bedauern und innerlicher Erleichterung erklärte sie ihm, dass sie die nächsten zwei Wochen durch ein wichtiges Projekt gebunden sei, und zitierte ihre Chefin, wonach sie sich nichts Privates vornehmen solle, da das Projekt absoluten Vorrang haben müsse und mit vielen Überstunden zu rechnen sei.

»Was ist denn das für ein Projekt?«, fragte Ludolf höchst skeptisch.

»Genaueres erfahre ich erst morgen, wenn es losgeht«, erwiderte Helene. »Ich muss mit einem Doktor Danzer zusammenarbeiten, der eigens aus Berlin gekommen ist –«

»Danzer?«, wiederholte Ludolf verdutzt. »Doktor *Berthold* Danzer?«

»Ja«, sagte Helene, ihrerseits verblüfft, dass Ludolf der Name eines Hirnforschers etwas sagte.

Nicht nur das, es schien ihm sogar gehörig Respekt einzuflößen. »Da darf ich gratulieren«, erklärte er, deutete gar eine winzige Verbeugung an. »In dem Fall werden Sie in der Tat an einem der wichtigsten Vorhaben beteiligt sein, das der Führer je in Auftrag gegeben hat. Das Projekt ist so hoch aufgehängt, höher geht es gar nicht.«

Sie musterte ihn verwundert, wenn auch ungern, da ihr seine Erscheinung nach wie vor widerwärtig war. »Wissen Sie denn Genaueres darüber?«

»Das nicht. Es ist alles streng geheim, und obwohl ich durchaus in vieles eingeweiht bin, gibt es doch Türen, die auch mir verschlossen sind. Ich weiß nur, dass es darum geht, ein System zu schaffen, das die innere Sicherheit des Deutschen Reichs auf eine nie zuvor gekannte Weise und auch mit nie zuvor gekannter Präzision gewährleisten wird. Und irgendwie werden Komputer dabei eine wesentliche Rolle spielen. Was die Einzelheiten anbelangt, werden Sie morgen Abend zweifellos schlauer sein als ich.« Nun verbeugte er sich tatsächlich, nötigte ihr einen Handkuss auf, der in ihr den Wunsch weckte, sich so bald wie möglich die Hände zu waschen. »Dann werde ich Sie und Ihre Familie nicht weiter stören; gewiss wollen Sie das Zusammensein mit Ihrem Vater genießen, da Sie die nächste Zeit wohl nicht dazu kommen werden. Ich hingegen werde mir erlauben, nach Ende der Arbeiten wieder bei Ihnen vorstellig zu werden, um mein Werben um Ihre Gunst fortzusetzen. Lassen Sie mich von hinnen scheiden mit der abermaligen, von Herzen kommenden Versicherung, dass nichts auf Erden mich glücklicher machen könnte als Ihre Einwilligung, meine Ehefrau zu werden.«

Helene konnte nur schief grinsen, weil sie bei seinen Worten gegen einen Brechreiz ankämpfen musste, der erst nachließ, als Ludolf sich von ihr entfernte, in seinen Wagen stieg und davonfuhr.

Zwei Wochen Gnadenfrist!, dachte sie.

* * *

Die Zusammenarbeit mit Doktor Danzer begann zunächst ganz harmlos. Es ging, erfuhr sie, um die Programme, die sie unmittelbar nach ihrer Einstellung am NSA aus eigener Initiative geschrieben hatte, um automatisch zu ermitteln, wer mit wem in persönlichen Beziehungen stand. Adamek hatte diese Programme wohl weitergereicht, und auf irgendwelchen verschlungenen behördlichen Wegen waren sie keiner Geringeren als Professor Elena Kroll höchstpersönlich unter die Augen geraten – und hatten ihr Gefallen gefunden!

Und nun sollte sie dabei helfen, diese Programme in das System zu integrieren, das sie und Doktor Danzer gemeinsam entwickelten.

»Oh«, entfuhr es Helene, als er ihr das erzählte, und hatte das Gefühl, rot zu werden. »Ich weiß gar nicht, was ich dazu sagen soll.«

»Das können Sie sich ja noch überlegen«, schmunzelte er. »Wir werden in den kommenden Tagen wahrscheinlich ziemlich ausgiebig mit ihr telephonieren.«

»Aber warum? Ich meine – die Programme existieren ja bereits. Jede beliebige Programmiererin könnte sie so, wie sie sind, in ein größeres System eingliedern oder sie als Strickmuster für ähnliche Funktionen verwenden.«

Doktor Danzer schüttelte lächelnd den Kopf. »Genau so verhält es sich eben nicht, sonst würden wir das natürlich machen. Aber damit Sie verstehen, was auf Sie zukommt, muss ich Ihnen zuerst mehr über die Hintergründe unseres Projekts erzählen.«

Sie saßen in Helenes Bureau beisammen. Helene hatte Getreidekaffee gemacht, und Frau Völkers hatte eine Schachtel Kekse aus ihrem eisernen Vorrat für Bewirtungen spendiert. Es war also sozusagen beinahe gemütlich, vor allem, wenn Helene daran dachte, dass all dies hier sie der Pflicht enthob, für ihre Mutter die treusorgende Tochter zu spielen.

Doktor Danzer erzählte also. Er hatte gemeinsam mit Helenes Vater studiert, in München, und sich im Laufe seines Studiums auf Hirnforschung spezialisiert. »Neurologie, wie man sagt«, erklärte er. »Benannt nach den Neuronen, den Nervenzellen. Darum dreht sich in diesem Fachgebiet alles. Wie die verschiedenen Arten von Nervenzellen funktionieren und vor allem, wie sie miteinander zusammenarbeiten, um das hervorzubringen, was wir als Geist erfahren, als Wille, als Vorstellung.«

Er erzählte von Beobachtungen, die man in der Zeit des Weltkriegs an Patienten gemacht hatte, an Soldaten zumeist, die Explosionen aus nächster Nähe überlebt hatten, denen aber Schrapnellsplitter ins Gehirn eingedrungen waren. Diese Splitter hatten mitunter bizarre Auswirkungen auf ihr geistiges Befinden gehabt: Manche waren ständig müde, andere konnten überhaupt nicht mehr schlafen; andere erinnerten sich lebhaft an Ereignisse aus ihrer Kindheit, vergaßen aber, was am Tag zuvor gewesen war; andere wiederum erschienen ihren Angehörigen seelisch gänzlich verändert, glaubten nicht mehr an Gott oder, vormals höfliche, zurückhaltende Menschen, schimpften nun beim geringsten Anlass in derbsten Worten los.

»Es war offensichtlich, dass man, wenn man das Gehirn beschädigte, auch den Menschen veränderte«, erzählte er. »Das Erstaunliche ist, dass das Gehirn selbst, also die graue Substanz der Großhirnrinde, keinerlei Schmerzempfinden hat. So konnte man die Eingriffe, bei denen es darum ging, Splitter zu entfernen, meist bei vollem Bewusstsein durchführen. Dabei hat man bemerkt, dass die mechanische Reizung von Nervenzellen seltsame Effekte hervorrufen kann – Patienten berichteten von überwältigenden Düften, die sie gerochen hätten, oder dass intensive Erinnerungen aus der Kindheit wach geworden seien, an Ereignisse, die sie schon völlig vergessen hatten. Man führte Experimente durch, bei denen man ganz bestimmte Punkte im Gehirn mit einem feinen elektrischen Draht versah, und tatsächlich wurde jedes Mal, wenn man einen leichten Stromimpuls durch diesen Draht schickte, eine Reaktion ausgelöst, und zwar immer dieselbe. Bei einem Versuch, bei dem ich selber dabei war, hat der betreffende Mann sich jedes Mal, wenn man den Impuls gab, ans Gesicht gefasst – auf Knopfdruck sozusagen.«

Helene spürte, wie ihr eine Gänsehaut über den Rücken lief bei dieser Schilderung.

»Man hat dann ähnliche Versuche auch an Tieren gemacht. Man weiß mittlerweile ziemlich genau, an welchen Stellen man die Gehirne von Schimpansen reizen muss, um sie nach Belieben in Wut zu versetzen, friedlich zu stimmen, unbändigen Bewegungsdrang auszulösen oder sie schläfrig werden zu lassen. Vielleicht haben Sie einmal Bilder davon gesehen; im Fernsehen sind ab und zu Berichte darüber gesendet worden.«

Helene nickte. »Ich erinnere mich dunkel.« Vater hatte den Bericht sehen wollen, an den sie zurückdenken musste. Man hatte Affen gesehen, die in schreckliche Gestelle eingesperrt gewesen waren, mit Anschlüssen auf dem Schädel, die an Zündkerzen in Automotoren denken ließen.

»Bei Ratten ist man noch weiter. Es ist geglückt, eine Ratte regelrecht fernzusteuern, sie in einem Labyrinth nach Belieben nach links oder rechts abbiegen zu lassen, sie anzuhalten oder zum Weiterlaufen zu veranlassen. Und bei einigen sehr primitiven Organismen, bei Plattwürmern, die überhaupt nur über acht oder zwölf Neuronen verfügen, ist es gelungen, die Art und Weise, wie diese miteinander verschaltet sind, aufs Genaueste nachzuvollziehen, mit dem Ergebnis, dass diese Lebewesen für uns vollständig kontrollierbar sind.«

Der Keks, an dem Helene gerade kaute, schmeckte auf einmal wie Gips, und sie musste einen großen Schluck Kaffee nehmen, um alles hinabzuspülen.

»Verstehe«, sagte sie dann.

»Das heißt«, fuhr er mit gespenstischer Begeisterung fort, »wenn man ebenso genau wüsste, wie die Nervenzellen eines menschlichen Gehirns miteinander verschaltet sind, wüsste man zugleich, welche davon elektrisch zu reizen wären, um gezielt bestimmte Reaktionen hervorzurufen, seien es bestimmte Handlungen, bestimmte körperliche Reaktionen oder gar bestimmte Gefühle. Man könnte Zuneigung genauso auf Knopfdruck hervorrufen wie Abscheu, Hunger und Durst genauso wie Zufriedenheit, Schlaf genauso wie Wachsein. Die Möglichkeiten, die sich daraus ergäben, sind schier unüberschaubar.«

»Das finde ich eine schreckliche Vorstellung«, bekannte Helene. »Man ist doch nicht mehr man selbst, wenn einem elektrische Stromstöße ins Gehirn vorschreiben, was man tun soll.«

»Sicher, es warten da eine Menge philosophischer Fragen darauf, beantwortet zu werden«, räumte Doktor Danzer ein. »Das Verblüffende ist allerdings, dass man in einem solchen

Fall durchaus das Gefühl hat, das, was man tut, auch ganz von selbst zu *wollen*. Der Patient, von dem ich erzählt habe, zum Beispiel: Wenn man ihn fragte, warum er sich gerade an den Kopf gefasst hat, konnte er einem immer einen Grund nennen. Mal hat er gesagt, es habe ihn gejuckt, dann vielleicht, er habe sich eine Haarsträhne aus dem Gesicht streichen müssen. Oder, da habe sich eine Stelle merkwürdig angefühlt, die habe er betasten müssen. Aber er hat nie gesagt, *ich wollte es gar nicht; der Stromstoß, den Sie mir gegeben haben, hat mich dazu gezwungen*.«

»Gruselig.«

»Vor allem äußerst aufschlussreich«, meinte er. »Offenbar heißt das nämlich, dass es sich auf der körperlichen Ebene anders verhält, als wir das empfinden. Wir denken, es kommen zuerst die Gründe, und aufgrund dieser Gründe handeln wir – aber es scheint tatsächlich eher so zu sein, dass wir zuerst handeln und danach erst begründen, warum.«

Helene dachte einen Moment darüber nach, dann fragte sie: »Aber was wäre, wenn Sie nun jemandem eine Elektrode ins Gehirn einpflanzen, ihm einen Stromstoß geben, und der Impuls veranlasst ihn dazu, *jemand anderem* ebenfalls eine Elektrode ins Gehirn einzupflanzen, und immer so weiter ... Müssten Sie sich da nicht fragen, woher am Anfang Ihr eigener Wunsch gekommen ist, das zu tun?«

Doktor Danzer lachte auf. »Ich glaube, das ist eine Frage, wie sie nur von einer Programmiererin kommen kann. Mit Frau Kroll habe ich auch schon endlos über solcherlei Themen diskutiert. Meine persönliche Schlussfolgerung ist, dass wir offenbar in Wahrheit gar keine Individuen sind, wir bilden es uns nur ein. Wir sind in Wahrheit Teile übergeordneter Einheiten: Teile des Volkskörpers, Teile unserer Rasse – wie es ja der Führer schon vor Jahren erkannt hat.«

»Hmm.« Helene gab nur ein Brummen von sich, das er

deuten mochte, wie er wollte. Die Idee, nur Teil eines »Volkskörpers« zu sein, hatte ihr schon immer missfallen, und nun, nach allem, was Doktor Danzer erzählt hatte, war sie ihr regelrecht zuwider.

Aber sie würde mit ihm zusammenarbeiten müssen, daran führte kein Weg vorbei, also brachte es nichts, diesbezüglich einen Streit anzufangen.

Doktor Danzer nahm einen weiteren Keks und dozierte unverdrossen weiter. »Wie ich vorhin schon gesagt habe, das große Rätsel bei alldem ist das Zusammenspiel der Neuronen im Gehirn. Wie die einzelne Nervenzelle funktioniert, das ist mittlerweile hinreichend geklärt, und es ist sogar ziemlich einfach: Sie empfängt Signale von anderen Nervenzellen, und wenn die Stärke der gleichzeitig eintreffenden Signale einen bestimmten Schwellenwert übersteigt, dann ›feuert‹ sie, wie man sagt, das heißt, sie gibt ihrerseits Signale an die Nervenzellen ab, mit denen sie verbunden ist.«

Helene versuchte, sich das als Programmablauf vorzustellen. »Das ist tatsächlich ziemlich einfach. Erstaunlich, dass auf diese Weise unser ganzes Denken zustande kommen soll.«

»Ja, nicht wahr? An den einzelnen Nervenzellen kann es nicht liegen. Also verbirgt sich das Geheimnis in der Verschaltung untereinander. Immerhin enthält ein menschliches Gehirn Milliarden von Neuronen, und jedes davon kann mit Hunderten anderen Neuronen verbunden sein. Das sind schon enorme Dimensionen.«

»Aber wie will man dahinterkommen, wie das funktioniert?«, überlegte Helene. »Man kann ja nicht einem Menschen das Gehirn sezieren, während er denkt.«

Der Wissenschaftler schmunzelte. »Da legen Sie den Finger genau auf die Wunde. Selbst wenn man das moralische Problem umgehen würde – zum Beispiel, indem man einen zum Tode verurteilten Schwerverbrecher unters Messer nähme –, er wäre ja bei dieser Art der Untersuchung bald tot und würde folglich nicht mehr denken, sodass nichts zu gewinnen wäre.«

»Ja, eben«, sagte Helene. Es schauderte sie, mit welcher Selbstverständlichkeit Doktor Danzer davon sprach, einen Menschen für derlei Forschungen zu opfern, aber wahrscheinlich waren Hirnforscher so. Sie hätte sich jedenfalls nicht vorstellen können, einem Affen den Schädel aufzusägen, um ihm Elektroden ins Gehirn zu stecken; nicht einmal einer Ratte.

»Deswegen«, fuhr Doktor Danzer fort, »ist uns irgendwann der Gedanke gekommen, die ganze Sache umgekehrt anzugehen. Wenn es uns gelänge, die Funktionsweise eines Gehirns *nachzubilden*, haben wir uns gesagt, würde uns das wertvolle Aufschlüsse für die weitere Forschung liefern. Und wie könnte man so etwas bewerkstelligen? Nun, natürlich mithilfe von Komputern. Autoren von Zukunftsromanen nennen diese Maschinen ja seit jeher ›elektronische Gehirne‹, nicht wahr? Jules Verne zum Beispiel, der in einem seiner frühen Romane den elektronischen Komputer sogar *vorhergesagt* hat.«

Helene räusperte sich. »Genau genommen hat er ihn *nicht* vorhergesagt; das ist nur ein weit verbreiteter Mythos. Er hatte einfach alle wichtigen wissenschaftlichen Zeitschriften seiner Zeit abonniert und hat sich davon inspirieren lassen. Es gab schon Unterseeboote, als er ›*Zwanzigtausend Meilen unter dem Meer*‹ geschrieben hat, das war nur nicht so bekannt. Und genauso gab es zu der Zeit, als er den Roman ›*Der große Ordinator*‹ verfasst hat, auch schon die ersten elektronischen Komputer.«

Doktor Danzer stutzte, runzelte die Stirn. »Ah ja? Das wusste ich nicht. Ich dachte immer …«

»Die meisten Leute denken das. Aber es stimmt nicht.«

Sie musste an Arthur denken. Er hatte sie darauf gebracht, das mal genauer nachzuprüfen.

»Nun, wie auch immer«, meinte der Hirnforscher und strich sich die langen weißen Haare zurück. »Dieser Gedanke war jedenfalls der Ausgangspunkt des Projekts. Uns war natürlich klar, dass wir nicht hoffen konnten, das menschliche Gehirn nachzubilden; schon einfache überschlägige Kalkulationen zeigen, dass das beim gegenwärtigen Stand der Technik unmöglich wäre. Aber das ist auch gar nicht nötig. Gehirne funktionieren bei allen Lebewesen mehr oder weniger gleich. Das heißt, wenn es uns gelänge, ein Gehirn von der Leistungsfähigkeit von, sagen wir, dem einer Biene oder einer Ameise nachzubilden, dann würde uns das auch schon zu wesentlichen Einsichten verhelfen. Und bedenken Sie, auch solche Gehirne sind zu überaus erstaunlichen Leistungen fähig! Eine Biene etwa kann fliegen, kann sich im Raum orientieren, mit anderen Bienen kommunizieren und vieles mehr – das reinste Wunder, dass all das von einem so winzigen Organ gesteuert wird.«

»Und dann sind Sie an Frau Professor Kroll herangetreten«, mutmaßte Helene.

»Ja, genau.« Er lachte verlegen. »Unsere Forschungsgruppe bestand nur aus Männern; wir wussten mit Mühe gerade mal, wie man einen Komputer einschaltet. Es gab zwar an der Fakultät ein paar weibliche Mitarbeiterinnen und natürlich auch einige Studentinnen, aber programmieren konnte von denen auch keine.«

»Frau Kroll hat uns ein bisschen darüber erzählt, als wir sie in Berlin besuchen durften. Also – die Preisträgerinnen des Programmierwettbewerbs. Ich fand das damals interessant, hätte aber nie im Leben erwartet, jemals selber damit zu tun zu bekommen.« Helene sah sinnend vor sich hin, kam sich auf einmal schrecklich alt vor. »Meine Güte. Das ist ewig her. 1938 war das. Damals hat mein Bruder noch gelebt.«

»Die ersten Gespräche mit ihr waren im Sommer 1934. Bis 1938 hatten wir schon gewaltige Fortschritte gemacht. Frau Kroll hat eine eigene, ganz neue Programmiertechnik entwickelt, um neuronenartige Netze in Komputern abzubilden.« Doktor Danzer hob entschuldigend die Hände. »Erwarten Sie nicht von mir, dass ich Ihnen erkläre, wie es geht. Ich habe noch nicht mal verstanden, was ein ›Strickmuster‹ eigentlich ist – nur um das Ausmaß meines Nichtwissens anzudeuten. Frau Kroll hat mir erklärt, das Hauptproblem dabei sei, dass in einem Komputer alles streng nacheinander abgearbeitet wird, eine Instruktion nach der anderen, während in einem Netz von Neuronen alles gleichzeitig passiert. Das ist anscheinend schwierig umzusetzen und bedingt, dass unsere Simulation eines Gehirns relativ langsam arbeitet, verglichen mit echten Gehirnen. Was nicht zwangsläufig von Nachteil ist, denn auf diese Weise ist es für uns Forscher einfacher, ihm beim Denken zuzuschauen. Und ansonsten geht die technische Entwicklung ja weiter, die Komputer werden immer schneller, sodass sich das unaufhaltsam irgendwann ins Gegenteil verkehren kann und unser ›allsehendes Auge‹ schneller denken wird als ein biologisches Gehirn.«

»›Allsehendes Auge‹?«, wiederholte Helene verwundert.

Er grinste schief. »So nennen wir das System unter uns. Aber natürlich kann das nicht der offizielle Name des Projekts sein, denn ›allsehendes Auge‹, das ist ein Begriff der Freimaurer, die bekanntlich in Deutschland verboten sind, sicher aus gutem Grund. Der offizielle Name ist TTIB – das ist die Abkürzung für *Totale Transparenz durch Informations-Bewusstheit*.«

Helene runzelte die Stirn. »Aha. Und was heißt das?«

»Versteht man nicht auf Anhieb, nicht wahr? Ehrlich gesagt soll man das auch gar nicht. Kurz gesagt ist der Unterschied zwischen einem neuronenartigen Netz und einem normalen Komputer der, dass man den Komputer programmieren kann, das Netz hingegen *trainieren* muss. Während ein Komputer eine Maschine ist, zeigt das Netz eher Merkmale, die für einen Organismus typisch sind, vor allem, dass es imstande ist, zu *lernen*. Wobei Sie sich das nicht so vorstellen dürfen, dass Sie das System dressieren wie ein Tier – das wäre viel zu langsam. Nein, Sie füttern es mit sorgfältig ausgewählten Daten und lassen es seine eigenen Schlussfolgerungen ziehen. Gewissermaßen legen Sie ihm eine Sammlung von Fragen mitsamt den richtigen Antworten vor – eine möglichst große; es wird ja nie müde und verliert auch nie die Lust –, und lassen es seine eigenen Schlussfolgerungen ziehen. Dann legen Sie ihm eine Frage vor, auf die Sie die Antwort *suchen*, und, o Wunder, mit hoher Wahrscheinlichkeit werden Sie eine korrekte Antwort bekommen.«

»Das kann ich mir alles nicht so richtig vorstellen«, gestand Helene. »Das klingt, als würde das System eigene Überlegungen anstellen können. Aber wie soll das funktionieren?«

Doktor Danzer kratzte sich am Hals. »Tja … offen gestanden tun wir uns auch noch ziemlich schwer damit, zu verstehen, *wie* es funktioniert. Aber *dass* es funktioniert, daran besteht keinerlei Zweifel. Es funktioniert sogar bestürzend gut. Das System ist imstande, in einem Sachgebiet, das man ihm vorlegt, Zusammenhänge zu erkennen, die bis dahin noch niemandem aufgefallen sind.« Er strahlte sie an. »Sie werden also, was den Umgang mit Komputern anbelangt, ein wenig umlernen müssen.«

»Hmm«, machte Helene. Das klang alles äußerst befremdlich. Sie hatte im Lauf der Zeit eine ziemlich gute Vorstellung davon gewonnen, wie Komputer funktionierten und wozu sie imstande waren, aber *eigene Überlegungen anzustellen* gehörte definitiv nicht zu den Eigenschaften der Geräte, die sie kannte. Im Gegenteil, das war ja gerade das Problem beim Programmieren: dass die Maschine nicht imstande war zu protestieren, wenn man versehentlich Unsinn von ihr verlangte. Diesen Unsinn führte sie dann genauso treu und brav aus, weil sie eben eine Maschine war und Maschinen nicht verstanden, was sie da eigentlich taten, sondern nur elektrische Impulse auf eine bestimmte, ziemlich komplizierte Art und Weise verarbeiteten, die Zahnstangen, Nutenräder und Drehbewegungen einer Analytischen Maschine nachahmend.

»Ich sehe, Sie sind skeptisch«, stellte der Hirnforscher fest. »Das ist nichts Ungewöhnliches; es geht praktisch jedem so, der das erste Mal davon hört. Wir sind diesbezüglich absolute Pioniere. Nirgends auf der Welt wird über ein ähnliches Vorhaben auch nur nachgedacht.« Er beugte sich hinab und holte eine dünne Mappe aus grauem Karton aus seiner Aktentasche. »Ich habe mir deswegen angewöhnt, ein Beispiel aus der Praxis mitzubringen.«

Er legte die Mappe vor sich hin, öffnete sie aber nicht, sondern faltete zunächst die Hände darauf und fragte: »Haben Sie schon einmal von dem Sprengstoffanschlag auf den Bürgerbräukeller in München gehört, der 1939 vereitelt worden ist?«

»Nein«, gestand Helene.

»Macht nichts, das haben die wenigsten. Das ist nun mal so mit verhinderten Anschlägen: Sie machen weniger eindrucksvolle Schlagzeilen in den Zeitungen als Anschläge, die gelingen.« Er entfaltete die Hände, legte sie flach auf die Mappe. »Anfang des Jahres 38 waren wir dank der Hilfe von Frau Kroll so weit, ein erstes neuronenartiges Netz in Betrieb zu nehmen. Es lief auf vier Komputern, die in unserem Labor an der Universität München standen. Zunächst haben wir es mit Übungsmaterial trainiert, das wir vorbereitet hatten, was fast ein Jahr in Anspruch nahm und wissenschaftlich höchst interessant war. Dann hatten wir den Gedanken, herauszufinden, was wohl geschieht, wenn wir unser Netz mit Daten aus dem wirklichen Leben konfrontieren, mit Daten also, die nicht sorgfältig ausgesucht, sondern eher chaotisch, wild, unstrukturiert waren. Wir wollten wissen, ob das Netz damit zurechtkommen würde, genau wie ein Organismus, der ja auch lernen muss, mit der Umgebung zurechtzukommen, wie sie eben ist. Wir bekamen die Erlaubnis, unser System mit einigen Quellen großer Datenmengen zu verbinden, die in München verfügbar waren – mit dem Telephonsystem, mit der Bank, mit den Zeitungen und so weiter. Das Ganze unter strengen Auflagen, versteht sich, da es sich ja teilweise um vertrauliche Daten handelte. Wir hatten keine Ahnung, was passieren würde. Halb und halb erwarteten wir, dass unser System unter der Flut von Informationen zusammenbrechen und die bis dahin gelernten Dinge wieder vergessen würde.«

Er öffnete die Mappe. »Stattdessen geschah das hier.«

Er holte einige bedruckte Blätter heraus. »Die Fragestellung an das System war, herauszufinden, wie sich Menschen normalerweise verhalten. Wir haben keinerlei Vorgaben gemacht, wir waren einfach nur gespannt, was das System als ›normal‹ identifizieren würde. Wir hatten nicht mit dem Nebeneffekt gerechnet, dass es im Zuge dessen natürlich auch Menschen identifizieren würde, die sich seinem Verständnis nach hochgradig *unnormal* verhielten.«

Er legte den Ausdruck vor sie hin. »Das war einer davon. Ein gewisser Johann Georg Elser, geboren am 4. Januar 1903 in Hermaringen, Württemberg. Gelernter Kunstschreiner.«

»Und was war an dem so *unnormal*?« Helene beugte sich über den Ausdruck. Nach einigen Angaben zu Eltern und Geschwistern kamen Daten über seinen Werdegang:

1922 Gesellenprüfung, Jahrgangsbester

1928 Mitglied im Roten Frontkämpferbund

Das war die Kampforganisation der Kommunisten gewesen, so viel wusste sie. »Die hatten aber nicht gerade wenige Mitglieder, oder? Da Mitglied zu sein deutet sicherlich auf eine staatsfeindliche Einstellung hin, aber *unnormal* ist es nicht gerade.«

»Lesen Sie weiter«, sagte Doktor Danzer.

**** 01.12.1936 Beginn MUSTER (2 mal) ****
12/1936 bis 03/1939 Anstellung bei Firma Waldenmaier, Heidenheim, als Gussputzer, obwohl gelernter Beruf: Kunstschreiner
04/1939 Verlustmeldung Sprengstoff: Inventur bei Firma Waldenmaier, Heidenheim, ergibt das Fehlen von: 250 Pressstücke Pulver
04/1939 bis 07/1939 Anstellung bei Firma Steinbruch Georg Vollmer, Königsbronn-Itzelberg, als Arbeiter, obwohl gelernter Beruf: Kunstschreiner
08/1939 Verlustmeldung Sprengstoff: Inventur bei Firma Steinbruch Georg Vollmer, Königsbronn-Itzelberg, ergibt das Fehlen von: 105 Dynamit-Sprengpatronen, 125 Sprengkapseln

Helene furchte die Stirn. »Er war Kunstschreiner, hat aber als Gussputzer und als Steinbrucharbeiter gearbeitet, und das ziemlich lange. Das ist tatsächlich seltsam.«

»Und während er bei diesen Firmen war, ist dort Sprengstoff verschwunden.«

»Das ist schon mehr als ungewöhnlich.« Sie las weiter.

05.08.1939 Umzug nach München, Blumenstraße 19/II (Untermiete, Zimmer)
01.09.1939 Umzug nach München, Türkenstraße 94/II (Untermiete, Zimmer)

**** 09.08.1939 Beginn MUSTER (23-mal) ****
18–19 Uhr: Kauf Straßenbahnfahrt (0,10 RM), Maxvorstadt
20–22 Uhr: Kauf Arbeitermahlzeit (0,60 RM), Bier (0,39 RM), Bürgerbräukeller; Aufenthalt laut Telephon-Ortungsdaten jedoch Maxvorstadt
7–9 Uhr Folgetag: Kauf Straßenbahnfahrt (0,10 RM), Haidhausen; Aufenthalt laut Telephon-Ortungsdaten jedoch Maxvorstadt

»Was heißt das?«, fragte Helene verdutzt.

»Es heißt, das System hat bemerkt, dass besagter Georg Elser ab dem 28. August 1939 insgesamt 23-mal abends mit der Straßenbahn in den Bürgerbräukeller gefahren ist, dort die billigste Mahlzeit zu sich genommen hat – aber erst am nächsten Morgen wieder nach Hause gefahren ist! Und er hat sein Telephon dabei stets zu Hause gelassen. Dieses Verhalten ist dem System als ungewöhnlich aufgefallen.«

Helene versuchte, sich die Hintergründe vorzustellen. »Es könnte einfach heißen, dass er eine Liaison mit einer Kellnerin des Bürgerbräukellers hatte.« Sie überflog die sonstigen Angaben zur Person des Mannes. »Hier – 1930 wurde er Vater eines unehelichen Sohnes namens Manfred. Die Mutter war eine Kellnerin in Konstanz, Mathilde Niedermann. Es wäre also nicht ungewöhnlich für ihn.«

»Richtig.« Doktor Danzer nickte. »Andererseits war er im Frontkämpferbund und hatte möglicherweise mit dem Diebstahl von Sprengstoff zu tun. Deswegen haben wir sicherheitshalber die Staatspolizei benachrichtigt.«

»Und?«

»Die haben ihn aufgesucht und mitgenommen. Beim Verhör fiel ihnen auf, dass er Probleme mit den Knien hatte. Der hinzugezogene Arzt meinte, ob er einer Arbeit nachginge, bei der er viel auf den Knien herumrutschen müsse, Fliesenleger oder dergleichen. Doch tatsächlich hatte Elser seit seiner Ankunft in München überhaupt keine Anstellung. Er hatte ein Zimmer mit einer Werkstatt gemietet und den Nachbarn erzählt, er sei Erfinder. Eine genauere Durchsuchung seines Zimmers ergab, dass er tatsächlich all den Sprengstoff gestohlen hatte und in der Werkstatt an einem Zeitzünder arbeitete.«

Helene atmete überrascht ein. »Tatsächlich? Er hatte einen Anschlag geplant?«

»Ja. Das haben sie schließlich aus ihm rausgekriegt. Eine genaue Inspektion des Bürgerbräukellers ergab, dass eine der Säulen teilweise ausgehöhlt und Sprengstoff darin versteckt war; nur der Zünder war noch nicht installiert. Damals hat Hitler jedes Jahr am Vorabend des Jahrestags seines gescheiterten Putschversuchs vom 9. November 1923 im Bürgerbräukeller gesprochen, und bei dieser Gelegenheit wollte Elser ihn und die versammelte Führung des Reichs in die Luft sprengen.«

Helene schlug unwillkürlich die Hand vor den Mund. »Du meine Güte! Wenn ihm das geglückt wäre …!«

»Ja, nicht wahr?«

»Und Ihr System hat das verhindert?«

»So ist es.« Der Hirnforscher faltete die Hände. »Elser hatte geschwollene Knie, weil er sich jeden Abend, an dem er in den Bürgerbräukeller gegangen ist, dort in einem Abstellraum versteckt hat und sich einschließen ließ, um danach mehrere Stunden damit zu verbringen, die Säule auszuhöhlen, was er größtenteils auf Knien tun musste. Am nächsten Morgen hat er, sobald aufgeschlossen wurde, den Saal durch einen Notausgang zum Garten verlassen. Den angefallenen Schutt hat er in einem Sack mit sich geführt, um ihn später in die Isar auszuleeren.«

»Unglaublich«, stieß Helene hervor.

»Als der Führer davon erfahren hat, sah er in diesem Vorfall ein Zeichen der Vorsehung, und er gab den Befehl, das System auszubauen, sodass es das gesamte Deutsche Reich unter Beobachtung nehmen könne.« Doktor Danzer hob die Hände. »Das ist es, was wir derzeit tun. Wir haben in Berlin-Lichtenberg ein gewaltiges Komputerzentrum errichtet. Es nimmt einen ganzen Häuserblock ein zwischen Frankfurter Allee, Magdalenenstraße, Normannenstraße und Ruschestraße und wird von der SS streng bewacht. Sie können sich vorstellen, dass dies aufzubauen unter den Bedingungen des Krieges kein leichtes Unterfangen war. Aber in Bälde sind wir so weit, dass das System in Betrieb gehen kann.«

Helene blätterte die Folgeseiten durch, auf denen die Abfolge der Suchabfragen protokolliert war, die das System von sich aus unternommen hatte. »Das ist unglaublich. Das hätten wir mit unseren Abfragen nie entdeckt. Wir wären gar nicht auf die Idee gekommen, nach solchen Zusammenhängen Ausschau zu halten.«

»Das System hat auch keine Ideen. Es vergleicht nur einfach alles mit allem.«

»Wenn es fertig ist, wird es unsere Arbeit erledigen«, stellte Helene ernüchtert fest. »Und das besser, als wir es können. Wir werden dann überflüssig sein.«

»Genau deswegen«, sagte Doktor Danzer mit mildem Lächeln, »ist das Projekt auch noch streng geheim.«

* * *

Da Doktor Danzer sie beizeiten hatte gehen lassen – er hatte gemeint, er sähe ihr an, dass sie das alles erst einmal würde innerlich verarbeiten müssen, ehe man daran denken könne, mit der eigentlichen Arbeit zu beginnen –, kam sie an diesem

Abend zum ersten Mal seit dem Bombardement dazu, Marie und Otto zu besuchen und natürlich vor allem Arthur. Sie fuhr auch gleich vom Amt aus hinaus auf den Hof, um nicht zu Hause aufgehalten zu werden: Wer mochte wissen, wann sie bei all dem, was auf sie an Arbeit wartete, wieder dazu kommen würde!

Und dass sie dieses eine Mal ihr Telephon dabei hatte, war sicherlich kein großes Risiko. Sie hatte eben ihre Freundin besucht, oder? Das war ja nicht verboten. Und Otto hatte inzwischen einen schalldicht gepolsterten Kasten gebastelt, in dem die Ladegeräte lagen; dort ließ Helene auch ihr Votel, ehe sie nach hinten in Arthurs Versteck ging.

»Von hier drinnen hat man die Explosionen nur ganz leise gehört, ganz weit weg – aber der Boden hat trotzdem gezittert«, erzählte Arthur von der Nacht auf den Sonntag. »Und ich auch, ehrlich gesagt. Wenn man einmal russisches Trommelfeuer erlebt hat, das vergisst der Körper anscheinend nicht mehr.«

Helene sagte ihm gleich, dass sie an diesem Abend nicht mit ihm schlafen konnte, denn sie hatte ihre Tage bekommen – worüber sie einerseits erleichtert war, zugleich aber auch traurig. Sie wollte trotzdem in seinen Armen liegen, ihre Hand unter sein Hemd schieben und seine warme Haut spüren, ihren Kopf an seine Brust legen und sein Herz schlagen hören, und so hielt er sie, und sie erzählte ihm alles: von Doktor Danzer, dem TTIB-Projekt, den Elektroden in den Affenhirnen und dem Attentat auf Hitler, das beinahe geglückt wäre, hätte es nicht diese vier miteinander verschalteten Komputer in einem Labor der Münchner Universität gegeben.

»Du meine Güte«, sagte Arthur. »Sich das vorzustellen …! Das hätte alles geändert. Alles.«

»Und ausgerechnet ich soll nun mithelfen, diese Maschinerie weiter auszubauen«, meinte Helene. »Ich fühl mich jetzt schon wie ein Kollegenschwein. Wenn das System erst mal läuft, werden wir alle überflüssig.«

Arthur fuhr ihr mit den Fingerspitzen durch die Haare. Er wusste, dass sie das mochte. »Ich nehme an, du kannst dich nicht einfach weigern?«

»Nein. Ich kann höchstens versuchen, mich dumm anzustellen.«

»Und dann?«

»Dann macht es jemand anders. Das Ergebnis wird dasselbe sein.« Sie setzte sich ruckartig auf, sah auf ihn hinab, hatte Mühe, nicht zu schreien. »Wie soll ich dich denn beschützen, wenn ich nicht mehr im NSA bin? Wenn es das Amt nicht einmal mehr *gibt*? Wenn stattdessen dieses System nach dir sucht, auf eine Art und Weise, die ich nicht einmal *verstehe*?«

Arthur verzog das Gesicht zu einem unsicheren Grinsen. »Vielleicht funktioniert dieses System ja gar nicht so, wie die sich das vorstellen …?«

»Arthur!«, stieß sie hervor. »Es hat dieses Attentat vorhergesehen! Der Mann hat *gestanden*, dass er Hitler töten wollte! Ich habe den Suchablauf gesehen, das Protokoll der Suchschritte … Mit unseren Sicherheitsabfragen wären wir ihm nie im Leben zuvorgekommen! Das System war *schlauer* als wir, verstehst du?«

Sie drehte sich weg, schlang die Arme um ihre Knie. »Ich bin mir nicht mal sicher, ob ich überhaupt hinkriege, was Doktor Danzer von mir will. Es ist eine völlig andere Art des Programmierens, hat er gesagt. Ich hab keine Ahnung, was er damit meint. Ich kann mir keine andere Art des Programmierens vorstellen … und ich *will* es auch gar nicht! Was ist denn *schlecht* an den Techniken von Ada Lovelace? Das sind Prinzipien, die sich fast hundert Jahre lang bewährt haben!«

Sie barg ihr Gesicht einen Moment lang zwischen Armen und Knien, sah dann wieder auf und sagte rasch, ehe das Zittern, das in ihr aufstieg, sie überwältigen konnte: »Ich weiß nicht, wie ich verhindern kann, dass dieser Super-Komputer dich findet. Ich weiß nicht mal, ob das *überhaupt geht!*«

Arthur setzte sich auf und legte die Arme um sie. Das dämpfte ihr inneres Zittern ein wenig. »Du schaffst das bestimmt«, sagte er mit seiner tiefen, ruhigen Stimme, und es klang so, als habe er tatsächlich alle Zuversicht der Welt. »Du schaffst es bestimmt, zu verstehen, wie alles funktioniert – und dann wird dir ein Trick einfallen. Wie immer.«

Helene schniefte. »Was für ein Trick denn?«

»Einer, auf den noch nie zuvor jemand gekommen ist!«, sagte Arthur und lachte. »Keine Ahnung, was für einer. Wenn *ich* einen wüsste, wäre es ja kein wirklicher Trick.«

Helene starrte vor sich hin, in die eine Ecke des Verstecks, in der sich das Holz durch Feuchtigkeit zu verfärben und zu verziehen begann, und dachte eine Weile nach, aber ihr fiel auch nichts ein. »Ich hab Angst«, gestand sie schließlich. »Die ganze Sache entgleitet uns.«

»So geht das immer«, meinte Arthur. »Das ist genau wie in einem Krieg. Eigentlich wollten wir auch nur Polen erobern – und jetzt liegen wir im Krieg mit der ganzen Welt.«

54

In diesen Tagen wurde Eugen Lettke niemals das Gefühl los, nur in einem schlechten Traum gefangen zu sein. Die Wohnung war leer und kalt, doch er kam nicht dazu, darüber nachzudenken, warum sie so leer und so kalt war, weil so viel zu tun, so viel zu erledigen war. Die Beerdigung musste organisiert, Papiere beigeschafft, Dokumente vorgelegt, Unterlagen gesucht werden. Seine Mutter hatte zum Glück genaue Anweisungen hinterlassen, wie sie sich ihre Beisetzung wünschte; welche Lieder gespielt werden, welche Blumen den Sarg schmücken sollten, und ein Grab hatte sie auch schon gekauft, vor Jahren schon. Das erleichterte die Prozedur, enthob ihn vieler Entscheidungen, zu denen er in seinem traumartigen Zustand ohnehin nicht in der Lage gewesen wäre.

Seine Kollegen kondolierten ihm, auch die Völkers kam und einige der Programmstrickerinnen. Helene Bodenkamp allerdings nicht; die sei zu einem dringenden Projekt abgestellt worden, sagte jemand, und Lettke nickte nur, ohne zu begreifen, was das heißen sollte. Versuchte er überhaupt zu arbeiten in diesen Tagen? Er verbrachte viel Zeit im Bureau, das schon, aber abends konnte er sich nie daran erinnern, was er den Tag über gemacht hatte. Andererseits kamen auch keine Beschwerden, zumindest das nicht. Obwohl das einfach nur daran liegen mochte, dass sie auf ihn Rücksicht nahmen.

Erst am Dienstag fiel ihm überhaupt ein, eine schwarze Binde anzulegen. Er musste erst eine kaufen und wusste nicht, wo; eine Verkäuferin im Kaufhaus, das bei dem Bombardement auch beschädigt worden war, half ihm schließlich.

Dann war die Beerdigung, am Mittwochnachmittag. Der

Pfarrer sprach lange, aber Eugen Lettke hatte das Gefühl, dass er über jemand ganz anderen sprach, nicht über seine Mutter. Die Kollegen aus dem NSA waren da, außer Adamek natürlich, außerdem einige alte Frauen aus der Bekanntschaft seiner Mutter; er kannte ihre Namen nicht. Er ging hinter dem Sarg her, schüttelte Hände, bedankte sich für Beileidsbekundungen und kam sich dabei vor wie ein Sprechautomat. Es war kalt, und jeder rechnete damit, dass es schneien würde oder zumindest regnen, aber es geschah nicht. Es war, als hielten auch die Wolken am Himmel inne.

Dann war es vorbei, und er ging nach Hause, in die Wohnung, die ihm nun noch leerer vorkam als vor der Beerdigung. Er setzte sich in die Küche, ohne den Mantel und die Schuhe auszuziehen, und starrte in das blasse, leblose Licht, das durch die Fenster hereinfiel und die Zimmer mit Stille füllte. Dann begriff er, dass er darauf wartete, dass seine Mutter auftauchte und ihn fragte, was er zu Abend essen wolle, obwohl sie sich nie um seine Wünsche gekümmert, sondern immer gekocht hatte, was sie selber für richtig hielt. Sie hatte ihn trotzdem immer gefragt – nun würde sie es nie wieder tun.

Trauerte er um sie? Er horchte in sich hinein, doch da war keine Gefühlsregung, nur eine große Leere. Er konnte das alles nicht einmal traurig finden, nur … *seltsam*.

Schließlich machte er sich selber etwas zu Abend, belegte Brote. Er hatte ohnehin keinen großen Hunger, schon seit seiner Rückkehr aus Berlin nicht mehr. Dann ging er zu Bett und schlief wie ein Stein.

Es war … ungewohnt? irritierend? furchteinflößend? *fremd!*, morgens aufzuwachen und die Wohnung ganz leer, ganz still vorzufinden. Niemand, der in der Küche klapperte. Alles verlassen. Er musste sich seinen Kaffee selber kochen, sein Frühstück selber bereiten, und es war niemand da, der mit ihm redete. Auch wenn ihm seine Mutter oft auf die

Nerven gegangen war, wäre es ihm jetzt doch lieber gewesen, sie wäre da gewesen.

Es war schwer zu begreifen, dass sie niemals mehr zurückkehren würde.

Als es an der Zeit war, verließ er die Wohnung, und erst, als er die Treppe schon halb unten war, fiel ihm ein, dass es besser war, die Tür abzuschließen, und er ging noch einmal hinauf. Er ging ins Amt, begrüßte den Pförtner, wie er es seit Jahren tat, hängte Hut und Mantel an die Haken, an denen sie seit Jahren ihren Platz hatten, und tat dann irgendetwas. Las amerikanische Elektrozeitungen. Holte die Mappe mit dem Stromverbrauchsprojekt hervor, legte sie aber immer bald wieder beiseite, weil er sich nicht darauf konzentrieren konnte. Ging auf die Toilette. Ging Mittagessen. Ging wieder nach Hause, in dieselbe leere, stille Wohnung, die er am Morgen verlassen hatte und in der sich nichts verändert hatte.

Er würde jemanden brauchen, der ihm den Haushalt machte und die Wäsche, sagte er sich. Aber er schob es von Tag zu Tag vor sich her, sich darum zu kümmern, und der Haufen schmutziger Hemden wurde immer größer.

* * *

In den Tagen, die folgten, versenkte sich Helene wieder in die Arbeit, vergaß alles um sich herum, schlimmer als damals, als sie ins Projekt ›Flugsand‹ berufen worden war.

Vor dem ersten Telephonat mit Frau Professor Kroll war Helene schrecklich aufgeregt. Ein Mann vom Technischen Dienst kam und schloss ihr ein besonderes Telephon an, weil das Gespräch über eine gesicherte und verschlüsselte Leitung laufen musste, aus Gründen der Geheimhaltung. Er zeigte ihr den Knopf, mit dem man den Verschlüssler einschaltete, ein klobiger Kasten in einem Kupfergehäuse, der an der Seite anmontiert war, und erklärte ihr, dass sie immer darauf achten musste, welche Signallampe leuchtete: War es die grüne, konnte sie frei reden; war es die rote, war die Sicherheit der Leitung auf irgendeine Weise gefährdet, und man erwähnte besser nichts mehr, das der Geheimhaltung unterlag.

Helene hörte nur mit halbem Ohr hin, weil sie sich mehr Sorgen darum machte, bei Frau Professor Kroll einen schlechten Eindruck zu hinterlassen, beispielsweise, indem sie sich als begriffsstutzig erwies. Doch als sie dann mit der alten Frau sprach, gab sich ihre Befangenheit rasch; die Professorin erinnerte sich an Helene, wusste sogar noch, welche Fragen sie ihr gestellt hatte, und vor allem sagte sie geradeheraus: »Mein Kind, ich weiß es auch nicht besser als Sie. Wir sind, was diese neuartige Weise, Komputer zu verwenden, anbelangt, beides Pionierinnen, die unerforschtes Land betreten.«

Sie telephonierten lange, sehr lange. Noch nie im Leben hatte Helene so lange Zeit am Stück telephoniert. Frau Kroll unterrichtete sie gewissermaßen per Telephon in der neuen Programmiertechnik, schickte ihr ab und zu per Elektropost Zeichnungen oder Programmbeispiele und beantwortete die Fragen, die Helene dazu hatte.

Das erste Grundproblem, das hatte gelöst werden müssen, war, dass in einem Gehirn die Neuronen alle gleichzeitig arbeiteten, in einem Komputer dagegen immer nur ein Arbeitsschritt nach dem anderen erfolgen konnte. Um eine, wie Frau Kroll es nannte, »Pseudo-Gleichzeitigkeit« herzustellen, wurden die künstlichen Neuronen und die Verbindungen zwischen ihnen in Tabellen dargestellt, die dann in einer Schleife durchgerechnet und deren Ergebnisse in jeweils einer zweiten Tabelle abgelegt wurden; danach ging es wieder rückwärts, und so immer hin und her. Ein solcher Schleifendurchgang hieß »Pulsschlag«, und alles, was dabei geschah, konnte als quasi gleichzeitig betrachtet werden.

»Aber wenn man jedes Zwischenergebnis in ein Datensilo schreibt, wird das doch schrecklich langsam!«, wandte Helene ein.

»Darum tun wir es auch nicht«, erklärte Frau Kroll, »sondern halten die Tabellen in Speicherfeldern. Wir schreiben sie nur alle hundert Durchgänge zurück, sicherheitshalber. Aber über diese Einzelheiten brauchen Sie sich keine Gedanken mehr zu machen, das funktioniert alles schon. Da gibt es eine fertige Strickmustersammlung, die Sie nur noch aufzurufen brauchen.«

Schwieriger war es, zu verstehen, wie diese Netze auf Probleme anzuwenden waren. Das Netz bekam Eingabewerte und lieferte Ausgabewerte. Deren Richtigkeit oder Falschheit musste dem Netz zurückgemeldet werden, damit es sich daraufhin anpasste. Die Anpassung konnte auf verschiedene Weise erfolgen. Die einfachste und deswegen häufigste Maßnahme war, die Schwellenwerte zu verändern, ab denen ein künstliches Neuron einen Impuls auslöste. Manchmal aber war es notwendig, ganz neue Verbindungen zu schaffen oder bestehende Verbindungen zu eliminieren, manchmal sogar, Neuronenelemente hinzuzufügen oder zu entfernen. Ein Netz programmierte sich auf diese Weise sozusagen selbst, und diesen Rückkopplungsmechanismus zu verstehen tat sich Helene schwer. Am Dienstagabend, nachdem sie fast zehn Stunden lang mit Frau Kroll telephoniert hatte, hatte Helene das Gefühl, mit dem Kopf gegen eine Mauer gerannt zu sein und überhaupt nichts mehr zu kapieren.

»Lassen wir es für heute gut sein«, verabschiedete sich Frau Kroll. »Gehen Sie nach Hause, ruhen Sie sich aus, lenken Sie sich ab – Sie werden sehen, morgen früh wird Ihnen vieles wesentlich klarer sein als heute.«

Doch Helene hatte keine Lust, nach Hause zu gehen. Dort wartete nur ihre bettlägerige Mutter auf sie, was zwar eine Ablenkung gewesen wäre, aber kein Ausruhen. Stattdessen ging sie in den Waschraum, wusch sich das Gesicht so lange mit kaltem Wasser, bis es prickelte, und kehrte zurück an ihren Komputer. Sie rief die Strickmustersammlung auf, die Frau Kroll ihr geschickt hatte, studierte die einzelnen Programme, die Erklärungen und Beispiele, und konstruierte dann bis weit in die Nacht hinein eigene, einfache Netze, mit denen sie herumspielte, um zu begreifen, wie diese sich verhielten.

Es war lange nach Mitternacht, als sie nach Hause kam. Alles schlief schon. Sie schlang das Abendessen hinunter, das Johanna ihr hingestellt hatte, ging ins Bett und schlief sofort ein.

Am nächsten Tag war ihr tatsächlich vieles klarer als zuvor, und irgendwann im Lauf des Vormittags meinte Frau Kroll lobend: »Ich bin wirklich erstaunt. Das hat noch nie jemand so schnell verstanden – vor allem ich selber nicht!«

Trotzdem verbrachte Helene auch diesen Abend wieder vor dem Komputer und experimentierte, probierte Dinge aus, versuchte vor allem, ein *Gefühl* dafür zu bekommen, wie neuronenartige Netze funktionierten.

Am Donnerstag tauchte Doktor Danzer wieder auf, der wohl von Frau Kroll darüber informiert worden war, dass Helene so weit war, mit der Arbeit am eigentlichen Projekt zu beginnen. Er beglückwünschte sie, zeigte sich erstaunt, dass es so schnell gegangen war, die Grundlagen zu legen, und betonte, dass er selber vom Programmieren nichts verstehe und sich da auch nicht einzumischen gedenke. »Meine Rolle«, meinte er, »ist die, Anregungen aus der Hirnforschung zu liefern und Erfahrungen beizusteuern, die wir im Lauf des ersten Projekts in München gewonnen haben. Alles Weitere ist dann Ihre Sache.«

Das große, einstweilen ungelöste Problem des Systems

war dessen mangelnde Geschwindigkeit. Das erklärte erste Ziel war, die Daten von achtzig Millionen Reichsdeutschen unter Beobachtung zu halten: Das war gar nicht zu vergleichen mit der Laborsituation in München, als man nur die Daten Münchner Einwohner betrachtet hatte und auch nur die von Männern mit den Anfangsbuchstaben A–F. »Hätte der Kerl Georg Müller geheißen, hätten wir ihn nicht entdeckt«, gestand Doktor Danzer offenherzig. »Dann wäre der Bürgerbräukeller am Abend des 8. November 39 fürstlich in die Luft geflogen.«

Solange keine wesentlich schnelleren Komputer entwickelt wurden – die Siemens-Maschinen, die sie in Berlin-Lichtenberg aufgestellt hatten, waren schon die schnellsten Komputer der Welt –, wollte man für manche Teilaufgaben einstweilen auf traditionelle Programme zurückgreifen. Das noch ungelöste Problem war, wie man solche Programme sinnvoll mit einem neuronenartigen Netz verband.

Sie diskutierten. Sie probierten verschiedene Ansätze aus. Sie verwarfen alles wieder, begannen von vorne. Sie erforschten unbekanntes Land.

Es war, musste sich Helene in einem ruhigeren Moment eingestehen, eine faszinierende intellektuelle Herausforderung.

Daneben setzte sie ihre nächtlichen Studien nicht nur fort, es wurde auch jeden Abend immer später, bis sie das Amt verließ. Niemand äußerte ihr gegenüber Verwunderung darüber; trotz der Geheimhaltung schien jeder im Amt zu wissen, dass sie dazu berufen war, an etwas Unerhörtem mitzuarbeiten.

Dass es letztlich darauf hinauslaufen würde, das gesamte Nationale Sicherheits-Amt überflüssig zu machen, ahnte aber offensichtlich niemand.

Inzwischen dienten ihre einsamen nächtlichen Studien nicht mehr der Vertiefung ihres Grundlagenwissens. Das, worauf es ankommen würde, hatte sie längst verstanden. Nein, wenn sie nun bis weit nach Mitternacht vor dem Komputer ausharrte, mit brennenden Augen und schmerzendem Rücken, dann tat sie das, weil sie nach einem *Trick* suchte, um Arthur, Marie und Otto vor dem TTIB-System zu retten. Einem Trick, um die Komputer in Berlin-Lichtenberg daran zu hindern, dem Versteck ihres Liebhabers auf die Spur zu kommen, selbst dann, wenn sie nicht mehr imstande war, Einfluss auf die Suchoperationen und notfalls auf die Daten selbst zu nehmen.

Doch sosehr sie sich auch das Hirn zermarterte, ihr wollte kein Kniff einfallen, mit dem sich das sicherstellen ließ. Sosehr sie auch in die Konstruktion des TTIB-Systems förmlich hineinkroch, sich so tief in dessen Verschaltungen hineindachte, dass ihr war, als könne sie die Reaktionen des Systems vorhersagen, als seien sie und das System ein und dieselbe Person … sie fand dennoch keinen Ansatzpunkt, es verlässlich und zugleich unsichtbar zu manipulieren.

In den externen Routinen verbot es sich von selbst: Diese Programmteile waren auf traditionelle Weise geschrieben und würden von Dutzenden, wenn nicht Hunderten anderer Programmiererinnen gelesen werden, sodass jede Manipulation unweigerlich irgendwann auffallen würde.

Im Gegensatz dazu wären die neuronenartigen Netze im Prinzip ein ideales Versteck dafür gewesen, da sie im Gegensatz zu herkömmlichen Programmen quasi unlesbar waren und niemand *wirklich* verstand, wie sie das, was sie leisteten, vollbrachten. Aber: Die große Stärke dieser Gebilde war eben ihre Flexibilität, mit anderen Worten, sie veränderten sich fortwährend selbst, mit der Folge, dass es keinerlei Garantie gab, dass ein einmal installierter Schutz für Arthur auch bestehen bleiben würde – genauso gut konnte es sein, dass das System ihn irgendwann einfach »vergaß«.

Ja, sie war dazu berufen, an etwas Unerhörtem mitzuarbeiten – doch das war vor allem eine unerhörte Anstrengung. Sie verbrachte auch den gesamten Sonnabend im Amt, und als sie spätabends nach Hause ging, meinte der Pförtner mitfühlend: »Sie sehen aber arg blass aus, Fräulein Bodenkamp.«

Es drang nicht zu ihr durch. Sie lächelte ihn nur geistesabwesend an, als er ihr das Telephon aushändigte, und trat dann hinaus in die kalte Nacht, ihre Gedanken immer noch verfangen zwischen Schwellenwerten, Verbindungsstärken und Rückkopplungen.

* * *

Der Sonntag war wie eine Zwangspause, aber eine, die sie gebraucht hatte. Sie erwachte am Morgen spät und wie erschlagen, kam kaum aus dem Bett. Es war merkwürdig still im Haus, noch stiller als gewöhnlich.

Helene wusch sich bedächtig, zog sich mühsam an, musste eine Weile auf dem Bettrand sitzen bleiben, um sich zu erholen, und ging dann hinab in die Küche.

Johanna hatte das Frühstück für sie bereit, schenkte ihr einen Kaffee ein und erzählte, dass Vater in die Klinik gerufen worden war, wegen eines Notfalls. »Und deine Mutter hat mir aufgetragen, dir zu sagen, dass du doch mal nach ihr sehen sollst, sobald du auf bist.«

Helene seufzte. »Hat sie mich also endlich so weit.«

»Wie meinst du das?«

»Ist die Krankenschwester nicht da, die Vater eingestellt hat?«

»Nicht am Sonntag. So ernst ist es nun auch wieder nicht.«

»Ich könnte selber jemanden brauchen, der mich pflegt«, meinte Helene und nahm einen tiefen Schluck Kaffee. Sie hatte es wirklich übertrieben die letzten Tage, fühlte sich seltsam zittrig.

Die Angst, erkannte sie. Es war die Angst, keinen Weg mehr zu finden, Arthur zu schützen. Das lastete auf ihr wie ein tonnenschweres Gewicht.

Nach dem Frühstück ging sie trotzdem hinauf in das Schlafzimmer ihrer Mutter. Immerhin war sie fast eine ganze Woche lang darum herumgekommen; das war auch schon eine beachtliche Leistung, sagte sie sich.

Und lange würde das alles ohnehin nicht mehr gehen; Mutters neuer Gips sah schon bei weitem nicht mehr so gewaltig aus wie der erste.

»Ah, Helene«, sagte sie ohne jede Begrüßung, »du könntest mir meine Tabletten bringen und ein Glas Wasser.« Sie hatte eine Modezeitschrift in der Hand. Es war hell im Zimmer, aber die Luft roch verbraucht.

Helene rührte sich nicht vom Fleck. »Vater hat gesagt, du sollst so oft wie möglich aufstehen.«

»Dein Vater ist ein Sklaventreiber«, erwiderte Mutter und wedelte mit der Zeitschrift in Richtung ihrer Wäschekommode. »Es steht alles da drüben. Ich brauche zwei von den blauen, eckigen und eine von den weißen, runden.«

»Übertriebene Schonung schadet der Heilung. Der Knochen muss belastet werden, sonst wächst er falsch zusammen.«

»Ja, ja. Wenn ich die Tabletten genommen habe, steh ich auf. Ohne wird mir schwindlig. Warte!« Mutter drehte sich herum, brachte zwischen den leeren Kaffeetassen und Wassergläsern auf ihrem Nachttisch ein Porzellanschälchen zum Vorschein, das sie Helene hinhielt. »Tu die Tabletten am besten da rein.«

Helene nahm das Schälchen, hielt es unschlüssig in der Hand. »Ich frag mich, was Papa dazu sagen würde …«

Ihre Mutter stieß einen entnervten Schrei aus, packte ihr

Kopfkissen und warf es nach Helene. »Du Vaterkind, du! Du hättest ja Ärztin werden können, wenn du alles besser weißt!« Dann ließ sie sich erschöpft nach hinten sinken und stöhnte: »Ich steh ja auf. Nachher. Sobald ich diese verdammten Pillen genommen habe, in Ordnung? Von mir aus können wir zusammen runter ins Wohnzimmer gehen und nachschauen, was im Fernsehen kommt.«

Helene hob das Kissen auf, das sie nur gestreift hatte, und legte es zurück aufs Bett. »Also gut«, sagte sie, weil sie keine Lust hatte, sich weiter zu streiten, und ging hinüber zu der Kommode, auf der eine ganze Batterie mittelgroßer Medizinflaschen stand.

Sie stellte das flache Schälchen ab, nahm die Flaschen auf und studierte die Beschriftungen. »Was ist mit den grünen Tabletten?«

»Die sind für abends. Damit ich besser schlafe.«

»Zwei von den blauen?« Helene schraubte den Deckel ab.

»Ja, zwei. Und eine von den weißen.«

Helene fischte zwei blaue Tabletten heraus und ließ sie in das Schälchen fallen, das dabei jeweils glockenhelle Töne von sich gab. Als sie eine von den weißen Pillen dazugab, hüpfte diese wieder aus der Schale heraus, rollte über die Kommode davon und verschwand in dem Spalt zwischen Möbel und Wand, ehe Helene sie erwischte.

»So was Blödes!«, schimpfte Helene und trat einen Schritt zurück. Aber die Pille kam nicht mehr zum Vorschein. Die Kommode reichte bis zum Boden; alles, was in den Spalt dahinter fiel, war verloren.

»Das ist Irmgard gestern auch fast passiert«, kommentierte Mutter vom Bett her. »Vielleicht sollte ich statt der Schale doch was anderes nehmen.«

Irmgard hieß die Krankenschwester, die sie unter der Woche gepflegt hatte; eine abgehärmte, magere Frau mit langen grauen Haaren, die Helene nur einmal im Vorbeigehen gesehen hatte.

Helene brachte ihr die blauen Tabletten und ein Glas Wasser und sagte: »Warte, ich zieh die Kommode vor.«

»Unsinn!«, widersprach ihre Mutter, die blauen Tabletten in der Hand. »Gib mir einfach eine andere. Die ist doch jetzt eh schmutzig.«

Helene musterte die Kommode, war schon halb bereit, ihr Vorhaben aufzugeben. Das Ding stammte noch aus Kaiserzeiten und war wirklich ein Koloss. Ursprünglich hatte es ihre Urgroßmutter anfertigen lassen, aus hellem Holz, was damals völlig gegen die Mode gewesen war.

»Vater soll das machen, wenn er zurückkommt«, meinte Mutter, spülte die Tabletten hinab und fügte hinzu: »Für eine Frau ist das zu schwer.«

Irgendwie gab diese Bemerkung den Ausschlag. »Das wollen wir doch mal sehen«, erklärte Helene und machte sich daran, das medizinische Zeug woanders hinzustellen und dann die Schubladen samt Inhalt herauszuziehen und in einer Ecke aufzustapeln, um die Kommode so leicht wie möglich zu machen.

»Helene! Was soll denn das?«

»Ich muss sie nur ein Stück schieben«, erklärte Helene trotzig, stemmte sich gegen die Wand, krallte beide Hände in den Spalt, den die Kommode ließ. »Nicht die Treppe runtertragen.«

Sie zerrte mit aller Kraft, doch das Möbel rührte sich keinen Millimeter von der Stelle.

»Du wirst dir wehtun«, prophezeite ihre Mutter.

»Wärst du halt aufgestanden, wie Vater es gesagt hat, und hättest dir deine dummen Tabletten selber geholt!«, fauchte Helene und versuchte es noch einmal, mit aller Kraft, die sie aufbringen konnte, und aller Wut, die plötzlich in ihr war.

Mit einem Ruck rutschte die Kommode ein gutes Stück nach vorn, einen dunklen Spalt in die staubige, vergessene Welt dahinter öffnend. Helene spähte hinein und sah tatsächlich etwas Helles, Rundes am Boden liegen. Die Pille! Sie kniete sich neben dem Spalt hin, streckte den Arm hinein und suchte tastend danach.

»Glaub bloß nicht, dass ich die noch einnehme«, brummte Mutter. »*Ganz* bestimmt nicht.«

Helene bekam die winzige Kugel zu fassen, fühlte aber daneben noch etwas anderes, etwas aus Papier. Sie packte beides, zog es hervor.

»Was ist das?«

Das Papier war ein Brief, staubig und vergilbt. Helene blies den Staub fort, hob den Briefumschlag ins Licht. Er war verschlossen und in akkurater Handschrift adressiert an *Helene Bodenkamp, Weimar, Sven-Hedin-Straße 19, Deutschland.* Eine fremdartige Briefmarke klebte darüber, aus Holland.

Sie wendete den Umschlag, um den Absender zu lesen, und las: *Ruth Melzer, Jodenbreestraat 112, Amsterdam, Nederland.*

55

»Ein Brief von Ruth!«

Helene drehte den Umschlag wieder um, schaute auf den Poststempel. *5.5.1935.*

»O mein Gott.«

Sie riss den Umschlag hastig auf, zerrte den Brief darin heraus. Ein einzelnes Blatt, beschrieben in der feinen, gleichmäßigen Handschrift Ruths.

Amsterdam, 4. Mai 1935

Liebe Helene,
ich schreibe Dir weiter, denn Papa meint, es könne gut sein, dass Du meine Briefe zwar erhältst, aber ich nicht deine, weil die deutsche Post keine Briefe an Juden mehr ins Ausland lässt. Ich weiß zwar nicht, woran sie solche Briefe erkennen wollen, aber andererseits kann ich mir auch nicht vorstellen, dass Du mir nicht antworten würdest; immerhin waren wir ja wohl so was wie beste Freundinnen, oder? Also, bitte schreib auch Du mir weiter. Ich wüsste vor allem gern, was aus Findling geworden ist. Als wir damals so Hals über Kopf aufgebrochen sind, war die Katze einfach nicht aufzufinden, was wir auch gemacht haben. Ich muss oft an sie denken.
Wenn Du meine bisherigen Briefe bekommen hast, dann weißt Du ja, dass es mit Amerika nicht geklappt hat. Die amerikanische Einwanderungsbehörde ist schrecklich streng; sie sagen, Amerika kann nicht die Juden der ganzen Welt aufnehmen, deswegen lassen sie so gut wie gar keine rein. Papa

versucht immer wieder, ein Visum für uns zu kriegen, und auch unsere Verwandten in New York (ich habe immer noch nicht kapiert, wie wir mit denen verwandt sind: ein entfernter Cousin meines Vaters oder so), aber das geht nun seit fast zwei Jahren, und eigentlich glaubt niemand mehr daran, dass es noch klappen wird.

Also wohnen wir immer noch hier. Manchmal träume ich, dass wir in unserem alten Haus sind, aber dann wache ich auf und liege doch wieder auf der Klappcouch im Wohnzimmer, höre meine Eltern im anderen Zimmer schnarchen und die schreckliche Dusche tropfen und hasse es, dass wir unser Geschirr in dem winzigen Bad spülen müssen. Dabei haben wir es gut, verglichen mit anderen, die aus Deutschland fliehen mussten; mancherorts müssen Familien mit mehreren Kindern in einem einzigen Zimmer hausen!

Außerdem sind unsere Vermieter, die Meijers, sehr nett; wir kommen immer noch gut mit ihnen aus. Sie haben ein Geschäft im Erdgeschoss, wo sie Komputer zusammenbauen und verkaufen, vor allem an Kaufleute, die elektrische Kassen und Bezahlstationen und so weiter brauchen, weil auch hier in den Niederlanden demnächst das Bargeld abgeschafft werden soll, genau wie in Deutschland. Herr Meijer sagt, dass ihm das fast mehr Kunden verschafft, als er bewältigen kann; er hat noch zwei Programmstrickerinnen eingestellt und fragt mich manchmal scherzhaft, ob ich nicht auch Lust hätte, das Programmieren zu lernen. Ich weiß noch nicht, womöglich mache ich das eines Tages sogar.

Einstweilen habe ich mit der Schule genug zu tun. Inzwischen spreche ich das Niederländische ganz gut. Ich denke aber noch mit Schrecken daran zurück, wie ich in der Bank gesessen und den ganzen Tag lang nichts verstanden habe, und denke, falls wir es doch nach Amerika schaffen sollten, wird es mir dort auch wieder so gehen.

Am meisten vermisse ich es, eine beste Freundin zu haben. In der Schule sind wir Flüchtlinge nicht besonders gut gelitten; viele Niederländer wollen auch mit Juden nichts zu tun haben. Und hier im Jüdischen Viertel wiederum sind wir die Außenseiter, weil wir nicht der jüdischen Religion angehören, nicht in die Synagoge gehen und so weiter. Papa ist auch dagegen, dass wir es einfach nur tun, um dazuzugehören; die Religion, sagt er, ist eine Sache zwischen dem einzelnen Menschen und Gott, die soll man sich nicht von seiner Umgebung aufdrängen lassen. Ich weiß ehrlich gesagt nicht einmal mehr, ob ich überhaupt noch an Gott glaube; jedenfalls habe ich nicht das Gefühl, dass er sich überhaupt um uns kümmert. Eigentlich fühle ich mich vor allem einsam und habe oft Heimweh nach Weimar. Ich lese viel, Bücher auf Holländisch, was mir immer noch schwerfällt, mich aber zumindest beschäftigt hält.
Nun hoffe ich, dass Dich dieser Brief erreicht und mich Deine Antwort. Es würde mich SO!!! freuen, von Dir zu hören und zu erfahren, wie es Dir geht.
Viele Grüße,
Deine alte Freundin Ruth
P.S.: Herr Meijer hat vorgeschlagen, ich solle Dir einen Elektrobrief schreiben, er hat einen Weltnetzzugang. Aber ich hab ja keine Elektropostadresse von Dir! Falls Du eine haben solltest (Dein Vater hat doch bestimmt eine), dann lass es mich wissen; dann könnten wir uns ganz viel schreiben!!!

Helene stand da, den Brief in der Hand, und konnte es nicht fassen. Wie alt war der Brief? Mehr als sieben Jahre. Sie waren beide vierzehn gewesen, als Ruth ihn geschrieben hatte, und dann war …

Sie drehte sich zu ihrer Mutter um, die stumm in ihrem Bett saß und sie mit großen Augen ansah.

»Dieser Brief«, sagte Helene und hob das Blatt und den

Umschlag hoch. »Wie kommt der hinter deine Wäschekommode?«

»Hmm«, machte Mutter zaghaft. »Er muss wohl unbemerkt dahintergerutscht sein.«

»Es war ein *an mich* adressierter Brief! Was tut er überhaupt hier in deinem Zimmer?«

Mutter räusperte sich, schien sich an dem leeren Wasserglas in ihrer Hand festzuklammern. »Schau, Liebes … damals, als das mit deiner Freundin war … mit Ruth … da haben dein Vater und ich uns überlegt, dass du leichter über die Trennung hinwegkommst, wenn sie schnell und endgültig ist. Wenn ihr euch über Briefe ausgetauscht hättet – das hätte den Schmerz doch nur unnötig in die Länge gezogen. Und es hätte an der Situation ja nichts geändert …«

»Ihr habt die Briefe verschwinden lassen«, stellte Helene das Offensichtliche fest, das Unerhörte, den ungeheuerlichen Betrug. »Ihr habt *Ruths Briefe an mich* verschwinden lassen.«

»Ja«, gab Mutter zu. »Das … Wir dachten, es ist das Beste so.«

Helene hatte das Gefühl, keine Luft mehr zu kriegen. »Ruth war meine *beste Freundin*. Wir haben *alles* miteinander geteilt. Dann hat sie flüchten müssen, und ihr habt mich glauben lassen, dass sie mich *vergessen* hat. Dass *sie* es war, die den Kontakt abgebrochen hat!«

Mutter schwieg, die Lippen fest zusammengepresst. Sie lag da in ihren schneeweißen Laken und dicken Kissen wie ein verunglückter Käfer und schwieg.

»Meine beste Freundin war die ganze Zeit in Amsterdam, nicht in New York. Womöglich war sie noch dort, als …« Helene hielt inne, war nicht imstande, es auszusprechen. Sie musste an diesen schrecklichen Tag im Amt denken, sah wieder vor sich, wie Himmler sein Telephon herauszog, sein goldenes Telephon mit dem farbigen Bildschirm, um den

SS-Leuten in Amsterdam Befehle zu geben, Befehle, die darauf hinausliefen, die Familien Frank und van Pels in ihrem Versteck aufzustöbern und abtransportieren zu lassen.

Womöglich war mit Ruth genau das Gleiche passiert.

Bestimmt sogar.

Bestimmt hatte man Ruth und ihre Familie auch in irgendein Lager verfrachtet.

Und sie, Helene Bodenkamp, war an alldem irgendwie beteiligt.

Es drückte ihr fast das Herz ab, war ein stechender Schmerz in der Brust. Helene wehrte sich nicht dagegen. Wenn irgendeine göttliche Macht sie dafür nun zu strafen gedachte, würde sie sich nicht wehren, denn sie sah, dass das Urteil gerecht war.

»Die anderen Briefe«, sagte sie tonlos. »Wo sind die?«

Mutter räusperte sich. »Nicht mehr da. Ich habe sie alle verbrannt.«

»Verbrannt.« Helene fiel wieder ein, wie verzweifelt sie damals auf einen Brief von Ruth gewartet hatte. »Wieso habe ich eigentlich nie einen davon zu sehen bekommen? Ich bin doch damals jeden Tag zum Briefkasten gerannt, sobald ich das Postfahrrad hab quietschen hören!«

»Wir haben den Briefträger gebeten, Briefe an dich auszusortieren. Ich hab sie einmal pro Monat in der Post abgeholt.«

Helene ließ den Brief sinken, hatte das Gefühl, dass alle Kraft aus ihr strömte. »Das war gemein«, sagte sie.

Mutter sagte etwas, irgendetwas, mit dem sie sich und ihre Handlungen verteidigte, aber Helene hörte gar nicht zu. Ein anderer Gedanke war in ihr aufgetaucht und beschäftigte sie: Ihr war nämlich ihre Kollegin Ulla Zinkeisen eingefallen, die einmal erzählt hatte, dass schon seit Jahren alle Briefsendungen photographiert wurden und dass eine riesige Tabelle existierte, aus der man erfahren konnte, wer wem jemals Briefe geschickt hatte. Angenommen, sie und Ruth hätten sich damals geschrieben – dass die Deutsche Post die Briefe von oder an Juden aussortierte, glaubte Helene übrigens nicht; sie hatte jedenfalls noch nie von einer derartigen Maßnahme gehört –, was wäre gewesen? Wenn das NSA in Erwägung zog, jemanden einzustellen, wurde die betreffende Person genau überprüft. In ihrem Fall wäre dabei zutage gekommen, dass sie mit einer geflüchteten Jüdin in Kontakt stand, was man als Sicherheitsrisiko betrachtet hätte. Also hätte man ihr *kein* Angebot gemacht. Es hatte ja noch andere Preisträgerinnen im Programmierwettbewerb gegeben.

Das war ein Gedanke, den sie jetzt nicht weiter verfolgen wollte. Stattdessen faltete sie das beschriebene Blatt sorgfältig zusammen, schob es zurück in den Umschlag und wandte sich zum Gehen.

»Aber … Helene!«, rief ihre Mutter ihr nach. »Soll das alles so stehen bleiben? Und meine Tablette?«

Helene zog die Tür hinter sich zu, ohne zu antworten, und ging wieder auf ihr Zimmer.

Morgen, beschloss sie, würde sie mit allen Mitteln, die ihr im Amt zur Verfügung standen, versuchen herauszufinden, wo sich Ruth heute befand.

* * *

Eugen Lettke war froh, als das erste Wochenende ohne seine Mutter endlich vorüber war und er wieder ins Amt gehen konnte, zurück an die Arbeit, das Einzige, das ihm in den letzten Tagen Halt geboten hatte, erstaunlicherweise. Insbesondere der Sonntag war schrecklich gewesen, eine öde Zeitwüste, ein Tag, der nicht hatte vorübergehen wollen, allen Spaziergängen und auch einem Restaurantbesuch zum Trotz. Vor allem, weil das Essen sehr schlecht gewesen war, kriegsbedingt.

Es tat gut, wieder am Schreibtisch zu sitzen, den Komputer vor sich, sich einzulesen in die amerikanischen Nachrichten, die sie immer noch abzapften. Schon erstaunlich: Da führten zwei Länder einen erbarmungslosen Krieg gegeneinander, versenkten einander die Schiffe und U-Boote, schossen Flugzeuge ab und taten, was sie konnten, um einander zu schaden – aber die Leitungen im Ozean blieben unberührt, und auch die Tarnfirma in New York, über die sie ins amerikanische Netz kamen, war immer noch unentdeckt. Alles lief, als wäre der Krieg nur eine Geschichte, die einem die Nachrichten erzählten.

Nun, es sollte ihm egal sein. Mittlerweile konnte er wohl davon ausgehen, dass er sich eine sichere Stellung im NSA erarbeitet hatte, erstens durch seine vielen erfolgreichen Initiativen, zweitens durch die Entdeckung der Atombombenpläne. Und die in Aussicht gestellte Ordensverleihung würde dem Ganzen die Krone aufsetzen …

Als hätte jemand seine Gedanken gelesen, klingelte das Telephon, und die Sekretärin des Chefs teilte ihm mit, Adamek wolle den gesamten Führungskreis bei sich im Bureau sehen, sofort. Es gäbe wichtige Neuigkeiten.

»Ich komme«, sagte Lettke. »Danke.«

Er legte den Hörer mit einem ungewohnten Gefühl der Vorfreude auf die Gabel, erhob sich, öffnete die Schranktür, auf deren Innenseite ein Spiegel befestigt war – nicht seine Idee; der hatte da schon gehangen, als er das Bureau bezogen hatte –, und richtete noch einmal seine Krawatte, kämmte noch einmal das Haar.

Wichtige Neuigkeiten? Das konnte gut und gerne ein Schreiben aus Berlin sein, dass er, Eugen Lettke, eine Auszeichnung verliehen bekam, auf persönlichen Wunsch des Führers.

Er musterte sich im Spiegel, drehte den Kopf prüfend

nach links und rechts. Was es wohl sein würde? Das Eiserne Kreuz? Womöglich Erster Klasse? Oder gar … das Ritterkreuz? Mit Eichenlaub und Schwertern?

Als er sicher war, tadellos auszusehen, machte er sich auf den Weg. Er dachte sogar daran, die Bureautür abzuschließen, ging dann federnden Schrittes durch die Gänge bis zu Adameks Vorzimmer, klopfte an und ließ sich von der Sekretärin durchwinken. »Die anderen sind alle schon da«, sagte sie, als sei es sein persönlicher Fehler, als Letzter informiert worden zu sein.

Lettke gestattete sich ein Lächeln. *Natürlich* ließ man den zu Ehrenden als Letzten kommen: so konnte man ihn mit erhobenen Sektgläsern empfangen und hochleben lassen!

Er hielt vor der schweren Tür inne, die Hand auf der Klinke, holte noch einmal tief Luft. War er bereit für einen Empfang mit viel Hurra? Ja. Er würde den Überraschten mimen, aber natürlich mit vornehmer Distanz. Vor allem würde er sich nicht zu Überschwang hinreißen lassen. Haltung bewahren, das war es, worauf es ankam.

Er drückte die Klinke hinab, schob die Tür auf. Sie waren alle da, aber sie erwarteten ihn nicht mit Sektgläsern, sondern saßen am Tisch und hörten zu, wie die Völkers gerade sagte: »… ist in erster Linie die Frage wichtig, welche persönlichen Konsequenzen das haben wird!«

Die Völkers war auch da? Das war neu. Lettke drückte die Tür hinter sich ins Schloss, zog den letzten freien Stuhl heraus und fragte leise, während er sich setzte: »Worum geht's denn?«

Neben ihm saß Möller. Der musterte ihn kurz durch die flaschenbodendicken Gläser seiner Brille und murmelte: »Um nix Gutes.«

Na, damit konnte er ja was anfangen!

Adamek nickte der Völkers zu, meinte halblaut: »Das ist

für uns alle wichtig, würde ich sagen, aber dazu lässt sich im Moment einfach noch nichts sagen.« Dann sah er Lettke an, mit einem befremdlich kummervollen Blick, und sagte: »Für Sie, Kollege Lettke, noch einmal die Information: Das Nationale Sicherheits-Amt wird mit dem heutigen Tag dem Reichssicherheits-Hauptamt unterstellt, auf direkten Befehl des Führers.«

Er faltete die Hände und blickte in die Runde. »Ein Obersturmbannführer ist schon mit seinem Stab auf dem Weg hierher. Ich wollte, dass Sie alle dabei sind, wenn ich ihm die Leitung über das Amt offiziell übergebe.«

* * *

Endlich war dieses grässliche Wochenende vorüber. Den größten Teil der beiden Tage hatte sie auf dem Aschenbrenner-Hof verbracht, um sich bei Marie auszuheulen. Arthur hatte sie dabei nur kurz gesehen, hatte ihm das Mittagessen gebracht, als Überraschung, aber dann war sie absolut nicht in Stimmung für Liebesgetändel und heiße Küsse gewesen, von weiteren Dingen ganz zu schweigen, und hatte sich unter einem Vorwand bald wieder verzogen. Marie hatte ihr geduldig zugehört und war auch ganz ihrer Meinung gewesen, was das Verhalten ihrer Eltern anbelangte, aber irgendwann hatte Helene gemerkt, dass ihre Freundin unruhig wurde, weil die Arbeit auf einem Bauernhof eben nie endete und Tiere kein Wochenende kannten, also hatte sie sich verabschiedet und war noch lange einfach durch die Gegend geradelt, um ihren Gedanken nachzuhängen und vor allem nicht zu Hause zu sein.

Es tat jedenfalls gut, wieder vor ihrem Komputer zu sitzen. Ein Komputer log einen nicht an, verheimlichte einem nichts, und Theater spielte er einem auch nicht vor. Wenn er etwas

Falsches tat, dann, weil man ihm einen falschen Befehl gegeben hatte: Das war ein Verhältnis, mit dem es sich leben ließ.

Und dann, als sie das Gerät einschaltete, die angenehme Überraschung, dass Doktor Danzer die für neun Uhr angesetzte Besprechung abgesagt hatte. *Unvorhergesehene Umstände* seien eingetreten, über die er sich nicht weiter verbreitete, aber jedenfalls würde er heute nicht kommen.

Umso besser, sagte sich Helene. Das würde ihr erlauben, in aller Ruhe und Gründlichkeit nach dem Verbleib ihrer Freundin Ruth zu suchen.

Sie legte die Finger auf die Tasten … und zögerte. Nahm die Hände wieder hoch, faltete sie vor dem Mund, blies warme Luft hindurch, sah aus dem Fenster. Bedauerte fast, dass Doktor Danzer nicht gekommen war, um gemeinsam mit ihr das Verhalten des TTIB-Systems weiter zu erforschen. Blätterte die Polizeianfragen durch, von denen Frau Völkers gesagt hatte, die würde jemand anders erledigen, und die trotzdem immer noch in ihrem Korb lagen.

Dann ging sie auf die Toilette, und als sie sich dort die Hände wusch, wurde ihr klar, dass sie zögerte, weil sie Angst vor dem hatte, was sie finden würde.

Damit war der Bann gebrochen. Sie kehrte zurück in ihr Bureau, legte eine neue, leere Abfrage an und begann zu tippen.

Was wussten die Datensilos über Ruth Melzer, geboren am 19. Mai 1921?

Das Erste, was Helene fand, war das Konto von Ruths Sparbuch. Angelegt worden war es am 27. Mai 1921 mit einem Startguthaben von fünf Mark; am 5. September 1924 war es auf die damals nach der großen Inflation neu eingeführte Reichsmark umgeschrieben worden. Das ursprüngliche Guthaben war damit natürlich wertlos geworden, doch jemand hatte eine Reichsmark eingezahlt, und von da an kam an jedem

Geburtstag eine weitere Reichsmark dazu, bis zum 19. Mai 1932. Am 5. April 1933 war das Konto mit einem Stand von 11 Reichsmark und 57 Pfennigen stillgelegt worden.

Am selben Tag war in den Tabellen des Zolls ein Grenzübertritt in die Niederlande verzeichnet, und zwar für die Personen *Philipp Melzer, Hertha Melzer-Orowitz und Tochter Ruth Melzer*.

Das war alles.

Zumindest, was die Datensilos anbelangte, auf die sie mit ihrer regulären Zugangsstufe zugreifen konnte.

Helene lehnte sich zurück, rieb sich mit beiden Händen über das Gesicht, überlegte. Es würde ihr ja doch keine Ruhe lassen. Ja, bisher hatte sie solche Ausflüge immer auf die späten Abendstunden verschoben, sicherheitshalber, aber es war ja nie etwas passiert, oder?

Sie stand auf und schloss die Tür ihres Bureaus von innen ab. Dann setzte sie sich wieder an den Komputer, erhöhte ihre Zugangsstufe auf den maximalen Wert und tippte:

```
VERBINDE TABELLE SS.ÜBERSICHT
```

* * *

Also darum ging es, dachte Lettke. Überhaupt nicht um seine Auszeichnung. Die war, wie es schien, ganz in Vergessenheit geraten.

Vielleicht hatte Hitler es auch nur so dahingesagt.

Lettke fühlte, wie etwas in ihm, das ohnehin nicht mehr stabil gewesen war, einknickte und nachgab. Eine eigenartige Kälte breitete sich in seinem Leib aus, in der Brust rings um sein Herz, aber auch im Bauch, ein Gefühl, als gefriere sein Blut nach und nach. Fast war ihm, als könne er die ersten Eiskristalle darin knistern hören.

»Verstehe«, sagte er, oder vielleicht sagte er es auch nicht, denn niemand schien es zu bemerken oder zu beachten, vielleicht hatte er also auch nur seinen Mund bewegt, ohne einen Laut hervorzubringen.

Ein anderer Laut dagegen zog die Aufmerksamkeit aller auf sich: ein Klopfen an der Tür. Alle sahen hin, und Adamek rief – laut, damit es durch die gepolsterte Tür zu hören war –: »Ja, bitte?«

Die Klinke senkte sich behutsam, die Tür wurde langsam aufgeschoben, ein Kopf streckte sich herein: die Sekretärin.

»Herr Adamek«, sagte sie mit einer Stimme, aus der geradezu Panik sprach, »da sind die Herren aus Berlin ...«

»Sollen hereinkommen«, sagte Adamek.

Im nächsten Moment wurde die Tür machtvoll aufgestoßen, und ein Mann trat ein, die Sekretärin rüde beiseitedrängend, ein Mann in der schwarzen Uniform der SS, die Mütze unter den linken Arm geklemmt. Er trat in die Mitte des Raumes, knallte die Hacken seiner schwarzen Lederstiefel zusammen, stieß den rechten Arm schwertgleich in die Luft und dröhnte: »Heil Hitler!«

Die überraschten Männer am Tisch und die eine Frau grüßten zurück, doch gegen seine perfekte Darbietung wirkte alles, was sie zustande brachten, kraftlos und lauwarm.

»Obersturmbannführer Schneider«, verkündete der Mann, in dessen Gesicht einem vor allem das mächtig hervortretende, schon mehr als nur kantig zu nennende Kinn auffiel. »Auf Befehl des Führers übernehme ich die Leitung des Nationalen Sicherheits-Amtes.« Er zückte einen Briefumschlag, zauberte ihn geradezu herbei. »Hier ist die schriftliche Ausfertigung. Wer von Ihnen ist August Adamek?«

»Das bin ich«, sagte Adamek und rangierte seinen Rollstuhl aus der Runde auf den Neuankömmling zu.

Lettke entging nicht, wie sich bei diesem eine Augenbraue hob, als er Adamek im Rollstuhl erblickte. Es war eine winzige, aber unverkennbare Geste des Abscheus. Hatte ihm wirklich vorher niemand gesagt, dass der Chef des NSA im Rollstuhl saß?

Gleich darauf hatte der SS-Mann sich wieder im Griff, händigte Adamek den Umschlag aus und sah zu, wie dieser ihn öffnete und das Schriftstück studierte. Hinter ihm drängten weitere SS-Leute herein, darunter auch drei Frauen, deren Kragenspiegel sie als Angehörige der Komputer-Division auswiesen. Sie waren alle drei blond, trugen ihre Haare zu komplizierten, hinter dem Kopf zusammengesteckten Zopffrisuren geflochten und blickten aus kalten Augen in die Runde. Sie hätten Schwestern sein können, dachte Lettke.

»Ja«, sagte Adamek, nachdem er alles gelesen hatte, »das deckt sich mit dem Elektrobrief, den ich erhalten habe.«

»Gut«, sagte der Obersturmbannführer. »Dann ist ja alles klar. Ich darf um die Übergabe der Schlüssel und der Parolen bitten?«

»Dieses Projekt, das hier als Grund genannt wird«, sagte Adamek und wedelte mit dem Führerbefehl, »*Thors Hammer* – wissen Sie, worum es dabei geht?«

Der SS-Mann schüttelte den Kopf. »Nur, dass es der höchsten Geheimhaltung unterliegt.« Er streckte fordernd die Hand aus, wiederholte seine Forderung aber nicht.

Adamek seufzte, faltete das Schreiben zusammen, rollte um seinen Schreibtisch herum, schloss eine Schublade auf und holte einen dicken braunen Umschlag heraus, den er dem Obersturmbannführer reichte. Man hörte Schlüssel darin klappern, zusätzlich übergab Adamek ihm auch den Schlüsselbund, den er in der Hand hielt.

»Sehr gut«, befand der SS-Mann. Er öffnete den Umschlag, holte einige Blätter heraus und überflog sie. »Gassmann«, sagte er dann im Befehlston.

Eine der Frauen trat vor, nahm Habt-Acht-Stellung ein. »Obersturmbannführer?«

Er reichte ihr zwei der Blätter. »Übernehmen Sie das.«

»Zu Befehl, Herr Obersturmbannführer«, schnarrte sie. Dann sah sie sich um, richtete ihren kalten Blick auf Elisabeth Völkers und fragte: »Sind Sie die Leiterin der Programmierabteilung?«

Lettke sah die Völkers unbehaglich schlucken. »Ja …«

»Bringen Sie mich und meine Kameradinnen zu Komputern mit vollem Systemzugriff.«

»Ja. Ja, sicher. Kommen Sie.« Die Völkers stand hastig auf, beeilte sich, die Frauen aus dem Bureau zu führen.

Der Obersturmbannführer sah sich derweil um, als überlege er schon, wie er den Raum anders einrichten würde. Schließlich schien ihm einzufallen, dass es zunächst Wichtigeres geben mochte; er fing sich wieder, wandte sich zu Adamek um und sagte: »Nun, so weit das. Wenn Sie nun die Freundlichkeit hätten, mir die anwesenden Herren vorzustellen? Ich bin angewiesen zu entscheiden, wer gegebenenfalls in Diensten des Amtes verbleiben wird und wer auszuscheiden hat; dafür benötige ich eine Entscheidungsgrundlage.«

»Selbstverständlich«, beeilte sich Adamek, dem Befehl Folge zu leisten. Er kam hinter dem Schreibtisch hervor, der von nun an ohnehin nicht mehr der seine war, rollte zurück an den Besprechungstisch und begann, die Mitglieder des Inneren Zirkels vorzustellen, beginnend mit Horst Dobrischowsky, der die lobenden Worte seines bisherigen Chefs überhaupt nicht zu hören schien, sondern nur stier vor sich hin starrte.

Kirst rauchte natürlich wie ein Schlot, mit bebenden Händen.

Möllers Augen hinter der dicken Brille sahen so groß aus wie noch nie.

Und Lettke selbst war zumute, als könne es jederzeit passieren, dass er einfach vom Stuhl kippte.

»Gut, das reicht erst mal«, unterbrach der SS-Mann Adameks Lobeshymne auf Dobrischowsky schließlich. »Ich lese natürlich auch noch die Personalakte von jedem Einzelnen. Der Nächste?«

»Kirst, Winfried Kirst«, fuhr Adamek fort. »Spezialgebiet Netzwerktechnik, außerdem der begabteste Elektroniker, den wir jemals –«

In diesem Moment wurde die Tür aufgerissen, und eine der blonden SS-Frauen kam hereingestürmt.

»Obersturmbannführer«, machte sie zackig Meldung. »Wir sind bei der Durchsicht des Systems auf eine Unregelmäßigkeit gestoßen, die sofortiges Handeln ratsam erscheinen lässt.«

* * *

Die Übersicht über die verfügbaren Tabellen enthielt auch ein Protokoll der verschiedenen Datenübernahmen. Helene blätterte die Einträge hastig durch. Es waren nicht allzu viele, und sie hatte nicht den Nerv, eigens dafür eine Abfrage zu formulieren.

Da. Am 29. Mai 1940, also nicht ganz drei Wochen nach der Besetzung der Niederlande, hatte man die Datenbestände des dortigen Einwohnerverzeichnisses übernommen und, da in den Niederlanden aus steuerlichen Gründen die Religionszugehörigkeit bereits erfasst war, sofort alle Juden in eine gesonderte Tabelle extrahiert.

Diese Tabelle hieß *Glaubensjuden Niederlande*. Helene rief sie auf, tippte hastig:

```
SELEKTIERE AUS SS.GLAUBENSJUDEN-
NIEDERLANDE
ALLE ( Name, Vorname )
FÜR (
Name = »Melzer«
)
```

Und ausführen. Nägelkauend sah Helene zu, wie die Prozentzahlen stiegen.

Schließlich kam das Ergebnis:

0 Einträge gefunden

Helene atmete auf. Also waren Ruth und ihre Familie davongekommen.

Oder?

Zumindest war es erklärlich, dass sie in dieser Tabelle nicht zu finden waren, denn sie gehörten ja nicht der jüdischen Religion an, sondern der protestantischen Kirche.

Aber um Religion ging es nicht. Sondern um die Rasse. Ihrer Erleichterung misstrauend, ging Helene weiter das umfangreiche Verzeichnis der SS-Datensilos durch.

Das Misstrauen war gerechtfertigt. Weiter hinten stieß sie auf eine weitere Tabelle namens *Rassejuden-Niederlande*.

Und in dieser Tabelle fand sie die Freundin ihrer Kindertage.

```
Name: Melzer
Vorname: Ruth
geboren am: 19. Mai 1921
erfasst am: 17. Juni 1941
Deportationsbefehl versandt am: 7. Juli
1942
```

```
Deportation erfolgt am: 10. Juli 1942
Deportation nach: KL Auschwitz II
```

Nur das Feld *gestorben am* war noch leer.

Helene starrte den Bildschirm an, unfähig zu jeder Reaktion. Nicht einmal, als hinter ihr gegen die Tür ihres Bureaus getrommelt wurde, war sie imstande, irgendetwas zu tun.

56

Adamek legte den Telephonhörer wieder auf. »Fräulein Bodenkamp ist dabei ertappt worden, wie sie Informationen aus Datensilos abgefragt hat, die unter SS-Hoheit stehen.«

»Was?«, wunderte sich Möller. »Dafür reicht ihre Zugangsstufe doch gar nicht.«

»Offenbar hat sie es irgendwie geschafft, ihre Zugangsstufe zu ändern«, meinte Adamek stirnrunzelnd. »Und dummerweise gerade, als diese Gassmann sich den Systemzustand angeschaut und die laufenden Verbindungen überprüft hat.«

»Pech«, meinte Dobrischowsky. »Da hat sie sich den schlechtmöglichsten Tag ausgesucht.«

Adamek faltete nachdenklich die Hände. »Schon, aber es wäre wohl früher oder später sowieso herausgekommen. Schneider hat Anweisung gegeben, alle Aktionsprotokolle zu überprüfen.«

»Puh«, machte Kirst. »Da werden seine Leute erst mal beschäftigt sein.«

»Sie haben Programme dafür«, sagte Adamek. »Das wird ziemlich schnell gehen.«

Lettke räusperte sich. »Entschuldigung … Was *sind* Aktionsprotokolle?«

Die anderen sahen ihn verwundert an.

»Das ist gewissermaßen das Tagebuch unseres Amtes«, meinte Möller.

»In erschöpfender Ausführlichkeit«, fügte Kirst hinzu.

»Das System«, erklärte Adamek, der wohl sah, dass Lettke immer noch keine Ahnung hatte, wovon die Rede war, »zeichnet alles auf, was jeder Einzelne von uns am Komputer macht. Jede einzelne Abfrage der Strickerinnen, jede Suche, die einer von uns durchführt, jeder Lauf eines Programmes – einfach alles. Und diese Aufzeichnungen nennt man Aktionsprotokolle.«

»*Quis custodiet ipsos custodes?*«, warf Dobrischowsky ein. »Wer bewacht die Wächter?«

»Nur, dass wir diese Protokolle nie ausgewertet haben«, sagte Adamek. »Dazu wäre ja auch gar nicht die Zeit gewesen. Aber im Prinzip kann man daraus alles ablesen, was jeder von uns an jedem einzelnen Tag getan hat.«

»Wahrscheinlich sogar, wann jemand auf der Toilette war«, ergänzte Kirst. »In den Zeiten nämlich, in denen der Komputer auf eine Eingabe gewartet hat.«

Aktionsprotokolle. Lettke verschlug es die Sprache. Alles, was er je am Komputer gemacht hatte, war aufgezeichnet worden? Alles, wonach er je gesucht hatte, stand irgendwo in irgendeinem Datensilo verzeichnet, in einer gigantischen Tabelle, über die sich jede Abfrage und jeder Suchbefehl einer Person zu jedem Zeitpunkt exakt nachverfolgen ließ?

Das klang nicht gut. Das klang *gar* nicht gut.

* * *

Sie brachten Helene in den Keller, zwei starke Männer in Schwarz, von denen jeder einen ihrer Oberarme umklammerte, und sperrten sie in eine Zelle, von der Helene nicht einmal geahnt hatte, dass es sie gab.

»Was soll ich hier?«, begehrte sie auf.

»Warten«, sagte einer nur. Dann schob er die Abdeckung vor dem vergitterten Guckloch in der Tür zu, und sie war sich selbst überlassen.

Es gab eine hölzerne Pritsche, auf der eine uralte, staubige Decke lag, ein winziges Waschbecken und eine ausgetrocknete Toilettenschüssel. Helene schob die Decke mit spitzen Fingern beiseite, setzte sich auf das blanke Holz, lehnte sich an die Wand und wartete. Durch einen schmalen Schacht rieselte Licht herab, kaum genug, um die gegenüberliegende Wand zu erkennen.

Sie musste irgendwann eingeschlafen sein, denn sie fuhr aus unruhigen Träumen hoch, als plötzlich die Tür krachend aufgestoßen wurde und man sie erneut aufforderte, mitzukommen.

Diesmal ging es in ein Verhörzimmer, von dem Helene ebenfalls nicht geahnt hatte, dass es existierte. Man setzte sie auf die eine Seite eines schweren Eichentischs und kettete sie fest, auf der anderen Seite setzten sich zwei Männer und eine Frau in SS-Uniformen hin.

So also sah ein Verhör aus.

Wonach sie in den Datenbeständen der SS gesucht habe, wollte man wissen.

»Nach dem Verbleib meiner Freundin«, erklärte Helene wahrheitsgemäß.

Eine Jüdin? Ja, sagte sie, zumindest nach den Rassegesetzen. Eigentlich aber Protestantin, genau wie Helene selber.

Wie sie an die höhere Zugangsstufe gelangt sei?

»Die habe ich mir selber verschafft.«

Verwunderung. Große Skepsis. Wie das?

»Ich habe *gelernt*, wie man so etwas macht«, erklärte Helene. »Ich habe Jahre damit verbracht, in amerikanische Komputer einzudringen, für die ich *gar* keine Zugangsstufe hatte. Fragen Sie Herrn Möller oder Herrn Adamek nach dem Projekt Flugsand.«

Unterbrechung. Einer blieb, um sie zu bewachen, die anderen gingen nach nebenan, telephonierten, tippten auf Tastaturen, diskutierten: All das war eine Geräuschkulisse wie ferner Landregen.

Als sie zurückkamen, waren sie etwas weniger feindselig, sprachen eine Idee respektvoller mit ihr. Hmm, ja, Projekt ›Flugsand‹. Damit habe sie ihrem deutschen Vaterland bedeutende Dienste erwiesen, das sei anzuerkennen.

»Etwas anderes«, sagte der SS-Mann, der eine Narbe auf der Stirn hatte. »Den Unterlagen zufolge haben Sie zuletzt für Herrn Lettke gearbeitet – ist das richtig?«

»Ja«, sagte Helene.

»Was hat er Ihnen gesagt, wozu Sie diese Abfragen für ihn schreiben sollten?«, wollte er wissen und legte Ausdrucke vor sie hin mit Auswertungen, die sie noch nie gesehen hatte. Eine Telephonabfrage vom 14. April 1938. Mehrere Abfragen, die eine gewisse Cäcilia Schmettenberg betrafen, ihre Reisen, ihre Ausgaben, ihre Telephonate …

»Diese Abfragen habe ich nicht geschrieben«, erklärte sie. »Die sehe ich zum ersten Mal.«

»Wer hat sie dann geschrieben?«

»Ich nehme an, er selber.«

Die Blicke, die sie musterten, verdunkelten sich wieder. So schauten Leute drein, die überzeugt waren, zum Narren gehalten zu werden. Und die das gar nicht schätzten.

»Er hat mich gebeten, ihm die Grundbegriffe der SAS beizubringen«, schob sie rasch nach. Zu spät fiel ihr ein, dass sie Lettke versprochen hatte, niemandem davon zu erzählen.

Und wenn schon. Als sie ihm das versprochen hatte, war nicht von Gefängniszellen und SS-Verhören die Rede gewesen.

»Warum hätte er das tun sollen?«, fragte die blonde Frau mit zusammengekniffenen Augen. »Er ist Analyst. Analysten geben Problemstellungen vor. Abfragen und Programme zu schreiben, um die Probleme zu lösen, ist Aufgabe der Programmstrickerinnen.«

Helene nickte. »Ich weiß. Aber er wollte es eben können.«

»Und was hat er als Grund genannt?«

»Er hat gemeint, er wäre ein besserer Analyst, wenn er es könnte.«

Ihre Befrager wechselten skeptische Blicke.

»Das widerspricht sämtlichen Erfahrungen«, stellte der Mann mit der Narbe mit unverkennbarem Widerwillen fest. »Programmieren ist Frauensache. Das weiß jeder.«

Die Blonde schürzte missbilligend die Lippen. »Warum haben Sie sich darauf eingelassen?«

»Wieso hätte ich es *nicht* tun sollen?«, fragte Helene zurück, heftiger, als sie es beabsichtigt hatte, und vermutlich auch heftiger, als in ihrer Situation klug war. »Ja, ich weiß, dass Programmieren Frauensache ist. Dass es das schon immer war. Aber das heißt doch nicht, dass es Männer nicht *auch* könnten, wenn sie es darauf anlegen. Wir reden hier schließlich nicht vom Kinderkriegen, verdammt noch mal!«

Wieder zogen sich zwei zurück, die beiden Männer diesmal, während die Frau blieb. Wie sich Lettke denn angestellt habe beim Programmieren, wollte sie wissen. Es klang nicht so, als sei diese Frage Teil des Verhörs, eher, als sei sie einfach neugierig.

Aber vielleicht war es auch nur ein Trick. Helene zuckte mit den Achseln und meinte: »Es ging so.«

Die beiden Männer kamen zurück, fingen noch einmal davon an, was Lettke gesagt habe, wozu er das können wolle.

»Ich weiß es nicht«, sagte Helene schroff. »Er wollte es eben.«

Sie ließen nicht locker. Sie solle versuchen, sich genau zu erinnern.

»Er hat irgendetwas gesagt von wegen, dass es ihm vielleicht helfen würde, die Möglichkeiten des NSA besser zu nutzen«, verriet Helene schließlich. »Und so war es ja auch. Wenn er nicht selber Abfragen geschrieben hätte, wäre er vielleicht nie auf die Idee gekommen, die Ihrem Chef so gut gefallen hat.«

Argwöhnische Blicke. Welcher Chef? Welche Idee?

»Reichsführer Himmler«, präzisierte Helene. »Wir haben ihm geholfen, Juden aufzuspüren, die sich in Amsterdam versteckt hatten. Das Verfahren dafür war Herrn Lettkes Idee.«

Diesmal gingen sie alle drei, um sich zu beraten. Dann kamen sie zurück und sagten, das sei vorläufig alles. Aber man werde womöglich noch weitere Fragen an sie haben. Dann brachte man sie zurück in die Zelle, in die jemand in der Zwischenzeit einen Tisch gestellt hatte, auf dem ein Tablett aus der Kantine mit einem kalten Abendessen wartete.

Helene begriff, dass sie über Nacht würde bleiben müssen, oder noch länger, und dass sie nicht umhinkommen würde, die ausgetrocknete Toilette zu benutzen.

* * *

Irgendwann hatte sie das Abendessen doch verzehrt, hatte die alte Decke mit angehaltenem Atem ausgeschüttelt und über sich gezogen und versucht zu schlafen, und irgendwann war sie auch tatsächlich eingenickt, von so tiefer Dunkelheit umgeben, wie sie es noch nie zuvor erlebt hatte.

Irgendwann erwachte sie auch wieder, weil ihr kalt war, blieb dann aufrecht sitzen und wartete, die muffige, unangenehm kratzige Decke um sich, bis es endlich hell wurde, und dann, bis jemand kam und sie wieder holte.

Die ganze Zeit ging ihr die Erinnerung im Kopf herum, wie Onkel Siegmund, als sie ihn das letzte Mal gesehen hatte, gesagt hatte: *Ich bin nicht der Einzige, der eingesperrt war. Wir sind es alle.*

Man brachte sie wieder in das Verhörzimmer, aber diesmal kettete man sie nicht an. Stattdessen kam ein SS-Mann mit vier Silberknöpfen auf dem Kragenspiegel herein, der sich als Obersturmbannführer Schneider vorstellte und ihr dann erklärte: »Fräulein Bodenkamp, Sie wissen, dass Sie mit Ihren eigenmächtigen Nachforschungen gegen geltende Gesetze und gegen die mit Ihrer Anstellung beim Nationalen Sicherheits-Amt verbundene Geheimhaltungsvereinbarung verstoßen haben. Nach Recht und Gesetz müssten wir Sie vor Gericht stellen, wo Sie ziemlich sicher zu einer langen Gefängnisstrafe verurteilt würden. In Anerkennung Ihrer anderweitigen Verdienste um das Vaterland jedoch und mit Rücksicht auf die besondere gesellschaftliche Position Ihres Vaters haben wir beschlossen, ausnahmsweise von dieser Vorgehensweise abzusehen. Sie sind mit dem heutigen Tag aus Ihrem Beschäftigungsverhältnis entlassen und werden bis zu einer endgültigen Entscheidung, die höheren Orts getroffen werden muss, im Haus Ihrer Eltern unter Hausarrest stehen. Das bedeutet –«

»Hausarrest?«, rief Helene aus. »Was heißt das?«

Der Obersturmbannführer schob das überaus kantige Kinn nach vorn, was ihn aussehen ließ wie den Sohn einer Bulldogge. »Das wollte ich Ihnen gerade erklären. Es bedeutet, dass Sie das Grundstück bis auf Weiteres nicht verlassen dürfen. Sie dürfen darüber hinaus auch mit niemandem kommunizieren. Ihr Telephon wird einbehalten. Es ist Ihnen auch ausdrücklich verboten, ein anderes Telephon zu benutzen, beispielsweise den Festanschluss Ihrer Eltern oder deren Telephone. Ich weise Sie darauf hin, dass diese Verbindungen ab sofort ständiger Überwachung unterliegen und Sie beim ersten festgestellten Verstoß gegen diese Verbote in Untersuchungshaft verlegt werden. Haben Sie das so weit verstanden?«

»Ja«, sagte Helene mit einem Gefühl, als habe sich ein Abgrund unter ihr aufgetan.

»Dasselbe gilt für Briefe. Sie dürfen keine Briefe schreiben und keine empfangen. Auch dies wird überwacht, und ich rate Ihnen in Ihrem eigenen Interesse, unsere diesbezüglichen Möglichkeiten der Überwachung nicht zu unterschätzen. Haben Sie auch das verstanden?«

»Ja«, sagte Helene. »Keine Telephonate, keine Briefe.«

»Auch keine Elektrobriefe, keine Mitteilungen im Deutschen Forum, nichts dergleichen. Der Weltnetzzugang Ihres Elternhauses bleibt für die Dauer Ihres Hausarrestes gesperrt.«

Helene sah ihn verzweifelt an. »Und wie lange soll das so gehen?«

Er breitete die Hände aus. »Das kann ich Ihnen beim besten Willen nicht sagen. Vielleicht, bis wir den Krieg gewonnen haben.«

57

Endlich kamen sie, um ihn aus der Zelle zu holen. Er fühlte sich unendlich schmutzig, als sie ihn in eine der kahlen, grauen Verhörzellen im hinteren Kellerbereich stießen, in denen man schon zu Kaisers Zeiten namenlose Unglückselige verhört hatte.

»Ihr Name?«

»Eugen Lettke«, antwortete er. Was für eine lächerliche Frage. Als ob sie daran irgendwelche Zweifel gehabt hätten!

»Geboren?«

»19. April 1914, Berlin.«

»Parteimitglied?«

»Ja.«

»Seit wann?«

»17. Februar 1930.«

»Parteinummer?«

Lettke versuchte, sich zu erinnern. »Hab ich vergessen.« Das musste der Hunger sein. Er hatte seit gestern früh nichts mehr gegessen, hatte vor Hunger nicht schlafen können, fühlte sich schwach und leer …

»Herr Lettke.« Der Kerl, der ihm gegenübersaß und eine hässliche Narbe auf der Stirn trug, schlug nun einen anderen, grimmigeren Ton an. »Eine Frau, die seit August bei uns im Gefängnis sitzt, hat anlässlich ihrer Verhaftung ausgesagt, Sie hätten sie mit der Androhung, belastende Informationen über ihr Privatleben zur Anzeige zu bringen, dazu erpresst, Ihnen den Geschlechtsverkehr mit ihr zu gewähren. Diese Behauptung ist damals nicht weiter verfolgt worden, erscheint jedoch heute in Anbetracht dessen, was Ihren Aktionsprotokollen zu entnehmen ist, in einem anderen Licht. Was haben Sie dazu zu sagen?«

Lettke starrte den Mann an. Das alles war doch ein Albtraum, oder? Das *musste* ein Albtraum sein! Cäcilia, natürlich. Verdammt – er hätte wissen müssen, dass es ein Fehler sein würde, dieses Weib anzuzeigen!

»Herr Lettke?«

Er schüttelte benommen den Kopf. »Von wem ist die Rede? Wie heißt die Frau?«

Der Mann mit der Narbe hob die Brauen. »Sagen Sie es mir.«

»Es ist jedenfalls gelogen.«

»Gelogen?«

»Ja. Es stimmt nicht.«

»Warum sollte irgendjemand so etwas über Sie behaupten?«

»Weiß ich nicht.«

Der Mann hatte eine braune Aktenmappe neben sich liegen: Die bemerkte Lettke erst jetzt. Der Hunger. Daran lag es. Ihm war, als müsse er jeden Moment bewusstlos umfallen.

Was vielleicht gar keine schlechte Idee war …

»Wenn das so ist, dann müssen Sie mir erklären, was es mit diesen Unterlagen hier auf sich hat«, sagte der Mann, öffnete die Mappe und holte Papiere heraus. Ausdrucke von SAS-Abfragen. Listen, auf denen einzelne Zeilen mit Farbstift markiert waren. Photographien. »Sie waren am 22. August in Berlin, laut entsprechender Buchung bei der Reichsbahn. Sie waren dort im Kaiserhof, das zeigen die Bilder der Überwachungskameras, die sichergestellt wurden, weil an diesem Tag die Ehefrau des Industriellen Alfred Schmettenberg, Cäcilia Schmettenberg, aufgrund einer anonymen Anzeige in äußerst kompromittierender Situation in ihrem Hotelzimmer aufgefunden wurde. Aus den Protokollen des Amtes geht hervor, dass Sie in den Wochen und Monaten davor intensive

Nachforschungen über Frau Schmettenberg angestellt haben; zudem haben Sie am selben Tag morgens in Frau Schmettenbergs Namen einen Elektrobrief an ihren jüdischen Liebhaber geschickt, indem Sie sich unter Ausnutzung der technischen Möglichkeiten Ihrer Arbeitsstelle Zugang zu Frau Schmettenbergs Elektropostkonto verschafft haben, wodurch Sie sich als sie ausgeben konnten.«

Alles. Sie hatten alles, wussten alles, hatten ihn in der Hand, genau so, wie sie alle und jeden in der Hand hatten. Unter anderen Umständen wäre es fast zum Lachen gewesen: All das, was er so lustvoll zu seiner eigenen Befriedigung genutzt hatte, wendete sich nun gegen ihn.

Gab es am Ende doch so etwas wie ausgleichende Gerechtigkeit? So etwas wie eine Macht des Schicksals?

Schrecklicher Gedanke.

»Herr Lettke?«

Er seufzte. »Ich war in Berlin, das stimmt. Ich war auch im Kaiserhof, in ihrem Zimmer. Ich wusste aus den Buchungsdaten, dass sie da war, und aus ihren Elektrobriefen, dass sie mit ihrem Liebhaber verabredet war. Aber ich habe sie nicht vergewaltigt. Das ist gelogen.«

»Sie war nackt ans Bett gefesselt. Das kann sie wohl kaum selber gemacht haben.«

Lettke fuhr sich mit beiden Händen über das Gesicht, durch die Haare, bis zum Hinterkopf. Wie um sich zu vergewissern, dass er noch da war.

»Ja, gut. Ich *wollte* sie vergewaltigen. Aber ich … ich hab es nicht getan.«

»Warum nicht?«

»Weil … im letzten Moment die moralischen Bedenken stärker waren.« Das würde man ihm wohl kaum abkaufen. Aber er war entschlossen, die Wahrheit mit ins Grab zu nehmen.

»Moralische Bedenken.«

»Soll vorkommen.«

»Warum haben Sie sie dann nicht einfach wieder losgebunden?«

»Weiß ich nicht mehr. Ich bin … nun, man würde wohl sagen: Ich bin kopflos geflohen.«

»Haben Sie den anonymen Anruf getätigt?«

»Ja.«

»Warum?«

Lettke hatte das irritierende Gefühl, selbst in dieser verfahrenen Lage plötzlich wieder so etwas wie Boden unter den Füßen zu spüren. »Ich … ich wollte sie nicht damit davonkommen lassen, dass sie Rassenschande betrieb.«

»Hmm«, machte der Mann und notierte sich etwas.

Dann fragte er: »Und *warum* wollten Sie Frau Schmettenberg vergewaltigen?«

»Dazu will ich nichts sagen«, erklärte Lettke.

»Sie verweigern die Aussage?«

»Zu dieser Frage. Ja.«

»Hmm«, machte der Mann noch einmal und notierte sich wieder etwas.

Dann ließ er Lettke zurück in die Zelle bringen.

* * *

Am nächsten Morgen bekam Eugen Lettke ein Frühstück, bestehend aus Brot, Marmelade und Kaffee, anschließend wurde er wieder in das Verhörzimmer geführt. Diesmal war es Obersturmbannführer Schneider höchstpersönlich, der sich ihm widmete.

»Ihre Protokolle deuten darauf hin, dass Sie ein ähnlich unehrenhaftes Verhalten vermutlich noch in zahlreichen anderen Fällen an den Tag gelegt haben, nur, dass die betroffenen Frauen geschwiegen haben«, begann er. In seinen wie gläsern wirkenden Augen schimmerte etwas, das für Lettke aussah wie Neid. »Da wir Wichtigeres zu tun haben, als Ihre Verfehlungen aufzuarbeiten, haben wir beschlossen, das alles auf sich beruhen zu lassen.«

Lettke sagte nichts. Das klang zu gut, um wahr zu sein.

»Sie werden«, fuhr Schneider fort, »mit sofortiger Wirkung entlassen – aus der Haft wie aus Ihrer Anstellung beim Nationalen Sicherheits-Amt. Da Sie damit keine kriegswichtige Stellung an der Heimatfront mehr bekleiden, haben Sie sich umgehend zum Dienst bei der Wehrmacht zu melden.« Er überreichte Lettke einen Briefumschlag. »Ihr Gestellungsbefehl.«

Lettke öffnete den Umschlag mit seltsam tauben Fingern, holte das Schreiben heraus, überflog es.

Er war der 4. Panzerarmee unter Generaloberst Hoth zugeteilt worden. Mit anderen Worten: Es ging nach Stalingrad.

* * *

Hausarrest: Das hatte zuerst angenehm harmlos geklungen. Eine Strafe, die Kinder bekamen, für kindliche Verfehlungen.

Aber nach ein paar Tagen war es alles andere als das.

Sie durfte in den Garten. Immerhin. Aber von da aus sah sie die beiden Wachleute unten an der Zufahrt, und die sahen sie. Ließen sie nicht aus den Augen. Würden kommen und nachsehen, wenn sie im hinteren Teil des Gartens verschwand, womöglich versuchte, dort über den Zaun zu steigen.

Gleich am ersten Tag hatten sie Johanna durchsucht, als diese in die Stadt gegangen war, und bei ihrer Rückkehr erzählte sie Mutter empört, man habe ihr den Brief abgenommen, den sie zur Post hatte bringen wollen. »Ich hab ihnen gesagt, es ist nur eine Glückwunschkarte zum Geburtstag meiner Cousine in Frankfurt, aber sie haben gemeint, das spielt keine Rolle, sie müssten alle Briefe kontrollieren, und sie würden es übernehmen, sie danach zur Post zu bringen!«

»Und wer zahlt dann das Porto?«, wollte Mutter wissen.

»Da bin ich auch mal gespannt«, hatte Johanna gemeint. »Jedenfalls werde ich Martha anrufen müssen, zur Sicherheit.«

»Himmel«, hatte Mutter seufzend gesagt, »was dieses Kind für eine Schande über uns bringt!«

Helene hatte den Wortwechsel unbemerkt mit angehört, hinten im Flur stehend, und war danach zurück in ihr Zimmer gegangen, um den Brief an Marie wieder zu zerreißen, von dem sie gehofft hatte, ihre Mutter würde ihn für sie aus dem Haus schmuggeln. Das würde offensichtlich nicht funktionieren.

Ab und zu zitterten ihre Hände, und sie schlief schlecht. Wenn sie schlief, hatte sie oft Albträume, in denen sie mit Ruth durch die düsteren Gänge unterirdischer Gefängnisse schlich, gefangen und in Verhörzimmer gezerrt wurde, und dann erwachte sie stets mit hämmerndem Herzen und in Schweiß gebadet. Fast wünschte sie sich die Erstarrung zurück, in denen sie die Stunden der Haft im NSA durchlebt hatte, jene völlige seelische Lähmung, in der sie alles, was ihr widerfahren war, einfach nur registriert hatte, so, wie ein Komputer alles nur registrierte und in Form von Daten in Tabellen ablegte, ohne etwas dabei zu empfinden.

Doch sie hatte diese Gleichgültigkeit verloren, als sie nach Hause gekommen war. Zuerst hatte sie es wie ein Erwachen empfunden, ein Auftauen, ein Wiederauferstehen – doch dann, als die Gefühle zurückgekommen waren, waren es nur Schmerz und Trauer, Wut und Entsetzen, Verzweiflung und Niedergeschlagenheit gewesen.

Das Bedrückendste war, dass sie genau wusste, was nun

im Amt geschah, wie man vorgehen würde, um zu entscheiden, wie weiter mit ihr zu verfahren war. Man würde alle ihre Kontakte überprüfen, ihre Telephonate nachzählen, die Bewegungen ihres Telephons, ihre Nachrichten, ihre Mitteilungen im Deutschen Forum ... Man würde die Programme verwenden, die *sie selber* geschrieben hatte, um das Netz ihrer Bezugspersonen zu bestimmen, und all diese Personen würden in nächster Zeit Besuch vom Sicherheitsdienst bekommen. Es war nur eine Frage der Zeit, bis sie bei Marie und Otto auftauchen würden, und wenn sie durch die Auswertung der Aktionsprotokolle bis dahin schon wussten, dass Helene die Daten der Reichsbank verändert hatte, würden sie eins und eins zusammenzählen und den Hof so gründlich durchsuchen, dass ihnen Arthurs Versteck nicht entgehen konnte ...

Und diesmal wollte ihr kein Trick einfallen, um das zu verhindern.

Diesmal würde sie Arthur nicht retten können.

Warum nur hatte sie sich am Sonntag so wenig Zeit für ihn genommen? Warum hatte sie nicht wenigstens ein letztes Mal mit ihm geschlafen? Aber sie hatte ja nicht ahnen können, dass das Verderben so nahe war!

Wenn sie wenigstens einen Weg gesehen hätte, wie sie zu ihm gelangen konnte, um gemeinsam mit ihm zu sterben! Doch auch das würde nur ein hoffnungsloser, romantischer Wunsch bleiben müssen. Selbst wenn sie sich in der Nacht aus dem Haus schlich und durch die hintere Hecke und das Nachbargrundstück davonstahl, selbst wenn sie es hinaus zum Aschenbrenner-Hof schaffte und zu Arthur – sie würden sie ja doch trennen, wenn sie sie fanden, würden ihn vors Kriegsgericht schleifen und sie ins Gefängnis stecken, und dort würde sie noch sein, wenn sich die Läufe der Gewehre auf seine Brust richteten, weit weg von ihm.

Und Marie und Otto würde es ebenfalls schlecht ergehen. Auch sie würde man bestrafen, zu Lagerarbeit vermutlich.

Es sei denn …

Es sei denn, sie ging und holte Arthur heraus, ging mit ihm fort, irgendwohin, wo sie sich ein letztes Mal lieben und dann freiwillig aus dem Leben scheiden konnten! Sie musste nur Vaters Arbeitszimmer durchsuchen nach irgendeinem Mittel, das den Abschied vom Leben ermöglichte, ihn vielleicht sogar schmerzfrei vonstattengehen lassen würde.

Sie begann, die Wachposten zu beobachten, ihre Gewohnheiten zu studieren. Es waren immer zwei, und alle acht Stunden wurden sie abgelöst von zwei anderen, morgens um neun, nachmittags um fünf und nachts um eins. Mindestens einmal am Tag kam einer von ihnen hoch an die Haustür und verlangte, Helene zu sprechen: eine Kontrolle, dass sie noch da war. Der jeweilige Wachposten fragte dann immer, ob sie eine Aussage zu machen habe, was Helene stets verneinte, worauf er sich höflich bedankte und wieder hinab auf die Straße ging.

So ein Aufwand! Während an der Front die Männer fehlten, waren hier sechs davon nur zu ihrer Bewachung abgestellt! Sie konnte sich wahrlich geschmeichelt fühlen ob so reichhaltiger staatlicher Aufmerksamkeit, oder vielmehr, Vater konnte es, denn in Wirklichkeit hatten sie wohl eher ihm zuliebe darauf verzichtet, sie ohne Umstände gleich ins Gefängnis zu stecken.

Aber Vater murrte nur nach jedem Telephonat, das er von zu Hause aus führen musste: »Man hat gar keine Lust zu telephonieren, wenn man weiß, dass jemand mithört.« Denn sie waren vom Selbstwähldienst abgemeldet; wenn man den Hörer des Haustelephons abnahm, war man sofort mit einer Handvermittlungsstelle verbunden, die nach dem gewünschten Gesprächsteilnehmer fragte und den Grund des Anrufs wissen wollte.

Vielleicht blieb Vater deswegen neuerdings noch länger in der Klinik als sonst – doch das nutzte Helene nichts, denn er hatte außerdem die Gewohnheit entwickelt, alle Schränke und Schubladen in seinem Arbeitszimmer abzuschließen, ehe er das Haus verließ. Wann immer sich eine Gelegenheit ergab, unbemerkt in sein Zimmer zu schlüpfen, kam Helene mit leeren Händen wieder daraus zum Vorschein.

Helene verbrachte viel Zeit damit, die Bewegungen der Wachposten zu verfolgen, um ein Schema darin zu erkennen, wann sie sich in den Wagen setzten, wann sie auf und ab patrouillierten, wann sie ihre Telephone zückten, um Meldung zu machen, wann sie argwöhnisch lauschten und wann sie ihren Dienst gemütlich angingen. Sie saß dann immer am Fenster, sah durch die zugezogenen Gardinen hinaus, hatte einen Block und eine Uhr neben sich und notierte jede Beobachtung.

So kam es, dass sie sah, wie Marie plötzlich angeradelt kam und, als sie das Grundstück betreten wollte, von den Wachposten daran gehindert wurde.

Helene fuhr hoch, öffnete das Fenster und hörte, wie Marie aufgebracht rief: »Ich will doch nur meine Freundin besuchen –!«

Doch der SS-Mann war nicht zu erweichen. Helene hörte ihn etwas sagen, verstand nicht, was, doch es brachte Marie dazu, umgehend wieder auf ihr Rad zu steigen und sich zu entfernen, so schnell sie konnte.

Helene schloss das Fenster wieder, fiel zurück auf ihren Stuhl und ließ alle Hoffnung fahren. Auch wenn alles so täuschend friedlich aussah, sie war eingesperrt und von aller Welt abgeschnitten, und es gab keine Rettung für sie, Arthur und ihre Liebe.

In diesem Moment öffnete sich hinter ihr die Tür ihres Zimmers, und als Helene erschrocken herumfuhr, weil es ein so heimliches, verstohlenes Geräusch war, stand da einfach Berta, das alte Zimmermädchen.

»Wenn Sie jemanden brauchen, Fräulein Helene«, sagte Berta leise, »jemanden, der zum Aschenbrenner-Hof hinausgeht, um eine Nachricht zu überbringen … ich könnte das tun.«

»Was?«, stieß Helene mit wild schlagendem Herzen hervor.

»Ich meine nicht, einen Brief. Briefe finden sie. Aber Sie könnten mir eine Nachricht auftragen, und ich würde sie mündlich überbringen.«

Helene legte unwillkürlich die Hand auf ihre bebende Brust. »Was weißt du über den Aschenbrenner-Hof?«

Berta neigte den Kopf. »Man macht sich so seine Gedanken.«

»Sie würden herausfinden, wohin du gehst.«

Berta lächelte nachsichtig. »Oh nein. Das würden sie nicht.«

Helene sah die Frau an, die ihr schon seit jeher eher wie ein Geist vorgekommen war als wie ein wirklicher Mensch, dachte an die zahllosen Male, in denen sie sich vor ihr erschreckt hatte, weil sie über die Eigenschaft zu verfügen schien, sich nach Belieben unsichtbar zu machen, und begriff, dass Berta in der Tat die Richtige war für einen solchen Auftrag.

»Gut«, sagte sie, während sich in ihrem Geist die vagen Umrisse eines Plans formten, ihre Gedanken wieder in den Bahnen von Abläufen, logischen Bedingungen und Alternativen dachten. »Ich muss mir nur erst überlegen, was du Marie sagen sollst …«

58

Was für ein trostloser Abschied, das Amt am helllichten Tage verlassen zu müssen, mit nichts als seiner Aktentasche und den wenigen privaten Habseligkeiten darin, die sich im Lauf der Zeit in seinem Bureau angesammelt hatten. Was für ein trostloser Abschied, zu einer Stunde durch die verlassenen Straßen Weimars gehen zu müssen, in der nur alte, kriegsuntaugliche Dienstmänner unterwegs waren und Frauen, und auch davon nicht viele. Und was für ein trostloser Gedanke, dass ihn am Ende all der Reihen staubiger Sandsäcke vor Kellerfenstern nur eine leere, kalte, ungastliche Wohnung erwartete, in der sich schmutzige Wäsche häufte und der Kühlschrank leer war.

Andererseits – was machte das, wenn er sich in wenigen Tagen in Berlin zu melden hatte, wo man ihn in Uniform stecken und in den Osten schicken würde? Reine Verschwendung, den Kühlschrank noch einmal aufzufüllen. Reine Verschwendung, seine gebrauchten Hemden noch einmal in die Reinigung zu geben, denn er würde nicht mehr zurückkehren, um sie wieder zu tragen.

Zur 4. Panzerarmee war er abkommandiert, sollte unter Generalleutnant Hermann Hoth dienen, der seine Soldaten vor einiger Zeit in einem Tagesbefehl aufgefordert hatte, *kein Mitleid oder Weichheit gegenüber der Bevölkerung zu zeigen, keine Sorglosigkeit und Gutmütigkeit gegenüber Partisanen, dafür aber Herrentum und NS-Weltanschauung, gesunde Gefühle des Hasses und der Überlegenheit sowie Verständnis für die erbarmungslose Ausrottung von Kommunisten und Juden.* Irgendjemand hatte diesen Ausspruch ins Deutsche Forum gestellt, wo er vielfach kopiert und weitergegeben worden war – ja, man hatte sich nahezu verdächtig gemacht, wenn man ihn *nicht* weitergab.

Eugen Lettke versuchte, sich an die letzten Frontberichte zu erinnern, die er gelesen hatte. In letzter Zeit war er nur kaum dazu gekommen. Er wusste, dass die 6. Armee gegenwärtig in Stalingrad eingekesselt war, schon seit geraumer Zeit, aber das kam inzwischen sogar schon in den Nachrichten – natürlich hinreichend verbrämt, um keinerlei Defätismus in der Bevölkerung aufkommen zu lassen. Die Heeresgruppe Don unter Generalfeldmarschall von Manstein hatte unlängst einen Versuch unternommen, den sowjetischen Belagerungsring zu durchbrechen, doch soweit Lettke mitbekommen hatte, war das nicht gelungen.

Nun stand also wohl ein zweiter Versuch an. An dem er, Eugen Lettke, teilnehmen sollte.

Egal. Er würde es dort draußen im russischen Winter ohnehin nicht lange machen. Nicht einer wie er, der frisch aus einem stets geheizten Bureau in die bittere Kälte kam, der sich nicht wie die anderen allmählich daran hatte gewöhnen können.

Er würde nicht durch eine sowjetische Kugel sterben, sondern an einer gewöhnlichen Erkältung. Keine Chance auf einen Heldentod.

Beim Stichwort Heldentod fiel ihm Hitlers Versprechen wieder ein, ihm einen Orden zu verleihen dafür, dass er die amerikanischen Atombombenpläne beschafft hatte. Was war denn überhaupt daraus geworden? War das alles schon in Vergessenheit geraten, nur weil er sich ein paar Informationen für private Zwecke besorgt hatte? Etwas, was jeder im Amt irgendwie tat, was allgemein als Kavaliersdelikt betrachtet wurde?

Er hatte sich Verdienste ums Vaterland erworben, eindeutige Verdienste – sollten die auf einmal nichts mehr zählen, nur weil irgendein Frauenzimmer im Spiel war?

Das konnte ja wohl nicht wahr sein!

Er würde in der Reichskanzlei anrufen, jawohl. Jede Wette, dass der Führer keine Ahnung hatte, was hier gerade gespielt wurde. Im Grunde – genau genommen – missachteten Schneider und seine Spießgesellen einen Befehl von *Adolf Hitler persönlich!*

Hoho. Gut möglich, dass da demnächst Köpfe rollen würden.

Auf einmal hatte Eugen Lettke es sehr eilig, nach Hause zu kommen.

* * *

Eine Stunde später saß er, immer noch im Mantel, in der immer noch ungeheizten Küche am Tisch, sein Telephon in der Hand, einen Notizblock vor sich, auf dem nur die Nummer der Reichskanzlei stand und eine Reihe von Namen: die Namen der Telephonistinnen, an denen er bislang gescheitert war. Man konnte die Reichskanzlei anrufen, aber auch nur bis in die Nähe Hitlers durchzudringen war ein Ding der Unmöglichkeit.

»Beschwerden jeder Art müssen Sie uns als Elektrobrief schicken«, erklärte ihm jede Telephonistin, an die er kam, ungerührt. »Telephonisch können wir da gar nichts machen.« Und dann gab sie ihm immer die Elektropostadresse durch, die er schon längst auf seinem Block stehen hatte:

```
beschwerde:reichskanzlei::berlin
```

»Und wie lange wird das dauern?«, fragte er.

»Das kann ich Ihnen nicht sagen. Das hängt von der Art Ihrer Beschwerde ab.«

»Ungefähr?«

»Meistens dauert es vier bis fünf Wochen, bis eine Entscheidung gefallen ist.«

Irgendwann rief er aus: »Bis dahin bin ich vielleicht schon tot!«

Worauf die Frau nur meinte: »Das ändert nichts. Orden werden auch posthum verliehen.«

Und nun saß er da und starrte sein Telephon an, das seinen Blick teilnahmslos zu erwidern schien mit seiner perlmuttfarben schimmernden Anzeige.

Dann fiel ihm plötzlich etwas ein. Er kannte doch die Namen von Hitlers Sekretärinnen! Er hatte es doch gar nicht nötig, sich von der Telephonzentrale der Reichskanzlei abwimmeln zu lassen! Er konnte sich doch direkt an Hitlers Sekretariat wenden!

Er sprang auf, eilte in sein Zimmer, durchwühlte seine Notizen. Irgendwo hatte er sich die Namen einmal aufgeschrieben; er wusste gar nicht mehr, warum eigentlich, im Rahmen irgendeiner Recherche eben, aber irgendeine feine Stimme hatte ihm ins Ohr geflüstert, dass das eine Information war, die ihm irgendwann noch einmal nützlich sein konnte … Und nun war es so weit!

Wenn er diese Notiz nur wiederfand …

Ah. Da war der Zettel, ganz hinten in seiner alten Brieftasche. Das waren die Namen: Gerda Christian, Gertraud Junge, Christa Schroeder, Johanna Wolf.

Denen würde er Elektrobriefe schreiben. Nach den allgemeinen Regeln für Elektropostadressen würde er sie unter *gerda:christian:reichskanzlei::berlin* und so weiter direkt erreichen.

Jawohl!

Dumm nur, dass er keinen Komputer mehr zur Verfügung hatte. Er hatte noch nie einen Elektrobrief über sein Telephon geschrieben, das Gefummel mit den wenigen

Tasten, um an die Buchstaben zu kommen, war ihm immer viel zu lästig gewesen. Einen Moment lang erwog er, in die Stadt zu gehen, in das Weltnetzcafé am Marktplatz, aber dann fiel ihm ein, gehört zu haben, dass es bei dem Bombenangriff neulich ebenfalls beschädigt worden und seither geschlossen war.

Nun, dann musste es eben so gehen. Andere Leute schrieben auf diese Weise halbe Romane im Deutschen Forum, da würde er ja wohl einen simplen Brief zustande bekommen.

Es dauerte. Es galt ja, einiges zu erklären. Aber nach vielem Fummeln und Fluchen hatte er endlich einen Text beisammen, der das Wesentliche enthielt:

Von: *Eugen:Lettke::weimar*
An: *Gerda:Christian:reichskanzlei::berlin*
Betreff: *Zusage des Führers an mich*

Sehr geehrte Frau Christian,
bitte entschuldigen Sie, dass ich mich direkt an Sie wende, aber die Angelegenheit eilt sehr und ist von höchster Wichtigkeit.
Ich war vor elf Tagen, am 7. des Monats, zu Gast in der Reichskanzlei, um dem Führer in einer streng geheimen Sache persönlich zu berichten; ich darf als Stichwort lediglich ›Projekt Thors Hammer‹ nennen. Im Rahmen dessen hat mir der Führer zugesagt, mich für meine Dienste für das Vaterland mit einem hohen Orden auszuzeichnen.
Dies ist jedoch bisher nicht geschehen, stattdessen bin ich heute unter fadenscheinigen Gründen aus meiner Anstellung beim Nationalen Sicherheits-Amt entlassen und an die Ostfront abkommandiert worden. Dies kann meines Erachtens unmöglich im Sinne des Führers sein, und ich möchte Sie inständig bitten, in dieser Angelegenheit bei

ihm vorzusprechen und ihn zu bitten, etwas für mich zu tun, möglichst vor dem 23. November, an dem ich in Berlin den Zug an die Front besteigen muss.
Heil Hitler!
Eugen Lettke, Analyst

Er las den Brief wieder und wieder, aber ihm fiel nichts mehr ein, was er noch daran verbessern konnte. Er kopierte ihn noch dreimal, adressierte jede Kopie an eine der anderen Sekretärinnen, holte noch einmal tief Luft und schickte endlich alles ab.

Danach fühlte er sich entsetzlich leer. Auf einmal spürte er die Kälte, die ihm in die Glieder gekrochen war, und raffte sich auf, um den Ofen einzuheizen. Als die Holzscheite brannten, holte er, einem spontanen Impuls folgend, die Mappe mit den belastenden Forumstexten und anderem Erpressungsmaterial aus ihrem Versteck im Kleiderschrank und verbrannte alles.

Es tat seltsam gut. Zugleich war es traurig, das zu tun. Es war wie ein vorgezogenes Abschiednehmen von seinem Leben.

Ach was, dachte er, während er zusah, wie die Papiere in Flammen aufgingen, mit glühend roten Rändern zerfressen wurden und zu Asche zerfielen. Er hatte sich bis jetzt aus jeder Lage irgendwie herausgetrickst; er würde es auch diesmal hinkriegen. Er würde nicht in Russland sterben.

Endlich gab das Telephon einen Ton von sich, der den Eingang einer Mitteilung anzeigte. Lettke sprang auf, griff danach, öffnete sie. Es war tatsächlich eine Antwort von einer der Sekretärinnen:

Sehr geehrter Herr Lettke,
der Führer befindet sich momentan auf Frontbesuch. Wir erwarten ihn frühestens Ende nächster Woche zurück. Ich fürchte, vorher kann ich nichts für Sie tun.
Heil Hitler!
G. Junge

Lettke, das Telephon in der Hand, sank wie betäubt auf den nächsten Stuhl.

Vorbei. Nun war er wirklich verloren.

* * *

Am nächsten Morgen hatte Eugen Lettke einen Entschluss gefasst.

Er rief im Kaiserhof in Berlin an und fragte nach einem Zimmer, und zwar, so erklärte er, interessiere ihn ausschließlich das Zimmer 202. Ob das zu machen sei.

»Wenn Sie im Voraus bezahlen, kann ich Ihnen das gerne fest reservieren«, sagte die Frau an der Rezeption. »Wie lange wollen Sie bleiben?«

»Ab wann ist es denn frei?«, fragte Lettke, verblüfft, dass sich seinem Vorhaben keinerlei Widerstand in den Weg stellte.

»Ab morgen, wenn Sie wollen.«

»Gut. Ja. Kein Problem. Dann nehme ich es für eine Nacht. Morgen.«

Warum nicht gleich morgen? Ein Tag war so gut wie der andere. Und viel Auswahl blieb ihm ohnehin nicht mehr.

»Ich habe Ihnen jetzt also Zimmer 202 fest reserviert. Es steht Ihnen morgen ab 15 Uhr zur Verfügung. Wünschen Sie außerdem noch etwas?«

»Was zum Beispiel?«

»In solchen Fällen wird gern eine Flasche Champagner geordert. Wenn Sie wollen, kann sie schon bei Ihrer Ankunft bereitstehen.«

Warum denn nicht? Das Bild vor Augen, wie er sich damals ihr gegenüber hingesetzt und nach der Flasche gegriffen hatte, sagte Eugen Lettke: »Ja. Gute Idee. Stellen Sie eine Flasche Champagner bereit, bitte.«

Anschließend gab er seine Daten durch und bezahlte gleich per Telephonüberweisung. Dann buchte er eine Zugfahrt nach Berlin, einfach, und begann zu packen.

Viel war es nicht, was er in den Koffer tat. Erstens, weil er nicht viel brauchen würde für das, was er vorhatte, und zweitens, weil nicht mehr viele ausreichend frische Sachen übrig waren.

Zuletzt holte er die alte Pistole seines Vaters, eine Luger 08, aus der Schublade, in der sie seine Mutter seit dessen Tod aufbewahrt hatte, und dazu das Fläschchen Waffenöl, das all die Jahre daneben gewartet hatte. Er zerlegte die Waffe, reinigte alles sorgfältig, ölte die Teile, die zu ölen waren, und setzte alles wieder zusammen. Immerhin, das konnte er noch.

Ob er auch noch einen Panzer fahren konnte?

Er hatte nicht vor, es herauszufinden.

Zum Schluss lud er die Pistole, vergewisserte sich, dass sie gesichert war, und schob sie unter die Kleider in seinem Koffer.

59

Nachdem Helene die geheime Nummer von Ludolfs Telephon wiedergefunden hatte, auf die sie einst gestoßen war, ging sie damit zu den Wachposten und verlangte: »Rufen Sie diese Nummer an. Wenn sich ein Herr von Argensleben meldet, richten Sie ihm bitte meinen Wunsch aus, ihn zu sprechen.«

Der Name sagte dem Wachposten offenbar nichts, aber er tat wie geheißen. Man konnte zusehen, wie er während des Telephonats kleiner wurde, und trotz der Kälte standen Schweißtropfen auf seiner Stirn, als er sein Gerät wieder vom Ohr nahm. »Er kommt heute Nachmittag«, richtete er mit betretener Miene aus.

Worauf Helene wieder hinauf ins Haus ging und in ihr Zimmer, wo sie am Fenster wartete, bis sie Ludolfs schwarze Limousine auftauchen sah.

Sie empfing ihn in der Haustür.

»Fräulein Helene!«, rief er aus und verbeugte sich auf seine schiefe Weise. »Wie geht es Ihnen?«

Helene nahm ihren Mantel vom Haken. »Lassen Sie uns einen Spaziergang im Garten machen«, sagte sie. »Ich habe Ihnen einen Vorschlag zu machen, der nur für Ihre Ohren bestimmt ist.«

Ludolfs Augenbrauen hoben sich ruckartig. »Gerne«, sagte er, unübersehbar erstaunt.

Und unüberhörbar *neugierig*.

Sie trat hinaus. Die Wachposten standen beide unten am Tor und ließen sie nicht aus den Augen.

Helene wandte sich dem hinteren Teil des Gartens zu. »Sie wissen, was mir passiert ist?«, fragte sie Ludolf.

»Ja«, sagte er. »Und es tut mir sehr –«

»Darf ich fragen«, unterbrach sie, »*woher* Sie das wissen?«

So etwas wie ein flüchtiges Lächeln huschte über sein teigiges Gesicht. »Nun, ich gestehe, dass ich versuche, stets auf dem Laufenden zu bleiben, was Sie anbelangt.«

»Sehen Sie?«, sagte Helene. »So etwas Ähnliches habe ich auch gemacht. Ich habe auch über Sie Erkundigungen eingezogen. Und deswegen weiß ich, dass Sie aufgrund Ihrer Stellung gewisse … *Möglichkeiten* haben.«

Ludolf musterte sie argwöhnisch. »Wie meinen Sie das?«

»Sie sind ein hochrangiger SS-Offizier. Wenn man eine normale Abfrage nach Ihnen versucht, erhält man die Auskunft, dass Ihre Daten gesperrt sind – etwas, das nur bei höchstens hundert Personen in Deutschland passiert. Wenn man gewisse Dinge tut, für die man später aus dem Dienst für das NSA entlassen wird, stellt man fest, dass Sie etwas mit der Abteilung VI-D des RSHA zu tun haben müssen, die zuständig ist für die Auslandsaufklärung West. Und dass Sie bisweilen in Bremen am Hafen sind, wo öfters Leute mit gültigen Ausreisepapieren an Bord von Schiffen gehen, bei denen sich die Hafenpolizei fragt, woher sie die haben.«

Jetzt schmunzelte Ludolf, was ziemlich unappetitlich aussah. »Sie sind eine bemerkenswerte Frau, Helene. Und weiter? Was schließen Sie daraus?«

»Ich schließe daraus, dass Sie die Möglichkeit hätten, eine Person aus dem Land zu schmuggeln und dafür zu sorgen, dass sie ein anderes, neutrales Land wohlbehalten erreicht«, sagte Helene. »Indem Sie so tun, als sei diese Person einer Ihrer Spione.«

»Hmm.« Er wiegte den Kopf. »Ja, das könnte ich wahrscheinlich.«

Dies war der Moment. Der Moment, an den sie später

vielleicht als an den Wendepunkt ihres Lebens zurückdenken würde.

Oder an den Moment, in dem ihr altes Leben endete und ein anderes begann.

Helene blieb stehen, wandte sich ihm zu, richtete sich zu ganzer Größe auf und sah ihm fest in die Augen. »Ich muss Sie jetzt ganz direkt fragen«, erklärte sie. »Wünschen Sie immer noch, dass ich Ihre Frau werde?«

Ludolfs Augen wurden groß. »Mehr als alles andere«, erwiderte er ohne jedes Zögern.

»Es gibt da«, sprach Helene weiter, jedes Wort mit Bedacht wählend, »eine gewisse Person, die nicht in Deutschland bleiben kann. Wenn ich Ihnen diese Person anvertraue und Sie es arrangieren, dass sie heil und gesund nach Brasilien gelangt, bin ich bereit, anschließend die Ihre zu werden.«

Sie las etwas wie Erschrecken in Ludolfs Blick. Er atmete heftig ein, zugleich begann es unübersehbar in ihm zu arbeiten.

»Was ist das für eine Person?«, fragte er.

»Es wäre mir lieber, Sie würden nicht weiter in diese Richtung fragen«, erwiderte Helene, entschlossen, allen weiteren Nachforschungen seinerseits zu widerstehen.

Er nickte, gab nach. »Nun gut. Ich frage nicht weiter. Nur, wie Sie sich das konkret vorstellen.«

»Ich stelle mir vor, dass sich die besagte Person zu einem zu vereinbarenden Zeitpunkt an einer zu vereinbarenden Stelle einfindet und Sie dafür sorgen, dass sie dort abgeholt wird. Sie arrangieren alles, was weiter zu arrangieren ist, und wenn die Person in Brasilien angelangt ist, gibt sie mir telephonisch Bescheid. Sobald ich weiß, dass alles wie vereinbart geklappt hat, können Sie das Aufgebot bestellen.« Helene bohrte ihren Blick in den seinen. »Das wäre der Vorschlag, den ich Ihnen zu machen hätte.«

Ein langer Moment des Schweigens verstrich, dann ging ein Rucken durch den schief gewachsenen Körper des Ludolf von Argensleben, und er erklärte mit fester Stimme: »Betrachten Sie es als so gut wie erledigt.«

* * *

Wann war er zum letzten Mal mit einem Koffer in der Hand in einen Zug gestiegen? Eugen Lettke erinnerte sich nicht mehr. Das Abteil, das er gebucht hatte, war leer. Er verstaute seinen Koffer im Gepäcknetz und nahm einen der Plätze am Fenster.

Doch es blieb nicht so. Noch ehe der Zug abfuhr, drängten weitere Leute herein, drei Soldaten des Heeres mit klobigen Gepäcktaschen und grimmigen Gesichtern. Ohne darauf zu achten, dass sie ihn bedrängten, stellten sie sich alle ans Fenster und winkten ihren Müttern und Mädchen zum Abschied, bis der Zug den Bahnhof endlich verließ, an dem die Schäden durch den Bombenangriff immer noch zu sehen waren. Dann, endlich, setzten sie sich hin, wechselten ein paar mürrische Worte und hingen anschließend ihren Gedanken nach. Einer packte irgendwann ein belegtes Brot aus, das aufdringlich nach Leberwurst roch, und verschlang es.

Während der Fahrt starrte Eugen Lettke aus dem Fenster, auf die Landschaft, die grau und kalt unter einem grauen und kalten Himmel lag, der mit seinen festzementierten Wolken aussah wie ein Sargdeckel. Es war, als sei alle Farbe aus der Welt verschwunden; nur noch Schwarz und Weiß und Grau waren übrig, nur noch Konturen, wo einst üppige Fülle gewesen war.

Dann dachte er an Berlin, an den Gestellungsbefehl in seiner Tasche und an die geladene Luger 08 in seinem Koffer und kam sich vor wie der einsamste Mensch der Welt. Er hatte, indem er heute früh die Wohnungstür ins Schloss gezogen hatte, sein bisheriges Leben hinter sich gelassen, es einfach aufgegeben, um zu gehen, und nun wusste kein Mensch, wo er war, wohin er ging und was er vorhatte, und es kümmerte auch niemanden.

* * *

Doch da irrte sich Eugen Lettke. Zwar handelte es sich in der Tat nicht um einen Menschen, der wusste, wo er war, sondern um ein gewaltiges, sogenanntes ›neuronenartiges Netzwerk‹ in einem Komputerverbund in Berlin-Lichtenberg, doch diesem maschinellen Geist war die ungewöhnliche Kombination aufgefallen, dass da jemand vier gleichlautende Elektrobriefe an die Sekretärinnen des Führers geschickt hatte, um wenig später ein Zimmer in einem der luxuriösesten Hotels der Reichshauptstadt zu buchen sowie eine Fahrt dorthin, ferner, dass die Zimmerbuchung nur für eine Nacht galt, während die Stunde, zu der sich die betreffende Person zum Dienst an der Front zu melden hatte, noch drei Tage in der Zukunft lag, drei Tage, für die *keine* irgendwie geartete Reservierung getroffen worden war.

Diese Kombination von Daten, wie gesagt, hatten die Komputer aus dem ständig fließenden, ungeheuren Strom von Daten herausgefischt und als ungewöhnlich eingestuft, ohne einstweilen jedoch zu einem Urteil gelangt zu sein, *in welchem Maße* dies als ungewöhnlich zu bewerten war. Das würde noch eine Weile in Anspruch nehmen.

* * *

Berlin sah verändert aus, ohne dass Eugen Lettke hätte sagen können, woran es lag. Die ganze Stadt roch irgendwie nach Krieg. Die Gesichter der Menschen, die ihm begegneten, waren leer, ihre Augen hatten allen Glanz verloren, ihre Bewegungen alle Zuversicht. Viele Schaufenster waren mit Brettern gesichert, an denen bisweilen Anschläge hingen, geschrieben auf die Rückseiten von alten Werbeplakaten, etwa: *Heute: Kartoffeln, Zwiebeln, Äpfel!* Und dann waren die Kartoffeln und die Äpfel schon wieder durchgestrichen.

Immerhin, die U-Bahn fuhr noch, war voller alter Männer und Frauen in unförmigen Mänteln. Jeder schien den Atem anzuhalten, wirkte innerlich angespannt und seltsam abwesend, so, als sei man nur körperlich anwesend, aber im Geiste an der Front, um mitzukämpfen und mitzuhelfen, den Sieg zu erringen, damit die Angst endlich ein Ende fand.

Im Kaiserhof freilich war alles so prunkvoll wie eh und je, zumindest auf den ersten Blick. Doch selbst hier war es Lettke, als könne er sehen, dass alles nur noch Tünche war, mühsam aufrechterhaltene Kulisse. Wenn er die goldenen Handläufe an den Treppen sah, kam ihm das Gold dünner vor als beim letzten Mal, blickte er auf die Teppiche, erschienen sie ihm abgewetzter, und das Lächeln der Angestellten wirkte mühsam, so, als müssten sie ihren eigenen Hunger verbergen, während sie Gästen das Essen servierten.

Aber vielleicht bildete er sich das alles auch nur ein.

Jedenfalls klappte alles. An der Rezeption begrüßte man ihn freundlich, er bekam den Schlüssel ausgehändigt, und ein eifriger Knabe in Livree trug ihm den Koffer bis ins Zimmer, wo tatsächlich schon eine Flasche Champagner in einem silbernen Kühler bereitstand, zusammen mit zwei Kelchen.

Als er endlich allein war und sich in Ruhe umsehen konnte, erschütterte es ihn regelrecht, wie sehr alles so aussah wie damals. Der Hals der Champagnerflasche zeigte in dieselbe Richtung, die Stühle standen genauso, die Kissen waren auf genau die gleiche Weise dekoriert, sogar die Blumen in der Vase waren dieselben! Einen verwirrenden, köstlichen Augenblick lang war ihm, als müsste jeden Moment Cäcilia aus dem Badezimmer treten, damit er die Chance bekam, sein Versagen ungeschehen zu machen.

Doch das geschah natürlich nicht. Er seufzte, zog seinen Mantel aus, hängte ihn ordentlich an einen der goldenen Haken neben der Tür. Dann entkorkte er den Champagner, goss sich ein Glas voll ein, ließ sich auf demselben Stuhl nieder, auf dem er damals gesessen hatte, und trank.

Hier war er nun also. Seltsam. Als er das Zimmer gebucht hatte, war es ihm wie eine gute Idee vorgekommen, aber jetzt hatte er Mühe, sich zu erinnern, was er sich davon erhofft hatte. Jedenfalls etwas, das er damit nicht erreicht hatte.

Wie es ihm so oft im Leben ergangen war.

Er schenkte sich nach, trank, schloss die Augen dabei und versuchte, die Erinnerungen heraufzubeschwören. An jenen Nachmittag damals. An Cäcilia, wie sie sich vor ihm ausgezogen hatte. An ihren nackten Körper. Daran, wie er sie aufs Bett gefesselt hatte.

Und an die Zeit vor jenem Tag, als ihn die bloße Vorstellung, was er mit ihr machen würde, so ungeheuer hatte erregen können.

Nichts davon ließ sich wirklich zurückrufen. Er erinnerte sich, aber in seiner Hose regte sich nichts mehr.

* * *

Ungefähr zu diesem Zeitpunkt gelangten die Komputer des Projekts TTIB zu dem Resultat, dass das Maß der Ungewöhnlichkeit, das ein gewisser Eugen Lettke an den Tag legte, es rechtfertigte, den zuständigen Ordnungskräften eine entsprechende Warnmitteilung zukommen zu lassen.

Hätte man die Berechnungen des ›neuronenartigen Netzwerks‹ nachvollzogen, hätte man festgestellt, dass für diese Entscheidung hauptausschlaggebend der Umstand war, dass der Betreffende, nachdem er am Vortag an alle vier persönlichen Sekretärinnen des Führers mit Elektrobriefen herangetreten war, just gegenüber der Reichskanzlei Logis bezogen hatte.

Dass Eugen Lettke noch die Ordonnanzwaffe seines Vaters besaß und sie überdies bei sich führte, wussten die Komputer dabei nicht einmal, denn das war in den Datensilos nirgends verzeichnet.

* * *

Der Champagner schmeckte gut, es war nur nicht besonders viel drin in so einer dicken, schweren Flasche. Egal. Er war ja nicht hergekommen, um sich zu betrinken. Er war hergekommen, um … um …

Ach, zum Teufel. Jedenfalls würde er nicht an der Ostfront sterben! Nicht er, der Sohn eines Kriegshelden. Das hatte er nicht nötig. Sein Vater war heldenhaft genug gewesen für zwei – unnötig, aus der Sterberei in Kriegen eine Tradition zu machen.

Eugen Lettke schwankte, als er aufstand. Aber nur leicht. Kein Problem. Er hatte sich immer noch im Griff, alles unter Kontrolle. Außerdem ließ es schon nach.

Er ging zu seinem Koffer hinüber, der immer noch neben der Tür stand, da, wo dieser Knabe ihn hingestellt hatte. In den alten Filmen bekamen Pagen für derartige Dienste immer ein Trinkgeld in die Hand gedrückt, aber heutzutage, wo man nur noch elektrisch zahlen konnte, war das aus der Mode gekommen, weil: zu umständlich.

Irgendwie ließ ihn dieser Gedanke kichern.

Er hob den Koffer auf das Bett, öffnete ihn, holte die Pistole heraus. Ganz schön schwer, so ein Ding. Er wog sie in der Hand, schloss die Finger um den Griff, legte den Zeigefinger auf den Abzug, hatte Lust, damit auf irgendetwas zu schießen, einfach so. Auf die leere Flasche vielleicht, die auf dem Tisch stand. Oder auf den Spiegel. Einen Spiegel zerschießen, das kam ihm vor wie etwas, das großartig anzusehen sein musste.

Er entsicherte die Waffe, legte an, hielt inne.

Eigentlich hatte er ja auf etwas ganz anderes zu schießen vorgehabt. Auf *jemand* ganz anderes.

Er drehte die Hand, setzte sich den Lauf auf die Stirn.

Eigenartige Haltung. So konnte man gar nicht richtig abdrücken. Wie machte man das denn richtig? An die Schläfe eher, oder? Seitlich?

So saß er da, spürte, wie sein Herz hämmerte, als verstünde es besser als sein Geist, was vor sich ging. Es war doch ganz einfach. Ein Schuss, und es war vorbei. Er durfte jetzt nur kein Feigling sein.

In diesem Augenblick, ohne jede Vorwarnung, trommelten auf einmal mehrere Fäuste wie wild an seine Zimmertür. Es geschah mehr aus Schreck als aus Entschlossenheit, dass Eugen Lettke abdrückte.

* * *

Helene blieb an diesem Abend auf, wartete, bis Berta endlich zurück war.

»Und?«, fragte sie flüsternd, als das Zimmermädchen lautlos ins Zimmer trat.

»Ich habe alles genau so ausgerichtet, wie Sie es mir aufgetragen haben«, erklärte Berta ebenso leise.

»Und was haben sie gesagt?«

Berta neigte den Kopf. »Frau Aschenbrenner ist eine Weile verschwunden, ihr Mann hat mir solange Gesellschaft geleistet. Als sie zurückgekommen ist, hat sie gesagt, die fragliche Person sei einverstanden und werde alles genau so machen, wie es abgesprochen sei. Und ich soll Ihnen von der fraglichen Person tausend Dank übermitteln, für alles.«

Helene fühlte ein Zittern in ihrer Brust bei diesen Worten. »Danke«, flüsterte sie. »Lass mich nun bitte allein.«

Berta verschwand, und Helene hätte gerne ihren Tränen freien Lauf gelassen, doch es kamen keine, nicht einmal, als sie daran dachte, dass sie Arthur nicht einmal hatte Lebewohl sagen können.

Stattdessen war ihr, als sei ihr Körper im Begriff, zuzufrieren wie ein See im tiefsten Winter.

Vielleicht war das ganz gut so. Denn gleichgültig, wie dieses Unternehmen ausgehen mochte, der gute Teil ihres Lebens war damit zu Ende.

60

Dann begann das lange Warten. Tag um Tag verging, während die Welt stillzustehen schien, allen Nachrichten über errungene Siege, eroberte Städte und heldenhafte Vorstöße zum Trotz. Immer wieder passte Helene Berta ab und fragte, ob sie auch *wirklich* alles genau übermittelt habe.

»Ja«, sagte Berta dann immer. »Alles, bis zum letzten Wort.«

Schließlich ging Berta noch einmal fort, kam zurück und berichtete, dass alles wie abgesprochen geschehen sei. Am Dienstagmorgen um fünf Uhr habe man die fragliche Person zu dem steinernen Kreuz an der einsamen Eiche gebracht. Herr Aschenbrenner habe von ferne beobachtet, wie auch ein Auto gekommen und die fragliche Person eingestiegen sei. Dann sei das Auto davongefahren in Richtung Erfurt, schloss Berta ihren Bericht.

Helene wanderte in Gedanken im Kalender weiter, überlegte, ab welchem Tag sie das Recht haben würde, sich ernsthafte Sorgen zu machen. Von Erfurt bis Bremen, das ging in einem Tag. Aber vielleicht stand nicht gleich ein Schiff bereit. Und dann die Überfahrt selbst … eine gute Woche, soweit sie wusste, je nach Wetter und Seegang …

»Und die Telephonnummer?«, fiel ihr ein. »Haben sie die … der Person mitgegeben?«

»Die Nummer von unserem Hausapparat. Ja.«

»Gut.« Helene seufzte. »Dann müssen wir wohl weiter warten.«

Am nächsten Abend, gerade, als sie sich darauf eingerichtet hatte, noch eine Woche zu warten, klingelte das Telephon.

Johanna ging ran, sagte: »Einen Moment, ich ruf sie«, und erschrak, als sie sich umdrehte und nach Helene rufen wollte und die schon hinter ihr stand.

»Ein Anruf«, sagte sie und reichte ihr den schweren Hörer. »Für dich.«

»Danke.« Helene presste den Hörer ans Ohr. »Helene Bodenkamp?«

Eine gelangweilte Frauenstimme sagte: »Guten Tag, Fräulein Bodenkamp. Ich habe hier einen Anruf aus dem Ausland für Sie. Der Anrufer hat ein Kennwort benutzt, für das eine Ausnahmegenehmigung vorliegt. Kann ich ihn durchstellen?«

»Ja, bitte«, sagte Helene hastig.

Und dann … hörte sie eine Stimme. Arthurs Stimme. Fern, verrauscht, aber er war es. Sie erkannte ihn, allein schon daran, wie er ihren Namen aussprach, als er sagte: »Hallo, Helene.«

In ihr zog sich alles zusammen, vor Sehnsucht, vor Erleichterung, vor Verzweiflung. »Hallo, Arthur«, stieß sie hervor. »Wo bist du?«

»Tja … In Rio de Janeiro. Wirklich wahr.«

»Ist alles gut gegangen?«

»Und wie«, sagte er. »Ich kann's noch gar nicht fassen, dass ich hier bin. Ja, es hat alles geklappt. Deutsche Organisation, schätze ich.«

»Und wie … wie geht es dir?«, fragte sie bang.

»Och«, machte er. »Gut. Doch, ja.« Er lachte. »Gut. Ich weiß noch nicht, wie es weitergeht, aber … aber die Mädchen sind sehr schön hier.«

Das war der Schlüsselsatz, auf den Helene gewartet hatte. Sie hatte Berta aufgetragen, Marie und Otto zu sagen, sie sollten Arthur einschärfen, genau diesen Satz zu sagen als Signal dafür, dass *wirklich* alles gut gegangen war und nicht etwa ein SS-Mann mit der Pistole neben ihm stand und ihn zwang, sie anzulügen.

Nun, da sie den Satz hörte und ihn damit endlich in Sicherheit wusste, fiel ihr eine Last von der Seele – und zugleich brach es ihr das Herz. Auf einmal standen ihr wieder die Dias vor Augen, die Onkel Siegmund ihnen einmal von seiner Südamerikareise gezeigt hatte, all die Photographien von bildschönen Mädchen mit verlockenden Blicken, und Helene fragte sich, was um alles in der Welt sie dazu bewogen hatte, ausgerechnet diesen Satz als Signal auszuwählen.

Weil, erinnerte sie sich, kein Mensch auf die Idee gekommen wäre, Arthur so etwas sagen zu lassen, um sie in Sicherheit zu wiegen. Das war ihr in dem Moment wie eine gute Idee vorgekommen.

»Gut«, sagte sie und hatte das Gefühl zu ersticken. »Dann bin ich ja beruhigt.«

»Ich auch. Und wie. Blauer, endloser Himmel über mir ... wie lang hab ich das nicht gehabt? Die Sonne scheint. Und kein Krieg. Kein Krieg. Ich ... ich weiß nicht, wie du das hingekriegt hast, aber ich bin dir jedenfalls unendlich dankbar. Du hast mich gerettet.«

»Schon gut«, sagte Helene. »Ich hoffe, du kommst zurecht. Die Sprache ... das Klima ...«

»Wird schon gehen«, sagte er, zögerte. »Ich muss auflegen. Es ... es wäre schön, wenn du mich eines Tages besuchen kämst.«

Helene hatte einen Kloß im Hals. »Ich kann nichts versprechen«, sagte sie. »Wenn es sich einrichten lässt.«

Dann war die Leitung tot.

Helene hielt den Hörer noch eine Weile in der Hand, spürte dem Klang von Arthurs Stimme nach, bis sie in ihrer Erinnerung verhallt war. Dann legte sie auf, hob wieder ab und sagte, als sich die Telephonistin meldete und ihre üblichen Fragen stellte: »Helene Bodenkamp für Herrn Ludolf von Argensleben.«

»Und worum geht es?«, fragte die Frau.

»Um seinen Heiratsantrag«, sagte Helene mit dem Gefühl zu sterben.

61

Nach der Heirat reiste Helene mit Ludolf und drei Koffern, die ihre wesentlichste Habe enthielten, auf dessen Gut im Brandenburgischen, wo sie leben würden. Auf irgendeine Weise hatte Ludolf erreicht, dass sämtliche Vorwürfe gegen sie fallengelassen wurden, und das auf so beiläufige Weise, als habe es sich ohnehin nur um dumme Missverständnisse gehandelt. Sie hatte ihr altes Telephon zurückbekommen und obendrein noch eine abschließende Gehaltszahlung, als habe sie regulär gekündigt, und Herr Adamek hatte sich gar die Mühe gemacht, in die Kirche zu kommen, um ihr alles Gute und viel Glück zu wünschen.

So, wie er es gesagt hatte, hatte es geklungen wie: »Sie werden alles Glück brauchen, das Sie kriegen können.«

Ludolf hatte ihr vor der Abfahrt erklärt, welchen Weg sie nehmen würden und wie die Städte und Gegenden hießen, aber Helene hatte alles schon wieder vergessen, als sie Berlin passierten, und schaute einfach nur aus dem Fenster auf eine Landschaft, die ihr ganz fremd und menschenleer vorkam. Alles war schrecklich flach und eintönig, eine Ebene aus welligen Wiesen, Sumpfgebieten und hier und da einem von Schilf, Riedgras und müde wirkenden Bäumen umstandenen See. Sie passierten alte, verlassen wirkende Dörfer mit prachtvollen Kastanienalleen und geduckten Kirchlein aus grauen Steinen, um dann wieder zwischen Wiesen dahinzufahren, auf denen nur ein, zwei Schafe weideten oder einmal ein einsamer Esel, stets bewacht von jemandem mit einem Gewehr, einem Knaben oder einem alten Mann.

Endlich erreichten sie das Anwesen, das, wie Helene

wusste, »Schloss Argensleben« genannt wurde: Dieser Name entpuppte sich als böse Hochstapelei, denn es war nur ein schlichtes, wenn auch großes Gut, auf dem man vor dem Krieg hauptsächlich Pferdezucht betrieben hatte. Ein Haupthaus umrahmte mit zwei Seitenflügeln einen kahlen Vorplatz, auf dem noch die Umfriedungen abgestorbener Bäume zu sehen waren. Das trockene Becken eines ehemaligen Springbrunnens in ihrer Mitte lag voller Sand, Schmutz und modernder Blätter. Die Gebäude waren groß, hatten aber kleine Fenster, und die Ziegelwände waren restlos von einem schwarzen Schimmel überwuchert, dessen man, wie einige Kratz- und Putzspuren zeigten, offenbar nicht Herr wurde.

»Wenn der Krieg erst gewonnen ist«, meinte Ludolf, als er ihr während eines ersten Rundgangs alles zeigte. »Dann wird alles besser.«

Die Pferdeställe, endlose Reihen von Boxen, waren verwaist bis auf vier, in denen magere, ebenfalls schwarze Mähren standen, die sich mit irren Blicken fortwährend umsahen und Helene vorkamen wie die Pferde der vier apokalyptischen Reiter.

Die Räume im Inneren des Hauses waren von ungeheurer Größe; das wenige Licht, das durch die winzigen Fenster einfiel, verlor sich darin, sodass alles in stete Dämmerung gehüllt war. Überall standen gewaltige Schränke aus schwarzem, mit rätselhaften Schnitzereien verziertem Holz, und an den Wänden hingen zahllose riesige Ölbilder, die Ludolfs Ahnen darstellten.

Hier also würde sie von nun an leben. Ein Zimmer, das sie ihr eigen würde nennen können, bekam sie nicht, aber einen eigenen Schrank im ehelichen Schlafzimmer, um ihre Kleider und anderen Sachen zu verwahren. Sie traf die Mitglieder von Ludolfs Familie wieder, die zur Hochzeit in Weimar gewesen waren und sich dort schon nicht sonderlich gesprächig gezeigt hatten; hier, in ihrer eigenen Umgebung, wirkten sie noch abweisender: Ludolfs Mutter etwa, eine alte Frau, die so gut wie gar nichts sagte, sondern nur täglich schweigende Spaziergänge über den Hof unternahm, schwarz gekleidet und auf ihren Stock gestützt, was sie aussehen ließ wie ein seltsamer Rabe. Oder Ludolfs Schwester Alma, ein verhärmtes, wortkarges Wesen, das Kommando führte über die alten Knechte, die wiederum Gewehre trugen, weil sie drei französische Kriegsgefangene zu beaufsichtigen hatten, die auf dem Hof arbeiteten. Die drei Männer mussten jederzeit Fußketten tragen, die man immerzu klirren und scharren hörte.

Darüber hinaus gab es allerhand Köchinnen, Mägde, Zimmermädchen, Stallburschen und andere Bedienstete, mehr, als Helene auf Anhieb zu überblicken vermochte. Und dennoch wollte sich das Gefühl, sich in menschlicher Gesellschaft zu befinden, nicht einstellen. Wenn Helene morgens zum Frühstück in den Speisesaal hinabging – was sie stets tat, wenn Ludolf nicht da war –, diskutierten die anderen immer, wo »der Russe« inzwischen stand, und verstummten, sobald Helene eintrat, als wüssten sie nicht, dass man sie auf dem Flur hören konnte. Zu Mittag gab es schrecklich oft kleine, unbestimmbare Vögel in einer sauren braunen Soße zu essen, deren Knochen zu dünn waren, um sie herauszulösen, und die beim Zerbeißen eklig knirschten: Alle schienen das für einen Leckerbissen zu halten, nur Helene hielt sich lieber an die Kartoffeln, so hart die auch waren.

Bei einem ihrer ersten Erkundungsgänge, die sie auf eigene Faust unternahm, entdeckte Helene in einer Garage einen Lastwagen, beladen mit fertig gepackten Koffern, Vorratskisten, Decken, Zelten und Munition: Fluchtgepäck offenbar. Also *redete* man nicht nur über die sich nähernden Russen.

Helene erschrak, als sie plötzlich bemerkte, dass jemand

hinter ihr stand. Es war Alma, die bat: »Sag Ludolf nichts davon.«

»Um Himmels willen«, entfuhr es Helene. Dann, als sie sich wieder beruhigt hatte: »Wieso nicht?«

»Wer sich auf eine Flucht vorbereitet, glaubt nicht mehr an den Endsieg. Und das ist strafbar.«

Helene musterte den prächtigen Lastwagen. »Hat er wirklich keine Ahnung davon?«

»Doch«, sagte Alma. »Aber wenn man es ihm sagt, kann er nicht mehr so tun, als wisse er nichts davon.«

Helene versprach es, worauf Alma sie eine Weile schweigend musterte und dann ohne ein weiteres Wort wieder ging. Helene schloss das Garagentor hinter sich, hatte dann aber keine Lust mehr, ihre Erkundung fortzusetzen: Wer mochte wissen, auf was für düstere Geheimnisse sie sonst noch stoßen würde?

Doch so unheimlich und ungastlich ihr neuer Wohnort auch war, der unangenehmste Aspekt ihres neuen Lebens war doch, dass sie verpflichtet war, sich dem auszuliefern, was Ludolf für »Zärtlichkeiten« hielt.

Seine Männlichkeit war ebenso schief und missgestaltet gewachsen wie sein übriger Körper, doch sie funktionierte wie auf Kommando, und wenn er zu Hause war, ließ er es sich nicht nehmen, allabendlich Gebrauch von ihr zu machen. Helenes körperlichen Abscheu vor ihm schien er für jungfräuliche Schüchternheit zu halten, die sich mit der Zeit geben würde. Helene ließ einfach alles über sich ergehen, machte die Bewegungen und Geräusche, die er vermutlich von ihr erwartete, und war jedes Mal froh, wenn es vorbei war und er wieder von ihr abließ. Zum Glück war Ludolf kein Mann, der hinterher lange wach zu bleiben vermochte oder gar Lust auf Gespräche hatte, vielmehr drehte er sich stets einfach nur zufrieden um und schlief ein.

In diesen einsamen Nachtstunden dachte sie immer an Arthur; daran, wie herrlich es mit ihm gewesen war, und daran, dass sie ihn nie wiedersehen, nie wieder seine Stimme hören oder auch nur erfahren würde, wie es ihm ging. Das war das Härteste an der ganzen Sache. Ja, sie wusste nicht einmal, ob Ludolf nicht womöglich Anweisung gegeben hatte, Arthur zu töten, sobald der entscheidende Anruf getan war! Irgendwie kam es ihr alles andere als übertrieben vor, ihm derlei zuzutrauen.

Ihr ursprünglicher Plan war ein anderer gewesen. Sie würde, hatte sie sich überlegt, Ludolf heiraten und seine Gegenwart notgedrungen eine Zeitlang ertragen, aber nur so lange, bis sie alles vorbereitet hatte, um ebenfalls nach Brasilien zu fliehen und dort bis ans Ende ihrer Tage mit Arthur zusammen zu sein. Das hatte sie Arthur auch so ausrichten lassen, aus Sorge, dass er sich sonst vielleicht weigern würde, bei der Sache mitzumachen, und selber hatte sie zu dem Zeitpunkt auch noch geglaubt, dass es so funktionieren würde.

Aber das würde es nicht, das wurde ihr immer klarer, je gründlicher sie darüber nachdachte.

Erstens brauchte man, um die Grenzen des Reichs zu verlassen, einen Pass und, soweit sie gehört hatte, auch eine Unbedenklichkeitserklärung des Finanzamts, dass entweder keine Reichsfluchtsteuer anfiel oder dass diese bezahlt war. Schon, was ihren Pass betraf, war es für jemanden wie Ludolf ein Leichtes, ihn sperren zu lassen, sobald er bemerkte, dass sie fort war. Ja, das würde sogar sein erster Gedanke sein, den umzusetzen es nur eines Telephonanrufs im Reichssicherheits-Hauptamt bedurfte. Und wie man so eine Unbedenklichkeitserklärung bekam, wusste sie nicht einmal.

Zweitens kostete eine Schiffspassage von Europa nach Brasilien Geld und musste zudem lange im Voraus gekauft werden, da solche Passagen aus den unterschiedlichsten

Gründen sehr begehrt waren. Wie sollte sie *das* machen? Da es kein Bargeld mehr gab, war es unmöglich, so ein Ticket zu kaufen, ohne dass Ludolf davon erfuhr. Zwar besaß sie nach wie vor ihr eigenes Konto, aber sie hatte schon mitbekommen, dass Ludolf unter anderem eine Abteilung unterstand, die die Konten bestimmter Personen auf ungewöhnliche Zahlungen hin kontrollierte; das konnte heutzutage schon durch entsprechende Komputerprogramme erfolgen, die unübliche Kontobewegungen zuverlässig erkannten und meldeten. Und sie war sich sicher, dass Ludolf auch sie im Auge behielt; jedenfalls hatte er, nachdem sie das erste Mal alleine ins Dorf spaziert war und in dem düsteren kleinen Wirtshaus eine Fanta getrunken hatte, davon gewusst und gemeint, mit einer Fanta könne man nichts falsch machen, aber sie solle dort besser nichts essen, wenn ihr am einwandfreien Zustand ihrer Verdauung etwas liege.

Kurzum: Sie stand unter ständiger Beobachtung und Kontrolle und kannte niemanden, auf dessen Hilfe sie hätte zählen können. Unter diesen Umständen war die Idee, Ludolf zu verlassen und nach Brasilien zu fliehen, völlig utopisch. Sie tat besser daran, sich mit ihrem Schicksal abzufinden und sich zu bemühen, das Beste daraus zu machen.

* * *

Helene schlug Ludolf vor, einen Komputer anzuschaffen. »Ich könnte ein wenig von zu Hause aus arbeiten«, meinte sie. »Für eine Versicherung vielleicht. Da wird es nach dem Krieg bestimmt eine Menge Programmierbedarf geben.«

Sie saßen beim Frühstück. Ludolf hielt ihr seine Tasse hin, damit sie ihm Kaffee nachschenkte. Echten Kaffee, den er von irgendwoher besorgte.

»Meine Frau braucht nicht zu arbeiten«, sagte er kühl.

»Ja, sicher«, beeilte sich Helene zu versichern, »aber schau, ich hab doch nichts zu tun hier, und –«

»Wenn unser erstes Kind auf der Welt ist, wirst du mehr als genug zu tun haben.«

Helene musste schlucken. Den Gedanken, irgendwann von Ludolf schwanger zu werden, ließ sie nur ungern an sich heran. »Aber bis dahin –«

»Wir tun doch alles, damit es bis dahin nicht mehr allzu lange dauert«, meinte Ludolf mit einem Grinsen, bei dem ihr schlecht wurde. »Oder?«

»Ja«, sagte sie matt. »Das ist wahr.«

Vielleicht würde sie ja der Krieg retten. Vielleicht würde die Front schneller da sein als ein Kind. Vielleicht würden sie mit dem vorbereiteten Lastwagen fliehen müssen.

»Außerdem sind Komputer für den privaten Bedarf inzwischen so gut wie nicht mehr zu bekommen«, fuhr Ludolf fort. »Der Krieg fordert alle Ressourcen. Ich fürchte, du musst dich mit deinem Telephon begnügen. Umständlicher, sich damit im Weltnetz zu bewegen, ich weiß, aber immerhin, es geht. Du kannst ins Forum, du kannst mit deinen Freundinnen telephonieren ...«

»Ja«, sagte Helene fügsam, obwohl sie am liebsten geschrien hätte: *Aber man kann damit keine PROGRAMME stricken!* »Es wird schon gehen.«

Ab da verbrachte sie tatsächlich viel Zeit damit, zu telephonieren und im Deutschen Forum zu stöbern. Sie fand eine Gruppe für werdende Mütter, in der sie aber vorerst nur mitlas, um für das Unausweichliche gewappnet zu sein, und trat einer Gruppe speziell für Ehegatten von SS-Angehörigen bei, in der hauptsächlich über all die Geheimhaltung und die langen Dienstzeiten gejammert wurde. Helene jammerte mit, obwohl die langen Perioden, in denen Ludolf nicht zu Hause war, der beste Aspekt ihres neuen Lebens waren: Aber das behielt sie lieber für sich, denn sie hätte jede Wette gehalten, dass Ludolf ihre Aktivitäten im Forum überwachte.

Sie telephonierte ab und zu mit Marie, die aber wenig Zeit hatte, da sie das zweite Kind erwartete und es, da man ihnen alle Knechte weg an die Front geholt hatte, unendlich viel zu tun gab. Immerhin, es ging ihnen gut.

Es tat gut, die Stimme der Freundin zu hören, und doch ließ Helene diese Gespräche von sich aus nicht allzu lang werden – weil sie sich dabei gehemmt fühlte, nicht wusste, ob Ludolf ihre Telephonate aufzeichnen ließ: Manchmal machte er Bemerkungen oder stellte Fragen, die in Helenes Ohren klangen, als habe er mitgehört, wolle es aber nicht zugeben.

Zum Glück dachte Marie mit und erwähnte Belastendes mit keiner Silbe. Aber natürlich konnte Helene so auch nicht loswerden, wie es ihr *wirklich* ging.

Sie telephonierte auch mit ihrer Mutter, aber meistens, weil diese von sich aus anrief, immer noch hellauf begeistert, dass ihre Tochter einen Adligen geheiratet hatte. Während Marie zumindest vermutete, dass es ihr nicht gut ging, hatte Helenes Mutter davon nicht die leiseste Ahnung, sondern wartete voller Ungeduld auf das erste große Familienfest auf dem »Schloss«, am liebsten in Verbindung mit der Taufe ihres ersten Enkelkinds. Bei dieser Gelegenheit, so meinte sie mehrfach, werde der Gräfsche Familienschmuck, den sie Helene zur Hochzeit geschenkt hatte, endlich einmal wieder zur Geltung kommen.

»Einstweilen tut sich in Sachen Kind noch nichts«, erwiderte Helene.

»Das wird schon«, meinte ihre Mutter dann. »Auf jeden Fall kommen wir euch besuchen, sobald der Krieg gewonnen ist.«

Helene musste an sich halten, um nicht zu seufzen. »Ja«, sagte sie. »Macht das.«

Sobald der Krieg gewonnen war? Von hier aus hatte man

nicht den Eindruck, dass derlei dicht bevorstand. Von den Fenstern an der Nordseite des obersten Stockwerks aus sah Helene ab und zu Transporte, die gen Osten rollten, lange Reihen trauriger Lastwagen, Mannschaftswagen und Haubitzen, die so langsam fuhren, als wüssten sie genau, dass nur Unheil auf sie wartete.

Um überhaupt etwas zu tun zu haben, übernahm Helene schließlich die Pflege der Familiengräber derer von Argensleben. Viel Ausrüstung war dazu nicht nötig – mit einer Gießkanne, einer Schaufel und Gartenhandschuhen war man schon fürstlich ausgestattet –, dafür konnte man nahezu beliebig viel Zeit damit verbringen, denn die Zahl der Vorfahren Ludolfs, die auf den riesigen Porträts im Haupthaus abgebildet und auf dem örtlichen Friedhof in bester Lage beigesetzt waren, war beträchtlich. So brachte Helene ganze Tage damit zu, Unkraut zu jäten, Blumen umzupflanzen, zu erneuern oder zu gießen, Grabsteine von Flechten und Vogelkacke zu reinigen und dergleichen mehr. Es war eine ruhige, einfache Arbeit, bei der sie ganz für sich war und in Ruhe ihren Gedanken nachhängen konnte – also fast so, wie das Programmieren gewesen war.

Der Friedhof kam ihr zudem vor wie ein Ort, der herausgehoben war aus dem Irrsinn der übrigen Welt. Hier, unter all den Toten, befiel sie nach und nach selber die Sehnsucht, tot zu sein, es endlich vorüber und überstanden zu haben, dieses Leben, das so sinnlos war ohne Liebe. Und Liebe, das hieß für sie immer noch und würde immer heißen: Arthur.

Hier geschah es auch, dass sie eines Nachmittags zum Himmel aufsah und sich sagte, dass, wenn ihr ohnehin nichts mehr an diesem Leben lag, sie es genauso gut aufs Spiel setzen und versuchen konnte, zu fliehen und zu Arthur zu gelangen.

* * *

Für ein solches Vorhaben, wurde ihr klar, musste sie sich vor allem Verbündete suchen.

Hilfreich war hierbei, dass ungefähr um diese Zeit Ludolf eines Abends beim Essen ankündigte, er werde in Zukunft noch öfter und noch länger unterwegs sein müssen. Aus der Art und Weise, wie er das sagte, hörte Helene heraus, dass er gemischte Gefühle dabei hatte: auf der einen Seite Stolz auf seine Aufgaben, auf der anderen Seite ein Widerstreben, weil die Aufgaben seinen persönlichen Zielen zuwiderliefen.

»Wieso das?«, fragte Helene also, während sie ihm, wie er es erwartete, das größere Stück Hackbraten auf den Teller tat. »Hast du einen neuen Aufgabenbereich bekommen?«

Er sah sie an, dankbar wie immer, wenn er sich von ihr verstanden fühlte. »Ja«, sagte er. »Einen delikaten.«

Helene sah ihm reglos zu, wie er nach Worten suchte, auf Schlimmes gefasst.

»Du weißt«, begann er, »dass unser Volk einen hohen Blutzoll entrichten musste. Selbst wenn der Krieg bald enden sollte, die Verluste sind schmerzhaft hoch. Und naturgemäß sind es vor allem junge Männer in der Blüte ihres Daseins, die ihr Leben für das Vaterland gegeben haben, was umgekehrt bedeutet, dass nach dem Krieg viele junge Frauen zwangsläufig unverheiratet bleiben werden. Ein unhaltbarer Zustand angesichts der Notwendigkeit, die Verluste baldmöglichst wieder auszugleichen. Deshalb hat der Reichsführer beschlossen, das System der Lebensborne auszubauen, damit auch unverheiratete Mütter in aller Ruhe arische Kinder großziehen können.« Ludolf faltete die Hände. »Nun, und von mir wird erwartet, das Vorhaben zu beaufsichtigen.«

Helene verspürte einen verblüffenden Moment völlig irrationaler Eifersucht. »Erwartet man von dir, auch … *auszuhelfen*? Wenn, sagen wir, *Not am Mann* sein sollte?«

»Nein, nein«, antwortete Ludolf rasch, »wo denkst du

hin? Nur Arier der Stufe AAA oder AA sind für diese Art … *Tätigkeit* zugelassen. Nein, ich muss Bauarbeiten beaufsichtigen, Zwangsarbeiter aussuchen, Aufnahmeformulare abzeichnen, Sicherheitsmaßnahmen organisieren und solche Dinge. Keine Sorge.«

Sich immer noch über sich selber wundernd, fragte Helene: »Und wann soll es losgehen?«

»Morgen«, sagte Ludolf. »Und ich werde mindestens eine Woche lang weg sein.«

In dieser Nacht überlegte Helene, während Ludolf seinen üblichen Zeugungsversuch absolvierte, was sie tun würde, sollte sie schwanger werden, ehe ihr die Flucht gelang. Würde sie dann überhaupt noch imstande sein, Ludolf zu verlassen? Oder gar, im schlimmsten Fall, ein eventuelles Kind bei ihm zurückzulassen?

Nein, das auf keinen Fall, erkannte sie, als Ludolf gerade keuchend seine Begattungspflicht erfüllte. Sie konnte nur hoffen, dass ihr Körper sich weiterhin verweigern würde und sie so nie in dieses Dilemma kam.

Am nächsten Morgen erstellte sie, nachdem Ludolf mit seiner Entourage abgefahren war, eine Liste aller Personen, mit denen sie auf dem Anwesen zu tun hatte. Und anschließend machte sie sich daran, all diese Leute auf die Probe zu stellen.

Was natürlich nicht überstürzt werden durfte. Im Gegenteil, um verlässliche Ergebnisse zu liefern, musste sie sich alle Zeit der Welt dafür lassen – Zeit, die sie nicht hatte!

Egal. In den folgenden Tagen suchte Helene nach Gelegenheiten, mit jeder Person auf ihrer Liste in ein Gespräch unter vier Augen zu kommen – mit jeder Küchenhelferin, jedem Zimmermädchen, jedem Knecht. Nicht, dass ihr das leicht fiel – persönliche Gespräche hatte sie, außer mit gut vertrauten Freundinnen, immer schwierig und unangenehm gefunden –, aber sie versuchte einfach, es so gut wie möglich hinzubekommen, dass zumindest für einen Moment so etwas wie Vertrauen oder gar Sympathie aufkam.

Wenn das gelang, fragte sie immer, und immer mit etwas gesenkter Stimme: »Kann ich Ihnen etwas anvertrauen?«

Niemand, stellte sie im Lauf der Zeit fest, antwortete auf eine solche Frage mit »Nein«.

So vertraute sie der Küchenmagd Ilse an, dass ihr die kleinen gebratenen Vögel schrecklich widerstanden.

Dem Zimmermädchen Wilhelmine vertraute sie an, dass der Urahn auf dem Porträt im Treppenhaus, Bodo von Argensleben, aussähe, als habe er an Syphilis gelitten.

Dem Pferdeknecht Johannes vertraute sie an, dass sie schreckliche Angst vor Pferden habe.

Ludolfs Schwester Alma vertraute sie an, dass es in ihrer Familie eine Neigung zum Alkoholismus gäbe, was aber sorgsam verschwiegen werde.

Und so weiter. Sie hatte sich für jeden Namen auf der Liste etwas anderes ausgedacht und mit einem entsprechenden Stichwort festgehalten. Und nach jedem ihrer Geständnisse bat sie inständig: »Aber bitte sagen Sie Ludolf nichts davon!« Was ihr jeder versprach.

Nur bei Ludolfs Mutter hatte sie kein Glück. Sie passte sie einmal auf einem ihrer einsamen Spaziergänge ab, doch die alte Frau fragte nur misstrauisch: »Kenne ich Sie?«

»Natürlich«, sagte Helene verwundert. »Ich bin Helene. Ihre Schwiegertochter. Die Frau von Ludolf.«

»Wer ist Ludolf?«, fragte die Frau in Schwarz daraufhin.

»Ihr Sohn!«

»Was reden Sie da?« Die alte Frau fuchtelte mit ihrem Stock herum, dass einem angst und bange werden konnte. »Ich habe keinen Sohn! Wer würde denn Kinder in diese wahnsinnig gewordene Welt setzen?«

Ludolfs Mutter war schon senil, erkannte Helene und strich ihren Namen auf ihrer Liste durch. Von ihr würde keine Hilfe zu erwarten sein.

Dann wartete sie ab, bis Ludolf zurück war.

»Ich habe gehört, du magst die Vögel nicht?«, sagte er dann zum Beispiel. »Das ist schade. Sie sind einfach zu fangen und nahrhaft. Eine Notnahrung, gewiss, aber es gibt Schlimmeres.«

Worauf ihm Helene versicherte, das sei ein Missverständnis; das Küchenmädchen habe nur so für die Vögel geschwärmt, dass sie habe sagen müssen, ihre Lieblingsspeise seien sie nicht gerade. Damit war Ludolf zufrieden, und Helene strich Ilse bei nächster Gelegenheit von ihrer Liste.

Als Ludolf vor dem besagten Gemälde stehen blieb und erzählte, sein Urahn sei für seine außerordentliche Gesundheit bekannt und seiner Frau zudem ein Leben lang treu gewesen, strich sie das Zimmermädchen Wilhelmine.

Als Ludolf sie fragte, ob sie nicht Lust habe, reiten zu lernen; er kenne einen sehr guten Reitlehrer, vertröstete Helene ihn auf nach dem Krieg und strich den Namen des Pferdeknechts Johannes durch.

Und als Ludolf geradezu empört meinte: »Alma hat gesagt, es gäbe Fälle von Trunksucht in deiner Familie – stimmt das?«, gelobte Helene, nur einen dummen Scherz gemacht zu haben, und strich auch den Namen ihrer Schwägerin durch.

Dieses Spiel ging über Monate und endete damit, dass sie jeden einzelnen Namen auf ihrer Liste gestrichen hatte. Sie würde auf Gut Argensleben keine Verbündeten finden. Jeder hintertrug Ludolf alles.

Die Verzweiflung, der Helene daraufhin anheimfiel, war unerwartet stark – vielleicht, weil sie im Lauf der zahlreichen Gespräche ebenso viele vertrauliche Momente erlebt und dabei wieder zu hoffen angefangen hatte. Sie verkroch sich erneut auf dem Friedhof, wo sie für sich sein konnte, wässerte die Gräber, pflückte vertrocknete Blütenblätter ab und beneidete die Toten darum, das Leben schon hinter sich zu haben.

* * *

Eines Tages wurde Helene von der Friedhofspflegerin angesprochen, einer hageren Frau mit einem wettergegerbten, von tausend Falten durchzogenen Gesicht und langen grauen Haaren, die sie mit einem schlichten Gummi im Nacken zusammengebunden trug.

»Ich sehe Sie oft hier«, sagte sie, eine schmutzige Hand in die Hüfte gestemmt. »Jahrzehntelang hat sich niemand um die Gräber der Familie gekümmert, und jetzt auf einmal machen Sie das so vorbildlich.«

Helene sah mit einem beklommenen Gefühl zu ihr auf, fast so, als sei sie bei etwas Verbotenem ertappt worden. »Ich hab nichts anderes zu tun«, gestand sie.

»Sie sind die Frau von Ludolf, nehme ich an?«

»Ja«, sagte Helene und hatte das Gefühl, dass ihr Gesicht der Frau alles verriet, so aufmerksam, wie sie sie ansah.

Aber es war ein Blick, in dem Wärme lag. »Ich hab mir im Bureau gerade einen Tee gemacht. Wollen Sie auch eine Tasse?«

Das klang in diesem Augenblick und in dieser Situation unwiderstehlich.

»Gern«, sagte Helene.

Das Bureau war ein beengter Raum neben der Friedhofskapelle, der von dem riesigen schmiedeeisernen Ofen, auf dem die Kanne mit dem Tee köchelte, völlig überheizt wurde. Auf einem uralten Schreibtisch standen ein Telephon und ein

Bezahlgerät, ein selbst gezimmertes Regal bog sich unter uralten, verstaubten Ordnern und Kladden, und den verbliebenen Raum füllten zwei Stühle.

»Ich muss immer auf der Hut sein, dass sie mir den Ofen nicht auch noch wegholen, um daraus Kanonen zu gießen«, meinte die Frau, während sie den Tee aus der rot-emaillierten Blechkanne in zwei ungleiche Tassen goss. »Den Tee habe ich selber gemischt, aus gesammelten Wiesenkräutern. Er schmeckt schrecklich, aber ich habe jede Menge braunen Zucker.«

Den rührten sie andächtig so lange in den Tee, bis er herrlich süß schmeckte und Helene sich daran erinnert fühlte, wie sie als Kind bei Johanna in der Küche gesessen hatte und mit einem ebenso süßen Tee getröstet worden war, wenn sie Streit mit Armin gehabt oder sich die Knie aufgeschürft hatte.

»Ich heiße übrigens Waltraud«, sagte die Frau dann. »Waltraud Klüger, um genau zu sein. Ich schaue nach dem Friedhof, seit der Friedhofsgärtner in den Krieg gezogen ist. Oder besser gesagt, gezogen worden ist. So dumm, freiwillig zu gehen, wäre er nicht gewesen.«

»Helene«, sagte Helene. »Helene von Argensleben.«

Die Frau musterte sie. »Und wie lange schon?«

»Wie bitte?«

»Ich meinte, wie lange Sie schon verheiratet sind.«

»Oh. Ein dreiviertel Jahr etwa.«

Ein weiterer, prüfender Blick. »Sie klingen nicht sonderlich glücklich, wenn Sie mir die Bemerkung erlauben.«

Helene hatte auf einmal einen Kloß im Hals, war außerstande, darauf etwas zu sagen.

»Ehrlich gesagt«, fuhr Waltraud fort, »wäre ich allerdings erschüttert, wenn Sie es wären.« Sie hob ihre Tasse, nahm einen tiefen Schluck Tee.

Helene flüsterte: »Ich bin es auch nicht.«

Waltraud sagte nichts, nippte nur weiter an ihrem Tee und sah sie an. Ihr Blick war ein solch klares Angebot, ihr zuzuhören, offen, wohlwollend und ohne sie zu verurteilen, dass es förmlich aus Helene herausbrach, alles, und sie ihr alles erzählte: dass die Ehe mit Ludolf nur ein Geschäft gewesen war, um ihren Geliebten, einen Deserteur, in Sicherheit zu bringen, wie sie darunter litt, nicht zu wissen, wie es ihm ging, und dagegen zu wissen, dass sie ihn nie wiedersehen würde, und dass sie sich in ihrer Ehe nur vorkam wie eine Art Zuchtstute. »Ich weiß nicht, wie lange ich das noch ertrage«, gestand sie zum Schluss. »Ich wollte, ich wäre schon tot.«

Als sie sich das sagen hörte, fand sie sich schon in den Armen der fremden Frau wieder, ohne sich erinnern zu können, wann und wie sie dort hingelangt war. Erschrocken zuckte sie zurück, befreite sich aus der Umarmung, fiel auf ihren Stuhl und wischte sich mit beiden Händen die Tränen aus den Augen und von den Wangen. »Entschuldigen Sie. Ich … ich hätte das nicht …«

»Bei mir ist jedes Wort in Sicherheit, Kindchen«, sagte Waltraud und schenkte in aller Ruhe Tee nach. »Hier im Ort haben früher vier jüdische Familien gelebt. Von denen ist heute kein Einziger in einem Lager, die haben alle die Flucht ins Ausland geschafft. Und es ärgert Ludolf maßlos, dass er nicht weiß, wer dahintersteckt.«

Helene riss die Augen auf. »Sie?«

Waltraud beugte sich vor. »Hand aufs Herz – ist es das, was Sie wollen? Ihren Mann verlassen und zu Ihrem Liebhaber nach Brasilien flüchten?«

»Es geht ja nicht«, erwiderte Helene seufzend. »Ludolf kann meinen Pass im Handumdrehen sperren lassen. Wo ich eine Ausreisegenehmigung herbekomme, weiß ich nicht einmal. Und wenn ich eine Schiffspassage buchen würde, würde Ludolf das sehen, sobald er in unsere Konten schaut!«

Waltraud schüttelte sehr, sehr bedächtig den Kopf. »Ich habe Ihnen gerade eine Frage gestellt«, sagte sie leise. »Wenn Ihre Antwort darauf ›Ja, ich will‹ lauten sollte, werde ich Ihnen genau sagen, was zu tun ist.«

62

Helene schlief in dieser Nacht schlecht, geplagt von der Angst, sie könnte in eine Falle geraten. Doch dann fiel ihr ein, dass sie ja schon längst in einer Falle saß und dass jemand, der sich wünschte, tot zu sein, nichts mehr zu verlieren hatte, und auf diese Einsicht hin löste die Angst sich auf und sie schlief ein, um erst spät am Morgen zu erwachen.

Am Nachmittag fand sie sich zur vereinbarten Stunde wieder auf dem Friedhof ein. Als der Tee eingeschenkt war, holte sie einen Stoffbeutel hervor und breitete dessen Inhalt, den Schmuck ihrer Mutter, vor der Friedhofspflegerin aus.

»Oh«, sagte diese, »das sieht ja besser aus, als ich dachte.« Sie nahm die einzelnen Stücke in die Hand, hob sie prüfend hoch. »Kennt Ihr Mann diesen Schmuck?«

»Nein«, sagte Helene. »Nur meine Mutter.«

»Sehr gut. Dann brauchen wir keine Imitate zu besorgen, das spart Zeit.« Sie legte die zwei Ohrringe mit den Smaragden und das schwere goldene Armband beiseite. »Ich denke, diese Stücke müssten genügen. Also – Sie haben verstanden, wie das laufen wird?«

»Sie verkaufen den Schmuck, und –«

»Nein. Ich suche Interessenten dafür. Das wird ein bis zwei Monate dauern, vielleicht auch drei. Ich werde Ihnen nicht verraten, wer sie nimmt, aber der Betreffende schuldet Ihnen im Gegenzug eine Schiffspassage nach Rio de Janeiro und eine Zugfahrkarte bis Rotterdam. Beides kauft er, sobald alle Vorbereitungen abgeschlossen sind und der Termin feststeht. Der springende Punkt dabei ist, dass diese Käufe in *seinem* Konto verbucht sein werden, ohne jeden Bezug zu

Ihnen. Auch nachträglich wird man keinen Bezug herstellen können.«

»Aber«, wandte Helene ein, »ich brauche doch auch Papiere? Ich glaube nicht, dass ich mit meinem Pass über die Grenze –«

»Sie bekommen natürlich einen Pass auf einen anderen Namen«, sagte Waltraud. »Mehr brauchen Sie nicht. Insbesondere keine Ausreiseerlaubnis; die brauchen bloß Juden.«

»Einen Pass auf einen anderen Namen? Woher kriegen Sie so etwas?«

Waltraud schmunzelte. »Von unserem alten Pfarrer. Das wissen die wenigsten, aber Pfarrer haben immer noch das Recht, Ausweise auszustellen.«

Helene traute ihren Ohren nicht. »Aber … wird er das denn tun? Einen Ausweis auf einen falschen Namen? Ist das nicht … *falsch Zeugnis ablegen*?«

»Oh, das hat er schon oft gemacht. Und es bereitet ihm jedes Mal ein geradezu diebisches Vergnügen.«

* * *

Einige Zeit später, nachdem Waltraud ihr das Signal gegeben hatte, dass es losgehen konnte, fing Helene eines Morgens Streit mit Ludolf an, indem sie nämlich verlangte, er solle ihr sagen, wann er das nächste Mal länger weg sei.

»Wozu willst du das wissen?«, fragte er misstrauisch.

»Weil ich dann ein paar Tage zu meinen Eltern fahren werde«, erklärte sie mit absichtlich gereizter Stimme. »Und das muss ich ja rechtzeitig vorher in die Wege leiten.« Und ehe Ludolf reagieren konnte, fügte sie in zeterndem Ton hinzu: »Hast du eigentlich noch nicht gemerkt, dass meine Mutter sehnlichst darauf wartet, dass wir sie einmal hierher einladen? Sie fragt mich jedes Mal danach, wenn ich mit ihr telephoniere!«

Damit hatte sie ihn überrumpelt, das war deutlich zu sehen. Er blinzelte nervös und erwiderte: »Das … das ist keine gute Idee. Der Russe steht nur wenige Hundert Kilometer entfernt. Da kann noch alles Mögliche passieren.«

»Deshalb will ich ja nach Weimar fahren«, erklärte Helene entschieden. »Damit halte ich sie wieder eine Weile hin. Außerdem« – sie holte tief Luft – »will ich, dass mein Vater mich bei der Gelegenheit mal untersucht.«

»Untersucht?« Ludolf sah sie mit einem geradezu schafsartigen Blick an. »Wieso das? Bist du krank?«

»Nein«, erwiderte Helene, »aber wir sind jetzt bald ein Jahr verheiratet, und ich bin immer noch nicht schwanger. Das ist nicht normal.«

In seinem Gesicht arbeitete es, wechselten sich Misstrauen und Hoffnung ab. »Nicht?«

»Ganz und gar nicht. Im Schnitt sollte es spätestens nach sechs Monaten so weit sein«, erklärte Helene und versuchte, so zu klingen, als habe sie sich mit diesem Thema eingehender befasst, als sie es tatsächlich getan hatte. »Und man kann ja nun wirklich nicht sagen, dass du in dieser Hinsicht faul gewesen wärst.«

Ludolf grinste ebenso schief wie stolz. »Stimmt. Das kann man wirklich nicht behaupten. Ja, das ist eine gute Idee.« Er zog sein Telephon heraus, rief den Kalender auf und begann zu blättern. »Also, lass mal sehen …« Sein Gesicht verdüsterte sich. »Hmm, gut, dass ich nachsehe. Der Müller hat mir schon wieder einen Termin reingedrückt, ohne mir Bescheid zu sagen, der Idiot.«

»Ist das ein Problem?«, fragte Helene, der plötzlich bang wurde.

»Nein, nein, es geht nur um eine Besprechung.« Ludolf blätterte weiter. »Hier. Am 20. Januar muss ich nach Schloss Oberweis bei Gmunden. Das ist im Reichsgau Oberdonau, da werde ich mindestens zehn Tage weg sein.« Er sah hoch. »Kann man denn in solchen Fällen was machen? Ich meine, wenn es … medizinische Ursachen hat?«

»Jede Menge«, erwiderte Helene in einem ziemlich gut gespielten Brustton der Überzeugung, wie sie fand. »Man muss nur genau wissen, woran es liegt.«

»Gut«, meinte Ludolf geradezu glückselig. »Gute Idee. Mach das.«

Helene ging noch am selben Tag auf den Friedhof, um Waltraud den Termin mitzuteilen. Als diese ihr Bescheid gab, dass alles in Ordnung ging, machte sich Helene daran, die Reise nach Weimar tatsächlich zu organisieren. Sie kaufte Fahrkarten für Hin- und Rückfahrt und rief ihre Mutter an, um sich anzukündigen, wobei sie allerdings darauf achtete, den Termin weniger verbindlich auszumachen: Es könne auch ein paar Tage später werden, ließ sie anklingen. Denn ihre Eltern durften sie nicht vermissen oder gar bei Ludolf anfragen, ehe sie auf hoher See und damit außer Reichweite war.

* * *

An dem Tag, an dem Ludolf wie angekündigt nach Gmunden aufbrach, wollte er ihr das Versprechen abnehmen, ihn *umgehend* anzurufen, sowie sich bei ihrer ärztlichen Untersuchung etwas ergab.

Helene, die in den letzten Tagen ohnehin in steter Anspannung lebte, blieb die Luft weg. Das fehlte gerade noch, dass er versuchte, ihr hinterherzutelephonieren!

»So schnell geht das nicht«, erwiderte sie schließlich und versuchte, die ganze Autorität der erfahrenen Arzttochter in ihre Stimme zu legen. »Man muss ja erst mal die Ergebnisse des Labors abwarten und je nachdem weitere Untersuchungen machen.«

Der Konvoi, der ihn wie üblich abholte, wartete schon. Ein halbes Dutzend Männer in schwarzen Uniformen, reglos in Habt-Acht-Stellung.

Ludolf musterte Helene forschend. »Na gut«, meinte er schließlich. »Wer weiß, vielleicht hat's ja heute Nacht geklappt, und wir machen uns ganz unnötig Sorgen?«

»Ja«, sagte Helene matt, »wer weiß?«

Sie sah ihm nach, wie er in eine der drei schwarzen Limousinen stieg und wie die Autos dann davonfuhren, immer kleiner wurden und endlich außer Sicht gerieten. Hatte sie Ludolf gerade zum letzten Mal gesehen? Bei diesem Gedanken wurde ihr ganz zittrig vor Erleichterung – und Angst, dass noch etwas schiefgehen könnte.

Dann ging sie umgehend ans Packen. Sie nahm den kleinsten ihrer Koffer, weil sie nicht wusste, wie lange und wie weit sie ihn noch würde tragen müssen, und weil alles andere verdächtig gewesen wäre für eine kurze Fahrt zu ihren Eltern. Sie packte ihre haltbarste, robusteste Kleidung ein, soweit ihr die Teile geeignet schienen für tropisches Klima, außerdem den Rest ihres Schmucks. Den würde sie am Ziel irgendwie zu Geld machen müssen, denn ihre Bezahlkarte würde Ludolf bis dahin zweifellos gesperrt haben. Und zu guter Letzt holte sie aus einem Versteck die Dokumente, die Waltraud ihr beschafft hatte: die Fahrkarte nach Rotterdam (einfach), die Passage von Rotterdam nach Rio de Janeiro (Einzelkabine ohne Außenfenster auf der *LIBERTAD*), einen Ersatzpass, ausgestellt auf den Namen Lore Becker, einen kirchlich bestätigten Taufschein auf denselben Namen und schließlich einen abgegriffenen Brief, eine Einladung einer brasilianischen Handelsfirma, die ihr in gebrochenem Deutsch eine Stelle als Programmiererin zusagte: Die Firma, hatte ihr Waltraud versichert, gab es wirklich, aber falls jemand versuchte, dort anzurufen, würde er nur an Leute geraten, die ausschließlich Portugiesisch sprachen.

Einer der Knechte fuhr Helene zum Bahnhof. Alma bestand darauf, mitzukommen: Hatte Ludolf ihr aufgetragen, sie zu beaufsichtigen? Gut möglich, dachte sich Helene.

Der Zug hatte Verspätung. Als Alma merkte, wie Helene daraufhin nervös wurde, meinte sie: »Das macht doch nichts. Du hast in Berlin ja genug Zeit zum Umsteigen.«

»Ja, stimmt«, sagte Helene beklommen. Es stimmte, was den Zug nach Weimar betraf – aber das galt nicht für die Zugverbindung nach Rotterdam!

Endlich kam der Zug, eine so gewaltige Dampfwolke gen Himmel pustend, dass es irgendwie aussah, als bemühe er sich emsig, den Rückstand aufzuholen. Der Zug selber war kurz, bestand nur aus zwei Waggons hinter dem Tender, die zudem halb leer waren. Einige der Scheiben waren beschädigt und nur notdürftig mit Pappe überklebt.

»Gute Reise«, sagte Alma, als Helene die Stufen in den Waggon erklomm.

»Danke«, erwiderte Helene und dachte: *Wenn du wüsstest!*

Sie suchte sich einen Platz an einem der unbeschädigten Fenster, und als der Zug anfuhr, schaute sie zu ihrer Schwägerin zurück, die reglos am Bahnsteig im Nirgendwo stand wie ein Scherenschnitt, und fand den Gedanken, auch sie zum letzten Mal zu sehen, ebenfalls nicht traurig.

Bis Berlin holte der Zug seine Verspätung tatsächlich wieder auf. Als sie ankamen, sah Helene von ihrem Fenster aus schon den Mann am Bahnsteig stehen, den Waltraud ihr angekündigt hatte: ein Kriegsversehrter mit nur einem Arm, einer auffallend roten Strickmütze und einem narbigen, teilweise von einem Bart verdeckten Gesicht.

Sie stieg rasch aus, trat auf ihn zu und fragte: »Herr Schmidt?«

Er reagierte mit Verzögerung, vermutlich, weil er in Wirklichkeit eben *nicht* Schmidt hieß. »Frau Becker, nehme ich an?«, fragte er zurück, sich mit der ihm verbliebenen Hand kurz an die Mütze fassend wie jemand, der das Salutieren gewöhnt war.

»Ja«, sagte Helene. »Waltraud hat mir alles erklärt. Ich gebe Ihnen –«

»Unauffällig«, unterbrach er sie, nach links und rechts schauend. Aber niemand beachtete sie. Bestimmt hielt man ihn für einen Bettler und sie für jemand, der ihm ein Almosen gab.

Helene hatte auf Waltrauds Rat hin ein Stück Zeitungspapier mitgenommen, in das sie ihr Telephon kurz vor der Ankunft gewickelt hatte, sodass es jetzt, als sie das Päckchen dem Mann in die Hand drückte, aussah, als gäbe sie ihm eine Stulle.

Er ließ es rasch in seiner Manteltasche verschwinden, nickte und meinte: »Alles Gute.«

»Danke«, sagte Helene und hatte auf einmal das Gefühl, dass tatsächlich alles gut werden würde.

Der Mann würde nun mit ihrem Zugticket auf dem Telephon in den Zug nach Weimar steigen. Dort angekommen, würde er am Bahnhof zum Schalter gehen und sich das Rückfahrtticket ausdrucken lassen – das konnte man verlangen, falls zum Beispiel das Telephon in die Reparatur musste oder dergleichen –, anschließend ihr Telephon irgendwo verstecken, idealerweise in einem Lastwagen, der nach Süden unterwegs war, nach Italien etwa oder ins ehemalige Österreich, und mit dem ausgedruckten Ticket zurück nach Berlin fahren. Da Ludolf, sobald er ihr Verschwinden bemerkte, zweifellos zuerst nach ihrem Telephon suchen lassen würde, würde er auf diese Weise geraume Zeit in die Irre gehen.

Das alles hatte Helene mit Waltraud so besprochen, und

all das ging ihr noch einmal durch den Kopf, während sie zu dem Gleis hastete, an dem der Zug nach Hannover und Osnabrück schon wartete.

Nun ist es geschehen, dachte sie, als sie einstieg. Nun führte kein Weg mehr zurück. Indem sie diesen Zug bestiegen hatte, hatte sie die Schwelle in ein neues Leben überschritten und konnte nur hoffen, dass auch alles gut ging.

Dieser Zug war voll bis auf den letzten Platz, und auf den Gängen drängten sich zudem eine Menge Reisende ohne Reservierung. Viele Soldaten waren an Bord, aber auch Geschäftsleute, darunter viele Ausländer. Helene wunderte sich, wie so etwas möglich war in einem solchen Krieg, aber sie war zu nervös und angespannt und zugleich bemüht, sich ihre Nervosität nicht anmerken zu lassen, als dass sie darüber gründlich hätte nachdenken können.

Kurz nach Abfahrt des Zuges ging Bahnpolizei durch die Waggons und kontrollierte die Papiere der Reisenden; bei dieser Gelegenheit kam Helenes falscher Pass zum ersten Mal zum Einsatz – und wurde anstandslos akzeptiert.

Später kam die Schaffnerin, um die Fahrkarten zu kontrollieren, eine stämmige Person mit strohblonden Zöpfen und verkniffenem Gesicht.

»Uh«, machte sie, als Helene ihr die Fahrkarte hinhielt, »ein gedrucktes Ticket? Das hatte ich schon lange nicht mehr. Da muss ich erst mal meine Zange suchen. Ich komme wieder, warten Sie.«

Also wartete Helene, saß mit dem Ticket in der Hand da und hatte das Gefühl, dass alle sie beobachteten und sich fragten, was sie für eine war. Aber es geschah nichts weiter, bis etwa eine halbe Stunde später die Schaffnerin wieder auftauchte und ihr Ticket wortlos abknipste.

In Hannover stieg der größte Teil der Reisenden aus, dafür stieg ein Italiener mit geölten Haaren und öligem Lächeln zu, der eine Reservierung für den Platz gegenüber Helene hatte. Er versuchte sofort, mit ihr zu flirten, und als sie nur einsilbig antwortete und auf seine unbeholfenen Komplimente nicht einging, wurde er immer aufdringlicher.

Sie musste ihn loswerden. Nur wie?

Schließlich hatte sie die Idee, einfach zu husten. Zu husten und zu husten, sich richtig hineinzusteigern – aus ihrer Schulzeit wusste sie noch gut, wie das ging. Als er nach einer Weile eher irritiert als romantisch dreinsah, unterbrach sie ihr Husten, beugte sich vor und sagte: »Entschuldigen Sie. Ich hatte drei Jahre lang Tuberkulose, aber ich bin wieder geheilt.« Ein weiterer Hustenanfall konnte nicht schaden, des dramatischen Effekts wegen. »Machen Sie sich keine Sorgen. Die Ärzte haben mir versichert, dass ich nicht mehr ansteckend bin.« Sie hustete weiter, während die Augen des Mannes immer größer wurden. Schließlich setzte er sich ohne ein weiteres Wort weg, auf einen freien Platz am anderen Ende des Waggons, und als sie später zwischen den Sitzen hindurchlinste, war er immer noch damit beschäftigt, jeden Quadratzentimeter seines Anzugs mit einem Tuch abzuwischen.

Nachher sagte sie sich, dass das, auch wenn es Spaß gemacht hatte, ein ziemlich riskantes Manöver gewesen war. Was, wenn der Mann bei der Schaffnerin Alarm geschlagen und diese jemand von der Seuchenkontrolle gerufen hätte? Das hätte alle ihre Pläne zunichtegemacht.

Doch nichts dergleichen geschah. Sie kam pünktlich an und stieg in den Zug nach Rotterdam um, der ebenfalls auf die Minute genau abfuhr. Er war weitgehend leer, Helene hatte ein Abteil für sich alleine. Draußen dämmerte es schon. Nun würde es nicht mehr lange dauern. Es war wohl angebracht, sich ein kleines Aufatmen zu gestatten.

Das hätte sie vielleicht nicht tun sollen, denn kurz darauf

wurde der Zug plötzlich langsam und langsamer und blieb schließlich stehen, auf freier Strecke, mitten in einer endlosen Einöde.

Was hatte das zu bedeuten? Helene schob das Fenster auf, sah hinaus. Am Horizont leuchtete es, als brenne dort etwas, man sah die Leuchtspuren heftigen Flak-Feuers gen Himmel zucken und konnte sich sogar einbilden, hier und da die Umrisse von Flugzeugen am Nachthimmel auftauchen zu sehen.

Höchst beunruhigt verließ Helene ihr Abteil und machte sich auf die Suche nach der rotbäckigen jungen Schaffnerin, die vorher ihre Fahrkarte abgeknipst hatte, ohne irgendein Theater übrigens.

Sie fand sie im Nachbarwaggon, ihr Telephon am Ohr.

»Ich weiß es nicht«, erklärte sie, obwohl Helene ihre Frage noch nicht einmal gestellt hatte. »Uns sagen sie nie, was los ist.« Sie lauschte ihrem Telephon, antwortete etwas auf Holländisch und beendete das Gespräch dann. »Wir werden umgeleitet.«

»Und was heißt das für unsere Ankunft in Rotterdam?«, fragte Helene.

»Er meint, wir werden eine Stunde Verspätung haben«, erklärte die Schaffnerin, ohne zu sagen, wer es war, der das meinte.

Eine Stunde später. Nun, das ging gerade noch.

Bloß … eine Stunde später standen sie immer noch an derselben Stelle. Und als der Zug sich wieder in Bewegung setzte, fuhr er *rückwärts*!

Helene durchrieselte es eiskalt. Sie würde doch nicht das *Schiff* verpassen?

Und wenn doch? Was würde sie dann tun? Sie wusste es nicht. Sie versuchte, Pläne für diesen Fall zu machen, Abläufe zu definieren, Fälle zu unterscheiden, sich an ein Strickmuster zu erinnern, das auf diese Situation anwendbar war, aber ihr wollte nichts einfallen. Ihr Gehirn fühlte sich an wie gelähmt, und ihr ganzer Körper war erfüllt von einem Zittern, das nicht wieder verschwinden wollte. Das *durfte* einfach nicht geschehen! Und zwar, weil es so *ungerecht* gewesen wäre!

Marie fiel ihr ein, die an einen gütigen Gott glaubte, der über sie wachte, und sie beneidete sie darum.

Immerhin, sie fuhren. Mal langsam und zögerlich, so, als traue der Zug den Schienen nicht so recht, über die er rollen musste, dann wieder schnell und zuversichtlich.

Irgendwann tauchte die Schaffnerin wieder auf und sagte: »Leider. Wir werden wohl drei Stunden Verspätung haben in Rotterdam.«

»Drei Stunden!«, wiederholte Helene entsetzt.

Sie rechnete. Wenn es wirklich nicht mehr als drei Stunden wurden, konnte es noch klappen. Knapp, aber es konnte klappen.

»Das war ein englischer Fliegerangriff auf einen Bahnknoten«, erzählte die Frau. »Aber sie haben sie in die Flucht geschlagen, und jetzt sind wir auf einer anderen Strecke. Der Lokführer tut, was er kann.«

In Rotterdam war stockdunkle Nacht, als sie ankamen, zwei Stunden und fünfzig Minuten später, als der Fahrplan vorgesehen hatte. Damit war Helenes Plan, zu Fuß zum Hafen zu gehen, um keinerlei Geldspur zu hinterlassen, hinfällig geworden. Sie nahm sich ein Taxi, hatte Glück, eines zu erwischen, und sagte sich, dass es vertretbar war, denn tragbare Bezahlgeräte speicherten ihre Buchungen zunächst einmal und übertrugen sie erst dann an die Reichsbank, wenn man sie ins Weltnetz stöpselte. Mit etwas Glück würde es also bis morgen früh dauern, ehe ihre Taxifahrt auf ihrem Konto verbucht wurde – und bis dahin war sie längst außerhalb der deutschen Hoheitsgewässer!

Plötzlich waren da Polizei, Lastwagen, Militärtransporte, und sie standen im Stau.

»Können wir nicht schneller fahren?«, bat Helene.

Der Taxifahrer, der weit über sechzig sein musste, seufzte. »Ich tue, was ich kann, Fräulein.«

Helene sah auf die Uhr auf seinem Armaturenbrett und erschrak. Nur noch eine halbe Stunde, bis das Schiff ablegte!

Das konnte doch nicht wahr sein. Sie holte hastig die Passagenbestätigung heraus, überprüfte die Uhrzeit – und las erst jetzt den Text, der darunter stand: *Um das reibungslose Auslaufen zu gewährleisten, ist es erforderlich, dass alle Passagiere spätestens 1 Stunde vor dem Ablegen an Bord sind.*

Das hieß, sie war bereits zu spät dran!

Ihr wurde ganz elend zumute.

»Bitte«, stieß sie hervor. »Ich verpasse mein Schiff!«

»Nein, nein«, sagte der Taxifahrer. »Die warten schon.«

Helene las weiter: *Wir weisen darauf hin, dass unsere Schiffe NICHT auf verspätete Passagiere warten!*

Da, endlich, floss der Verkehr wieder. Das Taxi schien richtige Sätze zu machen, huschte vorbei an Soldaten und Panzerwagen und Flakgeschützen, hinab zum Hafen.

»Wohin? Welches Kai?«

»Nummer 3«, rief Helene voll banger Hoffnung auf ein Wunder. »Die LIBERTAD.«

»Sehr gut«, rief der Fahrer. »Die liegt noch da, sehen Sie?«

Tatsächlich. Man sah das Schiff von weitem, den gewaltigen Rumpf von Scheinwerfern angestrahlt, die Buchstaben des Namens so groß wie Häuser und viele Lichtpunkte entlang des Rumpfs: von innen erleuchtete Luken von Kabinen.

Eine Absperrung beendete die Fahrt des Taxis. Helene bezahlte hastig, wartete ungeduldig, bis endlich das grüne Licht an dem Gerät aufleuchtete und ihre Karte wieder freigegeben wurde, dann sprang sie aus dem Wagen und eilte, ihr Köfferlein in der Hand und dankbar, dass es so leicht war, durch das Tor auf den Bereich vor der Gangway zu.

Neben der Gangway stand eine Art großes Kassenhäuschen auf Rädern, in dem ein Mann saß und im dämmrigen Schein einer Lampe Papiere ordnete. Als sie immer näher kam, bemerkte er sie und sah ihr mit einem schrecklich traurigen Ausdruck im Gesicht entgegen, gerade so, als müsse er ihr gleich sagen, dass sie leider, leider zu spät dran sei und er sie nicht mehr an Bord lassen dürfe.

Nein, oder? Das würde er nicht sagen. Sie war doch da, und das Schiff war auch noch da, sie musste nur die Gangway hochgehen, und alles würde gut sein …

Endlich hatte sie den gläsernen Verschlag erreicht, zerrte hastig ihre Papiere hervor und keuchte gegen die vergitterte Öffnung: »Becker. Lore Becker. Passage nach Rio. Tut mir leid, aber mein Zug hatte drei Stunden Verspätung …«

Der Mann musterte sie, immer noch so schrecklich traurig dreinblickend. Dann zog er das Schiebefenster nach oben, streckte die Hand aus und sagte: »Zeigen Sie her.«

Helene reichte ihm die Bestätigung ihrer Passage und den Pass. Er studierte beide Dokumente, wobei er unablässig nickte und sich mehrmals durch die schütteren Haare fuhr.

In diesem Moment hörte Helene Schritte hinter sich, und als sie sich umdrehte, standen da zwei Männer in dunklen Ledermänteln wie aus dem Boden gewachsen. SS-Leute, das wusste sie sofort. Sie trugen keine Abzeichen, aber das war auch nicht nötig. Helene hatte genug SS-Leute gesehen, um zu erkennen, wann sie welche vor sich hatte.

»Frau von Argensleben«, sagte der Mann rechts von ihr, »Sie sind verhaftet. Bitte leisten Sie in Ihrem eigenen Interesse keinen Widerstand.«

63

Gefängniszellen ähnelten sich irgendwie alle, selbst wenn sie ganz unterschiedlich gebaut waren. Diese hier war nur ein Käfig, wie für ein wildes Tier, eine von drei gleichen Zellen, die in einem großen, weiß gekalkten Kellerraum standen, in dem noch genug freier Raum gewesen wäre, dass sich hundert Leute hätten versammeln können, um den Gefangenen bei ihren Verrichtungen zuzuschauen. Zum Glück war Helene die einzige Insassin, und auch der freie Platz blieb frei, denn es schien niemand die Absicht zu haben, sich mit ihr zu befassen. Man hatte sie nicht einmal verhört. Die beiden SS-Männer hatten sie nur mitgenommen, ohne mehr zu sagen als diesen einen Satz, hatten während der Fahrt auf Helenes Fragen nicht reagiert, sie einfach nur hier herunter in diese Zelle gebracht und eingeschlossen und waren dann wieder gegangen. Den Koffer hatten sie behalten.

Auch an diesem Morgen war es wieder ein Streifen Tageslicht, der in der Frühe durch ein schmales Kellerfenster direkt auf Helenes Pritsche fiel, der sie weckte. Sofort fuhr sie hoch, setzte sich hin und starrte mutlos auf die Gitterstäbe ringsherum. Sie fröstelte von der nächtlichen Kühle, denn sie hatte nicht einmal eine Decke, nur ihren Mantel.

Die Pritsche war an der Kellerwand verschraubt, dünn gepolstert und mit Gummi überzogen, der an den Kanten bröselte. Der Belag fühlte sich so schmierig an, dass sich Helene bemühte, ihn so wenig wie möglich zu berühren.

Das übrige Interieur der Zelle bestand aus einem Blecheimer mit Deckel in einer Ecke und einem Wasserhahn, aus dem das Wasser nur tröpfelte. Nach ihrer Ankunft, als es absehbar wurde, dass sie die Nacht hier würde verbringen müssen, hatte sich Helene damit ein wenig gewaschen, aber nichts davon getrunken, obwohl sie durchaus Durst gehabt hatte und Hunger auch, da sie vor Nervosität den ganzen Tag über so gut wie nichts gegessen hatte.

Am nächsten Tag hatte ihr etwa zur Mittagszeit ein junger Bursche mit strohblonden Stoppelhaaren etwas zu essen gebracht, Brot und Suppe. Er hatte Uniform getragen, mitsamt der Hakenkreuzbinde am Arm, und kein Wort gesagt.

Nachts hatte sie sich dann dazu überwinden müssen, den Eimer zu benutzen. Sie hatte hinterher den Deckel sorgfältig wieder aufgesetzt und den Eimer in die äußerste Ecke der Zelle gestellt, aber es gab trotzdem kein Entkommen vor dem grässlichen Gestank, der davon ausging.

Bildete sie sich zumindest ein.

Dies war also nun der zweite Tag. Seltsam – sie war ganz ruhig. Die einzige Frage, die sie beschäftigte, war, wie lange sie hier wohl würde ausharren müssen, ehe weitere Dinge mit ihr geschahen. Aber davon abgesehen … Sie hatte es versucht. Und sie hatte ihr Bestes gegeben. Das war irgendwie tröstlich, selbst wenn es letztlich nicht geklappt hatte. Sie hatte es wenigstens versucht, wenigstens das.

Von weiter hinten, dort, wo die Treppe im Schatten verschwand, waren ab und zu Stimmen zu hören. Heute Morgen waren es mehr als gestern, und sie klangen aufgeregter und lauter, wenn Helene auch kein Wort verstand. Und da schien auch ein Fernsehapparat zu laufen: So pathetisch klangen nur die Sprecher der Wochen- und Tagesschauen.

Irgendwann riefen die Stimmen dort oben in der Dunkelheit alle auf einmal: *»Ooh!«*, als würde ein Fußballspiel übertragen und als sei gerade das entscheidende Tor gefallen.

Danach beruhigten sie sich überhaupt nicht mehr. Am Tag zuvor war etwa um diese Zeit der Blonde gekommen, um den leeren Napf und den Löffel abzuholen, aber heute schien er das nicht vorzuhaben.

Plötzlich knallte ein Schuss. Helene zuckte zusammen, fuhr aus dem dämmrigen Halbschlaf hoch, in dem sie die meiste Zeit verbrachte, lauschte. Was war da los? Eine Revolution? Ein Aufstand?

Dann hörte sie Gläserklirren und Gelächter und begriff, dass da nur ein Sektkorken geknallt hatte. Sie feierten irgendetwas.

Und vergaßen sie. Als die Nacht wieder hereinbrach, stand der Suppennapf noch immer da, während die Party oben in vollem Gange war. Ausgelassenes Gelächter hallte durch das Gebäude, Zigarettenrauch drang herab, der Geruch von Bier – und der Duft von gebratenem Fleisch.

Helene lief das Wasser im Mund zusammen. Sie konnte nicht anders, als aufzustehen, an die Gittertür zu treten und mit aller Kraft daran zu rütteln, ohne freilich etwas damit auszurichten. Dann ging sie in die Hocke und betrachtete das Schloss aus der Nähe, so, wie sie es am Tag zuvor schon getan hatte – und bei besserem Licht –, doch ergebnislos. Hier würde es nicht helfen, eine Parole zu erraten, hier führte nur der Besitz des richtigen Schlüssels heraus, eines Schlüssels aus Metall. Ohne diesen war sie gefangen wie ein Tier und würde es bleiben, ohne jegliche Chance, sich aus eigener Kraft zu befreien.

Sie ließ sich wieder auf die Pritsche sinken und kam sich vor wie eine Versagerin, fühlte sich schmutzig und klebrig und elend.

Und vor allem konnte sie sich nicht erklären, was eigentlich geschehen war.

* * *

Am nächsten Morgen kam Ludolf. Allein.

Der Rauch und die Gerüche nach Bier und Gebratenem waren über Nacht verschwunden. Die Party musste irgendwann geendet haben, ohne dass es Helene mitbekommen hatte, und jemand schien auf die Idee gekommen zu sein, gründlich zu lüften.

Ludolf blieb zwei Schritte vor dem Gitter stehen und betrachtete sie mit ausdruckslosem Gesicht. Er trug seinen langen schwarzen Ledermantel und, wie meistens, keine Rangabzeichen.

Helene erduldete seinen Blick schweigend und ohne sich zu rühren. Sie wusste auch nicht, was sie hätte sagen sollen.

Schließlich stieß Ludolf einen Seufzer aus und sagte: »Hast du wirklich gedacht, jemand, der einen Deserteur außer Landes schaffen kann, kann nicht verhindern, dass ihm die Frau davonläuft?«

Helene spürte, wie ihre Schultern herabsanken, als gäben sie unter einem großen Gewicht nach. »Er ist meine große Liebe, Ludolf«, sagte sie, plötzlich erfüllt von der wahnwitzigen Hoffnung, er könne sie verstehen und ein Einsehen haben. »Was hätte ich denn tun sollen?«

»Ich werde dir sagen, was du tun sollst«, erwiderte Ludolf in einem scharfen Ton, der all diese Hoffnungen sofort wieder zunichtemachte. »Du sollst mit mir kommen und deine Pflichten als Ehefrau, Mutter und als Deutsche erfüllen. Ganz einfach.«

Sie sah ihm zu, wie er einen Schlüsselbund aus der Manteltasche fischte.

»Wie hast du mich gefunden?«, wollte sie wissen. »Was habe ich falsch gemacht?«

Er wog den Schlüsselbund in der Hand. »Du meinst, abgesehen davon, deinen Ehemann böswillig zu verlassen?«

»Abgesehen davon, ja.« Helene stand auf und trat vor ihn

hin. Sie konnte spüren, dass er sie immer noch begehrte, trotz allem. Und sie wusste, dass sie das gerade vor Schlimmerem rettete. Doch seine körperliche Nähe war ihr immer noch zuwider, war etwas, das sie nur mit Mühe aushielt. »Bitte – jetzt kannst du es mir doch verraten. Ich verstehe es einfach nicht, und das macht mich irre.«

Ludolf knetete den Schlüsselbund in seiner Hand, metallische Schabgeräusche produzierend. »Am Hauptbahnhof Berlin läuft ein Projekt zur Gesichtserkennung mithilfe von Komputern«, verriet er schließlich widerwillig. »Die Daten laufen in einen großen Komputer-Verbund in Berlin-Lichtenberg, der TTIB heißt. Dieses System hat dich erkannt, und als es gesehen hat, dass du in einen ganz anderen Zug steigst als in den, für den du gebucht hattest, hat es Alarm ausgelöst. Es war sogar so schlau, herauszufinden, dass man mit diesem anderen Zug nach Rotterdam gelangen kann, wo am selben Abend ein Schiff auslaufen sollte, auf dem eine Passage für eine weibliche Person gebucht war, die es gar nicht gibt.«

Helene war fassungslos. »TTIB? Das ist das Projekt von Doktor Danzer! Daran habe ich mitgearbeitet!«

Ludolf hob erstaunt die Augenbrauen. »Nun, dann verstehst du ja besser als ich, wie das funktioniert.«

»Aber«, rief Helene, »die Kapazität! Die reicht unmöglich! Gesichtserkennung ist unglaublich aufwendig. Das kann das System unmöglich umfassend leisten!«

»Tut es auch nicht. Bislang beschränkt sich die Überwachung auf eine Liste zu überwachender Personen.«

Helene begriff. »Auf der ich auch stehe.«

»Natürlich. Ich hatte von Anfang an den Verdacht, dass du versuchen würdest, deinem Arthur nach Brasilien zu folgen.«

Er schob den Schlüssel ins Schloss. »Aber jetzt wird das System ausgebaut. Nicht mehr lange, und es wird imstande sein, *alle* Deutschen zu überwachen und irgendwann schließlich die ganze Welt.«

Helene horchte auf. Es klang irgendwie seltsam, wie er das Wort ›jetzt‹ betonte.

»Jetzt? Wieso jetzt? Was heißt das?«

Ludolf entriegelte das Schloss, öffnete die Zellentür. »Ach so. Das weißt du ja noch gar nicht. Der Krieg ist vorbei. Wir haben gewonnen.«

* * *

Ludolf ging mit ihr in das Hotel, in dem er selber übernachtet hatte, ehe er heute Morgen in die Polizeistation gekommen war, und schickte sie erst einmal unter die Dusche.

Man hatte sie ohne weitere Umstände freigelassen, ihr sogar den Koffer zurückgegeben. Es waren heute Morgen nur wenige Männer im Dienst gewesen, und so wirklich nüchtern hatte keiner von ihnen gewirkt, vor allem nicht, als sie vor Ludolf salutiert hatten: Der Versuch, es zackig zu tun, hatte es aussehen lassen wie eine Parodie.

Dann auf den Straßen: überall fröhliche Gesichter, Gelächter, eine mit Händen zu greifende Erleichterung.

Der Krieg – vorbei? Helene konnte es immer noch nicht fassen.

Nachdem sie geduscht und sich umgezogen hatte, ging Ludolf mit ihr in den Speisesaal und bestellte ihr ein großes Frühstück. Sie waren spät dran, der Speisesaal so gut wie leer, und er hatte einen Tisch gewählt, von dem aus sie den Fernsehapparat gut sehen konnte, der Bilder und Erklärungen lieferte für das, was geschehen war. Immer wieder waren die Aufnahmen zu sehen, die man sowohl von der Atomexplosion über London gemacht hatte, die das Stadtzentrum ausradiert hatte, den Buckingham-Palast, das Parlament und das

Bankenzentrum, wie auch von jener über Moskau, die den Kreml hinweggefegt hatte. Man hatte von mehreren Flugzeugen und auch vom Boden aus gefilmt und die Aufnahmen anschließend an alle Regierungen und an alle Nachrichtenagenturen der Welt geschickt, zusammen mit der Information, dass die neue Waffe, über die das Großdeutsche Reich von nun an verfügte, *Thors Hammer* hieß und auf jeden niedergehen würde, der sich dem deutschen Willen immer noch widersetzen zu müssen glaubte.

Gleichzeitig, so betonte der Sprecher, hatte die deutsche Regierung großzügige Friedensangebote unterbreitet. Eine Ansprache Hitlers wurde eingeblendet, der erklärte, den Frieden zu wollen und ihn schon immer gewollt zu haben. Es sei nie das Ziel Deutschlands gewesen, die Welt zu regieren, und das sei auch jetzt nicht das Ziel, vielmehr strebe das deutsche Volk einzig danach, ja, habe um des eigenen Erhalts willen danach streben *müssen*, den ihm zustehenden Platz in der großen Familie der Völker einzunehmen, der ihm bislang nur durch hinterhältige Intrigen Einzelner verwehrt gewesen sei. Abgesehen davon sei es eine der fundamentalen Überzeugungen des Nationalsozialismus, dass jedes Volk das Recht habe, nach seiner eigenen Fasson zu leben.

Die Regierung der Vereinigten Staaten hatte als Erste in den angebotenen Waffenstillstand eingewilligt. Im Falle Englands und der Sowjetunion würde das noch eine Weile dauern, da diese beiden Staaten seit dem Vortag sozusagen kopflos waren: In England hatte König Georg VI., der sich bekanntlich geweigert hatte, London zu verlassen, den Tod gefunden, und betreffs des Restes der königlichen Familie herrschte noch Unklarheit. Premierminister Churchill hatte sich zwar in einem Bunker aufgehalten, doch Bunker, die der Gewalt von *Thors Hammer* standhielten, mussten erst noch gebaut werden. Ob Stalin noch lebte, wusste bislang niemand.

So waren diese beiden Länder zur Stunde damit beschäftigt, herauszufinden, wer befugt war, für sie zu sprechen; erste Stimmen möglicher Kandidaten signalisierten jedoch bereits Zustimmung: Es sei, wurde ein englischer Admiral zitiert, sinnlos, sich einer solchen Gewalt widersetzen zu wollen.

Und immer wieder die Explosionen. Der Blitz, der den gesamten Bildschirm für einen Moment weiß werden ließ, dann die Staubwolke, die sich pilzförmig auftürmte und auftürmte und deren ungeheure Dimensionen nur zu erahnen waren. Bei den Luftaufnahmen der Explosion über England konnte man für einen Sekundenbruchteil den Verlauf der Themse aufleuchten sehen und erkannte, wie riesig diese Wolke war und wie ungeheuer, ja, geradezu unirdisch die Wucht der Explosion, wahrhaft wie die Faust eines Gottes, die auf die Erde niederging.

»Ich habe mitgeholfen, dass das passiert«, entfuhr es Helene erschüttert. »Ich habe den Zugang zu dem amerikanischen Komputer geknackt, auf dem die Pläne dafür lagen.«

Ludolf musterte sie unwillig. »Was redest du da? Die Bombe ist von deutschen Wissenschaftlern entwickelt worden.«

»Ja. Aber von deutschen Wissenschaftlern, die in die USA geflüchtet sind.«

Er sagte nichts mehr, als Helene sah, dass er ihr nicht glaubte. Was sie ihm nicht einmal übel nahm, sie selber hätte sich auch nicht geglaubt. Tatsächlich kam ihr diese Wendung des Schicksals vor wie der reine Hohn, geradezu unwirklich, sodass sie einen Moment lang der Überzeugung war, alles nur zu träumen.

Eine Sprecherin unterbrach die sich ständig wiederholende Berichterstattung mit einer aktuellen Meldung. »Wie wir gerade erfahren haben, hat der Führer zu einer großen Weltfriedenskonferenz nach Berlin eingeladen. Die amerikanische Regierung hat bereits zugesagt, ebenso General Schukow, der gegenwärtige Oberkommandierende der Roten Armee. Ferner haben ihre Teilnahme zugesagt: die Regierung Italiens, die Regierung Japans …«

Helene legte das Besteck beiseite und ließ sich gegen die Lehne ihres Stuhls sinken. Sie hatte trotz der schrecklichen Bilder alles aufgegessen, weil der Hunger größer gewesen war als das Grauen, und war nun satt, was, wie sie feststellte, gegen die Verzweiflung half.

»Wie geht es jetzt weiter?«, fragte sie.

Ludolf zuckte mit den Schultern. »Nun, all dem Gerede vom Frieden und der Selbstbestimmung der Völker zum Trotz wird der Führer natürlich seine Bedingungen diktieren –«

»Nein. Mit uns, meine ich.«

Er musterte sie, einen bitteren Zug um den Mund. »Wir? Wir fahren nach Hause. Und falls du eingesehen hast, dass du mir nicht entkommen kannst, und versprichst, keine dummen Fluchtversuche zu unternehmen, werde ich darauf verzichten, dich im Auto anzuketten.«

Helene sah beiseite, aus dem Fenster, sah zu, wie Leute damit beschäftigt waren, überall Hakenkreuzfahnen aufzuhängen. Woher hatten sie die nur? So viele, so große, so schnell? Hatten die schon bereitgelegen für den großen Tag? Den Tag des Sieges? Ludolfs Sieg? Ludolf, der heute Sieger war, auf allen Ebenen, die es gab.

Sie sah ihn an, nickte. »Ich verspreche es.«

* * *

So fuhren sie nach Hause, quer durch ein Land, das nun, da die gewaltige Anstrengung des Krieges von ihm genommen war, aufatmete. Helene schwieg während der Fahrt, Ludolf dagegen sprach von der Zukunft Deutschlands und der Welt, die jetzt neu geordnet werden würde. Er machte sich Gedanken darüber, wo die Grenze zwischen Deutschland und Russland verlaufen würde, und war überzeugt, dass man die Ukraine mit ihren schier endlosen, ungeheuer fruchtbaren Böden behalten und die Halbinsel Krim deutsch werden würde. »In ein paar Jahren werden wir mit den Kindern Urlaub dort machen, du wirst sehen«, prophezeite er mit einer Zuversicht, die Helene befremdete.

Was dagegen mit Vichy-Frankreich geschehen sollte, da war Ludolf selber neugierig auf die Beschlüsse des Führers. Jedenfalls war mit der *Résistance* nicht zu spaßen. Da musste etwas geschehen, andernfalls würde der Westen ein ständiger Krisenherd bleiben.

Zu Hause saß Helene dann die meiste Zeit vor dem Fernseher und verfolgte, was weiter geschah. Sie bemerkte die scheelen Blicke sehr wohl, mit denen die anderen sie bedachten, aber es war ihr egal, genauso, wie es ihr egal war, dass Ludolf zwei Wachleute vor dem Haus postiert hatte, die dort Tag und Nacht ausharrten und Helene bei jedem Schritt folgten, den sie außerhalb des Hauses tat.

Sie versuchte, herauszufinden, was aus Waltraud geworden war und aus dem Pfarrer. Das Bureau am Friedhof war abgeschlossen, der gusseiserne Ofen nicht mehr da, und auch das Pfarrhaus wirkte dunkel und verlassen. Die beiden waren verschwunden, aber niemand konnte oder wollte ihr sagen, wohin.

Blieben der Fernseher, die Tagesschau, die Politik: für Helene Ablenkung von ihrem eigenen Schicksal und zugleich eine Art Abbild dessen, was ihr widerfuhr. Indem sie sich dafür interessierte, was aus der Welt werden sollte, verhinderte sie immerhin, gänzlich in Apathie und Resignation zu versinken.

Eine große Sache zum Beispiel, die einige Wochen lang die Schlagzeilen beherrschte, war die Forderung Deutschlands, alle deutschen Wissenschaftler müssten aus dem Ausland zurückkehren, auch die jüdischen, und insbesondere die nach Amerika geflüchteten. Die Vereinigten Staaten erklärten, dieser Forderung unmöglich entsprechen zu können; man sei ein freiheitliches Land, und wer einmal hier Asyl gefunden habe, könne gehen oder bleiben, wie es ihm beliebe, ohne dass die Regierung ihm diesbezüglich irgendetwas zu sagen habe.

Das war ein Streit, in dem beide Seiten auf unverrückbaren Standpunkten beharrten, bis sogar der Termin der großen Weltfriedenskonferenz in Gefahr zu geraten drohte.

Dann kam die Nachricht, dass der Physiker Enrico Fermi von Unbekannten ermordet worden war, die zudem deutschfeindliche und antisemitische Parolen an die Wände seines Hauses geschmiert hätten.

Die amerikanische Presse war der Überzeugung, dass dahinter deutsche Agenten steckten, die auf diese Weise erreichen wollten, was auf anderem Wege unerreichbar war – ein Vorwurf, der von deutscher Seite entschieden bestritten wurde. Aber man wiederholte die Aufforderung an die deutschen Wissenschaftler, zurückzukehren, und versprach den Juden darunter Sonderrechte, unter der Voraussetzung freilich, dass sie sich in der Zeit ihres Exils keiner Verbrechen gegen Deutschland schuldig gemacht hatten.

Zur allgemeinen Überraschung kündigte Albert Einstein daraufhin an, zurückzukommen, um den Frieden nicht zu gefährden. Andere folgten seinem Beispiel, und so schien dieses Problem gelöst zu sein.

»Natürlich waren unter denen, die in den USA Asyl gefunden haben, auch etliche unserer Agenten«, erzählte Ludolf später. »Und das Wichtigste im Moment ist eben, zu verhindern, dass andere Staaten ebenfalls Atomspaltungsbomben bauen. Andernfalls käme es zweifellos zu einem Wettrüsten mit unabsehbaren Folgen.«

Nun, da sich das Leben wieder normalisierte und man allerorts an den Wiederaufbau ging, wurde Helene zu einem Gynäkologen gebracht, den Ludolf ausgesucht hatte. Dieser, ein älterer, nicht unsympathischer Mann, untersuchte sie äußerst gründlich und kompetent, kam zu dem Schluss, dass ihr nichts fehle, und eröffnete Ludolf, dass die Reihe nun an ihm sei, sich untersuchen zu lassen.

»Wenn es nicht an der Frau liegt«, erklärte er ihm, »muss man davon ausgehen, dass es am Mann liegt.« Und fügte hinzu, er könne ihm einen guten Urologen empfehlen.

Das hörte Ludolf gar nicht gern, und danach fiel Helene auf, dass er es mit immer neuen Ausreden vor sich herschob, einen Termin bei besagtem Urologen auszumachen.

Helene verspürte dabei keinerlei Triumphgefühl, und hätte Ludolf nicht wie zum Trotz seine nächtlichen Bemühungen verstärkt, wäre es ihr egal gewesen. Irgendwie war sie sowieso überzeugt, dass der Arzt auch bei Ludolf alles in Ordnung finden würde. Es war ihr Körper, oder besser gesagt, ihre Abneigung gegen seinen Körper, die es unmöglich machte, dass ein Kind entstand.

In diesen Tagen legte Ludolf beim Abendessen, von einer seiner Reisen zurückgekehrt, mit unübersehbarem Triumph ihr altes Telephon vor sie hin.

»Es hat es bis nach Südtirol geschafft«, erklärte er belustigt. »Sie haben es in Meran gefunden, im Werkzeugkasten eines Lastwagens.«

Helene konnte es kaum glauben. Ihr gutes altes Votel! Es hatte zu ihr zurückgefunden! Sie nahm es behutsam in die Hand. Es roch noch ein bisschen nach Öl, die Rückseite hatte ein paar tiefe Schrammen abbekommen, aber der Bildschirm war unversehrt.

Sie schaltete es ein, und der Schirm wurde hell, als sei nie etwas gewesen.

Heute gehört uns Deutschland und morgen die ganze Welt: prophetische Worte!, schrieb eine Emma Lindauer in der ersten Nachricht in ihrem aktuellen Strom.

Wer war Emma Lindauer? Helene erinnerte sich nicht mehr. Sie schaltete das Gerät wieder aus, mochte nicht lesen, was die Leute gerade schrieben.

Und irgendwann kam dann dieser dicke Brief von ihrer Mutter. Er war so dick, weil er einen zweiten, noch verschlossenen Briefumschlag enthielt, an Helene Bodenkamp, Weimar, adressiert, von einem José Rodrigues da Costa, ein Name, der Helene nicht das Geringste sagte.

Ihre Mutter schrieb dazu:

Liebes Kind,
ich habe gehört, was Du angestellt hast, und weiß kaum, was ich sagen soll. Ich will annehmen, dass es eine Kurzschlusshandlung war, vielleicht aus einer Art Angst vor dem Erwachsenwerden heraus, die manche Frauen befällt, wenn das Kinderkriegen bevorsteht. Gut, dass Ludolf das Schlimmste verhindern konnte. Gerade jetzt, da der schreckliche Krieg zu Ende und gewonnen ist, haben wir Deutschen doch allen Grund, mit Zuversicht in die Zukunft zu sehen, und für die Zukunft am wichtigsten sind nun einmal unsere Kinder. So möchte ich Dir raten, Dich zuversichtlich in die Rolle zu fügen, die einer Frau nun einmal von der Natur zugedacht ist: Auch wenn Du Dir das im Moment vielleicht nicht vorstellen kannst, wirst Du sehen, dass ein ungeahntes Glück auf Dich wartet.
Anbei findest Du einen Brief, der hier für Dich angekommen ist. Ich weiß nicht, wen Du in Brasilien kennst, der Dir Briefe schreiben könnte, aber da ich Dir ja versprochen habe,

nie wieder so einen Fehler wie damals mit den Briefen Deiner Kindergartenfreundin zu machen – ja, das war falsch von mir; ich habe es eingesehen! –, schicke ich ihn Dir anbei unangetastet weiter, wie es sich gehört.
Alles Liebe,
Deine Mutter (die hofft, bald Großmutter zu werden!!!)

Helene nahm den Brief mit der brasilianische Briefmarke in die Hand, drehte ihn ratlos hin und her. José Rodrigues da Costa? Das sagte ihr auch nichts. Aber Brasilien, das sagte ihr etwas.

Woher kam die eigenartige Scheu, ihn zu öffnen?

Schließlich überwand sie sich, schlitzte ihn auf. Darin war nur ein kleines Stück Papier, auf dem in ungelenken Buchstaben, fast einer Art Kinderschrift, stand:

Sehr geehrtes Fräulein Bodenkamp,
ich habe die traurige Pflicht, Ihnen davon Kenntnis zu geben, dass unser gemeinsamer Freund Arthur Frey nicht mehr unter den Lebenden weilt. Schon lange an schwerer Niedergeschlagenheit leidend, hat er nach dem deutschen Sieg alle Hoffnung verloren und Hand an sich gelegt, ohne dass es jemand verhindern konnte. Ich habe Ihre Adresse in seinen Hinterlassenschaften gefunden und erinnere mich, dass er oft von Ihnen gesprochen hat und von seiner Hoffnung, Sie wiederzusehen. Nun hat sich diese Hoffnung leider nicht erfüllt. Dennoch schreibe ich Ihnen, um Sie wissen zu lassen, dass Sie ihm viel bedeutet haben.
Hochachtungsvoll,
José Rodrigues da Costa

64

Die Welt versank, wurde zu Schatten und Licht, wurde bedeutungslos. Das Leben, das sie gekannt hatte, war dabei zu verschwinden, die Welt, in der sie aufgewachsen war, war dabei, sich aufzulösen. Es gab so viel nachzudenken, aber nichts davon führte heraus aus dem Labyrinth, in dem sie alle steckten. Es gab keinen Ausweg, keine Rettung, keine Hoffnung.

Sie aß, wenn man ihr etwas vorsetzte, ging zu Bett, wenn es dunkel wurde, und erhob sich wieder, wenn das Licht zurückkehrte, doch all das war ohne Bedeutung. Einzig das gewaltige Netzwerk von Komputern war noch von Bedeutung, das dort in Berlin heranwuchs, an dem angebaut und angebaut wurde – oh, sie konnte sich so gut vorstellen, wie das aussah! Immer neue Maschinen, die man an das Geflecht der alten koppelte: Techniker hievten sie an ihren vorgesehenen Platz und stöpselten die klobigen Kabel ein, dann trugen Programmstrickerinnen die neuen Maschinen in die entsprechenden Tabellen ein und überspielten die Programme, und schon war es getan, konnte auch das neue Gerät als Teil des Verbundes arbeiten, konnte denken, erkennen, überwachen. Und je mehr Maschinen dazukamen, desto mehr Menschen konnte man auf die Liste der zu beobachtenden Personen setzen, bis irgendwann jeder darauf stehen würde, jede Frau, jeder Mann und jedes Kind, vom Tag der Geburt an bis zum Tag des Todes. Nur einige wenige würden ausgenommen sein, würden das Privileg genießen, nicht von der Maschine verfolgt und beobachtet, bewertet und eingeschätzt zu werden, von der Maschine, die über jeden Schritt, den man tat, Bescheid wusste, die jedes Wort wahrnahm, das man äußerte, jede Bewegung, jeden Kauf, jede Mahlzeit, alles, alles, alles. Alles, was einer tat, würde mit allem, was alle anderen taten, verglichen, verrechnet, in Beziehung gesetzt werden, und die Programme würden darüber urteilen, welche Handlung eine Gefahr darstellte und welche nicht, welche Äußerung zu ahnden war und welche zu belobigen, und bald würde die Einschätzung der Maschine Vorrang vor allem anderen haben, würde kein menschlicher Richter mehr zu widersprechen wagen, weil die Maschine alles wusste und alles berücksichtigte und nichts vor ihr verborgen blieb.

»Du musst etwas essen, Helene.«

Ja. Ich esse ja. Mach dir keine Sorgen.

»Was hast du bloß? Ich verstehe ja, dass du niedergeschlagen bist, aber das geht jetzt allmählich zu weit.«

Aber ich bin nicht niedergeschlagen. Ich habe nur alle Hoffnung verloren, weil wir sie abgeschafft haben, die Hoffnung, genau wie den Glauben und die Liebe. Alles ist nur noch Berechnung, Ablauf, Tabelle, Zahl. Ich sehe die Datensilos arbeiten, unablässig Daten einsaugend und wieder von sich gebend, ich sehe die Komputer arbeiten, um die Volksgenossenschaft zu erzwingen, das Volk zu einen, jede Individualität auszumerzen, weil du nichts bist, dein Volk aber alles und der Führer der, der befiehlt, und wir folgen, ohne Widerspruch, ohne Zögern, einig Volk und Vaterland, weil Einigkeit stark macht, und der Starke siegt über den Schwachen.

Aber Arthur war doch stark gewesen, oder? In seinen Armen hatte sie sich geborgen gefühlt, war sie glücklich gewesen. Ihn hatte sie geliebt. Und nun war er tot. Tot, weil er auf sie gewartet hatte und sie nicht gekommen war. Und sie war nicht gekommen, weil die Maschine sie verraten hatte, dieselbe Maschine, der sie all die Jahre gedient hatte. Die Maschine, *der sie geholfen hatte, das Denken zu lernen!*

»Helene – ich muss jetzt gehen.«

Ja. Ich weiß.

»Ich hab Alma gesagt, dass sie auf dich aufpassen soll. Wenn ich zurückkomme und du immer noch so … so schweigsam bist, dann, fürchte ich, müssen wir ärztliche Hilfe suchen.«

Ich bin nicht schweigsam. Es gibt nur nichts zu sagen. Nicht wirklich. Weil die Maschine alles liest, alles hört und alles einteilt in erlaubte Äußerungen und nicht erlaubte, in fragwürdige und anerkennenswerte, und weil es nicht mehr interessiert, was jemand zu sagen hat, sondern nur noch, ob er das Richtige oder das Falsche sagt. Und wenn es so weit gekommen ist, dann lohnt es sich nicht mehr, etwas zu sagen. Ist das so schwer zu verstehen?

»Also …«

Helene nickte, damit Ludolf zufrieden war und endlich ging. Sie sah ihm vom Fenster aus nach, wie er davonfuhr. Der Himmel war strahlend blau, eine Herde Schäfchenwolken zog langsam dahin, und die beiden jungen Wachmänner entspannten sich, jetzt, da ihr Vorgesetzter das Anwesen verlassen hatte.

Sie drehte sich um, als sie jemanden ins Zimmer kommen hörte. Es war Alma. In ihren Augen las Helene Beunruhigung und Ärger.

»Mach dir keine Sorgen«, sagte Helene zu ihr. »Ich komme schon zurecht.«

»Willst du vielleicht zu uns runter in die Stube kommen?«, schlug Alma vor.

»Nachher«, sagte Helene und griff nach ihrem Telephon. »Ich will erst noch kurz ins Deutsche Forum schauen.«

Alma zögerte, nickte dann und ging. Helene setzte sich in den Sessel, in dem es sich so gut nachdenken ließ, schaltete das Telephon ein und rief das Forum auf.

Die Maschine las natürlich auch das Forum.

Die Maschine wusste, wie jeder dachte.

Aber wusste die Maschine auch, dass Helene wusste, wie *sie* dachte?

Sie schrieb eine Nachricht. Es dauerte lange, weil sie bei jedem Wort nachdenken musste, hinspüren, nachvollziehen, was die Maschine daraus machen, daraus folgern würde, welche Werte sie errechnen und was für Konsequenzen das auslösen würde.

Dann, als sie fertig war, las sie alles noch einmal.

Gut. Es gab noch Hoffnung. Noch Rettung. Es gab noch einen Ausweg.

Helene lächelte. Dann drückte sie auf *Senden.*

* * *

Das hier war es also. Horst Dobrischowsky beugte sich vor, als der Wagen das Tor passierte, sah sich um. Sah alles ganz normal aus. Ordentlich. Großes Gelände, lang gestreckte Häuser mit dunkelroten Fensterläden, aus einem Fenster wehte eine Gardine, flatterte wie eine weiße Fahne. Zwischen den Gebäuden Blumenwiesen und gekieste Wege, eine Rutsche und ein Sandkasten, weiter hinten ein üppiger Garten. Idyllisch.

Sie fuhren bis vors Hauptgebäude. Dort kam schon eine Frau in einem weißen Schwesternkostüm heraus, öffnete einen der großen Türflügel, arretierte ihn.

Dobrischowsky stieg aus.

»Heil Hitler«, begrüßte ihn die Frau. »Der Transport aus Berlin, nehme ich an?«

»Ja«, sagte Dobrischowsky, hob ebenfalls den Arm und nannte seinen Namen.

»Ich bin Schwester Ida«, stellte sich die Frau vor, die knapp fünfzig sein mochte und die Haare in einer komplizierten Flechtfrisur trug. »Sind Sie ein Verwandter?«

»Nein«, sagte Dobrischowsky. »Ich bin nur ein Kollege. Er … er hat keine Verwandten mehr. Aber die Ärzte meinten, es sei gut, wenn ihn jemand begleite, den er kennt. Gekannt hat.«

Schwester Ida nickte verstehend. »Nun, es wird nicht geschadet haben, denke ich. Das ist unser erster derartiger Fall, müssen Sie wissen.«

»Das hat man mir schon gesagt.«

Inzwischen waren der Fahrer und der Sanitäter dabei, die Heckklappe des Wagens zu öffnen und die Trage herauszuheben, auf der Eugen Lettke festgeschnallt war. Er hatte die Augen offen, sein stierer Blick ging ins Leere, und aus einem Mundwinkel lief etwas Speichel über seine Wange.

Sie folgten der Schwester bis in ein helles, gut gelüftetes Einzelzimmer. Es war nicht groß, aber, dachte Dobrischowsky, für jemanden, der das Bett nie wieder verlassen würde, auf jeden Fall groß genug.

Sie schnallten Lettke routiniert los und lagerten ihn ins Bett um. Gerade als die Schwester begann, die Kabel von allerlei Geräten an ihm zu befestigen, kam ein Arzt herein.

»Dahlmann«, sagte er, zog ein sauberes Taschentuch aus der Kitteltasche und wischte den Speichelfaden von Lettkes Gesicht. »Wer von Ihnen ist der Freund?«

Dobrischowsky hob die Hand, stellte sich vor und korrigierte gleich: »Freund ist übertrieben. Wir waren Kollegen; von daher kenne ich ihn. Was man halt so kennen nennt.«

»Wie dem auch sei«, meinte der Arzt, »jedenfalls sind Sie derjenige, der mir erzählen kann, was genau passiert ist, nicht wahr? Ich habe nur die Information, dass es sich um einen missglückten Suizid mit Hirnschädigung handelt.«

Die beiden anderen klappten ihre Trage ein und verzogen sich. Dobrischowsky befeuchtete die Lippen. »Also, wie gesagt, Herr Lettke und ich waren Kollegen. Das war noch in Weimar. Inzwischen bin ich in Berlin. Jedenfalls, aus einer Reihe von Gründen ist Herr Lettke entlassen worden, und mein damaliger Chef, Herr Adamek, hat sich deswegen Sorgen um ihn gemacht. Lettkes Mutter war kurz zuvor gestorben, durch eine englische Fliegerbombe ums Leben gekommen ... jedenfalls hatte Adamek die Idee, dass es ratsam sein könnte, Lettke auf eine Liste von Personen zu setzen, die durch ein Komputersystem automatisch überwacht wurden. Das war damals noch ein Experiment, niemand wusste, ob Komputer zu so etwas überhaupt imstande sind, aber jedenfalls haben wir das so gemacht.«

»Verstehe«, sagte der Arzt. Er hatte ein Klemmbrett mit medizinischen Unterlagen darauf in der Hand.

»Wie sich gezeigt hat, war das wohl eine gute Idee, denn Lettke hat im Zusammenhang mit einer Berlinreise – er war nach seiner Entlassung an die Front einberufen – einige Arrangements getroffen, die dem Komputersystem als ungewöhnlich aufgefallen sind. Unter anderem ist Lettke in Berlin in einem der teuersten Hotels abgestiegen, weit über dem Preisniveau, das er sich hätte leisten können – aber nur für eine Nacht, weitere Nächte hatte er nicht gebucht. Soweit ich weiß, hat der Komputer daraus geschlussfolgert, dass die Gefahr eines Selbstmords bestand, jedenfalls hat er die Polizei alarmiert, und die haben auch sofort eingegriffen. Sie sollen just in dem Moment an seinem Hotelzimmer gewesen sein, in dem er sich in den Kopf geschossen hat; sie haben den Schuss noch durch die Tür hindurch gehört.«

»Aha«, machte der Arzt, und unwillkürlich blickten sie daraufhin beide auf den reglos Daliegenden hinab. Man sah die Narben der Wunde an dessen Schädel immer noch.

»Offenbar ist es gar nicht so einfach, sich mit einem aufgesetzten Kopfschuss umzubringen«, meinte Dobrischowsky. »Man muss es schon richtig machen. Lettke hat es jedenfalls nicht richtig gemacht. Er war nicht tot, sondern schwer verletzt und ist gleich in die Charité gebracht worden. Dort hat er lange im Koma gelegen, ist irgendwann aufgewacht, aber geistig schwer beeinträchtigt. Er wird nie wieder ein normales Leben führen können und wäre eigentlich ein Kandidat für eine Euthanasie, wenn er nicht, hmm …«

»… ein Arier der Stufe AAA wäre«, brachte der Arzt den Satz zu Ende. »Ja. Wäre eine Schande, das zu verschwenden. An seinem Erbgut hat der Vorfall ja schließlich nichts geändert.«

»Genau«, sagte Dobrischowsky und versuchte, den Neid zu ignorieren, der dabei in ihm aufstieg, »die Ärzte sagen, dass … nun ja, *das* auch noch bestens funktioniert bei ihm.«

»Das war die Bedingung, natürlich«, meinte der Arzt.

In der Zwischenzeit war ein weiterer Mann wortlos ins Zimmer getreten. Er trug einen schwarzen Ledermantel, zog ein Bein leicht nach und war auch sonst auffallend schief gewachsen, geradezu hässlich. Aber er strahlte die Autorität eines Mannes aus, der sich in einem hohen Rang weiß, nickte Dobrischowsky zu, als dieser ihn ansah, und wandte sich dann dem Arzt zu. »Doktor Dahlmann?«

»Ah«, machte der beflissen, »darf ich vorstellen? Herr Dobrischowsky, der Begleiter des Patienten – Herr von Argensleben, Reichsleiter Lebensborne Süd.«

Die beiden Männer nickten einander zu.

»Und das«, fuhr der Arzt fort, auf das Bett weisend, »ist Herr Eugen Lettke. Wie gesagt, Arier der Stufe AAA. Wir planen, ihn zunächst einige Jahre hierzubehalten, bis verlässliche Ergebnisse vorliegen.« Er schmunzelte. »Oder sagen wir besser, bis besagte Ergebnisse hier herumspringen und wir sie bewerten können.«

Von Argensleben nickte. »Ah ja, diese Sache. Das hatten wir ja besprochen.« Er zückte einen Füllhalter. »Haben Sie das Formular gerade da?«

»Hier.« Der Arzt schlug einige Blätter auf dem Klemmbrett nach hinten, hielt es ihm hin, und er unterschrieb.

Dann wandte sich der Arzt an die Schwester, die bis jetzt stumm neben dem Bett gewartet hatte. »Wir organisieren zunächst die Pflege – waschen, füttern, regelmäßig umlagern, Abreibungen mit Franzbranntwein und dergleichen. Er soll erst einmal zur Ruhe kommen. Anschließend kümmern wir uns um die Entnahme –«

In diesem Moment klingelte es in der Manteltasche des Reichsleiters. Er zog sein Telephon heraus, sagte: »Entschuldigen Sie mich«, und ging ein paar Schritte in den Flur hinaus.

Dort hörte Dobrischowsky ihn empört ausrufen: »Was? Sind die wahnsinnig? Auf keinen Fall.«

Er streckte den Kopf wieder herein. »Entschuldigung, ein Notfall. Ich muss leider sofort weg. Halten Sie mich per Elektropost auf dem Laufenden, ja?«

Dann stürmte er davon, bellte dabei in sein Telephon: »Müller – einen Hubschrauber! *Sofort!*«

Dobrischowsky hatte, ebenso wie der Arzt und die Schwester, die Szene mit angehaltenem Atem verfolgt. Nun sahen sie sich unschlüssig an, bis Doktor Dahlmann sich räusperte und meinte: »Er hat immer viel zu tun. Es werden gerade so viele neue Lebensborne gebaut … Ist ja auch nötig, um unsere Verluste so schnell wie möglich auszugleichen.«

Irgendwie fühlte sich Dobrischowsky bemüßigt zu sagen: »An mir liegt es nicht. Wir haben sieben Kinder, vier Jungs und drei Mädchen.«

Die beiden lächelten anerkennend. »Vorbildlich«, meinte der Arzt.

Dobrischowsky rang sich ein Lächeln ab und dachte an seine Impotenz und wie plötzlich sie gekommen war, unmittelbar nach der Geburt des Jüngsten. Als habe sein Körper beschlossen, dass es nun genug sei.

Nun war es das Telephon des Arztes, das klingelte. »Dahlmann?«, meldete er sich und sagte nach kurzem Zuhören: »Warten Sie. Das schau ich mir lieber an.«

Er reichte Dobrischowsky die Hand. »Ich muss. Eine Komplikation bei einer Geburt. Hat mich gefreut, Sie kennenzulernen. Und danke, dass Sie Ihren Kollegen hergebracht haben. Heil Hitler!« Er nickte der Schwester zu. »Schwester Ida?«

»Ich komme«, sagte die. Sie eilten gemeinsam hinaus, und Dobrischowsky war mit seinem ehemaligen Kollegen allein.

Er trat an das Bett, hatte das Gefühl, sich verabschieden zu müssen, auch wenn Lettke nichts mehr mitbekam von dem, was um ihn herum geschah. Aber wie? Es hatte nie irgendwelche Vertraulichkeiten zwischen ihnen gegeben, und so ergriff er nach einigem Zögern schließlich dessen schlaffe Hand und sagte leise: »Herr Kollege – alles Gute für Ihren neuen Arbeitsbereich.«

* * *

Helene wunderte sich nicht, dass die Gestapo-Leute kamen, sie wunderte sich nur, dass sie so *spät* kamen. Die Maschine arbeitete, aber sie arbeitete noch sehr langsam.

Sie sah vom Fenster aus zu, wie sie auf den Hof fuhren und ihn geradezu besetzten. So viele Autos! So viele Männer! So viele Waffen! Erstaunlich.

Wobei viele Männer mit Waffen natürlich auch notwendig waren, um die beiden Wachleute zu stellen und zu entwaffnen. Offenbar hatte, wer immer diesen Einsatz verantwortete, von deren Anwesenheit gewusst.

Helene hörte, wie unten ein großes Geschrei anhob, hörte Almas Stimme heraus, schrill und voller Empörung, sah die Knechte herbeieilen … Was sollten die denn ausrichten? Mit

Mistgabeln gegen Maschinenpistolen angehen? Das würde hoffentlich niemand von ihnen erwarten.

Sie wandte sich ab, schlüpfte in ihre festen Schuhe und zog den Mantel an, den sie mitnehmen wollte. Dann verließ sie das Zimmer.

Oben an der Treppe blieb sie stehen und hörte zu, wie Alma mit dem Anführer der Gestapo-Leute stritt.

»Das ist die Frau meines Bruders«, schrie sie ihm gerade ins Gesicht. »Wissen Sie überhaupt, wer mein Bruder ist? Ludolf von Argensleben? Er ist bei der SS, ist Reichsführer Himmler persönlich unterstellt –«

»Das wissen wir alles, gnädige Frau«, unterbrach der Mann sie. »Aber das ist in diesem Fall ohne Belang, denn es handelt sich um eine Angelegenheit der Staatssicherheit. Frau Helene von Argensleben ist des Defätismus angeklagt, der staatsfeindlichen Propaganda, der Beleidigung von Mitgliedern der Regierung, des Sympathisierens mit dem Judentum und einiger anderer Vergehen mehr. Vor allem besteht ein dringender Verdacht auf Landesverrat –«

»Alles Unsinn!«, rief Alma. »Blühender Unsinn!«

»Das hier hat sie geschrieben.« Er reichte ihr ein Blatt Papier. »Im Deutschen Forum.«

Dann trat Stille ein, erschrockene Stille. Alma las, schlug die Hand vor den Mund, sagte nichts mehr.

Helene setzte sich wieder in Bewegung, ging ruhigen Schritts die Treppe hinab. Alle schauten sie an, mit weit aufgerissenen Augen.

»Lass nur, Alma«, sagte sie. »Das ist schon in Ordnung.«

Man machte ihr Platz, sodass sie vor den Gestapo-Mann hintreten und ihm die Handgelenke hinstrecken konnte. »Ich gehe mit Ihnen.«

Er sah auf ihre Hände hinab, schüttelte den Kopf. »Ich glaube nicht, dass Handschellen nötig sein werden, oder?«

»Nein«, sagte Helene. »Von mir aus nicht.«

Von draußen drang ein lautes, knatterndes Geräusch herein, das den Mann aufhorchen ließ. Es wurde rasch lauter. Er trat aus der Tür ins Freie, suchte den Himmel ab. Tatsächlich – ein Hubschrauber, der schnell näher kam.

Wenige Augenblicke später war er da, landete unweit des Hauses, und noch während die Rotorblätter wirbelten, ging schon die Tür auf, und ein Mann kam herausgesprungen: Ludolf, der mit geducktem Kopf herbeieilte.

»Halt!«, überschrie er den Motorenlärm mit wütend funkelnden Augen. »Was geht hier vor?« Dann sah er Helene in der Tür stehen und rief: »Auf keinen Fall! Ich verbiete es, dass Sie meine Frau verhaften.«

Der Gestapo-Mann reckte den Hals. »Bei allem nötigen Respekt, Reichsleiter, aber in diesem Fall steht Ihnen kein Einspruchsrecht zu. Ihre Frau ist nach dem neuen Reichsbürger-Kontrollgesetz von der Komputerkontrolle für schuldig befunden worden und in ein KL zu überstellen.« Er zückte ein anderes Blatt und hielt es Ludolf hin. »Hier ist das Urteil.«

Es war ein Komputerausdruck, sah Helene. Genau, wie sie es erwartet hatte.

Während Ludolf noch las, hielt der Mann ihm auch das Blatt hin, das schon Alma zum Schweigen gebracht hatte. »Hier, was sie im Deutschen Forum geschrieben hat. Öffentlich also. Für die ganze Welt lesbar.«

Das Röhren des Hubschraubers erstarb, und mit ihm schien auch all die Aufregung zu ersterben, die den Hof bis jetzt erfüllt hatte. Niemand bewegte sich mehr, niemand sagte etwas, alles stand wie erstarrt, bis Ludolf endlich mit kratziger Stimme begann, vorzulesen: »Ich hasse Adolf Hitler, diesen hässlichen Drecksack, diesen aufgeblasenen Nichtskönner, dieses unsägliche Großmaul, diesen gewissenlosen Wahnsinnigen, der für völlig geisteskranke Ziele über Leichen geht und gegangen ist. Nichts als Elend hat er über die Welt gebracht, und nichts als weiteres Elend ist von ihm zu erwarten, wenn ihm niemand Einhalt gebietet. Im Gedenken an meine jüdische Freundin und an meinen toten Bruder erkläre ich hiermit, dass ich die Pläne für die Atomspaltungsbombe nicht nur von einem amerikanischen Komputer gestohlen habe, sondern auch eine Kopie davon an einem sicheren Platz verwahre und bereit bin, sie an jede Regierung weiterzugeben, die willens ist, sie gegen das Großdeutsche Reich einzusetzen. Nieder mit dem Deutschen Reich! Nieder mit dem Führer!«

Er ließ das Blatt sinken, sah Helene erschüttert an.

»Warum?«, wollte er wissen. »Warum hast du das gemacht?«

Helene lächelte sanft. »Wie du selber schon gesagt hast: Ich verstehe besser als du, wie das funktioniert. Und so habe ich einen Weg gefunden, dir doch noch zu entkommen.«

65

Zuerst verhörten sie sie, bis sie ihnen verriet, wo sich die Pläne befanden: nämlich auf einer Speicherkassette in ihren alten Sachen im NSA, der einzigen Speicherkassette in ihrem Schreibtisch. Zwei fuhren los und kamen triumphierend mit dem kleinen blechernen Ding zurück. Dann suchten sie einen Komputer, in den man sie einlegen konnte, und jemand, der ihn zu bedienen verstand. Sie lasen die Dokumente, verstanden so gut wie nichts davon, nur, dass es zweifellos um Atomspaltungsbomben ging, und damit hielten sie die Gefahr für gebannt, die von Helene ausgegangen war.

Weil sie nicht verstanden, wie Komputer funktionierten.

Da Helene geschrieben hatte, die Pläne gestohlen zu haben, glaubten sie automatisch, dass diese sich nicht mehr an ihrem ursprünglichen Ort befanden, so, wie es der Fall war, wenn jemand papierne Akten stahl oder silberne Löffel. Sie begriffen nicht, dass sie die Dokumente nur kopiert hatte und sie vermutlich immer noch auf jenem Komputer in Berkeley, Kalifornien, zu finden waren. Und wenn jemand in Amerika ihren Eintrag gelesen hatte, der immerhin fast einen Tag lang im Deutschen Forum gestanden hatte – und sie glaubte bestimmt, dass es auch in Amerika einen Geheimdienst gab, der die Foren fremder Länder im Auge behielt –, dann mochte es jemanden geben, der verstand, dass Amerika die Pläne für die grausigste Waffe des Großdeutschen Reichs nicht in Deutschland zu suchen brauchte, sondern schon besaß und nur wiederfinden musste.

Wenn sie das nicht schon selber gemerkt hatten. Darauf war es Helene in Wirklichkeit auch gar nicht angekommen.

Aber das begriffen sie auch nicht.

Danach wurde Helene ins Konzentrationslager Auschwitz II geschafft, das Lager Birkenau, genau, wie sie sich ausgerechnet hatte, dass die Maschine entscheiden würde. Nach der Ankunft schor man ihr den Kopf, dann musste sie in einer langen Schlange vor einer Baracke anstehen, um sich eine Nummer auf den Arm tätowieren zu lassen. Die Tätowiererinnen waren ebenfalls Gefangene, die an Tischen voller Formulare und Stempel arbeiteten. Alles ging sehr schnell, zeugte von Übung. Die Nummer bestand nicht aus Zahlen, sondern aus Balken verschiedener Dicke, weil sie für automatische Lesegeräte gedacht war. Solche Geräte kamen überall zum Einsatz, bei Appellen, an Zugängen, bei der Essensausgabe und so weiter. Die verwendete Tinte ging beim ersten Waschen zum größten Teil ab, worüber Helene erschrak – bekam jemand etwas zu essen, der keine lesbare Nummer vorweisen konnte? –, doch die Farbe, die übrig blieb, reichte dann doch aus.

Von da an war die Welt, in der sie lebte, von Stacheldraht und elektrischen Zäunen umgrenzt, eine enge, schmutzige Welt, in der sie den Unbilden der Witterung ebenso schutzlos ausgeliefert war wie der Willkür der Wärter. Sie schlief auf einer harten Holzpritsche in einem der Stockbetten, mit denen jede Baracke vollgestellt war und die eher aussahen wie schlecht gezimmerte Regale. Sie verrichtete ihre Notdurft auf einer primitiven Massenlatrine ohne jeden Sichtschutz, in aller Öffentlichkeit, und begriff, dass Entwürdigung nicht nur eine Begleiterscheinung war, sondern das Ziel. Wenn es kalt war, fror sie in der fadenscheinigen Lagerkleidung, die man ihnen zugestand, und wenn die Sonne schien und sie stundenlang für sinnlose Appelle in der prallen Hitze stehen mussten, ohne sich rühren zu dürfen, war sie oft der Ohnmacht nahe. Sie hatte immer Hunger, weil es jeden Tag nur

Suppe gab, die zudem stark gesalzen war, sodass man auch immer Durst hatte, den man nicht stillen konnte, weil das Wasser rationiert wurde.

Und über allem lag unausweichlich dieser Gestank, nach Rauch vor allem, vermischt mit süßlichem Leichengeruch, nach Verwesung und Fäulnis: Das war der Geruch der Welt, in der sie nun lebte. Erzeugt wurde er von den Schornsteinen der Anlage, in der man die Toten verbrannte, und an Toten schien nie Mangel zu herrschen, und wenn doch, gab es, so wurde ihr erklärt, Einrichtungen, um der Sache nachzuhelfen.

An manchen Tagen mussten sie etwas arbeiten, an anderen nur stundenlang herumstehen, je nach Laune der Wärter. Aber manchmal blieb auch Zeit und Gelegenheit, sich herumzutreiben und durchzufragen, und so fand Helene eines Tages Ruths Mutter, die Einzige der Familie Melzer, die noch am Leben war. Ruth, so erfuhr sie, war schon kurz nach der Ankunft im Lager gestorben, an Typhus, hatte der Vater gemeint, der selber später bei einem Arbeitseinsatz verunglückt war, von einer abrutschenden Ladung Holz zerquetscht.

Es war eine entsetzliche Welt, in der ihr, auch das war Helene klar, kein langes Leben beschieden sein würde, genauso wenig wie den anderen, denn der Staat hatte beschlossen, dass sie alle kein Lebensrecht mehr haben sollten auf dieser Welt, und in diesem Lager war ihre einzige wirkliche Aufgabe, zu warten, bis Zeit und Umstände dieses Verdikt zu einer Tatsache werden ließen.

Und doch, und doch: In einer Welt, in der Ludolf und seine Gesinnungsgenossen gewonnen hatten, so sagte sich Helene, war sie in diesem Lager genau am richtigen Ort.

* * *

Eines Tages wurde Helene über die überall verteilten Lautsprecher ausgerufen, mit Namen und Nummer: Sie solle sich in der Lagerkommandantur melden.

In ihrer Welt des Leichengeruchs und des Rauchs war es ratsam, solchen Aufforderungen zu folgen, wollte man nicht selber bald auch zu den Leichen gehören und in Rauch aufgehen. Also machte sich Helene gehorsam auf den Weg und trat vor jene stets verschlossene, verbotene Tür, die nach draußen führte, hielt ihren Arm an das Lesegerät, und o Wunder, das Drahtgittertor schwang auf, ließ sie in den umzäunten Raum dahinter treten, und als es sich wieder geschlossen hatte, öffnete sich das zweite Tor auf der gegenüberliegenden Seite.

Freilich war es nur der seinerseits umzäunte Bereich der Wachen, den sie betrat, sodass an Flucht nicht zu denken war. Helene dachte auch nicht an Flucht – wohin hätte sie denn flüchten wollen, sie, die ja *in* dieses Lager geflüchtet war? –, sondern nur daran, einen weiteren Tag am Leben zu bleiben, was erforderte, in den richtigen Momenten gehorsam oder ungehorsam zu sein. Und so ging sie, wie immer mit der bangen Ungewissheit, ob sie die Situation richtig eingeschätzt hatte, zur Lagerkommandantur und meldete sich gehorsamst.

Die Kommandantur war ein solides Holzhaus, vermittels dicker Stelzen ein Stück vom Boden abgehoben, mit Dachziegeln und Fenstern und einem Flur im Inneren, von dem aus richtige Türen in richtige Bureaus abgingen. Auch hier roch es nach Rauch, aber es war der Rauch von Zigaretten, geraucht von Männern in Uniform, denen ihre Gegenwart unbehaglich war.

Ein großes Schild wies den Weg in die »Anmeldung«, eine Art Sekretariat mit Telephonen und einem betagten Komputer, vor dem, wie Helene mit einer seltsam unpersönlichen Freude erkannte, eine von diesen schönen alten Tastaturen stand, wie sie sie immer geliebt hatte! Schade, dass gerade niemand daran arbeitete, sie hätte zu gern dem Klang der alten Bakelit-Tasten gelauscht.

Der SS-Mann hinter der Theke schickte sie nach nebenan, und dort löste sich das Rätsel, weswegen man sie gerufen hatte, denn dort warteten zwei Männer, und einer davon war Doktor Danzer!

»Helene, du meine Güte!«, rief er aus. »Wie sehen Sie denn aus? Zum Skelett abgemagert, muss man ja schon fast sagen …«

Helene war wie betäubt von diesem Einbruch der alten Welt in ihre neue. Allenfalls ein Besuch Ludolfs hätte sie noch mehr erschüttern können, aber das war ihr bislang zum Glück erspart geblieben.

Im ersten Moment wusste sie auch gar nichts zu sagen. Sie hatte in letzter Zeit nicht viel zu reden gehabt und war aus der Übung. So fiel ihr nur ein, zu erklären: »Die Zahl der Kalorien, die wir pro Tag bekommen, liegt oft unter dem Bedarf.«

Kalorien? Woher war ihr dieses Wort in den Sinn gekommen? Vielleicht, weil der Anblick der alten Tastatur ihr jenen Tag wieder in Erinnerung gerufen hatte, an dem Himmler im NSA gewesen war und sie ihm ihre Suchprogramme hatte demonstrieren müssen, auch auf so einer schönen alten Tastatur, jene Suchprogramme, denen viele im Lager es zu verdanken hatten, dass sie hier waren anstatt in ihren sorgfältig vorbereiteten Verstecken. Wie viele, das wusste Helene nicht, da sie das Thema sorgsam mied, aber dass sie Schuld auf sich geladen hatte, das wusste sie, wenn auch nicht, wieso das ihr Schicksal gewesen war, denn sie hatte das ja nicht gewollt!

»Hören Sie«, fuhr Doktor Danzer mit merkwürdiger Eindringlichkeit fort, »ich bin hier, um Ihnen zu helfen. Es hat mir keine Ruhe gelassen, seit ich Sie auf unserer Liste entdeckt habe, ausgerechnet Sie! Ich habe Ihren Fall studiert, habe mit allen zuständigen Leuten gesprochen, jedenfalls, es zeichnet sich ein Ausweg ab. Sie müssen wissen, was das Verständnis der Funktionsweise des Gehirns anbelangt, da sind wir inzwischen viel, viel weiter! Es steht inzwischen fest, dass es so etwas wie einen freien Willen nicht gibt; zwar glauben wir, ihn zu haben, aber das ist eine Illusion. Alles in unserem Denken folgt Reiz-Reaktions-Mustern, Belohnungs- und Bestrafungs-Schemata, Lust und Unlust – sehr komplex natürlich, aber kausal. Auch das, was Sie getan haben, lässt sich auf falsches Denken zurückführen, auf einen Programmfehler sozusagen, und was das anbelangt, haben wir inzwischen die technische Möglichkeit, ihn zu beheben. Das erfordert nur eine kleine Operation – das hier ist übrigens Doktor Mengele, der mir dabei assistieren wird –, und dann, sobald Ihr Fehler korrigiert ist, dürfen Sie das Lager wieder verlassen und zu Ihrem Mann zurückkehren«, schloss er und strahlte geradezu dabei.

Helene wich einen Schritt zurück. »Ich glaube nicht«, sagte sie, »dass ich das will. Nein, das will ich nicht.«

In Doktor Danzers Lächeln mischte sich eine Spur Bedauern. »Wie gesagt, da ist dieser Programmfehler in Ihrem Geist, infolgedessen Ihr Denken sich in ganz falschen Bahnen bewegt. Aus diesem Grund kann in diesem Fall keine Rolle spielen, was Sie wollen oder nicht.«

* * *

Nach der Operation fühlte sich Helene seltsam leicht, wie befreit von einem Druck, von dem sie zuvor gar nicht gewusst hatte, dass er da gewesen war.

Ansonsten fühlte sie sich unverändert. Abgesehen von dem enormen Verband um ihren Kopf natürlich.

Immerhin hatte die Sache den Vorteil, dass sie eine Weile in einem richtigen Bett schlafen durfte, mit Matratze und gesteppter Decke und weißer Bettwäsche; dass sie gewaschen und am ganzen Körper sauber war; und dass sie gute Sachen zu essen bekam, zum Beispiel Haferbrei am Morgen mit Dosenbirnen darin oder zu Mittag Erbsenbrei und Hackfleisch – köstliche, lange entbehrte Genüsse.

Obwohl sie es nicht sollte, betastete sie manchmal den Verband, doch er war zu dick, als dass man hätte erfühlen können, was darunter war. Ein Implantat, hatte Doktor Danzer ihr erklärt, von dem allerlei hauchdünne Drähte ausgingen, die durch feinste Bohrlöcher in ihrer Schädeldecke hindurch bis ins Gehirn verlegt worden waren. Doktor Mengele und Doktor Danzer hatten ihren Schädel vor dem Eingriff aufs Genaueste vermessen und ausgerechnet, an welche Stelle welcher Draht kommen sollte.

Und über das Implantat, hatte Doktor Danzer hinzugefügt, würde sie gar mit dem Weltnetz verbunden sein! Sie musste ihn ziemlich verdutzt angeschaut haben, denn er hatte gelacht und gesagt: »Natürlich heißt das nicht, dass Sie in Zukunft Elektropost direkt in den Kopf bekommen. Das heißt nur, dass die Steuerung von außen erfolgen kann. Davon werden Sie aber nichts merken.«

Schließlich kam der Tag, an dem man sie in ein Sprechzimmer führte, in dem Doktor Mengele hinter dem Schreibtisch saß und Doktor Danzer davor stand, der sie mit einem strahlenden Lächeln empfing und bat, sich zu setzen, auf den Stuhl, den er ihr hinschob. Helene gehorchte und blieb regungslos sitzen, während er ihr den Verband behutsam abnahm, mit einer Schere hantierend, die sie nur hörte, aber nicht spürte.

Dann war ihr Kopf wieder frei, fühlte sich noch nackter an als damals nach dem Scheren. Doktor Danzer betastete ihren

Schädel, sagte: »Gut, gut. Gut verheilt. Und wenn die Haare wieder gewachsen sind, wird man nicht das Geringste sehen.«

Helene hob eine Hand. »Darf ich?«

»Nur zu«, sagte er, worauf sie vorsichtig hinfasste, ihre Finger über feine Narben glitten und endlich das Implantat fanden, rechts oben auf ihrem Schädeldach, an einer Stelle, an der ihr Schädel eine natürliche Abflachung aufwies. Merkwürdig – sie musste an die Münzen denken, die es in ihrer Kindheit noch gegeben hatte, die damals *Geld* gewesen waren. Das Implantat fühlte sich an wie eine solche Münze, die jemand durch einen Schlitz ihrer Kopfhaut geschoben hatte. Ein Zweimarkstück vielleicht.

Sie ließ die Hand wieder sinken. »Und was ist jetzt anders?«, fragte sie.

»Es ist noch nicht aktiviert«, erklärte Doktor Danzer. »Das machen wir nun.«

Er nahm ein Gerät vom Tisch, das aussah wie ein Tennisschläger ohne Bespannung. Es hatte einen dicken Griff mit einem Schalter und einem langen, mit schwarz-weißem Stoff umwickelten Kabel, das er in eine Steckdose einsteckte. Dann betätigte er den Schalter, worauf der Apparat leise zu summen begann, und fuhr damit an ihrem Kopf entlang, seitlich, von hinten, von vorne.

Helene spürte tatsächlich, wie sich dabei etwas in ihrem Kopf, in ihrem Geist veränderte. Da war auf einmal eine eigenartige Wachheit, ein Alarmiertsein, eine Unruhe. Sie war aufgeregt, ohne besonderen Grund, und spürte etwas wie Hitze in sich aufsteigen, so, als übertrage der Apparat Energie in ihren Körper.

Doktor Danzer schaltete ihn wieder aus, ließ ihn sinken und fragte: »Was spüren Sie?«

»Ich weiß nicht«, sagte Helene ratlos. »Ich weiß nicht, wie ich es beschreiben soll …«

Ihr Blick mied den seinen, irrte umher und fiel dabei auf ein Porträt Adolf Hitlers, das in einem schlichten Rahmen an der Wand hing. In diesem Augenblick entlud sich all die Energie, die in ihr aufgestiegen war, in einer unvermittelten Woge der Erregung, nein, der Zuneigung, ja, der glühenden Liebe für den Führer, dessen engelhaftes Gesicht sie aus diesem Bild heraus direkt anzublicken schien, sie ganz persönlich, und ihr zu versichern schien, dass er ihre Liebe ebenso stark erwiderte.

»Ich spüre«, stieß Helene ergriffen hervor, »dass ich den Führer liebe. Ja, ich liebe ihn! Ich habe ihn eigentlich schon immer geliebt, aber nun ist mir ganz klar, dass ich es tue. Oh, ich will ihm so gern dienen, ihm bedingungslos gehorchen … ihm Kinder gebären, ja! Ich will ihm ganz gehören, ganz und gar. Ich liebe ihn, liebe, liebe, liebe ihn!«

Dann hielt es sie nicht länger auf dem Stuhl. Sie sprang auf, und es war die reine Ekstase, den rechten Arm zu heben und zu grüßen, lauthals, weil die ganze Welt es wissen durfte: »Heil Hitler! Heil, mein Führer! Heil! Heil! Heil!«

66

Hier war es gut. So hell. Und sie waren freundlich zu ihm. Wenn er sich nur an alles hätte erinnern können!

An seinen Namen zum Beispiel. Sie sagten ihn manchmal, sprachen ihn damit an, aber er vergaß den Namen immer gleich wieder.

Sie gaben ihm gute Sachen zu essen. Waren sehr freundlich. Freundliche Frauen. Manchmal kam ein Mann, der ihn am Handgelenk anfasste und ernst anschaute; vor dem hatte er Angst.

Aber nicht lange.

Da, ein Vogel! Saß einfach im offenen Fenster und sah ihn an. Ein Piepmatz. Dahinter: Himmel. Wolken. Das wusste er noch.

Aber warum war er überhaupt hier? Das wusste er auch nicht. Er wusste so wenig. Gar nichts eigentlich.

Aber sie waren sehr freundlich hier, waren gut zu ihm. Vor allem die Frauen. Manchmal kamen sie und drehten ihn auf die Seite. Oder wuschen ihn, das war immer sehr angenehm.

Wenn er sich nur hätte erinnern können! Zum Beispiel an seinen Namen. Wieso wussten die, wie er hieß, und er nicht?

Und wieso war er überhaupt hier?

Er musste so viel schlafen. Sogar, wenn es hell war. Es war ziemlich hell hier. Aber dann wachte er immer auf und wusste nicht, wo er war und wieso er hier war. Manchmal zitterte er vor Angst, weil er nicht wusste, was passiert war.

Aber sie waren sehr freundlich zu ihm. Also, die Frauen.

Manchmal kam eine, an die erinnerte er sich immer. Sie hatte graue Haare und sah ihn nie an, wenn sie ihm die Decke wegschlug und das Nachthemd hob und angenehme Dinge mit seinem Pillermann machte. Sie hatte irgendetwas, das summte, und das fühlte sich, oh, das fühlte sich so gut an!

Sie hörte dann immer mittendrin auf, um ihm etwas über den Pillermann zu ziehen, aber dann machte sie immer gleich wieder weiter mit ihrem summenden Ding, und das war gut, oh, war das gut. Alles zog sich in ihm zusammen dabei, spannte sich an, keuchen musste er und stöhnen, so gut war es, und dann, irgendwann, machte es WUUUSCH!, und das war dann, als ob ihm was herrlich Heißes in den Kopf spränge und die ganze Welt sich drehte, und dann wurde es immer dunkel, und er wusste nichts mehr, bekam nichts mehr mit.

* * *

Schwester Ida verließ das Zimmer des Mannes wieder, schloss die Tür leise hinter sich, eine Nierenschale in der Hand, in der der gefüllte Frommser lag, züchtig abgedeckt durch ein Zellstofftuch.

Natürlich war es nicht wirklich ein Frommser, sondern ein speziell hergestelltes medizinisches Kondom, das frei war von den chemischen Zusätzen, die bei den außerhalb Deutschlands käuflichen Kondomen verwendet wurden, um die Beweglichkeit der Spermien zu mindern: Derlei war hier selbstverständlich unerwünscht.

Dann ging sie rasch den Flur entlang davon. Es war ganz still bis auf das leise Quietschen ihrer Gummisohlen auf dem Linoleum.

Sie klopfte an die Tür von Behandlungszimmer 1. Hinter der Mattglasscheibe war eine Bewegung zu sehen, dann öffnete Doktor Dahlmann.

Sie hielt ihm die Schale hin. Hinter ihm erspähte sie eine Frau auf dem gynäkologischen Stuhl, die nackten Beine in den Halterungen, zwei blonde Zöpfe bis zum Boden baumelnd. Sie wirkte leicht weggetreten, und tatsächlich hing auch ein Geruch nach Chloroform oder etwas Ähnlichem in der Luft. Auf dem Tisch lag eine gläserne Spritze bereit.

»Danke«, sagte Doktor Dahlmann, nahm die Schale und wollte sich schon abwenden und die Tür schließen, als er innehielt und sie noch einmal prüfend ansah. »Schwester Ida – ist alles in Ordnung?«

»Ja«, sagte sie. »Sicher.«

Er musterte sie. »Sie wirken etwas … Wie soll ich sagen?« Er räusperte sich, hob die Schale ein Stück. »Belastet Sie die Entnahme?«

»Nein«, sagte Schwester Ida und musste unwillkürlich schlucken. »Es ist ja für einen guten Zweck.«

»Sicher«, räumte er ein. »Aber immerhin ist es doch eine recht intime Verrichtung.«

Schwester Ida zögerte. War jetzt nicht anderes wichtiger als ihre Gefühle? Diese Frau auf dem Stuhl zum Beispiel, die darauf wartete, zu empfangen. Doch dann holte sie tief Luft und gestand: »Das Einzige, was mir etwas ausmacht, ist, dass er manchmal ›Mama‹ zu mir sagt. Darüber komme ich nicht weg. Ich meine, wenn es der Name einer Frau wäre … Dann könnte man sagen, er erinnert sich an eine Freundin. Aber *Mama*? Wieso *Mama*?«

– ENDE –